12, avenue d'Italie — Paris XIIIe

Sur l'auteur

Anne Perry est née en 1938, à Londres, d'un père brillant mathématicien et d'une mère presbytérienne. En raison des graves problèmes de santé de la fillette, atteinte de tuberculose, la famille s'expatrie à Christchurch, en Nouvelle-Zélande, en 1948. Anne Perry désigne ces nombreuses et longues hospitalisations comme la source de son goût pour l'imaginaire, les histoires. En 1959, Anne Perry regagne l'Angleterre puis s'installe ensuite en Californie, où elle exerce divers métiers sans abandonner l'idée de réaliser un jour son ambition : écrire. Aujourd'hui devenue un auteur de romans policiers à succès, Anne Perry a longtemps essuyé les refus des éditeurs avant de voir publier en 1979 son premier roman, *L'Étrangleur de Cater Street*. Elle publie depuis un roman par an mettant en scène l'inspecteur Pitt de Scotland Yard et sa femme Charlotte. Elle est également l'auteur d'une seconde série de polars historiques, menée par William Monk, un homme sans mémoire parti à la recherche de son passé, dans le Londres du milieu du XIXe siècle. Anne Perry vit aujourd'hui en Écosse.

DES ÂMES NOIRES

PAR

ANNE PERRY

Traduit de l'anglais
par Élisabeth KERN

10|18

INÉDIT

« *Grands Détectives* »
dirigé par Jean-Claude Zylberstein

Du même auteur
aux Éditions 10/18

Série « Charlotte et Thomas Pitt »

L'ÉTRANGLEUR DE CATER STREET, n° 2852
LE MYSTÈRE DE CALLANDER SQUARE, n° 2853
LE CRIME DE PARAGON WALK, n° 2877
RESURRECTION ROW, n° 2943
RUTLAND PLACE, n° 2979
LE CADAVRE DE BLUEGATE FIELDS, n° 3041
MORT À DEVIL'S ACRE, n° 3092
MEURTRES À CARDINGTON CRESCENT, n° 3196
SILENCE À HANOVER CLOSE, n° 3255
L'ÉGORGEUR DE WESTMINSTER BRIDGE, n° 3326, *à paraître en juillet 2001*

Série « William Monk »

UN ÉTRANGER DANS LE MIROIR, n° 2978
UN DEUIL DANGEREUX, n° 3063
DÉFENSE ET TRAHISON, n° 3100
VOCATION FATALE, n° 3155
► DES ÂMES NOIRES, n° 3224
LA MARQUE DE CAÏN, n° 3300

Titre original :
Sins of the Wolf

© Anne Perry, 1994
© Éditions 10/18, Département d'Havas Poche, 2000,
pour la traduction française
ISBN 2-264-03306-1

A Kimberly Hovey,
pour son aide et son amitié

CHAPITRE PREMIER

Très droite sur la banquette, Hester Latterly ne perdait rien du paysage vallonné des Basses-Terres d'Écosse qui défilait derrière la vitre.

Le soleil de ce début d'octobre venait de percer le voile de brouillard qui troublait l'horizon. Il était à peine plus de huit heures et les champs couverts d'éteules baignaient encore dans la brume matinale, si bien que les arbres majestueux semblaient flotter au-dessus du sol, privés de leurs racines. Sur quelques branches ici et là, les feuilles viraient déjà au bronze. Les maisons étaient en solide pierre grise et l'on eût dit qu'elles faisaient corps avec la terre, une impression qui ne ressemblait en rien à l'effet produit par les teintes plus douces du sud de l'Angleterre. Aucun toit de chaume dans cet univers, aucun mur de crépi agrémenté de motifs, mais de hautes cheminées fumantes, des redans de pignons se découpant sur le ciel, de larges fenêtres clignotant dans la lumière du jour naissant.

Près d'un an et demi s'était écoulé depuis qu'Hester avait regagné l'Angleterre, au sortir de la guerre de Crimée. A l'époque, elle eût aimé demeurer à Scutari jusqu'aux toutes dernières heures du conflit, mais le décès prématuré de ses parents avait nécessité sa présence à Londres. Depuis, elle s'efforçait d'appliquer les méthodes modernes de soins aux malades, qu'elle avait acquises au prix d'expériences douloureuses aux côtés de Miss Nightingale, et, plus encore, d'insuffler un vent de réforme aux conceptions périmées de l'hygiène en vigueur dans les hôpitaux britanniques. Ses convictions lui avaient valu le renvoi : le corps médical de l'hôpital où elle travaillait l'avait jugée arrogante et indisciplinée. Elle n'avait rien pu arguer pour sa défense : elle se savait coupable.

Son père était mort en état de totale disgrâce sociale et financière, et ni Hester ni son frère Charles n'avaient hérité du moindre penny. Bien entendu, Charles s'était montré tout disposé à subvenir aux besoins de sa sœur, mais l'idée de se voir prise en charge et dépendante semblait tout bonnement intolérable à la jeune femme. Très vite, elle avait trouvé une place d'infirmière particulière, et lorsque son patient s'était rétabli, elle en avait occupé une deuxième, puis d'autres encore. Certains malades se montraient de compagnie agréable, d'autres moins, mais Hester n'était jamais demeurée plus d'une semaine sans travailler. Cette activité lui permettait de manger à sa faim sans renoncer à son indépendance.

L'été précédent, Lady Callandra Daviot, son amie très chère, lui avait demandé comme une faveur de reprendre un poste dans un hôpital pour une période assez brève et elle avait accepté. Une infirmière venait d'être assassinée et le Dr Kristian Beck se voyait soupçonné du meurtre. Une fois l'affaire élucidée, Hester avait trouvé un nouvel emploi à domicile, au terme duquel elle avait dû se mettre une fois de plus en quête d'une autre place.

Elle avait alors répondu à une petite annonce parue dans un journal londonien. Une famille bourgeoise d'Édimbourg cherchait une jeune femme bien éduquée, dotée d'une expérience d'infirmière, pour accompagner Mrs. Mary Farraline, vieille dame de santé fragile, mais non pas critique, qui devait voyager en train jusqu'à Londres et revenir six jours plus tard. La préférence, précisait l'annonce, serait donnée à une ancienne collaboratrice de Miss Nightingale. Les frais de voyage seraient bien entendu pris en charge par la famille, qui octroyait en outre une rémunération plutôt généreuse pour la tâche demandée. Les candidatures devaient être adressées à Mrs. Baird McIvor, 17 Ainslie Place, Édimbourg.

Hester ne connaissait pas l'Écosse et la perspective de s'y rendre à cette période de l'année lui plut. Elle envoya donc à Mrs. McIvor une lettre détaillant son expérience et ses qualifications, ajoutant qu'elle était prête à accepter la mission.

La réponse lui parvint quatre jours plus tard. Un billet de deuxième classe pour Édimbourg était joint dans l'enveloppe. Le départ de Londres était prévu pour le mardi soir suivant à dix heures moins le quart, l'arrivée à huit heures trente-cinq le lendemain matin. Une voiture viendrait chercher la jeune femme à Waverley Station pour la conduire au domicile des Farraline, où Hester profiterait de la journée pour faire la connaissance de sa patiente. Le soir même, les deux femmes prendraient le train de nuit pour Londres.

Par curiosité, Hester s'était documentée sur la ville. Certes, elle n'aurait pas le temps de visiter Édimbourg lors de ce premier séjour, puisqu'elle repartait le soir même, mais elle comptait bien passer un ou deux jours sur place la deuxième fois, après avoir ramené Mrs. Farraline à bon port. Elle avait appris que, malgré son titre de capitale de l'Écosse, Édimbourg était nettement moins étendue que Londres : elle ne comptait guère plus de cent soixante-dix mille habitants, contre presque trois millions pour Londres. Néanmoins, c'était une ville d'une grande distinction, une « Athènes du Nord » réputée pour son érudition, notamment dans les domaines de la médecine et du droit.

Dans un grand bruit de ferraille, le train prit un brusque virage et, une fois la fumée dissipée, Hester distingua au loin les toits sombres de la ville, surmontés par la silhouette insolite d'un château fort avec, au-delà, le pâle scintillement de la mer. Alors, contre toute raison, la jeune femme sentit un frisson d'excitation la parcourir tout entière, comme si elle se trouvait au seuil d'une grande aventure, et non vouée à passer la journée dans une maison étrangère avant d'accomplir une tâche professionnelle peu passionnante.

Le voyage avait été long et inconfortable. Les compartiments de deuxième classe n'offraient ni intimité ni espace. Bien entendu, elle avait dû rester assise toute la nuit et les brèves phases de sommeil entrecoupé qu'elle avait réussi à prendre la laissaient engourdie. Elle se leva et arrangea ses vêtements, puis, le plus discrètement possible, mit de l'ordre dans sa coiffure.

Le train entra enfin en gare et s'immobilisa au milieu d'un nuage de fumée avec un fort grincement d'essieux, accompagné de cris et de claquements de portes. Hester saisit son unique bagage, une valise souple juste assez grande pour contenir quelques sous-vêtements de rechange et ses affaires de toilette, et descendit sur le quai.

L'air froid la mordit, lui coupa le souffle. Autour d'elle, tout était bruit et agitation : les voyageurs appelaient les porteurs, des crieurs de journaux hurlaient les gros titres, chariots et wagons mêlaient leurs cliquetis. Une pluie de cendres s'échappait de la cheminée et un conducteur noir de suie sifflotait un air joyeux. Soudain, la locomotive cracha un ultime jet de fumée qui noya le quai. Un homme poussa un juron en voyant une fine pellicule noire maculer le col de sa chemise.

Hester, quant à elle, se sentait euphorique. Elle remonta le quai en direction de l'escalier et de la sortie, avec une hâte bien peu féminine. Une grosse dame vêtue d'une robe noire stricte et d'un chapeau à bride posa sur elle un regard désapprobateur. Indifférente, Hester gravit les dernières marches, tendit son billet au contrôleur et déboucha dans la rue. Il ne lui fallut que quelques instants pour reconnaître la voiture qui l'attendait : descendu à terre, son cocher dévisageait avec attention les voyageurs qui sortaient de la gare et son regard venait de s'arrêter sur une jeune femme vêtue de gris et chargée d'une petite valise. Hester dépassa cette dernière et se dirigea droit vers lui.

— Je vous prie de m'excuser, fit-elle, mais êtes-vous envoyé par Mrs. McIvor ?

— Oui, Miss, c'est ça. Et vous, vous êtes bien Miss Latterly, qui vient de Londres pour accompagner Madame ?
— Tout à fait.
— Bon, eh bien, dans ce cas, vous n'avez plus qu'à monter. Je suppose que vous aurez droit à un petit déjeuner décent à la maison. Je ne sais pas s'ils servent quelque chose dans le train, mais je peux vous garantir que ce sera bien meilleur chez nous ! Venez, je vais prendre votre sac.

Elle allait protester, mais il avait déjà saisi la valise. Il aida la jeune femme à monter en voiture, puis referma la portière.

Le trajet se révéla très court : Hester eût aimé s'attarder davantage à travers la ville, mais le cocher se contenta de passer le pont qui menait à Princes Street, de descendre une bonne partie de cette rue, laissant à la jeune femme le loisir d'admirer les devantures des boutiques et les somptueuses maisons sur sa droite, les vallons verdoyants des jardins à gauche, la statue de Walter Scott, puis, surplombant le tout, le château. Ils tournèrent ensuite à droite vers la ville nouvelle, empruntèrent quelques rues typiquement georgiennes et atteignirent Ainslie Place. Le numéro dix-sept ne se distinguait en rien de ses voisins : trois étages, larges fenêtres dont les dimensions se réduisaient d'un étage à l'autre, parfaite symétrie de la façade, gracieuses proportions, et cette simplicité caractéristique du style Régence anglais.

La voiture s'immobilisa devant la porte de service : après tout, la place d'une infirmière s'apparentait plus à celle d'une domestique que d'une invitée. Hester mit pied à terre, puis le cocher la laissa seule pour conduire la voiture et les chevaux aux écuries. Elle se dirigea alors vers la porte, qui s'ouvrit avant même qu'elle eût sonné. Un jeune garçon la considérait avec intérêt.

— Je suis Hester Latterly, l'infirmière qui doit accompagner Mrs. Farraline à Londres, expliqua-t-elle.
— Ah oui, Miss. Entrez, s'il vous plaît. Je vais avertir Mr. McTeer.

Il tourna les talons sans attendre de réponse. Elle le suivit tandis qu'il traversait la cuisine, puis s'engageait dans un couloir où il faillit buter contre un majordome au visage émacié et à l'expression d'une extrême gravité. Celui-ci examina Hester.

— C'est donc vous, l'infirmière qui va accompagner Madame à Londres...

On eût dit, au ton employé, qu'il évoquait quelque sinistre au-delà...

— Suivez-moi, reprit-il. Mirren va se charger de votre bagage. Et j'imagine que vous ne refuserez pas de manger un morceau avant d'aller voir Mrs. McIvor. Vous pourrez aussi faire un brin de toilette et vous donner un coup de peigne, ajouta-t-il en la couvrant d'un regard résolument critique.

— Oui, avec plaisir, répondit-elle d'une voix mal assurée, avec la sensation désagréable d'être moins présentable qu'elle ne se l'était imaginé.

— Bon. Si vous voulez bien aller à la cuisine, on vous servira le petit déjeuner. Ensuite, quelqu'un viendra vous chercher quand Mrs. McIvor sera prête à vous recevoir.

— Venez! lança aussitôt le jeune garçon avec entrain.

Il tourna les talons pour la reconduire dans la cuisine.

— C'est comment, les trains, Miss? interrogea-t-il. Je ne suis jamais monté dedans...

— Ça ne te regarde pas, Tommy! coupa le majordome d'un ton dur. Ne t'occupe pas des trains! Tu as nettoyé les chaussures de Mr. Alastair?

— Oui, Mr. McTeer, je les ai toutes faites.

— Dans ce cas, je vais te trouver une autre occupation...

Hester eut droit à une excellente collation, qui lui fut servie sur un coin de la grande table de cuisine, puis on la conduisit dans une petite chambre d'amis mitoyenne à la nursery. Son sac de voyage s'y trouvait déjà. Elle se lava le visage et le cou et se recoiffa.

Elle n'eut pas à patienter longtemps. Quelques coups retentirent à la porte et une servante l'informa que

Mr. McTeer la réclamait. A la suite du sombre majordome, Hester franchit une porte matelassée et déboucha dans un vaste hall dallé de carreaux noirs et blancs. Les murs lambrissés de chêne portaient une demi-douzaine de trophées de chasse, têtes d'animaux empaillées, des cerfs pour la plupart. Hester les remarqua à peine : son regard s'était arrêté sur le portrait en pied grandeur nature d'un homme, qui dominait la pièce. Le tableau frappait non seulement par ses couleurs, magnifiques, mais surtout par l'expression du visage, saisissante de vérité, qu'avait su rendre le peintre. La tête était longue et étroite, avec de grands yeux d'un bleu très clair, un long nez fin et une bouche plutôt large aux contours flous qui conférait au personnage une étrange incertitude. L'abondante chevelure blonde qui surmontait le front tranchait par sa couleur claire, comme si l'artiste avait cherché à capter l'attention, à empêcher le visiteur de s'intéresser à l'austère décor de chêne et de dorures ou au regard vitreux des grands cerfs, que la vie avait depuis longtemps désertés.

Le majordome traversa le hall, s'engagea dans un couloir, passa quelques portes et s'arrêta devant l'une d'elles. Après avoir frappé deux coups brefs, il ouvrit et s'effaça pour laisser entrer Hester.

— Miss Latterly, madame, l'infirmière de Londres.

— Merci, McTeer. Entrez, Miss Latterly, je vous en prie.

La voix était douce, aimable, avec l'accent très convenable, net et précis de la haute société édimbourgeoise.

La pièce était bleu ciel. Un motif floral un peu flou ornait les murs et le tapis. Les larges fenêtres donnaient sur un jardinet et la lumière blême du matin conférait à la pièce une atmosphère glaciale malgré le feu qui crépitait dans la cheminée. La personne qui accueillit Hester était une femme mince, proche de la quarantaine, qui possédait à l'évidence un lien de parenté avec l'homme du grand tableau. Elle avait le même visage long, le nez fin, la bouche large. Il lui manquait toutefois cette indécision qui caractérisait le personnage représenté dans l'entrée. Le dessin de ses lèvres frôlait la perfection, son regard bleu semblait plein de franchise. Elle avait réuni ses cheveux blonds en un chignon serré, mais leur couleur chaude lui apportait un charme dont cette coiffure sévère eût dû la priver. Pourtant, cette femme n'était pas belle à proprement parler : son attrait tenait plus à la force qui émanait d'elle, à l'intelligence de son expression qu'elle ne cherchait aucunement à masquer.

— Entrez, Miss Latterly, je vous en prie, répéta-t-elle. Je suis Oonagh McIvor. C'est moi qui vous ai écrit de la part de ma mère, Mrs. Mary Farraline. J'espère que vous avez fait bon voyage ?

— Oui, merci, Mrs. McIvor, le trajet a été très agréable, surtout lorsque le jour s'est levé et que j'ai pu admirer le paysage.

Oonagh sourit et une chaleur soudaine transforma son visage.

— J'en suis bien aise, répondit-elle. Les voyages en train se révèlent parfois si ennuyeux et si inconfortables ! A présent, je suis sûre que vous aimeriez rencontrer votre patiente. Je me dois de vous informer, Miss Latterly, que ma mère paraît en excellente santé, mais il ne faut pas s'y fier. Elle se fatigue plus vite qu'elle ne veut l'admettre et ses médicaments sont tout à fait indispensables à son bien-être, et peut-être même à sa survie.

Il n'y avait pas d'inquiétude dans sa voix, mais une insistance qui en disait long sur l'importance qu'elle attachait à cette mise en garde.

— Ils sont très faciles à administrer, poursuivit-elle. Il s'agit d'une simple potion. Le goût en est assez désagréable, mais une petite friandise suffit à l'estomper.

Elle leva les yeux sur Hester, restée debout devant elle.

— Le problème vient de ce que ma mère oublie de les prendre quand elle se sent bien. Malheureusement, dès l'instant où elle tombe malade du fait de cette omission, il est trop tard pour y remédier sans souffrance. Je pense que vous comprenez ?

— Bien sûr, répondit Hester. Beaucoup de personnes

voudraient se passer de médicaments et ont tendance à mal juger de leurs capacités. C'est fort compréhensible.

— Parfait.

Oonagh se leva. Aussi grande qu'Hester, elle était svelte sans être maigre et se déplaçait avec grâce, malgré l'encombrement de sa très large jupe.

Ensemble, les deux femmes traversèrent le hall d'entrée et Hester ne put s'empêcher de jeter un nouveau coup d'œil au tableau. Avec ses ambiguïtés, ce visage la perturbait et elle se demandait s'il lui plaisait ou non. Une chose était sûre : elle ne l'oublierait pas de sitôt.

Oonagh sourit et s'arrêta devant le portrait.

— Mon père, expliqua-t-elle d'une voix où perçait une émotion intense, mais soigneusement maîtrisée. Hamish Farraline. Il est décédé il y a huit ans. C'est mon époux qui dirige l'entreprise depuis.

Surprise, Hester ouvrit la bouche, mais se ravisa en songeant qu'une remarque de sa part paraîtrait déplacée. Son étonnement n'avait toutefois pas échappé à Oonagh, qui sourit et releva légèrement le menton.

— Mon frère Alastair occupe la fonction de fiscal, reprit-elle. Il continue à surveiller la bonne marche de l'entreprise le plus souvent possible, mais son travail l'accapare beaucoup.

Elle parut alors lire l'incompréhension sur le visage d'Hester.

— C'est le procurator fiscal, précisa-t-elle. L'équivalent de ce que vous autres, en Angleterre, appelez, je crois, le procureur général.

— Ah !

Hester se sentit impressionnée malgré elle. Dans le domaine de la justice, elle ne connaissait guère qu'Oliver Rathbone, brillant ténor du barreau rencontré par l'intermédiaire de Callandra et qui lui inspirait des sentiments douloureusement confus. Mais c'était là une impression personnelle. Sur le plan professionnel, elle lui vouait une admiration sans bornes.

— Je vois, dit-elle. Vous devez être très fière de lui.

— Oui, en effet.

Oonagh reprit sa progression vers le grand escalier et attendit qu'Hester l'eût rejointe avant de commencer à monter.

— L'époux de ma sœur travaille également dans l'entreprise, poursuivit-elle. Il est extrêmement compétent dans tout ce qui a trait à l'imprimerie. Nous avons eu beaucoup de chance qu'il choisisse de devenir l'un des nôtres. Il est toujours préférable pour une vieille entreprise de rester propriété familiale.

— Quel genre de documents imprimez-vous ?

— Des livres. Toutes sortes de livres.

En haut des marches, Oonagh s'engagea sur le palier garni d'un tapis turc rouge et s'arrêta devant l'une des nombreuses portes. Elle frappa un coup bref et entra aussitôt.

La chambre était très différente de la pièce bleue du rez-de-chaussée. Ses couleurs allaient du jaune d'or au bronze, comme si le soleil y entrait à flots. Aux murs, de petits tableaux aux encadrements dorés représentaient des paysages champêtres et un abat-jour à franges d'or diffusait une lumière douce. Cependant, Hester n'eut pas le loisir d'y prêter attention. Une femme était installée dans l'un des trois grands fauteuils disposés face à la porte. Elle paraissait grande, peut-être même plus grande qu'Oonagh, et se tenait très droite et la tête haute. Elle avait les cheveux presque blancs et un long visage qui reflétait une intelligence et une bonté manifestes. Ses traits ne possédaient pas une finesse particulière et même du temps de sa jeunesse, elle n'avait pu être une beauté : son nez était trop long, son menton trop court. Toutefois, la vivacité de son expression reléguait ces défauts au second plan.

— Vous devez être Miss Latterly, déclara-t-elle d'une voix ferme et claire sans laisser à Oonagh le temps de faire les présentations. Je suis Mary Farraline. Entrez et asseyez-vous, je vous prie. Je crois que vous devez m'accompagner à Londres pour vous assurer que mon comportement ne fera pas honte à la famille.

Une ombre de contrariété traversa le visage d'Oonagh.

— Maman, nous nous inquiétons seulement pour votre santé, intervint cette dernière. Il vous arrive d'oublier de prendre vos médicaments...

— Balivernes ! Je n'oublie jamais. Seulement, je n'en ai pas toujours besoin. Ma famille se fait du souci, ajouta-t-elle avec un sourire à l'intention d'Hester. Malheureusement, lorsque les forces physiques commencent à décliner, les gens croient que l'esprit suit la même pente descendante.

Oonagh considéra Hester avec un air de patiente complicité.

— Je constate que je ne serai d'aucune utilité, répondit Hester tout en rendant son sourire à la vieille dame. J'espère que je parviendrai au moins à rendre votre voyage plus agréable, même s'il ne s'agit que de vous fournir ce dont vous aurez besoin et de veiller à ce que vous ne manquiez de rien.

Oonagh parut se détendre à ces mots.

— Je n'avais vraiment pas besoin d'une infirmière formée par Florence Nightingale pour cela ! répliqua Mary en secouant la tête. Mais je suis sûre que vous serez d'une compagnie bien plus agréable que beaucoup d'autres. Oonagh m'a dit que vous avez servi en Crimée. Est-ce vrai ?

— Oui, Mrs. Farraline.

— Eh bien, asseyez-vous, ordonna-t-elle en désignant un siège en face d'elle. Vous n'avez pas à rester debout devant moi comme une servante. Ainsi, vous êtes partie là-bas pour devenir infirmière dans l'armée ? Pourquoi ?

Hester fut trop surprise pour trouver une réponse immédiate. C'était une question que personne ne lui avait plus posée depuis le jour où son frère Charles lui avait demandé pourquoi diable elle se lançait dans une aventure aussi périlleuse et aussi peu convenable pour une jeune fille. C'était, bien sûr, avant que l'aura de Florence Nightingale rendît ce dévouement presque acceptable. A présent, alors que la paix régnait depuis déjà dix-huit mois, Florence Nightingale suscitait l'admiration et le respect de tous les Britanniques et venait en seconde place, juste derrière la reine elle-même, dans leur cœur.

— Allons, insista Mary, amusée. Vous aviez bien une raison ! Une jeune femme ne boucle pas ses bagages, n'abandonne pas famille et amis et ne part pas pour une destination lointaine et dangereuse sans une motivation très forte !

— Mère, il s'agissait peut-être d'un motif très personnel, objecta Oonagh.

Hester se mit à rire.

— Oh non ! s'exclama-t-elle. Il n'y avait aucune histoire sentimentale là-dessous ! J'avais simplement envie de faire quelque chose de plus utile que de rester chez moi à peindre ou à coudre, deux activités pour lesquelles je ne possède aucun don naturel... Et puis, je recevais des lettres de mon jeune frère, qui était soldat là-bas et qui nous décrivait les terribles conditions dans lesquelles se déroulaient les combats. Je... je suppose que cela correspondait à ma nature...

— C'est bien ce que je pensais, conclut Mary avec un léger hochement de tête. Les femmes n'ont guère le droit à l'ambition. La plupart restent chez elles pour entretenir le feu, au sens propre et au figuré.

Elle se tourna vers Oonagh.

— Merci, ma chérie. C'est très gentil à toi de m'avoir trouvé une compagne de voyage qui connaisse le sens des mots passion et aventure et qui ait le courage de ses convictions. Je suis sûre que ce trajet jusqu'à Londres me plaira beaucoup.

— Je l'espère, répondit Oonagh avec douceur. Je suis convaincue que Miss Latterly s'occupera bien de vous et se révélera d'une compagnie très agréable. A présent, je pense que je vais aller demander à Nora de lui montrer la trousse à médicaments.

Mary eut un haussement d'épaules résigné.

— Si tu estimes que c'est vraiment nécessaire... Merci infiniment d'être venue, Miss Latterly. J'ai hâte de vous revoir au déjeuner, puis au dîner, bien sûr, qu'il nous faudra prendre assez tôt. Il me semble que notre train part à neuf heures un quart et il convient d'arriver au moins une demi-heure avant, ce qui nous empêchera de bien profiter du dîner, mais nous n'avons pas le choix.

Après avoir pris congé, Oonagh conduisit Hester dans le dressing-room de Mrs. Farraline pour la présenter à Nora, jeune femme de chambre très brune et très maigre aux gestes mesurés.

— Enchantée, Miss, dit la servante en couvrant Hester d'un regard poli et apparemment dénué d'envie ou de ressentiment.

Oonagh s'éclipsa aussitôt et Nora présenta à Hester la trousse à médicaments, qui contenait douze fioles remplies de liquide. La vieille dame devait en boire une chaque soir et chaque matin jusqu'à son retour. Les doses étaient déjà préparées et Hester n'aurait ni mesures ni mélanges à effectuer. Il lui suffirait de verser le contenu d'un flacon dans un verre et de s'assurer que Mary l'avalait sans rien renverser et, surtout, qu'elle ne renouvelât pas la dose par inadvertance. Comme l'avait souligné Oonagh, une telle erreur se révélerait extrêmement grave, voire fatale.

Nora verrouilla la trousse et tendit la clé, attachée à un ruban, à l'infirmière.

— C'est vous qui la garderez, expliqua-t-elle. Si vous voulez bien la mettre autour de votre cou, pour ne pas risquer de la perdre...

— Bien sûr, acquiesça Hester en s'exécutant, dissimulant la clé dans son corsage. C'est une excellente idée.

Les bagages de Mary étaient éparpillés un peu partout dans la pièce, là où la femme de chambre les avait remplis. Les vêtements étaient confectionnés dans de riches étoffes et la demi-douzaine de robes occupait un espace considérable. Une dame qui prévoyait de se changer cinq fois par jour (robe simple pour le matin, tenue un peu plus sophistiquée pour sortir déjeuner, puis une robe d'après-midi, une tenue pour le thé et une autre, différente, pour le dîner) pouvait difficilement voyager sans un minimum de trois grandes malles. A eux seuls, jupons, chemises de corps, corsets, bas et chaussures nécessitaient une malle entière.

— Vous n'aurez pas à vous soucier des vêtements, précisa Nora avec une fierté de propriétaire. Je me suis occupée de tout. Chaque malle comporte une liste écrite de son contenu et il y aura quelqu'un pour déballer toutes les affaires chez Miss Griselda. La seule chose que vous aurez peut-être à faire, ce sera de coiffer Mrs. Farraline le matin. Vous en êtes capable?

— Oui, parfaitement.

— Bon. Alors je n'ai plus rien à vous expliquer.

Elle fronça légèrement les sourcils.

— Y a-t-il autre chose? interrogea Hester.

Nora secoua la tête.

— Non... Non, c'est tout. C'est juste que... que j'aurais préféré qu'elle n'aille pas là-bas. Je suis contre les voyages. Elle n'avait pas besoin... Je sais que Miss Griselda vient de se marier et que c'est son premier enfant qu'elle attend... La pauvre, elle a très peur que la naissance se passe mal, d'après les lettres qu'elle nous envoie. Mais il y a des gens qui sont comme ça. Tout ira bien, c'est sûr, et de toute façon, je ne vois pas ce que ma maîtresse peut faire pour elle.

— Miss Griselda est-elle de constitution fragile?

— Grands dieux, non! Seulement, elle s'est mise à se faire du souci. Elle n'était pas comme ça avant, c'est depuis qu'elle s'est mariée à ce Mr. Murdoch. Ah, celui-là, avec son petit air de ne pas y toucher...

Elle se mordit la lèvre.

— Oh, je n'aurais pas dû dire ça! Je suis sûre que c'est un monsieur très bien...

— Oh oui, sans aucun doute, renchérit Hester sans réelle conviction.

Nora lui adressa un petit sourire.

— Ça vous tente, une tasse de thé? Il est presque

onze heures. Le thé doit être servi dans la salle à manger, si vous voulez.

— Merci. Je crois que je vais y aller.

La seule personne qu'elle trouva à la longue table de chêne était une femme assez petite qui devait avoir vingt-cinq ou vingt-huit ans. Associé à ses cheveux noir de jais, épais et brillants, son teint mat était du plus bel effet et, à voir ses joues roses, on eût cru qu'elle revenait d'une vivifiante promenade en plein air. Cette physionomie tranchait avec les critères de mode en vigueur, du moins à Londres où la pâleur prévalait, mais Hester en apprécia l'originalité. Ce joli visage aux traits bien dessinés plaisait au premier coup d'œil. Un examen plus minutieux révélait en outre une intelligence et une détermination qui ajoutaient à son charme. Hester songea alors qu'en réalité la jeune femme devait avoir passé la trentaine.

— Bonjour, dit Hester, hésitante. Mrs. Farraline?

L'intéressée leva les yeux comme si l'intrusion la prenait au dépourvu, puis eut un sourire qui transforma toute sa physionomie.

— Oui. Qui êtes-vous?

Le ton dénué d'agressivité traduisait une curiosité non dissimulée, comme si l'apparition d'Hester procurait une agréable surprise.

— Asseyez-vous, je vous en prie, ajouta-t-elle.

— Hester Latterly. Je suis l'infirmière qui doit accompagner Mrs. Mary Farraline à Londres.

— Ah... Je vois. Voulez-vous du thé? Ou préférez-vous du chocolat chaud? Avec des galettes ou des sablés?

— Du thé, s'il vous plaît, répondit Hester en s'installant en face d'elle. Et ces sablés m'ont l'air excellents.

La femme versa du thé dans une tasse qu'elle passa à Hester, avant de lui tendre l'assiette de biscuits.

— Belle-maman prend le sien là-haut, reprit-elle. Et bien sûr, tous les hommes sont à leur travail. Quant à Eilish, elle n'est pas encore levée. Elle ne l'est jamais à cette heure.

— Est-elle... souffrante?

Hester regretta aussitôt sa question. Si un membre de la famille choisissait de rester au lit jusqu'à midi, elle n'avait pas à en demander la raison.

— Seigneur, non! Oh, j'y pense... Je ne me suis pas présentée. Comme c'est indélicat de ma part! Je suis Deirdra Farraline... l'épouse d'Alastair.

Elle jeta un coup d'œil inquisiteur à son interlocutrice, comme pour s'assurer que cette explication suffisait. Hester eut un petit hochement de tête.

— Dans la famille, poursuivit la jeune femme, il y a aussi Oonagh... Mrs. McIvor, la personne qui vous a écrit. Et puis Kenneth, et Eilish, qui est aussi Mrs. Fyffe, quoique je ne pense jamais à elle sous cette dénomination, je ne sais pas pourquoi. Et enfin Griselda, qui vit désormais à Londres.

— Je vois. Merci.

Hester but une gorgée de thé et croqua son biscuit. Il avait un goût délicieux.

— Ne vous inquiétez pas pour Eilish, poursuivit Deirdra sur le ton de la conversation. Elle ne se lève jamais à des heures décentes, mais elle se porte comme un charme. Il suffit de la regarder pour le savoir. Une créature charmante, sans doute la plus jolie femme d'Édimbourg... mais aussi la plus paresseuse! Ne vous méprenez pas, je l'aime beaucoup, ajouta-t-elle aussitôt. Mais pas au point d'occulter ce défaut.

Hester sourit.

— Si nous n'aimions que la perfection, nous nous sentirions bien seuls...

— Je suis d'accord avec vous. Étiez-vous déjà venue à Édimbourg?

— Non. Et c'est même la première fois que je viens en Écosse.

— Ah! Vous avez toujours vécu à Londres?

— Non. J'ai passé quelque temps en Crimée.

— Juste ciel! s'exclama Deirdra en ouvrant de grands yeux. Ah... Ah, bien sûr... La guerre... Oui, Oonagh m'a vaguement expliqué qu'elle voulait engager l'une des infirmières de Miss Nightingale pour Belle-maman. Je ne vois pas bien pourquoi. Il faut simplement lui faire prendre une petite dose de potion, une infirmière militaire n'était pas indispensable pour cela! Y êtes-vous allée en bateau? Cela a dû prendre des lustres!

Elle esquissa une petite grimace et saisit un autre biscuit.

— Si seulement l'homme pouvait voler! ajouta-t-elle pensivement. On n'aurait plus besoin de contourner l'Afrique, il suffirait de traverser l'Europe et l'Asie.

— Il n'est pas nécessaire de contourner l'Afrique pour gagner la Crimée, fit remarquer Hester d'un ton dénué d'ironie. La Crimée se trouve en bordure de la mer Noire. Il suffit de traverser la Méditerranée, puis le Bosphore.

Deirdra écarta l'objection d'un geste.

— Peut-être, mais il faut contourner l'Afrique pour aller en Inde, ou en Chine. C'est le même principe.

Hester se demanda ce qu'elle pouvait bien répondre à cela et porta sa tasse de thé à ses lèvres.

— Ne trouvez-vous pas tout cela terriblement... terriblement insipide, après la Crimée? interrogea Deirdra.

Sans doute Hester eût-elle considéré la question comme une simple façon d'alimenter la conversation sans cette intensité dans l'expression de son interlocutrice, cette intelligence dans son regard. Comment fallait-il réagir? Les tâches dont on chargeait les infirmières en temps de paix étaient pour la plupart ennuyeuses, même si les patients, eux, se révélaient tous intéressants d'une manière ou d'une autre. Bien sûr, le goût du danger et du défi qu'elle avait connu en Crimée s'était effacé, de même que l'esprit de camaraderie. Mais la faim, le froid, la peur et cette terrible rage impuissante que l'on éprouvait avaient disparu également. A leur place, elle avait connu le tumulte émotionnel que procurait sa collaboration avec Monk. Elle avait rencontré ce dernier, alors inspecteur de police, à l'époque où il enquêtait sur l'affaire Grey. Peu après, grâce à Callandra, elle l'avait aidé à élucider l'affaire Moidore. Toutefois, il avait quitté la police dans un accès de rage et s'était trouvé contraint d'exercer désormais son métier comme détective privé. Hester l'avait alors appelé à la rescousse pour aider Edith Sobel, après la mort du général Carlyon. Et lorsque le corps d'une infirmière avait été découvert à l'hôpital, la jeune femme était apparue comme la personne idéale pour assister le détective dans son enquête.

Cependant, les relations qu'elle entretenait avec Monk lui parurent trop complexes pour être abordées dans le cadre de cette conversation. De plus, ce type d'activités annexes qu'elle menait risquait fort de porter atteinte à sa réputation au sein de cette famille éminemment respectable que formaient les Farraline.

Elle s'aperçut que Deirdra la fixait, attendant une réponse.

— Oui, reconnut-elle. Parfois. Je ne suis pas mécontente d'avoir retrouvé un certain confort, mais j'avoue que l'esprit d'entraide qui régnait là-bas me manque. C'est cela qui est le plus dur.

— Et les défis ? insista Deirdra, penchée en avant au-dessus de la table. N'est-ce pas merveilleux d'essayer d'accomplir quelque chose d'extrêmement difficile ?

— Pas quand vous n'avez aucune chance de réussir et que votre échec fait souffrir autrui.

Le visage de Deirdra s'assombrit.

— Non, bien sûr... Je suis désolée, je dois vous paraître bien égoïste. Mais ce n'était pas tout à fait ce que je voulais dire. Je pensais aux défis pour l'esprit, à l'inventivité que l'on déploie, aux aspirations que l'on peut avoir... Je...

La porte de la salle à manger s'ouvrit soudain et la jeune femme s'interrompit. Oonagh venait d'apparaître. Son regard passa de l'une à l'autre, puis elle esquissa un sourire bienveillant.

— J'espère que vous vous êtes mise à l'aise, Miss Latterly, dit-elle, et que l'on s'occupe bien de vous.

— Oh oui, répondit Hester, tout à fait. Merci.

— J'étais en train d'interroger Miss Latterly sur son expérience, ou du moins une partie de son expérience, expliqua Deirdra avec enthousiasme. Cela a l'air tout à fait passionnant !

Oonagh prit place à table et se servit une tasse de thé. Puis elle jeta à Hester un regard interrogateur.

— J'imagine qu'il y a des jours où vous devez trouver l'Angleterre un peu oppressante, après la liberté que vous avez connue en Crimée.

C'était là une réflexion étrange, qui dénotait une profondeur d'esprit peu commune. Hester comprit qu'il ne s'agissait pas d'une remarque anodine, destinée à relancer la conversation. Déconcertée, elle ne répondit pas tout de suite et Oonagh dut éprouver le besoin de s'expliquer davantage.

— Je pense aux nombreuses responsabilités que vous aviez là-bas, du moins si mes lectures m'ont bien renseignée... Vous avez dû voir nombre de souffrances, qui auraient pu être évitées pour la plupart si l'on y avait apporté plus de considération. Et j'imagine que vous n'aviez pas toujours un officier supérieur près de vous, une autorité médicale ou militaire, chaque fois qu'il vous fallait prendre une décision ?

— Non... Non, c'est vrai, acquiesça Hester, surprise par une si juste vision des choses.

Alors qu'elle se trouvait là, dans cette paisible salle à manger, avec sa table bien cirée et ses splendides buffets de bois sculpté, elle s'apercevait tout à coup que la confiance et les responsabilités dont elle avait été investie, et ce pouvoir qu'elle avait eu d'agir en son âme et conscience, représentaient les deux facettes de la vie en Crimée qui lui manquaient le plus. A présent, elle ne prenait plus guère que des décisions triviales.

Elle songea que, pour une femme comme Oonagh McIvor, cette absence de grands desseins devait peser encore plus. Ses responsabilités se limitaient essentiellement au domaine domestique quelle serait la composition du dîner ? Comment arbitrer la querelle qui opposait la fille de cuisine à la blanchisseuse ? Fallait-il inviter telle personne à dîner cette semaine avec les Smith ou la semaine suivante avec les Jones ? Porterait-elle du bleu ou du vert dimanche ? En observant le visage intelligent et résolu d'Oonagh, Hester ne doutait pas que celle-ci n'était pas femme à gaspiller son énergie à de telles futilités. Était-ce donc de l'envie qu'elle décelait à travers le curieux timbre de voix d'Oonagh ?

— Vous possédez un discernement remarquable, répondit-elle en croisant le regard franc de son interlocutrice. Je ne crois pas m'être moi-même représenté les choses sous un angle si juste. J'avoue qu'à certains moments je me suis sentie étouffée par la nécessité d'obéir aux ordres, alors que j'avais pris l'habitude d'agir, simplement parce qu'il n'y avait personne à qui demander conseil et que l'urgence de la situation m'empêchait de remettre la décision à plus tard.

Deirdra l'observait, captivée, et elle en oubliait de boire son thé.

Oonagh sourit, comme si cette réponse lui faisait plaisir.

— Vous avez dû constater bien du gâchis, remarqua-t-elle, ainsi qu'une effrayante accumulation de souffrances. Bien sûr, la mort est nécessairement présente lorsqu'on soigne les gens, mais je ne pense pas qu'un hôpital en temps de paix ait grand-chose à voir avec un champ de bataille. Cet aspect des choses doit être un soulagement pour vous. Devient-on insensible au contact de tant de morts ?

Hester réfléchit. Son interlocutrice ne méritait pas — et n'accepterait pas — une réponse banale ou mensongère.

— Ce n'est pas que l'on devienne insensible, expliqua-t-elle, pensive. Mais on apprend à dominer ses émotions, puis à les mettre de côté. Si l'on s'autorisait à les laisser affluer, on se sentirait si malheureux que l'on cesserait d'être utile à ceux qui restent encore en vie. Et bien que l'apitoiement soit une réaction très naturelle, il n'est pas de mise pour une infirmière, qui peut accomplir des choses concrètes pour soulager la souffrance. Ce ne sont pas les larmes qui ôteront les balles logées dans la chair ou resouderont les membres cassés.

Une sorte d'apaisement s'inscrivit dans le regard d'Oonagh, on eût dit qu'elle venait de trouver la réponse à une question qui la taraudait depuis longtemps. Elle se leva, délaissant le thé qu'elle n'avait pas terminé, et arrangea sa jupe.

— Je pense que vous êtes exactement la personne qu'il fallait à Maman pour ce voyage. Elle va vous trouver tout à fait passionnante et je suis persuadée que vous saurez prendre soin d'elle. Je vous remercie de m'avoir témoigné une telle franchise, Miss Latterly. Vous avez apaisé mon esprit.

Elle jeta un coup d'œil à une montre, qu'un ruban tenait accrochée à son épaule.

— Il reste un peu de temps avant le déjeuner, reprit-elle. Peut-être souhaitez-vous le passer dans notre bibliothèque ? Il y fait bien chaud et vous ne serez pas dérangée si vous avez envie de lire, conclut-elle en se tournant à demi vers Deirdra.

— Ah, oui, fit celle-ci en se levant aussitôt. Je suppose que je ferais bien d'aller vérifier les comptes avec Mrs. Lafferty.

— Je l'ai déjà fait, objecta Oonagh sans animosité. En revanche, je n'ai pas encore convenu avec la cuisinière du menu de demain midi. Vous pouvez vous en charger si vous voulez.

— Oh, merci infiniment. Je hais les chiffres, ils se ressemblent toujours et sont si ennuyeux... Mais bien sûr, je vais aller voir la cuisinière.

Sur ces mots, elle adressa un charmant sourire à Hester et s'éclipsa.

— Quant à moi, je serais ravie de lire un peu, en effet, assura Hester, restée avec Oonagh.

La proposition de cette dernière s'apparentait davantage à un ordre qu'à une invitation, mais Hester ne s'en plaignait pas : elle n'avait rien de mieux à faire de toute façon. Elle se laissa donc escorter jusqu'à une magnifique bibliothèque, dont trois murs entiers étaient tapissés de livres, reliés de cuir et ouvragés à l'or fin pour la plupart.

Beaucoup des plus beaux venaient de chez Farraline & Company, tout comme la plupart des autres, aux reliures ordinaires. Les sujets, diversifiés, couvraient maints domaines. Des auteurs de renom, contemporains et classiques, étaient représentés.

Hester choisit un ouvrage de poésie et s'installa dans l'un des six confortables fauteuils. La lourde porte capitonnée ne laissait passer aucun son. Le léger crépitement du feu dans la cheminée et la chute occasionnelle d'une feuille que le vent projetait contre la vitre venaient seuls troubler le silence de la pièce.

Plongée dans sa lecture, Hester perdit toute notion du temps et sursauta lorsque, levant les yeux, elle s'aperçut qu'une jeune femme se tenait devant elle. Elle n'avait pas entendu la porte s'ouvrir.

— Je suis désolée, je ne voulais pas vous effrayer.

La nouvelle venue était mince et plutôt grande, mais Hester oublia les caractéristiques de sa silhouette à l'instant où elle découvrit son visage : c'était sans doute la plus belle femme qu'il lui eût été donné de rencontrer au cours de toute son existence. Elle avait des traits fins et délicats, mais empreints de passion. Sa peau claire possédait cet éclat particulier que confèrent les chevelures auburn, et ses épais cheveux formaient autour de sa tête un halo aux riches reflets bronze.

— Miss Latterly?
— Oui?

S'efforçant de rassembler ses esprits, Hester posa son livre.

— Je suis Eilish Fyffe. Je viens vous avertir que le déjeuner est servi. J'espère que vous accepterez de vous joindre à nous?

— Bien sûr... avec plaisir.

Hester se leva, puis se souvint qu'elle devait replacer le livre. Eilish eut un geste impatient.

— Oh, laissez-le là! Jeannie le rangera. Elle ne sait pas encore lire, mais elle réussira bien à retrouver l'endroit d'où vous l'avez pris.

— Jeannie ?
— La bonne.
— Ah... Je croyais que c'était...

Hester s'interrompit et Eilish eut un petit rire.

— Un enfant ? Non... enfin, si. Jeannie n'est pas très âgée. C'est une nouvelle venue parmi les domestiques. Elle doit avoir une quinzaine d'années, je pense. Mais elle est en train d'apprendre à lire.

Elle haussa les épaules et un sourire radieux illumina tout à coup son visage.

— Les enfants de la maison sont Margaret et Catriona. Et aussi Robert.

— Ce sont les enfants de Mrs. McIvor ?

— Non, ceux d'Alastair, mon frère aîné. Le Fiscal, précisa-t-elle avec une petite grimace, comme si ce dernier lui avait longtemps inspiré une sorte de crainte respectueuse, dont elle s'était affranchie depuis peu.

Hester n'eut aucune peine à se représenter ce qu'elle devait ressentir. Il lui suffisait de songer à Charles, son propre frère aîné, qui s'était toujours montré sévère à son égard et qu'elle trouvait rébarbatif et dénué d'humour.

— Alec et Fergus, les deux fils d'Oonagh, sont pensionnaires dans une école, poursuivit Eilish. Je pense que Robert va bientôt les rejoindre.

Elle poussa la porte de la bibliothèque et s'engagea dans le grand hall d'entrée. Comme elle ne disait rien de sa propre progéniture, Hester supposa qu'elle n'avait pas encore d'enfants. Peut-être n'était-elle mariée que depuis peu.

Tout le monde était déjà à table lorsque les deux femmes pénétrèrent dans la salle à manger. Eilish indiqua une chaise à Hester, qui s'installa aussitôt. Mary Farraline occupait la place d'honneur, en bout de table, et Oonagh lui faisait face à l'autre extrémité. Deirdra était assise près d'un vieil homme qui ressemblait tant au portrait du grand hall qu'Hester se surprit à le dévisager. Les deux hommes possédaient le même teint, les cheveux du même blond, quoique le crâne de celui qu'elle avait devant elle fût nettement plus dégarni, le même nez long et fin et la même bouche sensuelle. Toutefois, la ressemblance s'arrêtait à l'aspect physique, car si le vieil homme était à n'en pas douter un écorché lui aussi, il n'affichait rien de l'incertitude caractéristique du portrait. Hester se demanda quelles souffrances il avait pu endurer pour paraître si accablé par le sort, si conscient de son impuissance. Ses yeux bleus, enfoncés dans leurs orbites, fixaient un point vague devant lui. Il fut présenté à Hester comme Hector Farraline.

L'entrée fut servie aussitôt. La conversation, polie et dénuée d'intérêt, convenait aux circonstances, établissant une atmosphère bon enfant sans distraire les convives du repas. Tout en mangeant, Hester observa discrètement les visages qui l'entouraient : ils possédaient beaucoup de traits en commun, mais des expériences et des personnalités différentes avaient donné à chacun un caractère bien particulier. Outre Mary, seule Deirdra n'était pas née Farraline et elle se distinguait nettement des autres, minces, grandes et plutôt blondes, tandis qu'elle était petite, brune et dotée de formes plus généreuses. Son visage révélait une sorte d'intensité intérieure, d'excitation contrôlée qui lui conféraient une chaleur dont le reste de la famille était privé. Elle répondait quand la correction l'exigeait, mais se gardait de lancer des remarques personnelles. A l'évidence, son monde intérieur l'absorbait.

Eilish, quant à elle, parlait de façon sporadique, comme motivée par une habitude des bonnes manières, mais lorsqu'elle restait silencieuse, elle aussi semblait plongée dans des réflexions qu'elle n'entendait pas partager. Très souvent, Hester s'attardait malgré elle sur son visage : sans doute sa beauté saisissante attirait-elle naturellement le regard, mais il y avait aussi autre chose, une sorte de tristesse que l'infirmière décelait sous ce masque de courtoisie et d'intérêt affiché.

— Combien de temps va durer votre voyage, Belle-maman ? interrogea Deirdra en se tournant vers Mary, avant d'attaquer le plat de résistance.

— Environ douze heures, répondit cette dernière. Mais

comme je vais dormir, il me paraîtra bien plus court. Je trouve que c'est là une excellente façon de voyager, n'est-ce pas, Miss Latterly?

— Oh, tout à fait, acquiesça Hester. Quoique, d'après le peu que j'ai vu de l'Écosse ce matin, j'aie l'impression que c'est une région qu'on ne se lasse pas d'admirer, surtout à cette période de l'année.

— Il faudrait que vous voyagiez de jour lorsque vous rentrerez chez vous, la prochaine fois, suggéra Mary. Ainsi, vous pourrez regarder par la fenêtre tout au long du trajet. S'il ne pleut pas, cela devrait être très agréable.

— Je ne comprends pas pourquoi tu vas là-bas, intervint soudain Hector Farraline.

Il n'avait pas encore pris la parole depuis le début du repas. Il avait une très belle voix au timbre grave et, bien qu'il ne parvînt pas à articuler certains mots, on devinait que, dans ses moments de sobriété, cet homme devait avoir une magnifique diction, d'autant qu'il possédait le léger accent du nord de l'Écosse, et non celui de Mary, plus plat, propre à Édimbourg.

— Griselda a besoin d'elle, Oncle Hector, expliqua Oonagh. C'est très troublant pour une femme d'attendre son premier enfant. Il n'est pas inhabituel d'être tendue et de ressentir une certaine appréhension.

Hector ne parut pas comprendre.

— Une appréhension? Mais pourquoi? N'ont-ils pas prévu tous les soins nécessaires pour elle? Je croyais que c'était une famille plutôt aisée... socialement très en vue... C'est en tout cas ce que le jeune Connal m'avait dit.

— Socialement très en vue? Les Murdoch? s'exclama Mary, amusée. Ne sois pas absurde, mon cher. Ils viennent de Glasgow. Personne n'a jamais entendu parler d'eux dans la bonne société!

— Mais ils sont célèbres à Glasgow, intervint Deirdra. Alastair dit qu'ils sont très connus et qu'ils ont certainement beaucoup d'argent.

Eilish sourit à Hector, puis baissa les yeux.

— Maman a parlé de bonne société, fit-elle remarquer

avec douceur. J'ai tendance à penser que cela exclut Glasgow dans son ensemble, n'est-ce pas, Maman?

Mary rougit légèrement, mais ne s'avoua pas vaincue.

— Une grande partie, certes, mais sans doute pas toute la ville. Je crois qu'il existe quelques coins agréables, un peu plus au nord.

— Tout à fait, approuva Eilish avant de s'intéresser de nouveau au contenu de son assiette.

Hector fronça les sourcils.

— Mais pourquoi ne rentre-t-elle pas ici pour avoir son bébé? Nous pourrions veiller sur elle! S'il n'y a personne d'intéressant à Glasgow, que fait-elle à Londres, alors?

Avec cette dernière question d'une logique singulière, il se tourna vers Mary. Il semblait désorienté et près de se mettre en colère.

— Tu devrais rester ici, et Griselda devrait rentrer à la maison pour que son enfant naisse en Écosse. Pourquoi est-ce que ce... Comment s'appelle-t-il déjà?... Comment s'appelle-t-il? répéta-t-il, mécontent, en s'adressant à Oonagh.

— Connal Murdoch, répondit celle-ci.

— Ah oui, c'est ça. Eh bien, pourquoi ce Colin Murdoch...

— Connal, Oncle Hector.

— Quoi? fit-il. Mais de quoi parles-tu? Pourquoi m'interromps-tu sans arrêt pour répéter ce que je dis?

— Buvez un peu d'eau, se contenta de répondre Oonagh qui, joignant le geste à la parole, remplit un verre et le lui tendit.

Il l'ignora et but quelques gorgées de vin, mais demeura silencieux lorsqu'il reposa son verre. Hester eut l'impression qu'il avait oublié ce qu'il s'apprêtait à dire.

— Quinlan m'a dit qu'on allait rouvrir l'affaire Galbraith, déclara Deirdra, rompant le silence.

Hester vit le visage de la jeune femme se crisper dès qu'elle eut prononcé ces paroles : elle semblait regretter d'avoir choisi ce sujet de conversation.

— Quinlan est l'époux d'Eilish, expliqua Oonagh à

l'infirmière. Mais la justice n'est pas du tout son domaine et je ne vois pas ce que ses informations peuvent avoir de fiable. J'imagine qu'il ne s'agit que de rumeurs.

A la grande surprise d'Hester, Eilish ne fit même pas mine de protester pour prendre la défense de son mari. Hector secoua la tête.

— Cela ne va pas plaire à Alastair, lança-t-il d'un ton dur.

— Cela ne va plaire à personne, renchérit Mary en fronçant les sourcils. Je pensais que nous en avions terminé avec cela.

— L'affaire a été classée, Maman, rétorqua Oonagh avec conviction. N'y pensez pas, ce ne sont que des rumeurs sans fondement. Elles s'éteindront d'elles-mêmes.

Mary lui lança un regard empreint de gravité, mais ne répondit pas.

— Je persiste à penser que tu ne devrais pas aller à Londres, déclara Hector, sans s'adresser à quelqu'un en particulier.

Il semblait triste et peiné, comme si Mary lui portait un coup personnel en choisissant de partir.

— Je ne serai absente que quelques jours, lui répondit cette dernière d'un ton étonnamment bienveillant. Griselda a besoin d'être rassurée, tu comprends ? Elle est très anxieuse.

— Je ne vois vraiment pas pourquoi, s'obstina Hector en secouant la tête. C'est absurde ! Mais qui sont donc ces Munro, je vous demande un peu ? Ne vont-ils pas s'occuper d'elle comme il faut ? Ce Colin Munro n'a-t-il pas de médecin ?

— Murdoch, fit Oonagh avec un petit rictus d'impatience. Connal Murdoch. Bien sûr qu'il a un médecin, et il a sans aucun doute prévu aussi plusieurs sages-femmes. Mais le problème, c'est ce que ressent Griselda. Et puis, Maman ne sera partie qu'une semaine.

Hector saisit la carafe de vin et se mura dans un silence buté.

35

— Ont-ils trouvé de nouveaux éléments dans l'affaire Galbraith ? interrogea Mary en se tournant vers Deirdra avec une ride d'inquiétude entre les sourcils.

— Alastair ne me l'a pas dit, répondit Deirdra. Ou alors, je ne m'en souviens pas. Je croyais que les plaignants avaient été déboutés faute de preuves.

— C'est bien ce qui s'est passé, intervint fermement Oonagh. Si les gens éprouvent le besoin d'en parler, c'est juste à cause du scandale que cela aurait provoqué si Galbraith avait dû être jugé, étant donné son statut. Un personnage dans sa position fera toujours des envieux, et qu'il y ait ou non de la boue à remuer, les langues iront bon train de toute façon. Le pauvre homme a été contraint de quitter Édimbourg. Son départ devrait mettre un terme à toute cette histoire.

Mary sembla sur le point de prendre la parole, mais se ravisa et baissa les yeux sur son assiette. La fin du repas se déroula dans un silence entrecoupé de remarques anodines, puis Oonagh suggéra à Hester d'aller se reposer quelques heures dans la chambre qu'on lui avait réservée.

La jeune femme accepta de bon cœur. Elle venait de s'engager dans l'escalier lorsqu'elle aperçut Hector Farraline. Il montait lui aussi, mais s'était arrêté à mi-chemin et s'appuyait lourdement à la rampe. Son visage reflétait un chagrin intense, assorti d'une sorte de colère, tandis qu'il fixait le grand portrait accroché au mur opposé, de l'autre côté du grand hall. La jeune femme s'immobilisa à quelques marches de lui.

— Il est très beau, n'est-ce pas ? déclara-t-elle pour engager la conversation.

— Beau ? répéta-t-il d'un ton amer sans lui accorder un regard. Oh oui, très beau. Très séduisant, Hamish. Et avec une haute opinion de lui-même.

Son expression ne s'était pas altérée. Il continuait d'agripper la rampe, à demi penché au-dessus du vide.

— Je parlais du tableau, rectifia Hester. Bien entendu, je n'ai pas connu ce monsieur et je ne me permettrais pas de faire des commentaires à son sujet.

— Hamish? Mon frère Hamish? Évidemment que vous ne l'avez pas connu! Il est mort depuis huit ans, quoique avec cette chose accrochée là, je n'aie pas l'impression qu'il soit mort du tout... On l'a momifié et il reste avec nous. Je devrais construire une pyramide, tiens! Et l'enterrer dessous. Ça, c'est une idée! Un million de tonnes de granit. Une montagne en guise de tombe...

Très lentement, il se laissa glisser et se retrouva assis sur une marche, les jambes étendues devant lui, bloquant le passage à la jeune femme. Il souriait.

— Deux millions! poursuivit-il. A quoi ressemblent un million de tonnes, Miss... euh, Miss...?

Il leva vers elle un regard vague.

— Latterly, termina-t-elle. Je m'appelle Hester Latterly.

— Enchanté. Hector Farraline.

En disant ces mots, il s'était courbé en deux, ce qui eut pour effet de le faire brutalement glisser sur la marche inférieure. Ses pieds heurtèrent les chevilles d'Hester, qui recula.

— Enchantée, Mr Farraline, dit-elle à son tour.

— Vous avez déjà vu les grandes pyramides d'Égypte?

— Non. Je ne suis jamais allée en Égypte.

— Il faudrait. C'est très intéressant.

Il hocha plusieurs fois la tête et la jeune femme craignit de le voir glisser de nouveau.

— J'irai, si l'occasion se présente un jour, assura-t-elle.

— Je croyais qu'Oonagh avait dit que vous y étiez allée, reprit Hector avec une grimace. Oonagh ne se trompe jamais. Jamais. C'est une femme très troublante. Il vaut mieux ne pas s'opposer à elle. Elle lit dans vos pensées comme les autres lisent les livres.

— Je suis allée en Crimée, expliqua Hester en descendant d'une marche, consciente que le vieil homme était sur le point de perdre une nouvelle fois l'équilibre.

— En Crimée? Mais pour quoi faire?

— A cause de la guerre.

— Ah...
— Je me demande...

Elle s'apprêtait à le prier de la laisser passer lorsqu'elle entendit derrière elle le pas discret de McTeer, le majordome.

— Mais pourquoi seriez-vous allée à la guerre? insista Hector, visiblement décidé à ne pas lâcher prise. Vous êtes une femme. Vous ne pouvez tout de même pas vous battre!

Il se mit à rire. L'idée semblait lui plaire.

— Écoutez, Mr. Farraline, intervint fermement McTeer, vous allez rentrer dans votre chambre et vous reposer un peu. Vous ne pouvez pas rester dans l'escalier tout l'après-midi. Les gens ont besoin de monter et de descendre.

— Vous, allez-vous-en! s'écria Hector en se débattant contre le majordome qui l'avait saisi. D'abord, vous avez une tête de croque-mort! Vous ne seriez pas plus lugubre si vous étiez en train de mener le cortège de votre propre enterrement.

— Je suis désolé, Miss, dit McTeer en se tournant vers Hester. Il est un peu embêtant, mais il ne fait pas de mal. Il ne vous importunera pas, sauf pour le plaisir de bavarder.

Sur ces mots, il prit Hector par les aisselles et l'obligea à se lever.

— Allez, venez! Vous avez envie que Mrs. Mary vous voie vous comporter comme ça?

L'argument eut pour effet de dégriser totalement Hector. Il lança un dernier coup d'œil assassin au tableau, puis se laissa emmener par McTeer, libérant le passage à l'infirmière.

Hester n'avait aucune intention de dormir, mais elle sombra néanmoins dans un profond sommeil. Lorsqu'elle s'éveilla, elle constata avec stupeur qu'il était déjà temps de se préparer pour le dîner. Elle fit un brin de toilette, puis descendit son bagage et son manteau dans le hall.

Le dîner était servi dans la salle à manger. Cette fois, la table comptait dix couverts et Alastair Farraline occupait la place d'honneur. C'était un homme d'allure imposante qu'Hester identifia sans peine, tant l'appartenance à la famille était manifeste : visage longiligne, cheveux blonds, grand nez fin, résolument aquilin, bouche très large. Par sa constitution, en revanche, il s'apparentait plus à Mary qu'à l'homme du tableau. Il parlait d'une voix profonde et chaude, sans doute le trait le plus remarquable de son personnage.

— Enchanté de faire votre connaissance, Miss Latterly. Prenez place, je vous prie, ajouta-t-il en désignant le seul siège encore vacant. Je suis ravi que vous ayez accepté d'accompagner Mère à Londres. Avec vous, nous la laisserons partir l'esprit tranquille.

— Merci, Mr. Farraline. Je ferai de mon mieux pour que le voyage s'effectue en toute quiétude.

Elle adressa un sourire aux autres convives et s'installa. Mary trônait à l'extrémité de la table. A sa gauche était assis un homme d'une quarantaine d'années, aussi différent des Farraline que l'était Deirdra. Il avait une tête ronde et une abondante chevelure brun foncé impeccablement peignée de part et d'autre d'une raie. Les yeux, enfoncés dans leurs orbites, disparaissaient presque sous d'épais sourcils sombres, le nez était long et fort et la bouche évoquait un caractère volontaire et passionné. C'était un visage qui sortait de l'ordinaire.

Mary surprit le regard d'Hester et entreprit de faire les présentations avec un sourire affectueux.

— Mon gendre, Baird McIvor.

La maîtresse de maison se tourna ensuite vers un jeune homme installé près d'Oonagh, qu'Hester identifia sans hésiter comme un Farraline. Il possédait le teint et la chevelure caractéristiques de la famille, avec, sur le visage, la même expression incertaine, produit d'un curieux mélange de fantaisie et de vulnérabilité.

— Mon fils Kenneth, reprit Mary. Et mon autre gendre, Quinlan Fyffe.

Elle désignait la dernière personne encore inconnue d'Hester, un homme aux cheveux fins et bouclés d'un blond presque blanc. Celui-là avait le visage allongé, un nez droit et un peu large, une petite bouche bien dessinée. C'était une physionomie intelligente et méticuleuse, celle d'un individu qui ne devait pas parler à tort et à travers.

— Enchantée, dit Hester, respectueuse.

Chacun lui répondit, puis la conversation débuta, empruntée et sporadique, tandis que l'on servait l'entrée. Les convives interrogèrent Hester sur le déroulement de son voyage. Elle leur assura que celui-ci avait été parfait en tout point et les remercia de l'intérêt qu'ils lui portaient.

Alastair posa un regard sévère sur son jeune frère, qui mettait la plus grande hâte à vider le contenu de son assiette.

— Tu as tout le temps, Kenneth, lui dit-il. Le train ne part qu'à neuf heures un quart.

Kenneth continua à manger sans lui accorder la moindre attention.

— Je ne viendrai pas à la gare, répondit-il. Je dirai au revoir à Mère ici.

Un silence étonné plana quelques instants. Oonagh reposa sa fourchette et se tourna vers son jeune frère.

— Je sors ce soir, ajouta celui-ci d'une voix où perçait le défi.

— Tiens donc! Et où vas-tu? Quel genre de sortie as-tu bien pu prévoir, pour dîner ici et ne pas pouvoir venir à la gare souhaiter bon voyage à Mère?

— Quelle différence cela fait-il, si je lui souhaite bon voyage ici et non à la gare? protesta Kenneth avec assurance. Et si je suis à table avec vous en ce moment, c'est pour rester un peu en sa compagnie avant son départ, au lieu de partir sans dîner.

Il sourit, visiblement satisfait de son explication.

Alastair pinça les lèvres, mais ne dit plus rien. Kenneth continua de manger avec la même précipitation.

Le dîner se poursuivit et Hester profita de ce que chacun se concentrait sur son assiette pour observer les visages. A l'évidence, Kenneth ne songeait qu'au rendez-vous qui l'attendait. Il ne regardait ni à droite ni à gauche et mangeait sans s'arrêter. Une fois son assiette vide, il demeurait immobile, guettant la bonne avec une évidente impatience. A deux reprises, il parut sur le point de parler. Hester comprit qu'il brûlait de demander que sa part lui soit servie séparément, avant les autres.

Hector, quant à lui, mangeait peu, mais il vida deux fois son verre de vin. Avant de le remplir de nouveau, McTeer interrogea Oonagh du regard. Celle-ci secoua imperceptiblement la tête, réponse qu'Hester surprit seulement parce qu'elle regardait Oonagh à cet instant. McTeer reposa la bouteille sur son support et Hector demeura silencieux.

Deirdra prit bientôt la parole pour évoquer un dîner important qui devait avoir lieu prochainement et auquel elle souhaitait assister.

— Et pour lequel, j'en suis sûr, vous aurez besoin d'une nouvelle toilette? s'enquit sèchement Alastair.

— Ce serait bien, en effet, acquiesça-t-elle. Mon seul souhait est de vous rendre justice, mon chéri. Je n'aimerais pas que les gens croient que l'épouse du Fiscal n'a pas les moyens de s'habiller et bricole ses tenues d'une réception à l'autre.

— Il y a peu de chances que l'on vous adresse un tel reproche, fit remarquer Quinlan avec un sourire amusé. Vous en avez acheté au moins six cette année... et je ne parle que de celles dont j'ai eu connaissance !

— En tant qu'épouse du Fiscal, Deirdra est tenue d'assister à ces réceptions bien plus souvent que nous, fit remarquer Mary. Dieu merci...

Baird McIvor lui sourit.

— Vous n'appréciez pas les dîners mondains, Belle-maman?

Il ne faisait aucun doute qu'il connaissait la réponse et son visage, sombre d'ordinaire, affichait un amusement teinté d'une immense affection.

— Certes non, reconnut-elle, le regard brillant. Ils sont pleins de gens imbus de leur personne, qui passent la soirée à trop manger et à pontifier sur tout et tout le monde. J'ai souvent l'impression que le premier qui se permettrait une plaisanterie serait congédié sur-le-champ !

— Vous exagérez, Mère, protesta Alastair en secouant la tête. Je veux bien admettre que le juge Campbell est un peu austère, son épouse un tantinet prétentieuse, que le juge Ross a tendance à s'endormir après le repas, mais dans l'ensemble, tout ce petit monde n'est pas désagréable !

— Mrs. Campbell ?

Mary haussa les sourcils et afficha une sévérité feinte.

— Je n'ai *jaaamais* rien entendu de *teeel* de *tou-oute* mon existence ! s'exclama-t-elle avec un accent lourdement affecté. Lorsque j'étais petite fiiille, je...

Eilish éclata de rire et jeta un coup d'œil à Hester. Il s'agissait visiblement d'une plaisanterie familiale.

— Quand elle était petite fille, son grand-père vendait du poisson sur les docks de Leith et sa mère faisait les courses du vieux McVeigh, coupa Hector avec un rictus dédaigneux.

— Ce n'est pas possible ! protesta Oonagh, incrédule. Mrs. Campbell ?

— Oui... ou plutôt Jeannie Robertson, comme elle s'appelait à l'époque, confirma-t-il. Elle avait deux nattes brunes dans le dos et des trous à ses chaussures !

Deirdra considéra le vieil oncle d'un œil intéressé.

— Je m'en souviendrai la prochaine fois qu'elle me détaillera de la tête aux pieds avec sa moue méprisante, déclara-t-elle.

— Le vieux s'est noyé, poursuivit Hector, heureux d'avoir trouvé un auditoire. Un soir de décembre. Il avait bu un coup de trop et il est tombé du quai. Je crois que c'était en 27. Oui, en 1827.

Choisissant cet instant pour manifester son impatience, Kenneth s'adressa soudain à McTeer et exigea que son dessert lui fût servi sans attendre les autres. Mary fronça les sourcils. Alastair ouvrit la bouche pour protester, mais croisa le regard de sa mère et demeura silencieux.

Oonagh détourna alors l'attention en émettant un commentaire sur une pièce de théâtre qui se jouait à Édimbourg. Quinlan abonda dans son sens, mais Baird prit aussitôt le contrepied. Hester s'étonna de déceler dans sa voix une telle animosité pour un sujet aussi anodin. Elle songea que des sentiments tout à fait intimes s'exprimaient là à demi-mot. Elle observa Quinlan à la dérobée : il fixait d'un regard dur un point devant lui, les lèvres serrées. En face, Baird semblait ruminer de noires pensées qui, visiblement, lui procuraient un chagrin intense.

Eilish contemplait son assiette, jouant distraitement avec sa fourchette sans toucher à la nourriture.

Quant aux autres, ils semblaient n'avoir rien remarqué d'anormal.

Mary se tourna vers Alastair.

— Deirdra m'a dit qu'on allait rouvrir le dossier Galbraith. Est-ce vrai ?

Très lentement, l'intéressé releva la tête. Il affichait une expression très sévère et paraissait sur ses gardes.

— Ce sont des racontars, répondit-il entre ses dents. C'est en colportant des rumeurs comme celle-ci, ajouta-t-il à l'intention de son épouse, que l'on incite les ignorants à déblatérer et que l'on nuit à la réputation des individus. Je suis très peiné de constater que tu n'es pas capable de te rendre compte de cela toute seule.

Mary tressaillit mais ne dit rien. Deirdra rougit violemment sous l'insulte. Hester vit les muscles de son cou se crisper.

— Je n'en ai pas parlé devant des étrangers, s'indigna-t-elle. Ou tout au moins, je ne pense pas que Miss Latterly va se hâter d'aller crier cette information sur les toits de Londres demain matin ! Que sait-on de Galbraith là-bas ? Mais à propos, est-ce exact ? Va-t-on rouvrir le dossier ?

— Mais bien sûr que non ! rétorqua Alastair, en colère. Il n'y a aucune preuve contre lui. S'il y en avait, tu te doutes bien que je n'aurais pas débouté les plaintes la première fois.

— Il n'y a vraiment aucune preuve ?

— Aucune, ni ancienne, ni nouvelle, répondit-il, catégorique, en soutenant le regard de sa mère.

Kenneth se leva soudain.

— Excusez-moi, il faut que j'y aille. Sinon, je vais être en retard.

Il se pencha vers sa mère et lui posa un baiser léger sur la joue.

— Bon voyage, Mère, et transmettez toute mon affection à Griselda. Je viendrai vous chercher à la gare à votre retour. Au revoir, Miss Latterly. Je suis très heureux d'avoir fait votre connaissance et de savoir que Mère sera entre de bonnes mains. Bonsoir.

Il esquissa un petit signe d'adieu à l'ensemble des convives et sortit en refermant la porte derrière lui.

— Où va-t-il ? s'enquit Alastair d'un ton irrité. D'après toi, Oonagh ?

— Je n'en ai aucune idée.

— Une femme, j'imagine... suggéra Quinlan en esquissant un sourire. C'est de son âge !

— Dans ce cas, pourquoi ne savons-nous rien d'elle ? interrogea Alastair. S'il lui fait la cour, il devrait au moins nous dire de qui il s'agit ! Le sais-tu, Quin ?

Celui-ci afficha la plus grande surprise.

— Moi ? Grands dieux, non ! Je ne fais que des suppositions. Je peux très bien me tromper. Peut-être joue-t-il, ou va-t-il au théâtre.

— Il est trop tard pour le théâtre, fit remarquer Baird.

— Mais il a dit qu'il était en retard, contra Quinlan.

— Non, il a dit que, s'il attendait la fin du repas, il serait en retard, rectifia Baird.

— Il n'est que huit heures moins dix, intervint Oonagh. Peut-être s'agit-il d'un théâtre proche de la maison.

— Et il irait tout seul ? s'étonna Alastair, dubitatif.

— Peut-être doit-il rencontrer du monde sur place, suggéra Eilish. Mais sincèrement, cela a-t-il une telle importance ? S'il faisait la cour à une jeune fille, il nous l'aurait dit... à condition que ses avances rencontrent un certain succès !

— Je tiens à savoir de qui il s'agit avant qu'il rencontre le moindre « succès » ! s'indigna Alastair. Ensuite, il sera trop tard !

— Cesse de t'énerver pour une chose qui n'est pas encore arrivée, rétorqua sèchement Mary. A présent, McTeer, apportez le dessert et terminons ce repas dans la bonne humeur avant de partir pour la gare. La soirée est belle et notre voyage devrait être agréable. Hector, mon cher, pourrais-tu avoir la gentillesse de me passer la crème ? Je suis sûre que le dessert, quel qu'il soit, sera encore meilleur avec un peu de crème.

Hector s'exécuta avec un sourire et la conversation reprit, plus légère, jusqu'au moment du départ.

CHAPITRE II

— Venez, Mère.

Alastair entraîna Mary et la guida à travers la foule jusqu'au train à destination de Londres, interminable succession de hauts wagons étincelants dont les portières aux poignées de cuivre étaient ouvertes. La locomotive expulsa soudain un nuage de fumée.

— Ne vous inquiétez pas, il nous reste une demi-heure, affirma aussitôt Alastair. Où est Oonagh ?

— Elle a dû aller voir s'il n'y aurait pas de retard, répondit Deirdra.

Tout en disant ces mots, la jeune femme se rapprocha d'Alastair afin de laisser passer un porteur qui poussait un chariot chargé de cinq malles.

— Bonsoir, Miss ! lança ce dernier en portant la main à sa casquette. Bonsoir, monsieur, madame...

— Bonsoir, répondirent-ils d'un air absent.

Cette courtoisie, certes naturelle et attendue, représentait une intrusion dans leur petit cercle. Hector remonta le col de son manteau et observa Mary, qui lui tournait presque le dos. Sans doute mue par la curiosité, Eilish se dirigea vers la portière d'un wagon et jeta un coup d'œil à l'intérieur. Baird était resté près des malles de Mary afin de les surveiller, tandis qu'à ses côtés Quinlan se dandinait d'un pied sur l'autre, sans doute pressé d'en finir avec cette corvée.

Oonagh revint, hésita un instant et, jetant un coup d'œil à Alastair, puis à sa mère, parut se décider et vint vers eux.

Elle prit alors Mary par le bras et la conduisit jusqu'à la voiture où se trouvait le compartiment réservé. Le petit groupe leur emboîta le pas, tandis qu'Hester suivait, légèrement en retrait. Mary ne devait certes s'absenter qu'une semaine, mais, même dans ces conditions, une étrangère, employée qui plus est, ne devait pas imposer sa présence à la famille en un tel moment. L'infirmière n'avait pas encore pris ses fonctions.

Le wagon était extrêmement différent de celui de deuxième classe dans lequel elle avait voyagé à l'aller. Il ne s'agissait plus du grand espace commun où s'alignaient des banquettes de bois, mais d'une succession de compartiments séparés. Chacun d'eux comportait deux banquettes individuelles tapissées et rembourrées qui se faisaient face et sur lesquelles auraient pu tenir trois voyageurs assis côte à côte, ou encore, douce perspective, une personne allongée. En repliant les jambes sous ses jupons, songea Hester, il devrait être possible de dormir d'une façon tout à fait confortable. Le compartiment, réservé au nom de « Mrs. Mary Farraline et compagne », offrirait une agréable intimité. La jeune femme réprima un sourire heureux : ce retour s'annonçait bien différent de l'épuisant trajet précédent.

De son côté, Mary ne parut pas s'émouvoir le moins du monde en découvrant le compartiment. Sans doute avait-elle voyagé plus d'une fois en première classe et ce train ne présentait pas plus d'intérêt que les autres.

— Les bagages sont dans le fourgon du chef de train, expliqua Baird de la porte en posant sur Mary ce regard direct qu'il n'avait pour personne d'autre. Des porteurs s'en chargeront à Londres. Vous n'avez pas à vous en soucier.

Il souleva la trousse à médicaments et la petite valise contenant les affaires de nuit et les hissa sur le porte-bagages.

Alastair lui lança un coup d'œil exaspéré, mais ne jugea pas utile d'expliciter son irritation, comme si tout avait déjà été dit, en pure perte. Ou peut-être les circonstances ne se prêtaient-elles pas à ses remarques, trop triviales pour être évoquées là. Il reporta toute son attention sur Mary. Il semblait troublé et de mauvaise humeur.

— Je pense qu'il ne vous manque rien, Mère. J'espère que votre voyage se déroulera sans encombre.

Ce n'était pas à Hester qu'il s'adressait, mais le sens de ses paroles était clair. Il se pencha sur Mary, avec l'intention probable de l'embrasser sur la joue, mais se ravisa.

— Griselda sera à la gare à l'arrivée, bien entendu, déclara-t-il en se redressant.

— Et nous serons là pour vous accueillir à votre retour, Maman, ajouta Eilish avec un bref sourire.

— Cela m'étonnerait, ma chérie, intervint Quinlan. Le train arrive à Édimbourg à huit heures et demie le matin. Depuis quand ne t'es-tu pas levée aussi tôt?

— Je peux très bien me lever tôt, protesta Eilish. A condition que l'on me réveille.

Hester vit Baird sur le point de parler, mais il se ravisa et resta silencieux.

— Bien sûr que tu le peux, affirma Oonagh, contrariée, si tu en as vraiment envie. A présent, Maman, ajouta-t-elle en se tournant vers Mary, avez-vous tout ce qu'il vous faut? Vous a-t-on mis des chauffe-pieds dans le compartiment?

Elle baissa les yeux et Hester suivit son regard. Des chauffe-pieds! Quelle idée de génie! A l'aller, elle avait eu si froid qu'elle en avait perdu toute sensation dans les extrémités.

— Faites-en apporter, dit Quinlan. Il devrait y en avoir.

— Il y en a, répliqua Oonagh en se baissant pour tirer de sous la banquette un gros cruchon.

Celui-ci était rempli d'eau chaude mélangée à un produit chimique. Grâce à ce dernier, il suffirait, au petit matin, de secouer énergiquement le cruchon pour que l'eau récupère une partie de la chaleur perdue dans la nuit.

— En voici un, Maman, poursuivit Oonagh. Il est bien chaud. Posez vos pieds dessus. Où est la couverture de voyage, Baird?

Son époux la lui tendit aussitôt. Oonagh installa Mary de

façon confortable et l'entoura soigneusement de la couverture, avant d'en poser une seconde, bien pliée, sur l'autre banquette. Personne ne se souciait d'Hester. La jeune femme rangea son sac de voyage dans un coin où il ne gênait pas et prit place à son tour, puis attendit.

L'un après l'autre, chacun fit ses adieux à Mary. Bientôt, il ne resta plus qu'Oonagh dans le compartiment.

— Au revoir, Maman, dit-elle avec douceur. Je m'occuperai de tout en votre absence, exactement comme vous le faites vous-même.

— Pourquoi dis-tu cela, ma chérie? interrogea Mary avec un sourire amusé. Voilà déjà un certain temps que tu t'occupes de tout à la maison. Et je te garantis que je ne me suis jamais fait de souci pour cela!

Oonagh lui déposa un baiser léger sur la joue, puis lança à Hester un regard direct.

— Au revoir, Miss Latterly.

Un instant plus tard, elle était sortie. Mary modifia sa position sur la banquette et eut une petite moue. Sans doute songeait-elle aux dernières paroles échangées.

— Avez-vous un souci? s'enquit aussitôt Hester.

Mary Farraline était sa patiente, certes, mais elle lui inspirait en outre une affection naturelle. Elle eut un vague haussement d'épaules.

— Oh non, pas vraiment. Je dois dire que j'aurais les plus grandes peines à trouver un motif de souci. Et vous, ma chère, avez-vous assez chaud? Je vous en prie, utilisez cette couverture. Elle est ici pour vous. Franchement, ils auraient pu nous fournir un chauffe-pieds chacune. Mais j'imagine que celui-ci devrait suffire pour nous deux. S'il vous plaît, installez-vous de manière à être juste en face de moi, afin de pouvoir placer vos pieds près des miens. Non, ne protestez pas! Comment voulez-vous que je me sente à l'aise si je sais que vous grelottez? J'ai pris suffisamment de trains à la gare d'Édimbourg pour ne rien ignorer de leurs inconvénients!

— Avez-vous beaucoup voyagé? interrogea Hester en s'asseyant comme l'avait demandé Mary et en découvrant la chaleur bienfaisante de la bouillotte sous ses pieds déjà glacés.

Des portières claquèrent au-dehors et l'on entendit un employé crier, mais la voix se perdit dans le grondement de la locomotive et le sifflement de la vapeur qui s'en échappait. Alors, le train s'ébranla, vacillant, dans un intense cliquetis, et gagna peu à peu de la vitesse. Bientôt, les lumières de la gare disparurent, remplacées par l'obscurité de la campagne environnante.

— Autrefois, oui, répondit Mary. J'ai connu bon nombre de villes étrangères : Londres, Paris, Bruxelles, Rome... Je suis même descendue jusqu'à Naples, et j'ai visité aussi Venise. L'Italie est un pays si merveilleux ! ajouta-t-elle avec un sourire heureux. Tout le monde devrait y aller au moins une fois dans sa vie. De préférence vers trente ans. A cet âge, on est assez mûr pour prendre conscience de la beauté des lieux, pour ressentir un peu ce que fut leur passé et l'empreinte qu'il a laissée, pour donner de la profondeur au présent. Mais on est aussi assez jeune pour que cet enrichissement influence la plus grande part de notre existence.

Elle s'interrompit. Le train venait de subir un brutal soubresaut. L'allure s'accéléra.

— Je trouve vraiment dommage de rencontrer les miracles de la vie alors que l'on est encore trop jeune, et trop pressé, pour bien en saisir la dimension. Il est terrible de ne comprendre que rétrospectivement la chance que l'on a eue.

Hester réfléchit à la portée de ces paroles et ses pensées l'absorbèrent tant qu'elle ne répondit rien.

— Mais vous aussi, vous avez voyagé, reprit Mary, les yeux brillants. Et d'une façon bien plus passionnante que moi, du moins dans l'ensemble. Si le souvenir de votre expérience en Crimée ne vous fait pas souffrir, j'aimerais beaucoup que vous m'en parliez. Je dois avouer que j'ai l'esprit rempli de questions qui ne sont pas toutes très convenables, dans un certain sens. Je suis consciente qu'une telle curiosité peut paraître indécente, mais je pense avoir passé l'âge de m'en tenir aux limites fixées par la bienséance. Toutefois, ajouta-t-elle très vite sur un ton contrit, peut-être cela remue-t-il en vous des souvenirs trop douloureux.

— Non, non, pas du tout, protesta Hester, plus par courtoisie qu'en toute sincérité.

Ses souvenirs étaient nets et complexes, mais elle avait rarement éprouvé le désir de s'y dérober.

— Je crains toujours qu'ils ne paraissent ennuyeux, étant donné les émotions qu'ils éveillent en moi. J'ai tendance à insister sur les mauvais aspects et à omettre les détails qui pourraient rendre le récit captivant.

— Rien ne m'intéresserait moins qu'un récit pédagogique dénué d'émotion que je pourrais lire dans mon quotidien du matin, objecta Mary en secouant la tête. Dites-moi plutôt ce que vous avez ressenti. Qu'est-ce qui vous a le plus étonnée là-bas ? Qu'est-ce qui vous a plu, qu'est-ce qui vous a dégoûtée ? Je ne veux pas parler de la souffrance des soldats. Celle-là, je la tiens pour acquise. Je veux parler de vous-même.

Le train avait pris une allure régulière et ce nouveau rythme avait quelque chose de rassurant.

— Le pire, c'étaient les rats, répondit Hester sans hésitation. Le bruit des rats tombant sur le sol. Les rats, et aussi le froid que l'on éprouvait au réveil.

Ces souvenirs étaient si nets dans son esprit que le présent s'effaçait, tout comme s'estompait la douce sensation de chaleur produite par la couverture.

— Le froid n'était pas si terrible une fois que l'on était levé et actif, et que l'on devait penser à ce que l'on faisait, mais lorsqu'on se réveillait la nuit, il était si mordant qu'il était impossible de se rendormir, malgré la fatigue. Oui, c'est cela qui m'a le plus marquée. Se réveiller en ayant bien chaud, ajouta-t-elle avec un sourire, remonter les couvertures, entendre le crépitement de la pluie sur les vitres et savoir qu'il n'y a que moi dans la pièce, voilà qui est merveilleux...

Mary se mit à rire. Elle semblait prendre un réel plaisir à la conversation.

— La mémoire est vraiment une faculté imprévisible ! s'exclama-t-elle. Le détail le plus insolite nous ramène parfois à des époques et dans des lieux que nous croyions tombés dans l'oubli. Vous savez, poursuivit-elle, le regard perdu dans le lointain, je suis née un an après la prise de la Bastille...

— La prise de la Bastille ? répéta Hester sans comprendre.

Mary ne la regardait pas. Son attention semblait rivée à ce fragment de souvenir qui lui était soudain revenu avec une acuité saisissante.

— La Révolution française, Louis XVI, Marie-Antoinette, Robespierre...

— Ah... Oui, bien sûr !

— Quelle époque ! enchaîna-t-elle sans se soucier de la réaction de son interlocutrice. L'empereur tenait l'Europe entière sous sa botte... Il n'était qu'à vingt miles de notre pays, de l'autre côté de la Manche, et il n'y avait que la flotte britannique entre ses armées et l'Angleterre... et, bien sûr, l'Écosse...

Son sourire s'élargit. Malgré ses cheveux argentés et les rides qui sillonnaient son visage, il émanait d'elle un rayonnement, une innocence qui estompaient les années, comme si elle devenait tout à coup une jeune femme emprisonnée dans un corps vieilli.

— Je me souviens de l'atmosphère qui régnait à cette époque, reprit-elle. Nous nous attendions à une invasion d'un jour à l'autre. Tous les yeux restaient tournés vers l'est. Nous avions des guetteurs postés sur les falaises et des feux d'alarme prêts à être allumés dès que le premier Français poserait le pied sur notre rivage. Sur toute la longueur de la côte, des hommes, des femmes et des enfants surveillaient, brandissant des armes qu'ils avaient fabriquées de leurs mains. Nous nous serions battus jusqu'au dernier avant de nous laisser conquérir.

Hester ne dit rien. Depuis sa naissance, l'Angleterre était une terre sûre. Certes, elle pouvait concevoir la crainte de voir des soldats étrangers arpenter les rues au pas militaire, incendier les maisons, dévaster les champs et les fermes, mais il ne s'agirait jamais que d'un travail de l'imagination. Même aux pires heures de son séjour en Crimée, lorsque les armées alliées se trouvaient en très fâcheuse posture, elle conservait la certitude que l'Angleterre demeurait en paix, inexpugnable et, hormis quelques petites pertes isolées, inviolée.

— Les journaux publiaient de terribles caricatures de l'empereur...

Le sourire de la vieille dame s'élargit un court instant, puis s'effaça. Mary fut alors parcourue d'un frisson et son regard revint à Hester.

— Quand nous n'étions pas sages, nos mères nous faisaient peur en disant que « Bony » allait venir nous prendre. Elles nous expliquaient qu'il mangeait les petits enfants et nous montraient des dessins qui le représentaient la bouche grande ouverte, avec un couteau et une fourchette dans les mains et l'Europe dans son assiette.

Le train avait ralenti et avançait presque au pas pour gravir une montée abrupte. Une voix d'homme cria quelques mots indistincts, un coup de sifflet retentit.

— Ensuite, lorsque je suis devenue mère à mon tour, à Édimbourg, poursuivit Mary, c'était avec les histoires de Burke et Hare que l'on menaçait les enfants. Il est étrange, n'est-ce pas, que ces deux-là nous aient laissé un souvenir bien plus sinistre ! Deux Irlandais qui commencent à vendre des cadavres à un professeur de médecine qui enseigne l'anatomie à ses élèves, puis se mettent à piller les sépultures et finissent par assassiner eux-mêmes les gens pour s'approvisionner en corps humains...

Le train avait accéléré de nouveau. Le regard que la vieille dame posait sur Hester se fit interrogateur.

— Comment se fait-il que l'idée d'un meurtre commis en vue de pratiquer des dissections nous glace le sang, alors qu'un assassin qui tue pour voler ne nous fera jamais le même effet ? Les meurtriers ont été démasqués en 1829, et Burke a été pendu... Mais pas Hare, le saviez-vous ? Pour autant que je sache, il vit encore à l'heure qu'il est.

Elle frissonna.

— Un détail me revient, à présent... Nous avions à l'époque une bonne, qui nous a quittés brutalement, sans prévenir personne. Nous n'avons jamais su où elle était partie. Elle avait dû suivre un homme, selon toute probabilité, mais bien sûr, tous les domestiques étaient persuadés que Burke et Hare l'avaient enlevée et assassinée, et qu'elle gisait, découpée en morceaux, dans quelque recoin d'amphithéâtre !

Elle rajusta le châle sur ses épaules, bien que la température n'eût pas baissé le moins du monde. Les pieds des deux femmes reposaient toujours sur le chauffe-pieds, douillettement enveloppés dans leur couverture.

— Alastair devait avoir douze ans à l'époque, reprit-elle, et Oonagh sept. L'un comme l'autre étaient assez grands pour entendre ces histoires et ressentir toute la terreur qu'elles éveillaient. Une nuit, vers la fin de l'hiver, il y avait eu un terrible orage. J'avais entendu le tonnerre et je m'étais levée pour vérifier que tout allait bien. Je les ai trouvés tous les deux dans la chambre d'Oonagh, assis dans le lit, sous la couverture, avec une bougie allumée. J'ai tout de suite compris ce qui s'était passé : Alastair avait dû faire un cauchemar, comme cela lui arrivait parfois. Il était venu dans la chambre de sa sœur, en prétendant s'assurer qu'elle n'avait pas peur, mais en réalité, c'était pour l'avoir à ses côtés. Elle aussi était effrayée. Je m'en souviens comme si c'était hier. Je la revois encore, livide, avec ses grands yeux écarquillés d'angoisse... Mais cela ne l'empêchait pas d'expliquer à Alastair que Burke avait été pendu et qu'il était bel et bien mort. Elle décrivait tout cela en détail, ajouta Mary avec un petit rire. Elle était si sûre d'elle !

Hester se représenta la scène : les deux enfants serrés l'un contre l'autre, prétendant se rassurer mutuellement et se chuchotant d'abominables histoires de voleurs de cadavres, de résurrections, de meurtres perpétrés dans des ruelles sombres, de tables de dissection ensanglantées. De tels instants demeuraient nécessairement gravés dans la mémoire, parfois en deçà de la conscience, et ils forgeaient entre deux êtres une relation de confiance qui excluait tout autre individu. Hester n'avait pas connu une telle complicité avec Charles, son frère aîné. Du plus loin que remontaient ses souvenirs, celui-ci s'était toujours muré dans une sorte de dignité qui créait entre lui et ses frère et sœur une distance quasi infranchissable. Non, c'était avec James qu'elle partageait aventures et secrets... mais James avait trouvé la mort en Crimée.

— Je suis confuse, déclara Mary à mi-voix, brisant le cours de ses pensées. J'ai dû dire une chose qui vous a attristée.

Ce n'était pas une question, mais une observation. Hester en fut surprise. Elle ne pensait pas que son interlocutrice eût réellement conscience de sa présence, du moins pas au point de remarquer ses sentiments.

— Ce n'était sans doute pas très judicieux de ma part d'aborder le sujet des déterreurs de cadavres, ajouta Mary.

— Mais pas du tout ! protesta la jeune femme. C'était aux enfants que je pensais, et cela m'a rappelé mon jeune frère. Mon frère aîné, lui, se prenait très au sérieux, mais avec James, je m'amusais bien.

— Vous parlez de lui au passé. Est-il... parti ?

La voix de Mary s'était adoucie, comme si la douleur du deuil était pour cette femme une sensation familière.

— Oui, répondit Hester. En Crimée.

— Je suis désolée. Il serait ridicule de ma part de vous dire que je sais ce que vous ressentez, mais je pense tout de même en avoir une idée. J'avais moi-même un frère qui a été tué à Waterloo.

Elle avait prononcé ce nom avec un soin tout particulier, comme s'il possédait un sens un peu mystique. Pour nombre de jeunes gens de l'âge d'Hester, un tel respect eût paru incompréhensible, mais l'infirmière avait entendu trop de soldats évoquer la terrible bataille pour ne pas sentir un frisson la parcourir. Cet épisode, le combat terrestre le plus important d'Europe, avait marqué la fin d'un empire, l'anéantissement d'un rêve et le début des temps modernes. A Waterloo, des hommes de toutes les nations avaient lutté jusqu'à l'épuisement et, à la fin, les champs étaient jonchés de blessés et de morts, toutes les armées d'Europe mêlées, comme l'avait dit Byron, « dans un immense suaire rouge sang ».

Elle leva les yeux et sourit à Mary, afin de lui montrer qu'elle connaissait, au moins en partie, l'étendue de ce désastre.

— J'étais à Bruxelles à ce moment-là, expliqua Mary avec une moue désabusée. Mon époux faisait partie de l'armée, il était officier dans les Royal Scots Greys...

Mais Hester ne l'écoutait plus. Elle revoyait le personnage du tableau, avec ses cheveux blonds ondulés et ce visage qui traduisait à la fois tant d'émotion, d'autorité et de vulnérabilité. Elle imaginait sans peine l'homme qu'il avait été, grand, digne, très élégant dans son uniforme, dansant toute la nuit dans la salle de bal de Bruxelles en sachant qu'au petit matin il lui faudrait se lancer dans une bataille qui déciderait de la gloire et de la chute des nations, dont des milliers d'hommes ne reviendraient pas et dont plus encore rentreraient aveugles ou mutilés. Alors, elle songea à un autre tableau qu'elle avait vu et qui représentait la charge des Royal Scots Greys à Waterloo : les chevaux blancs nimbés de lumière qui plongeaient dans le feu du combat, crinière au vent, les cavaliers en rouge tendus vers l'avant, la poussière et la fumée des fusils voilant de brume le reste du paysage.

— Votre époux devait être un homme admirable... dit Hester.

Mary parut surprise.

— Hamish? Oh oui, oui, assurément. Il me semble que c'était un autre monde... Cela fait si longtemps, Waterloo! Je n'y avais pas resongé depuis des années.

— Il a survécu à la bataille sans dommage?

Elle avait posé cette question sans appréhension : la mort de Hamish ne remontait qu'à huit années, tandis que Waterloo datait de 1815, soit quarante-deux ans auparavant.

— Il est revenu avec quelques plaies et des bleus, mais

rien que l'on puisse qualifier de blessures, répondit Mary. Hector, lui, a reçu une balle de mousquet dans l'épaule et un coup de sabre à la jambe, mais il s'en est remis assez vite.

— Hector?

Hester n'avait pu réprimer son étonnement. Pourtant, n'était-il pas logique que, quarante-deux ans plus tôt, Hector Farraline eût été un homme fort différent de l'ivrogne qu'il était devenu?

Le regard de Mary s'était perdu dans le lointain, triste, nostalgique et lourd de souvenirs.

— Oui! Hector était capitaine. C'était un meilleur soldat que Hamish, mais comme il était le frère cadet, son père ne lui avait acheté que le grade de capitaine. Il ne possédait pas la grâce de Hamish, ni son charisme. Et lorsque la guerre a pris fin, c'est encore Hamish qui a eu les idées et l'ambition. C'est lui qui a créé l'imprimerie Farraline.

Il n'était nul besoin d'ajouter que, étant l'aîné, il avait dû hériter des biens familiaux.

— Sa disparition a dû laisser un grand vide.

L'étincelle déserta l'expression de Mary, dont les traits se figèrent en un masque solennel. Sans doute était-ce avec ce visage qu'elle avait pris l'habitude d'agréer les condoléances.

— Oui, bien sûr, répondit-elle. Je vous remercie d'avoir dit cela. Mais assez parlé de ce passé lointain, enchaîna-t-elle en se redressant. J'ai envie de connaître un peu vos expériences! Avez-vous rencontré Miss Nightingale? On parle tellement d'elle en ce moment! Je gage que, dans certaines régions, les gens la vénèrent plus encore que la reine elle-même! Est-elle vraiment aussi remarquable qu'on le dit?

Durant la demi-heure qui suivit, Hester décrivit sa vie en Crimée, sollicitant ses souvenirs avec toute l'acuité dont elle était capable. Pour Mary, elle évoqua la souffrance et le gâchis, la stupidité des hommes et la terreur permanente, le froid vif de l'hiver, la faim et l'épuisement pendant le siège. Mary l'écoutait avec attention, l'interrompant parfois pour connaître des détails supplémentaires, hochant la tête le reste du temps. Hester raconta la chaleur et la luminosité des journées d'été, les bateaux blancs dans la baie, le faste dans lequel vivaient les officiers et leurs épouses, les galons dorés brillant sous le soleil, les amitiés, les fous rires et les moments où elle retenait ses larmes de crainte de ne pouvoir en interrompre le flot. Puis, à la demande de son interlocutrice, elle évoqua avec force détails des anecdotes sur les personnes qu'elle avait admirées ou méprisées, aimées ou détestées. Les yeux clairs de Mary ne la quittaient pas une seconde, tandis que le train progressait dans son roulement entrecoupé de tressautements, ralentissant dans les montées pour reprendre de la vitesse ensuite. Au-delà des fenêtres, le paysage s'était fait invisible et les deux femmes se retrouvaient isolées dans un univers délimité par le halo de lumière de la lampe. Le balancement régulier du wagon les berçait. Bien au chaud sous les couvertures, elles se faisaient face et leurs pieds se touchaient presque sur le chaud cruchon posé au sol.

Lorsque le train s'arrêta, toutes deux descendirent, non pour se dégourdir les jambes — bien que cette pause se révélât bienvenue —, mais pour profiter des commodités de la gare.

De retour dans le compartiment, elles entendirent le sifflet du chef de gare et, une fois de plus, une épaisse vapeur s'échappa en sifflant de la locomotive. Alors, elles s'enveloppèrent de nouveau dans les couvertures et Mary pria Hester de poursuivre son récit. La jeune femme s'exécuta.

Certes, elle n'avait pas prévu de se livrer à cette quasi-confession. Pourtant, elle se prit à exposer avec véhémence tous les idéaux qui lui tenaient à cœur à son retour de Crimée, décrivit avec passion ses projets de réforme des vétustes hôpitaux anglais, sa volonté de sortir le personnel soignant des pratiques ancestrales dans lesquelles il demeurait enfermé.

Mary eut un sourire.

— Si vous me dites que vous y êtes parvenue, je commencerai à ne plus vous croire.

— Et vous aurez raison. J'ai malheureusement été renvoyée pour arrogance, et pour avoir agi sans ordres.

Elle n'avait pas eu l'intention de révéler cet épisode. Ce n'était pas le genre de confidence à faire à une patiente, mais à vrai dire, Mary était déjà devenue bien plus que cela. Et, de toute façon, les mots étaient sortis tout seuls.

Mary se mit à rire, un rire spontané et heureux.

— Bravo! s'exclama-t-elle. Si chacun de nous se contentait d'obéir aux ordres, on n'aurait pas encore inventé la roue! Et comment avez-vous réagi à ce renvoi?

— Réagi?

Mary pencha la tête de côté, fronçant les sourcils d'un air dubitatif.

— Ne me dites pas que vous avez accepté le décret comme une petite fille bien sage et que vous avez passé votre chemin! Vous avez dû continuer à lutter pour votre cause d'une manière ou d'une autre, non?

— Eh bien, en fait... non, avoua Hester, navrée de voir la consternation s'afficher sur le visage de son interlocutrice. Non, ajouta-t-elle en toute hâte, parce que j'ai eu d'autres combats à livrer... Des combats pour... pour la justice, dans d'autres domaines...

Visiblement, Hester avait éveillé l'intérêt de Mary. Celle-ci la dévisageait d'un regard plein d'étonnement.

— Ah bon?

— Euh... Je...

Pourquoi éprouvait-elle une telle réticence à évoquer l'aide apportée à Monk? Il n'y avait rien de déshonorant à assister les forces de l'ordre.

— J'ai fait la connaissance d'un inspecteur de police qui enquêtait sur le meurtre d'un officier de l'armée, et une terrible erreur judiciaire était sur le point d'être commise...

— Et vous avez réussi à rétablir la vérité! conclut Mary. Mais après cela, vous ne vous êtes tout de même pas désintéressée de la réforme des soins aux malades?

— Eh bien...

Hester se sentait rougir. Le visage de Monk, avec ses yeux gris foncé et ses pommettes hautes, s'était dessiné de façon si nette dans son esprit qu'il lui semblait voir le détective assis en face d'elle.

— C'est que... Il y a eu une autre affaire... peu de temps après celle-là. Là encore, il y avait un risque d'injustice. Et j'avais les moyens d'apporter mon aide...

Un lent sourire illumina les traits de Mary.

— Je vois. Enfin, il me semble. Et après celle-ci, une autre encore, sans doute ? A quoi ressemble-t-il, votre policier ?

— Oh, mais ce n'est pas *mon* policier ! protesta Hester avec plus de véhémence qu'elle n'entendait en manifester.

Mary ne sembla guère convaincue.

— Vraiment ? interrogea-t-elle, amusée. N'avez-vous pas un petit faible pour lui, ma chère ? Dites-moi, quel âge a-t-il, et à quoi ressemble-t-il ?

Hester se demanda un instant si elle devait révéler la vérité, dire que Monk lui-même ne connaissait pas son âge. Un accident de cab lui avait ôté la mémoire, qu'il retrouvait depuis par fragments infimes. Cependant, c'était là une trop longue histoire, et ce n'était certainement pas à elle de la raconter.

— Je ne sais pas vraiment, répondit-elle, prudente. Une quarantaine d'années, je pense.

Mary hocha la tête.

— Et son aspect ? Ses manières ?

Hester s'efforça de se montrer honnête et impartiale, mais cela lui fut étonnamment difficile. Monk suscitait en elle toute une série d'émotions : elle admirait l'intelligence du détective, son courage et son entêtement lorsqu'il s'agissait de découvrir la vérité, mais éprouvait aussi une certaine impatience, voire un réel mépris pour la violence dont il faisait parfois preuve face à un suspect.

— Il est de bonne taille, commença-t-elle, hésitante. Et même assez grand, en fait. Il se tient très droit, ce qui lui donne une allure...

— Élégante ? suggéra Mary.

— Non... Enfin, si... Mais ce n'était pas ce que je voulais dire. Je pense que le terme que je cherchais était *spor-*

tive. On ne peut pas dire qu'il soit beau. Il a des traits réguliers, mais il possède une sorte de... une expression dure qui...

Elle s'interrompit un instant. Pourquoi était-il si difficile de trouver les mots justes?

— J'allais dire que son attitude frisait l'arrogance, mais ce n'est pas ça du tout. En fait, il *est* arrogant, tout simplement.

Elle prit une inspiration et se hâta de poursuivre :

— Il a des manières agressives. Il porte de très beaux vêtements et dépense bien trop d'argent pour s'habiller, parce qu'il est vaniteux. Il assène ce qu'il estime être la vérité sans se soucier de savoir si cela ne va pas heurter ou blesser son interlocuteur. Il n'a ni patience ni respect vis-à-vis de l'autorité, et ne perd pas son temps avec ceux qu'il estime moins capables que lui. Mais jamais il ne laissera commettre une injustice sans intervenir, jamais il ne passera sous silence une vérité, quel que soit le prix à payer.

— Vous me décrivez là une personnalité bien singulière ! s'exclama Mary. Et vous semblez fort bien connaître cet homme. Le sait-il?

— Monk? fit Hester, surprise. Je n'en ai pas la moindre idée! Je suppose que oui. Il est rare que nous prenions des gants lorsque nous discutons, tous les deux.

— Comme c'est intéressant!

Il n'y avait aucun sarcasme dans la voix de Mary. Seulement de la fascination.

— Et lui, est-il amoureux de vous?

Hester rougit violemment.

— Certainement pas ! s'écria-t-elle.

Aussitôt, sa gorge se serra. L'espace d'un instant, elle crut qu'elle allait fondre en larmes. Mais elle se reprit : pleurer eût été à la fois humiliant et tout à fait stupide. A l'évidence, Mary n'avait pas compris et il fallait corriger sa méprise.

— Nous avons été amis dans certaines circonstances, expliqua-t-elle d'un ton ferme, parce que nous avions les mêmes convictions et étions prêts tous les deux à nous battre contre l'injustice. Pour ce qui est de l'amour, Monk n'est pas attiré par les femmes comme moi. Il préfère... il préfère le style de ma belle-sœur, Imogen. Elle est ravissante, très douce, et sait se montrer charmante sans user de flatteries maladroites... Elle parvient à inspirer aux hommes le désir de la protéger. Non que ce soit une incapable... Vous comprenez ?

— Tout à fait, acquiesça Mary. Nous avons toutes connu des femmes comme celle-ci. Elles sourient à un homme et, aussitôt, celui-ci se sent meilleur et plus beau, et sans aucun doute plus sûr de lui qu'auparavant !

— Exactement !

— Ainsi, votre Monk est un imbécile en matière de femmes, assena Mary.

Hester choisit de ne pas commenter la remarque.

— Pour ma part, je préfère le style d'Oliver Rathbone, poursuivit-elle en se demandant dans quelle mesure elle était sincère. C'est un avocat très illustre...

— Bien éduqué, sans doute. Et respectable ?

— Pas particulièrement. En tout cas, ce n'est pas ainsi que je le vois, protesta Hester. Son père est l'une des personnes les plus agréables que je connaisse. Il me suffit de me rappeler son visage pour me sentir bien...

Mary haussa les sourcils.

— Vraiment ? Dans ce cas, je me suis trompée. Ainsi, ce Mr. Rathbone n'est pas dénué d'intérêt. Dites-m'en un peu plus.

— Il est lui aussi très intelligent, mais d'une façon différente. Il est extrêmement sûr de lui et pratique l'humour à froid. On ne s'ennuie jamais en sa compagnie, mais j'avoue que je sais rarement ce qu'il pense. En tout cas, je suis certaine que le fond de sa pensée ne correspond pas toujours à ses affirmations !

— Et il est amoureux de vous ? Ou l'ignorez-vous, là encore ?

Hester eut un sourire heureux tandis que lui revenait le souvenir du baiser impulsif qu'elle avait reçu d'Oliver, un an plus tôt.

— Je pense que le terme *amoureux* est peut-être un peu fort, mais il m'a donné des raisons de croire qu'il ne me trouvait pas déplaisante, répondit-elle.

— Ah, voilà qui est parfait ! s'exclama Mary. Et ces deux messieurs ne s'apprécient guère l'un l'autre, j'imagine ?

— Non, c'est vrai, acquiesça Hester avec un plaisir qui la surprit elle-même. Mais je ne pense pas que cette aversion soit en rapport avec moi... enfin, pas seulement...

— Tout cela me paraît fort intrigant, conclut Mary d'un ton jovial. Je regrette que nos relations ne se prolongent pas assez pour que je puisse connaître le dénouement.

Hester sentit ses joues s'embraser de nouveau. Son esprit baignait dans une totale confusion. Elle avait évoqué ses sentiments comme elle eût raconté une histoire d'amour. Avait-elle envie de voir les choses évoluer dans ce sens ? Elle regretta d'avoir laissé son esprit s'égarer de la sorte. Jamais elle ne pourrait épouser Monk, même s'il la demandait en mariage, et cela ne se produirait pas, de toute façon. Ensemble, ils passeraient tout leur temps à se quereller. Il y avait chez cet homme trop de défauts qui lui déplaisaient. Elle ne les avait pas mentionnés devant Mary — c'eût été déloyal —, mais Monk était capable de cruauté et elle ne pouvait supporter cette idée. Il y avait dans son caractère des zones sombres, des élans qu'elle redoutait. Non, décidément, elle ne pouvait s'engager avec un tel homme sur une voie autre que celle de la pure amitié.

Et Oliver Rathbone ? L'épouserait-elle s'il succombait un jour à une émotion suffisamment forte pour le pousser à lui demander sa main ? Elle aurait tort de refuser. C'était une opportunité que bien peu de femmes se voyaient offrir au cours de leur existence, et qu'une fille de son âge ne devait même plus espérer du tout. Elle frisait la trentaine, que diable ! Seules les riches héritières avaient des chances de se marier à cet âge. Or, elle était loin d'entrer dans cette catégorie, puisqu'il lui fallait travailler pour subvenir à ses besoins !

Alors, pourquoi laisser passer une telle occasion ?

Elle s'aperçut soudain que Mary la dévisageait d'un œil

amusé. Elle voulut prendre la parole, mais demeura à court de réponse. La gaieté déserta l'expression de Mary.

— Il faut que vous soyez sûre de votre choix, ma chère, dit celle-ci. Si vous prenez la mauvaise décision, vous risquez de vous en mordre les doigts pour le restant de vos jours.

— Mais il n'y a aucune décision à prendre! se récria Hester.

Mary ne répondit pas, mais, à son visage, la jeune femme devina que ses protestations manquaient de conviction.

Le train ralentissait de nouveau. Il s'immobilisa bientôt dans un grand fracas mêlé de grincements de freins. Quelques portières s'ouvrirent et le chef de gare remonta le quai en criant le nom de la gare chaque fois qu'il atteignait une porte ouverte. Hester rajusta la couverture autour d'elle. Dans l'obscurité tremblante du dehors, une cloche tinta. Quelques instants plus tard, la locomotive crachait un lourd nuage de vapeur et reprenait sa progression.

Il était près de dix heures et demie et la fatigue du précédent voyage commençait à rattraper Hester. Mary, de son côté, paraissait en pleine forme. D'après les consignes d'Oonagh, le médicament ne devait pas être administré au-delà de onze heures, onze heures un quart dernière limite. Visiblement, Mary n'avait pas coutume de se coucher tôt.

— Êtes-vous fatiguée? interrogea Hester.

A vrai dire, elle se plaisait en compagnie de cette femme et savait qu'elles n'auraient guère le temps de bavarder le lendemain matin. Elles arriveraient aux environs de neuf heures et il leur faudrait descendre du train, s'assurer que les bagages les suivaient et guetter Griselda et Mr. Murdoch sur le quai.

— Non! répondit gaiement Mary, bien qu'elle eût déjà étouffé un ou deux bâillements. J'imagine qu'Oonagh vous a dit que je devais me coucher à onze heures au plus tard? Oui, j'en étais sûre... Je crois qu'elle aurait fait une excellente infirmière. Elle possède une intelligence et une efficacité naturelles. Parmi mes enfants, c'est elle qui a le plus grand sens pratique. En outre, elle sait l'art d'amener les gens à agir de telle sorte qu'ils sont convaincus d'en avoir eu l'idée eux-mêmes. Et l'on peut vraiment dire que c'est un art, vous savez! ajouta-t-elle avec une petite moue. J'ai souvent souhaité avoir ce don-là moi-même. Oonagh possède en outre un excellent jugement. J'ai été surprise de voir avec quelle rapidité Quinlan a appris à la respecter. Il n'est pas fréquent qu'un homme de cette nature nourrisse de la considération pour une femme, surtout si elle a son âge. Et cette considération n'est pas feinte... Elle n'a rien à voir avec les bonnes manières qu'il me témoigne à moi.

Hester la croyait volontiers. Elle avait lu la détermination sur les traits de Quinlan, l'intelligence dans son regard vif. Pour cet homme, l'amitié d'Oonagh valait plus que celle de tout autre membre de la famille. A l'évidence, Baird le haïssait; Deirdra, occupée par ses propres intérêts, lui manifestait une simple indifférence et, à en croire Mary, Alastair, depuis son plus jeune âge, s'en remettait à Oonagh lorsqu'il s'agissait de faire des choix.

— Oui, acquiesça Hester. Je suis sûre que vous avez raison. Le jugement et l'art de la diplomatie ne sont jamais superflus dans une famille nombreuse. Ce sont ces qualités-là qui font la différence entre le bonheur et la morosité.

Mary hocha la tête.

— C'est certain. Seulement, tout le monde n'en a pas conscience.

Hester se contenta de sourire. Tout commentaire eût été malséant.

— Êtes-vous heureuse de séjourner une semaine à Londres? s'enquit-elle. Aurez-vous l'occasion de dîner au restaurant, d'aller au théâtre?

Mary hésita.

— Je n'en suis pas sûre, répondit-elle, pensive. Je ne connais pas très bien Connal Murdoch et sa famille. C'est un jeune homme assez guindé, et très soucieux de l'opinion d'autrui. Quant à Griselda, elle n'aura sans doute guère envie de sortir. Et si nous allons au théâtre, ce sera pour assister à une représentation très conventionnelle, je le crains, rien de controversé.

— Peut-être ce monsieur aura-t-il le désir de vous impressionner favorablement, objecta Hester. Après tout, vous êtes sa belle-mère et l'opinion que vous avez de lui doit beaucoup compter pour lui.

— Ma foi! soupira Mary. Vous devez avoir raison! Je me souviens des premiers temps du mariage de Baird et Oonagh : Baird était si intimidé devant moi que c'en était douloureux. Et pourtant, à cette époque, il était fou amoureux d'elle! Bien sûr, poursuivit-elle en prenant une profonde inspiration, ce genre de passion s'amenuise une fois que l'on commence à se connaître. Il n'y a plus de mystère, la familiarité prend le pas sur l'émerveillement. On ne reste pas ébloui bien longtemps...

— J'imagine qu'avec le temps un lien d'amitié doit naître entre les époux, une sorte de complicité qui...

Hester sentit sa voix faiblir. La naïveté qui transparaissait derrière ses paroles lui fit honte. Ses joues la brûlèrent.

— C'est à espérer, acquiesça Mary. Si l'on a de la chance, la tendresse et la compréhension demeurent, et aussi les rires, et les souvenirs communs.

Elle fixait un point derrière Hester, comme si elle revoyait des images du passé.

Une fois de plus, Hester songea au tableau du grand hall. Elle se demanda en quelle année l'artiste l'avait peint et s'efforça d'imaginer les marques du temps sur la physionomie de cet homme encore jeune. De quelle façon la familiarité avait-elle chassé le panache? Elle n'y parvint pas. Il subsistait trop de détails indéchiffrables sur ce visage : cette ironie qui se lisait clairement, ces émotions sous-jacentes qui demeureraient à jamais mystérieuses... Mary en avait-elle percé le secret? Était-ce cela qui l'avait empêchée de rester éprise de son époux? Jamais Hester ne le saurait; cela ne la concernait aucunement. C'était la même chose avec Monk : il semblait impensable de le connaître au point de lui dérober toute possibilité de vous surprendre, de vous révéler une passion ou une conviction que vous n'auriez pas encore décelées chez lui.

— L'idéalisme est un mauvais compagnon, lança soudain Mary. C'est une des choses que je dois dire à Griselda. La pauvre petite... Je le dirai aussi à cet homme qu'elle a épousé. C'est peut-être au bras d'un prince charmant que l'on quitte l'autel, mais c'est sans aucun doute aux côtés d'un mortel très ordinaire que l'on se réveille le lendemain matin. Et sachant que nous sommes des mortelles nous aussi, cette réalité est valable pour tout le monde.

Hester sourit malgré elle et repoussa la couverture pour se lever.

— Il se fait tard, Mrs. Farraline. Ne pensez-vous pas que je devrais sortir votre médicament à présent ?

— Mon médicament ? fit Mary en haussant les sourcils. Probablement, oui. Mais pour ma part, je ne suis pas encore prête à le prendre. Pour revenir à la question que vous m'avez posée tout à l'heure, oui, je pense que j'irai au théâtre à Londres. Tout au moins, j'insisterai pour y aller. J'ai emporté plusieurs tenues qui se prêtent à ce type de sorties. Malheureusement, j'ai dû laisser ma robe préférée à Édimbourg, parce qu'elle est en soie et que Alastair l'a malencontreusement tachée sur le devant.

— Et n'était-il pas possible de la nettoyer ?

— Oh si, certainement. Mais nous n'en avons pas eu le temps avant mon départ. Je suis sûre que Nora s'en occupera en mon absence. Enfin... Outre le fait que j'aime beaucoup cette robe, c'est la seule tenue qui aille avec ma broche de perles grises, si bien que je n'ai pas emporté celle-ci non plus. C'est une broche magnifique, mais les perles grises ne sont guère commodes à assortir : elles ne vont ni avec les robes de couleur, ni avec les tissus brillants. Enfin, n'en parlons plus. Je ne pars que pour une semaine et je ne pense pas avoir beaucoup d'occasions de me mettre sur mon trente et un. Et puis, je vais à Londres pour voir Griselda, non pour courir les soirées mondaines.

— Votre fille doit être heureuse de mettre au monde son premier enfant !

— Pour le moment, pas tant que cela, répondit Mary avec un sourire contrarié. Mais cela viendra. Je crains qu'elle ne se préoccupe un peu trop de sa propre santé. Elle n'a pourtant aucune raison de s'inquiéter, vous savez.

Elle se leva enfin et Hester s'empressa de lui offrir un bras secourable.

— Merci, ma chère, reprit Mary en prenant appui sur elle. En fait, Griselda se fait du souci à la moindre douleur. Elle s'imagine aussitôt que cela vient d'une anomalie du bébé, d'une tare irréversible qu'il aurait à la naissance. C'est une mauvaise habitude, une habitude qui déplaît profondément aux hommes... sauf, bien entendu, si ce sont eux les responsables de ce défaut.

Elle se tenait à la porte du compartiment, mince silhouette très digne, un sourire aux lèvres.

— Je mettrai Griselda en garde contre cela et je la rassurerai en lui expliquant qu'elle n'a aucune raison de se faire du souci. Son enfant sera en parfaite santé.

Le train ralentissait de nouveau à l'approche d'une gare. Lorsqu'il se fut immobilisé, les deux femmes descendirent pour se rendre aux lavabos. Hester fut la première à regagner le wagon. Elle mit de l'ordre dans le compartiment, prépara la couverture pour Mary et secoua le chauffe-pieds. Le froid piquait et l'obscurité, au-dehors, était mouillée de gouttes de pluie. Elle descendit la trousse à médicaments et l'ouvrit. Les fioles étaient disposées sur deux rangées bien nettes. La jeune femme s'aperçut que la première d'entre elles avait été utilisée : le flacon était vide. Elle n'avait pas remarqué ce détail à Édimbourg, sans doute parce qu'à travers le verre teinté le liquide était à peine discernable. Nora avait-elle administré la première dose à Mary ce matin-là ? C'était stupide dans la mesure où, désormais, il en manquerait une pour le séjour. Il faudrait la remplacer à Londres. Bah ! Cela ne devait guère poser de problème si Hester prévenait Mary à temps.

Elle réprima un bâillement à grand-peine. Elle se sentait exténuée. Cela faisait trente-six heures qu'elle n'avait pas dormi dans de bonnes conditions. Cette nuit-là, au moins, elle pourrait étendre les jambes, au lieu de rester assise entre deux inconnus...

— Ah, vous avez préparé la trousse ! lança Mary de la porte. Vous avez bien fait. Le matin viendra bientôt.

Elle pénétra dans le compartiment et chancela au moment où le train démarrait. Hester la rattrapa à temps et l'aida à s'asseoir sur la banquette. A cet instant, la silhouette du contrôleur se profila à la porte, impeccable dans son uniforme aux boutons étincelants.

— Bonsoir, mesdames, salua l'homme en portant la main à sa casquette. Tout va bien ?

Mary leva la tête vers lui et Hester la vit tressaillir.

— Oh, oui, merci... répondit la vieille dame. Oui, tout va bien.

— Parfait, m'dame ! Alors bonne nuit. On arrive à Londres à neuf heures un quart demain matin.

— Oui, merci. Bonne nuit.

— Bonne nuit, renchérit l'infirmière.

Le contrôleur disparut. Hester observa sa compagne avec inquiétude.

— Vous sentez-vous bien ? s'enquit-elle. Cet homme vous a-t-il effrayée ? Je crois que nous avons un peu trop tardé pour votre médicament. Je dois insister pour que vous le preniez tout de suite. Vous me paraissez pâle.

Mary remonta la couverture et Hester l'aida à s'en envelopper.

— Je vais parfaitement bien, répliqua Mary d'un ton ferme. Mais ce misérable m'a rappelé quelqu'un, avec son grand nez et ses yeux noirs. J'ai cru un instant qu'il s'agissait d'Archie Frazer.

— C'est une personne que vous n'aimez pas ? demanda Hester en ôtant le bouchon du flacon et en versant le liquide dans le petit verre qui se trouvait dans la trousse.

— Oh, je ne le connais pas personnellement, expliqua Mary avec une moue méprisante. Il devait témoigner dans l'affaire Galbraith... enfin, dans ce qui aurait dû être l'affaire Galbraith si le procès s'était tenu. Mais les plaignants ont été déboutés. Alastair a estimé les preuves insuffisantes.

Hester lui tendit le verre, qu'elle saisit et vida d'un trait avant d'esquisser une grimace. L'infirmière lui proposa alors l'un des petits bonbons qu'Oonagh avait préparés pour en dissiper l'amertume. Mary le prit aussitôt.

— Mr. Frazer est un personnage public ? s'enquit Hester pour détourner son attention du mauvais goût du remède.

Elle remit le verre en place et referma la trousse, qu'elle rangea sur le porte-bagages.

— Plus ou moins.

Mary s'allongea et Hester l'aida à s'envelopper dans la couverture.

— Il est venu un soir à la maison, poursuivit Mary. Une petite fouine, qui se déplaçait à pas de loup comme un animal nocturne de mauvais augure. C'est la seule fois où je l'ai vu en chair et en os. C'était à la lueur d'une lampe, comme ce contrôleur, tout à l'heure. Le pauvre homme, je suis injuste avec lui. Tout comme j'ai sans doute été injuste vis-à-vis de Frazer, conclut-elle avec un sourire. Mais je vous en prie, mettez-vous à l'aise pour la nuit. Je vois bien que vous tombez de sommeil ! Le contrôleur nous réveillera demain matin un peu avant l'arrivée, ce qui nous laissera le temps de nous préparer pour être présentables à la descente du train.

Hester jeta un coup d'œil à la lampe à huile, qui dispensait une douce lumière jaune dans le compartiment. Elle brûlerait toute la nuit, mais il était peu probable que sa faible lueur les gênât dans leur sommeil. La jeune femme s'étendit donc dans une position confortable. En quelques minutes, le grincement régulier des roues sur les rails la berça et elle sombra dans le sommeil.

Elle se réveilla à plusieurs reprises au cours de la nuit, mais seulement pour rajuster la couverture et changer de position. Ses rêves furent troublés par des images de la Crimée, de cette époque où, comme à présent, elle ressentait le froid et l'épuisement, mais où elle était prête à veiller au chevet d'individus bien plus à plaindre qu'elle-même.

Elle s'éveilla soudain en sursaut pour découvrir le contrôleur à la porte.

— Bonjour, m'dame ! lança-t-il d'un ton jovial. Londres dans trente minutes !

Il s'éclipsa aussitôt et Hester s'étira. Elle avait les membres engourdis par le froid. Ses cheveux étaient en bataille et elle avait perdu quelques pinces, mais cela importait peu. Elle devait réveiller Mary, qui dormait encore, tournée vers le mur, dans la même position qu'elle avait prise la veille. Elle ne semblait guère avoir remué durant la nuit. La couverture était restée bien bordée autour d'elle.

— Mrs. Farraline! fit Hester d'une voix joyeuse. Nous ne sommes plus très loin de Londres. Avez-vous bien dormi?

Mary ne bougea pas.

— Mrs Farraline?

Toujours pas de réaction.

Hester lui posa la main sur l'épaule et la secoua doucement. Certaines personnes âgées avaient le sommeil très profond.

— Mrs. Farraline?

L'épaule demeura inerte. A vrai dire, elle semblait extrêmement raide. Un frisson parcourut Hester.

— Mrs. Farraline! Réveillez-vous! Nous arrivons à Londres! s'écria-t-elle avec plus d'insistance.

Mary n'esquissa pas le moindre mouvement.

Alors, d'une pression sur l'épaule, Hester la retourna. Sa patiente avait les yeux fermés et le teint livide. Hester appliqua ses doigts sur la joue ridée. Celle-ci était glacée. Mary Farraline était morte dans la nuit.

CHAPITRE III

Ce fut tout d'abord un douloureux sentiment de perte qu'éprouva Hester. Quelques années auparavant, sans doute, elle eût commencé par nier l'évidence, refusé de croire que Mary s'était éteinte. Cependant, elle avait trop souvent croisé la mort pour ne pas la reconnaître, aussi brutale fût-elle. La veille, Mary paraissait débordante de santé et de dynamisme et, néanmoins, tout portait à croire que la mort était survenue en tout début de nuit. Le corps était froid au toucher et pour atteindre ce niveau de raideur, il fallait au moins quatre à six heures.

D'un geste tendre, Hester remonta la couverture pour en couvrir le visage, puis se releva. Le train avait ralenti et, derrière la vitre criblée de gouttes de pluie, de nombreuses maisons apparaissaient.

Alors seulement jaillit l'émotion suivante : la culpabilité. Mary était sa patiente, on la lui avait confiée avec la certitude qu'elle se trouverait ainsi en de bonnes mains et voilà qu'en quelques heures la vieille dame était décédée ! Pourquoi ? Quelle faute Hester avait-elle commise ? Qu'avait-elle négligé, ou oublié, pour que Mary s'éteignît ainsi sans un bruit, sans un cri, sans même un signe d'agitation ? Mais peut-être s'était-elle débattue ? Peut-être avait-elle tenté d'alerter l'infirmière, qui ne l'avait pas entendue, trop exténuée qu'elle était, d'autant que le fracas du train couvrait tous les bruits ?

Hester s'efforça de se ressaisir. Elle ne pouvait demeurer là, à regarder sans rien faire la forme immobile sous la couverture! Il fallait prévenir les autorités, à commencer par le contrôleur. Une fois arrivée, bien sûr, il y aurait le chef de gare et, peut-être, la police. Ensuite, bien pire que tout cela, il faudrait annoncer la nouvelle à Griselda Murdoch. A cette perspective, Hester se sentit prise de nausée.

Elle sortit du compartiment, se cognant au passage contre le montant de bois. Transie, tendue à l'extrême, elle ressentit la douleur du choc avec acuité, mais le moment était mal choisi pour s'apitoyer sur soi-même. Elle s'engagea dans le couloir et courut vers l'avant du train.

— Monsieur le contrôleur! Monsieur le contrôleur! Où êtes-vous?

Un individu en vareuse militaire apparut à l'entrée d'un compartiment et ouvrit la bouche pour parler, mais Hester avait déjà passé son chemin.

— Où est le contrôleur? cria-t-elle encore.

Une femme aux cheveux grisonnants la considéra d'un œil curieux.

— Mon Dieu, ma fille, qu'y a-t-il? s'exclama-t-elle. Êtes-vous vraiment obligée de faire un tel vacarme?

— Avez-vous vu le contrôleur? interrogea Hester, hors d'haleine.

— Non, pas du tout. Mais pour l'amour du ciel, ne criez pas comme cela

— Je peux vous aider, Miss?

Hester se retourna. Le contrôleur était là, enfin. Elle s'efforça de se maîtriser et de parler avec calme.

— Je crains qu'il ne se soit produit quelque chose de très grave...

Pourquoi tremblait-elle à ce point? Elle avait vu des centaines de morts au cours de son existence.

— Quoi, Miss? Qu'est-ce qui se passe?

— Je crains que Mrs. Farraline, la dame avec laquelle je voyageais, ne soit décédée pendant la nuit.

— Oh, elle doit juste être endormie! Il y a des gens qui ont le sommeil...

— Je suis infirmière ! coupa-t-elle d'une voix stridente. Je sais reconnaître la mort quand je la vois !

Cette fois, le contrôleur parut ébranlé.

— Oh, c'est pas vrai ! Vous êtes sûre ? La vieille dame, c'est ça ? Le cœur, je suppose. Elle a eu un malaise, hein ? Vous auriez dû m'appeler, vous savez, ajouta-t-il en la couvrant d'un regard critique.

En d'autres circonstances, Hester lui eût sans doute demandé ce qu'il eût fait de plus qu'elle, mais elle était trop effondrée pour le contredire.

— Non, non, elle ne s'est pas plainte cette nuit. Je l'ai trouvée comme ça ce matin, quand j'ai voulu la réveiller.

Sa voix tremblait et ses lèvres engourdies l'empêchaient de bien articuler.

— Je ne... je ne sais pas ce qui s'est passé... Je pense que le cœur a lâché. Elle prenait des médicaments...

— Et elle a oublié de les prendre hier soir, c'est ça ? fit-il, soupçonneux.

— Mais non, pas du tout ! protesta Hester. Je les lui ai donnés moi-même. Vous ne pensez pas qu'il vaudrait mieux prévenir le chef de train ?

— Chaque chose en son temps, Miss. Emmenez-moi d'abord dans votre compartiment pour voir ça. Peut-être qu'elle est seulement mal en point ?

Docilement, Hester le guida jusqu'à l'entrée du compartiment, puis s'effaça pour le laisser entrer. Il souleva la couverture et examina un court instant le visage de Mary, avant de le recouvrir et de sortir en hâte.

— Bon, Miss, j'ai l'impression que vous avez raison ! Cette pauvre dame est morte. Je vais aller prévenir le chef de train. Vous, vous restez ici et vous touchez à rien, compris ?

— Oui.

— Bon. Vous feriez p't-être mieux de vous asseoir. Il faudrait pas que vous fassiez un malaise vous aussi...

Hester s'exécuta sans rien dire. Le compartiment était froid et, malgré le bruit et les tressautements du train, il paraissait plongé dans le silence. Mary reposait sur la banquette d'en face. Elle n'avait plus la confortable position dans laquelle elle s'était endormie, mais était à demi tournée, telle qu'Hester l'avait laissée tout à l'heure et telle que le contrôleur l'avait vue. Il était ridicule de songer au confort, mais Hester dut faire un effort sur elle-même pour ne pas aller arranger le corps dans une attitude plus naturelle. Elle avait aimé Mary dès l'instant où elle l'avait rencontrée. Cette femme possédait une vitalité et un franc-parler peu communs qui, très vite, avaient éveillé chez Hester un sentiment proche de l'affection.

L'arrivée du chef de train interrompit le cours de ses pensées. C'était un petit homme à grosse moustache et au regard sombre. Une traînée de tabac à priser maculait la veste de son uniforme.

— Triste affaire! déclara-t-il d'un ton morne. Bien triste. Une dame de la haute, non? Mais on peut rien faire pour elle, maintenant. Pauvre femme! Où vous alliez avec elle?

— Je l'emmenais voir sa fille et son gendre, répondit Hester. Ils seront à la gare à l'arrivée...

— Oh là là... Bon, de toute façon, y a rien à faire... On va d'abord laisser descendre tous les passagers, poursuivit-il en secouant la tête, et puis on enverra chercher le chef de gare. Il aura pas de mal à trouver la fille de la dame. C'est quoi, son nom? Vous connaissez son nom, Miss?

— Mrs. Griselda Murdoch. Son époux est Mr. Connal Murdoch.

— Bon. Le problème, c'est que le train est complet et j'ai pas d'autre compartiment où vous placer. Mais on sera à Londres dans pas longtemps. Tâchez de rester calme, c'est tout. Au fait, ajouta-t-il en se tournant vers le contrôleur, vous auriez pas quelque chose à donner à la petite dame? Je sais pas, moi, un remontant?

Les épais sourcils du contrôleur formèrent deux accents circonflexes.

— Vous me demandez si j'aurais sur moi une boisson forte que j'aurais apportée, m'sieur?

— Mais non, j'ai pas dit ça! protesta l'autre sans conviction. Vous savez bien que c'est contraire au règlement! Non, je me disais juste que vous aviez peut-être un remède de médecine pour elle, contre le froid, ou le choc, enfin, bref... Quelque chose pour les voyageurs...

— Eh bien... commença le contrôleur en jetant un coup d'œil à Hester, je... je crois que j'vais pouvoir lui trouver quelque chose... Par exemple...

— Très bien! coupa l'autre. Allez-y voir, Jake! Faut remettre la petite dame sur pied! D'accord?

— D'accord, chef! J'y vais.

Les deux hommes disparurent et le contrôleur revint bientôt avec une bouteille d'eau-de-vie dont il servit à Hester un gobelet plein à ras bord. Puis il s'éclipsa de nouveau, murmurant quelques paroles inintelligibles relatives au service. Hester demeura seule un bon quart d'heure, tremblante de froid et sentant l'appréhension la gagner peu à peu. Soudain, le chef de gare apparut à la porte du compartiment. C'était un homme imberbe au curieux visage surmonté de cheveux auburn, qui souffrait d'un sévère rhume de cerveau.

— Alors, Miss, commença-t-il avant d'éternuer avec violence. Vous feriez bien de nous dire ce qui est arrivé à la pauvre dame. De qui s'agit-il? Et d'ailleurs, qui êtes-vous?

— Elle s'appelle Mrs. Mary Farraline, elle est d'Édimbourg. Quant à moi, je suis Hester Latterly et j'ai été engagée pour l'accompagner à Londres et veiller à ce qu'elle prenne ses médicaments et que le voyage se passe bien.

Il semblait à Hester que ses paroles sonnaient creux. Elles avaient même un côté absurde.

— Je vois. Et pourquoi prenait-elle des médicaments, Miss?

— Pour une maladie du cœur, je crois. On ne m'a pas expliqué son état dans les détails. On m'a juste dit que le remède devait lui être administré avec régularité, on m'a montré comment et à quelle heure.

— Et vous le lui avez bien donné, Miss? s'enquit-il en l'observant sous ses sourcils froncés. Vous en êtes sûre?

— Oui, absolument sûre.

Elle se leva et attrapa la trousse à médicaments, qu'elle ouvrit pour lui montrer les fioles vides.

— Il y en a deux d'ouvertes, fit remarquer le chef de gare.

— C'est exact. Je lui en ai donné une hier soir, à onze heures moins le quart environ. L'autre avait dû être utilisée le matin.

— Mais vous n'êtes montées dans le train qu'hier soir! protesta le chef de train, qui venait d'apparaître derrière son collègue. Et pour cause! C'est un train de nuit!

— Je le sais, rétorqua patiemment l'infirmière. Mais peut-être qu'il ne leur restait plus de potion, ou que la bonne s'est montrée paresseuse et qu'en voyant que la trousse était déjà préparée elle n'a pas été chercher plus loin! Je n'en sais rien. Toujours est-il que je lui ai donné le contenu du deuxième flacon. Celui-ci, ajouta-t-elle en le désignant. Hier soir.

— Et dans quel état était-elle à ce moment-là, Miss? Mal en point?

— Non... Non, elle avait l'air très en forme...

— Ah bon? Bon... Je crois qu'il vaudrait mieux mettre un garde en faction ici pour que... pour qu'on ne vienne pas la déranger. Vous, vous allez venir avec moi pour chercher la fille de cette pauvre dame sur le quai.

Le chef de gare s'interrompit, les yeux toujours posés sur Hester, dubitatif.

— Vous êtes sûre qu'elle ne vous a pas appelée dans la nuit? Vous étiez là, j'imagine, toute la nuit?

— Bien sûr que j'étais là!

Il hésita, puis éternua deux fois et fut contraint de se moucher.

— Le problème, c'est que je ne connais pas Mr. et Mrs. Murdoch, dit Hester. Il faudra peut-être faire une annonce ou quelque chose comme cela pour les trouver...

— Nous allons nous en charger. De votre côté, reprenez-vous un peu, Miss, et venez expliquer à ces malheureux que leur mère est décédée. Vous pensez que vous en serez capable ?

— Oh oui... Oui, je crois. Merci pour votre sollicitude.

Elle le suivit jusqu'à la portière du wagon et il l'aida à descendre du train. Le froid vif la fouetta au visage. La gare sentait la fumée, la suie et la crasse de milliers de chaussures sales. Un vent glacé soufflait sur le quai malgré le toit qui le surmontait et les bruits des chariots, des talons sur le sol, des portières qui claquaient et des cris se répercutaient en échos successifs. Hester suivit le chef de gare à travers la foule jusqu'aux marches qui menaient à son bureau.

— Est-ce que... est-ce qu'ils sont déjà là ? interrogea-t-elle en sentant soudain sa gorge se serrer.

— Oui, Miss. On n'a pas eu de mal à les trouver. Une jeune dame et un monsieur qui regardaient ce train-là. Y eu qu'à demander !

— Quelqu'un leur a dit ?

— Non, Miss. On a pensé qu'il valait mieux que ce soit vous qui leur annonciez, puisque vous connaissez la famille et aussi, évidemment, la dame en question...

— Ah...

L'homme ouvrit la porte du bureau et s'effaça. Hester entra aussitôt.

La première personne qu'elle aperçut fut une jeune femme à la chevelure auburn coiffée comme Eilish, mais d'une teinte plus terne. Malgré son visage ovale et ses traits réguliers, elle ne possédait ni la personnalité ni la beauté de sa sœur. Comparée à une autre, elle eût paru assez jolie, dans un style paisible et très convenable, mais quiconque avait rencontré Eilish ne pouvait plus voir cette femme-là que comme un pâle reflet, une ombre sans attrait. Plus tard peut-être, lorsque sa grossesse aurait pris fin et que l'angoisse aurait cessé de la tenailler, elle ressemblerait à Oonagh, à condition d'acquérir une certaine vivacité et une plus grande assurance.

L'homme qui l'accompagnait mesurait trois ou quatre pouces de plus qu'elle. Il avait un visage osseux et des paupières tombantes et ne cessait de pincer les lèvres. Ce tic avait pour effet d'attirer l'attention sur sa bouche bien dessinée. Ce fut lui qui parla le premier.

— Vous êtes l'infirmière embauchée pour accompagner Mrs. Farraline dans le train? s'enquit-il d'un ton autoritaire. Bien. Alors peut-être pouvez-vous nous dire ce que signifie tout ceci? Où est Mrs. Farraline? Pourquoi nous a-t-on fait attendre ici?

Hester soutint un court instant son regard, afin de lui indiquer qu'elle prenait ses questions en compte, puis se tourna vers Griselda.

— Je suis Hester Latterly, déclara-t-elle. J'ai été appelée pour accompagner Mrs. Farraline. J'ai l'immense regret de devoir vous annoncer une très mauvaise nouvelle. Votre mère était dans d'excellentes dispositions hier soir et elle paraissait en pleine santé, mais elle s'est éteinte cette nuit durant son sommeil. Je pense qu'elle n'a pas souffert, car elle n'a pas crié...

Elle s'interrompit. Griselda la dévisageait comme si elle n'avait pas compris goutte à ce qu'elle venait d'entendre.

— Maman? fit-elle en secouant la tête. J'ignore de quoi vous parlez. Elle venait à Londres pour me dire... Je ne sais pas ce qu'elle voulait me dire au juste. Mais elle a affirmé que tout irait bien! Elle l'a dit! Elle me l'a promis!

Elle tourna vers son époux un regard désespéré, qu'il ignora.

— Que dites-vous? demanda-t-il à Hester. Vos paroles n'expliquent rien! Si Mrs. Farraline était en parfaite santé hier soir, elle ne serait pas... elle n'aurait pas rendu l'âme sans... sans... Mais pour l'amour du ciel, je croyais que vous étiez infirmière! Quel est l'intérêt de la faire accompagner par une infirmière si c'est pour qu'une telle chose se produise? Vous êtes plus qu'inutile!

— Allons, monsieur, intervint le chef de gare. Si cette

dame commençait à prendre de l'âge et qu'elle avait des problèmes de cœur, elle pouvait partir à tout moment. Il faut s'estimer heureux qu'elle n'ait pas souffert !

— Pas souffert, dites-vous ? explosa Murdoch. Mais elle est morte !

Griselda se couvrit le visage des deux mains et s'effondra sur une chaise de bois.

— Ce n'est pas possible qu'elle soit partie, sanglota-t-elle. Elle devait me dire... Oh non ! Je ne peux pas tolérer cela ! Elle m'avait promis !

Murdoch baissa les yeux sur elle. Son visage exprimait incompréhension, colère et impuissance mêlées.

— Allons, ma chérie, dit-il. Cet homme n'a pas tout à fait tort, après tout : c'est arrivé de façon inattendue, certes, mais il faut se consoler en songeant qu'elle n'a pas souffert. Du moins à ce qu'il semble...

Griselda releva la tête et le considéra d'un regard horrifié.

— Mais elle n'a pas... Enfin, il n'y a même pas une lettre ! C'est d'une importance vitale ! Elle ne serait jamais.. Oh, c'est affreux !

Elle se couvrit de nouveau la face et se mit à pleurer.

Ignorant Hester, Murdoch s'adressa au chef de gare.

— Il faut comprendre, mon épouse était très attachée à sa mère. Cela représente pour elle un choc immense.

— Bien sûr, m'sieur, c'est naturel, acquiesça l'autre. Évidemment. N'importe qui réagirait comme ça, surtout que c'est une jeune dame qui a l'air très sensible.

Griselda se leva subitement et fit mine de se diriger vers la porte

— Laissez-moi la voir ! ordonna-t-elle.

— Vous n'y pensez pas, ma chérie, protesta Murdoch en la saisissant par les épaules. Ce n'est pas raisonnable. Vous devez vous reposer. Songez à votre état !

— Il faut que je la voie !

La jeune femme se libéra et vint se planter devant Hester. Elle était si pâle que ses taches de rousseur se détachaient sur ses joues comme des marques sales. Elle posa sur l'infirmière un regard farouche.

— Que vous a-t-elle dit ? interrogea-t-elle. Elle vous a nécessairement dit quelque chose ! Quelque chose sur la raison pour laquelle elle venait ici ! Quelque chose à mon sujet ! Non ?

— Elle m'a seulement dit qu'elle venait pour vous rassurer et vous expliquer que vous n'aviez aucune raison de vous faire du souci, répondit Hester avec douceur. Elle était formelle sur ce point : vous n'aviez pas de souci à vous faire.

— Mais pourquoi ? s'écria Griselda, furieuse, levant les mains comme si elle s'apprêtait à saisir Hester et à la secouer. Vous en êtes sûre ? Peut-être qu'elle ne le pensait pas réellement ? Peut-être qu'elle voulait juste... je ne sais pas, moi... juste être gentille !

— Je ne le crois pas, répliqua Hester. D'après ce que j'ai vu de Mrs. Farraline, elle n'était pas femme à dire des choses qu'elle ne pensait pas, même dans le but d'apaiser quelqu'un. Si elle n'était pas convaincue de ce qu'elle disait, elle n'en aurait pas parlé du tout ! Bien sûr, je conçois que ce soit difficile pour vous en un tel moment, mais il faut vous persuader que vous n'avez réellement aucune raison de vous inquiéter.

— Vous croyez ? fit Griselda, éperdue. Vous le pensez vraiment, Miss...

— Latterly. Oui, j'en suis convaincue.

— Venez, ma chérie, intervint Connal Murdoch. Cela n'a aucune importance à présent. Il va nous falloir prendre certaines dispositions. Vous devez écrire à votre famille à Édimbourg. Nous avons beaucoup à faire...

Griselda se tourna vers lui, comme s'il avait parlé une langue étrangère.

— Quoi ?

— Ne vous en faites pas, je m'occuperai de tout. J'écrirai dès ce matin une lettre pour les informer dans le détail de tout ce que nous savons. Si je la poste aujourd'hui, elle partira par le train de nuit et ils l'auront demain matin. J'expliquerai que cela s'est passé en douceur et qu'elle n'a sans doute rien senti... A présent, ma chérie, enchaîna-t-il en secouant la tête, je vais vous ramener à la maison. La matinée a été très éprouvante. Maman va s'occuper de vous.

Il parut soulagé en disant ces derniers mots, comme s'il venait de découvrir la solution idéale pour se libérer d'une situation qui le dépassait.

— Vous ne devez pas perdre de vue votre... votre santé, ma chérie. Il faut vous reposer. Vous n'êtes d'aucune utilité ici, je vous assure.

— C'est vrai, renchérit le chef de gare. Partez avec votre mari, m'dame. Il a tout à fait raison !

Griselda hésita, lança un nouveau regard angoissé à Hester, puis succomba à la force supérieure qui l'entraînait.

Hester la regarda partir avec soulagement tout en se remémorant la façon dont sa mère avait parlé d'elle. Il lui semblait entendre résonner la voix chargée d'ironie de Mary. Peut-être Hester eût-elle dû lui en dire davantage pour la rassurer. La jeune femme avait paru plus ébranlée par l'absence de paroles de réconfort au sujet de la naissance prochaine du bébé que par le décès de sa mère. Toutefois, des deux émotions, peut-être celle-ci était-elle la plus facile à appréhender. Alors que certains individus se réfugiaient dans la colère, Griselda avait eu recours à l'inquiétude. Le fait d'attendre un enfant, surtout pour la première fois, entraînait pour l'esprit toutes sortes de bouleversements, des sentiments qui, en temps normal, n'apparaissaient pas de façon aussi manifeste.

Cependant, Griselda avait quitté le bureau et il était trop tard pour ajouter quelque chose. Peut-être Murdoch trouverait-il en temps voulu les paroles ou les gestes propres à apaiser son épouse.

Durant l'heure qui suivit, Hester dut répondre à des dizaines de questions qui n'apportèrent rien de nouveau. Elle répéta à chacune des autorités compétentes les instructions qui lui avaient été données à Édimbourg, l'état dans lequel se trouvait Mary au début du voyage. Pas une fois sa patiente ne s'était plainte de sa santé. Au contraire, elle avait paru d'excellente humeur. Non, Hester n'avait rien entendu au cours de la nuit. De toute façon, le bruit du train couvrait tout ou presque. Oui, elle avait donné son médicament à Mrs. Farraline, un seul flacon, comme on le lui avait demandé; le premier était déjà vide lorsqu'elle avait ouvert la trousse.

Non, elle ne connaissait pas la cause du décès, mais pensait qu'il était dû à l'insuffisance cardiaque dont souffrait Mrs. Farraline. Non, elle ne connaissait pas les antécédents de la maladie. Elle n'était pas dans le train en tant qu'infirmière, mais comme accompagnatrice, afin de s'assurer que le médicament était bien pris. N'était-il pas possible que Mrs. Farraline en eût bu une seconde dose? Non, Mary n'avait pas ouvert la trousse: celle-ci se trouvait exactement à l'endroit où Hester l'avait reposée. En outre, Mary n'était ni étourdie ni sénile.

Enfin, Hester fut autorisée à quitter la gare. Le cœur lourd, elle sortit dans la rue, héla un cab et donna au cocher l'adresse de Callandra Daviot. Elle ne se demanda pas s'il était courtois de se présenter ainsi en milieu de matinée, sans prévenir et dans un tel état d'abattement. Elle avait tant besoin de réconfort et de sécurité qu'elle éluda toute question de bienséance. De toute façon, Callandra ne tenait pas particulièrement au respect des convenances, même s'il existait une différence entre excentricité et manque de considération.

— Nous y voilà, Miss! cria tout à coup le cocher en se penchant pour la regarder.
— Quoi?
— On y est, Miss. Vous descendez, ou vous voulez rester avec moi?
— Non... Non, bien sûr que je descends, répondit-elle avec humeur.

Elle batailla pour ouvrir la portière d'une main tandis qu'elle agrippait son sac de voyage de l'autre, puis sortit maladroitement. Elle paya le cocher et lui souhaita une bonne journée. Lorsque le cheval se remit en marche, Hester prit soudain conscience qu'il pleuvait dru. Alors, elle saisit son bagage et gravit en toute hâte les marches du perron, priant pour que Callandra fût chez elle, et non occupée à l'une des nombreuses activités qui la passionnaient. Pleine d'appréhension, elle sonna et attendit.

La porte s'ouvrit, mais le majordome ne reconnut pas tout de suite la visiteuse. Son visage ne s'éclaira qu'après un court instant.

— Oh, bonjour, Miss Latterly !

— Bonjour. Lady Callandra est-elle chez elle ?

— Oui, Miss. Si vous voulez bien vous donner la peine d'entrer, je vais l'informer de votre arrivée.

Il recula d'un pas, visiblement étonné de la voir dans cet état. La jeune femme pénétra dans le hall et il lui prit le sac de voyage des mains pour le poser dans un coin. Puis il s'excusa et disparut, la laissant seule. Les gouttes de pluie qui dégoulinaient de ses vêtements formèrent sur le plancher ciré de petites flaques d'eau.

Quelques instants plus tard, Callandra faisait son apparition dans le hall. Son visage curieux affichait une expression inquiète. Comme toujours, des mèches de cheveux s'échappaient de son chignon, prêtes, semblait-il, à prendre leur envol, et sa robe vert bouteille semblait plus confortable qu'élégante. Ces larges jupons, qui avaient dû flatter sa silhouette à l'époque où elle était jeune et mince, ne parvenaient plus à présent à dissimuler une certaine générosité de hanches et la faisait paraître plus petite qu'elle ne l'était. Toutefois, son allure était comme toujours magistrale et son intelligence et sa vivacité d'esprit compensaient plus que largement son absence de beauté.

— Ma chérie, mais vous êtes dans un état épouvantable ! s'exclama-t-elle d'un ton anxieux. Que vous est-il arrivé ? Je pensais que vous étiez à Édimbourg ! Votre déplacement a-t-il été annulé ? Vous m'avez l'air mal en point !

Hester se sentit soudain soulagée et ne put s'empêcher de sourire. La présence de cette femme lui procurait un réconfort inestimable. C'était comme si elle rentrait chez elle après un long voyage solitaire.

— Je suis allée à Édimbourg, répondit-elle. Je suis revenue par le train de nuit. Ma patiente est morte.
— Oh, ma chérie! Je suis désolée pour vous. Était-ce avant votre arrivée là-bas? Comme c'est malheureux! Mais...

Elle s'interrompit devant l'expression d'Hester.

— Oh, reprit-elle, ce n'est pas cela... La dame est morte alors qu'elle se trouvait sous votre responsabilité, n'est-ce pas?
— Oui.
— Ils ont eu tort de vous confier une malade aussi gravement atteinte, conclut Callandra d'un ton de reproche. Pauvre femme, mourir ainsi, loin des siens, et dans un train, qui plus est! Vous devez être dans un état... En l'occurrence, vous *êtes* dans un état lamentable!

Elle lui prit le bras et l'entraîna au salon.

— Venez vous asseoir. Votre jupe est trempée. Aucun de mes vêtements ne vous ira, vous flotteriez dedans... Il faudra vous contenter d'une robe de ma femme de chambre. Cela fera l'affaire en attendant que vos vêtements sèchent. Si vous restez comme cela, vous risquez d'attraper la...

Elle s'arrêta, confuse.

— La mort, compléta Hester avec l'ombre d'un sourire. Merci.
— Daisy! appela Callandra d'une voix forte. Daisy, venez ici, s'il vous plaît!

Aussitôt, une mince fille brune aux grands yeux noirs apparut à la porte, un chiffon à la main, la coiffe légèrement de travers.

— Oui, madame?
— Vous faites à peu près la taille de Miss Latterly. Auriez-vous la bonté de lui prêter une robe en attendant que la sienne sèche? J'ignore ce qu'a fait mon amie, mais elle est trempée! Oh, si vous pouviez également lui trouver des bas et des bottines... Et au passage, demandez à la cuisinière d'envoyer du chocolat chaud dans la chambre verte.

— Bien, madame.

Dix minutes plus tard, Hester enfilait une robe de grossière étoffe grise qui tombait parfaitement, quoiqu'il manquât deux ou trois pouces de longueur à la cheville, si bien que les bottines et un morceau de bas étaient apparents. Puis elle alla s'installer au coin du feu, face à Callandra.

Elle affectionnait cette pièce aux murs verts, avec ses portes et les encadrements de ses fenêtres qui se détachaient en blanc et attiraient le regard vers la lumière. Les meubles, en bois de rose, étaient rehaussés de brocart crème et un vase de chrysanthèmes blancs trônait au centre de la table. Hester se réchauffa les mains sur sa tasse de chocolat. Il était ridicule d'avoir si froid ! L'hiver n'avait même pas commencé et, à l'extérieur, la température restait tout à fait supportable. Pourtant, la jeune femme tremblait de tous ses membres.

— C'est le choc, dit Callandra avec bienveillance. Buvez ! Vous vous sentirez mieux.

Hester avala quelques gorgées de chocolat et sentit le liquide chaud descendre le long de sa gorge.

— Elle était si radieuse hier au soir ! reprit-elle. Nous avons parlé de toutes sortes de choses ! Elle avait envie de continuer à bavarder, mais sa fille m'avait donné l'instruction de ne pas la laisser veiller au-delà de onze heures un quart.

— C'est une chance inestimable de rester en pleine forme jusqu'au dernier soir de sa vie, vous savez, fit remarquer Callandra en observant son amie par-dessus sa tasse. D'ordinaire, les personnes âgées sont malades au moins quelque temps, généralement plusieurs semaines, avant de s'éteindre. Je conçois que ce décès vous ait causé un choc, mais d'ici peu, cette mort très douce vous apparaîtra comme une bénédiction.

— Vous avez sans doute raison...

Ces paroles étaient pleines de bon sens, Hester ne pouvait le nier. Néanmoins, la culpabilité et les regrets continuaient de tourmenter la jeune femme.

— Je l'aimais beaucoup, vous savez, ajouta-t-elle, pensive.

— Dans ce cas, réjouissez-vous pour elle, puisqu'elle n'a pas souffert!

— Je me suis sentie si... si inefficace, si négligente! Je ne lui ai pas apporté la moindre assistance. Je ne me suis même pas réveillée, vous vous rendez compte? J'aurais aussi bien pu rester chez moi.

— Mais elle s'est éteinte dans son sommeil, ma chère petite Hester! De toute façon, vous n'auriez pu lui apporter ni aide ni réconfort!

— Sans doute...

— J'imagine que vous avez dû informer quelqu'un? La famille?

— Oui. Sa fille et son gendre l'attendaient à la gare. La pauvre a été effondrée.

— Naturellement. Et parfois, un chagrin subit met les gens très en colère, au point de leur ôter toute raison... S'est-elle montrée désagréable?

— Non, pas du tout. Elle est restée très correcte. Elle ne m'a rien reproché, ajouta-t-elle avec un sourire amer. Elle semblait surtout perturbée de ne pas savoir ce que sa mère était venue lui dire. Elle attend un enfant, son premier, et elle craint beaucoup pour sa santé. Mrs. Farraline venait à Londres pour la rassurer.

— Le drame n'en est que plus profond, compatit Callandra. Mais personne n'est en tort dans cette histoire, si ce n'est Mrs. Farraline elle-même, qui a entrepris ce voyage alors qu'elle se savait de santé fragile. Une longue lettre eût été plus avisée. Enfin... il est toujours facile de critiquer après coup!

— Je crois bien que c'est la première fois que j'éprouve une sympathie aussi immédiate et aussi profonde pour une patiente, déclara Hester en sentant son cœur se serrer. Elle était franche, sincère, directe. Elle m'a raconté la nuit qui a précédé la bataille de Waterloo. Un grand bal avait été organisé et tous ceux qui comptaient en Europe y étaient, m'a-t-elle dit. L'atmosphère était pleine de gaieté, de rires et de beauté, avec cette soif de vivre que l'on éprouve lorsqu'on ignore ce que le lendemain nous réserve.

L'espace d'un instant, la lumière jaune du compartiment et le visage expressif de Mary lui revinrent en mémoire, plus réels que la chambre verte et le feu de cheminée qui crépitait. La jeune femme termina son chocolat et garda la tasse entre ses mains.

— Il y avait un portrait de son époux dans le hall de sa maison, à Édimbourg. Il avait un visage étonnant, à la fois plein d'émotion et pourtant énigmatique, au point qu'il était impossible de déchiffrer ses sentiments. Vous voyez ce que je veux dire ? Sa bouche exprimait de la passion, ses yeux, de l'incertitude... Je suis sûre que, face à cet homme, on en était toujours réduit à tenter de deviner ce qu'il pensait.

— Une personnalité complexe, conclut Callandra. Il a fallu un artiste doué pour capter tout cela dans un visage...

— C'est cet homme qui a créé l'entreprise familiale. Une imprimerie.

— Vraiment ?

— Il est mort il y a huit ans.

Une demi-heure durant, Callandra écouta Hester évoquer les Farraline, les impressions rapportées de son court séjour à Édimbourg, les démarches qu'elle comptait entreprendre pour trouver une autre place. Puis elle se leva et suggéra à son amie d'aller se coiffer un peu avant de songer à passer à table pour le déjeuner.

— Oui... oui, bien sûr, s'empressa de répondre Hester, s'apercevant tout à coup qu'elle l'avait accaparée bien trop longtemps. Je suis désolée, je... j'aurais dû...

Callandra l'arrêta d'un regard.

— Oui, acquiesça docilement la jeune femme. Je vais faire un brin de toilette. Et je suppose que Daisy va vouloir sa robe. C'est très gentil à elle de me l'avoir prêtée.

— Cela m'étonnerait que la vôtre soit déjà sèche, fit remarquer Callandra. Nous aurons tout notre temps après le déjeuner.

Hester monta dans la chambre d'amis, où Daisy avait déposé son sac de voyage, et se mit en quête de sa brosse à cheveux et de quelques épingles. Elle introduisit sa main dans le sac et tâtonna, d'abord sans succès, avant de sentir la brosse sous ses doigts. Les épingles, qu'elle avait enveloppées dans un sac de papier, se révélèrent plus difficiles à trouver.

Après une ou deux minutes de vaines recherches, elle saisit impatiemment le sac et en vida le contenu sur le lit. Les épingles restaient invisibles. Elle saisit alors la chemise qu'elle avait ôtée à Édimbourg, dans la chambre mise à sa disposition. Était-il possible que cela remontât à vingt-quatre heures à peine? Elle secoua le vêtement et sentit enfin quelque chose de solide. L'objet tomba avec un bruit sourd. C'était sans doute le sac d'épingles : cela en avait les dimensions et le poids. Hester s'agenouilla et balaya le tapis du regard.

C'était là, près du pied du lit. Elle ramassa l'objet et comprit tout de suite que quelque chose n'allait pas. Ce n'était pas du papier qu'elle tenait, ni même un bloc d'épingles échappées du sac, mais une sorte de spirale métallique irrégulière. Elle baissa les yeux et, aussitôt, son estomac se noua. Elle avait dans la main une magnifique broche ronde sertie de grosses perles grises. C'était la première fois qu'elle la voyait, mais sa description demeurait précise dans sa mémoire. Il s'agissait à l'évidence de la broche dont avait parlé Mary Farraline, son bijou préféré, celui qu'elle n'avait pas emporté à Londres à cause de la tache sur la robe qu'il ornait.

Elle referma ses doigts tremblants sur l'objet et se précipita dans l'escalier.

Callandra se trouvait encore dans la chambre verte. Elle leva les yeux et tressaillit.

— Qu'y a-t-il? Que s'est-il passé?

Hester ouvrit la main.

— C'est la broche de Mrs. Farraline. Je viens de la trouver dans mon sac de voyage.

— Asseyez-vous.

La jeune femme se laissa choir dans un fauteuil. Ses jambes ne la portaient plus. Callandra saisit la broche et l'examina.

— A mon avis, ce bijou a beaucoup de valeur, déclara-t-elle enfin d'une voix grave. Quatre-vingt-dix à cent livres...

Elle releva les yeux sur Hester, les sourcils froncés.

— J'imagine que vous n'avez pas la moindre idée de la façon dont il s'est retrouvé dans votre sac ?

— Non... pas la moindre... Mrs. Farraline m'a expliqué qu'elle avait laissé cette broche à Édimbourg parce que la robe avec laquelle elle la portait avait été tachée.

— Dans ce cas, il semble que la femme de chambre n'ait pas obéi correctement aux instructions. Et qu'elle manque un peu d'honnêteté, dirons-nous. Je vois mal comment cela aurait pu se produire par méprise. Hester, il y a quelque chose de grave là-dessous, mais j'ai beau réfléchir, je ne comprends pas... Il nous faut chercher de l'aide. Je vous suggère de demander à William...

Hester se figea.

— ... un conseil, acheva Callandra. Nous ne sommes pas à même de faire face toutes seules et, d'ailleurs, il ne serait pas prudent d'essayer, je pense. Ma chérie, ce qui se trame là est d'une extrême gravité. Cette pauvre femme est décédée. Peut-être ne s'agit-il que d'une erreur malencontreuse, mais je ne parviens absolument pas à me figurer comment cela est possible.

— Mais vous croyez vraiment que... commença Hester, répugnant à l'idée d'appeler Monk à la rescousse.

— Oui, répliqua Callandra. Autrement, je ne l'aurais pas suggéré. Je ne m'opposerai pas à votre volonté, mais je vous conjure, avec toute la force de persuasion dont je suis capable, d'aller demander conseil, et ce, sans délai.

Hester demeura immobile quelques instants, cherchant en vain une explication qui lui épargnerait cette visite chez Monk.

— Très bien... murmura-t-elle enfin. Vous avez raison. Je vais remonter là-haut chercher mes épingles à cheveux, puis j'irai voir Monk.

— Vous pouvez prendre ma voiture.
Hester esquissa un demi-sourire.
— Vous ne me faites pas confiance?
Elle n'attendit pas la réponse. Les deux femmes savaient l'une comme l'autre qu'il n'existait pas d'autre choix raisonnable.

Monk la considérait avec un léger froncement de sourcils. Ils venaient de passer dans le petit salon que, quelques mois plus tôt, elle lui avait suggéré d'aménager pour recevoir ses clients. Plus confortable que l'austère bureau du détective, la pièce était aussi moins intimidante. Avec son visage glabre et son regard pénétrant, Monk lui-même était déjà bien assez déconcertant comme cela.

Il était accouru dès qu'il avait entendu la porte d'entrée s'ouvrir. A présent, debout près de la cheminée, il affichait un insolite mélange de plaisir et d'irritation. Bien sûr, il eût préféré accueillir un client... Il posa un regard dédaigneux sur la vulgaire robe grise de sa visiteuse, son visage livide et ses cheveux coiffés à la va-vite.

— Qu'y a-t-il? Vous êtes dans un état épouvantable... Vous n'êtes pas malade, au moins? ajouta-t-il d'un ton mécontent.

— Non, je ne suis pas malade, rétorqua sèchement Hester. Je suis rentrée d'Édimbourg ce matin par le train de nuit, avec une patiente.

Il lui était difficile de garder son sang-froid. Comme elle eût souhaité avoir une autre personne vers qui se tourner, quelqu'un qui fût tout aussi capable de discerner le danger et de prescrire un remède concret et judicieux! Monk attendait, l'observant avec attention.

— Ma patiente était une dame âgée assez connue à Édimbourg, poursuivit-elle en sentant sa voix s'apaiser peu à peu. Une certaine Mrs. Mary Farraline. J'étais chargée de lui faire prendre son médicament juste avant son coucher. C'était la seule chose que j'avais à faire. En dehors de cette tâche, je pense que je lui servais surtout de compagne de voyage.

Il ne l'interrompit pas et cela la fit sourire. Quelques mois auparavant, il ne l'eût pas laissée parler. Maintenant qu'il avait besoin de clients pour gagner sa vie, il avait appris à dominer son impatience naturelle, une nécessité qui ne s'imposait pas lorsqu'il travaillait dans la police. Son nouveau statut lui avait ainsi enseigné sinon l'humilité, du moins une attitude adaptée à son intérêt financier.

D'un geste, il l'invita à s'asseoir et prit place en face d'elle, toujours attentif.

— Elle s'est endormie vers onze heures et demie, poursuivit Hester. Du moins, c'est ce qu'il m'a semblé. J'ai moi-même très bien dormi, car j'avais passé une nuit blanche, ou presque, la veille, dans un wagon de seconde classe pour me rendre à Édimbourg.

Elle s'interrompit et déglutit avec difficulté.

— Le matin, peu avant l'arrivée à Londres, j'ai voulu la réveiller et j'ai découvert qu'elle était morte.

— Je suis désolé.

Il y avait de la sincérité dans sa voix, mais il était clair qu'il attendait la suite. Sans doute comprenait-il à quel point un tel événement avait ébranlé la jeune femme. Même si elle n'y était pour rien, ce décès apparaissait comme la conséquence d'une faute professionnelle et il savait qu'elle le considérerait comme tel. Toutefois, elle n'avait pas pour habitude de venir confier à cet homme ses erreurs ni ses chagrins. Elle n'avait donc pas pu venir le trouver avec la simple intention de lui conter cette pénible histoire.

— Bien entendu, poursuivit-elle, j'ai averti le chef de gare, puis la fille et le gendre de la dame, qui étaient venus l'accueillir à la gare. Ensuite, j'ai dû répondre à des questions et un certain temps s'est écoulé avant que je puisse quitter la gare. Je suis allée directement chez Callandra...

Il hocha la tête. Sans doute s'y attendait-il. Hester songea qu'il aurait eu la même réaction. Callandra était, semblait-il, la seule personne à laquelle il acceptait de dévoiler ses émotions.

— Nous avons parlé, puis je suis allée chercher des épingles pour me coiffer...

Il esquissa un sourire sarcastique, qui agaça Hester. Elle avait conscience de l'ordre approximatif de sa coiffure et savait fort bien ce qu'il pensait. Elle reprit, un ton plus haut :

— J'ai fouillé dans mon sac de voyage et, au lieu des épingles, j'ai trouvé une broche... sertie de perles grises. Elle n'est pas à moi et je suis quasi certaine qu'elle appartient à Mrs. Farraline, parce qu'elle me l'a décrite hier soir, au détour de la conversation.

Le visage de Monk s'assombrit.

— Elle ne la portait donc pas dans le train ?

— Non. Voilà le problème. Elle a affirmé l'avoir laissée chez elle, à Édimbourg, parce que la robe avec laquelle elle allait avait été tachée.

— Elle n'allait qu'avec une seule robe ?

— Les perles étaient grises, expliqua-t-elle. Avec la plupart des couleurs, elles n'auraient pas été mises en valeur. Elles auraient paru ternes... Même avec du noir, cela ne...

— D'accord, d'accord ! coupa Monk avec impatience. Elle a donc affirmé avoir laissé la broche chez elle. Je ne pense pas qu'elle ait fait elle-même ses bagages : elle doit avoir une bonne pour ce genre de tâches. Et durant le voyage, ses malles se trouvaient sans doute dans le fourgon du chef de train. Avez-vous rencontré la femme de chambre ? Était-elle jalouse de vous parce qu'elle avait envie d'aller à Londres et que vous preniez sa place ?

— Non, elle n'avait pas la moindre envie de partir. Et nous ne nous sommes pas querellées. Elle s'est montrée tout à fait charmante avec moi.

— Dans ce cas, qui a placé la broche dans votre sac ? Si c'était vous, vous ne seriez pas venue me trouver.

— Ne soyez pas stupide ! Évidemment que ce n'est pas moi ! Si j'étais une voleuse, je ne serais pas ici en ce moment !

Sa voix avait des tonalités aiguës : la peur se précisait

dans l'esprit d'Hester, qui commençait à prendre clairement conscience du péril qui la guettait. Monk lui jeta un regard triste.

— Où se trouve la broche à présent?
— Chez Callandra.
— Bon. Sachant que cette malheureuse est morte, il n'est pas question d'aller simplement rendre le bijou. Nous ignorons si celui-ci a été égaré par hasard ou s'il s'agit d'une mise en scène qui s'inscrit dans un cadre précis. Tout cela pourrait devenir très vilain...

Il s'interrompit, pensif.

— Certaines personnes, reprit-il enfin, lorsqu'elles sont en deuil, ont tendance à devenir irrationnelles. Elles ne demandent souvent qu'à transformer leur peine en colère. On éprouve un certain soulagement à pouvoir s'énerver contre quelqu'un, à adresser des reproches à une tierce personne. C'est pourquoi la restitution doit s'effectuer de façon officielle, par l'intermédiaire d'une personne dont le rôle consistera à protéger vos intérêts. Allons trouver Rathbone.

Il se leva sans attendre l'accord de la jeune femme, mit son manteau et son chapeau et se dirigea vers la porte.

— Eh bien, qu'attendez-vous? fit-il en se retournant. Moins nous perdrons de temps, mieux cela vaudra. En outre, je risque de manquer des clients si je traîne trop.

— Je n'ai pas besoin de vous, rétorqua Hester sèchement. Je peux très bien aller trouver Oliver et lui expliquer ce qui s'est passé. Merci pour vos conseils.

Elle passa devant lui et gagna le couloir. Il pleuvait et, lorsqu'elle ouvrit la porte d'entrée, le froid la fit tressaillir. Elle dut retenir ses larmes : jamais elle n'avait ressenti une telle impression d'isolement.

Elle entendit les pas du détective derrière elle. Il l'avait suivie malgré sa réaction. Il sortit avec elle et referma la porte à clé. La voiture de Callandra attendait devant la maison. Ils montèrent et prirent la direction de l'ouest, des Inns of Court et de Vere Street, où Oliver Rathbone avait son cabinet.

— N'aurait-il pas mieux valu aller d'abord chercher la broche ? interrogea tout à coup Hester. J'aurais pu ainsi la lui confier pour qu'il la rende aux Farraline.

— Je pense qu'il vaut mieux lui en parler le plus tôt possible. Pour votre sécurité...

De nouveau, Hester frissonna, mais elle ne dit rien. Le trajet à travers la ville détrempée se déroula en silence. Mary Farraline occupait toutes les pensées de la jeune femme. Hester se souvenait de l'affection que lui avait inspirée sa compagne de voyage, des récits de jeunesse qu'elle avait entendus, du valeureux soldat qu'avait été Hamish, alors plein de panache, et des autres hommes qui avaient dansé avec Mary à la veille des jours tumultueux qui avaient fait l'Europe. Ils semblaient tous si vivants dans la mémoire de la vieille dame... Il était difficile d'accepter qu'à présent elle aussi était partie pour de bon.

Monk n'interrompit pas le flot de ses pensées. Ce qui le préoccupait semblait l'accaparer totalement. Peu avant l'arrivée, elle lui jeta un regard à la dérobée et lut une intense concentration dans son regard, fixé droit devant lui, dans ses sourcils légèrement froncés et ses lèvres serrées.

Elle se détourna, avec le sentiment d'être exclue.

La voiture s'immobilisa dans Vere Street. Le détective en descendit le premier et tint la porte à Hester. Puis tous deux gagnèrent le cabinet de l'avocat et Monk tira sur la sonnette avec la plus grande brutalité.

Un employé aux cheveux blancs, vêtu d'une chemise à col cassé et d'une redingote, vint leur ouvrir.

— Bonjour, Mr. Monk, dit-il froidement, avant d'apercevoir Hester. Oh, bonjour, Miss Latterly. Je vous en prie, entrez. Quel temps épouvantable !

Il recula d'un pas, puis les guida jusqu'à la salle d'attente.

— J'ai bien peur que Me Rathbone n'ait pas prévu de vous recevoir. Il est en rendez-vous avec un monsieur.

— Nous attendrons, rétorqua Monk. L'affaire est urgente.

— Bien sûr.
L'employé hocha la tête et désigna une méridienne.
— Mettez-vous à l'aise, je vous en prie.

Monk refusa d'un geste et resta debout, au comble de l'impatience, les yeux rivés sur la porte vitrée derrière laquelle de jeunes clercs vêtus de noir copiaient des assignations et des actes notariés sur des planches de cuivre, tandis que d'autres, plus âgés, feuilletaient de gigantesques livres de lois à la recherche de références et d'exemples tirés de la jurisprudence.

Hester s'assit et Monk l'imita pour se relever aussitôt, visiblement incapable de tenir en place.

Les minutes s'égrenèrent lentement. Hester voyait le visage de son compagnon se crisper peu à peu. Enfin, la porte du cabinet s'ouvrit et un homme d'âge mûr, doté d'imposantes rouflaquettes, en sortit, se retourna, prononça quelques paroles, puis s'inclina légèrement et se dirigea vers la sortie. L'employé qui avait accueilli Monk et Hester vint à sa rencontre et lui tendit un chapeau et une canne.

Monk se précipita vers le cabinet et posa la main sur la poignée de la porte, qu'il ouvrit en grand. Oliver Rathbone se tenait devant lui.

— Bonjour! lança brutalement le détective. Hester et moi sommes venus vous faire part d'une affaire urgente qui réclame votre assistance.

Rathbone ne bougea pas d'un pouce. Son long visage n'exprimait qu'un étonnement bon enfant.

— Vraiment?

Il chercha du regard l'employé, qui avait reconduit le précédent visiteur et se tenait à présent derrière Monk, se demandant sans doute comment réagir face au regrettable manque de manières du détective. Rathbone rencontra ses yeux et une compréhension tacite passa entre eux. Monk parut surprendre l'échange, car l'irritation marqua aussitôt ses traits. Toutefois, il se trouvait en position de demandeur et ne pouvait s'autoriser le sarcasme. Il fit un pas de côté, afin que Rathbone pût voir Hester. Celle-ci s'était levée.

Oliver Rathbone était de taille moyenne. Mince et impeccablement vêtu, il possédait une élégance naturelle. On le sentait exigeant, habitué aux meilleures choses. Malgré la teinte châtain clair de ses cheveux, il avait des yeux très noirs qui brillaient d'intelligence.

Son expression changea lorsqu'il aperçut Hester. Alarmé, il se dirigea aussitôt vers la jeune femme.

— Ma chère Hester, que se passe-t-il? Vous avez l'air totalement... bouleversée!

Il y avait près de deux mois qu'ils ne s'étaient pas vus et leur dernière rencontre avait été fortuite. Hester se demandait comment l'avocat envisageait leur relation. Officiellement, bien sûr, celle-ci était plus professionnelle que personnelle. La jeune femme n'évoluait pas dans la même sphère sociale que lui. Néanmoins, elle le considérait comme un véritable ami. Ils avaient partagé des convictions passionnées, abordé certains sujets avec plus de franchise qu'il n'était habituellement de mise. En revanche, il existait tout un monde d'émotions personnelles qu'ils n'avaient jamais évoqué ensemble.

A présent, il la considérait avec un froncement de sourcils inquiet.

— Pour l'amour du ciel, dites-le-lui! s'exclama Monk, excédé. Mais pas ici, ajouta-t-il, craignant sans doute de voir l'émoi ôter à la jeune femme toute notion de discrétion.

Sans lui accorder un regard, Hester passa devant Rathbone et pénétra dans le cabinet. Monk la suivit et Rathbone ferma la marche.

Hester commença dès qu'ils furent installés. D'une voix calme, s'efforçant de faire fi de l'angoisse qui l'étreignait, elle lui résuma les événements.

Rathbone l'écouta sans l'interrompre. Monk, quant à lui, parut sur le point d'intervenir à deux reprises, mais se ravisa à chaque fois.

— Où se trouve la broche à présent? interrogea Rathbone lorsqu'elle se tut enfin.

— Je l'ai confiée à Lady Callandra, répondit-elle.

L'avocat connaissait suffisamment Callandra pour qu'elle fût dispensée d'en dire davantage.

— Mais elle n'était pas à vos côtés quand vous l'avez trouvée ? Remarquez, cela ne change rien, ajouta-t-il très vite devant l'air consterné de son interlocutrice. Ne pensez-vous pas qu'il soit possible que vous ayez mal compris Mrs. Farraline au sujet de cette broche ?

— Je vois mal comment. Elle m'a dit qu'elle n'avait aucune raison d'emporter ce bijou parce que, m'a-t-elle expliqué, il n'allait qu'avec une seule robe et que celle-ci était tachée. Que croyez-vous qu'il se soit passé ? ne put-elle s'empêcher d'ajouter.

— Votre sac ne ressemble-t-il pas à l'un de ceux de Mrs. Farraline ? Soit à celui qu'elle avait avec elle dans le compartiment, soit à l'un de ceux entreposés dans le fourgon du chef de train ? Ou à un autre, que vous auriez vu chez elle, à Édimbourg ?

Hester avait l'estomac noué. Elle s'aperçut qu'elle tremblait.

— Non. Le mien est en cuir brun souple, assez ordinaire. Tous les bagages de Mrs. Farraline étaient en peau de porc jaune et portaient ses initiales incrustées. Ils étaient tous similaires. Personne n'aurait pu prendre le mien pour l'un des siens.

Elle avait la voix rauque, la bouche sèche. Elle sentait Monk, derrière elle, en proie à une irritation extrême. Rathbone prit la parole d'un ton paisible.

— Dans ce cas, dit-il, j'ai bien peur de ne pouvoir imaginer d'autre explication qu'un acte de pure malveillance. Mais je ne comprends pas à quelle fin un individu a pu agir ainsi.

— Je ne suis restée là-bas qu'une seule journée ! protesta Hester. Et je n'ai rien fait qui ait pu offenser quiconque !

— Quoi qu'il en soit, il faut que vous alliez chercher ce bijou et que vous me l'apportiez immédiatement. J'écrirai à l'avoué de Mrs. Farraline pour l'informer de votre découverte et nous le restituerons dès que possible. Je vous en conjure, ne perdez pas de temps. Je ne pense pas que nous puissions nous offrir le luxe de faire traîner les choses !

Hester se leva aussitôt.

— Je ne comprends pas, articula-t-elle, au bord du désespoir. Toute cette histoire a l'air si absurde !

Rathbone se leva à son tour et contourna son bureau pour aller ouvrir la porte. Il jeta un coup d'œil à Monk, puis s'adressa à Hester :

— Sans doute s'agit-il d'une querelle familiale dont nous ne savons rien, déclara-t-il, ou d'une mauvaise plaisanterie qui visait Mrs. Farraline. Seulement cette pauvre femme y a tragiquement échappé en trouvant la mort au cours du voyage. Mais ce n'est pas le moment de chercher des explications : l'important est de m'apporter cette broche. Je vous fournirai un reçu en échange et ferai le nécessaire auprès des exécuteurs testamentaires de Mrs. Farraline.

Sceptique, Hester sombra dans la confusion la plus totale. Un à un, les visages se présentèrent à son esprit : Mary, Oonagh, Alastair à la table du dîner, la belle Eilish, Baird et Quinlan, qui se vouaient une évidente antipathie réciproque, Deirdra la rêveuse, l'homme du portrait, et l'oncle Hector, le buveur aux propos incohérents.

— Venez, ordonna Monk en la saisissant par le bras. Il n'y a pas de temps à perdre. Inutile de rester plantée là : vous ne résoudrez pas en quelques instants une énigme pour laquelle nous n'avons aucune indication.

— Oui, oui, je viens... acquiesça la jeune femme sans conviction. Merci, ajouta-t-elle à l'intention de Rathbone.

Ils regagnèrent la maison de Callandra sans échanger une parole, Monk plongé dans ses réflexions, Hester fouillant sa mémoire à la recherche d'une raison susceptible d'avoir poussé une personne rencontrée à Édimbourg à lui jouer pareil tour. A moins que ce ne fût Mary qui fût visée ? Ou la femme de chambre ? Oui, peut-être. Oui, sans doute. L'une des bonnes, jalouse, cherchait à attirer des ennuis à celle-ci, dans le but d'usurper sa position, sans se rendre coupable de vol.

Elle allait en parler à Monk lorsque la voiture s'arrêta. Ils descendirent et l'idée se perdit dans l'action.

Le majordome qui leur ouvrit la porte était livide et ne souriait pas. Il les fit entrer en toute hâte et referma la porte sans ménagement.

— Qu'y a-t-il? demanda Monk.

— J'ai bien peur, monsieur, qu'il n'y ait deux messieurs de la police dans le petit salon, répondit le majordome d'un ton qui disait à la fois son dégoût et son appréhension. Madame est avec eux.

Monk n'en attendit pas davantage. D'un pas vif, il se précipita vers la porte du petit salon, qu'il ouvrit à la volée. Hester le suivit. Elle se sentait plus calme, plus sereine maintenant que le moment était venu.

Callandra se tenait au centre de la pièce. Elle se tourna dès qu'elle entendit la porte. Près d'elle, Hester aperçut deux hommes. Le premier était plutôt râblé, avec un visage carré et de grands yeux. L'autre, plus grand et plus mince, avait un regard fourbe. S'ils connaissaient Monk, ils n'en laissèrent rien paraître.

— Bonjour, monsieur, fit poliment le plus petit des deux. Bonjour, madame. Sergent Daly, police métropolitaine. Vous devez être Miss Latterly?

Hester tressaillit.

— Oui. Que voulez-vous? Cela a-t-il un rapport avec le décès de Mrs. Farraline?

— Non, Miss. Pas pour le moment.

Il s'avança, poli et imbu de son importance.

— Miss Latterly, j'ai été chargé de fouiller vos bagages, et votre personne si nécessaire, pour trouver un bijou ayant appartenu à la défunte Mrs. Mary Farraline. D'après sa fille, qui a établi l'inventaire de ses bagages, il serait manquant. Peut-être pouvez-vous nous épargner cette tâche pénible en nous disant tout de suite si vous détenez ce bijou?

— Oui, elle l'a, intervint Monk, glacial. Elle a déjà informé son avocat de l'affaire et nous sommes venus ici, sur les conseils de celui-ci, pour prendre l'objet et le lui apporter, afin qu'il puisse le restituer à l'avoué de Mrs. Farraline.

Le sergent Daly hocha la tête.

— C'est très sage de votre part, madame, mais pas suffisant, j'en ai bien peur. Brigadier ! lança-t-il à l'intention de l'autre policier. Pourriez-vous aller avec ce monsieur pour récupérer l'article en question ?

Il se tourna de nouveau vers Monk.

— Auriez-vous la bonté de le lui confier, monsieur ? Quant à vous, Miss Latterly, je regrette, mais il va falloir que vous veniez avec nous.

— Il n'en est pas question ! s'écria Callandra en avançant d'un pas. Nous vous avons expliqué ce qui s'est passé. Miss Latterly a retrouvé le bijou manquant et elle a fait en sorte de le restituer ! Vous n'avez pas besoin d'autres explications. Elle ne vous accompagnera nulle part. Elle vient de faire un long voyage aller-retour à Édimbourg et de subir une expérience très éprouvante. Je ne la laisserai pas partir avec vous, surtout pour répéter une explication qui est on ne peut plus limpide ! Vous n'êtes pas un imbécile, il me semble, et vous comprenez parfaitement ce qui s'est passé !

— Non, madame, je ne comprends pas, rétorqua calmement le policier. Je ne comprends absolument pas pourquoi une femme respectable qui s'occupe de personnes malades a dérobé un bijou à une vieille dame, et c'est pourtant ce qui s'est manifestement produit. Un vol est un vol, madame, quel qu'en soit l'auteur et quel qu'en soit le motif. Je suis désolé, Miss Latterly, mais je dois vous emmener.

Il s'interrompit et secoua la tête.

— Ne rendez pas les choses plus difficiles en opposant une résistance. Il me serait très désagréable de devoir vous passer les menottes... Mais croyez bien que je le ferai, si vous m'y contraignez.

Pour la seconde fois de la journée, Hester sentit la stupéfaction et l'incrédulité la frapper comme un soufflet. Puis tout s'estompa, laissant place à une compréhension froide et amère.

— Ce ne sera pas nécessaire, répondit-elle d'une voix à peine audible. Je n'ai rien volé à Mrs. Farraline. C'était ma patiente et j'avais la plus haute estime pour elle. Et je n'ai jamais rien volé à personne.

Elle se tourna vers son amie.

— Merci, mais je pense qu'il est inutile de protester.

Luttant contre les larmes, elle jugea prudent de se taire. Elle se sentait incapable d'en dire davantage, surtout en présence de Monk.

Callandra prit la broche, qu'elle avait posée sur la cheminée avant le départ d'Hester, et la tendit au sergent. Celui-ci la saisit et sortit de sa poche un grand mouchoir propre, dont il l'enveloppa.

— Merci, madame, dit-il, avant de se tourner vers Hester. A présent, Miss, je pense qu'il vaut mieux que nous y allions. Le brigadier Jacks se chargera de votre sac de voyage. Il doit y avoir tout ce qu'il vous faut à l'intérieur, du moins pour ce soir.

Hester fronça les sourcils, surprise, puis comprit : bien sûr, les policiers n'ignoraient pas que son sac était là. Ils avaient su où la trouver, sans doute après avoir interrogé sa logeuse, qui leur avait donné l'adresse de Callandra. Cette prise de conscience lui fit l'effet d'une porte qui se refermait sur elle, la retenant prisonnière.

Elle eut tout juste le temps de jeter un coup d'œil à Monk pour lire la colère sur son visage. Un instant plus tard, elle se retrouvait dans le vestibule, encadrée par deux policiers, inexorablement entraînée vers la porte d'entrée et, au-delà, la rue froide et grise inondée de pluie.

CHAPITRE IV

Assise à l'arrière de l'obscur fourgon de police, entre le brigadier et le sergent, Hester ne voyait rien, mais sentait les cahots de la voiture qui l'emmenait Dieu savait où. Son esprit embrumé subissait un véritable cataclysme et il lui semblait qu'elle ne percevait plus que les bruits. Quant à esquisser le moindre raisonnement, elle n'y devait pas songer : à peine une pensée la traversait-elle qu'elle s'enfuyait aussitôt.

Comment la broche était-elle parvenue dans le sac de voyage ? Qui avait pu l'y placer ? Et pourquoi ? Mary l'avait laissée chez elle, elle l'avait affirmé. Pourquoi aurait-on voulu nuire à Hester ? Même à supposer qu'une personne lui eût accordé une quelconque importance, elle était restée trop peu de temps pour se faire un ennemi.

Le fourgon s'était arrêté, mais les parois fermées n'offraient aucune ouverture sur l'extérieur. Hester entendit hennir un cheval, quelques jurons retentirent. Puis la voiture redémarra.

Était-elle seulement la victime indirecte d'une machination, d'un projet ou d'une vengeance dont elle ignorait tout ? Mais quel projet ? Et comment pouvait-elle se défendre, prouver quoi que ce fût ?

Elle jeta un coup d'œil au sergent et ne distingua que son profil dur, tandis qu'il fixait un point devant lui, sur la paroi sombre du fourgon. Le dégoût, en lui, était si palpable qu'elle le percevait comme un subit rafraîchissement de la température. Elle comprenait tout à fait cette réaction. N'était-il pas méprisable de voler une patiente, une vieille dame malade qui vous accordait toute sa confiance ?

Elle fut tentée de répéter qu'elle n'avait pas pris la broche, mais à l'instant où elle prit son souffle pour parler, elle comprit que cela ne servirait à rien. Il était si naturel de nier, dans une telle position ! Coupable, elle eût contesté de même. Cela ne signifiait rien.

La sensation de vivre un cauchemar se fit plus intense encore durant la fin du trajet. Lorsqu'ils atteignirent le poste de police, Hester fut emmenée dans une salle grise et silencieuse, où l'on prononça l'inculpation officielle à son encontre. Elle était accusée d'avoir dérobé une broche de perles ayant appartenu à sa patiente, Mrs. Mary Farraline, originaire d'Édimbourg, aujourd'hui décédée.

— Ce n'est pas moi qui l'ai prise, affirma-t-elle d'un ton calme.

Les visages qui l'entouraient étaient mornes et méprisants. Personne ne lui répondit. Elle fut conduite vers les cellules, poussée avec douceur dans l'une d'elles. Elle n'eut pas le temps de se retourner : déjà, la porte s'était refermée dans un claquement lourd, suivi d'un grincement de verrou.

La cellule formait un carré d'environ trois mètres de côté. Elle était meublée d'un petit lit et d'une sorte de banc de bois percé en son centre, visiblement destiné au soulagement des besoins naturels. Le mur comportait une unique ouverture, haute fenêtre garnie de barreaux, au-dessus du lit. Sur le mur blanchi à la chaux, le sol de pierre noirci tranchait d'étrange façon.

Hester n'était pas seule dans la cellule et ce fut cette constatation qui la surprit le plus. Trois autres personnes s'y trouvaient déjà. La première était une femme d'une soixantaine d'années, aux cheveux jaunes et au teint gris, qui considérait Hester sans bouger. La seconde était au contraire très brune, avec de longs cheveux réunis en un gros nœud. Elle avait un très beau visage, assez étroit avec de hautes pommettes, mais des yeux si cernés que l'on avait du mal à en déterminer la couleur. Attentive, elle observait la nouvelle venue avec la plus haute suspicion. Le troisième occupant de la cellule était un enfant, âgé de huit ou neuf ans au plus : maigre et sale, il avait les cheveux coupés de façon irrégulière, si bien qu'il était impossible, à première vue, de savoir s'il s'agissait d'un garçon ou d'une fille. Les vêtements ne fournissaient aucun indice, puisqu'ils consistaient en une accumulation de guenilles d'adulte découpées, assemblées et enroulées, qu'une simple ficelle maintenait autour du petit corps frêle.

— Celle-là, elle a l'air d'un canard agonisant un soir d'orage, lança la femme brune. Première fois, hein ? Qu'est-ce t'as fait ? Volé ? Ou joué à la poupée ? Non, ça m'étonnerait... Pas avec ce déguisement !

— Quoi ? fit Hester sans comprendre.

— C'est pas avec une tenue pareille qu'on peut espérer lever les gars, reprit la femme d'un ton chargé de mépris. Pas besoin de faire la fière avec nous, tu sais, ajouta-t-elle, tandis que son regard scrutait la jeune femme de plus belle. On est tous de la famille, nous. Mais toi, non, pour sûr !

Il s'agissait d'une accusation, non une question.

— Bien sûr qu'elle en est pas, renchérit l'autre d'une voix lasse. Elle pige même pas ce que tu racontes, Doris.

— Vous êtes... de la même famille ? interrogea Hester, incluant l'enfant dans sa question.

— C'est pas possible, une abrutie pareille ! s'exclama la première femme en secouant la tête. Mais non, c'est juste qu'on est des professionnelles. Pas toi, hein ? T'as juste eu envie de tenter le coup et tu t'es fait choper, pas vrai ? A moins que t'aies barboté des bricoles ?

— Je ne l'ai pas fait. Mais c'est de cela qu'on m'accuse.

— Ah... Innocente, hein ? Mais on l'est toutes, ma pauvre ! Marge, là, elle a jamais avorté personne, hein, Marge ? Et Tilly, la petite, elle a jamais joué à la toupie ! Et puis moi, bien sûr, j'ai jamais tenu de maison close !

105

Elle posa une main sur sa hanche.

— Je suis une femme respectable, voyez-vous ! Qu'est-ce que j'peux y faire, si c'est mes clients qui ont des drôles d'idées ?

— Que voulez-vous dire, jouer à la toupie ?

Hester ne sentait plus ses jambes. Elle fit quelques pas et vint s'asseoir sur le petit lit, tout près de celle que l'autre appelait Marge.

— T'es simplette ou tu fais exprès ? s'écria Doris. Jouer à la toupie, ajouta-t-elle en esquissant un mouvement de spirale avec ses doigts. T'as jamais joué avec une toupie quand t'étais môme ? T'as dû en voir, au moins, ou alors c'est qu't'es myope comme une taupe.

— On ne se retrouve pas en prison parce qu'on a joué à la toupie, protesta Hester, que ces insultes gratuites commençaient à irriter.

— Sauf si c'est sous les pieds des gens, déclara Doris avec une petite moue. Faut pas faire ça, Tilly, t'as compris ? Petite culottée, va !

L'enfant la considéra gravement et hocha la tête.

— Quel âge as-tu ? lui demanda Hester.

— Chais pas, répondit Tilly d'un ton indifférent.

— Soyez pas bête, intervint de nouveau Doris. Elle sait pas compter.

— Si, je sais ! protesta Tilly, indignée. Je sais jusqu'à dix.

— T'as pas dix ans, fit Doris, éludant le sujet, avant de s'intéresser de nouveau à Hester. Alors, dis-moi, belle dame : qu'est-ce que t'as volé pour te faire prendre comme ça la main dans le sac ?

— Une broche de perles, rétorqua sèchement Hester. Et les dames respectables que vous êtes, qu'est-ce qu'elles ont fait pour se retrouver ici ?

Doris sourit, découvrant une rangée de dents solides et régulières, qui, blanches, eussent été magnifiques.

— Ben, y en a qui laissaient des messieurs les payer pour le plaisir qu'ils prenaient, ce qui, de mon point de vue, est on n'peut plus honnête. Seulement y en avait un, dans mon arrière-boutique, qu'a voulu aller trop loin et les vaches, ils aiment pas ça, parce que les avocats non plus...

Elle constatait la confusion d'Hester avec un plaisir évident.

— Ou si t'aimes mieux, pour le dire d'une façon comme il faut, pour que Madame puisse y piger quelque chose : ils disent que je prenais de l'argent pour la fornication, et que le type de l'arrière-boutique, il écrivait des recommandations et des documents légaux pour des gens qui en avaient besoin mais qui pouvaient pas les avoir par les moyens habituels. Il manie bien sa plume, le Tam. Actes de propriété, testaments, procurations, lettres de recommandation pour le travail... Il peut vous écrire tout ce que vous voulez, et, crois-moi, faut un bon avocat pour remarquer la différence !

— Je vois...

— Tu vois rien du tout, qu'est-ce que tu peux voir ? rétorqua l'autre, méprisante. J'suis sûre qu't'as rien entravé à c'que je t'ai dit ! T'es qu'une pauvre abrutie !

— Et moi, ce que je vois, c'est que vous êtes ici tout comme moi ! Ce qui me laisse penser que vous êtes tout aussi « abrutie » que moi, sauf que vous, vous connaissez déjà la maison ! Il ne faut vraiment pas être douée pour se faire pincer deux fois !

Doris lui répondit par un juron et Marge eut un sourire sans joie. Tilly recula furtivement et alla se poster derrière le lit, sans doute persuadée que les deux femmes allaient en venir aux mains.

— Tu perds rien pour attendre, souffla Doris. Tu vas te retrouver au bagne, moi j'te le dis. A gratter toute la journée la terre avec les doigts, jusqu'à les faire saigner, à manger une soupe infecte, à avoir froid l'hiver et chaud l'été, et sans personne à qui tu puisses parler avec ton accent de la haute...

— Pour sûr, renchérit Marge. Y vous défendent d'ouvrir la bouche, c'est vrai. Interdit de parler ! Et puis, y a les masques...

— Les masques ?

— Les masques! répéta Marge, en posant la main, doigts écartés, sur son visage. Les masques, pour qu'on puisse pas voir les autres.

— Mais pourquoi?

— J'en sais rien. Juste pour te faire souffrir encore plus, j'imagine. Comme ça, on est vraiment tout seul. C'est leur nouvelle idée...

Hester se demanda si elle ne se trouvait pas bel et bien en plein cauchemar. Ce n'était pas possible, elle allait se réveiller... Les derniers détails du sort qui serait peut-être le sien donnaient à toute la journée qu'elle venait de vivre un caractère irréel. Elle se représenta ces femmes en robe grise, silencieuses et masquées, êtres sans visage travaillant dans le froid, emplies de haine et de désespoir. Pouvait-on échapper à ces sentiments dans des conditions aussi extrêmes? Et que penser d'un monde où des enfants se faisaient arrêter pour avoir joué à la toupie au mauvais endroit? Bouleversée, Hester oscillait entre rage et pitié, en proie à un désir éperdu de s'enfuir. Elle sentait son cœur battre à grands coups dans sa poitrine et, bien qu'elle fût assise, elle avait conscience qu'elle serait incapable de se lever, même si elle en avait eu envie ou si cela avait pu avoir une quelconque utilité.

— Alors, ça va pas? s'enquit Doris, moqueuse. Bah, tu t'habitueras! Mais pour ce qui est d'ici, en tout cas, ne compte pas avoir le lit, hein! Tu peux toujours courir... Marge, elle, elle est malade pour de vrai. C'est pour elle. Et puis elle était là en premier...

Le lendemain matin de bonne heure, Hester fut traduite devant un tribunal d'instance et placée en détention préventive. On la transféra à la prison de Newgate, où elle partagea sa cellule avec deux pickpockets et une prostituée. Une heure après son arrivée, la gardienne rouvrit la porte et l'informa que son avocat voulait lui parler.

Cette nouvelle mit la jeune femme dans un état d'exaltation démesurée, comme si elle marquait la fin de l'interminable cauchemar, la lumière subite à la sortie du tunnel.

Hester se leva d'un bond et manqua de tomber, dans sa précipitation à franchir la porte.

— Ça va, ça va, dit durement la geôlière. Vous êtes folle ou quoi ? Y a pas de raison de s'exciter comme ça, vous savez. C'est rien que pour un entretien ! Venez avec moi, restez derrière moi et parlez seulement quand on vous le demande, compris ?

Elle tourna les talons sans attendre et avança d'un pas lourd. Hester la suivit.

Les deux femmes s'arrêtèrent devant une large porte métallique. La geôlière sortit une clé de dimensions impressionnantes accrochée à une chaîne reliée à sa ceinture et l'introduisit dans la serrure. La porte s'ouvrit sans un bruit sous la pression de ses mains puissantes. La pièce, peinte en blanc et éclairée au gaz, était assez accueillante. Oliver Rathbone se tenait derrière une chaise, à l'extrémité d'une table de bois brut. Il y avait une autre chaise en face de lui.

— Hester Latterly, annonça la gardienne.

Elle adressa à Rathbone un demi-sourire hésitant, comme si elle se demandait s'il fallait essayer de le séduire ou si, comme les détenues, il se rangeait dans le camp ennemi. Elle étudia un instant les vêtements impeccables, les chaussures cirées et les cheveux bien peignés et opta pour le charme. Puis, devant l'expression de l'avocat au moment où il aperçut Hester, quelque chose se modifia en elle. Son sourire se figea.

— Frappez quand vous voudrez sortir, déclara froidement la gardienne.

La porte claqua derrière elle. Au bord des larmes, Hester ne pouvait articuler un son.

Alors, Rathbone contourna la table et vint lui prendre les mains. La chaleur de ses doigts fit à Hester l'effet d'une lueur dans l'obscurité et elle les serra aussi fort que le lui permettait sa pudeur.

Il l'observa un court instant, puis la lâcha et la poussa doucement vers la chaise la plus proche.

— Asseyez-vous, commanda-t-il. Il ne faut pas perdre le peu de temps dont nous disposons.

Elle s'exécuta, disposant sa jupe de façon à pouvoir approcher la chaise de la table.

Il prit place en face d'elle et se pencha un peu en avant.

— J'ai rendu visite à Connal Murdoch, déclara-t-il gravement. Je pensais pouvoir le convaincre que toute cette affaire n'était qu'un triste malentendu, qui ne concernait pas la police. Malheureusement, c'est un homme très rigide et je n'ai pas réussi à le raisonner.

— Et Griselda, la fille de Mary ?

— Elle n'a presque rien dit. Elle était présente à l'entretien, mais s'en remettait entièrement à son époux et, en toute sincérité, elle m'a paru dans un état de détresse considérable.

Il s'interrompit, scrutant le visage d'Hester pour déterminer comment il allait aborder la suite.

— Est-ce là une façon courtoise de dire qu'elle ne se souciait pas le moins du monde de cette affaire ? interrogea Hester, qui, en un tel instant, ne supportait pas les euphémismes.

— Oui, sans doute, reconnut-il. Le chagrin peut prendre de multiples formes, souvent rebutantes, mais cette jeune femme semblait plus terrorisée que peinée... C'est du moins l'impression que j'en ai eue.

— Et Murdoch ?

— Je crains de ne pas être assez intuitif pour savoir ce qu'il ressentait exactement. Je l'ai d'abord cru indifférent, mais il m'a ensuite semblé qu'en fait, c'était lui qui avait rendu son épouse nerveuse... ou anxieuse. A la vérité, je n'ai pas eu d'impression nette.

Il fronça les sourcils.

— Mais cela n'a guère d'importance pour nous, poursuivit-il. Je n'ai pas réussi à lui faire retirer sa plainte. Je crains qu'il n'aille jusqu'au bout et vous devez donc vous y préparer, ma chère Hester. Pour ma part, je ferai tout ce qui est en mon pouvoir pour que cette affaire soit réglée dans les plus brefs délais, et en toute discrétion. Mais pour cela, j'ai besoin de votre aide : je vous demande de répondre à mes questions de la façon la plus exhaustive et la plus claire possible.

Il se tut. Son regard perçant semblait sonder l'esprit de la jeune femme, comme s'il déchiffrait non seulement ses pensées, mais aussi ses angoisses. Vingt-quatre heures plus tôt, Hester eût sans doute trouvé cette attitude des plus embarrassantes et elle se fût révoltée devant une telle impudence. A présent, elle s'y raccrochait au contraire comme si c'était son unique chance de salut, alors qu'elle se sentait sombrer inexorablement dans de froids sables mouvants qui l'engloutiraient sous peu.

— Cette histoire n'a aucun sens, murmura-t-elle.

— Elle en prendra un tôt ou tard, répliqua-t-il avec un sourire encourageant. Pour le moment, nous ne possédons pas tous les éléments. C'est à moi d'en apprendre au moins suffisamment pour prouver que vous n'êtes pas coupable.

Pas coupable... Bien sûr qu'elle n'était pas coupable ! Elle avait certes pu négliger un détail : si elle n'avait vraiment rien eu à se reprocher, peut-être Mary Farraline serait-elle toujours en vie. Cependant, une chose était sûre : elle n'avait pas pris cette broche. Elle ne l'avait même jamais vue auparavant. Une bouffée d'espoir l'envahit. Rathbone, face à elle, souriait, mais il s'agissait plus d'une marque de détermination que de confiance en l'avenir.

— Racontez-moi de nouveau, avec la plus grande précision, ce qui s'est passé à partir du moment où vous avez pénétré dans la maison des Farraline à Édimbourg.

Hester voulut protester, mais la gravité de son interlocuteur l'arrêta. Alors, docile, elle lui fit un récit détaillé de sa journée de l'avant-veille.

Rathbone l'écouta avec attention.

— Vous avez dormi ? interrogea-t-il, l'interrompant pour la première fois.

— Oui... Pourquoi ?

— En dehors du temps que vous avez passé dans la bibliothèque, était-ce la première fois que vous vous trouviez seule ?

— Oui...

Elle venait de comprendre le sens de la question. Elle poursuivit avec difficulté :

— Je suppose qu'ils pourront dire que je suis retournée dans le dressing-room et que j'ai pris la broche à ce moment-là.

— Je ne crois pas. C'eût été un risque trop important pour vous. Mrs. Farraline était sans doute dans sa chambre...

— Non, non, coupa Hester. Quand je l'ai vue, elle était dans le boudoir, une sorte de petit salon assez éloigné de sa chambre à coucher, je pense. Enfin, je ne suis pas vraiment sûre... Mais je crois que ce n'était pas tout près du dressing-room.

— Mais il y avait la femme de chambre, objecta-t-il. Elle pouvait venir à tout instant dans la pièce. A quelques heures du départ, il était même évident qu'elle serait amenée à aller et venir pour vérifier que tout était en ordre et qu'il ne manquait rien. Croyez-vous vraiment qu'un malfaiteur aurait choisi un tel moment pour se risquer dans une pièce où il n'avait rien à faire ?

— Non, bien sûr... Mais quand je me suis reposée l'après-midi, mon sac se trouvait avec moi dans la chambre. Personne n'a pu y introduire la broche à ce moment.

— Ce n'est pas notre problème, Hester, expliqua patiemment Rathbone. J'essaie de réfléchir à ce que nos adversaires vont dire, aux occasions que vous avez eues de trouver la broche et de vous l'approprier. Nous devons savoir à quel endroit de la maison elle était rangée.

— Oui... répondit Hester, pensive. A mon avis, Mary devait la garder dans sa chambre, dans un coffret à bijoux. Cela me paraît bien plus logique que de la laisser dans le dressing-room.

Elle ne détachait pas son regard de Rathbone, lisant sur son visage une sorte de bienveillance qui, curieusement, lui mit du baume au cœur, même s'il n'y avait chez l'avocat aucune légèreté susceptible de faire écho à l'optimisme qui la gagnait. Pourtant, si Mary conservait ses bijoux dans sa chambre, ne pouvait-on pas en déduire, sans l'ombre d'un doute, qu'Hester n'avait pu voler la broche ?

L'avocat affichait une expression presque coupable, celle de l'adulte qui se prépare à ôter à un enfant ses illusions.

— Quoi ? le pressa-t-elle. Qu'est-ce qui ne va pas ? Je ne suis pas entrée dans sa chambre à coucher. Et durant tout le temps que j'ai passé dans la maison, en dehors de mon séjour dans la bibliothèque et de ma sieste, je me trouvais avec d'autres personnes.

— Dont une, au moins, doit mentir, souligna Rathbone avec douceur. Quelqu'un a introduit la broche dans votre sac, et cela n'a pas pu se produire par accident.

Elle se pencha en avant, presque implorante.

— Mais il doit tout de même être possible de démontrer que je n'ai pas pu matériellement me rendre dans la chambre de Mary ni approcher du coffret à bijoux, non ? J'ai la certitude que la broche ne se trouvait pas dans le dressing-room !

Elle sentait sa propre voix prendre des intonations aiguës, plus insistantes. A mesure qu'elle parlait, le souvenir de la pièce dans laquelle elle avait rencontré la femme de chambre se précisait dans son esprit, avec tous ses détails.

— Pour commencer, il n'y avait pas d'endroit où la poser. Il y avait deux garde-robes d'un côté, une fenêtre de l'autre, un semainier très haut contre le troisième mur, ainsi qu'une coiffeuse avec un tabouret et trois miroirs. Je me souviens très bien des brosses et des peignes, et des coupes de cristal où se trouvaient des rouleaux et des épingles à cheveux. Je vous assure qu'il n'y avait pas le moindre coffret à bijoux sur cette coiffeuse ! Cela aurait masqué les miroirs. Et il n'y avait rien sur le semainier : il était trop haut pour qu'on puisse y poser quoi que ce fût.

— Et contre le quatrième mur ? s'enquit Rathbone avec un sourire vaguement ironique.

— Oh... Il y avait la porte, bien sûr... Et une autre chaise. Et aussi une sorte de divan.

— Et toujours pas de coffret à bijoux ?
— Absolument pas. Je suis formelle, répliqua-t-elle, triomphante. Cela doit bien nous mettre sur une piste, non ?
— Cela nous prouve que vous avez une très bonne mémoire, mais c'est tout.
— Mais non, ce n'est pas tout ! protesta-t-elle. Si le coffret à bijoux n'était pas dans la pièce, je n'ai pas pu y prendre quoi que ce soit !
— Seulement, Hester, nous n'avons que votre parole sur ce point, expliqua Rathbone avec une infinie douceur. C'est vous qui affirmez que le coffret n'était pas là.

L'inquiétude et la tristesse se lisaient clairement sur ses traits.

— Mais la femme de chambre...

Elle s'interrompit.

— Précisément, acquiesça l'avocat. Les deux personnes qui pourraient confirmer vos dires sont la femme de chambre, qui peut très bien être celle qui a glissé la broche dans vos bagages... et Mary elle-même, qui ne peut plus rien pour vous. Qui d'autre ? La fille aînée, Oonagh McIvor ? Que dira-t-elle ?

Elle le dévisagea, incapable de proférer un son. Il tendit la main vers elle, puis se ravisa et retint son geste.

— Hester, nous ne pouvons pas nous permettre de ne pas regarder la réalité en face, déclara-t-il. Vous êtes tombée dans un piège que nous ne comprenons pas encore et il serait dangereux de croire que toutes les personnes impliquées sont vos amies, ou qu'elles diront nécessairement la vérité si celle-ci est contraire à leur intérêt. Si Oonagh McIvor doit choisir entre accuser une personne de sa maison ou vous, une étrangère, il ne faut pas compter l'entendre révéler l'exacte vérité. Croyez-moi, elle sera peu tentée de le faire !

— Mais... mais s'il y a un voleur dans sa propre maison, elle aura envie de savoir de qui il s'agit, non ? protesta Hester.

— Pas nécessairement. Surtout si ce n'est pas un domestique, mais un membre de sa famille.

— Mais pourquoi ? Pourquoi cette broche ? Et pourquoi l'avoir mise dans mon sac ?

Le visage de l'avocat se crispa légèrement et l'anxiété qui altérait son regard s'accentua.

— Je ne sais pas, mais la seule hypothèse qui me vient à l'esprit revient à affirmer que c'est vous qui l'avez prise, et cela n'est pas tolérable.

L'énormité de ces paroles la frappa de plein fouet. Comment pouvait-elle espérer que les autres croient qu'elle n'avait pas saisi une occasion, soudain offerte, de s'approprier un bijou de valeur ? Ensuite, une fois Mary retrouvée morte, elle s'était affolée et avait jugé préférable de le restituer. Elle croisa le regard de Rathbone et comprit qu'il songeait à la même chose.

La croyait-il réellement ? Ou jouait-il un rôle face à elle, en excellent professionnel qu'il était ? Elle eut tout à coup la sensation que la réalité lui échappait et que le cauchemar reprenait, avec son lot de solitude, de désespoir, de confusion totale où rien ne faisait plus sens.

— Ce n'est pas moi qui l'ai prise, affirma-t-elle d'une voix forte qui résonna étrangement dans le silence. Je ne l'avais jamais vue avant de la trouver dans mon sac. Je l'ai aussitôt donnée à Callandra. Qu'aurais-je dû faire d'autre ?

Cette fois, il lui saisit les deux mains. Ce contact parut étonnamment chaud à la jeune femme, que le froid faisait grelotter.

— Je sais que ce n'est pas vous, assura l'avocat. Et je le prouverai. Toutefois, ce ne sera pas facile. Il faudra vous battre.

Elle ne répondit rien, songeant seulement à endiguer la panique qu'elle sentait monter en elle.

— Souhaitez-vous que j'informe votre frère et votre belle-...

— Non ! s'écria-t-elle. Non, je vous en prie, ne prévenez pas Charles ! Il ne faut rien leur dire, ni à lui, ni à Imogen.

Elle prit une profonde inspiration. Ses mains tremblaient.

115

— Il le saura tôt ou tard, de toute façon, et ce sera déjà bien assez pénible pour lui... Si nous pouvions régler le problème avant...

— Ne pensez-vous pas qu'il aimerait être mis au courant ? Qu'il voudra vous apporter son soutien, un peu de réconfort ?

— Si, bien sûr... acquiesça-t-elle avec un intense sentiment de colère, de pitié et d'orgueil mêlés. Seulement, il ne saurait que penser... Il aurait envie de croire à mon innocence, mais il se poserait tout de même des questions. Voyez-vous, Charles est très prosaïque : il est incapable de croire une chose qu'il ne comprend pas.

Elle avait conscience du ton involontairement critique de ses paroles, savait aussi que sa voix véhiculait toute son appréhension. Elle n'y pouvait rien changer.

— Il serait d'autant plus malheureux, conclut-elle, qu'il ne pourrait rien faire pour m'aider. Il se dirait qu'il convient de me rendre visite, mais venir ici lui coûterait infiniment...

Elle fut tentée d'enchaîner sur le suicide de son père, après la ruine financière provoquée par un individu sans scrupules, d'expliquer comment sa mère s'était éteinte peu après, et quel choc ces deux décès avaient causé à Charles. Des trois enfants, il était le seul à se trouver à Londres à l'époque du drame : James venait de mourir à la guerre et Hester travaillait encore en Crimée. Tout le poids de la disgrâce et de la faillite était retombé sur les épaules de Charles et le chagrin était venu s'y greffer.

Rathbone connaissait déjà cette douloureuse histoire, bien sûr, puisqu'il avait assuré la défense de l'accusé dans l'affaire de meurtre liée au scandale. Et s'il n'avait pas perçu toute l'ampleur de la disgrâce vécue par Mr. Latterly, Hester ne tenait pas à lui en parler en cet instant, ni à revivre les souffrances dues à la vulnérabilité de son père. Elle demeura silencieuse, au risque de paraître désagréable.

Rathbone esquissa un sourire, suivi d'une petite moue résignée.

— Je pense que vous le jugez mal, affirma-t-il. Mais cela n'a pas d'importance pour le moment. Nous en reparlerons.

Il se leva, aussitôt imité par la jeune femme qui, dans sa précipitation, manqua de perdre l'équilibre.

— Qu'allez-vous faire ? interrogea-t-elle après s'être rétablie de justesse. Que va-t-il se passer maintenant ?

Il se tenait tout près d'elle et elle sentait l'odeur de laine du manteau qu'il portait, ainsi que la chaleur de sa peau. L'espace d'un instant, elle crut qu'il allait la prendre dans ses bras et la serrer contre lui pour la réconforter. Cet espoir fugitif la fit rougir. Elle recula d'un pas.

— On va vous garder ici, répondit l'avocat avec réticence. Quant à moi, je vais envoyer Monk chez les Farraline, afin qu'il recueille le plus d'éléments possible sur ce qui s'est réellement passé.

— A Édimbourg ?

— Bien sûr. Je doute que nous puissions apprendre grand-chose de plus en restant à Londres.

— Ah...

Rathbone gagna la porte et frappa trois coups énergiques.

— S'il vous plaît ! lança-t-il, avant de se retourner vers sa cliente. Gardez espoir, ajouta-t-il plus doucement. Il existe obligatoirement une explication et nous la découvrirons.

Elle s'efforça de sourire. Elle savait qu'il cherchait à la rassurer et, pourtant, les mots eux-mêmes semblaient posséder un certain pouvoir. Elle s'y raccrocha, résolue à accorder toute sa confiance à l'avocat.

— Bien sûr. Merci...

Ils ne dirent rien de plus : la geôlière venait d'apparaître dans un bruyant cliquetis de clés, morose et implacable.

Rathbone préféra rentrer à son cabinet avant de solliciter Monk. Son entretien avec Hester ne lui avait rien appris et l'avait secoué au-delà du raisonnable. Certes, les visites à la prison ne constituaient jamais pour lui une partie de plaisir. Tout client accusé de crime était effrayé et bouleversé. Même coupable, on éprouvait une certaine stupéfaction à se retrouver tout à coup derrière les barreaux. Quant aux innocents, la confusion et le sentiment d'être le jouet d'événements sur lesquels ils n'avaient pas de prise produisaient sur eux un effet dévastateur.

Rathbone avait déjà vu Hester en colère, révoltée contre l'injustice, effrayée pour d'autres personnes ou prête à sombrer dans le désespoir. Jamais, toutefois, il ne s'était trouvé face à une Hester craignant pour elle-même. Dans un sens, elle avait toujours gardé un certain contrôle sur les événements.

Il ôta son manteau et le tendit à son secrétaire. Hester manifestait une telle exaspération face à la bêtise, une telle détermination lorsqu'elle se jetait dans un combat pour la justice... C'était, d'ailleurs, une caractéristique inquiétante : quel attrait pouvait présenter une femme comme elle ? La société ne tolérait pas ce genre d'attitude chez le sexe féminin. Rathbone sourit malgré lui en imaginant la réaction de certaines dames de sa connaissance face à une telle fougue. Et son sourire s'élargit à l'idée que c'était précisément cette fougue qui lui plaisait chez Hester.

Il remercia distraitement son secrétaire et gagna son bureau, où il s'enferma pour réfléchir. Il fallait tirer Hester de ce mauvais pas. Il se considérait comme l'un des meilleurs avocats d'Angleterre, ce qui faisait de lui l'homme idéal pour la défendre et l'affranchir de cette absurde accusation. Il était irritant de songer qu'il faudrait faire appel à Monk pour établir la vérité ou, du moins, pour prouver l'innocence d'Hester (l'acquittement au bénéfice du doute ne satisferait personne), mais sans un apport de faits concrets, il n'arriverait à rien.

A vrai dire, le détective ne lui inspirait pas une réelle antipathie. C'était un homme doté d'un excellent esprit, d'un courage incontestable et d'un sens aigu de l'honneur. Son esprit critique, ses mauvaises manières et son arrogance ne suffisaient pas à le lui faire condamner entièrement. Certes, malgré son assurance, sa distinction et sa diction soignée, Monk ne serait jamais un gentleman. La nuance était ténue, indéfinissable, mais elle existait bel et bien. Il y avait, dans la personnalité de cet homme, une agressivité latente dont Rathbone ne pouvait faire abstraction. Et puis, son attitude vis-à-vis d'Hester se révélait des plus irritantes.

Pour le moment, cependant, seul comptait le bien-être de son amie. Les sentiments que lui inspirait Monk n'avaient pas leur place dans ses réflexions. Il fallait envoyer un messager chez le détective et, en attendant l'arrivée de celui-ci, rassembler l'argent nécessaire au voyage et au séjour à Édimbourg.

Il sonna le secrétaire et la porte s'ouvrit peu après. Il s'apprêtait à donner ses ordres quand l'expression de l'employé l'arrêta.

— Qu'y a-t-il, Clements? Un problème?

— La police, maître. Le sergent Daly est là et demande à vous voir.

— Ah...

Plein d'optimisme, il songea que la plainte avait été retirée. Ainsi, il serait inutile de solliciter Monk.

— Faites-le entrer, Clements.

Le secrétaire se mordit la lèvre, visiblement troublé, puis se retira.

— Oui? fit l'avocat en voyant apparaître le sergent Daly.

L'expression du policier le dissuada d'en dire davantage. Daly referma soigneusement la porte derrière lui. Le loquet émit un grincement plaintif.

— Je regrette, maître Rathbone...

Il avait une voix douce et très claire qui, en d'autres circonstances, eût semblé agréable malgré ses intonations typiquement londoniennes.

— ... mais j'ai de mauvaises nouvelles pour vous, acheva-t-il.

Rathbone sentit son sang se glacer. Il prit une légère inspiration. Sa bouche s'était tout à coup asséchée.

— De quoi s'agit-il, sergent ?

Daly ne bougea pas. Son visage carré était empreint de tristesse.

— Eh bien, je crains que Mr. et Mrs. Murdoch n'aient pas été totalement satisfaits de la façon dont Mrs. Farraline a trouvé la mort, dans la mesure où le décès est survenu de façon tout à fait inattendue. Ils ont donc fait venir leur propre médecin pour pratiquer un examen...

Il s'interrompit, laissant ces derniers mots résonner dans le silence.

— Vous voulez dire une autopsie ? s'enquit Rathbone avec impatience. Et alors ?

— Le médecin ne pense pas qu'il s'agisse d'une mort naturelle, maître.

— Quoi ?

— Il ne pense pas...

— J'ai entendu !

Rathbone voulut se lever, mais ses jambes le trahirent.

— Qu'y avait-il de... d'anormal ? Le médecin de la police n'avait-il pas parlé d'attaque cardiaque ?

— Si, maître, si... Mais c'était à la suite d'un examen rapide, effectué en partant du principe que la dame avait un certain âge et qu'elle souffrait du cœur.

— Et vous me dites maintenant que cela n'était pas vrai ? fit Rathbone d'une voix qu'il ne contrôlait plus très bien.

— Non, non, ce n'est pas ça... protesta Daly en secouant la tête. Il est évident qu'elle était âgée et qu'apparemment elle se plaignait du cœur depuis un bon bout de temps. Mais quand le médecin de Mrs. Murdoch y a regardé de plus près, à la demande de la fille, il n'était plus très sûr. Mr. Murdoch a alors suggéré qu'une autopsie soit pratiquée, comme c'est leur droit, avec le vol et tout le reste...

— Mais qu'est-ce que vous me chantez là ? explosa Rathbone. Êtes-vous en train de suggérer que Miss Latterly a étranglé sa patiente pour lui voler un bijou ?

— Non, maître, elle ne l'a pas étranglée... répondit Daly d'un ton mal assuré.

L'avocat sentit sa gorge se serrer. Il avait du mal à trouver sa respiration.

— Elle l'a empoisonnée, acheva Daly. Avec une double dose de médicament, pour être exact.

Il considérait son interlocuteur d'un regard désolé.

— Ils ont découvert ça quand ils l'ont ouverte et qu'ils ont regardé à l'intérieur, expliqua-t-il. Ce n'était pas simple à repérer, mais comme ils savaient que la dame prenait des médicaments et qu'il y avait deux flacons vides, alors qu'elle ne devait en prendre qu'un, c'est normal qu'ils y aient regardé de plus près, vous comprenez ? Ce n'est pas agréable à entendre, j'en ai peur, mais c'est la vérité. Je suis désolé, maître, mais Miss Latterly est maintenant accusée de meurtre.

— Mais... Mais...

La voix de Rathbone s'éteignit et il ne put en dire davantage.

— Il faut comprendre qu'il n'y avait personne d'autre avec elles dans le compartiment, maître, enchaîna Daly. Mrs. Farraline était en parfaite santé quand elle est montée dans le train à Édimbourg et elle était décédée, Dieu ait son âme, à son arrivée à Londres. Si vous avez une autre conclusion à tirer de ça, dites-le-moi !

— Je ne sais pas, mais celle-ci ne tient pas ! protesta enfin Rathbone. Miss Latterly est une jeune femme dévouée et honorable, qui est allée soigner nos soldats en Crimée aux côtés de Florence Nightingale. Elle a sauvé des dizaines de vies humaines et s'est donnée sans compter pour cela. Elle a renoncé au confort et à la sécurité qu'offrait l'Angleterre pour...

— Je sais tout cela, maître, coupa Daly d'un ton ferme. Prouvez-moi qu'un autre a tué cette pauvre femme et je serai le premier à retirer les charges contre Miss Latterly. Mais en attendant, nous devons la garder.

Il poussa un soupir, observant tristement l'avocat.

— Cela ne me fait pas plaisir, croyez-le bien. Miss Latterly me semble être une jeune femme très sympathique et j'ai moi-même perdu un frère en Crimée. Je sais ce que les infirmières comme elle ont accompli pour nos soldats ! Mais je fais mon travail, et la plupart du temps, le plaisir n'a pas grand-chose à voir avec...

— Oui, oui, bien sûr...

Rathbone s'adossa à son fauteuil, soudain épuisé. Il lui semblait qu'il venait de courir un marathon.

— Merci. Je vais me mettre au travail sans attendre. Je découvrirai ce qui s'est passé et je vous prouverai que ma cliente n'est pour rien dans cette histoire.

— Très bien, maître Rathbone. Je vous souhaite bonne chance. Vous allez en avoir besoin.

Sur ces mots, il se retourna et ouvrit la porte. Immobile, l'avocat le regarda sortir.

Quelques instants plus tard, Clements passait un visage inquiet dans l'embrasure de la porte.

— Maître Rathbone, y a-t-il quelque chose que je puisse faire ?

— Quoi ? fit l'avocat, émergeant de ses pensées. Qu'y a-t-il, Clements ?

— Y a-t-il quelque chose que je puisse faire, maître ? J'imagine que vous venez de recevoir de mauvaises nouvelles ?

— En effet. Allez chercher Mr. William Monk. Immédiatement.

— Mr. Monk, maître ? Vous voulez dire le détective ?

— Oui, évidemment, le détective ! Amenez-le-moi.

— Il faudra que je lui donne une bonne raison, maître Rathbone, hasarda Clements. Mr. Monk n'est pas du genre à obéir sans discuter.

— Dites-lui que l'affaire Farraline vient de connaître un nouveau tournant, assez grave, et que j'ai besoin de toute son attention sans délai, répliqua l'avocat d'une voix plus forte que nécessaire.

— Et si je ne le trouve pas...

— Cherchez-le ! Et ne revenez pas ici sans lui !

— D'accord, maître. Je... je suis désolé.

Rathbone fronça les sourcils, s'efforçant de fixer son attention sur son interlocuteur.

— De quoi? Vous n'avez rien fait de mal.

— Non, maître. Mais je suis désolé que l'affaire Farraline ait pris un nouveau tournant assez grave. Miss Latterly est une jeune femme charmante et je suis sûr...

Il s'interrompit, conscient sans doute qu'il en disait trop.

— Je vais chercher Mr. Monk, maître. Je vous le ramène tout de suite.

Deux longues heures s'écoulèrent avant que Monk ne franchît le seuil du cabinet. Le détective ne prit pas la peine de frapper et pénétra dans le bureau à grandes enjambées. Il était pâle et sa large bouche aux lèvres fines formait une ligne dure.

— Que s'est-il passé? demanda-t-il. Qu'est-ce qu'il y a encore? Pourquoi ne vous êtes-vous pas mis en contact avec l'avoué des Farraline pour lui expliquer ce qui s'est produit? Vous n'allez tout de même pas me demander d'aller jusqu'à Édimbourg pour le faire moi-même?

A ces mots, le flot d'émotions que Rathbone s'efforçait d'endiguer depuis la visite de Daly — la peur, l'angoisse, le sentiment d'impuissance et les tours que lui jouait son imagination en prenant le pas sur son intelligence — explosa en une colère à peine maîtrisée.

— Mais non, rassurez-vous! lança-t-il entre ses dents. Croyez-vous que j'aurais envoyé Clements vous chercher dans le simple but de vous charger de faire mes commissions? Si vos compétences ne s'étendent pas plus loin que cela, je peux considérer que j'ai perdu mon temps... et le vôtre. J'aurais dû faire appel à quelqu'un d'autre... A n'importe qui d'autre, nom d'un chien!

Monk pâlit encore et la fureur de l'avocat monta d'un cran à l'idée que son interlocuteur lisait en lui à livre ouvert.

— Le corps de Mary Farraline a été autopsié, expliqua Rathbone d'un ton glacial. A la requête de sa fille, Griselda Murdoch. Apparemment, elle serait décédée d'une dose trop forte de médicament. Ce médicament même qu'Hester devait lui faire prendre. La police accuse donc

Hester de meurtre... le mobile présumé étant le vol de la broche de perles.

Il éprouva une sorte de satisfaction malsaine à observer l'effet de ses paroles sur Monk. On eût dit que ce dernier venait de recevoir un direct à l'estomac.

Pendant plusieurs secondes, les deux hommes demeurèrent face à face dans un silence total. Puis Monk parut absorber le choc et se redressa légèrement. L'avocat songea avec amertume que lui-même avait mis plus de temps à encaisser le coup.

— Je présume que nous sommes d'accord sur le fait qu'Hester n'a pas tué sa patiente ? interrogea le détective. Même si nous découvrons des éléments qui, à première vue, prouveraient le contraire ?

Rathbone sourit. Il se rappelait les terribles soupçons que Monk avait nourris sur sa propre personnalité à son réveil à l'hôpital, lorsqu'il s'était retrouvé privé de mémoire, et la lutte qu'il avait menée contre l'évidence qui se présentait à lui. A coup sûr, le détective pensait à la même chose. Il sentit soudain l'hostilité s'estomper.

— Bien sûr, répondit-il. Nous ne connaissons qu'une fraction de la vérité. Lorsque nous aurons découvert et rassemblé toutes les pièces du puzzle, l'histoire nous apparaîtra sous un jour différent.

Monk eut un sourire sarcastique et, aussitôt, l'instant de complicité qui venait de les unir prit fin.

— Et qu'est-ce qui vous fait croire que nous réussirons à reconstituer le puzzle un jour ? interrogea le détective. Qui donc, pour l'amour du ciel, peut se vanter de pouvoir tout savoir d'un événement ? Vous, peut-être ?

— Si j'en sais suffisamment pour élaborer une version qui ne laisse pas place au doute, rétorqua Rathbone, j'estimerai cela suffisant. Êtes-vous prêt à apporter votre aide pour réunir des éléments concrets, ou préférez-vous rester là, à palabrer sur l'aspect philosophique de la chose ?

— Des éléments concrets ? Tiens donc ! fit Monk en haussant les sourcils. Et qu'avez-vous à l'esprit, exactement ?

Il balaya le bureau du regard, cherchant peut-être un dossier établi sur l'affaire, quelque signe de progrès. Conscient de sa propre inefficacité, Rathbone préféra se passer de commentaire.

— Il y a trois possibilités, déclara-t-il d'une voix dure.

— Pour commencer, coupa Monk, la dame a évidemment pu prendre elle-même une double dose, par erreur...

— Non, contra Rathbone. Elle n'a rien pris toute seule. La seule erreur possible viendrait de la personne qui a préparé le remède et rempli le flacon avant le départ, à Édimbourg. Si Mrs. Farraline a avalé d'elle-même deux doses, elle l'a fait de façon délibérée et il s'agit alors d'un suicide, ce qui représente la deuxième possibilité. Toutefois, d'après les circonstances et la personnalité de la dame telle que l'a décrite Hester, cette hypothèse est à bannir.

— La dernière hypothèse reste le meurtre, conclut Monk. Commis par un autre qu'Hester. Sans doute par une personne d'Édimbourg, qui aurait rempli le flacon avec la dose léthale et laissé Hester l'administrer.

— Exactement.

— Accident ou meurtre. Qui a préparé la dose? Le médecin? Un pharmacien?

— Je ne sais pas. Cela fait partie des questions auxquelles il nous faut répondre.

— Et sa fille, cette Griselda Murdoch? interrogea Monk, qui s'était mis à arpenter le cabinet de long en large. Que savez-vous d'elle?

— Seulement qu'elle est mariée depuis peu et attend son premier enfant, ce qui semble lui causer bien du souci. C'est pour la rassurer que Mrs. Farraline venait à Londres.

— La rassurer? Comment cela? Comment aurait-elle pu la rassurer? Que pouvait-elle savoir que Mrs. Murdoch ne sache pas elle-même?

Monk paraissait irrité, comme si l'absurdité de cette réponse dénotait une certaine stupidité chez Rathbone. L'avocat en fut excédé.

— Pour l'amour du ciel, Monk, je ne suis pas sage-femme! s'exclama-t-il. Je n'en sais rien! Peut-être s'inquiétait-elle pour l'enfant...

Monk s'immobilisa, fit face à son interlocuteur et changea brutalement de sujet.

— J'imagine qu'il y a de l'argent dans la famille? interrogea-t-il.

— J'ai l'impression que oui, mais peut-être s'agit-il d'une fortune hypothéquée, je ne sais pas. Il faudra aussi élucider ce point.

— Eh bien, comment comptez-vous vous y prendre pour découvrir tout cela? N'y a-t-il pas d'hommes de loi en Écosse? La famille doit bien avoir un notaire? La défunte avait dû établir un testament?

— Je vais m'en occuper, répliqua Rathbone entre ses dents. Mais cela réclame du temps. Et quelles que soient les réponses que j'obtiendrai, cela ne nous dira pas ce qui s'est passé dans le train, ni qui a doublé la dose de médicament dans le flacon. Tout ce que nous pouvons espérer, c'est un état des lieux des affaires des Farraline et une idée des motivations qui animent les divers membres de la maisonnée. Des motivations sans doute financières, mais nous ne pouvons rester ici les bras croisés, à espérer que ces réponses vont tout expliquer.

Monk haussa les sourcils et fixa Rathbone avec un dégoût manifeste. Curieusement, ce regard n'inspira aucune colère à l'avocat. De la suffisance, en revanche, l'eût excédé, tout signe de flegme l'eût fait sortir de ses gonds : il eût signifié que Monk n'avait pas peur, qu'il ne prenait pas l'affaire assez à cœur pour éprouver la moindre émotion. Une absence d'appréhension chez son interlocuteur ne l'eût pas réconforté, au contraire. Le danger existait bel et bien : il fallait être aveugle pour l'ignorer.

— Je veux que vous alliez à Édimbourg, reprit l'avocat avec un léger sourire. Je financerai votre séjour, bien entendu. A vous d'en apprendre le maximum sur la famille Farraline.

— Et vous, que ferez-vous pendant ce temps? s'enquit Monk.

Rathbone lui décocha un regard glacial. A vrai dire, sa

marge de manœuvre restait limitée dans l'immédiat : lui, c'était devant un tribunal que ses talents pouvaient s'épanouir, face à des témoins et à un jury. Il connaissait l'art de déceler les mensonges, de jouer avec les mots pour piéger les imposteurs, de débusquer la vérité derrière les apparences trompeuses, les brumes de l'ignorance et de l'oubli... Il savait explorer l'âme humaine, à la manière du chirurgien prêt à extraire une tumeur maligne. Seulement ils ne disposaient encore d'aucun témoin, sinon Hester elle-même, qui en savait bien peu...

— Je vais me renseigner sur les données médicales de l'affaire, répondit-il. Et sur les points légaux que vous avez mentionnés tout à l'heure. Et je me préparerai au procès.

Ce dernier mot parut vider Monk de toute colère, aussi brutalement qu'un seau d'eau glacée reçu en plein visage. Le détective demeura immobile, les yeux rivés sur Rathbone. Un instant, il sembla sur le point de parler, mais se ravisa. Peut-être parce qu'il ne pouvait rien ajouter qui ne fût déjà connu.

— Je vais commencer par aller voir Hester, déclara-t-il enfin. Procurez-moi une autorisation de visite. Je dois en savoir le maximum sur cette famille. Il ne faut rien négliger, tout est important : les impressions, les bribes de phrases entendues, les pensées, les souvenirs... absolument tout. Dieu sait comment je parviendrai à me faire admettre dans cette famille et à pousser ces gens à se confier !

— Mentez, conseilla Rathbone avec un sourire. Ne me dites pas que cela vous pose problème.

Monk lui jeta un regard haineux, mais se passa de commentaire. Il réfléchit un moment, immobile, puis tourna les talons et gagna la porte, où il s'arrêta.

— Vous avez parlé de financement, lança-t-il alors.

L'expression de son visage traduisait toute la répugnance que lui inspirait le sujet. Rathbone comprit à quel point cette requête lui coûtait. Sans doute eût-il aimé pouvoir agir sans l'aide de personne, pour sauver Hester.

Monk vit que ses réticences n'avaient pas échappé à Rathbone et il en éprouva un vif mécontentement. Comme il était désagréable de se sentir ainsi déchiffré ! Plus encore, savoir que cet homme connaissait l'état de ses finances, ainsi que le souci qu'il se faisait pour Hester, l'exaspérait. D'autant que lui-même avait peine à s'avouer certaines réalités. Il sentit le rouge lui monter aux joues, ses lèvres se crisper.

— Clements va vous préparer tout cela, répondit l'avocat. Il vous fournira votre billet pour Édimbourg. Vous partez ce soir à neuf heures quinze.

Il jeta un coup d'œil à sa montre de gousset.

— Allez préparer vos bagages, cela me laissera le temps de faire le nécessaire pour votre visite à la prison. Et écrivez-moi régulièrement quand vous serez à Édimbourg, histoire de me tenir informé de vos progrès.

— Bien entendu.

Monk hésita, puis ouvrit la porte et sortit.

Il rentra chez lui, l'esprit embrumé. Hester soupçonnée de meurtre : cela tenait du cauchemar. Son cerveau se refusait à l'accepter, mais la réalité ne s'en imposait pas moins avec toute sa violence, à travers les sensations. Ces réactions physiques, loin de lui être inconnues, lui laissaient penser qu'il avait déjà traversé une situation similaire.

Il rangea dans sa valise le linge qui lui serait utile : plusieurs paires de chaussettes, son nécessaire de rasage, son peigne, ses affaires de toilette, trois costumes et une paire de bottillons. Il ignorait la durée de son absence. A sa connaissance, il n'était jamais allé à Édimbourg. Il n'avait pas la moindre idée de la température qui régnait là-bas à cette époque de l'année. Sans doute y faisait-il le même temps que dans le Northumberland. Mais même de sa région natale, il ne conservait que des bribes, des images. De toute façon, cela n'avait guère d'importance...

Il comprit tout à coup pourquoi cette impression de tomber dans un gouffre, cette angoisse profonde, ce mélange d'incrédulité et d'acceptation lui semblaient si familiers. Il avait éprouvé tout cela à son réveil à l'hôpital, après l'accident, et depuis, il avait pris l'habitude de tenir à la fois le rôle du chasseur et celui de la bête traquée. Il ne connaissait même pas son nom alors et avait dû se redécouvrir pas à pas, tout en recherchant l'assassin de Joscelin Grey. Deux ans plus tard, il était encore loin de se connaître véritablement : ce qu'il avait appris, à travers le regard des autres, à travers des souvenirs incertains et des déductions, le laissait plein d'incertitudes, de qualités qui ne lui plaisaient guère.

Le moment était mal choisi pour penser à soi. Il fallait résoudre cette énigme absurde que posait la mort de Mary Farraline. Il fallait faire libérer Hester et la laver de tout soupçon.

Il boucla sa valise et l'emporta avec lui pour aller informer sa logeuse, en une formule brève et exempte d'explications, qu'il partait à Édimbourg pour affaires et ignorait quand il serait de retour.

Habituée à ses manières, la femme ne se formalisa pas.

— D'accord, répondit-elle. Je suppose que vous m'enverrez le montant du loyer de là-bas chaque semaine, si votre absence se prolonge ?

— Bien entendu. Mettez mon courrier de côté.

— Comptez sur moi. Tout sera fait dans les règles. Vous en doutiez, Mr. Monk ?

— Pas du tout. Au revoir.

— Au revoir, monsieur.

Lorsqu'il parvint à la prison, Rathbone avait tenu parole et Monk obtint l'autorisation d'entrer, en tant que collaborateur de l'avocat.

La geôlière qui le guida à travers les longs couloirs gris dallés de pierre était large d'épaules, musclée et dotée d'un visage carré où apparaissait un dégoût intense qui fit froid dans le dos au détective. Ce dernier se sentit alors saisi d'un sentiment de panique qui, lui semblait-il, était nouveau pour lui. Il comprenait la répugnance de cette femme : elle savait Hester accusée du meurtre d'une vieille dame qui était sa patiente et qui lui faisait confiance. Elle connaissait aussi le mobile : voler un bijou d'une valeur de quelque cent livres. Une somme qui devait lui permettre de s'offrir toute une année d'une existence luxueuse... mais au prix d'une vie humaine ! Sans doute la geôlière était-elle habituée à toutes sortes de tragédies, d'errements et d'actes désespérés : elle avait dû voir des femmes battues accusées d'avoir tué leur époux, leur souteneur ou leur amant trop violent, des mères accablées par la pauvreté au point d'assassiner leurs propres enfants, des femmes affamées ou cupides prises en flagrant délit de vol, des fourbes, des cruelles et des effrontées, ignorantes, malsaines, effrayées, stupides... Toutes les formes de folie et de vice avaient dû défiler sous ses yeux. Pourtant, rien ne devait lui sembler aussi méprisable que cette femme de bonne famille qui s'était abaissée à empoisonner une vieille dame placée sous sa garde, en vue d'obtenir un objet dont elle n'avait nul besoin.

Il n'existait pas de pardon possible de la part de cette geôlière, qui ne pouvait même pas manifester cette pitié ordinaire qu'elle accordait aux voleuses et aux prostituées, dont la violence évoquait une forme de révolte contre un monde plus violent encore. Avec la jalousie et la frustration propres aux ignorants et aux opprimés, elle haïrait Hester pour ce qu'elle représentait. Elle ne tolérerait jamais qu'une jeune femme bien née ne se fût pas montrée digne du privilège qu'elle devait à sa naissance. Avoir une telle chance était déjà méprisable, mais trahir sa bonne étoile constituait un péché inexcusable. Les craintes que Monk éprouvait pour Hester se concrétisèrent en une nausée subite.

La femme s'immobilisa devant une porte et inséra la lourde clé dans la serrure. Elle n'accorda pas un regard au détective.

Hester était debout au centre de la cellule. La vague lueur d'espoir qui brillait dans son regard s'éteignit dès qu'elle reconnut Monk, remplacée par une expression de douleur, de circonspection, une sorte de vacillement entre curiosité et détresse.

L'espace d'un instant, l'émotion étreignit Monk. Il éprouva le désir de protéger cet être qu'il lui semblait connaître parfaitement, accompagné d'une violente rancœur contre le destin, contre Rathbone, et surtout contre sa propre impuissance.

Il se tourna vers la geôlière.

— Je vous appellerai quand je voudrai partir, dit-il sèchement.

L'autre grommela une réponse incompréhensible et quitta la cellule, refermant la porte derrière elle avec une violence superflue.

Monk dévisagea Hester avec précaution. Elle passait son temps à ne rien faire et, pourtant, elle semblait exténuée. Elle avait les yeux cernés et le teint pâle. Ses cheveux retombaient en désordre sur ses épaules : de toute évidence, elle n'avait pas cherché à les discipliner. Avec ses vêtements sombres et informes, elle avait l'air d'avoir déjà renoncé à lutter. Sans doute avait-elle envoyé quelqu'un chercher des affaires chez elle, Callandra peut-être. Pourquoi n'avait-elle pas opté pour une tenue moins terne, qui eût exprimé une sorte de volonté, de rébellion ? Alors, le détective se souvint du désespoir qu'il avait lui-même ressenti à l'époque de l'affaire Grey, lorsque l'horreur lui avait sauté au visage, lorsqu'il avait envisagé non seulement la perspective de la prison et du gibet, mais le cauchemar que représentait la culpabilité en elle-même. Là, le courage d'Hester et sa hargne stimulante l'avaient sauvé.

Comment osait-elle renoncer lorsqu'il s'agissait de son propre salut ?

— Vous n'êtes pas belle à voir, déclara-t-il d'un ton glacial. Où êtes-vous allée chercher ces vêtements ? On dirait que vous n'attendez plus que le bourreau. Vous n'avez pas encore été jugée, que diable !

L'expression de la jeune femme s'assombrit lentement, passant de l'incrédulité à la colère. Toutefois, il s'agissait là d'une émotion mesurée, froide.

— C'est une robe que je portais quand je travaillais

comme infirmière, répondit-elle avec calme. Elle est chaude et confortable. Je ne vois pas pourquoi vous jugez utile d'en parler. Quelle importance ?

Il changea de sujet.

— Je pars tout à l'heure pour Édimbourg par le train de nuit. Rathbone m'a demandé d'enquêter sur les Farraline. On pense que c'est un membre de la famille qui l'a assassinée...

— Je ne fais qu'y réfléchir, répliqua Hester à mi-voix. Mais avant de m'interroger, sachez que j'ignore de qui il s'agit, et quels mobiles ont pu pousser à ce meurtre. Je n'en ai pas la moindre idée. Et pourtant, croyez bien que j'ai tourné et retourné le problème dans tous les sens.

— Est-ce vous qui l'avez tuée ?

— Non.

Elle avait répondu sans colère, résignée, désespérée.

Cette absence de réaction mit le détective hors de lui. Il eut envie de saisir Hester par les épaules et de la secouer jusqu'à lui faire éprouver la colère qui l'étreignait lui-même, à lui transmettre cette rage salutaire qui la pousserait à se battre pour la vérité, afin de contraindre le monde entier à regarder et à reconnaître qu'il y avait eu erreur. Il haïssait cette transformation en elle. Cette placidité ne ressemblait pas à Hester. Non qu'il eût jamais apprécié sa personnalité de naguère : il considérait jusque-là qu'Hester parlait trop, et avec trop de conviction, même lorsqu'elle ne connaissait pas son sujet. Elle ne possédait pas cette douceur, cette chaleur typiquement féminines, cette grâce qu'il admirait tant, qui faisait battre son pouls et éveillait son désir. Et pourtant, voir Hester dans cet état l'ébranlait douloureusement.

— Dans ce cas, quelqu'un d'autre est coupable, dit-il. A moins que vous ne laissiez entendre qu'elle s'est suicidée ?

— Mais non, pas du tout ! Si vous l'aviez connue, vous ne diriez pas une chose pareille !

Enfin, elle se mettait en colère ! Une légère touche de rouge venait d'apparaître sur ses joues.

— Alors, peut-être était-elle sénile ? insista Monk. Et elle se serait tuée par accident ?

— Vous êtes ridicule ! explosa-t-elle. Elle n'était pas plus sénile que vous et moi ! Si c'est pour me dire cela que vous êtes venu ici, vous me faites perdre mon temps ! Et celui d'Oliver, puisque c'est lui qui vous emploie !

Il éprouvait un réel plaisir à voir la jeune femme retrouver sa vitalité, même si c'était pour prendre la défense de Mary Farraline. En revanche, l'entendre suggérer qu'il n'était là qu'à la requête de Rathbone, et pour de l'argent, le piqua au vif. Il se demanda pourquoi cette pensée lui était si pénible.

— Ne soyez pas puérile, Hester ! Ce n'est pas le moment, et cela ne sied guère à une femme de votre âge.

Cette fois, elle était vraiment furieuse. Il savait que l'allusion à son âge y était pour quelque chose. C'était idiot, mais Hester avait parfois des réactions idiotes. Comme la plupart des femmes...

Elle le dévisageait avec une aversion manifeste.

— Si vous allez à Édimbourg pour voir les Farraline, s'écria-t-elle, il y a peu de chances qu'ils vous révèlent autre chose que le fait qu'ils m'ont engagée pour accompagner Mrs. Farraline à Londres, lui administrer son médicament le soir et le matin et veiller à ce que le voyage se déroule dans les meilleures conditions de confort ! Et que j'ai échoué lamentablement sur toute la ligne. Je ne vois pas ce que vous pouvez attendre d'autre de leur part.

— Cela ne vous va pas du tout de vous apitoyer sur vous-même, rétorqua-t-il d'un ton dur. D'ailleurs, nous n'en avons pas le temps.

Elle le gratifia d'un regard haineux, auquel il répondit par un sourire.

— Je sais bien qu'ils me diront cela, acquiesça-t-il. Seulement, moi, je leur poserai mille questions. Je leur ferai croire que je représente le ministère public et que je viens m'assurer que tout est en ordre et que le dossier de l'accusation est inattaquable. J'étudierai dans les moindres détails tout ce qui s'est passé durant votre séjour là-bas.

— Je ne suis restée qu'une journée, fit remarquer Hester.

Il ne releva pas.

— Et puis, poursuivit-il, tout en faisant cela, je découvrirai le maximum de choses sur ces gens. L'un d'eux a tué. D'une façon ou d'une autre, il finira nécessairement par se trahir.

A vrai dire, il en était moins convaincu qu'il n'en avait l'air, mais il fallait épargner à Hester les incertitudes. Il se sentait le devoir de la préserver de la terrible vérité, de lui masquer combien les chances de succès étaient ténues. Il eût aimé pouvoir en faire bien plus. Il était si désespérant de se sentir impuissant...

La colère déserta la jeune femme aussi soudainement que si l'on avait soufflé une flamme. Alors, la peur l'emporta sur tout le reste.

— Vous êtes sûr? murmura-t-elle d'une voix tremblante.

Sans réfléchir, il lui prit la main et la serra.

— Je vous le promets. Ce ne sera certainement pas facile, cela ne se fera pas du jour au lendemain, mais je réussirai.

Il s'arrêta. Ils se connaissaient trop bien, tous les deux. Dans les yeux d'Hester, il lut une pensée, un souvenir : celui de cette autre affaire qu'ils avaient résolue ensemble, mais trop tard, ne levant le voile qu'après la condamnation et la mise à mort d'un innocent.

— Je vous le promets, Hester, répéta-t-il avec fougue. Je découvrirai la vérité, quel que soit le prix à payer, quels que soient les obstacles que je rencontrerai sur mon chemin.

Les yeux de la jeune femme s'emplirent de larmes et elle se détourna. Durant quelques instants, elle parut terrorisée, à tel point qu'elle parvenait à peine à se maîtriser.

Monk se contraignit à l'immobilité.

Pourquoi cette femme était-elle si stupidement indépendante? Pourquoi ne pouvait-elle pas pleurer comme les autres? Ainsi, il eût pu la prendre dans ses bras, lui eût offert un peu de réconfort... qui eût été de la poudre aux yeux ! Non, il eût détesté cela ! Il ne supportait pas Hester telle qu'elle était, et pourtant, la voir changer lui semblerait pire encore.

— Parlez-moi d'eux, ordonna-t-il d'un ton bourru. Qui sont les Farraline ? Quelle impression vous ont-ils faite ? Qu'avez-vous pensé d'eux ?

Elle lui fit face de nouveau et le considéra avec étonnement. Puis, lentement, elle reprit le contrôle d'elle-même et répondit :

— Le fils aîné s'appelle Alastair. C'est le procurator fiscal de...

— Ce ne sont pas des faits que je veux, coupa-t-il. Ça, je peux le découvrir tout seul, que diable ! Ce que je vous demande, c'est de me livrer vos impressions. Comment vous est apparu cet homme ? Était-il heureux ou malheureux ? Soucieux ? Aimait-il sa mère ou la haïssait-il ? Lui faisait-elle peur ? Et la victime ? Était-ce une femme possessive, trop protectrice, critique, dominatrice ? Dites-moi quelque chose !

Hester sourit faiblement.

— Elle m'a semblé généreuse et très normale...

— Elle a été assassinée, Hester ! On n'assassine pas quelqu'un sans raison, bonne ou mauvaise ! Il devait bien y avoir une personne qui la haïssait ou qui la craignait. Pourquoi ? Dites-moi tout ce que vous pouvez sur elle. Et ne me répétez pas qu'elle était charmante. Il peut arriver qu'une jeune femme se fasse tuer précisément parce qu'elle est charmante, mais une vieille dame, non !

Le sourire d'Hester se précisa.

— Ne croyez-vous pas que je me suis déjà posé la question ? Cela fait des heures et des heures que je suis là, à me demander qui aurait pu la tuer et pour quel motif ! Alastair m'a semblé un peu inquiet, mais des milliers de raisons pouvaient justifier sa nervosité. Comme je vous l'ai dit, il est procurator fiscal...

— Qu'est-ce qu'un procurator fiscal ?

Monk avait dû ravaler son amour-propre pour poser cette question, mais l'heure n'était pas aux simagrées.

— C'est l'équivalent écossais du procureur général en Angleterre, je crois.

— Ah...

— Et Kenneth, le plus jeune frère, avait un rendez-vous dont la famille ne savait rien. Les autres pensaient qu'il faisait la cour à une femme qu'ils ne connaissaient pas.

— Je vois. Quoi d'autre ?

— Je ne sais pas. Vraiment... Quinlan, qui est le mari d'Eilish...

— Qui est Eilish ? C'est bien ça, Eilish ? Quelle est l'origine de ce prénom ?

— Je l'ignore... Écossaise, je présume. C'est la fille cadette de Mary. Oonagh est l'aînée et Griselda la plus jeune.

— Qu'allez-vous dire au sujet de Quinlan ?

— Lui et Baird McIvor, l'époux d'Oonagh, ont l'air de se haïr. Toutefois, je ne vois pas comment l'un de ces détails pourrait conduire à un meurtre. Dans toutes les familles, il existe des liens privilégiés et des antipathies, surtout quand tout le monde vit sous le même toit.

— Dieu nous en préserve ! lança Monk.

L'idée même de vivre en compagnie d'autres personnes lui faisait horreur. Il tenait son intimité pour sacrée et ne voulait pas avoir de comptes à rendre à quiconque.

Hester se méprit sur le sens de son intervention.

— On ne tue pas pour avoir la liberté de s'en aller.

— La maison n'appartenait-elle pas à la victime ? interrogea-t-il aussitôt. Et l'argent ? Non, ne me répondez pas, vous ne pouvez pas savoir, de toute façon. Rathbone se charge de cet aspect du problème. A présent, décrivez-moi en détail ce que vous avez fait entre l'instant où vous avez franchi le seuil et celui où vous êtes repartie. A quel moment êtes-vous restée seule ? Où se trouvait le dressing-room, ou du moins la pièce où était entreposée la trousse à médicaments ?

— J'ai déjà dit tout cela à Oliver, protesta-t-elle.

— Je tiens à l'entendre de votre bouche ! Je ne peux

pas travailler sur des éléments rapportés. Et puis, je vais vous poser mes propres questions, et non les siennes.

Elle se plia à ses exigences sans résister davantage, assise au bord du petit lit de camp. Avec soin, en s'attachant aux plus infimes détails, elle lui raconta tout ce dont elle se souvenait. A la facilité avec laquelle les mots lui venaient, à l'absence totale d'hésitation, Monk comprit qu'elle avait ressassé tout cela des dizaines de fois. Il l'imagina allongée dans cette cellule obscure, terrorisée, bien trop intelligente pour ignorer le danger et le fait qu'on ne découvrirait peut-être jamais la clé du mystère. Après tout, Monk lui-même n'avait-il pas échoué par le passé ?

Dieu lui était témoin qu'il n'échouerait pas cette fois-ci...

— Merci, dit-il enfin en se levant. A présent, je dois partir. J'ai mon train à prendre.

Elle se leva à son tour. Elle était livide.

Il eut envie de lui parler doucement pour calmer sa frayeur, pour lui insuffler du courage, mais cela revenait à mentir, et il ne voulait pas mentir à Hester.

Il la vit prendre son souffle pour dire quelque chose, mais elle resta silencieuse elle aussi.

Il était impossible de la quitter ainsi, sans un mot, mais que dire ? Existait-il une formule qui ne fût pas une insulte au courage et à l'intelligence de cette femme ?

— Vous devez y aller, souffla-t-elle.

Alors, il lui prit soudain la main et la porta à ses lèvres, puis la relâcha et gagna la porte en trois pas.

— Je suis prêt ! cria-t-il, le dos tourné à Hester.

Un instant plus tard, la serrure grinçait. Il sortit sans un regard en arrière.

Oliver Rathbone ne réfléchit pas longtemps avant de se résoudre à rendre visite à Charles Latterly. Au moment où Hester l'avait prié de tenir sa famille à l'écart, elle n'était soupçonnée que de vol. A présent, on l'accusait de meurtre et la presse ne tarderait pas à s'emparer de l'affaire. Par mesure d'humanité, il fallait prévenir Charles avant qu'il n'apprît la nouvelle en ouvrant son journal.

L'avocat connaissait l'adresse et cinq minutes lui suffirent à trouver un cab et donner les instructions au cocher. En route, il chercha une façon appropriée de présenter les choses. Même s'il savait qu'il n'en existait pas, réfléchir à ce problème permettait de retarder l'instant où il faudrait se pencher sur la défense d'Hester. Il ne pouvait décemment laisser une tierce personne s'en charger, mais le poids de cette responsabilité l'accablait d'avance.

Il était cinq heures dix lorsque le cab s'immobilisa devant la maison de Charles Latterly. Sans doute celui-ci venait-il de rentrer du travail. Rathbone se surprit à se demander si l'homme ressemblait à sa sœur. Il descendit du cab, ordonna au cocher de l'attendre aussi longtemps que nécessaire et gravit les marches du perron.

— Oui, monsieur ? fit le majordome d'un ton poli tout en jaugeant le visiteur d'un œil exercé.

— Bonsoir, répondit sèchement Rathbone. Je suis Me Oliver Rathbone et je suis l'avocat de Miss Hester Latterly. Je voudrais voir Mr. Latterly pour une affaire qui, je le regrette, ne souffre aucun délai.

— Vraiment, maître ? Dans ce cas, pourriez-vous avoir l'obligeance de passer dans l'antichambre, afin que j'aille informer Mr. Latterly de votre arrivée et de l'urgence de l'affaire qui vous amène ?

— Merci.

Rathbone franchit le seuil, mais au lieu d'entrer dans la pièce dont le majordome venait d'ouvrir la porte, il demeura dans le vestibule. C'était une entrée agréable et confortable, mais un simple coup d'œil suffisait à entrevoir les signes d'un revers de fortune. Avec un élan de compassion, Rathbone se rappela la ruine et le suicide de Mr. Latterly senior, puis le décès de sa femme, morte de désespoir peu après. A présent, il venait annoncer une nouvelle tragédie, peut-être plus terrible encore que les précédentes.

Charles Latterly apparut bientôt à l'extrémité du vestibule. De haute stature, il devait approcher la quarantaine. Il avait des cheveux blonds que la calvitie commençait à gagner et un visage tout en longueur crispé par l'appréhension.

— Bonsoir, maître Rathbone. Que puis-je faire pour vous ? Il ne me semble pas que nous ayons été présentés, mais mon majordome m'a informé que vous étiez l'avocat de ma sœur. J'ignorais qu'elle ait eu besoin d'une assistance juridique.

— Je suis désolé de venir vous importuner sans m'être fait annoncer au préalable, Mr. Latterly, mais je suis porteur d'une triste nouvelle. Je suis convaincu que Miss Latterly n'a absolument rien à se reprocher, mais un décès est survenu... un décès qui n'est pas naturel. Il s'agit de l'une de ses patientes, une vieille dame avec laquelle elle voyageait en train d'Édimbourg à Londres. Je suis désolé, Mr. Latterly, mais Hester est accusée du meurtre de cette femme.

Charles Latterly le dévisagea comme s'il n'avait pas compris le sens de ses propos.

— S'est-elle montrée négligente ? interrogea-t-il en clignant des yeux. Cela ne lui ressemble pas. Je n'approuve guère sa profession, si l'on peut appeler cela une profession, mais je crois qu'Hester y est plus que compétente. Je ne pense pas, maître, qu'elle ait pu manquer de savoir-faire.

— Ce n'est pas de négligence qu'elle est accusée, Mr. Latterly, rectifia lentement Rathbone.

Il haïssait ce rôle qu'il avait à jouer. Pourquoi son interlocuteur se refusait-il à comprendre, pourquoi l'obligeait-il à répéter ce douloureux message ? Et pourquoi semblait-il si blessé ?

— Elle est accusée d'avoir délibérément tué cette femme afin de lui voler une broche.

— Hester ? Mais c'est ridicule !

— Je suis d'accord avec vous, acquiesça Rathbone. J'ai déjà engagé un détective qui part ce soir pour Édimbourg en vue d'y mener l'enquête. Toutefois, j'ai bien peur que nous ne parvenions pas à établir l'innocence de votre sœur avant le procès, et il ne fait aucun doute que l'affaire paraîtra dans les journaux dès demain matin, sinon ce soir même. C'est pourquoi je suis venu vous en informer. Je ne voulais pas que vous l'appreniez de cette façon.

Ce qu'il restait encore de couleur déserta le visage de Charles.

— Les journaux ! Sainte Vierge ! Mais alors... tout le monde va savoir ! Mon épouse... Il ne faut pas qu'Imogen l'apprenne ! Elle serait...

Rathbone sentit une colère déraisonnable l'envahir. Toutes les pensées de cet homme allaient à sa femme. Il n'avait même pas demandé comment se portait Hester... ni même où elle se trouvait.

— Je crains que ce ne soit un choc que vous ne pourrez pas lui épargner, répondit-il d'un ton un peu sec. Et puis, peut-être souhaitera-t-elle rendre visite à Hester et tenter de lui apporter un peu de réconfort...

— Rendre visite à Hester ? répéta Charles, dérouté. Mais où est-elle ? Que lui est-il arrivé ? Que lui a-t-on fait ?

— Elle est en prison, Mr. Latterly, et elle y restera jusqu'à son procès.

On eût dit que Charles venait de recevoir un coup. Il ouvrit la bouche et posa sur l'avocat un regard fixe dans lequel l'incrédulité fit place à l'horreur.

— En prison ? fit-il, atterré. Vous voulez dire que...

— Bien sûr.

Rathbone parlait d'un ton froid qu'il n'aurait certes pas adopté si ses propres émotions n'avaient pas été à vif.

— Elle est accusée de meurtre, Mr. Latterly. Dans de telles circonstances, on ne laisse pas une personne en liberté.

Charles se détourna. Pour la première fois, la pitié était apparue sur son visage.

— Oh... Pauvre Hester ! Elle qui a toujours été si courageuse! Elle avait tant d'ambition qu'on la sentait prête à accomplir les exploits les plus extraordinaires! J'ai toujours pensé qu'elle n'avait peur de rien... Autrefois, poursuivit-il avec un petit rire, il m'arrivait de souhaiter qu'elle ait un jour une grande frayeur, je pensais que cela lui apprendrait à être plus prudente.

Il s'interrompit et parut hésiter, puis il poussa un soupir.

— Mais je n'imaginais pas une « leçon » aussi radicale! reprit-il en fixant de nouveau l'avocat. Bien entendu, je vous verserai ce que je pourrai pour sa défense, maître Rathbone. Mais je crains que ce ne soit que très peu de chose, et je ne peux pas priver mon épouse du soutien et des soins que je lui dois, vous comprenez? J'ai eu vent de votre réputation. Peut-être qu'étant donné nos moyens limités il serait préférable que vous transmettiez l'affaire à un avocat moins...

Il dut chercher un euphémisme pour formuler sa pensée, mais sans succès. Rathbone vint à son secours, en partie parce qu'il répugnait à le voir lutter ainsi — quoique cet individu ne lui inspirât guère de sympathie —, mais surtout parce que l'impatience commençait à le gagner.

— Je vous remercie pour votre offre, Mr. Latterly, mais votre aide financière ne sera pas nécessaire. L'estime que je porte à Hester représente une compensation suffisante. La plus grande faveur que vous puissiez lui faire est de vous rendre auprès d'elle, afin de la soutenir, de la réconforter, de l'assurer de votre loyauté. Et surtout, montrez-vous suffisamment solide pour qu'elle puisse tirer bénéfice de votre visite. Quoi qu'il arrive, ne lui donnez pas à penser que vous redoutez le pire.

— Bien entendu, répondit lentement Charles. Oui, bien sûr. Dites-moi où elle est et j'irai la voir... enfin, si l'on me laisse entrer.

— Si vous expliquez qu'elle n'a pas d'autre famille que vous, ils vous laisseront la voir. Elle est à Newgate.

Charles tressaillit.

— Je vois... A-t-on le droit de lui apporter quelque chose? De quoi peut-elle avoir besoin?

— Peut-être votre épouse pourra-t-elle lui procurer quelques vêtements de rechange et du linge propre ? suggéra Rathbone. Il n'y a rien pour faire la lessive là-bas.

— Mon épouse ? Oh non... Non, je n'autoriserai pas Imogen à se rendre là-bas. Vous vous rendez compte ? Newgate ! Non, je vais tout faire pour lui épargner cela. Une telle visite l'affligerait terriblement. Je trouverai des vêtements à Hester sans son aide.

Rathbone allait protester, mais lorsqu'il vit l'expression soudain fermée de Charles, ses lèvres pincées, son regard rétif, il comprit qu'il devait exister, dans les relations de ce couple, certaines subtilités qui lui échappaient. Il ne servait à rien de contredire cet homme. De toute façon, une visite faite à contrecœur ne serait d'aucune utilité à Hester. Or, Hester était la seule personne qui comptait.

— Bien, déclara-t-il froidement. Si c'est là votre décision... Vous devez agir selon votre conscience. Une fois de plus, Mr. Latterly, sachez que je suis profondément désolé d'avoir dû vous annoncer une nouvelle aussi brutale, mais soyez assuré que je ferai tout ce qui est en mon pouvoir pour qu'Hester s'en sorte lavée de tout soupçon et pour que, d'ici là, elle soit traitée le mieux possible.

— Oui... Oui, bien sûr. Merci, maître Rathbone. C'est très aimable à vous de vous être déplacé en personne. Et...

Rathbone attendit, à demi tourné vers la porte, les sourcils levés. Charles paraissait mal à l'aise.

— Je vous remercie de vous charger gratuitement de la défense d'Hester. Je... Nous... Nous vous en sommes extrêmement reconnaissants.

Rathbone se courba légèrement.

— C'est un privilège, monsieur. Au revoir.

— Au revoir, maître.

A neuf heures moins le quart, Rathbone arrivait à la gare. Sa présence n'était d'aucune utilité. Il n'apportait aucune nouvelle information à Monk et, pourtant, il n'avait pu s'empêcher de venir lui parler une dernière fois, pour s'assurer, peut-être, que le détective se trouverait bien à bord du train.

Le quai grouillait d'une foule bruyante qui se pressait entre les chariots à bagages. Des porteurs criaient, des portes s'ouvraient toutes grandes pour se refermer violemment un instant plus tard. Sur le quai, certains voyageurs grelottant de froid faisaient leurs adieux ou scrutaient la foule en quête d'un visage attendu. Rathbone se fraya un chemin. Il avait remonté le col de son pardessus pour se protéger du vent glacial de la nuit. Où était Monk? Au diable cet homme! Pourquoi fallait-il dépendre d'un individu qui vous inspirait si peu de sympathie?

Il aurait déjà dû le repérer sur le quai. Monk avait une allure assez particulière et une taille supérieure à la moyenne. Où diantre pouvait-il être? Pour la cinquième fois, l'avocat jeta un coup d'œil à la grande horloge de la gare. Neuf heures moins dix! Peut-être n'était-il pas arrivé? Il était encore tôt. Mieux valait tout de même aller vérifier si par hasard il n'était pas déjà installé.

Il gagna à grands pas l'extrémité du train, poussant d'une main impatiente la foule de plus en plus dense qui lui faisait obstacle, et monta dans le premier wagon pour inspecter un à un les compartiments, sans omettre de jeter à chaque fois un coup d'œil par la fenêtre. Ce fut à l'une de ces occasions, alors qu'il avait inspecté une bonne moitié du train déjà, qu'il aperçut le détective. Celui-ci se hâtait sur le quai. Il était neuf heures sept.

Rathbone jura, mi-furieux, mi-soulagé, et poussa sans ménagement un imposant gentleman en noir pour aller ouvrir la portière du wagon. Il manqua de tomber en descendant du train.

— Monk! hurla-t-il. Monk!

Le détective se retourna. Il était vêtu avec la même élégance que s'il se rendait à un dîner en ville. Il portait une pelisse parfaitement coupée et ses bottillons cirés brillaient dans l'obscurité. En découvrant Rathbone, il parut surpris, mais non contrarié.

— Avez-vous trouvé quelque chose? interrogea-t-il aussitôt. Déjà? Vous n'avez pas pu avoir de nouvelles d'Édimbourg, alors de quoi s'agit-il?

— Non, je n'ai rien découvert de nouveau, répondit Rathbone, qui eût donné cher pour pouvoir affirmer le contraire. Je suis simplement venu voir s'il n'y avait pas autre chose dont nous pourrions discuter tant que nous en avons encore la possibilité.

Une ombre de déception traversa le regard de Monk, si discrète qu'un autre que Rathbone ne l'eût sans doute pas remarquée.

— Je ne vois pas, répondit froidement le détective. Je vous ferai mes comptes rendus par courrier dès que j'apprendrai quelque chose d'important. Je garderai en revanche mes impressions pour mon retour. Il serait utile que vous fassiez de même de votre côté, à supposer que vous découvriez du nouveau. Je vous transmettrai mon adresse dès que je serai installé. A présent, je vais prendre ma place avant que le train s'en aille sans moi. Ce qui ne nous aiderait ni l'un ni l'autre.

Sans un au revoir, il tourna les talons, gagna à grands pas le wagon le plus proche et monta, claquant la portière derrière lui. Il laissait sur le quai un Rathbone furieux, offensé et en proie à un terrible sentiment d'impuissance.

CHAPITRE V

Monk trouva le voyage en train détestable. Certes, rencontrer Rathbone sur le quai lui avait procuré une certaine satisfaction : cela prouvait que l'affaire préoccupait l'avocat. Il fallait que ce dernier fût la proie de sentiments d'une exceptionnelle intensité pour qu'il laissât ainsi sa dignité de côté au point de se lancer dans une entreprise dénuée d'utilité. En temps normal, l'idée même que Monk pût s'apercevoir de son trouble eût suffi à le dissuader de sortir de chez lui.

Le détective se demanda ce qu'avait fait l'avocat après le départ du train. Sans doute était-il retourné à son cabinet : il s'était installé à son bureau, avait ouvert puis refermé quelques dossiers sans parvenir à se concentrer. Monk l'imagina la tête dans les mains, cherchant en vain une façon de se rendre utile. Puis il songea à Hester, seule dans son étroite cellule de Newgate, effrayée, tremblante sous une fine couverture, à l'affût des bruits de bottes et des cliquetis de clés, en butte à la haine qu'elle lisait dans le regard de ses geôlières.

Pourquoi ne pouvait-elle pas ressembler aux autres femmes ? Pourquoi n'avait-elle pas choisi une voie plus classique ? Une femme normale acceptait-elle de voyager d'est en ouest et du sud au nord, seule, pour aller s'occuper de personnes qu'elle ne connaissait ni d'Ève ni d'Adam ? Et d'ailleurs, pourquoi lui-même se préoccupait-il d'elle ? Depuis le départ, il était clair qu'Hester

145

allait au-devant de la catastrophe et que cela lui retomberait dessus tôt ou tard! Il lui avait déjà fallu une chance inouïe pour revenir saine et sauve de Crimée! Quant à lui, quelle stupidité de laisser ses sentiments l'emporter sur le reste! Il n'aimait pas le type de femme qu'elle incarnait, il ne l'avait jamais apprécié. Tout en elle, ou presque, l'irritait d'une façon ou d'une autre.

Cependant, l'humanité la plus élémentaire lui dictait de faire pour cette femme tout ce qui était en son pouvoir. Bien d'autres avaient déjà placé en lui leur confiance et, jusqu'à présent, d'après le peu qu'il savait de son propre passé, il ne les avait jamais trahis. Du moins intentionnellement. Certes, il avait manqué à ses engagements auprès de son mentor, bien des années auparavant. De cela, il se souvenait à présent. Mais c'était différent alors : il avait échoué par manque d'habileté, non faute d'avoir tout tenté. Cette fiabilité n'avait rien à voir avec de la bienveillance : tous les éléments qu'il était parvenu à rassembler sur lui-même depuis son accident lui prouvaient qu'il n'était pas quelqu'un de bienveillant. En revanche, on pouvait le qualifier d'homme d'honneur, et il n'avait jamais supporté l'injustice.

Non. Il tressaillit et esquissa malgré lui un sourire amer. Ce n'était pas tout à fait vrai. C'était l'injustice des tribunaux qu'il n'avait jamais supportée. Il s'était certainement montré injuste assez souvent lui-même : injuste envers ses collaborateurs, trop critique, trop prompt à juger et à blâmer autrui.

Mais à quoi bon se complaire dans le passé, attiser les souffrances? On n'y changerait rien. Le pouvoir, c'était sur l'avenir qu'il pouvait l'exercer. Il découvrirait qui avait tué Mary Farraline et pourquoi, et il apporterait des preuves. Cela flatterait son amour-propre, mais c'était surtout pour Hester qu'il devait s'engager : elle méritait au moins cela. Souvent déraisonnable, presque toujours arrogante, blessante dans sa franchise, butée et acharnée dans ses idées, elle était en revanche d'une honnêteté totale. Tout ce qu'elle avait dit de son voyage avec Mary ne pouvait qu'être vrai. Hester était incapable de mentir, voire de se mentir à elle-même, pour couvrir une faute. C'était là une qualité rare, chez les hommes comme chez les femmes.

Évidemment, elle n'avait pas tué Mary Farraline. L'hypothèse inverse avait quelque chose d'impensable. Certes, elle eût pu tuer parce qu'elle s'estimait outragée ; elle possédait certainement l'audace et la passion nécessaires pour cela. Mais en aucun cas pour de l'argent. Et si elle avait assassiné un individu qu'elle estimait assez monstrueux pour justifier un tel acte, elle ne l'eût jamais fait de cette façon. Elle l'eût assommé, transpercé d'un poignard, mais sûrement pas empoisonné. Il n'y avait rien de sournois chez Hester. Plus que toute autre chose, elle avait du courage.

Elle survivrait à cette épreuve. Elle en avait traversé de pires en Crimée. Elle avait enduré des souffrances physiques, le froid, la faim aussi sans doute, des semaines entières sans prendre de vrai repos, et du danger aussi : le risque d'être blessée ou de tomber malade, ou les deux. Elle s'était trouvée sur les champs de bataille, à portée des balles ennemies. Bien sûr qu'elle survivrait à une ou deux semaines passées à Newgate ! Il était absurde d'avoir peur pour elle. Hester n'était pas une femme ordinaire, elle ne défaillait pas, ne sanglotait pas face à l'adversité. Elle souffrirait, évidemment, elle était aussi sensible qu'une autre, mais elle se relèverait.

De son côté, il avait le devoir de sonder les Farraline et d'apprendre la vérité.

Lorsque le train s'immobilisa à Édimbourg le lendemain matin, Monk avait le dos endolori, les muscles des jambes tressautant à force d'immobilité et les pieds si glacés qu'ils en étaient devenus insensibles. Son humeur et son ardeur, quant à elles, étaient au plus bas.

Il régnait un froid mordant à Édimbourg, mais, au moins, il ne pleuvait pas. Le vent glacial soufflait dans Princes Street et Monk décida de sauter dans le premier cab. Peu sensible à la richesse historique et architecturale de la ville, il donna au cocher l'adresse des Farraline, sur Ainslie Place.

De la grille, la maison était des plus impressionnantes. Si elle appartenait bel et bien aux Farraline en propriété libre et sans hypothèque, la famille était, financièrement tout au moins, extrêmement à l'aise. En outre, la construction dénotait un goût sûr. Son classicisme simple plut d'emblée à Monk.

Toutefois, ces considérations n'avaient pas grande importance. Le détective reporta son attention sur l'affaire qui l'amenait. Il gravit les marches du perron et tira la sonnette d'entrée.

La porte s'ouvrit sur un homme qui, d'après son expression, devait être un ordonnateur des pompes funèbres. Il dévisagea Monk avec une totale indifférence.

— Oui, monsieur ?

— Bonjour. Je m'appelle William Monk. J'arrive de Londres pour une affaire importante. J'aimerais parler soit à Mr. Farraline, soit à Mrs. McIvor.

Il produisit sa carte de visite.

— Bien, monsieur.

L'homme n'avait pas cillé. Il tendit un plateau d'argent sur lequel Monk laissa tomber la carte. Finalement, l'individu qui lui faisait face n'avait aucun lien avec les pompes funèbres. Ce devait être le majordome.

— Merci, monsieur, reprit-il. Si vous voulez bien avoir l'amabilité de patienter dans le vestibule, je vais voir si Mrs. McIvor est là.

Les formules de politesse étaient tout aussi creuses ici qu'à Londres ! songea le détective. Bien sûr qu'il savait si oui ou non la maîtresse de maison était chez elle. Il devait seulement lui demander si elle était désireuse de recevoir le visiteur.

Plein d'impatience, ce dernier attendit dans un vestibule aux murs tendus de crêpe noir, se dandinant d'un pied sur l'autre. Il savait déjà quel serait son prochain message si l'entretien lui était refusé. Cependant, il avait bon espoir : le fait qu'il fût venu tout spécialement de Londres se révélerait certainement convaincant. La famille ne devait pas tenir à ce que le personnel en sût davantage.

Il n'eut pas à s'interroger longtemps, car il vit bientôt apparaître non pas le majordome, mais une femme d'environ trente-cinq ans à la silhouette svelte et à l'allure altière. L'espace d'un instant, la nouvelle venue lui rappela Hester : il y avait la même distinction et la même détermination dans son maintien. Pourtant, son visage était très différent et ses cheveux blonds, réunis en un haut chignon, avaient une couleur miel que Monk n'avait encore jamais vue. On ne pouvait cependant qualifier la nouvelle venue de jolie : il y avait trop de personnalité dans ses traits. Le menton carré et la froideur du regard choquaient à première vue. A n'en pas douter, Monk avait affaire à Oonagh McIvor.

— Mr. Monk, commença-t-elle d'un ton qui n'avait rien d'interrogateur.

Dès qu'il entendit sa voix au timbre clair et résolu, le détective comprit qu'il avait devant lui une femme capable d'affronter les situations les plus désespérées.

— McTeer m'informe que vous venez de Londres pour une affaire qui requiert mon assistance. Vous a-t-il compris correctement ?

— Oui, Mrs. McIvor.

A la description qu'en avait faite Hester, il ne doutait pas que ce fût elle. Il était inutile de poser la question. Inutile, aussi, d'avoir le moindre scrupule à mentir.

— Je travaille pour le ministère public dans l'affaire du décès de votre mère et je suis chargé de vérifier certains faits qui sont soit connus, soit susceptibles d'être découverts, afin qu'il ne subsiste aucune erreur, omission ou surprise désagréable au moment du procès. Le verdict sera ferme et définitif et nous voulons avoir la certitude qu'il sera juste.

— Vraiment ? fit la jeune femme en haussant très légèrement les sourcils. Quelle conscience professionnelle ! Je ne savais pas que les services des procureurs anglais — je ne crois pas que vous ayez de procurator fiscal comme ici — étaient si diligents !

— Il s'agit d'une affaire importante.

Il capta son regard sans ciller et sans s'embarrasser de bonnes manières. D'instinct, il savait que son interlocutrice verrait toute déférence avec mépris, mais respecterait au contraire la force, tant que cette force ne serait pas perçue comme une fanfaronnade et qu'il ne formulerait pas de menaces, implicites ou explicites, impossibles à tenir. Il connaissait cette femme depuis quelques instants à peine, mais il lui semblait que s'était déjà établie entre eux une sorte de compréhension mutuelle de la nature de l'autre, de son intelligence et de sa résolution, qui, il le sentait, ne déplaisait pas du tout à Oonagh McIvor.

— Je suis heureuse que vous l'ayez perçu, répondit-elle, s'autorisant un léger sourire. Naturellement, la famille vous apportera toute l'assistance dont elle est capable. Mon frère aîné est procurator fiscal, ici, à Édimbourg. Nous sommes donc conscients que même dans les cas où la culpabilité est flagrante, l'accusation peut peiner à obtenir une condamnation, si les personnes qui l'assurent n'apportent pas le soin nécessaire à la préparation du dossier. J'imagine que vous avez une lettre à cet effet.

Cette dernière requête avait été formulée d'un ton courtois, mais ferme.

— Bien entendu.

Il sortit de sa poche intérieure un faux extrêmement crédible, qu'il avait pris soin de préparer à Londres, sur du papier à en-tête de la police qu'il avait conservé. Le commissariat d'où il émanait n'était certes pas celui du secteur concerné, mais Monk était sûr qu'elle ne s'en apercevrait pas.

— Cela me facilite la tâche de constater que vous saisissez la nécessité d'être sûr de chaque détail, déclara-t-il tandis qu'elle examinait le document. J'avoue que je ne pensais pas avoir la chance de trouver un tel...

Il marqua un temps d'hésitation qui, il le savait, passerait pour une marque de délicatesse de sa part, mais qui lui permettait en réalité de chercher le terme adéquat, quelque chose qui n'apparaîtrait pas comme une tentative de flatterie. Il était certain qu'elle recevrait avec le plus grand mépris une démarche clairement fallacieuse, même si, à l'évidence, elle n'en laisserait rien paraître : cela ne se manifesterait que par une lueur soudain plus froide, plus lointaine dans le regard.

— ... une telle compréhension de la réalité des choses, acheva-t-il.

Cette fois, Oonagh McIvor esquissa un sourire plus net. Une vraie chaleur marquait son visage, où la curiosité se lisait sans ambiguïté.

— Je suis affligée, bien sûr, Mr. Monk, mais le chagrin n'a pas détruit tout bon sens en moi, au point de m'empêcher de comprendre que la marche du monde ne s'en trouve pas altérée. Je sais qu'il convient de procéder conformément à la loi et dans le respect de la procédure. Dites-moi, je vous prie, de quelle façon nous pouvons vous venir en aide. J'imagine que vous souhaiterez interroger nos gens, le personnel de l'étage en particulier ?

— Cela sera nécessaire, en effet, acquiesça-t-il. Toutefois, lorsqu'une telle tragédie survient, les domestiques se laissent facilement impressionner et la peur a tendance à affecter le souvenir. Il me semble qu'un entretien avec les différents membres de la famille me serait très utile et qu'il vaut mieux interroger le personnel dans un deuxième temps, une fois l'appréhension estompée. Je ne veux pas donner l'impression que j'ai le moindre soupçon à l'égard de ces gens.

Le sourire d'Oonagh McIvor se fit franchement amusé, d'une ironie un peu amère toutefois.

— N'est-ce pas le cas pourtant, Mr. Monk ? Même si vous ne doutez pas de la culpabilité de cette Miss Latterly, vous avez certainement songé que la femme de chambre de ma mère, au moins, aurait fort bien pu voler la broche, non ?

— Bien sûr que si, Mrs. McIvor, concéda Monk en lui rendant son sourire. Toutes sortes de possibilités sont envisageables, pour peu que l'on ait de l'imagination, même si elles ne sont pas toutes vraisemblables. Et la défense (car il est certain qu'il y en aura une), ne pouvant prouver l'innocence de Miss Latterly, va s'efforcer d'établir la culpabilité d'une tierce personne. Ou bien, pire encore, démontrer que quelqu'un d'autre *pourrait* être coupable, parce qu'il avait un mobile, les moyens d'agir ou l'opportunité de le faire. C'est précisément pour prévenir cela que j'ai fait le déplacement jusqu'ici.

— Dans ce cas, nous avons tout intérêt à commencer par nous organiser, dit-elle d'un ton ferme. Si vous venez d'arriver à Édimbourg, vous avez sans doute envie de trouver un logement et de vous reposer, si vous avez passé toute la nuit dans le train. Peut-être pourrez-vous ensuite dîner avec nous ce soir ?

Il s'agissait d'une invitation exprimée en bonne et due forme pour des motifs tout professionnels, et pourtant, Monk ne put s'empêcher de penser qu'il éveillait chez cette femme un intérêt, certes léger, mais d'une autre nature.

— Cela me semble parfait, je vous remercie, Mrs. McIvor.

Il ne devait pas se laisser gagner par l'optimisme : il venait tout juste de débuter et n'avait rien appris du tout. Toutefois, le premier obstacle, au moins, avait été franchi avec une surprenante facilité.

— Dans ce cas, revenez à sept heures ce soir, dit-elle avec une inclination de la tête. McTeer va vous raccompagner et, s'il peut vous être utile en quoi que ce soit, n'hésitez pas à le solliciter. Au revoir, Mr. Monk.

— Au revoir, Mrs. McIvor.

Monk avait demandé conseil à McTeer pour trouver un logement et le ton désagréable sur lequel lui avait répondu le majordome l'avait blessé. L'homme lui avait suggéré plusieurs auberges et pubs, tous situés dans la vieille ville. Lorsque Monk lui avait demandé s'il n'en existait pas de plus proches d'Ainslie Place, il s'était vu expliquer avec la plus grande condescendance qu'Ainslie Place n'était pas un quartier où l'on tolérait de tels établissements.

Il était près de dix heures lorsque Monk, sa valise à la main, se retrouva dans Grassmarket, large rue bordée de hauts immeubles. Son échange avec le majordome l'avait mis de fort méchante humeur, mais la marche lui avait fait du bien. Il avait conscience de se promener dans une ville étrangère. Les bruits et les odeurs différaient de ceux de Londres. L'air était plus frais, plus léger aussi, malgré la saleté des façades et l'eau crasseuse qui, goutte à goutte, tombait des avant-toits. Les pavés de la rue étaient les mêmes qu'à Londres, mais les trottoirs étroits, de chaque côté, se trouvaient à peine surélevés par rapport à la chaussée, ce qui donnait des caniveaux très peu profonds. Mais comme la rue elle-même était en pente, l'écoulement se faisait naturellement.

Monk ne se pressait pas et regardait à droite et à gauche, intéressé malgré lui. Les maisons, en pierre pour la plupart, possédaient une sorte de dignité et donnaient une impression de permanence. Presque toutes avaient trois, quatre ou cinq étages et se terminaient en une masse confuse de toits abrupts dotés de lucarnes faîtières, de pignons à redans qui semblaient des escaliers au milieu des ardoises. Sur l'un des pignons, il distingua une croix de fer, puis, levant encore la tête pour voir plus haut, en aperçut plusieurs autres. La construction n'avait pourtant rien d'une église ni d'un établissement religieux.

Quelqu'un le heurta soudain de plein fouet et il se rendit compte avec effroi qu'il avait continué d'avancer le nez en l'air, représentant un obstacle pour les passants.

— Désolé! lança-t-il d'un ton péremptoire.

— Hé, vous! Faites attention où vous allez et redescendez sur terre! Z'allez finir par expédier quelqu'un dans le caniveau si ça continue!

L'individu avait un si fort accent que Monk se demanda un instant s'il avait parlé anglais, mais la diction était distincte et le discours intelligible sans effort.

— Z'êtes perdu? ajouta l'homme, qui semblait soudain comprendre qu'il avait affaire à un étranger. Vous êtes sur les Templelands, dans le Grassmarket.

— Les Templelands ? répéta Monk.

— Oui. Quelle rue vous cherchez, vous le savez, au moins ?

Il se montrait serviable à présent. Monk sourit en lui-même.

— Je cherche une chambre.

— Ah bon ? Eh ben, vous en trouverez une propre et belle chez William Forster, un peu plus bas, au numéro vingt, juste à côté de la boulangerie McEwan. Le Willie, il héberge les gens et les chevaux. Vous verrez, c'est écrit sur le mur, vous pouvez pas le rater si vous avez les yeux en face des trous.

— Merci. C'est très aimable à vous.

— Pas de quoi !

Il fit mine de partir, mais Monk le retint.

— Pourquoi Templelands ? interrogea-t-il. Il y avait un temple ici, autrefois ?

L'amusement, teinté d'un léger mépris, s'afficha sur le visage de l'homme.

— Ah non, y a jamais eu de temple ! Mais la terre appartenait aux chevaliers de l'ordre du Temple. Vous savez, du temps des Croisades et tout ça...

— Ah...

L'explication surprit Monk. Il n'imaginait pas Édimbourg aussi ancienne, et ne pensait pas non plus que les chevaliers du Temple étaient montés aussi loin au nord. De vagues souvenirs lui revinrent en mémoire, ainsi que des noms comme Marie reine d'Écosse, et la Vieille Alliance avec la France, la lignée des Stuarts, les batailles des landes au-dessus de Culloden, Bannockburn, les massacres sur les versants enneigés de Glencoe, les meurtres inexpliqués, comme ceux de Duncan ou Rizzio, ou encore Darnley ici même, à Édimbourg. Un flot de réminiscences lui revenaient en vrac, histoires et impressions imbriquées, partie de son héritage d'homme du Nord. Dès lors, les rues et leurs hautes maisons lui semblèrent plus familières.

— Merci, ajouta-t-il.

L'homme s'était déjà éloigné avec, à n'en pas douter, le sentiment du devoir accompli.

Monk prit la direction indiquée et aperçut bientôt l'inscription WM. FORSTER. ÉCURIES ET CHAMBRES À LOUER, sur le fronton d'un important bâtiment. Sur le côté apparaissaient les mots BOULANGERIE MCEWAN. C'était une bâtisse à trois étages : le rez-de-chaussée et le premier étaient en pierre de taille, dotés de larges fenêtres qui en disaient long sur les dimensions généreuses des pièces, à l'intérieur. Sur le toit, plusieurs cheminées fumaient, ce que Monk considéra comme un signe attrayant. Comme il était à pied, il ne passa pas sous la porte cochère, mais frappa directement à la porte d'entrée de la façade.

Celle-ci s'ouvrit un instant plus tard sur une grosse femme qui s'essuyait les mains à son tablier

— Oui?

— Je suis à la recherche d'une chambre, expliqua Monk. Sans doute pour une semaine ou deux. Vous en reste-t-il?

Elle l'évalua d'un rapide coup d'œil, puis hocha la tête.

— Oui, répondit-elle. Entrez, je vais vous montrer.

Elle recula pour le laisser passer et il la suivit à l'intérieur. Le couloir était étroit et mal éclairé, mais cela sentait le propre et l'air était chaud et sec. Dans la cuisine, quelqu'un chantait d'une voix forte, parfois un peu éraillée, mais le son restait agréable et rendait le lieu accueillant. La logeuse le précéda jusqu'au troisième étage en respirant bruyamment, s'arrêtant sur chaque palier pour reprendre son souffle.

— C'est là, dit-elle, haletante, une fois en haut des marches.

Elle gagna une porte, qu'elle ouvrit toute grande. La chambre, propre et claire, donnait sur le Grassmarket et les toits des maisons d'en face.

— C'est très bien, dit Monk sans hésitation. Cela me convient tout à fait.

— Vous venez d'Angleterre? interrogea-t-elle sur le ton de la conversation.

Dans sa bouche, il s'agissait d'un pays étranger. A proprement parler, cela l'était.

— Oui.

Il ne pouvait laisser filer l'opportunité qui lui était offerte. Il n'avait pas un seul instant à perdre.

— Oui, je suis conseiller juridique.

Il avait employé cet euphémisme à dessein : cela valait mieux que de s'annoncer comme membre de la police.

— Je suis là pour préparer le procès concernant la mort de Mrs. Farraline, d'Ainslie Place.

— Elle est morte ? s'enquit la femme, surprise. Comment c'est possible ? Remarquez, elle se faisait vieille... Y a un problème avec le testament, c'est ça ?

Elle manifestait un réel intérêt et son hypothèse ne pouvait que retenir l'attention du détective.

— Eh bien, en fait, ce n'est pas une chose dont je peux parler en toute liberté, Mrs. Forster... Mais je suppose qu'il n'est pas utile que je vous raconte tout de bout en bout, n'est-ce pas ?

Le sourire de la femme s'élargit.

— L'argent, c'est pas toujours une bénédiction, Mr... ?

— Monk. William Monk. Il y a beaucoup d'argent dans la famille, non ?

— Ça, vous devriez le savoir, non ?

Ses yeux bruns brillaient d'amusement.

— Pas encore. Mais j'ai ma petite idée, évidemment...

— C'est sûr qu'ils sont pas pauvres, fit-elle remarquer en hochant la tête. Avec leur imprimerie, qui est là depuis les années 20 et qui n'arrête pas de grossir avec le temps, et puis cette belle maison, là-bas, dans la nouvelle ville. Pour sûr, de l'argent, ils en ont ! De quoi se crêper le chignon un bon moment, si vous voulez mon avis ! Et la dame, elle devait en détenir une bonne partie, à ce qu'on disait, même si le colonel Farraline, lui, il était mort depuis huit ou dix ans...

Monk réfléchit un court instant et décida de miser le tout pour le tout.

— Mrs. Farraline a été assassinée, vous savez ? C'est pour cela que je suis ici.

Son interlocutrice le dévisagea, bouche bée.

— C'est pas possible ! s'exclama-t-elle. Assassinée ? J'en crois pas mes oreilles ! Dieu ait son âme ! Mais qui donc a pu faire une chose pareille ?

— En fait, on soupçonne l'infirmière qui l'accompagnait dans le train qui l'emmenait à Londres...

Ces explications lui coûtaient, même s'il les prononçait sans grande conviction et sans nommer Hester. Cela revenait presque à admettre que l'hypothèse était crédible.

— Oh, mon Dieu, quelle horreur ! Mais pourquoi ?

— Pour une broche, répliqua-t-il du bout des lèvres. Qu'elle a d'ailleurs rendue avant même que quiconque ait remarqué sa disparition. Elle l'a trouvée dans ses bagages, par hasard. Du moins, c'est ce qu'elle a dit...

— C'est vrai ? Mais qu'est-ce qu'une femme comme ça pourrait faire du genre de broche que portait Mrs. Farraline ? On sait tous à quoi ça ressemble, une infirmière : portée sur la bouteille, sale et pas sérieuse pour deux sous, du moins la plupart du temps. Quelle histoire terrible ! Pauvre femme !

Monk avait senti le rouge lui monter aux joues et ses mâchoires se crisper. Au prix d'un effort surhumain, il précisa, d'un ton qu'il voulait détaché :

— Oh, elle faisait partie de l'équipe des infirmières qui ont soigné nos soldats en Crimée... Elle était avec Miss Nightingale.

Mrs. Forster parut déconcertée. Elle scruta le visage de Monk pour déterminer s'il croyait réellement ce qu'il disait. Un court instant lui suffit pour se faire une idée.

— Ça alors... fit-elle, pensive. Dans ce cas, c'est peut-être pas elle l'assassin... Vous y avez pensé, à ça ?

— Oui, répondit-il avec un sourire sombre. J'y ai pensé.

Elle demeura silencieuse, continuant de le dévisager, dans l'expectative.

— Auquel cas, il y a un meurtrier quelque part, poursuivit-il. Et il serait très intéressant de découvrir de qui il s'agit.

— Ça, c'est sûr! acquiesça-t-elle, avant de hausser les épaules. Et croyez-moi, je vous envie pas d'être chargé de faire la lumière là-dessus! Les Farraline, c'est une famille qui a le bras long. Lui, c'est le Fiscal, vous saviez?

— Et les autres?

La conversation s'articulait naturellement et l'opinion de cette femme pouvait se révéler utile d'une manière ou d'une autre.

— Ben, en fait, j'en sais pas plus que ce qu'on raconte, moi. Une chose est sûre, c'est que McIvor dirige l'imprimerie à présent. C'est le mari de Miss Oonagh, mais il n'est pas écossais. Il vient du Sud, d'un coin de l'Angleterre, quelque part. C'est pas pour ça que c'est pas un bon bougre, à ce qu'on dit. Personne n'a jamais rien eu à lui reprocher.

— Sauf le fait qu'il soit anglais, non?

— Peut-être bien. Mais ça, il y peut rien. Et puis, il y a aussi Mr. Fyffe. Lui, y vient de Stirling, je crois. Ou peut-être de Dundee, mais, en tout cas, du Nord. Il est pas idiot, ça c'est sûr. Pas idiot du tout...

— Mais on ne l'aime pas beaucoup?

Monk se contentait de compléter, exprimant ce que la dame préférait visiblement taire.

— Ça...

Elle répugnait visiblement à l'admettre, mais il était clair qu'elle ne portait pas cet homme dans son cœur.

— C'est l'époux de Miss Eilish, n'est-ce pas?

— Oui, c'est ça. Elle, c'est une vraie beauté, à ce qu'y paraît. Moi, je la connais pas, mais à ce qu'on dit, on n'a jamais rien vu de plus joli à Édimbourg depuis la nuit des temps.

— Quoi d'autre?

— Comment ça?

— Que dit-on d'autre à son sujet?

— Oh, rien de spécial. Ça vous suffit pas?

Il sourit malgré lui. Il imaginait ce qu'Hester aurait pensé d'une telle description.

— Quel genre de femme est-ce? A-t-elle des ambitions, des idées?

— Ah ça, j'en sais rien, moi !
— Et Mrs. Farraline, comment était-elle ?
— Une grande dame, pour sûr. Distinguée, et ça depuis des années. Le colonel Farraline, lui aussi, c'était un vrai gentleman, pas pingre pour deux sous, et elle était aussi généreuse que lui. Ils donnaient beaucoup pour la ville. Quant au pauvre major Farraline, le frère, c'est un numéro, celui-là ! Il boit comme un trou. Je crois qu'on l'a plus vu à jeun depuis belle lurette. Une honte, pour sûr, quand un gentleman se met à caresser la bouteille comme ça !
— Oui, c'est dommage. Savez-vous pourquoi il boit ? Il a peut-être vécu une tragédie ?

Elle pinça les lèvres.

— Pas à ma connaissance. Mais qu'est-ce que je peux en savoir ? Un faible, voilà tout ! C'est pas ce qui manque ici-bas ! Y en a qui espèrent trouver les réponses à tous les problèmes du monde au fond de la bouteille. On pourrait croire qu'après en avoir vidé une demi-douzaine, ils s'apercevraient qu'il faut pas y compter, mais pensez-vous !
— Et le dernier fils, Kenneth ? interrogea Monk, constatant qu'elle avait épuisé le sujet.

Elle haussa de nouveau les épaules.

— Alors, lui, c'est rien d'autre qu'un petit monsieur qui a trop de temps et trop d'argent. Bah, il va mûrir peu à peu, je suppose. Dommage que sa mère n'ait pas été là assez longtemps pour veiller à ce qu'il prenne le bon chemin ! Mais j'imagine que le Fiscal va s'en charger. Ça lui plairait pas trop que son petit frère fasse des bêtises et vienne salir le nom. Ou bien qu'il aille faire un mariage imbécile ! Ce serait pas le premier petit dandy que ça prendrait !
— Il ne travaille pas dans l'affaire familiale ?
— Oh si, à ce qu'il paraît. Mais je sais pas ce qu'il y fait. Enfin, ce genre de détail, ça doit pas être bien sorcier à découvrir...

Une expression étrange anima son regard, faite de curiosité, d'incrédulité et d'un début d'excitation.

— Vous croyez qu'il y en a un qui a tué sa mère? interrogea-t-elle. Non, c'est pas possible! Ce sont des gens respectables, Mr. Monk. Très estimés. En plus, il joue un grand rôle dans la municipalité, Mr. Alastair. Non seulement c'est le Fiscal, mais il est en rapport avec le gouvernement aussi...

— Oui, cette hypothèse ne m'a pas l'air très probable, reconnut Monk, prudent. Mais le coupable pourrait être un domestique. Cela n'a rien d'impossible et j'ai pour mission de chercher partout.

— C'est sûr, acquiesça-t-elle.

Elle tira sur son tablier et esquissa un pas vers la porte.

— Bon, je vais vous laisser, ajouta-t-elle. Il va falloir que vous vous mettiez au travail sans tarder vous aussi, j'ai l'impression. Alors vous allez rester là une semaine ou deux, c'est bien ça?

— Oui, tout à fait, répondit-il avec l'ombre d'un sourire. Merci, Mrs. Forster.

Dès qu'il eut déballé ses quelques affaires, Monk rédigea un court message à l'intention de Rathbone pour lui donner sa nouvelle adresse, 20, Grassmarket, Édimbourg. Il prit ensuite un rapide repas sur place, puis alla poster la lettre et se dirigea vers la nouvelle ville. Le pub le plus proche d'Ainslie Place représenterait un endroit propice pour se renseigner sur la famille. Selon toute probabilité, valets de pied et garçons de course venaient y boire un verre de temps en temps. Certes, Monk devrait se montrer discret, mais il en avait l'habitude.

Malheureusement, il était encore trop tôt pour faire des rencontres et, à l'heure du dîner, il serait chez les Farraline. Il décida donc d'occuper son après-midi à établir la liste des fournisseurs du numéro dix-sept. Ainsi pourrait-il, le lendemain et les jours suivants, interroger les livreurs qui, de leur côté, connaissaient peut-être des bonnes ou des valets et le renseigneraient sur la vie quotidienne chez les Farraline.

Et puis, bien sûr, il y aurait le travail de routine : interroger le médecin de Mary Farraline, qui avait prescrit le médicament, trouver le dosage habituellement préconisé dans le cas de la vieille dame, puis rencontrer l'apothicaire qui avait fourni le remède et chercher à lui faire reconnaître qu'il existait une possibilité d'erreur, ce qu'il nierait naturellement.

Ensuite, il ferait la tournée des autres apothicaires de la ville, afin de prouver qu'Hester n'était pas venue leur acheter de la digitaline, avec toujours le vague espoir que l'un d'eux ait pu identifier un membre de la famille Farraline qui, pour sa part, en aurait fait l'acquisition.

A sept heures sonnantes, un Monk d'une élégance irréprochable se présentait à Ainslie Place. McTeer l'accueillit, aussi lugubre que le matin, mais fit preuve d'une politesse discrète à son égard. Il l'introduisit dans le petit salon où la famille attendait l'heure du dîner.

La pièce était spacieuse et d'un parfait classicisme, mais Monk n'eut pas le loisir de s'attarder sur le décor. Toute son attention fut immédiatement absorbée par les personnes présentes, qui s'étaient tournées vers lui comme un seul homme. Un individu moins sûr de lui se serait sans doute troublé, mais Monk se sentait trop préoccupé et trop révolté pour éprouver la moindre appréhension. Il leur fit face la tête haute.

Oonagh vint aussitôt à sa rencontre. Elle était vêtue de noir, bien sûr, comme toute la famille. La durée du deuil, pour une mère, couvrait toute une année. Cependant, sa robe était de coupe parfaite, à la mode sans ostentation, avec des jupons d'une ampleur raisonnable. La lumière des lampes se reflétait sur ses cheveux clairs, dont on eût dit qu'elle avait choisi la couleur (ou l'absence de couleur) pour l'effet qu'elle produisait et par devoir filial.

— Bonsoir, Mr. Monk, dit-elle avec grâce.

Elle ne souriait pas, mais la chaleur de son regard et de sa voix mit le détective à l'aise malgré les circonstances.

— Bonsoir, Mrs. McIvor, répondit-il. C'est très aimable à vous de faire preuve d'une telle courtoisie à mon égard. Vous avez transformé ce qui se présentait comme une corvée en une expérience que je n'oublierai pas.

Elle reçut le compliment comme il s'y attendait, avec un peu plus que de la pure politesse. Puis elle se tourna pour désigner un homme debout près de la cheminée, dans la partie la plus chaleureuse et la plus confortable de la pièce. L'individu était de taille supérieure à la moyenne, plutôt svelte, quoiqu'il commençât à prendre du ventre. Ses cheveux, de la même teinte que ceux d'Oonagh, étaient épais et bouclés, son front légèrement dégarni. Il avait des traits aquilins, d'une beauté racée qui n'avait rien de classique, mais qui en imposait.

— Je vous présente mon frère aîné, Alastair Farraline, le procurator fiscal, annonça-t-elle, avant d'ajouter à l'intention d'Alastair : Comme je te l'ai dit, Mr. Monk vient de Londres pour s'assurer qu'aucune mauvaise surprise ne surgira au moment du procès.

Alastair dévisageait le détective d'un regard bleu très froid. Son expression ne changea pas, mais ses lèvres s'incurvèrent en un faible sourire.

— Enchanté, Mr. Monk, répondit-il. Je vous souhaite la bienvenue à Édimbourg. Je ne perçois pas bien la nécessité de votre voyage. Cette prudence me paraît un peu exagérée. Toutefois, je suis heureux de constater qu'à Londres le ministère public prend l'affaire suffisamment à cœur pour envoyer quelqu'un jusqu'ici. Je ne comprends pas ce que l'on craint exactement. Il n'existe à mon avis aucune défense possible.

Monk refoula la réponse qui lui venait aux lèvres : pas un instant il ne devait oublier le but de sa présence ici. Seule la vérité importait, quel qu'en fût le coût.

— Je suis d'accord avec vous, acquiesça-t-il d'une voix rauque qui le surprit lui-même. J'imagine que les avocats risquent fort de se trouver à court d'arguments lorsqu'ils envisageront le moment d'affronter le jury.

Alastair sourit. A l'évidence, il avait perçu la colère de Monk, mais l'avait prise pour un sentiment d'horreur inspiré par le crime.

— Je pense qu'il s'agira d'une formalité, déclara-t-il froidement. De quoi satisfaire l'appareil judiciaire, qui prévoit pour tout accusé une défense en bonne et due forme.

Oonagh désigna alors un homme brun qui se tenait un peu à l'écart. Très différent d'Alastair, son visage large et moins anguleux indiquait clairement qu'il n'appartenait à la famille que par alliance. Il semblait à la fois songeur et soucieux de ne rien laisser filtrer de ses émotions.

— Mon époux, Baird McIvor, expliqua Oonagh avec un charmant sourire, toujours tournée vers Monk. C'est lui qui dirige l'entreprise familiale depuis le décès de mon père. Mais peut-être le saviez-vous déjà ?

La question, purement rhétorique, visait sans doute à rappeler à tous la mission de Monk.

— Enchanté, Mr. McIvor, dit simplement le détective.

— Enchanté, lança Baird en écho.

La voix était précise, un peu sifflante. Monk y distingua aussitôt une réminiscence d'accent régional et il lui fallut quelques instants pour déterminer que l'homme venait du Yorkshire. Ainsi, Baird McIvor était non seulement anglais, mais originaire d'un des comtés les plus sauvages et les plus fiers, presque un petit pays en lui-même. Hester ne lui en avait rien dit. Peut-être n'avait-elle pas pris garde à l'intonation de sa voix.

Oonagh se tourna ensuite vers un individu de taille moyenne, doté, comme elle-même, d'un visage tout en longueur, mais avec une chevelure plus claire encore qui formait autour de la tête une auréole de boucles serrées. A première vue, il ressemblait aux Farraline, mais avec des différences très sensibles : la bouche était moins généreuse, il avait les lèvres extraordinairement ciselées et le profil grec. Il se distinguait en outre par son attitude : on sentait que son assurance lui venait du seul intellect, et non d'un statut ou d'un pouvoir.

— Voici mon beau-frère, Quinlan Fyffe, reprit Oonagh en jetant un coup d'œil à l'intéressé avant de revenir à Monk. L'imprimerie n'a aucun secret pour lui et c'est une chance extraordinaire pour nous d'avoir un tel associé. Quinlan est brillant dans tout ce qu'il entreprend, conclut-elle en souriant.

Son discours n'avait pas la condescendance qu'eût affectée une aristocrate anglaise évoquant le monde du travail. Oonagh manifestait au contraire une réelle admiration. Monk se souvint alors que les Farraline ne possédaient aucun titre de noblesse. Ils ne devaient leur réussite qu'au mérite et sans doute en étaient-ils fiers. Lorsque le père d'Oonagh avait créé son entreprise, il n'en était sans doute pas tant le propriétaire que le maître d'œuvre. Dans ces conditions, la jeune femme ne pouvait glorifier l'oisiveté et la supériorité de ceux qui s'offraient le luxe de ne rien faire.

— Enchanté de faire votre connaissance, Mr. Fyffe.

— Et voici son épouse, ma jeune sœur, Eilish, acheva Oonagh avec un regard bienveillant à celle-ci.

Aussitôt, elle se retourna vers Quinlan et lui toucha le bras. C'était un geste d'une familiarité inattendue, comme si, de nouveau, elle était en train de confier sa sœur à cet homme ou, peut-être, de lui rappeler l'événement.

Après les propos de Mrs. Forster au sujet d'Eilish, Monk s'attendait à une déception. Cependant, un seul coup d'œil à la jeune femme balaya toute indifférence. Eilish possédait une beauté parfaite qui tenait, non pas uniquement à l'absence de défaut, mais aussi à un rayonnement qui frappait l'imagination, à une grâce qui éveillait chez ses interlocuteurs toutes sortes de rêves enfouis. En la contemplant, Monk se demanda cependant s'il appréciait cette extraordinaire perfection qui semblait se suffire à elle-même. Il se sentit gêné devant ce visage auquel il manquait la vulnérabilité qui lui plaisait tant chez les femmes. Il aimait les petits défauts qui conféraient à ces dernières une certaine fragilité et les rendaient ainsi accessibles. Toutefois, il ne pouvait nier l'effet que la cadette des filles Farraline produisait sur lui : il suffisait de croiser une seule fois ce visage pour ne plus jamais l'oublier.

De son côté, Eilish le considérait sans grande curiosité.

Son attention était ailleurs. Le détective en déduisit qu'elle se sentait trop absorbée par elle-même pour que quiconque pût trouver une place dans son esprit.

On venait de terminer les présentations lorsque la maîtresse de maison officielle fit son entrée dans la pièce. Petite et brune, Deirdra Farraline avait une vitalité qui faisait passer à l'arrière-plan l'inélégance de sa tenue noire, qu'aucun bijou ne venait agrémenter. Cette femme-là n'avait rien de la stupéfiante beauté de sa belle-sœur, mais son visage plut immédiatement à Monk. On devinait chez elle une vivacité et un enthousiasme communicatifs. Le détective ne douta pas qu'il gagnerait à mieux la connaître : Deirdra Farraline devait posséder bien des qualités.

— Bonsoir, Mr. Monk, lui dit-elle en réponse à la formule de politesse qu'il venait de prononcer une fois de plus. J'espère que nous pourrons vous aider.

Elle lui sourit, mais se détourna aussitôt, visiblement soucieuse.

— Est-ce que quelqu'un a vu Kenneth ? interrogea-t-elle à la cantonade. Vraiment, je trouve qu'il exagère !

— Ne l'attendons pas, ordonna Alastair. Il nous rattrapera quand il arrivera, ou bien il ne dînera pas, tant pis pour lui. Son attitude est totalement irréfléchie, ces derniers temps. Il faut que je lui parle !

Il s'interrompit. Son visage s'était rembruni.

— On aurait pu s'attendre à ce que, dans les circonstances présentes, il témoigne un minimum de loyauté à la famille ! reprit-il. Il est plus que temps que nous découvrions qui est cette femme derrière laquelle il court à longueur de journée et si elle est fréquentable.

— Allons, ne t'en fais pas pour cela maintenant, intervint Oonagh avec douceur. Tu as déjà bien assez de soucis comme cela. Je parlerai à Kenneth. J'imagine qu'il pense que le moment est mal choisi pour amener cette femme ici.

Ces paroles eurent pour effet de détendre le visage d'Alastair, qui sourit à sa sœur. Monk n'avait aucune difficulté à imaginer le petit garçon qu'il avait été et la complicité qui devait unir les deux enfants. Il jeta un coup d'œil à Oonagh et se demanda si en fait, malgré les apparences, ce n'était pas elle la plus âgée des deux.

— Très bien, déclara Deirdra. McTeer m'informe que le dîner est servi. Je vous invite à passer à table. Mr. Monk ?

— Merci, répondit-il, heureux de la voir assumer son rôle de maîtresse de maison vis-à-vis de lui.

Le repas fut délicieux, mais non plantureux. Assis à l'extrémité de la longue table de monastère en bois de chêne, Alastair présidait l'assistance comme il se devait. Kenneth ne parut pas, ni Hector Farraline, dont Hester avait parlé. Sans doute le vieil homme était-il trop ivre pour assister au dîner.

— Peut-être ai-je manqué une explication, commença Quinlan tandis que la bonne repartait avec la soupière et que le majordome servait le bœuf. Mais je n'ai pas bien compris le but de votre venue à Édimbourg, Mr. Monk. Nous ne savons rien de cette horrible femme, en dehors de ce qu'elle nous a dit elle-même et qui, à n'en pas douter, est un tissu de mensonges de toute façon.

Une ombre de colère traversa le visage d'Oonagh, qui se ressaisit presque aussitôt.

— Tu n'as aucune raison d'affirmer cela, Quin, le réprimanda-t-elle. Penses-tu réellement que j'aurais envoyé Maman avec une personne qui n'aurait pas fourni des preuves de son identité et de ses qualifications ?

Une lueur mauvaise brilla dans les yeux de Quinlan.

— Je suis profondément convaincu, ma chère Oonagh, répondit-il néanmoins d'un ton respectueux, que tu ne l'aurais envoyée nulle part en connaissance de cause avec un assassin, mais il semble évident que tu l'as fait sans le savoir.

— Oh, ce que tu dis là est répugnant ! explosa Eilish en fusillant son époux du regard.

Quinlan se tourna légèrement vers elle. La colère et le dégoût qu'elle manifestait ne semblaient pas le perturber le moins du monde. Monk se demanda s'il y était habitué ou réellement indifférent. Prenait-il un malin plaisir à la choquer ? Peut-être était-ce là les sentiments les plus vifs qu'elle fût capable d'exprimer, et considérait-il n'importe quelle réaction de sa part préférable à l'apathie ? Bah, peu importait, après tout : la nature de ces relations ne pouvait avoir de lien avec l'assassinat de Mary Farraline.

— Ma chère Eilish, déclara Quinlan en affichant un sérieux clairement feint, il va sans dire que c'est tragique, mais il est tout aussi évident que c'est réel : n'est-ce pas pour cela que Mr. Monk se trouve aujourd'hui parmi nous ? Mary était robuste, elle aurait pu tenir encore des années ! Elle n'avait jamais d'absences, on ne pouvait pas la taxer de maladresse et, pour ma part, je ne connais personne d'aussi éloigné du tempérament suicidaire !

— Tu te montres inutilement indélicat, intervint Alastair, les sourcils froncés. Je te prierai de ne pas oublier que tu es en présence de femmes, qui plus est de femmes qui sont en deuil.

Quinlan haussa ses sourcils clairs et battit des paupières.

— Et quelle serait la manière délicate de formuler cela, dis-moi ?

Baird McIvor lui décocha un regard plein de haine.

— La manière délicate aurait consisté à tenir ta langue, c'est tout, rétorqua-t-il. Personne n'a songé à t'expliquer cela, mais il semble pourtant que ce soit trop t'en demander !

— Franchement... commença Eilish, aussitôt coupée par Oonagh.

— Si nous devons nous disputer à table, déclara-t-elle en agitant la main, que ce soit au moins à propos d'un sujet important. Miss Latterly avait produit d'excellentes références et je ne doute pas une seconde qu'elle ait vraiment travaillé en Crimée aux côtés de Miss Nightingale, ni que ce soit une infirmière compétente et dévouée. Tout ce que je peux imaginer, c'est qu'elle ait succombé à une tentation passagère, poussée par une motivation qui lui vient sans doute de sa propre histoire dont, c'est vrai, nous ne savons rien. Et puis, alors qu'il était déjà trop tard, elle a pu être prise de panique. Ou, qui sait ? de remords...

Elle posa un instant ses yeux clairs sur le détective et poursuivit :

— Mr. Monk est là pour s'assurer que le dossier de l'accusation à son encontre est au point et que l'avocat de la défense ne va pas sortir de son chapeau un élément inattendu au dernier moment. Je pense qu'il y va de notre intérêt de l'aider.

— Bien sûr, acquiesça Alastair. Et nous le ferons. Je vous en prie, Mr. Monk, expliquez-nous ce que vous attendez de nous. Je n'en ai aucune idée.

— Pour commencer, répondit le détective, peut-être chacun d'entre vous pourrait-il me faire le compte rendu exact de ce qu'il sait sur la journée que Miss Latterly a passée ici. Cela nous permettrait de déterminer avec plus de précision les moments auxquels elle a pu avoir l'occasion de mettre la broche dans son sac ou de préparer la double dose de médicament...

A peine eut-il prononcé ces paroles qu'il comprit qu'il venait de se trahir. Il se sentit rougir violemment et son estomac se noua.

Le silence s'installa autour de la table.

Les sourcils levés, Alastair jeta un coup d'œil à Oonagh, puis s'adressa à Monk d'un ton clairement suspicieux :

— Qu'est-ce qui vous fait croire qu'elle ait accompli l'un ou l'autre de ces actes dans cette maison, Mr. Monk ?

Tous les regards étaient rivés sur le détective. Deirdra semblait curieuse, Eilish anxieuse, Quinlan méprisant, Baird à la fois intéressé et sur ses gardes, Oonagh mi-amusée, mi-embarrassée pour lui.

En toute hâte, Monk s'efforça d'imaginer une façon de se sortir du piège dans lequel il venait de s'enferrer, mais aucun mensonge plausible ne lui vint à l'esprit. Il fallait dire quelque chose !

— Parce que vous pensez que ce n'était pas prémédité ? interrogea-t-il d'une voix lente, détaillant les visages l'un après l'autre. Alors qu'a-t-elle fait en premier lieu : volé la broche ou préparé le poison ?

Il vit Deirdra tressaillir. Eilish laissa échapper une petite exclamation horrifiée.

Quinlan sourit à Monk.

— Je constate que vous me surpassez, monsieur, s'exclama-t-il avec bonne humeur. Avec ma petite indélicatesse de tout à l'heure, je passe pour un amateur à côté de vous !

Eilish se cacha le visage dans ses mains. Baird gratifia Quinlan d'un regard haineux.

— J'imagine que Mr. Monk agit dans un but bien précis, Quin, et non par pure malveillance, déclara doucement Deirdra.

— Tout à fait, acquiesça le détective. Comment voyez-vous les choses ?

Involontairement, il s'était tourné vers Oonagh en posant cette question. Bien que le chef de famille fût Alastair et la maîtresse de maison Deirdra, il sentait qu'Oonagh tenait le haut du pavé. A l'évidence, c'était elle qui avait pris la place de Mary.

— Je... J'avoue que je n'avais pas réfléchi à cela, répondit-elle d'une voix hésitante. Ce n'est pas une chose que... que j'avais envie d'imaginer.

— Mr. Monk, est-ce vraiment nécessaire ? s'indigna Alastair avec une grimace de dégoût. Si la réponse est oui, peut-être pourrions-nous en discuter seul à seul un peu plus tard, dans mon bureau, en l'absence de ces dames ?

Contrairement à beaucoup d'hommes, Monk n'ignorait rien de la force mentale de la gent féminine. Avec une étonnante acuité lui revint tout à coup le visage de femmes connues bien des années auparavant, dont le courage et la force de caractère avaient assuré la cohésion d'une famille en dépit de la maladie, de la pauvreté, du chagrin, de la disgrâce sociale et de la ruine financière. Ces femmes-là étaient parfaitement capables de considérer sans fléchir les faiblesses de l'âme humaine, et, de l'avis de Monk, elles surpassaient bien des hommes sur ce plan.

— Je préférerais que les dames soient présentes, rétorqua-t-il avec fermeté sans se départir de son sourire. L'expérience m'a prouvé que les femmes se révèlent bien plus observatrices, surtout vis-à-vis de leurs semblables, et possèdent généralement une excellente mémoire. Je serais surpris d'apprendre qu'elles n'ont pas bien plus de souvenirs que vous, par exemple, concernant Miss Latterly.

Alastair l'observa quelques secondes, pensif.

— Vous devez avoir raison, concéda-t-il enfin. Soit. Mais pas ce soir. J'ai quelques documents à lire avant demain. Peut-être pourriez-vous venir déjeuner avec nous dimanche, après la messe? Cela vous donnera l'occasion de mener un peu votre enquête dans la ville entre-temps. J'imagine que vous souhaiterez aussi voir la maison. Et les domestiques, bien entendu.

— Merci. C'est très gentil à vous. Avec votre permission, je ferai les deux, peut-être demain. Et j'aimerais également m'entretenir avec votre médecin de famille. Quant à l'invitation pour dimanche, je l'accepte de bon cœur. Quelle heure vous conviendrait?

— Une heure un quart, répondit Alastair. A présent, pour aborder un sujet plus léger, étiez-vous déjà venu à Édimbourg, Mr. Monk?

Monk reprit le chemin du Grassmarket, plongé dans ses pensées. Il s'efforçait de retrouver chez chacun des habitants d'Ainslie Place les émotions qu'Hester lui avait brièvement décrites à Londres et de voir en eux autre chose que la famille banale, industrieuse et prospère qui lui était apparue. De toute évidence, Baird et Quinlan ne s'entendaient pas. Il existait peut-être une raison à cette antipathie réciproque, qui pouvait tout aussi bien s'expliquer par un manque d'atomes crochus fort naturel entre deux hommes qui avaient en commun les mauvais traits de caractère — l'arrogance, l'irritabilité et l'ambition —, mais rien de positif — ni la culture, ni l'humour, ni la tolérance.

Toutefois, Monk se sentait exténué : la nuit dans le train, ajoutée aux mauvaises nouvelles reçues la veille, avait eu raison de ses résistances. Il résolut donc de rentrer se coucher. Accumuler les hypothèses ne servait à rien pour le moment. Dimanche, il observerait la famille tout son saoul et ensuite seulement il élaborerait des théories. D'ici là, il verrait le médecin de Mary, dont Alastair lui avait communiqué le nom, ainsi que les apothicaires de la ville. Il faudrait également recueillir des renseignements d'ordre général dans un pub proche d'Ainslie Place, dont les serveurs lui désigneraient sans doute des gens de maison bien informés et tout prêts à accepter un petit pourboire en échange de leur bavardage.

— C'est exact, déclara le médecin d'un ton hautement suspicieux. Je soignais Mrs. Farraline. C'était une dame très distinguée. Au fait, vous devez savoir que tout ce qui se dira entre nous doit rester confidentiel, n'est-ce pas ?

— Bien sûr, acquiesça Monk, qui avait du mal à garder son sang-froid face à ce désagréable individu. Je désire simplement connaître le dosage exact du médicament pour le cœur que vous lui avez prescrit...

— Pourquoi ? Qu'est-ce que cela peut bien vous faire, à vous ? N'avez-vous pas dit que vous travailliez pour l'accusation dans le procès de cette méprisable infirmière qui l'a assassinée ? On m'a dit qu'elle lui en avait fait boire deux doses, ce n'est pas cela ?

Il interrogeait Monk de ses petits yeux plissés.

— Si. Mais cela demande à être prouvé et démontré devant le tribunal. Tous les détails doivent être vérifiés. A présent, docteur Crawford, pouvez-vous avoir l'obligeance de me dire précisément ce que vous avez prescrit, si vous aviez changé la composition du remède par rapport aux ordonnances précédentes, et quel est l'apothicaire qui s'est chargé de sa préparation ?

Crawford saisit une plume et un papier et se mit à griffonner furieusement durant quelques instants. Puis il poussa la feuille devant Monk.

— Voilà, jeune homme. C'est exactement la prescription que j'ai faite à Mrs. Farraline, mais vous ne pourrez pas acheter le médicament, pour la bonne raison que je ne l'ai pas signée. Et j'ai aussi indiqué le nom et l'adresse de l'apothicaire qui le lui préparait d'habitude.

— Est-il fréquent qu'un remède se révèle bénéfique à la dose prescrite, mais fatal lorsqu'on double cette dose ?

— Non. Mais là, le principe actif est présent en très faible quantité. Il doit être mesuré avec précision.

Il tenait sa main devant lui, le pouce et l'index se rejoignant presque pour ne laisser entre eux que l'espace d'un cheveu.

— C'est pourquoi on le met en suspension dans des flacons de verre. Un flacon par dose. Cela évite les erreurs.

Monk songea à interroger le médecin sur les différents membres de la famille, mais conclut aussitôt que ce serait peine perdue. Il n'y avait rien à espérer de cet homme.

Crawford l'observait, sur ses gardes, avec un mélange de suspicion et d'ironie.

— Merci, lança Monk avec brusquerie. Je vais aller voir ce Mr. Landis.

Il plia la feuille de papier et la glissa dans sa poche intérieure.

— Depuis que je le connais, je ne l'ai jamais vu commettre une seule erreur, affirma le médecin. Et de toute façon, je n'ai jamais vu aucun apothicaire admettre qu'il ait pu se tromper ! ajouta-t-il en riant de bon cœur.

— Moi non plus. Mais il est possible qu'une tierce personne ait mis deux doses en une, ou remplacé la dose habituelle par une dose léthale. Peut-être pourra-t-il m'apprendre quelque chose d'intéressant.

— Et pourquoi n'aurait-on pas tout simplement donné deux doses à la suite à Mrs. Farraline ? s'enquit Crawford, visiblement désireux de relancer la conversation.

— C'est possible, répondit Monk avec un sourire. Mais Mrs. Farraline était-elle le genre de femme à prendre deux flacons au lieu d'un ? J'imagine que vous l'aviez mise en garde contre le danger qu'il y avait à dépasser la dose prescrite?

L'amusement déserta le visage du médecin.

— Bien entendu! s'exclama-t-il, sur le qui-vive. M'accuseriez-vous d'incompétence?

Monk le considéra sans masquer sa satisfaction.

— Je cherche simplement à savoir s'il serait possible que Mrs. Farraline ait avalé le contenu de deux flacons, plutôt que deux doses réunies dans le même récipient.

— Très bien. A présent, vous savez! Allez voir Mr. Landis. Il vous expliquera comment l'assassin a pu s'y prendre. Au revoir, monsieur.

— Eh bien, on peut par exemple le distiller, fit Landis en esquissant une grimace dubitative. Réduire le liquide jusqu'à ce qu'il représente la même quantité que le contenu d'un seul flacon. Mais il faut disposer pour cela d'un matériel bien particulier ou, à la rigueur, d'ustensiles qui pourraient convenir. Faire cela à la cuisine pendant que la cuisinière est aux fourneaux ne manquerait pas d'attirer l'attention! Ce serait trop risqué. Ce n'est pas le genre de manipulation que l'on exécute sur une impulsion, à la dernière minute.

— Et n'existe-t-il pas d'autre moyen?

Landis réfléchit, scrutant son interlocuteur par en dessous.

— Comme ça, en quelques minutes? C'est difficile à dire. Pour ma part, je ne crois pas que je m'y risquerais. J'attendrais plutôt de trouver une meilleure idée. La chose s'est faite rapidement, c'est bien ça?

— La femme n'est restée qu'une journée sur place.

— Elle a pu acheter de la digitaline et substituer une double dose à la dose ordinaire. Êtes-vous sûr qu'elle n'avait pas emporté de digitaline avec elle? Après tout, c'était une infirmière, c'est bien cela? Peut-être qu'elle en avait sur elle en permanence, en cas d'urgence. Non... Non, ce n'est pas possible. Un médecin, peut-être. Mais pas une infirmière... Elle l'aurait volée, alors?

— Dans quel but?

— Alors, là, vous m'en demandez trop. Peut-être attendait-elle qu'une occasion se présente? Dans ce cas, elle était vraiment machiavélique! Remarquez, ajouta-t-il avec une petite grimace, tout est possible. On a eu justement ici, à Édimbourg, une sale affaire d'empoisonnement à la digitaline il y a deux ou trois mois. Un homme qui a tué son épouse. Une histoire terrible. Il faut dire que la femme en question était une vraie harpie, une langue de vipère, mais enfin, ça n'excuse rien, évidemment. Le gars aurait pu s'en tirer sans être inquiété, seulement il avait un peu forcé sur la dose. La digitaline, ce n'est pourtant pas facile à détecter. Si on met exactement la dose nécessaire, la mort peut passer sans problème pour une attaque cardiaque ordinaire. Mais le pauvre bougre a eu la main lourde. Cela a éveillé les soupçons...

— Je vois. Je vous remercie.

— Je ne vous ai pas été d'un grand secours, hein? Je suis désolé.

— Je suppose que vous n'avez pas vendu de digitaline ce jour-là à une femme qui pourrait correspondre au signalement de l'infirmière? interrogea Monk.

Il sentit son estomac se nouer tandis qu'il posait cette question, mais il n'avait pas le choix, il était contraint de le faire. Il savait bien entendu qu'Hester n'avait rien acheté à Édimbourg, mais si une autre femme lui ressemblant avait fait l'acquisition de digitaline?

— Un peu plus grande que la moyenne, mince, carrée d'épaules, cheveux bruns, visage intelligent, plutôt décidé, des traits prononcés, mais une très jolie bouche.

— Non, répondit l'apothicaire, catégorique.

— Vous en êtes certain? Vous pourriez l'affirmer sous serment?

— Sans problème. Je n'ai pas vendu de digitaline ce jour-là.

— Et au cours de la semaine qui a précédé? A un membre du personnel ou de la famille Farraline, peut-être?

— Non. Les deux personnes qui m'en ont acheté ces derniers temps sont le Dr Mangold et le vieux Mr. Watkins. Je les connais depuis des années. Ils n'ont rien à voir avec les Farraline.

— Merci, fit Monk, transporté par un soudain enthousiasme. Merci beaucoup. A présent, monsieur, pourriez-vous me donner une liste des autres officines de la ville?

— Mais bien sûr...

Mr. Landis sortit une feuille de papier, y inscrivit plusieurs adresses et il la tendit à Monk en lui souhaitant bonne chance. Le détective le remercia vivement et sortit.

Tous les autres apothicaires qu'il interrogea lui fournirent à peu près la même réponse : aucun ne reconnaissait la description d'Hester, aucun n'avait vendu de digitaline à des personnes vivant dans la maison Farraline ou en rapport avec celle-ci.

Il poursuivit ensuite son enquête auprès d'autres sources de renseignements : le pub, les commerçants et les balayeurs du quartier, les garçons de course et les livreurs, les crieurs de journaux... Il n'en apprit rien d'autre que des racontars d'ordre très général qui ne lui furent d'aucune utilité. Les Farraline avaient très bonne presse, ils faisaient preuve d'une grande générosité à l'égard de leur ville et de nombreuses œuvres caritatives. Hamish avait été malade quelque temps avant de mourir, huit ans auparavant, mais il jouissait d'une excellente réputation qui ne semblait pas usurpée. Quant à Hector, on parlait de lui avec une certaine indulgence et l'on plaignait surtout Mary, que l'on respectait pour la bonté dont elle entourait ce beau-frère pourtant encombrant. En fait, Mary était respectée pour tout ce qu'elle faisait, et surtout pour ce qu'elle était : une dame pleine de dignité, de personnalité et de bon sens.

Alastair, lui aussi, inspirait une sorte de respect mêlé de crainte. Son statut officiel en faisait une personnalité importante qui détenait un pouvoir considérable sur ses concitoyens. Il exerçait ses fonctions avec une discrétion qui ajoutait à son crédit. Récemment encore, il avait fait preuve d'une extrême dignité lors de l'affaire qui avait mis en cause le fameux John Galbraith, accusé d'avoir escroqué à grande échelle un certain nombre d'investisseurs, mais le problème restait obscur. Les plaignants jouissaient d'une honorabilité douteuse, les preuves avancées manquaient de limpidité. Le Fiscal avait eu le courage de débouter la demande.

Le reste tenait davantage de la rumeur ordinaire. Quinlan Fyffe était connu pour sa grande intelligence, mais on ne l'aimait guère à Édimbourg. D'ailleurs, il venait de Stirling, ou peut-être de Dundee. McIvor, lui, était anglais. On regrettait que Miss Oonagh n'eût pas jugé plus judicieux d'épouser un natif de la ville. Miss Deirdra, quant à elle, passait pour une extravagante. Elle avait la réputation d'acheter sans cesse de nouvelles robes d'un mauvais goût indiscutable. Miss Eilish traînait au lit jusqu'à pas d'heure. C'était à n'en pas douter la plus belle femme d'Écosse. La plus paresseuse aussi.

Tous ces détails ne firent guère avancer Monk. Il remercia ses diverses sources et abandonna.

Le déjeuner du dimanche à Ainslie Place se révéla moins tendu que ne l'avait été le dîner. Monk arriva au moment où la famille revenait de la grande église, toute vêtue de noir. Les femmes portaient de larges jupes en cloche, des capes bordées de fourrure dont elles s'emmitouflaient frileusement et des chapeaux à rubans noirs qui restreignaient leur champ de vision, mais les protégeaient de la pluie battante. Les hommes avaient des hauts-de-forme et des pardessus noirs. Celui d'Alastair était agrémenté d'un col d'astrakan. Ils marchaient deux par deux, sans rien dire. Monk les rejoignit tandis qu'ils pénétraient dans le vestibule. Le sombre McTeer prit leurs manteaux et leur adressa quelques paroles de bienvenue. Il débarrassa également Alastair de sa canne et de son chapeau, laissant Baird, Quinlan et Kenneth ranger les leurs sans son aide.

— Bonjour, Mr. Monk, dit-il au détective, dont il

prit le manteau et le chapeau (depuis l'affaire Grey, Monk ne portait plus de canne). Il fait froid aujourd'hui. Il paraît que cela va encore empirer. Nous allons avoir un hiver rigoureux, j'ai l'impression.

— Merci, répondit simplement le détective.

Il salua un à un les membres de la famille. Alastair semblait transi, tandis qu'avec son teint coloré Deirdra paraissait débordante de santé. Si le deuil la faisait souffrir, cela ne nuisait pas à sa vitalité. Oonagh était pâle, mais pas plus que précédemment; son évidente force de caractère compensait largement le trouble ou les inquiétudes qui la minaient peut-être.

Eilish avait fait l'effort de se lever à temps pour accompagner la famille à l'église. Rien ne semblait pouvoir ternir sa beauté.

Cette fois, Kenneth le vagabond était présent. C'était un jeune homme à la physionomie agréable, mais assez quelconque, dont l'appartenance à la famille Farraline ne faisait aucun doute. Il avait l'air pressé et, dès qu'il eut ôté son manteau, il salua Monk d'un léger signe de tête et se précipita vers le petit salon.

— Entrez, je vous en prie, Mr. Monk, dit Oonagh avec un sourire à la fois étrange et direct. Allez vous réchauffer près du feu. Prendrez-vous un verre de vin ? A moins que vous ne préfériez du whisky ?

— Merci. Le feu me tente beaucoup, tout comme le vin d'ailleurs, à condition que je ne sois pas le seul à boire. Il est un peu trop tôt pour que j'apprécie le whisky.

Il la suivit dans le même salon que la première fois. Le feu crépitait dans la cheminée, un gage de douce chaleur qui le saisit avant même qu'il n'eût dirigé son regard vers les flammes jaunes. Il s'aperçut qu'il souriait.

Chaque personne qui pénétrait dans la pièce se dirigeait tout droit vers le feu. Les femmes allaient s'asseoir dans les larges fauteuils disposés devant la cheminée, les hommes demeuraient debout. Un valet remplissait de petits gobelets de vin chaud réunis sur un plateau d'argent.

Alastair but une gorgée du sien avant de lever les yeux vers Monk.

— Alors, Mr. Monk, vos investigations se sont-elles révélées fructueuses ? s'enquit-il. Quoique j'avoue ne pas bien comprendre ce que vous espérez découvrir... La police doit faire tout le nécessaire, non ?

— Les pièges, Mr. Farraline, répondit le détective sans effort. Nous n'avons aucune envie de vous voir déboutés de votre plainte parce que nous nous serions montrés trop confiants ou négligents.

— Non... Non, bien sûr. Ce serait désastreux. Bon, eh bien, dans ce cas, interrogez les domestiques comme bon vous semble, conclut-il avec un coup d'œil à Oonagh.

— Je leur ai déjà donné des instructions, ajouta cette dernière. Ils ont reçu l'ordre de vous répondre en toute franchise et de ne rien omettre.

Elle se mordit la lèvre, songeuse, comme si elle s'apprêtait à présenter une quelconque excuse, mais y renonça.

— Il faudra leur pardonner une certaine nervosité, reprit-elle en scrutant le visage de Monk, sans doute pour savoir s'il comprenait. Ils ont tous peur de se voir accuser de négligence et n'ont qu'une idée en tête : se disculper. Naturellement, chacun d'eux a l'impression que d'une manière ou d'une autre il aurait pu empêcher ce qui est arrivé.

— C'est absurde, objecta Baird avec brutalité. S'il y a des individus à blâmer dans cette maison, c'est bien nous. C'est nous qui avons engagé cette Miss Latterly. Nous lui avons parlé et nous l'avons prise pour une excellente personne. Les domestiques n'avaient pas leur mot à dire dans ce choix.

Il semblait très malheureux.

— Nous avons déjà eu cette conversation, fit remarquer Alastair d'un ton irrité. Personne ne pouvait prévoir.

— Au fait, intervint Quinlan en fixant Monk. Vous nous avez demandé comment nous imaginions que les choses s'étaient passées. Il ne me semble pas que nous vous ayons répondu, si ?

— Pas encore, répondit Monk. Peut-être voudriez-vous commencer, Mr. Fyffe?

— Moi? Bon, laissez-moi réfléchir...

Il but quelques gorgées de vin, pensif. S'il y avait le moindre chagrin en lui, il le dissimulait à merveille.

— En fait, cette femme n'aurait pas tué Belle-maman si elle n'avait pas vu la broche au préalable... Cela a donc dû se passer relativement tôt...

Deirdra tressaillit et Eilish reposa brutalement son verre sans y avoir trempé ses lèvres.

— Je ne vois pas ce que vous espérez gagner en faisant cela! lança Kenneth avec humeur. Cette conversation est consternante!

— Consternante ou pas, nous devons savoir ce qui s'est produit, rétorqua Quinlan avec un malin plaisir. Il est ridicule de croire que tout s'effacera si nous n'y pensons pas.

— Pour l'amour du ciel, nous savons ce qui s'est passé! s'écria Kenneth. Cette maudite infirmière a tué Maman! Cela ne suffit-il pas? Que vous faut-il de plus? Vous voulez connaître tous les détails? Pour ma part, je n'y tiens vraiment pas!

— La justice aura besoin des détails, déclara Alastair d'un ton glacial. On ne pendra pas cette femme sans preuves indiscutables. C'est normal. Il faut une certitude, une absence absolue de doutes.

— Mais qui a des doutes? protesta Kenneth. Moi, je n'en ai aucun.

— Sauriez-vous quelque chose que nous ignorons? s'enquit Monk d'un ton poli, les yeux brillants.

Kenneth le dévisagea. On le sentait frustré, à la fois désireux de se justifier et plein de ressentiment.

— Eh bien, réponds! insista Alastair.

— Bien sûr que non, dit Oonagh, apaisante. Il ne sait rien. Il répugne seulement à s'attarder sur les détails.

— S'imagine-t-il que cela nous fait plaisir, à nous? s'indigna Alastair qui, pour la première fois, semblait prêt à perdre contenance. Pour l'amour du ciel, Kenneth, si tu n'as rien d'utile à dire, tiens ta langue!

Oonagh s'approcha de son frère aîné et lui posa une main sur le bras.

Très concentrée sur ses pensées, Deirdra ne semblait pas avoir remarqué l'émoi d'Alastair.

— En vérité, Quin a mis le doigt sur le problème, intervint-elle. Miss Latterly a nécessairement vu la broche avant de donner à Belle-maman la double dose de médicament... Et comme Belle-maman ne portait pas ce bijou sur elle, elle aurait dû l'apercevoir dans une malle, ce qui ne paraît pas très plausible...

— Pourquoi ? interrogea Alastair, tendu à l'extrême.

— Comment aurait-elle pu voir le contenu des malles ? Est-elle allée fouiller dans les bagages au moment où elle était censée se reposer ? Dans ce cas, elle aurait aussi mélangé le contenu des deux flacons au même moment ?

— Je ne vois pas pourquoi tu dis cela, déclara Alastair en considérant son épouse avec irritation.

Tous les visages se tournèrent vers Deirdra.

— Eh bien, elle n'a pas pu effectuer le mélange devant Belle-maman, répondit celle-ci. Et elle n'a pas pu lui faire boire deux doses non plus. Belle-maman n'aurait pas accepté.

Monk sourit. Il n'avait pas éprouvé une telle satisfaction depuis bien longtemps.

— Vous avez tout à fait raison, Mrs. Farraline. Votre belle-mère n'aurait pas pris une double dose.

— Elle l'a pourtant fait, intervint Alastair, les sourcils froncés. C'est la police elle-même qui nous en a informé la veille de votre arrivée. C'est précisément ce qui s'est produit.

Oonagh avait pâli. Une ride d'inquiétude venait d'apparaître entre ses deux sourcils. Son regard passa d'Alastair à Monk, mais elle ne dit rien. Elle attendait visiblement une explication.

Le détective choisit ses mots avec un soin extrême. Tenait-il la clé de toute l'affaire ? Il se refusa à espérer. Toutefois, il s'aperçut que son corps était tendu. Ses muscles lui faisaient mal.

— Mrs. Farraline était-elle suffisamment distraite pour avoir soit accepté de prendre deux doses de son médicament, soit pris une dose toute seule, puis permis à Miss Latterly de lui en administrer une seconde ?

Il n'avait guère de doute sur la réponse qu'il recevrait : l'avis du Dr. Crawford sur ce point résonnait encore à ses oreilles.

Oonagh ouvrit la bouche, mais hésita avant de parler. Eilish se montra plus rapide.

— Non, sûrement pas ! affirma-t-elle. J'ignore quelle est la réponse à l'énigme qui nous est posée, mais ce n'est certainement pas celle-là !

Baird était livide. A la façon dont il dévisagea Eilish, on eût dit qu'il était à l'agonie. Pourtant, c'était à Monk qu'il s'adressait lorsqu'il prit la parole :

— Dans ce cas, il est à peu près clair que Miss Latterly a vu la broche à la maison, avant que la femme de chambre la range dans la malle. C'est à ce moment-là qu'elle a manigancé son projet. Elle a dû doubler la dose avant de quitter la maison.

— Comment s'y serait-elle prise ? s'enquit Deirdra.

— Je n'en sais rien. Elle était infirmière, après tout. Elle devait savoir préparer les médicaments aussi bien que les administrer. Inutile d'être bien malin...

— A partir de quoi l'aurait-elle préparé ? demanda Monk, feignant la naïveté. Il est peu probable qu'elle ait trouvé les ingrédients dans la maison.

— Bien sûr, acquiesça Deirdra, dont le regard perplexe passait d'un visage à l'autre. Tout cela n'a guère de sens, vous ne trouvez pas ? Enfin, je veux dire que cette histoire ne paraît plus plausible du tout. Cette femme n'est restée chez nous qu'une journée, même pas. Est-elle sortie, par hasard ? Quelqu'un le sait-il ? Mr. Monk ?

— J'imagine que vous avez interrogé les apothicaires du coin ? s'enquit Quinlan.

— Oui. Aucun n'a vendu ce jour-là de digitaline à une femme répondant au signalement de Miss Latterly, répondit le détective. Ni, d'ailleurs, à des individus qui n'étaient pas connus du personnel des officines.

— Comme c'est étonnant! s'exclama Quinlan.

Monk sentit l'espoir renaître en lui. Il était parvenu à insuffler le doute dans les esprits.

— Je crois que vous êtes en train de faire fausse route, intervint alors Oonagh d'une voix douce. En réalité, la broche devait se trouver avec d'autres bijoux dans le sac de voyage de Maman, qu'elle avait avec elle dans le compartiment. Bien sûr, il était verrouillé, mais la clé était aisément accessible pour Miss Latterly. Celle-ci a dû voir la broche au moment où elle s'apprêtait à donner le médicament. A moins qu'elle n'ait fouillé le sac par curiosité alors que le train se trouvait en gare et que Maman était descendue aux toilettes. Les occasions n'ont pas dû manquer au cours de cette longue soirée.

— Oui, mais la digitaline? objecta Baird. Où l'a-t-elle obtenue? On ne trouve pas ce genre de produit dans les gares!

— Sans doute en avait-elle sur elle, répondit Oonagh avec un minuscule sourire. Elle était infirmière. Nous n'avons aucune idée de ce qu'elle pouvait transporter dans son propre sac.

— Pour le cas où elle trouverait quelqu'un à empoisonner? fit Monk, dubitatif.

Oonagh lui lança un regard amusé.

— Peut-être, Mr. Monk, répondit-elle d'un ton plein de patience. Vous avez vous-même souligné que les autres hypothèses auxquelles nous songions se révélaient impossibles après réflexion. Quelle solution reste-t-il?

Monk eut la sensation que le feu venait de mourir. La lumière et la chaleur s'évanouirent. Il avait été stupide d'espérer une réponse aussi simple. Il s'en rendait compte, à présent, avec un mélange de colère et de mépris de lui-même.

— Bien entendu... commença Alastair.

Il fut interrompu par l'arrivée d'un homme de haute stature. Le nouveau venu avait les cheveux blond-roux et des yeux délavés. Il avança d'un pas incertain, laissant la porte béante derrière lui. Du regard, il parcourut la pièce et s'arrêta sur Monk avec une lueur de curiosité.

Un silence complet s'installa durant quelques longues secondes.

Alastair poussa un soupir. Monk vit le visage d'Oonagh se fermer un instant, puis la jeune femme alla à la rencontre de l'homme, qu'elle prit par le bras.

— Oncle Hector... commença-t-elle d'une voix un peu rauque, avant de paraître se détendre. Je vous présente Mr. Monk, qui vient de Londres pour nous aider dans l'affaire du décès de Maman.

Hector déglutit avec une grimace de douleur, comme s'il avait au fond de la gorge quelque chose qui le gênait et dont il ne pouvait se débarrasser. Le désespoir se lisait à livre ouvert sur son visage.

— Nous aider ? répéta-t-il, les sourcils froncés, visiblement dégoûté. Vous êtes quoi, un croque-mort ?

Il se tourna vers Alastair, qu'il réprimanda avec violence :

— Depuis quand invitons-nous des croque-morts à notre table ?

— Oh, mon Dieu ! s'exclama Alastair, désemparé.

Kenneth se détourna, livide.

Deirdra regarda tour à tour les membres de la famille, espérant sans doute voir quelqu'un réagir.

— Mr. Monk n'est pas un croque-mort... commença Quinlan.

— C'est Griselda qui s'est occupée de toutes ces formalités, Oncle Hector, expliqua doucement Oonagh en tendant un verre de vin à son oncle. A Londres. Je vous l'ai dit, vous vous en souvenez ?

Il prit le verre et le vida d'un trait. Puis il regarda sa nièce. Il semblait avoir du mal à concentrer son attention.

— Ah bon ?

Il eut un hoquet bruyant et secoua la main d'un air gêné.

— Je ne crois pas que... reprit-il.

— Allons, mon oncle, nous allons vous faire monter votre repas. Je ne pense pas que vous soyez en mesure d'apprécier un déjeuner en notre compagnie.

Hector dévisagea de nouveau Monk.

— Mais alors, qui diable êtes-vous, monsieur?

Contrairement à son habitude, le détective fit preuve de tact.

— Je travaille pour la justice, Mr. Farraline. Il y a certains détails à régler.

— Ah...

Le vieil homme paraissait satisfait. Oonagh lança à Monk un regard empreint de gratitude, puis entraîna son oncle hors de la pièce avec la plus grande prévenance.

Tout le monde était passé à table lorsqu'elle revint. Durant le repas, Monk eut le loisir d'observer l'un après l'autre chacun des membres de la famille.

Il se souvint d'abord de la description de Deirdra faite par l'un des garçons de course. Observant la jeune femme à la dérobée, il songea que, décidément, ce visage lui plaisait. Très féminin, tout en courbes et en douceur, il reflétait malgré tout une forte détermination. Il n'y avait rien de faible ni d'apathique chez cette femme. Monk éprouva une certaine déception — qu'il jugea stupide — à se dire qu'en réalité elle fréquentait assidûment les soirées mondaines et dépensait des sommes extravagantes pour impressionner son monde.

Bien sûr, elle portait du noir à présent, comme l'exigeait le deuil familial. Cela lui allait bien. Toutefois, un coup d'œil critique suffisait à reconnaître que sa robe était loin d'être à la page. Selon les critères d'élégance londoniens, il s'agissait d'une tenue très ordinaire. La rumeur disait vrai : cette femme manquait foncièrement de goût. A son grand dam, Monk devait l'admettre.

Imperceptiblement, le détective se détourna vers Eilish, bien qu'il ne tînt pas à être surpris en train d'observer cette beauté qui l'irritait déjà suffisamment. Fixer ouvertement une telle personne revenait à la flatter et à la conforter dans sa vanité.

Il n'avait cependant aucun motif d'inquiétude de ce côté : Eilish mangeait en silence, le regard baissé sur son assiette. Elle ne releva la tête qu'à deux reprises. A chaque fois, Baird se trouvait dans son champ de vision.

Sa tenue était noire, bien entendu, mais bien mieux coupée que celle de Deirdra. La jeune femme semblait avoir apporté une attention méticuleuse aux moindres détails. Monk songea que les plus grands noms de la haute couture londonienne n'eussent rien pu faire pour rehausser l'élégance du vêtement.

Le regard de Monk glissa ensuite sur Oonagh. Celle-ci surveillait la tablée, s'assurant que l'on mangeait à sa faim et dans la bonne humeur. Le détective ne put l'observer qu'un bref instant, sous peine de voir sa curiosité démasquée. La robe d'Oonagh était sobre, mais très seyante et, là encore, plus chic que celle de Deirdra. Il ne s'agissait pas d'une impression donnée par la flamme ou l'intelligence de celle qui la portait. De ce côté-là, Deirdra n'avait rien à envier à sa belle-sœur. Mais si elle payait cher pour s'habiller, ce n'était certainement pas dans ses vêtements de deuil qu'elle avait choisi d'investir.

Une conversation polie accompagnait le repas, succession de propos insignifiants. Lorsque les convives quittèrent la table, Kenneth prit congé, suscitant une grimace irritée d'Alastair et un commentaire sarcastique de Quinlan. Puis le reste de la compagnie se retira dans le petit salon pour y entreprendre des activités convenant au jour du Seigneur. Alastair s'enferma dans son bureau afin de lire, dit-il, sans répondre à Quinlan, qui lui demandait si c'était dans les Saintes Écritures qu'il entendait se plonger. Oonagh et Eilish se mirent à la broderie et Deirdra déclara qu'elle devait rendre visite à une voisine souffrante. Cette affirmation ne donna lieu à aucune remarque : apparemment, la malade était bien connue de la famille et Deirdra avait l'habitude d'aller la voir. Quinlan saisit un journal, suscitant un ou deux regards désapprobateurs dont il ne se soucia pas, et Baird expliqua qu'il avait du courrier à écrire.

Monk profita de ce moment de calme pour aller questionner les domestiques sur la journée qu'Hester avait passée dans la maison.

Ce ne fut pas une mince affaire. Les souvenirs se révé-

185

laient brumeux, souvent déformés par ce que l'on savait de la mort de Mary et par la conviction que l'infirmière était coupable. Les impressions n'étaient d'aucune utilité au détective, seuls les faits décrits pouvaient à la rigueur correspondre à la réalité, mais même eux restaient suspects. Avec le recul, les certitudes s'estompaient et certaines pensées qui n'avaient fait qu'effleurer des esprits à l'époque prenaient valeur d'inébranlables évidences.

Personne ne contestait l'heure à laquelle Hester s'était présentée, ni à quel moment elle était repartie. Tous s'accordaient aussi à dire qu'elle avait pris un petit déjeuner à l'office, puis qu'Oonagh l'avait présentée à Mary Farraline. Les femmes avaient ensuite partagé la collation de onze heures et, un peu plus tard, le déjeuner. On ne savait pas bien, en revanche, ce qu'avait fait Hester entre ces deux repas. Une bonne se souvenait de l'avoir vue dans la bibliothèque, une autre pensait plutôt que l'infirmière était remontée, mais elle ne pouvait en jurer. L'après-midi, en revanche, Hester s'était reposée à l'étage, cela ne faisait aucun doute, et oui, bien sûr, rien ne l'empêchait de se rendre dans le dressing-room de Mary pendant ce laps de temps.

Oui, la femme de chambre lui avait montré les vêtements de Mary, ses malles et, en particulier, la trousse à médicaments. Mais n'était-ce pas son devoir? L'infirmière avait été engagée pour faire prendre son remède à Mrs. Farraline. Aurait-elle pu le faire si on ne lui avait pas montré où se trouvait le nécessaire?

Le soir tombait déjà quand Monk abandonna la partie. Le résultat de ses investigations se révélait décourageant. Il détenait si peu d'éléments qu'il pouvait prouver, ou réfuter! Et puis, sachant qu'au dire d'Oonagh le bijou se trouvait dans le compartiment pendant le voyage, tous ces détails n'avaient plus guère d'importance de toute façon.

L'abattement de Monk se mêlait aussi d'amertume. Tout ce qu'il avait réussi à apprendre en trois jours constituait un tissu nébuleux. Rien n'était certain, hormis le fait que, plus que toute autre personne, Hester avait disposé de l'opportunité, des moyens et des connaissances nécessaires pour tuer Mary. Quant au mobile, il ne pouvait être plus clair : la broche de perles.

Le détective était de fort méchante humeur lorsqu'il retourna au petit salon.

— Avez-vous appris quelque chose ? interrogea Eilish en le voyant entrer.

Au prix d'un effort douloureux, il parvint à masquer son désespoir. Il avait déjà décidé de ce qu'il dirait à la famille.

— Rien d'autre que ce que j'escomptais, répondit-il avec un sourire.

— Ah bon...

— Mais au fait, Mr. Monk, que pensiez-vous réellement ? fit Quinlan, levant les yeux de son journal. Vous n'imaginez tout de même pas que l'un de nous est coupable, si ?

— Et pourquoi pas ? intervint Baird d'un ton sec Si j'assurais la défense de Miss Latterly, c'est la première chose qui me viendrait à l'esprit !

— Vraiment ? s'étonna Quinlan en se tournant pour faire face à son beau-frère. Et pourquoi donc aurais-tu tué Belle-maman, Baird ? T'étais-tu querellé avec elle ? Savait-elle quelque chose à ton sujet que nous ignorons tous ? Ou peut-être voulais-tu qu'Oonagh reçoive plus vite sa part d'héritage ? A moins que Mary n'ait décidé de t'interdire de tourner autour de mon épouse ?

Baird se leva d'un bond et se dirigea vers lui d'un pas vif. Oonagh, plus rapide, vint s'interposer entre les deux hommes. Elle était livide.

Resté assis, Quinlan ne s'était pas départi de son calme. Son expression moqueuse s'était figée sur son visage.

— Ça suffit ! lança Oonagh entre ses dents. Ce que vous dites est indécent et parfaitement ridicule ! Baird, je t'en prie... ajouta-t-elle en reprenant son souffle à grand-peine. Ce qui s'est passé nous a tous bouleversés. Quin se conduit très mal, mais tu ne fais toi-même qu'aggraver les choses.

Elle lui sourit, les yeux rivés sur le visage mécontent. Alors, très lentement, son époux parut se détendre et fit un pas en arrière.

— Je suis désolé... lui dit-il.

Le sourire d'Oonagh se précisa.

— Je sais que tu réagis pour me protéger autant que pour te défendre toi-même, mais c'est inutile. Quin a toujours été jaloux. C'est normal, quand on a épousé une femme aussi belle. Mais c'est sans fondement.

Toujours souriante, elle se tourna alors vers Quinlan.

— Eilish est bien à toi, mon cher, et depuis des années. Mais elle fait partie de la famille et quiconque n'est pas aveugle ne peut s'empêcher d'admirer sa beauté. Tu ne devrais pas nous en vouloir. Prends-le comme un compliment, qui s'adresse aussi à toi. Eilish, ma chérie...

Eilish leva les yeux vers sa sœur. Elle était cramoisie.

— Je t'en prie, assure Quin de ta loyauté. Je suis sûre que tu ne manques jamais de le faire, mais... encore une fois, tu veux bien ? Pour notre tranquillité à tous...

Lentement, la jeune femme obéit : elle se tourna vers son époux, puis vers Baird, avant de se contraindre à regarder le premier droit dans les yeux, incurvant les lèvres en un sourire.

— Bien sûr, souffla-t-elle. J'aimerais que tu cesses de dire ce genre de choses, Quin. Je n'ai jamais rien fait qui puisse justifier de tels propos. Je te le jure.

Quinlan la considéra un instant, puis son regard passa à Oonagh. Chacun attendait, immobile. Il sourit à son tour.

— Naturellement, acquiesça-t-il. Je le sais. Tu as tout à fait raison, Oonagh. Lorsqu'on a une épouse aussi belle, il faut s'attendre à ce que l'humanité entière la regarde et vous jalouse. N'est-ce pas, Baird ?

Baird ne releva pas. Il avait le visage fermé, indéchiffrable.

Oonagh s'approcha de Monk.

— Y a-t-il autre chose que nous puissions faire pour vous venir en aide, Mr. Monk ? interrogea-t-elle. Peut-être aurez-vous de nouvelles idées d'ici un jour ou deux ? Enfin... si vous prolongez votre séjour à Édimbourg ?

— Merci, acquiesça aussitôt le détective. Je vais certainement demeurer ici quelques jours encore. Il me reste d'autres éléments à vérifier, et j'aimerais découvrir une preuve qui soit absolument incontestable.

Elle ne lui demanda pas de précision et gagna la porte de sa démarche gracieuse. Il souhaita une bonne soirée aux autres après les avoir remerciés pour leur hospitalité et la suivit.

Une fois dans le vestibule, la jeune femme s'arrêta et lui fit face. Son expression était grave.

— Mr. Monk, commença-t-elle à mi-voix, avez-vous l'intention de poursuivre vos investigations dans notre famille?

Monk se demanda ce qu'il fallait répondre. Il chercha des traces de crainte ou de colère sur le visage d'Oonagh, du ressentiment peut-être, mais ne vit rien d'autre qu'une certaine curiosité et un désir de provocation, peut-être, qui ressemblaient fort aux sentiments qu'elle-même lui inspirait.

— Parce que si c'est le cas, poursuivit-elle, j'ai une requête à vous faire.

Cette fois, il n'hésita plus. Il fallait saisir la perche tendue.

— Bien sûr, répondit-il. De quoi s'agit-il?

Elle baissa la tête, masquant ainsi ses pensées.

— Si, au cours de vos... de vos découvertes, vous apprenez à quoi ma belle-sœur peut bien dépenser tant d'argent, je... nous vous serions tous reconnaissants de nous en parler... ou du moins de m'en parler.

Elle releva soudain le visage vers lui. Il n'y avait ni candeur ni anxiété dans son regard.

— Ainsi, poursuivit-elle, je pourrais lui parler seule à seule et éviter beaucoup de désagréments. Pourriez-vous faire cela? Ou serait-ce contraire à votre éthique?

— Bien sûr que je peux le faire, Mrs. McIvor, répondit Monk sans hésitation.

C'était précisément le prétexte dont il avait besoin. La dame venait de laisser tomber son gant et il n'était pas sûr qu'elle tînt réellement à connaître l'explication demandée au sujet de Deirdra. Quoi qu'il en soit, s'il aimait bien cette dernière, il n'hésiterait pas pour autant une seconde à la sacrifier, si cela pouvait le mener vers la vérité.

Oonagh sourit. Dans le ton froid de sa voix, derrière l'impassibilité de ses traits, il décela chez elle un certain plaisir et une volonté de le mettre à l'épreuve.

— Merci, dit-elle. Peut-être pourriez-vous revenir nous voir dans deux ou trois jours pour dîner à la maison ?

— Je m'en ferai une joie.

McTeer apparut à cet instant, chargé du manteau et du chapeau du visiteur. Monk les revêtit et quitta la maison.

Ce fut tout à fait par hasard, alors qu'il hésitait dans l'allée, se demandant s'il rentrerait à pied ou en cab, qu'il jeta un dernier coup d'œil vers la maison des Farraline et aperçut une petite silhouette affublée de larges jupons qui émergeait d'une porte de service et gagnait à vive allure la grille par laquelle sortaient les voitures. Il comprit aussitôt qu'il s'agissait de Deirdra : aucune servante n'aurait porté une robe à crinoline aussi large et la femme était trop petite pour qu'il pût s'agir d'Eilish ou d'Oonagh.

Un instant plus tard, il vit apparaître une deuxième ombre qui traversait la route à la rencontre de Deirdra. Lorsque cette forme passa sous le réverbère, il distingua un homme sale et pauvrement vêtu qui ne quittait pas des yeux la silhouette féminine vers laquelle il avançait.

Soudain, l'individu aperçut Monk. Il se figea, se retourna et, après un instant d'hésitation, repartit à vive allure en sens inverse. Le détective patienta une quinzaine de minutes, immobile, mais l'homme ne reparut pas. Après avoir attendu tout autant, Deirdra fit demi-tour et rentra chez elle.

CHAPITRE VI

Monk était loin de la vérité lorsqu'il imaginait qu'après son expérience en Crimée Hester supporterait sans peine le séjour à Newgate. En réalité, la prison lui paraissait infiniment pire que toutes les épreuves qu'elle avait endurées jusque-là. Bien sûr, certains aspects ramenaient à sa mémoire des souvenirs si douloureux qu'elle en avait le souffle coupé et que les larmes lui montaient aux yeux. Par exemple, il y avait cette sensation de froid qui ne la quittait pas. La jeune femme tremblait en permanence, elle perdait parfois toute sensibilité dans les extrémités et, la nuit, elle ne sombrait dans le sommeil que pour se réveiller au bout de quelques minutes, transie.

La faim la tenaillait tout autant. Certes, elle recevait à manger à intervalles réguliers, mais les rations étaient chiches et la nourriture exécrable. Sur ce plan, son sort était préférable à l'incertitude qu'elle avait connue en Crimée, où l'angoisse de ne rien avoir à se mettre sous la dent le lendemain et de mourir de faim la hantait En revanche, elle pouvait être victime de blessures : c'était non plus les balles de fusil ou les canons qu'elle redoutait, mais la férocité de ses geôlières, que la haine pouvait pousser à tout moment à entrer dans la cellule et à la rouer de coups.

Les risques de tomber malade existaient par ailleurs, mais ils étaient faibles et elle préférait ne pas y songer. Elle savait que si cela arrivait, personne ne se préoccuperait d'elle. Cette perspective l'effrayait bien plus qu'elle ne l'aurait cru. Être malade seule, en proie aux regards mauvais de geôlières qui se réjouissaient de votre détresse, lui inspirait une horreur qui faisait perler une sueur froide à son front et battre son cœur à coups redoublés.

C'était la principale différence. En Crimée, elle était respectée par ses collègues et adorée par les soldats, auxquels elle se dévouait corps et âme. Une telle richesse de relations représentait une nourriture pour qui avait faim, une chaleur au plus fort de l'hiver, un baume anesthésique sur les souffrances. Cela pouvait même masquer la peur et insuffler des forces lorsque l'épuisement vous gagnait.

La haine et la solitude, en revanche, paralysaient tout.

Et puis, il y avait le temps. En Crimée, Hester travaillait du matin au soir sans une minute de répit. Là, elle n'avait rien à faire qu'attendre, assise sur sa maigre couche, sentir s'égrener les heures, des premières lueurs de l'aube jusqu'à la tombée de la nuit, jour après jour. Elle n'avait aucun moyen d'agir. Tout reposait entre les mains de Rathbone et de Monk. Elle se sentait profondément désœuvrée.

Elle avait pris la décision de ne pas réfléchir à l'avenir, de ne pas se demander comment se déroulerait le procès, de ne pas se représenter le tribunal qu'elle avait vu si souvent par le passé, postée dans la galerie du public pour suivre les plaidoiries de Rathbone. Cette fois, elle se trouverait sur le banc des accusés. Serait-elle jugée à l'Old Bailey ? Dans cette même salle où elle s'était tenue tant de fois, pleine de compassion et de crainte pour autrui ? Elle s'était juré de ne pas y penser, et pourtant, elle ne pouvait s'empêcher de ressasser ses angoisses et de se demander dans quelle mesure la réalité serait différente de ce qu'elle imaginait. C'était comme un blessé qui passait sans cesse les doigts sur sa plaie pour savoir si c'était vraiment aussi douloureux qu'il le croyait, s'il y avait eu amélioration ou, au contraire, dégradation.

Combien de fois avait-elle critiqué les soldats alités qui

agissaient de la sorte ? De tels gestes étaient stupides et destructeurs. Et voilà qu'à présent elle les imitait !

Ces sombres pensées furent interrompues par le bruit de la clé dans la serrure et la porte s'ouvrit avec un grincement. En prison, la notion d'intimité n'existait pas : on avait beau se sentir profondément isolé, une intrusion pouvait survenir à tout moment.

La geôlière qu'elle haïssait le plus se tenait sur le seuil. Sa pâle chevelure était coiffée en arrière et réunie en un nœud si serré que cela lui tirait la peau autour des yeux. Son visage n'exprimait rien. Seul, un infime tremblement au coin de la bouche trahissait son mépris et la satisfaction qu'elle éprouvait à pouvoir le manifester.

— Debout, Latterly ! ordonna-t-elle. Vous avez de la visite.

Hester obéit malgré elle, espérant voir apparaître Rathbone. L'avocat était le seul être à qui elle pouvait se raccrocher pour ne pas perdre la tête et garder espoir. Callandra était venue la voir deux fois, mais d'une certaine façon, ses visites avaient plongé Hester dans un état émotionnel difficile. Peut-être était-ce dû à l'affection trop manifeste de Callandra et à l'inquiétude qu'elle ressentait pour son amie. Après son départ, Hester s'était sentie incommensurablement seule. Il lui avait fallu une force qu'elle pensait ne plus posséder pour ne pas éclater en sanglots. Seule, l'idée que la geôlière pourrait la surprendre en train de pleurer et en tirer satisfaction l'avait empêchée de laisser libre cours à son chagrin.

A présent, derrière l'épaule puissante de la femme, ce n'était pas Rathbone qu'elle apercevait, mais Charles. Il était pâle et semblait profondément malheureux.

A cette vue, des images lui revinrent en mémoire. Elle se souvint de son retour de Crimée. Son frère l'avait accueillie à la maison et lui avait exposé les détails de la tragédie familiale. Il lui avait raconté le suicide de leur père et le décès de leur mère, morte de chagrin peu après, et la ruine financière qui s'était ensuivie. Aujourd'hui, il avait exactement la même expression que ce jour-là, mélange familier d'embarras et d'anxiété. Il semblait curieusement démuni et, en le voyant, Hester se sentit redevenir enfant.

Charles contourna la geôlière pour venir à la rencontre d'Hester, qu'il fixait intensément.

Celle-ci s'était levée, comme on le lui avait demandé. Les yeux de Charles étudièrent la cellule, enregistrant chaque détail : les murs nus, l'unique fenêtre, trop haute pour laisser voir autre chose que le ciel gris au-delà des barreaux, la couche, dans le renfoncement. Enfin, il revint sur Hester et détailla sa robe d'infirmière bleu-gris. Avec réticence, il leva alors les yeux vers le visage de sa sœur, comme s'il répugnait à affronter ce qu'il redoutait d'y découvrir.

— Comment vas-tu ? interrogea-t-il d'une voix un peu rauque.

Hester s'était apprêtée à tout lui raconter, à se décharger sur lui de sa solitude et de sa peur, mais lorsqu'elle contempla ce visage creusé et ces yeux rouges et comprit que son frère ne pourrait rien pour l'aider, sinon souffrir avec elle et se sentir coupable de sa propre impuissance, elle s'aperçut que c'était impossible et y renonça aussitôt.

— Je vais très bien, répondit-elle d'une voix claire. On ne peut pas dire que ma situation soit agréable, mais j'ai déjà survécu à des épreuves bien pires.

Elle le vit se détendre à ces mots. A l'évidence, il voulait la croire, n'avait aucune intention de mettre sa parole en doute.

— Oui, oui, bien sûr... dit-il. Tu es une femme remarquable...

La geôlière, qui attendait pour lui donner ses instructions, dut se sentir exclue par cet échange. Elle se retira sans un mot. La porte claqua derrière elle et Charles sursauta, avant de se retourner brusquement pour ne plus voir que la porte de fer, dont l'intérieur était dénué de poignée.

— Ne t'inquiète pas, le rassura Hester. Elle reviendra quand le temps de visite sera écoulé.

Il se tourna vers elle avec un sourire forcé. Il était clair que faire bonne figure lui coûtait.

— Est-ce qu'on te donne assez à manger ? Est-ce que tu as assez chaud ? J'ai l'impression qu'il fait froid ici...

— Ce n'est pas trop mal, répondit-elle. Et puis, en fait, ça n'a pas vraiment d'importance. Il doit y avoir des gens qui n'ont jamais connu mieux que cela.

Elle le vit chercher quelque chose à dire. Se contenter d'une conversation courtoise paraissait ridicule et, cependant, Charles avait toujours redouté la réalité.

Hester prit la décision à sa place, craignant de voir la visite toucher à sa fin sans avoir rien pu dire d'important.

— Monk est parti à Édimbourg afin de découvrir ce qui s'est vraiment passé, commença-t-elle.

— Monk ? Ah oui, ce policier avec qui tu... enfin, que tu connais. Crois-tu que...

Il s'interrompit, changeant visiblement d'avis.

— Oui, affirma-t-elle, terminant la phrase pour lui. Je crois qu'il est le mieux placé pour enquêter. En fait, je ne connais personne qui soit plus à même de le faire. Il n'est pas homme à se laisser mener en bateau et il sait que je n'ai pas tué ma patiente. Il va donc continuer à questionner, à observer et à réfléchir jusqu'à ce qu'il découvre le coupable.

Cela faisait du bien d'exprimer une telle confiance, même si, au départ, c'était pour rassurer Charles. Ses propres paroles lui mettaient du baume au cœur.

— Tu en es sûre ? interrogea son frère avec inquiétude. Tu n'aurais pas pu te tromper, n'est-ce pas ? Tu étais fatiguée, tu ne connaissais pas cette malade...

Il semblait s'excuser tout en parlant. Son visage était rouge et son regard désespérément honnête.

Elle fut tentée de s'emporter contre lui, mais la colère mourut sur ses lèvres. Elle connaissait trop bien ce frère qui, à vrai dire, lui faisait pitié. A quoi bon lui faire du mal ? Il souffrirait de toute façon.

— Non, répondit-elle. Le médicament se présentait sous forme de flacons, dont chacun correspondait à la dose requise. Je lui en ai donné un, comme on me l'avait demandé. Ma patiente n'avait rien de la vieille dame sénile qui ne sait pas bien ce qu'elle fait, Charles. C'était une personne passionnante, pleine d'humour, de sagesse et de discernement. Elle ne m'aurait pas laissée commettre une erreur.

Il fronça les sourcils.

— Dans ce cas, tu insinues que quelqu'un l'a tuée délibérément ?

— Oui.

— Mais ne serait-il pas possible, par exemple, que l'apothicaire se soit trompé en préparant le remède ?

— Je ne crois pas, non. D'ailleurs, c'était le deuxième flacon de la trousse. Si l'ensemble du lot avait été mal dosé, ma patiente serait morte en avalant le premier. Et puis, qui a placé la broche dans mon sac ? Sûrement pas l'apothicaire !

— La femme de chambre ?

— Elle n'aurait pas pu faire cela par erreur. Tous les bijoux étaient réunis dans un coffret spécial, qui se trouvait dans le sac de voyage avec les affaires de nuit de ma patiente. Or, je n'ai découvert que cette broche dans mon propre sac, qui ne ressemblait pas du tout au sien. Et d'ailleurs, les deux sacs ne se sont jamais retrouvés côte à côte avant que nous montions dans le train.

Le visage de Charles se crispa en une expression malheureuse.

— Dans ce cas, je suppose que quelqu'un avait décidé de la tuer... et de te faire porter le blâme.

Il se mordit la lèvre.

— Pour l'amour du ciel, Hester, reprit-il d'un ton pressant, ne pouvais-tu pas te contenter d'un métier plus respectable ? Tu te retrouves toujours impliquée dans des histoires de crimes et de désastres en tout genre ! D'abord l'affaire Grey, puis les Moidore, les Carlyon, et aussi cet effroyable meurtre à l'hôpital... Qu'est-ce que tu as ? Serait-ce ce Monk qui t'entraîne avec lui dans tout ce qu'il fait ?

Cette suggestion prit la jeune femme au dépourvu. Elle se sentit presque blessée dans son amour-propre à l'idée que ce pût être Monk, ou l'affection qu'elle éprouvait pour lui, qui guidât sa propre vie.

— Non, pas du tout, rétorqua-t-elle sèchement. C'est par vocation que j'ai choisi de devenir infirmière, et il se trouve que c'est un métier qui a parfois des liens avec la mort. Il y a des gens qui meurent, Charles, en particulier ceux qui sont malades.

Charles parut perplexe.

— Mais si cette Mrs. Farraline était si malade, pourquoi pense-t-on qu'elle a été assassinée ? Cela paraît déraisonnable, non ?

— Mais elle n'était pas malade ! protesta Hester, furieuse de s'être laissé prendre à son propre piège. Elle était âgée et elle avait le cœur fragile, c'est tout. Elle aurait pu vivre encore des années !

— Cela ne peut pas fonctionner dans les deux sens, Hester ! Soit sa mort était normale, et donc prévisible, soit elle ne l'était pas ! Bigre, les femmes manquent parfois de logique !

Il esquissa un sourire. Il ne s'agissait pas de méchanceté, ni même d'esprit critique, mais simplement de patience. Pourtant, Hester s'enflamma instantanément, comme du petit bois qui s'embrase.

— Qu'est-ce que tu racontes ? s'écria-t-elle. Comment oses-tu te tenir devant moi et me parler de la logique des femmes ? De toute façon, je te signale que les femmes ne sont certainement pas plus illogiques que la plupart des hommes. Nous sommes différentes, voilà tout ! Nous tenons moins compte de ce qu'on appelle les faits concrets, et plus des sentiments des gens. Et nous sommes plus souvent dans le vrai. Ce qui est sûr, c'est que nous avons davantage de sens pratique. Vous ne faites que vous fonder sur des théories, dont la moitié ne fonctionnent pas parce qu'elles sont bancales ou parce qu'il y a des éléments que vous ignorez et qui les disqualifient d'emblée.

Elle s'interrompit, hors d'haleine, consciente d'avoir parlé trop fort. Alors, elle s'aperçut qu'elle était en train de se quereller avec la seule personne de toute la prison, peut-être même de la ville, qui se trouvât véritablement de son côté et à qui cette affaire n'inspirât qu'un immense chagrin. Fallait-il s'excuser devant cet homme guindé et si peu clairvoyant ?

Il ne lui laissa pas le temps de trouver la réponse à cette question.

— Alors qui a tué cette Mrs. Farraline ? interrogea-t-il avec un sens pratique dévastateur. Et pourquoi ? Pour de l'argent ? Il est évident qu'elle était bien trop âgée pour qu'il s'agisse d'une histoire de cœur !

— On ne cesse pas d'être amoureux sous prétexte qu'on a dépassé la trentaine ! rétorqua-t-elle avec mauvaise humeur.

Il la dévisagea, interloqué.

— Je n'ai jamais vu de femmes de plus de soixante ans victimes de crimes passionnels, assena-t-il.

— Je n'ai jamais dit qu'il s'agissait d'un crime passionnel.

— Tu es vraiment pénible, ma chère Hester. Ne veux-tu pas au moins t'asseoir, pour que nous puissions discuter plus confortablement tous les deux ?

Il désigna le petit lit et joignit le geste à la parole en allant y prendre place lui-même.

— Puis-je t'apporter quelque chose pour rendre ton séjour ici un peu plus agréable ? s'enquit-il. Si c'est autorisé, je le ferai. Je t'avais apporté du linge propre que j'étais allé chercher chez toi, mais on me l'a confisqué à l'entrée. Ils te le remettront sans doute tôt ou tard.

— Oui, ce serait gentil à toi. Tu pourrais demander à Imogen de me trouver du savon. Cette eau phéniquée qu'on donne ici m'arrache la peau du visage. C'est affreux.

— Bien sûr, répondit Charles avec une moue bienveillante. Je suis sûre qu'elle fera cela pour toi. Je te l'apporterai dès que possible.

— Imogen ne pourrait-elle pas me l'apporter elle-même ? J'aimerais bien la voir.

Elle sut en prononçant ces mots que sa requête était égoïste et génératrice de nouvelles souffrances.

Une ombre passa dans le regard de Charles et le rouge lui monta aux joues, comme s'il avait conscience que quelque chose clochait, mais sans savoir au juste de quoi il s'agissait, où était le mal.

— Je suis navré, Hester, mais je ne puis autoriser Imogen à venir ici. Elle ne le supporterait pas. Elle ne pourrait plus jamais oublier cette expérience, le souvenir de sa visite continuerait à la hanter des jours et des jours. Elle en ferait des cauchemars... Il est de mon devoir de la protéger de mon mieux.

— Oui, tu as raison, c'est un cauchemar! rétorqua Hester avec brutalité. D'ailleurs, moi aussi, j'en rêve la nuit. Seulement, quand je me réveille, je ne me retrouve pas bien au chaud dans mon lit, sous mon propre toit, avec un homme à mes côtés pour s'occuper de moi et me préserver de la dure réalité. Quand je me réveille, moi, je suis là, avec la perspective d'une longue journée glaciale devant moi, et d'une autre demain, et les jours suivants encore...

Elle vit le visage de son frère se fermer, comme s'il n'avait pas la force de bien saisir le sens de ces propos.

— Je sais cela, Hester. Mais Imogen n'y est pour rien, et moi non plus. C'est toi qui as choisi ta voie. J'ai tout fait pour t'en dissuader, souviens-toi. Je n'ai jamais cessé d'essayer de te convaincre de prendre un époux, à l'époque où certains avaient demandé ta main ou auraient pu le faire si tu t'étais montrée un peu plus engageante. Mais tu n'as rien voulu entendre. A présent, j'ai bien peur qu'il ne soit trop tard. Même si cette affaire est élucidée, et je prie pour qu'elle le soit, même si tu es finalement disculpée, il y a peu de chances que l'on te propose un mariage honorable après cela, à moins que tu ne trouves un veuf à la recherche d'une femme correcte pour...

— Je n'ai aucune intention de passer ma vie à tenir la maison d'un veuf, l'interrompit-elle avec des larmes dans la voix. Je préférerais encore être payée comme bonne à tout faire et garder ma dignité, et la liberté de m'en aller!

Charles se leva. Il était pâle et crispé.

— Bon nombre de mariages sont avant tout des

mariages de raison, Hester. Le respect mutuel naît dans un deuxième temps. Je ne vois pas où est la perte de dignité là-dedans. Pour une femme, ajouta-t-il en esquissant un petit sourire, et tu affirmes que les femmes ont le sens pratique, tu es bien la créature la plus romanesque et la plus dénuée de sens pratique que je connaisse.

Hester se leva à son tour. L'émotion la submergeait, l'empêchant de répondre.

— Je t'apporterai du savon à ma prochaine visite, reprit Charles plus doucement. Je t'en prie... je t'en prie, ne perds pas espoir. Maître Rathbone est le meilleur avocat que...

— Je sais! coupa-t-elle. Merci d'être venu.

Il fit un pas vers elle, peut-être pour lui déposer un baiser sur la joue, mais elle recula vivement. Il parut surpris, puis accepta la rebuffade. Peut-être éprouva-t-il même un certain soulagement d'avoir enfin une excuse pour s'éclipser, quitter à la fois sa sœur et ce lieu sinistre.

— Bon... Eh bien, je... je reviendrai bientôt... assura-t-il avant de se tourner vers la porte et d'y frapper quelques coups précipités.

Hester dut patienter jusqu'au lendemain avant de recevoir une nouvelle visite. Cette fois, il s'agissait bien d'Oliver Rathbone.

Elle éprouvait un désespoir si profond que l'arrivée de l'avocat ne suscita pas chez elle le regain d'énergie qu'elle ressentait d'ordinaire en le voyant entrer. Il parut s'en rendre compte car, contrairement aux fois précédentes, son visage demeura sombre lorsqu'il la salua. Il fallut quelques secondes à Hester pour comprendre qu'en réalité l'expression de Rathbone ne reflétait pas seulement les sentiments qui la dévastaient elle-même.

— Qu'y a-t-il? interrogea-t-elle d'une voix tremblante. Qu'est-ce qui ne va pas?

La seconde précédente encore, elle se croyait incapable de souffrir davantage. A présent, une nouvelle peur, brutale, venait de s'ajouter aux émotions intenses qui la taraudaient avant l'arrivée de l'avocat.

Ils étaient restés debout, face à face, dans l'étroite pièce blanchie à la chaux, près de la table et des deux chaises de bois désormais familières. Rathbone saisit les mains de la jeune femme. Cet élan ne fit qu'accroître l'appréhension d'Hester. Elle prit une inspiration pour reposer la question, mais aucun son ne franchit ses lèvres.

— Vous allez être jugée en Écosse, déclara-t-il enfin, presque à voix basse. A Édimbourg. C'est la famille qui l'a souhaité et je ne peux pas m'opposer sur ce point. Il leur est apparu que le poison avait été administré sur le sol écossais et comme nous-mêmes soutenons la même chose, l'affaire relève de la juridiction écossaise. Je suis vraiment désolé.

Hester fronça les sourcils : en quoi était-ce une catastrophe ? Oliver semblait anéanti.

Il ferma un instant les yeux pour les rouvrir aussitôt.

— Vous allez comparaître devant un tribunal écossais, expliqua-t-il encore. Or, je suis anglais. Je ne pourrai pas assurer votre défense.

Elle crut recevoir un coup à l'estomac. La dernière branche à laquelle elle croyait encore pouvoir se raccrocher venait de céder. Elle se retrouvait seule, absolument seule. Elle demeura interdite, incapable de parler, ou même de pleurer.

Oliver lui tenait encore la main. Il la serrait si fort que cela lui faisait mal, une douleur légère qui constituait son seul lien avec la réalité. C'était presque un soulagement.

— Nous choisirons le meilleur avocat possible, disait Rathbone d'une voix lointaine. Callandra prendra les honoraires à sa charge, bien sûr. Et ne protestez pas ! Vous règlerez ces détails plus tard avec elle, si vous le souhaitez. Bien entendu, je viendrai à Édimbourg et j'assisterai mon confrère de toutes les façons possibles. Seulement, ce sera lui qui plaidera, même si certains de ses arguments viennent de moi.

Elle voulut lui demander s'il ne voyait pas un moyen de contourner les règlements, de plaider malgré tout. Elle connaissait ses talents d'orateur, la puissance de sa pen-

201

sée, le charme qu'il déployait face aux témoins et cette façon subtile qu'il avait d'endormir la défiance pour atteindre mortellement ses adversaires ensuite. Toutefois, elle savait que Rathbone ne lui eût jamais annoncé cette nouvelle s'il avait existé la moindre possibilité de faire autrement. Il avait dû tout tenter déjà, et échouer. Il était puéril et inutile de se révolter contre l'inéluctable. Mieux valait accepter et s'armer en prévision des combats à venir.

— Ah bon...

Il ne trouva rien à ajouter. Sans un mot, il fit un pas en avant et la prit dans ses bras. Un long moment, il la tint ainsi, serrée contre lui, sans même lui caresser les cheveux ou la joue, immobile, protecteur.

Trois longs jours stériles s'étaient encore écoulés depuis la dernière visite de Monk à Ainslie Place. Il avait consacré ce temps à se renseigner sur les Farraline, ce qui s'était révélé intéressant, mais n'avait pas étoffé d'un pouce la défense d'Hester. La famille était respectée, tant sur le plan professionnel que privé. Personne ne trouvait de critiques à formuler à son encontre, hormis de vagues sarcasmes suscités par la jalousie.

Apparemment, Hamish avait fondé l'imprimerie juste après avoir quitté l'armée, peu après la fin des guerres napoléoniennes. Hector n'avait joué aucun rôle dans cette affaire, et il n'en tenait toujours pas aujourd'hui. Il subsistait, à ce que l'on racontait, grâce à sa pension de militaire, puisqu'il était resté dans l'armée jusqu'à un âge relativement avancé. A l'époque, il rendait de fréquentes visites à la famille, qui le recevait à bras ouverts. En vivant désormais sous le toit des Farraline, il bénéficiait d'un luxe qui était loin d'être à la portée de sa bourse. La reconnaissance ne l'empêchait pas de boire (de boire beaucoup), sans jamais lever le petit doigt pour se rendre utile. Les habitants de la maison le traitaient, à ce qu'on en savait, avec une bienveillance affectueuse et, en tout cas, il ne semblait gêner personne. S'ils étaient prêts à le supporter, c'était leur affaire ! N'importe quelle famille ne possède-t-elle pas son mouton noir ?

De son vivant, Hamish ne ressemblait guère à son frère : travailleur, inventif, il était téméraire en affaires et extrêmement chanceux. Son imprimerie avait réalisé de magnifiques profits, au point de se hisser au rang des meilleures d'Édimbourg, sinon d'Écosse. Préférant la qualité à la quantité, elle employait peu de personnel, mais jouissait d'une réputation sans tache.

Hamish Farraline était un parfait gentleman, mais son style n'avait rien de pompeux. Jeune, il avait sans doute fait les quatre cents coups, c'était tout naturel pour un homme, mais rien n'avait subsisté de cette époque. Jamais il n'avait causé le moindre embarras à sa famille, aucun scandale ne restait attaché à son nom. Il était mort huit ans auparavant, après avoir vu sa santé décliner peu à peu. Vers la fin de sa vie, il ne quittait presque plus la maison. Il était triste de perdre un individu d'une telle valeur.

Non que son fils aîné ne fût pas un excellent homme lui aussi ! Moins doué en affaires, il avait accepté de confier la gestion de l'entreprise à son beau-frère, Baird McIvor, qui était pourtant un étranger : un Anglais, mais pas un mauvais bougre pour autant. Certes, on le disait soupe au lait, mais c'était un homme compétent et honnête. Mr. Alastair, quant à lui, occupait le poste prestigieux de procurator fiscal. Il exerçait son autorité de la meilleure façon possible et la ville était fière d'avoir un tel homme pour assumer cette fonction. Bien sûr, certains le trouvaient un peu trop fier, plein de son importance, mais n'était-ce pas naturel pour un Fiscal ? La loi n'était-elle pas une affaire importante ?

Avait-il lui aussi fait les quatre cents coups ? Si c'était le cas, personne n'était au courant et, à le voir, on avait du mal à l'imaginer. Une chose était certaine : il jouissait d'une réputation blanche comme neige.

Bien sûr, il y avait eu l'affaire Galbraith, mais le scandale concernait Mr. Galbraith, non le Fiscal.

Monk, qui connaissait déjà l'affaire, demanda néanmoins des détails complémentaires.

On lui répondit à peu près ce qu'il savait déjà : Galbraith avait été accusé de fraude à une très large échelle. A Édimbourg, chacun pensait qu'il n'aurait eu aucune chance de s'en sortir si l'affaire était passée en jugement, mais le Fiscal avait déclaré le non-lieu pour insuffisance de preuves et Galbraith avait ainsi échappé à l'emprisonnement... mais non à la disgrâce, du moins dans l'opinion publique. Le Fiscal, dans tout cela, n'avait rien à se reprocher.

Et Mary Farraline ?

Ça, c'était une grande dame ! On ne pouvait que l'admirer pour sa dignité, la courtoisie qu'elle manifestait à chacun. Jamais elle ne prenait quiconque de haut, témoignait la même amabilité aux riches et aux pauvres... C'était là une marque de qualité, non ? Elle possédait une élégance indéniable, mais jamais ostentatoire.

Sa réputation personnelle était-elle intacte ?

Ne soyez pas ridicule ! Concernant Mrs. Farraline, la question ne se posait même pas ! Elle était charmante, mais sans familiarité, et on la savait dévouée à sa famille. Bien sûr, elle avait été séduisante dans sa jeunesse et les admirateurs n'avaient pas manqué. A cette époque, elle avait du piquant et aimait la vie, mais elle n'adoptait pas pour autant une attitude inconvenante ou génératrice de scandales.

Évidemment. Et que penser de la relève au féminin chez les Farraline ?

Elle se présentait bien. Bien sûr, les filles n'avaient pas toutes les qualités de la mère, sauf, peut-être, Miss Oonagh. Une femme, à présent. Tout comme sa mère, elle était calme, forte, intensément loyale à la famille. Intelligente elle aussi... Certains disaient même qu'elle dirigeait l'imprimerie tout autant que son époux. C'était sans doute vrai. Mais ça, c'étaient leurs affaires...

Lorsqu'il se présenta à Ainslie Place, Monk fut civilement accueilli par McTeer. Celui-ci le considérait à présent avec un intérêt discret mêlé d'une totale désapprobation. Comme les fois précédentes, le détective fut introduit dans le petit salon, où était rassemblée la famille. Seul Alastair manquait à l'appel.

Oonagh l'accueillit, un demi-sourire aux lèvres, et le regarda dans les yeux sans ciller. Il y avait trop de franchise et d'intelligence dans son expression pour que Monk se sentît flatté au sens habituel du terme ; il était néanmoins touché de constater que cette femme s'intéressait suffisamment à lui pour ne pas se contenter de la simple courtoisie obligée.

— Bonjour, Mr. Monk, dit-elle. Comment allez-vous ?

— Très bien, merci, répondit-il, avec cette même alliance d'ardeur dans le regard et de convenance dans le discours. Édimbourg est une ville admirable.

Oonagh se tourna vers les autres. Il la suivit pour saluer le reste de la famille et échanger des propos anodins sur la santé ou le temps qu'il faisait.

Pour une fois, Hector était présent. Monk le trouva dans un état dramatique. Sa pâleur faisait ressortir les taches de vieillesse sur son visage et ses yeux étaient cernés de rouge à la lisière des paupières. Pour atteindre un tel délabrement physique, songea le détective, il devait absorber au moins une bouteille de whisky par jour. A ce rythme, le vieil homme ne tarderait pas à passer de vie à trépas. A demi affalé dans l'un des sofas, il examinait le nouveau venu d'un œil perplexe, comme pour évaluer le rôle que cet intrus pouvait bien tenir.

Monk salua Deirdra avec le même plaisir que précédemment. S'il était prêt à lui attribuer une foule de qualités, il devait bien admettre qu'il eût fallu une bonne dose de mauvaise foi pour trouver du chic à son allure. De toute évidence, la jeune femme était une extravagante, du moins dans le choix de ses vêtements : si l'étoffe de sa robe était magnifique, si les fines perles qui en parsemaient le corsage avaient été brodées avec art, la coupe, en revanche, péchait par un dédain complet du sens des proportions. Les jupons retombaient en vagues successives de façon désastreuse, le plus bas d'entre eux flottant trop haut au-dessus des chaussures. Sur une femme de petite taille, l'ensemble était du plus mauvais effet. Quant aux manches, bouffantes au niveau des épaules, elles étaient affectées d'un pli disgracieux là où l'étoffe eût dû rester lisse.

Pour Monk toutefois, aucun de ces détails n'avait d'importance. Ils apportaient la preuve que cette femme possédait une personnalité affirmée, néanmoins assortie d'une curieuse vulnérabilité, qui n'était pas sans déplaire au détective.

Il accepta le vin qu'on lui proposait et s'approcha du feu.

— Avez-vous réussi à bien occuper votre temps? lui demanda Quinlan.

Il était impossible de deviner si la question était ironique. Monk chercha une réponse propre à amener une réaction intéressante, mais en vain. A vrai dire, il commençait à désespérer. Le temps passait et, jusqu'à présent, rien de ce qu'il avait appris n'avait fait progresser l'enquête. Qu'avait-il à perdre en usant de manœuvres plus risquées?

— Je suis nettement mieux renseigné sur votre famille, déclara-t-il avec un sourire amusé, mais sans chaleur. On m'a exposé des faits, j'ai entendu des opinions personnelles, et tout cela m'a semblé très intéressant.

C'était un mensonge, bien sûr, mais la sincérité était un luxe qu'il ne pouvait s'offrir.

— Sur nous? s'étonna Baird. Mais je croyais que votre enquête concernait Miss Latterly?

— Mon enquête concerne l'affaire dans son ensemble. Mais si vous m'avez bien entendu, j'ai dit que j'étais nettement mieux renseigné, et non que cette connaissance était mon but à l'origine.

— La différence me semble toute académique, intervint Quinlan, abondant pour une fois dans le sens de Baird. Et que vous a-t-on raconté d'intéressant? Vous a-t-on dit que pour épouser la belle Eilish Farraline, j'avais dû la ravir à son précédent prétendant? Un jeune homme bien né, mais privé de fortune, ce que la famille avait tendance à désapprouver.

Baird s'assombrit, mais demeura silencieux. Eilish eut un regard d'oiseau blessé et se tourna vers lui, mais il fixait un point, au loin. Alors, elle décocha un coup d'œil haineux à Quinlan.

— Vous avez bien de la chance que cette famille vous ait trouvé à son goût! déclara Monk sans rien trahir de ses propres sentiments. Devez-vous cela à votre charme personnel, à vos origines familiales, ou seulement à votre argent?

Oonagh tressaillit mais l'amusement fit aussitôt pétiller ses yeux. Elle semblait apprécier de plus en plus le détective, qui tira de cette constatation une satisfaction extrême.

— C'est à Belle-maman qu'il aurait fallu poser la question, intervint Deirdra. Je suppose que c'était son approbation qui prévalait. Bien sûr, d'une certaine façon, Alastair avait son mot à dire... Mais pour ce genre de décision, j'ai du mal à croire qu'il ne se soit pas laissé influencer. J'ignore pourquoi le premier jeune homme ne lui avait pas plu. Pour ma part, je le trouvais charmant.

— Il ne suffit pas de savoir se montrer charmant pour faire un bon époux, fit remarquer Kenneth avec une pointe d'amertume. Même l'argent n'est pas tout, à moins d'en posséder vraiment beaucoup. Ce qui compte, c'est la respectabilité... n'est-ce pas, Oonagh?

— En tout cas, ce n'est certainement pas la beauté, l'esprit ou l'art de s'amuser ou de donner du plaisir à autrui, mon cher Kenneth. Les femmes qui répondent à ces critères-là ont leur place dans notre société, mais cette place n'est certainement pas devant l'autel.

— Pour l'amour du ciel, s'exclama Quinlan, ne nous dites pas où est cette place! De toute façon, chacun connaît la réponse.

— A vrai dire, lança Baird en fixant ce dernier d'un regard désapprobateur, quelque chose m'échappe encore : vous n'avez pas de fortune, personne, ici, n'a jamais évoqué votre famille, et quant à votre charme personnel, cela ne vaut même pas la peine d'en parler.

Oonagh le dévisagea, pensive, indéchiffrable.

— Nous autres Farraline, déclara-t-elle, n'avons aucun besoin d'argent, ni d'alliances familiales. Nous nous marions comme bon nous semble. Quinlan a ses qualités, et tant qu'elles plaisent à Eilish, nous nous contentons pour notre part de donner notre assentiment. C'est tout ce qui compte. N'est-ce pas, ma chérie ? ajouta-t-elle avec un sourire à l'adresse d'Eilish.

Eilish hésita un instant, en proie à une étrange succession d'émotions qu'elle ne pouvait cacher. Puis son visage se détendit. Elle esquissa une petite moue désolée et sourit.

— Oui, bien sûr, Oonagh, répondit-elle. J'avoue que je t'ai haïe, à l'époque, lorsque tu abondais dans le sens de Maman. Pour moi, tu avais tort sur toute la ligne. Mais à présent, je comprends que je n'aurais pas été heureuse avec Robert Crawford. Il n'était pas fait pour moi, conclut-elle avec un bref coup d'œil en direction de Baird.

Rougissant violemment, ce dernier se détourna.

— L'amour... L'amour est un rêve... Un beau rêve...

C'était Hector qui, perdu dans ses pensées, avait prononcé ces paroles, auxquelles personne ne parut prendre garde.

— Quelqu'un sait-il à quelle heure est censé rentrer Alastair ? s'enquit Kenneth en considérant d'abord Deirdra, puis Oonagh. Allons-nous devoir l'attendre pour dîner... une fois de plus ?

— S'il arrive en retard, répondit sèchement Oonagh, ce sera pour une excellente raison, et non parce qu'il n'a aucun respect pour nous et préfère les distractions extérieures à notre compagnie.

Kenneth fit la grimace, à la manière d'un petit garçon mécontent, mais s'abstint de tout commentaire. Monk eut l'impression qu'il faisait un effort sur lui-même pour ravaler les mots qui lui venaient aux lèvres.

Durant les dix ou quinze minutes suivantes, la conversation, plus légère, fut alimentée tant bien que mal, puis de petits groupes se formèrent. Monk fit en sorte de se retrouver près de Deirdra, non qu'il voulût lui soutirer des informations, mais parce qu'il appréciait sa conversation.

— Dites-moi la vérité, Mr. Monk, commença-t-elle gravement. Avez-vous découvert quelque chose au sujet de la mort de notre pauvre Belle-maman ? J'espère de tout cœur que cette affaire ne va pas traîner en longueur et causer encore plus de chagrin à tout le monde.

Le ton de sa voix faisait de cette remarque une question et ses yeux sombres étaient pleins d'inquiétude. Monk songea qu'elle méritait de connaître la vérité, bien qu'il n'eût pas hésité à lui mentir si cela avait pu servir ses objectifs.

— A vrai dire, j'ai bien peur que cette affaire ne soit guère facile à élucider, répondit-il. Un jugement pour meurtre n'est jamais agréable. Aucun accusé n'est prêt à se laisser passer la corde au cou sans lutter avec toutes les armes dont il dispose.

Il avait peine à prononcer ces mots. Il se sentait submergé par une haine aveugle envers toutes ces personnes qui attendaient, dans cette pièce baignée d'une douce chaleur, de pouvoir passer à table. L'une d'elles avait tué Mary Farraline et était prête à présent à assassiner Hester par tribunaux interposés.

— Et il ne faut pas se faire d'illusions, ajouta-t-il entre ses dents. Si l'avocat de la défense fait bien son métier, il cherchera à semer le doute ailleurs, à salir d'autres réputations. Bien sûr, ce ne sera guère agréable. Mais cette femme lutte pour sauver sa vie. C'est quelqu'un de courageux, qui a déjà affronté la solitude, les privations et le danger physique par le passé. Elle ne baissera pas les bras facilement. Il faudra la combattre et la vaincre.

Un étonnement croissant était apparu sur le visage de Deirdra.

— Vous parlez comme si vous la connaissiez bien, constata-t-elle presque à mi-voix.

Monk se reprit aussitôt, à la manière d'un coureur de fond qui se rétablit après avoir trébuché.

— Cela fait partie de mon travail, Mrs. Farraline. Je me vois mal défendre les intérêts de l'accusation sans rien connaître de la partie adverse.

— Ah oui... Oui, bien sûr. J'avoue que je n'y avais pas songé. En fait, ajouta-t-elle avec une petite moue désolée, je n'ai pas vraiment réfléchi à cette affaire. Alastair, lui, ne doit rien en ignorer. J'imagine que vous avez bavardé avec lui.

Cela ressemblait plus à une certitude qu'à une question. Deirdra arborait à présent un air penaud.

— Il faudrait aussi que vous parliez à Oonagh, enchaîna-t-elle. C'est une femme extrêmement observatrice. Elle semble toujours savoir ce que ses interlocuteurs ont derrière la tête, elle ne s'arrête pas au sens premier de leurs paroles. Je l'ai souvent remarqué. Elle a le don d'analyser la personnalité des gens. C'est vraiment réconfortant, ajouta-t-elle avec un sourire, de savoir que l'on vous comprend si bien.

— Sauf dans le cas d'Hester Latterly, fit remarquer Monk avec un sarcasme qu'il n'entendait pas manifester.

Elle tressaillit et dévisagea le détective. Il regretta aussitôt ses paroles, conscient de sa brutalité et du fait qu'il venait de se trahir.

— Oh, il ne faut pas la blâmer pour cela, protesta la jeune femme. Elle était si occupée à prendre soin de sa mère! Vous savez, c'était à elle que Belle-maman se confiait toujours. Et elle semblait très inquiète pour Griselda. Pour ma part, j'étais persuadée qu'il n'y avait pas le moindre souci à se faire : Griselda a toujours été de nature inquiète. Mais en fait, il devait y avoir quelque chose de plus grave... Il arrive que la première grossesse pose des problèmes. De même que les suivantes, d'ailleurs! Je sais que Griselda écrivait plusieurs lettres par semaine. En fin de compte, Oonagh a estimé que Belle-maman devait bel et bien se rendre à Londres pour rassurer sa fille de vive voix. Désormais, la pauvre petite ne saura jamais ce que sa mère allait lui dire !

— Mais Mrs. McIvor ne peut-elle pas lui écrire pour la tranquilliser?

— Oh, je suis sûre qu'elle l'a fait, affirma Deirdra. J'aurais aimé pouvoir l'aider moi-même, mais je n'ai pas la moindre idée de ses motifs d'inquiétude. J'imagine que Belle-maman voulait lui donner des précisions sur les antécédents médicaux de la famille.

— Dans ce cas, je suis persuadé que Mrs. McIvor a pu en faire autant.

— Bien sûr, répondit Deirdra avec un sourire chaleureux. S'il existe une personne susceptible d'aider Griselda désormais, c'est bien Oonagh. Elle doit savoir précisément comment la réconforter.

Les conversations furent interrompues par l'arrivée d'Alastair. Celui-ci semblait fatigué et soucieux. Il alla tout d'abord échanger quelques brefs propos avec Oonagh, puis salua son épouse et pria Monk d'excuser son retard. Quelques instants plus tard, la cloche retentissait et le petit groupe gagnait la salle à manger.

Ils attaquaient le plat de résistance lorsque la gêne commença à s'installer. Jusque-là, Hector avait gardé le silence, répondant simplement par monosyllabes aux rares questions qui lui étaient posées. Soudain, Monk le vit relever la tête et considérer Alastair, les sourcils froncés. Il luttait visiblement pour soutenir son attention.

— Je suppose que c'est encore cette affaire, déclara-t-il d'un ton qui dénotait un profond dégoût. Tu devrais laisser tomber. Tu as perdu de toute façon. C'est fini, un point, c'est tout.

— Non, Oncle Hector, répondit Alastair, agacé. J'étais au tribunal de grande instance pour une affaire totalement nouvelle.

Hector émit un grognement peu convaincu. Mais peut-être avait-il trop bu pour comprendre la réponse de son neveu.

— En tout cas, ça ne s'est pas bien passé, reprit-il. Tu aurais dû gagner. Cela ne m'étonne pas que ça continue à te trotter dans la tête.

Oonagh saisit le pichet de vin et remplit son propre verre, qu'elle fit passer à Hector. Celui-ci le saisit avec un coup d'œil à la jeune femme, mais ne le porta pas à ses lèvres.

— Alastair n'est pas en position de gagner ou de perdre des procès, Oncle Hector, expliqua-t-elle avec douceur. Son rôle consiste à décider si oui ou non le ministère public détient suffisamment de preuves pour intenter un procès. Dans le cas contraire, il n'y a aucun intérêt à porter une affaire devant les tribunaux. Cela reviendrait à gaspiller l'argent public.

— Et à faire endurer à un suspect sans doute innocent une épreuve extrêmement pénible ainsi que l'opprobre, compléta Monk avec brusquerie.

Oonagh lui lança un regard surpris.

— Tout à fait. Il y a cela aussi.

Hector s'était tourné vers Monk comme s'il se souvenait soudain de sa présence.

— Ah oui... Vous êtes le détective, c'est ça? Vous êtes là pour vérifier la culpabilité de l'infirmière. Dommage, ajouta-t-il avec une grimace désapprobatrice. Je l'aimais bien. Gentille fille! Courageuse. Il faut, vous savez, du courage pour aller jusqu'en Crimée quand on est une femme, et pour soigner les soldats. Vous avez intérêt à être sûr de vous, jeune homme! conclut-il, affichant cette fois une franche hostilité. Vous avez vraiment intérêt à être sûr que c'est bien la bonne personne que vous tenez là!

— Ne vous en faites pas, répondit Monk d'un ton dur. Je prends ma tâche bien plus à cœur que vous ne pouvez vous le figurer.

Hector le dévisagea quelques instants, puis, presque à contrecœur, se mit à boire le vin d'Oonagh.

— Il n'existe aucun doute, Oncle Hector, lança Quinlan d'un ton irrité. Si vous étiez un peu plus sobre, vous le sauriez.

Cette remarque eut le don d'excéder le vieil homme. Il reposa brutalement son verre, qui se serait renversé si Eilish n'avait pas déplacé in extremis une petite cuillère sur laquelle il avait failli atterrir.

— Ah bon ? s'exclama-t-il, indigné. Et pourquoi ça ? Pourquoi devrais-je le savoir, Quinlan ?

— Eh bien, hormis le fait que si elle n'est pas coupable, l'un de nous l'est nécessairement, expliqua Quinlan avec un sourire persifleur, cette femme était la seule à avoir un mobile. La broche a été retrouvée dans son sac de voyage.

— Il y a les livres, lança Hector avec une évidente satisfaction.

— Les livres ? répéta Quinlan avec un soupir ennuyé. De quoi parlez-vous ? Quels livres ?

Une lueur de colère brilla dans le regard d'Hector, qui renonça cependant à laisser libre cours à sa mauvaise humeur.

— Ceux de l'imprimerie, répondit-il simplement avec un large sourire. Les livres de comptes.

Un court silence s'installa. Kenneth reposa ses couverts.

— Miss Lattery ne savait rien de ces livres de comptes, Oncle Hector, fit remarquer Oonagh avec calme. Elle était arrivée à Édimbourg le matin même.

— Évidemment ! protesta Hector, en colère. Mais nous, nous les connaissons bien !

— Bien sûr que nous les connaissons ! s'exclama Quinlan.

— Et l'un de nous sait s'ils comportent des erreurs ou pas, poursuivit le vieil homme avec obstination.

Le visage de Kenneth vira au cramoisi.

— Moi, je sais Oncle Hector. C'est mon travail de les tenir à jour. Et ils sont rigoureusement exacts... au penny près.

— Mais bien sûr qu'ils le sont ! renchérit Oonagh en considérant tour à tour Kenneth et Hector. Allons, mon oncle... Nous savons tous que le décès de Maman vous a beaucoup affecté, mais vous commencez à parler inconsidérément. Ce n'est pas ce genre de discours qui nous fera justice. Il serait préférable que vous cessiez d'évoquer ce sujet avant de dire des choses que nous regretterions tous.

Maman n'aurait pas aimé nous voir nous quereller et nous adresser des remarques blessantes comme celle-ci.

Hector s'était figé à ces mots. On eût dit que le souvenir de la mort de Mary venait de le rattraper et que tout le poids du chagrin retombait sur lui d'un seul coup. Il avait blêmi et semblait sur le point de défaillir.

Eilish se pencha vers lui pour le retenir, lui évitant de s'affaisser complètement sur sa chaise. Aussitôt, Baird se leva et contourna la table afin de le soutenir lui aussi.

— Venez, Oncle Hector, dit-il en l'aidant à se lever. Je vais vous raccompagner jusqu'à votre chambre. Il faut que vous vous allongiez un peu.

Une expression furieuse déforma les traits de Quinlan, qui suivit des yeux son épouse et son beau-frère. De part et d'autre du vieil homme, ceux-ci le conduisirent, vacillant, hors de la pièce. On entendit le son de leurs pas décliner dans le vestibule, parfois couvert par la voix encourageante d'Eilish ou celle, plus profonde, de Baird.

— Je suis désolée, déclara Oonagh en se tournant vers Monk. Je crains qu'Oncle Hector ne soit pas aussi en forme que nous aimerions le croire. Toute cette histoire l'a beaucoup ébranlé. Il lui arrive parfois de ne plus trop savoir ce qu'il dit, conclut-elle avec un léger sourire d'excuse.

— Pas aussi en forme! répéta haineusement Quinlan. Ce vieil imbécile est ivre mort!

Alastair lui jeta un coup d'œil menaçant, mais demeura silencieux.

Deirdra agita sa petite cloche et les domestiques accoururent pour desservir et apporter le dessert.

Les convives avaient quitté la table et étaient retournés au petit salon lorsque Oonagh attira discrètement le détective à l'écart, près de la haute fenêtre. Monk prit soudain conscience du parfum qui émanait de son interlocutrice.

— Alors, Mr. Monk, interrogea la jeune femme, avez-vous progressé?

— Je n'ai guère fait de découvertes inattendues, répondit le détective, sur ses gardes.

— Sur nous?

Il ne servait à rien de tourner autour du pot et il était difficile de mentir à Oonagh, d'autant qu'il n'en avait pas envie.

— Naturellement.

— Et avez-vous découvert où passe l'argent que dépense Deirdra, Mr. Monk?

— Pas encore.

Elle esquissa une grimace chagrine. Elle semblait s'excuser et, en même temps, exprimer un sentiment plus profond qu'il ne put déchiffrer.

— Elle parvient à dépenser des sommes considérables qui ne s'expliquent absolument pas par le train de vie que nous menons. Jusqu'à son décès, c'était ma mère qui tenait les cordons de la bourse, ce en quoi je l'assistais, bien sûr.

Elle fronça les sourcils.

— Deirdra affirme que ce sont ses toilettes qui lui coûtent cher, mais je la trouve particulièrement dépensière, même pour une femme coquette et ayant une position sociale à assumer. Cela inquiète beaucoup mon frère, Alastair. Si vous... si vous pouviez nous éclairer sur ce point, tout en poursuivant votre propre enquête, bien sûr, nous vous en serions extrêmement reconnaissants. Et nous sommes prêts, ajouta-t-elle avec un sourire hésitant, à vous exprimer notre gratitude de la manière qui vous semblera appropriée. Croyez bien que je n'ai aucune intention de vous offenser!

— Merci, répondit-il avec franchise, conscient qu'il eût été, en effet, très facile de le blesser dans son amour-propre. Si je découvre la réponse aux questions que vous vous posez, ce qui est possible, je vous en informerai dès que je serai sûr de mon fait.

Elle sourit pour signifier qu'elle avait compris, puis détourna la conversation vers des sujets plus anodins.

Il prit congé peu avant onze heures moins le quart. Il se

trouvait dans le vestibule, attendant l'arrivée de McTeer, lorsque Hector Farraline fit une apparition titubante sur les marches du grand escalier. Il était presque parvenu en bas lorsqu'il glissa et se rattrapa de justesse à la rampe. Son visage trahissait une concentration intense.

— Allez-vous découvrir qui a tué Mary ? interrogea-t-il dans un murmure étonnamment maîtrisé pour un homme dans un tel état d'ébriété.

— Oui, répondit Monk.

Il lui semblait inutile de se lancer dans des explications. Cela ne ferait que prolonger une rencontre qui promettait d'être éprouvante.

— C'est la meilleure femme que j'aie jamais connue...

Hector cligna des yeux. Une infinie tristesse marquait ses traits.

— Vous l'auriez vue jeune... poursuivit-il. Oh, elle n'a jamais été belle à proprement parler, pas comme Eilish... Mais elle possédait la même vitalité, comme une lumière, une sorte de flamme...

Son regard quitta Monk pour se poser sur l'immense portrait de son frère, auquel le détective n'avait jamais prêté attention. Le vieil homme eut un sourire étrange et son visage fut traversé d'innombrables émotions successives et contradictoires : amour et haine, jalousie et mépris, regrets et pitié.

— C'était un saligaud, vous savez... enfin, parfois... ajouta-t-il dans un souffle, mais d'une voix vibrante d'intensité. Le bel Hamish, mon frère aîné, le colonel. Moi, je n'étais que commandant, vous le saviez ? Mais j'étais bien meilleur soldat que lui ! Lui, côté physique, il était gâté par la nature. Et il savait parler aux femmes. Elles l'adoraient.

Visiblement épuisé, il se laissa tomber sur la dernière marche.

— Mais Mary était la meilleure de toutes. Comme elle se tenait droite quand elle marchait, et la tête haute ! Elle avait de l'esprit, Mary ! Elle était capable de vous faire rire aux larmes... sur n'importe quel sujet.

Il semblait au bord des larmes à présent, et aussi impatient fût-il de s'en aller, Monk se prit de pitié pour lui. C'était un vieil homme, qui vivait de la bonté d'une génération plus jeune à qui il inspirait du mépris, mais aussi un sens profond du devoir. Songer qu'il ne méritait sans doute pas un meilleur sort n'avait rien de réconfortant.

— Il a eu tort! s'exclama soudain Hector en relevant la tête vers le tableau. Vraiment tort. Il n'aurait jamais dû lui faire ça. Surtout pas à elle, entre toutes.

Les propos de ce vieil homme n'intéressaient pas Monk. Hamish Farraline était mort depuis huit ans et il ne pouvait exister de lien entre ces histoires anciennes et le décès de Mary, qui seul comptait à présent. Le détective fit un pas vers la sortie.

— Gardez l'œil sur McIvor! lança Hector dans son dos.

Monk se retourna, surpris.

— Pourquoi?

— Parce qu'elle l'aimait bien. Il n'était pas difficile de voir si Mary aimait quelqu'un ou non.

— Ah bon.

Il n'avait plus envie d'attendre McTeer, qui avait dû s'endormir à l'office. Monk décrocha son manteau et son chapeau. Il allait atteindre la porte d'entrée lorsqu'il vit Alastair sortir du petit salon. Ce dernier vint vers lui et s'excusa de l'absence du majordome.

De nouveau, Monk prit congé et adressa un signe de tête à Hector, toujours assis au bas de l'escalier, avant de sortir. Alastair lui avait proposé d'envoyer chercher un cab, mais il avait refusé. Il allait prendre la direction du sud lorsqu'il aperçut une silhouette qu'il reconnut aussitôt. Elle était passée si rapidement sous le réverbère qu'il eût pu ne pas la remarquer. Toutefois, aucune autre femme ne possédait cette grâce aérienne ni cette flamboyante chevelure, certes à demi dissimulée sous la capuche de sa pèlerine.

Où diable pouvait bien se rendre Eilish Fyffe seule, à pied, à onze heures du soir?

Il s'arrêta et la suivit du regard. Lorsqu'elle eut traversé le terre-plein gazonné et atteint l'autre extrémité d'Ainslie Place, il se mit à courir en silence à ses trousses. Elle pouvait soit prendre la direction de l'est, c'est-à-dire s'engager dans St. Combe Street, soit partir vers le sud par Glenfinlas Street. Il parvint à l'angle juste à temps pour la voir passer sous un réverbère, à l'orée de Charlotte Square.

S'agissait-il d'un rendez-vous galant ? Cette conclusion s'imposait d'elle-même. Pour quelle autre raison une femme sortirait-elle ainsi, seule dans la nuit et à l'évidence soucieuse de passer inaperçue ?

Elle traversa Charlotte Square d'un pas rapide. Encore deux petits pâtés de maisons et elle atteindrait le grand carrefour de Princes Street et Lothian Road, Shandwick Place et Queensferry Street. Où diable allait-elle ? Monk n'avait jamais prêté grande attention à cette femme, et la relative estime qu'il lui portait jusqu'alors était ce soir-là sérieusement mise à mal.

Elle traversa le carrefour sans regarder ni à droite ni à gauche, et encore moins derrière elle, et s'engagea dans Lothian Road. A leur gauche s'étendaient les jardins de Princes Street, que surmontait l'énorme masse sombre et médiévale du mont sur lequel se dressait le château.

Monk prenait soin de ne jamais laisser plus d'une centaine de yards entre Eilish et lui. Il faillit la perdre lorsqu'elle tourna subitement à gauche et disparut dans Kings Stables Road. C'était l'itinéraire qu'il empruntait pour rentrer chez lui à pied. Bientôt, ils seraient au Grassmarket, puis à Cowgate. Était-il possible qu'elle se dirigeât sciemment vers des quartiers aussi sordides ? Que pouvaient bien renfermer ces bâtiments sales et surpeuplés, que pouvaient bien offrir ces ruelles étroites et lugubres à la femme du monde qu'était Eilish ?

Il ressassait dans son esprit toutes les contradictions et impossibilités quand une douleur violente irradia soudain dans tout son corps. Un trou sans fond s'ouvrit devant lui et il s'y précipita.

Lorsqu'il reprit connaissance, il était étendu sur le trottoir. Il se redressa à grand-peine et s'adossa au mur d'une maison. Sa tête le faisait abominablement souffrir, son corps était transi et son humeur avait quelque chose de volcanique. Eilish avait disparu.

Il retourna sur Ainslie Place le lendemain soir, dans un état d'esprit rageur et désespéré. Dès la nuit tombée, il se posta dans un recoin abrité des regards et fit le guet.

Ce ne fut pas Eilish qui apparut toutefois, mais un individu d'allure négligée portant des vêtements sales et usés. Il s'approchait du numéro dix-sept, en proie à une évidente nervosité, jetant des coups d'œil furtifs autour de lui comme s'il craignait d'être remarqué.

Dissimulé dans l'ombre, Monk conserva la plus parfaite immobilité.

L'inconnu accéléra l'allure lorsqu'il passa sous le réverbère, mais Monk eut le temps d'apercevoir son visage. Il avait déjà vu ce personnage quelques jours auparavant, non avec Eilish, mais en compagnie de Deirdra. L'homme sortit une montre de sa poche, la consulta, puis la remit en place.

Curieux. Il n'avait pas l'air d'un individu capable de lire l'heure... D'ailleurs, il était encore plus étonnant qu'il possédât une montre.

Plusieurs minutes s'écoulèrent. L'homme attendait à présent, se balançant d'un pied sur l'autre, visiblement peu à l'aise. Monk s'astreignait à l'immobilité. Sur le trottoir, les réverbères formaient de petites flaques de lumière à intervalles réguliers. Entre elles s'étendaient des zones de brouillard et d'ombre. Le froid se faisait de plus en plus mordant et Monk commençait à le sentir qui s'insinuait à travers les semelles de ses chaussures et montait en lui.

Puis, tout à coup, il la vit. Elle avait dû passer par la grille de la courette, sur le côté de la maison : non pas Eilish, mais la silhouette petite et vive de Deirdra. Sans prendre la peine d'examiner la rue ni le terre-plein central de la place, elle alla droit vers l'homme. Durant quelques minutes, elle se tint tout près de lui. Tête baissée, ils s'entretinrent à voix si basse que, de là où il se trouvait, Monk ne percevait même pas un murmure.

Tout à coup, Deirdra secoua vigoureusement la tête et l'individu lui toucha le bras en un geste d'apaisement. Alors, la jeune femme tourna les talons et regagna la maison. Son compagnon repartit dans la direction d'où il était venu.

Monk attendit jusqu'aux alentours de minuit, luttant contre la sensation de froid intense, mais plus personne ne parut. Il s'en voulut alors de ne pas avoir pris le mystérieux individu en filature.

Deux jours froids et désespérants suivirent. Monk n'y apprit rien d'utile. Rien, en fait, que le seul bon sens ne lui eût soufflé. Il écrivit à Rathbone une longue missive dans laquelle il détailla tout ce qu'il savait de l'affaire. Le troisième jour, sa logeuse lui tendit deux lettres. La première venait de Rathbone, qui lui exposait les dispositions prises par Mary Farraline dans son testament : la vieille dame avait partagé ses biens — considérables — entre ses enfants de façon plus ou moins équitable, sachant qu'Alastair, pour sa part, avait déjà hérité de la maison au décès de son père. La seconde lettre était signée Oonagh. Celle-ci le conviait à un grand dîner qu'elle organisait le soir même, tout en s'excusant de lui faire parvenir l'invitation si tard.

Monk accepta. Il n'avait rien à perdre. Il se savait pris par le temps et les longues soirées stériles passées à épier la maison Farraline n'avaient rien rapporté. Ni Deirdra ni Eilish n'étaient reparues.

Il s'habilla avec soin, mais il était trop occupé à méditer sur les éléments dont il disposait pour s'interroger sur son élégance ou sa respectabilité. Comment Hester avait-elle pu être assez bête pour se fourrer dans une situation aussi catastrophique ? Les quelques impressions qu'elle lui avait fournies n'avaient servi à rien. Deirdra et Eilish entretenaient l'une et l'autre des liaisons avec des hommes issus des pires taudis, et alors ? Même si Mary le savait, était-ce une raison pour l'assassiner ? Si elle ne l'avait pas révélé jusqu'à présent, c'est qu'elle n'entendait pas le faire. Et une querelle familiale, aussi vive fût-elle, ne pouvait pousser à tuer, à moins d'être un malade mental.

Si la victime avait été Eilish, les choses eussent été plus simples : Quinlan et Baird McIvor avaient l'un comme l'autre d'excellentes raisons de la supprimer. Tout comme Oonagh, d'ailleurs, à supposer que Baird fût bel et bien amoureux de la belle.

A vrai dire, cette dernière hypothèse n'avait guère plus de sens. Il était fort peu probable que l'homme qu'Eilish allait rejoindre par Kings Stables Road au beau milieu de la nuit fût Baird.

Il arriva dans l'immense salle où la table était dressée, la lettre d'Oonagh à la main, prêt à présenter le document aux portiers si ceux-ci le questionnaient. Son assurance se révéla toutefois suffisante et personne ne l'arrêta.

On avait mis les petits plats dans les grands. Les lustres, au plafond, étincelaient de tous leurs feux. Monk imagina le travail des domestiques, qui avaient dû monter les décrocher puis, armés de longues bougies, passer des heures à allumer les mèches une à une avant de les remettre en place. Chacune des niches du magnifique plafond resplendissait à présent de lumière. Des violonistes jouaient un air inconnu, tandis que les nombreux invités bavardaient, hochant la tête et souriant dans l'espoir d'être reconnus par les personnalités qui comptaient. Discrets, les serveurs se mêlaient à la foule, proposant des rafraîchissements, tandis qu'à l'entrée un portier en livrée criait les noms des nouveaux venus que l'on estimait dignes d'être annoncés.

Il était impossible de ne pas remarquer Eilish. Même vêtue de noir, celle-ci irradiait une chaleur et un éclat incomparables. Sa chevelure formait une parure plus somptueuse que les diadèmes des duchesses et, avec le noir de sa robe, la pâleur de son teint semblait lumineuse.

De la galerie où il se tenait, Monk reconnut bientôt la

tête claire d'Alastair. Non loin se tenait Oonagh. Même d'en haut, alors qu'il ne pouvait distinguer qu'une partie de son visage, le détective lui trouva comme une aura de sérénité. Il émanait de cette femme une assurance et une intelligence qui ne pouvaient échapper à quiconque.

Mary lui ressemblait-elle ? Hector l'avait suggéré, mais pouvait-on se fier à un ivrogne ? Et pourquoi voudrait-on tuer une femme comme celle-ci ? Convoitise pour le pouvoir qu'elle détenait, les richesses qu'elle gérait ? Jalousie pour ses qualités, qui lui conféraient un charisme naturel ? Crainte, parce qu'elle savait une chose qui paraissait intolérable à une tierce personne, une chose qui menaçait le bonheur, voire la sécurité de quelqu'un ?

Mais de quoi s'agissait-il ? Que pouvait bien savoir Mary ? Oonagh le savait-elle à son tour, à présent, mais sans avoir conscience du danger que cette connaissance faisait planer sur elle ?

Dieu merci, Hector était absent ce soir-là, tout comme Kenneth, d'ailleurs. Songeant qu'il n'avait rien à gagner à rester seul, Monk rajusta sa veste et descendit se mêler à l'assistance.

A table, on le plaça aux côtés d'une dame imposante vêtue d'une robe noir et prune aux crinolines si larges qu'il était impossible de l'approcher à moins d'un yard et demi. Non que Monk en eût la moindre intention. Il se fût bien passé, en outre, d'avoir à lui faire la conversation, mais ce confort ne lui était pas accordé.

Deirdra était assise non loin de lui, de l'autre côté de la table. A plusieurs reprises, il croisa son regard et lui sourit. Il commençait à songer qu'il était en train de perdre son temps. Il connaissait au moins l'une des raisons qui avaient poussé Oonagh à l'inviter : cette dernière espérait sans doute en apprendre davantage sur Deirdra. Était-il possible qu'elle connût déjà la réponse à la question qu'elle lui avait posée et qu'elle attendît seulement du détective la preuve qui lui permettrait de confondre sa belle-sœur et, peut-être, de déclencher la querelle que l'on avait évitée en tuant Mary ?

En observant le visage chaleureux, intelligent et volontaire de Deirdra, Monk avait peine à le croire. Même si cette femme pouvait être taxée d'immoralité, même si elle était dépensière, il était difficile de voir en elle l'assassin de Mary Farraline.

Mais il s'était déjà fourvoyé par le passé, surtout dans ses jugements sur les femmes...

Non, ce n'était pas vrai. S'il s'était trompé, c'était dans l'estimation de leur force de caractère, de leur loyauté, et même de leur capacité à éprouver de la passion ou des certitudes, mais jamais sur leur culpabilité. Pourquoi doutait-il à ce point de lui-même ?

Parce qu'il était en train de manquer à ses engagements vis-à-vis d'Hester. Tandis qu'il goûtait ici à ces mets délicats, dans cette débauche d'argenterie et de lumière, Hester se morfondait entre les quatre murs lugubres de sa prison, attendant un procès au terme duquel, si le jury l'estimait coupable, elle serait pendue...

C'était parce que son enquête piétinait qu'il se sentait médiocre.

— Vous avez là une robe très seyante, Mrs. Farraline. Tout à fait originale.

Quelqu'un venait de lancer ce compliment à Deirdra, qui sourit.

— Merci, répondit-elle, sans manifester le plaisir qu'une telle remarque eût dû susciter.

— Charmante, en effet, ajouta la voisine du détective avec une petite moue qui contredisait l'affirmation. Tout à fait charmante. J'aime beaucoup ce motif, et j'ai toujours trouvé ces perles brodées d'une élégance rare. J'avais moi-même une robe comme celle-ci. Pratiquement la même, d'ailleurs. La coupe était un peu différente au niveau des épaules, si je me souviens bien, mais le motif brodé était identique.

L'homme assis en face d'elle lui jeta un regard surpris. Ce discours était à la fois insolite et déplacé.

— C'était l'an dernier, ajouta la dame.

Une pensée fulgurante traversa l'esprit de Monk.

Cédant à une impulsion, il posa une question qu'il savait inexcusable :

— L'avez-vous encore ?

La dame fournit une réponse tout aussi inexcusable.

— Non, je... Je m'en suis débarrassée.

— Comme vous avez eu raison, rétorqua Monk avec une soudaine malveillance. Cette robe-ci (il détaillait l'opulente silhouette de son interlocutrice) sied bien mieux à votre... position.

Il était si près de dire « âge » que tous, autour de lui, durent l'entendre en leur for intérieur.

La femme blêmit, mais ne dit rien. Quant à Deirdra, le rose lui était monté aux joues et Monk sut alors avec certitude que ce n'était pas en toilettes que la jeune femme dépensait son argent. Elle achetait ses robes d'occasion et les faisait sans doute retoucher par quelque couturière discrète, qui les adaptait à sa morphologie et les modifiait juste assez pour éviter qu'elles ne fussent reconnaissables.

Deirdra considérait Monk par-dessus la mousse de saumon, les concombres et le reste du sorbet. Son regard était suppliant.

Il lui adressa un sourire assorti d'un très léger hochement de tête, ce qui était ridicule : il n'avait aucune raison de garder son secret.

Lorsqu'il retrouva Oonagh, plus tard dans la soirée, il lui assura qu'il s'occupait de son affaire, mais n'était pas encore parvenu à une conclusion définitive. Ce mensonge ne le troubla pas outre mesure.

Le lendemain, il trouva une lettre de Callandra au courrier du matin. Il l'ouvrit aussitôt et la lut rapidement.

Mon cher William,
Je crains que les nouvelles, ici, ne soient pas très bonnes. Je rends visite à Hester aussi souvent que l'on m'y autorise. Elle a beaucoup de courage, mais je vois bien que l'épreuve l'affecte profondément. Je m'étais bêtement imaginé que le fait d'avoir travaillé à l'hôpital

de Scutari l'aurait au moins préparée à certaines des souffrances qui l'attendaient à Newgate. Évidemment, ces deux expériences n'ont rien de comparable. En fait, les inconvénients physiques sont relativement négligeables. Ce sont les tortures morales qui la rongent, ces interminables journées successives passées à ne rien faire, sinon laisser libre cours à son imagination et envisager le pire. Plus que toute autre chose, peut-être, la peur fragilise les êtres.

À Scutari, on avait besoin d'elle, on la respectait, on devait même l'aimer. Ici, elle est désœuvrée et ses geôlières, qui ne doutent pas un seul instant de sa culpabilité, lui témoignent haine et mépris.

Oliver m'a expliqué que vous n'aviez pas progressé de façon significative dans votre enquête et que vous ne savez toujours pas qui a pu tuer Mary Farraline. J'aimerais pouvoir vous aider. Je n'ai pas cessé d'interroger Hester pour tenter de faire resurgir des souvenirs ou des impressions de sa mémoire, mais il semble qu'elle vous ait déjà tout dit.

J'ai gardé l'autre mauvaise nouvelle, la pire je crois, pour la fin : il s'agit d'une chose que nous aurions pu prévoir, mais à laquelle nous n'avions malheureusement pas songé. Mais qu'importe ? Nous n'aurions rien pu y changer de toute façon. Sachant que le meurtre a été commis alors que le train se trouvait sur le sol écossais, qui que soit l'accusé, la famille a demandé que l'affaire soit jugée à Édimbourg. Nous n'avons aucun motif à invoquer pour contester cette décision. Hester se verra donc transférée en Écosse et jugée par la Haute Cour de Justice d'Édimbourg. Oliver ne pourra rien faire, sinon offrir ses services à la défense à titre personnel. Il est rattaché au barreau de Londres et habilité à plaider en Angleterre seulement.

Bien entendu, je compte engager le meilleur avocat écossais possible, mais j'avoue me sentir nettement moins optimiste depuis que j'ai appris cette nouvelle. Oliver présentait à mes yeux un avantage inestimable : celui de croire en l'innocence d'Hester.

Nous devons cependant garder courage. La bataille n'est pas encore achevée et tant que nous lutterons, nous n'aurons pas perdu. De toute façon, nous gagnerons.

Mon cher William, ne négligez rien, surtout, pour découvrir la vérité. Ne soyez pas avare de votre temps ni de votre argent. Ni l'un ni l'autre n'ont d'importance. Écrivez-moi si vous avez besoin de quoi que ce soit.

Affectueusement,
Callandra Daviot

Le détective demeura immobile dans la lumière crue du soleil d'automne. Sur la table, devant lui, la feuille blanche formait une tache floue. Monk tremblait. Rathbone ne pourrait pas assurer la défense... Il n'avait jamais pensé à cela... et pourtant, cela paraissait d'une telle évidence! Jusque-là, il ne s'était jamais rendu compte des espoirs considérables qu'il fondait en Rathbone. Désormais, d'un seul coup, il ne pouvait plus croire en l'impossible...

Il lui fallut plusieurs longues minutes pour faire le net dans son esprit. Au-dehors, un haquet venait de s'arrêter sous la fenêtre. Le vendeur vantait sa marchandise, le cocher jurait. Les chevaux trépignaient sur les pavés et le bruit de leurs sabots, associé au fracas des attelages qui passaient dans la rue, montait par la fenêtre ouverte.

Une personne vivant dans la maison d'Ainslie Place avait modifié le contenu des fioles de médicament, en sachant que cela tuerait Mary. Une personne avait placé la broche de perles dans le sac d'Hester. Cupidité? Peur? Vengeance? Ou un autre mobile encore, auquel Monk n'avait pas songé?

Où Eilish se rendait-elle l'autre nuit? Qui était l'homme qui attendait Deirdra et avec lequel elle avait eu un échange si intense et si confidentiel? Un amant? Certainement pas, étant donné la pauvreté de sa mise. Un maître chanteur? Voilà qui semblait plus probable. Mais quels étaient les termes du chantage? Cet individu savait-il où partait l'argent de Deirdra? Jouait-elle? Remboursait-elle d'anciennes dettes ? Entretenait-elle un amant, un parent, un enfant illégitime ? Ou les sommes inconsidérées qu'elle dépensait servaient-elles précisément à apaiser ce maître chanteur ? Une chose était sûre : ce n'était pas en toilettes que partait l'argent. La jeune femme mentait incontestablement sur ce point.

La conclusion qui s'imposait ne lui plaisait guère, mais Monk n'avait pas le choix : il fallait suivre Deirdra ou son étrange complice et élucider cette énigme. Et il faudrait également percer le secret d'Eilish. Que cette dernière entretînt une affaire de cœur avec l'époux de sa sœur ou un autre, il fallait lever le voile et ne plus laisser planer le moindre doute.

Il se posta donc à la nuit tombée dans son recoin habituel, mais ne vit personne. Ni Deirdra ni Eilish ne sortirent de la maison. Le lendemain, en revanche, peu après minuit, l'homme au manteau déchiré arriva et patienta quelques minutes, faisant les cent pas sur le trottoir en prenant soin d'éviter les abords des réverbères. Bientôt, Deirdra apparut à son tour sur le côté de la maison et le rejoignit. Ils eurent un échange bref et intense, mais dénué de tout geste d'affection, puis s'éloignèrent côte à côte. A vive allure, ils traversèrent le terre-plein central d'Ainslie Place et prirent la direction du sud, empruntant le même chemin qu'Eilish l'autre soir.

Cette fois, Monk les suivit de loin, ce qui ne posa aucune difficulté dans la mesure où ils marchaient d'un pas rapide. Pour une femme de petite taille, Deirdra avançait vite, sans paraître se fatiguer, comme si l'objectif qu'elle visait l'emplissait d'enthousiasme et décuplait son énergie. Monk, pour sa part, s'arrêta à plusieurs reprises pour vérifier qu'il n'était pas suivi. Le souvenir de la filature d'Eilish restait encore douloureux dans sa mémoire.

Un vent léger s'était levé et les effluves qu'il véhiculait évoquaient la saleté et l'humidité. Sur la gauche, le château sur son tertre découpait sa silhouette dentelée, désormais familière, sur fond de ciel pâle. Quelques nuages masquaient par moments la lune presque pleine. Alors, entre les taches de lumière des réverbères, naissaient des gouffres obscurs et insondables.

Deirdra et l'homme tournèrent à gauche dans le Grassmarket. Le trottoir se fit plus étroit et les immeubles à quatre étages, de part et d'autre, donnèrent à la rue des allures de ravin profond. On n'entendait rien d'autre que les pas des deux marcheurs, étouffés par l'humidité, ainsi que quelques cris occasionnels, des claquements de portes ou de grilles et, parfois, les sabots d'un cheval.

Le Grassmarket s'étendait sur quelques centaines de yards à peine, puis débouchait dans Cowgate qui, parallèle à Canongate, menait à South Bridge et, au-delà, Holyrood Road. A droite, c'était Pleasance Street, à gauche High Street, le Royal Mile et, plus loin, le palais d'Holyrood. Auparavant, on traversait un impressionnant labyrinthe de venelles et de courettes, de passages étroits, d'escaliers qui montaient ou descendaient, avec des milliers de coins et de recoins.

Monk accéléra l'allure. Où pouvait bien se rendre Deirdra ? Elle n'avait pas ralenti, ni regardé une seule fois derrière elle.

Il vit l'homme et la jeune femme traverser la rue. Un instant plus tard, ils avaient disparu.

Le détective étouffa un juron et se mit à courir. Il manqua de trébucher sur un pavé plus haut que les autres, mais se rétablit aussitôt. Un chien allongé sous une porte cochère ouvrit l'œil et grogna, puis se rendormit.

Candlemaker Row. A toutes jambes, Monk tourna dans la ruelle, où il parvint juste à temps pour voir Deirdra et son acolyte longer le cimetière par la droite, s'arrêter, hésiter un très court instant, puis entrer dans l'un des entrepôts, vastes et sombres, qui s'élevaient sur la gauche.

Toujours au pas de course, Monk atteignit l'endroit peu après qu'ils eurent disparu. Au départ, il ne distingua aucune entrée. Les hauts murs et les palissades de bois semblaient former un rempart contre toute intrusion.

Pourtant, Deirdra et l'homme se trouvaient là un instant auparavant et ils n'y étaient plus. Quelque chose avait dû céder sous la pression. Pas à pas, Monk se déplaça le long de la paroi, qu'il palpa soigneusement jusqu'au moment où le bois céda enfin sous ses doigts. L'ouverture qu'il ménagea ainsi était juste suffisante pour qu'il pût s'y faufiler. Lorsqu'il l'eut franchie, le détective se retrouva dans une cour pavée. Au fond s'élevait une sorte de grand hangar. Une lumière jaune filtrait par les fentes qui entouraient une porte de bois mal fermée, assez large pour permettre le passage d'un cheval et de son fardier.

Le détective progressa avec précaution, tâtant le terrain du pied à chaque pas, de peur de rencontrer un obstacle et de donner l'alarme. Il n'avait aucune idée du lieu où il se trouvait, ignorait à quoi il devait s'attendre.

Il atteignit la porte de bois dans le plus grand silence et jeta un coup d'œil par la large fente. La vision qui emplit ses yeux était si extraordinaire, si extravagante et si absurde qu'il dut la contempler plusieurs minutes pour être certain qu'il ne rêvait pas. Il avait devant lui un gigantesque atelier, suffisamment vaste pour construire un navire. Toutefois, la structure qui s'étendait en son centre n'avait certainement pas été conçue pour naviguer. Elle n'était pas équipée de quille et rien n'était prévu pour poser des mâts. Elle eût pu ressembler à un poulet en pleine course, à cela près qu'elle était dénuée de pattes. Le corps de l'objet était assez grand pour permettre à un homme de s'y asseoir et les ailes s'étendaient de part et d'autre comme s'il était destiné à prendre son envol et à planer dans les airs. L'ensemble était construit à base de bois et de toile. A l'endroit où aurait dû se trouver le cœur de l'oiseau était posée une sorte de machinerie complexe.

Plus incroyable encore, si cela était possible, il y avait Deirdra Farraline. Elle avait enfilé un vieux tablier de cuir par-dessus sa robe, glissé ses mains fines dans d'épais gants de cuir et rejeté négligemment sa chevelure en arrière. Penchée sur l'engin dans un état de concentration extrême, elle resserrait des vis avec une efficacité délicate et intense. L'homme qui avait fait le chemin avec elle avait retroussé ses manches et il soulevait avec effort un morceau de structure qu'il s'apprêtait à rattacher à l'arrière-train de l'oiseau, ce qui aurait pour effet de prolonger la queue de près de trois mètres.

Monk songea qu'il n'avait pas grand-chose à perdre. Il poussa la porte et se glissa à l'intérieur. Absorbés par leur travail, ni Deirdra ni l'homme ne remarquèrent son arrivée. La jeune femme, penchée en avant, tirait la langue et fronçait les sourcils. Monk observa ses mains, rapides et précises. Elle semblait savoir exactement ce qu'elle faisait, quel outil utiliser et comment s'y prendre. Quant à l'homme, il travaillait avec minutie, tout aussi habile que sa partenaire, mais il ne faisait qu'exécuter les ordres qu'elle donnait.

Cinq bonnes minutes s'écoulèrent ainsi. Soudain, Deirdra releva la tête et sursauta en apercevant Monk.

— Bonsoir, Mrs. Farraline, dit ce dernier d'un ton paisible en s'avançant vers elle. Pardonnez mon ignorance technique, mais que fabriquez-vous là ?

Il avait parlé d'un ton naturel, dénué de réprobation ou de doute. Il eût pu évoquer de la même façon le temps qu'il faisait dans une conversation mondaine.

Deirdra le dévisagea, le scrutant de ses yeux noirs à la recherche de moquerie, de colère, de mépris ou d'une quelconque émotion prévisible, mais elle ne dut rien trouver de tel.

— Un engin volant, répondit-elle enfin.

La révélation était si grotesque qu'il eût été inutile de tenter une explication complémentaire. Le compagnon de Deirdra s'était approché, une clé à molette à la main, hésitant sur la conduite à tenir. Il paraissait clairement ennuyé, mais Monk comprit qu'il craignait plus pour la réputation de sa compagne que pour leur projet commun.

Toutes sortes de questions surgissaient dans l'esprit du détective. Aucune n'avait trait au dilemme d'Hester.

— Cela doit coûter cher, dit-il.

Elle tressaillit.

— Oui, dit-elle. Bien sûr que cela coûte cher.

— Plus cher que quelques belles robes.

Cette fois, la jeune femme rougit violemment.

— Je n'engage que l'argent qui m'appartient, protesta-t-elle sans toutefois perdre son sang-froid. J'économise en achetant des vêtements d'occasion, que je fais retoucher. Je n'ai jamais rien pris à la famille. Je sais que quelqu'un a falsifié les livres de comptes, mais je n'ai jamais reçu un seul penny de cette personne. Je vous le jure! Et puis, Mary savait très bien ce que je faisais, ajouta-t-elle à la hâte. Je ne peux pas le prouver, mais je vous le garantis. Elle trouvait mon projet insensé, mais l'idée ne lui déplaisait pas. Elle me disait que c'était une merveilleuse façon d'être insensée.

— Et votre époux?

— Alastair? fit-elle, incrédule. Oh, mon Dieu, non! Non!

Elle se leva et s'approcha du détective, remplie d'angoisse.

— Je vous en prie, il ne faut pas lui en parler! Il ne comprendrait pas. C'est un homme plein de qualités, mais il n'a aucune imagination, et aucun sens de... de...

— De l'humour? suggéra Monk.

Un éclair de colère traversa le visage de Deirdra, mais fit aussitôt place à un léger amusement.

— Non, Mr. Monk, il n'y a aucun humour là-dedans. Et vous pouvez rire, un jour viendra où cet engin s'envolera. Vous ne pouvez pas comprendre pour le moment, mais vous verrez, vous changerez d'avis.

— Il y a une chose que je comprends, c'est la passion, déclara-t-il avec un sourire. Et même l'obsession. Ce que je comprends, c'est la volonté d'accomplir quelque chose, au point que l'on n'hésite pas à sacrifier pour cela tous ses autres désirs.

L'homme fit un pas en avant, serrant fermement la clé à molette dans sa main. Il dut cependant estimer que, pour le moment, l'intrus ne présentait aucun danger et il demeura silencieux.

— Je vous jure que je n'ai fait aucun mal à Mary, Mr. Monk, et que je ne sais pas du tout qui pouvait lui en vouloir, déclara Deirdra d'une voix implorante. Qu'allez-vous faire à présent?

— Rien.

Monk avait parlé sans réfléchir, instinctivement, et sa réponse le surprit lui-même.

— A condition, ajouta-t-il, que, de votre côté, vous fassiez tout ce qui est en votre pouvoir pour m'aider à découvrir qui a tué Mrs. Farraline.

Elle leva vers lui un regard étonné, comme si elle venait de comprendre quelque chose qui lui avait échappé jusque-là. Autant que pouvait en juger Monk, elle ressentait plus de stupéfaction que de colère.

— Vous ne travaillez pas pour l'accusation, n'est-ce pas?

— Non. Je connais Hester Latterly depuis longtemps et personne ne me fera jamais croire qu'elle ait pu empoisonner sa patiente. Cette femme serait peut-être capable de tuer sous l'effet de l'indignation, ou pour se défendre, mais jamais par cupidité.

Deirdra blêmit. Ses yeux brillaient plus que de coutume.

— Je vois, fit-elle dans un souffle. Cela signifie que c'est l'un d'entre nous qui l'a assassinée... n'est-ce pas?

— Oui.

— Et vous voudriez que je vous aide à découvrir qui?

Il hésita, sur le point de lui rappeler que ce serait là le prix du silence qu'elle attendait de lui, mais se ravisa. Deirdra l'avait bien compris.

— N'avez-vous pas envie de savoir?

Elle ne réfléchit qu'un court instant.

— Si.

Alors il lui tendit la main et elle la saisit, sans ôter ses gants, pour la serrer en un silencieux témoignage de consentement.

CHAPITRE VII

Monk rentra chez lui transi, fatigué et en proie à un pénible dilemme. Il avait promis de révéler à Oonagh ce qu'il apprendrait de Deirdra et de la façon dont celle-ci dépensait son argent — ou plus précisément celui d'Alastair. Maintenant qu'il connaissait l'explication, il n'avait aucune envie d'en parler à quiconque, et surtout pas à Oonagh.

Bien sûr, l'entreprise qui passionnait Deirdra était déraisonnable, privée de tout lien avec la réalité. Toutefois, cette folie absurde et glorieuse ne nuisait à personne. Quelle importance si la jeune femme y consacrait des fonds impressionnants ? L'argent coulait à flots chez les Farraline. Ne valait-il pas mieux le dépenser en extravagances inoffensives, comme cette folle idée de machine volante, plutôt qu'au jeu, à entretenir un amant ou à acheter des soieries et des bijoux pour paraître plus belle ou plus riche que ses pairs ? Pour Monk, il fallait sans conteste laisser la jeune femme continuer.

Lorsqu'il se réveilla le lendemain matin, il songea néanmoins qu'il eût pu négocier un meilleur pacte avec elle. Il regretta de ne pas lui en avoir demandé davantage sur cette histoire de livres de comptes. Il s'interrogea soudain sur la façon dont il présenterait les choses à Oonagh. Face à elle, il ne s'en tirerait pas avec une réponse vague. Et chercher à l'éviter pour ne pas avoir à lui rendre de comptes revenait à ne plus fréquenter la maison Farraline, ce qui était hors de question.

Ces pensées le ramenèrent à Hester avec une violence presque douloureuse qui le surprit. Certes, il avait toujours tenu Hester pour une personne intelligente, sans nier qu'elle lui avait apporté bien des fois une aide précieuse, mais la jeune femme lui inspirait des sentiments mitigés. S'il respectait ses qualités, du moins certaines d'entre elles, il n'avait jamais apprécié sa personnalité. Sa façon d'être, ses prises de position tranchées l'irritaient au plus haut point. Se trouver en sa compagnie, c'était comme avoir une petite coupure au doigt, minuscule, mais menaçant de se rouvrir à chaque instant. Pas une vraie blessure, non, mais une source constante d'inconfort.

Et voilà qu'à présent il prenait conscience que, s'il ne démasquait pas le véritable assassin de Mary Farraline, preuves à l'appui, Hester ne serait plus. Il ne bavarderait plus avec elle, ne la verrait plus venir vers lui avec son port de tête altier, son visage un peu angulaire, prête à déclencher une querelle ou à s'enthousiasmer pour une cause, à lui donner des ordres ou à défendre une opinion d'un ton indigné, avec cette conviction totale et aveugle qui la caractérisait. Et le jour où il se trouverait face à une énigme insoluble, en proie au désespoir, le jour où, de nouveau, il sentirait dans la bouche le goût amer de la défaite, il n'y aurait plus personne pour venir combattre à ses côtés, envers et contre tout, à l'heure où aucun espoir ne serait plus permis.

Submergé par une solitude insondable, Monk fixait d'un œil absent les pavés ronds du Grassmarket. Imaginer le monde privé de cette femme avait quelque chose d'accablant...

Cette prise de conscience de l'intensité de ses émotions mit le détective dans une colère noire. Il fallait échapper, d'une manière ou d'une autre, à ce douloureux conflit de sentiments. D'un geste brusque, il saisit son pardessus et son chapeau et sortit.

Il prit la direction de Kings Stables Road, puis d'Ainslie Place. Il devait parler à Hector Farraline, pousser le vieil homme à en dire plus sur les vagues accusations formulées au sujet de la comptabilité. Si celle-ci avait bel et bien été falsifiée, elle pouvait représenter un motif de meurtre... à supposer que Mary ait su, ou été sur le point de savoir.

Il justifierait sa venue en informant tout d'abord Oonagh qu'il poursuivait son enquête sur Deirdra. Il lui dirait que, jusqu'à présent, il avait seulement appris que celle-ci n'avait aucune notion de la valeur de l'argent et se comportait en piètre négociatrice lorsqu'il s'agissait de commander une toilette. Tout en marchant d'un pas rapide, le détective ne se demanda pas ce qu'il répondrait si Oonagh exigeait de lui des détails. Il était en proie à des émotions trop vives pour que son esprit pût fonctionner à plein rendement.

Il parvint bientôt à Ainslie Place et McTeer le fit entrer avec sa morosité traditionnelle.

— Bonjour à vous, Mr. Monk, dit-il en saisissant le chapeau et le manteau du visiteur. On dirait que la pluie va remettre ça.

Monk était d'humeur contradictoire.

— Remettre ça? fit-il. Mais il n'a jamais fait aussi sec que ce matin! Je dirais presque que le temps est agréable.

— Oh, mais ça ne va pas durer, affirma le majordome en secouant la tête. Vous venez voir Mrs. McIvor, j'imagine?

— Si c'est possible, oui. Et j'aimerais également m'entretenir avec le major Farraline, s'il est disponible.

McTeer poussa un soupir.

— Ça, je ne peux pas vous le promettre. Il faut que j'aille demander. Je vais monter voir. Si vous voulez bien passer dans le petit salon en attendant...

Monk patienta dans la pièce sombre aux rideaux à demi tirés et aux rubans de crêpe, avec une appréhension qui l'étonna lui-même. Il était sur le point de rencontrer Oonagh pour lui mentir et cette confrontation s'annonçait plus difficile qu'il ne l'avait envisagé jusqu'à présent.

La porte s'ouvrit et il pivota sur lui-même, la bouche asséchée. Elle lui faisait face, sereine, intelligente. Elle n'était pas belle à proprement parler, mais possédait une force de caractère saisissante qui commandait l'admiration. Sur son visage, se lisaient la finesse d'esprit, la détermination, la volonté de vivre ses passions sans concessions... Mais par-dessus tout, c'était son mystère qui attirait le détective, cette facette qui lui échappait et faisait de cette femme une créature lointaine et énigmatique. Monk songea soudain à Baird McIvor. Quel homme était-il ? Et pourquoi Mary, de son vivant, l'avait-elle pris en amitié ? Il avait obtenu la main d'Oonagh, puis s'était épris d'Eilish, au point de ne pas parvenir à masquer ses sentiments, même devant son épouse. Comment pouvait-on être aussi superficiel... et aussi cruel ? Il était impossible que son attirance pour Eilish eût échappé à Oonagh. Celle-ci lui vouait-elle un amour si profond qu'elle lui pardonnait ses faiblesses ? Ou était-ce l'affection qu'elle portait à sa sœur qui lui dictait sa conduite ? Cette femme restait une énigme.

— Bonjour, Mr. Monk. Auriez-vous du nouveau ?

Le ton était courtois, mais la voix vibrait. C'était un ami qu'Oonagh interrogeait, non un employé.

Hésiter revenait à se trahir. Rien ne semblait susceptible d'échapper à la perspicacité de ces grands yeux clairs qui fixaient Monk.

— Bonjour, Mrs. McIvor. Rien de bien concret, je le crains, sinon que mon enquête indique que votre belle-sœur n'est pas impliquée dans quoi que ce soit de déshonorant. Je ne pense pas qu'elle ait un penchant pour les jeux d'argent, ni qu'elle apprécie la compagnie de personnes à la moralité discutable. Je sais qu'elle n'entretient pas d'amant, qu'elle n'est pas manipulée par un maître chanteur parce qu'elle aurait contracté des dettes ou commis quelque acte regrettable avant son mariage.

Il lui sourit, tout en se gardant d'afficher une trop belle assurance.

— A mon avis, le problème est qu'elle ne connaît pas

la valeur de l'argent. Il ne lui est jamais venu à l'idée qu'un achat puisse se négocier et, lorsqu'une chose lui plaît, elle ne se préoccupe pas de son prix.

Quelque part derrière la porte, une bonne lança un rire bref.

Oonagh le dévisageait sans ciller. Cela faisait des années qu'il n'avait pas croisé un regard si pénétrant, capable de percer à jour votre personnalité et de lire non seulement vos pensées, mais aussi vos émotions, jusqu'à déceler vos faiblesses et vos aspirations.

Lorsqu'elle sourit soudain, son visage s'illumina.

— Vous ne pouvez pas savoir à quel point je suis soulagée, Mr. Monk.

Était-elle dupe ou était-ce là une façon polie d'abandonner momentanément le sujet?

— Vous m'en voyez ravi, répondit-il, surpris d'éprouver un soulagement si intense.

— Je vous remercie de votre diligence.

Elle fit quelques pas jusqu'à la table centrale pour arranger un bouquet de fleurs séchées. Monk la suivit des yeux. Les teintes ternes de la composition florale évoquaient le deuil et la tristesse.

— L'effet n'est pas très heureux dans cette pièce, n'est-ce pas?

Monk tressaillit. Comme il était crispant de voir quelqu'un lire si aisément dans vos pensées!

— Je crois que je vais les faire retirer, poursuivit Oonagh. Je préfère les fraîches. Vous êtes de mon avis, n'est-ce pas?

— Je n'aime pas beaucoup les fleurs artificielles, en effet, acquiesça-t-il en s'efforçant de sourire.

— Vous avez dû travailler très dur, reprit-elle.

Il ne comprit pas tout de suite ce qu'elle entendait par là. Puis, avec un nouveau tressaillement, il s'aperçut qu'elle faisait encore allusion au compte rendu qu'il venait de lui exposer. En avait-il trop dit? Comment expliquerait-il ses « découvertes » si elle voulait connaître les détails du déroulement de son enquête?

— Vous êtes sûr de ce que vous avancez ? interrogea-t-elle encore.

L'amusement brillait dans ses yeux... mais peut-être fallait-il y lire plutôt du discernement.

De toute façon, il n'avait guère le choix. Il fallait jouer le jeu. Sans la moindre difficulté, il simula l'ironie.

— Oui, je suis absolument certain de ne pas détenir de preuves que cette dame souffre d'autres vices que d'une certaine propension à dépenser sans compter. Et toutes sortes de signes me suggèrent qu'elle est, dans tous les domaines qui importent, d'une respectabilité irréprochable.

Oonagh se tenait dos à la fenêtre et la lumière formait autour de sa chevelure un halo doré.

— Bien, dit-elle avec un léger soupir. Tout cela en si peu de jours, alors que vous mettez tant de temps à découvrir des preuves qui feront condamner Miss Latterly...

Pourquoi n'avait-il pas vu venir le coup ? Il réfléchit à toute vitesse.

— Miss Latterly s'est donné beaucoup de mal pour éliminer de telles preuves, Mrs. McIvor. Mrs. Farraline, elle, n'a rien à cacher. On ne peut pas comparer un meurtre à une trop grande prodigalité envers sa couturière, sa modiste, sa gantière, sa bonnetière, son bottier, sa mercière, son fourreur, son joaillier et son parfumeur.

— Juste ciel ! s'exclama-t-elle en riant. Quelle foule impressionnante ! Oui, je crois que je commence à mieux comprendre. Quoi qu'il en soit, monsieur, je vous suis obligée et je vous remercie d'avoir eu la courtoisie de me répondre si vite. Et où en est votre propre enquête ?

— Jusqu'à présent, je n'ai rien découvert qui puisse permettre à la défense de nous piéger, répondit-il. J'aimerais réellement savoir comment cette infirmière a obtenu la digitaline nécessaire, mais soit elle ne se l'est pas procurée à Édimbourg, soit l'apothicaire qui la lui a fournie a choisi de garder le silence.

— Je crois que cela n'aurait rien de surprenant, fit-elle remarquer sans quitter Monk des yeux. Cette vente fait de lui un complice, certes involontaire, mais complice tout de même. Les gens répugnent à compromettre leur réputation, surtout dans le commerce. Cela ne peut que nuire.

— Certes. Mais cela m'aurait tout de même rassuré de découvrir l'identité de cet apothicaire. La défense ne manquera pas de souligner que l'infirmière n'a pu s'absenter que très peu de temps de la maison. Elle se trouvait dans une ville inconnue. Elle n'a pas pu aller bien loin.

Oonagh prit une inspiration pour répondre, mais se contenta d'un soupir.

— Avez-vous abandonné, Mr. Monk? interrogea-t-elle.

Elle n'avait qu'une très légère nuance de défi dans la voix, alliée à une certaine déception.

Il allait protester avec véhémence lorsqu'il s'aperçut que cela revenait à se trahir. Il s'efforça de masquer ses sentiments.

— Pas encore, répondit-il. Mais je ne vais pas tarder à renoncer. J'aurai bientôt fait tout ce qui est en mon pouvoir pour assurer le bon déroulement du procès.

— J'espère que vous nous rendrez visite avant de quitter Édimbourg?

— Merci, ce sera avec plaisir. Je vous sais gré de votre courtoisie.

Lorsqu'il eut pris congé et se retrouva dans le grand hall désert, il courut sans bruit jusqu'à l'escalier et monta au premier étage. Il devait voir Hector Farraline et, pour cela, préférait ne pas attendre McTeer, qui risquait de lui barrer l'accès à la chambre de l'oncle.

Ses visites précédentes et les interrogatoires des domestiques lui avaient fourni un aperçu de la configuration des lieux. Il avait visité la chambre à coucher de Mary, le boudoir et le dressing-room où avaient été entreposées les valises et la trousse à médicaments.

Il retrouva sans peine la chambre d'Hector et frappa deux coups discrets. La porte s'ouvrit aussitôt avec une précipitation qui s'expliqua par la déception affichée du vieil homme lorsqu'il découvrit le visiteur. Sans doute en attendait-il un autre, McTeer par exemple, chargé d'un « rafraîchissement ». Monk avait remarqué que la famille ne cherchait pas à lui imposer la sobriété, ni même à le restreindre.

— Oh, encore ce détective ! fit-il, désapprobateur. Mais vous n'avez pas été fichu de découvrir quoi que ce soit depuis que vous êtes là ! Dire qu'il y a un pauvre imbécile qui est en train de vous payer pour rien !

Monk entra et referma la porte derrière lui. En d'autres circonstances, un tel accueil l'eût fait sortir de ses gonds, mais il était bien trop décidé à apprendre quelque chose de cet Hector pour laisser s'exprimer son amour-propre.

— Je suis venu ici afin de voir s'il existe des éléments exploitables par la défense pour disculper Miss Latterly, répondit-il avec un regard direct au vieil homme.

L'état de ce dernier ne s'était pas amélioré. Il avait les yeux rouges et les joues pâles et semblait se mouvoir au ralenti.

— Pourquoi a-t-elle tué Mary ? questionna-t-il d'un ton misérable.

Il se laissa choir dans un petit fauteuil de cuir et s'y recroquevilla. De toute évidence, il ne lui vint pas à l'idée qu'il pourrait inviter Monk à prendre un siège.

La chambre était très masculine. Une bibliothèque de chêne tapissait le mur du fond, chargée de très nombreux livres dont le détective ne pouvait déchiffrer les titres de là où il se trouvait. Au-dessus de la cheminée, à droite, une magnifique aquarelle présentait un hussard napoléonien, auquel faisait face, sur l'autre mur, un soldat des Royal Scots Greys. Au-dessous de ce dernier était accroché le portrait d'un officier portant l'uniforme du régiment des Highlands. C'était un jeune militaire de belle allure, aux traits fins, à l'épaisse chevelure blonde et aux grands yeux clairs. Il fallut plusieurs minutes à Monk pour y reconnaître l'homme qu'avait été Hector une trentaine d'années auparavant. Qu'avait-il bien pu lui arriver pour qu'il se transformât à ce point ? La rivalité avec un frère plus déterminé, plus intelligent et plus audacieux ne suffisait pas à expliquer une métamorphose de cette ampleur. Se pouvait-il que la jalousie et l'échec fussent des maux si virulents ?

— Pourquoi une femme comme ça irait-elle tout risquer pour quelques perles ? interrogea encore Hector d'un ton irrité. Cela n'a aucun sens, nom d'un chien ! Elle va être pendue... Ils n'ont pas de pitié, vous savez !

— Je sais, acquiesça Monk dans un souffle, la gorge serrée. Mais vous avez dit quelque chose l'autre jour, reprit-il avec plus d'assurance, au sujet des livres de comptes de l'imprimerie, qui auraient été falsifiés...

— Ah oui. Oui, c'est vrai, affirma Hector sans hésiter.

— Par qui ?

Hector cligna des yeux.

— Par qui ? répéta-t-il, comme si la question lui semblait saugrenue. Aucune idée ! Peut-être Kenneth. C'est lui qui tient les comptes. Mais s'il l'a fait, c'est qu'il est idiot. C'est le premier qu'on irait soupçonner, non ? Bah ! De toute façon, ce garçon est un imbécile !

— C'est vrai ?

Hector le dévisagea, comprenant qu'il s'agissait d'une question et non d'une réaction automatique.

— Oh, je ne sais pas, dit-il, pensif. C'est juste une opinion personnelle...

Pour Monk, il ne faisait aucun doute que son interlocuteur mentait, mais qu'il se refuserait à révéler à quiconque les raisons de son mépris.

— Comment le savez-vous ? demanda-t-il en allant s'asseoir sur une petite chaise, face au vieil homme.

— Quoi ? s'indigna Hector. Mais je vis sous le même toit que lui, bon sang ! Et depuis des années ! Qu'est-ce qui vous prend, bon Dieu ?

— Je comprends bien ce qui vous fait dire que c'est un imbécile, répondit Monk sans se départir de son calme. Ce que j'ignore, c'est comment vous savez que quelqu'un a modifié les comptes !

— Ah... d'accord.

— Alors ? Comment le savez-vous ?

— Une chose qu'avait dite Mary. Je ne me souviens plus quoi exactement... Mais ça l'ennuyait. Ça l'ennuyait beaucoup...

— A-t-elle dit que c'était Kenneth? Je vous en prie, major, essayez de vous rappeler!

— Non, elle n'a pas dit ça, affirma Hector, sourcils froncés. Elle était juste ennuyée.

— Mais elle n'a pas prévenu la police...

— Non, répondit-il en posant sur Monk un regard satisfait. C'est pour cela que j'ai pensé à Kenneth. Mais Quinlan, ajouta-t-il avec un haussement d'épaules, est un sacré lascar. Difficile de faire quelque chose à son insu. Un fonceur. Tout en cerveau et en ambition. Et une soif de pouvoir, vous ne pouvez pas vous imaginer... Il se débrouille toujours pour arriver à ses fins. Je n'ai jamais compris pourquoi Oonagh était si bonne avec lui. Moi, je ne l'aurais jamais laissé épouser Eilish.

— Même si Eilish l'aimait? interrogea Monk.

Hector ne répondit rien. Durant quelques longues secondes, son regard erra sur le paysage, derrière la fenêtre.

— Si, peut-être que si j'avais pensé que...

— Vous ne le pensiez pas?

— Moi? fit-il, incrédule. Mais que voulez-vous que j'en sache? Elle ne vient pas me confier ce genre de choses...

A ces mots, le chagrin marqua ses traits, si intense et si brutal que Monk en fut gêné. Jamais il n'eût imaginé son interlocuteur capable de sentiments aussi profonds. L'espace d'un instant, il ne sut que dire.

Hector semblait avoir oublié sa présence. L'émotion l'étreignait trop pour qu'il se préoccupât du regard d'autrui.

— Mais cela m'étonnerait tout de même qu'il détourne des fonds, reprit-il soudain. Il est rusé, le bonhomme! Trop rusé pour voler.

— Et Mr. McIvor?

— Baird?

Hector avait relevé les yeux. Son visage exprimait un amusement mêlé de pitié.

— Peut-être bien... Celui-là, je ne l'ai jamais compris. Un type profond. Mary l'aimait beaucoup, malgré ses sautes d'humeur. Elle disait toujours que nous ne connaissions pas toutes les qualités qu'il y avait en lui. Ce qui était évident, en ce qui me concerne.

— Cela fait longtemps qu'il est marié à Oonagh?

Hector sourit et son visage en fut transformé. Les années de déchéance s'estompèrent, laissant Monk retrouver des bribes de l'homme en uniforme qu'il avait été trente ans plus tôt. La ressemblance avec le portrait d'Hamish Farraline, dans le hall, se précisa. On voyait tout à coup chez lui la même fierté, la même prestance, on reconnaissait la dignité et l'assurance de son frère. Mais il existait de surcroît chez Hector un certain humour qui était absent chez son aîné et, étrangement, une sorte de paix.

— Vous devez penser que ces deux-là forment un drôle de couple, déclara Hector en hochant la tête. C'est vrai. Mais il paraît qu'en arrivant ici Baird avait grande allure, qu'il était romantique à souhait. Un rêveur au regard ténébreux, un passionné. Il aurait dû être écossais plutôt qu'anglais, naître dans les Highlands. Vous savez que pour l'épouser Oonagh a repoussé un avocat écossais parfait sous tous rapports? Bonne famille, cet avocat, très bonne famille.

— Et la belle-mère? interrogea Monk.

L'expression d'Hector se fit perplexe, puis on eût dit qu'il avait une illumination.

— Mais oui! La belle-mère! Tout à fait juste, mon ami! Un vrai dragon de femme! Finalement, vous n'êtes pas aussi demeuré que je me l'étais figuré. Ce n'est pas idiot, ça, cela explique tout! Je suis sûr qu'Oonagh préférait mille fois rester sous son propre toit avec un homme comme Baird McIvor, plutôt que d'épouser un natif d'Édimbourg affublé d'une mère, quelle qu'elle soit, et encore moins du genre de Catherine Stewart. Elle n'aurait pas été maîtresse chez elle, ni gardé la mainmise sur l'imprimerie familiale comme elle le fait aujourd'hui.

— Vraiment ? Je croyais que c'était Alastair qui dirigeait l'entreprise ?

— Oui, c'est lui le patron, mais au-dessus de lui, dans l'ombre, il y a Oonagh qui tire les ficelles. Elle les mène par le bout du nez, lui et Quinlan... Que le diable l'emporte, celui-là !

Monk se leva. Il ne tenait pas à être surpris par McTeer, venu apporter quelque rafraîchissement à Hector, et encore moins par Oonagh lorsqu'il traverserait le vaste hall d'entrée si longtemps après avoir pris congé d'elle.

— Merci, major Farraline. Cet entretien a été très intéressant pour moi. Je pense que je vais suivre votre conseil et tenter de découvrir qui a bien pu mettre son grain de sel dans la comptabilité des Farraline. Au revoir.

Hector se souleva à demi pour lui adresser un bref signe d'adieu, puis se rassit et contempla la fenêtre d'un œil malheureux.

Dès qu'il quitta Ainslie Place, Monk gagna Princes Street et prit un cab jusqu'à Leith Street, puis Leith Walk, la longue route qui menait à l'estuaire de Forth et aux chantiers navals de Leith. En tout, deux miles devaient séparer Princes Street de l'estuaire, et l'imprimerie se trouvait à mi-chemin. Monk descendit, paya le cocher et partit à la rencontre de Baird McIvor.

Le bâtiment était imposant, laid et essentiellement fonctionnel, cerné par deux autres constructions industrielles. A l'intérieur s'ouvrait un vaste espace dont la partie la plus récente faisait office de hall d'accueil. De là partait un escalier en colimaçon en fer forgé qui menait à une passerelle. En haut s'ouvraient plusieurs portes, sans doute les bureaux des chefs des différents services et des employés administratifs. Pour le reste, tout semblait consacré à l'imprimerie elle-même, puisque les presses, composeuses, casiers à types et réserves d'encre envahissaient toute la superficie du rez-de-chaussée. Au fond, des rames de papier s'entassaient en énormes piles auprès du matériel de reliure, composé de tissu, de corde et d'autres machines. Il ne régnait aucune agitation, mais un bourdonnement régulier né de l'application et d'une activité bien réglée.

Monk demanda à l'employé venu à sa rencontre s'il pouvait parler à Mr. McIvor. Il ne précisa pas quelle affaire l'amenait et l'autre dut penser qu'il s'agissait d'un problème professionnel, puisqu'il le pria de le suivre dans l'escalier sans lui poser de question. Il s'arrêta devant la première porte, en bois magnifique, frappa et ouvrit sans attendre.

— Un certain Mr. Monk pour vous, Mr. McIvor!

Monk le remercia et entra. Il ne jeta qu'un bref coup d'œil aux étagères impeccables, à la grande lampe à gaz murale qui chuintait, aux quelques feuilles de papier blanc étalées sur le bureau — sans doute McIvor était-il en train d'en comparer la qualité — et aux livres empilés sur le sol. Son attention s'attacha directement à Baird, dont le visage exprimait une stupéfaction vaguement inquiète.

— Monk? fit-il en se levant à demi. Que faites-vous ici?

— Je viens vous prendre un peu de votre temps.

Monk ne sourit pas. Il savait qu'il n'obtiendrait rien de cet homme s'il se contentait de lui demander son aide. S'il avait eu plus de temps devant lui, s'il s'était senti plus détendu, sans doute eût-il fait preuve de délicatesse, mais ce n'était pas le cas. Il fallait recourir à l'intimidation.

— Je détiens des preuves que les livres de comptes de votre compagnie ont été falsifiés et des sommes d'argent détournées.

Baird blêmit et la colère gagna son regard sombre. Monk ne lui laissa pas le loisir de protester. Il esquissa un sourire qui ne se voulait pas réconfortant.

— J'ai appris que la défense a engagé un avocat très brillant, poursuivit-il. (C'était plus un espoir qu'une certitude, mais si ce n'était pas encore vrai, il ferait en sorte que cela le devînt.) Je n'ai pas envie qu'il découvre ce fait. Il s'en servirait pour suggérer au jury que c'était là le véritable mobile du meurtre de Mrs. Farraline et sèmerait le doute sur la culpabilité de l'infirmière.

Baird s'adossa à son siège sans quitter le détective des yeux. Ce qu'il venait d'entendre avait chassé l'hostilité qu'il manifestait quelques secondes plus tôt.

— Non, bien sûr, répondit-il de mauvaise grâce.

A l'évidence, il demeurait préoccupé. Une fine pellicule de sueur perlait à son front. Cela aiguisa la curiosité de Monk, l'incitant à aller jusqu'au bout.

— Après tout, reprit-il, si c'était vrai, cela pourrait fournir une excellente explication au meurtre. J'imagine que Mrs. Farraline n'aurait pas laissé commettre un tel méfait sans sévir, au moins dans l'intimité ?

Baird hésita. On lisait sur son visage autant de colère et de chagrin que de peur manifeste. L'homme était plus complexe que Monk ne l'avait cru au départ, quand il le méprisait de préférer Eilish à Oonagh.

— Non, répondit-il. Elle s'en serait occupée d'une manière ou d'une autre. J'imagine que si le coupable appartenait à la famille, elle aurait réglé le problème elle-même. A vrai dire, même si ce n'était pas le cas, je ne pense pas qu'elle aurait tenu à rendre la chose publique. De telles malversations nuisent à la réputation d'une entreprise.

— Tout à fait. Néanmoins, le coupable aurait passé un mauvais quart d'heure, non ?

— Sans doute. Mais qu'est-ce qui vous fait penser qu'il y a un problème avec ces livres ? Kenneth vous a-t-il dit quelque chose ? Oh... c'est lui que vous soupçonnez, peut-être ?

— Je ne soupçonne personne en particulier.

Il avait modulé le son de sa voix de façon à laisser planer le doute. Il savait que la crainte se révélait un catalyseur efficace, dont pouvaient découler toutes sortes de révélations inattendues.

Baird réfléchit plusieurs longues minutes. Monk se demandait si c'était la culpabilité ou le désir de ne pas se montrer injuste envers une tierce personne qui le faisait hésiter. Il opta néanmoins pour la première hypothèse : il y avait toujours ce fin voile de sueur sur son visage et ses yeux avaient beau soutenir son propre regard, ils semblaient prêts à se dérober à tout instant.

— A vrai dire, déclara enfin Baird, je ne vois aucune façon de vous venir en aide. Je ne m'occupe guère de l'aspect financier de l'entreprise. Mon domaine se limite au papier et à la reliure. Quinlan, lui, est spécialisé dans l'impression. Et Kenneth traite les chiffres. Lorsque Alastair est là, il prend les décisions importantes : quels clients accepter, quelles orientations adopter, ce genre de choses...

— Et Mrs. McIvor? J'ai appris qu'elle s'intéressait elle aussi à la bonne marche de l'entreprise. Il paraît qu'elle est même particulièrement douée pour cela.

— C'est vrai.

Monk ne parvint pas à déchiffrer l'expression de son interlocuteur; s'agissait-il de fierté, de ressentiment, d'ironie?

— Oui, reprit Baird, elle a un sens aigu des affaires. Alastair lui demande souvent conseil, pour l'aspect commercial autant que technique. Ou, pour être plus précis, c'est Quinlan qui prend son avis pour tout ce qui est style, caractères et ainsi de suite...

— Ainsi, Mr. Fyffe ne se mêle pas de la comptabilité?

— Quinlan? Oh non, pas du tout!

Monk crut déceler une pointe de regret dans sa voix, aussitôt suivie d'une sorte d'autodérision sauvage et, de nouveau, il songea qu'il ne parvenait décidément pas à cerner ce personnage. Comment un homme aussi sensible et fin pouvait-il aimer Eilish, qui semblait n'avoir à offrir que son exceptionnelle beauté? Une telle qualité était si vaine, si éphémère! La plus jolie femme du monde ne devenait-elle pas ennuyeuse si elle n'était pas assortie d'une complicité sincère, de rires, d'esprit et d'imagination, de la capacité d'aimer en retour, de provoquer, de critiquer, de susciter l'affrontement, la discussion et le changement?

Ces pensées ramenèrent aussitôt Hester dans l'esprit de Monk, qui sentit son cœur se serrer.

— Dans ce cas, je ferais mieux d'aller vérifier tout cela, déclara-t-il avec une brusquerie que la conversation ne justifiait nullement.

Baird parut réticent.

— Cela vaut mieux que de vous envoyer des vérificateurs officiels, renchérit le détective.

Il s'agissait d'une menace et Baird ne s'y trompa pas.

— Oh, bien sûr, répondit-il. C'est évident. Cela coûterait cher et les gens se demanderaient ce qu'il se passe. Oui, menez votre enquête comme bon vous semble, Mr. Monk, je vous laisse carte blanche.

Monk grimaça un sourire. Ainsi, Baird ne craignait pas de voir Monk découvrir des anomalies dans les comptes de l'entreprise. S'il en existait bel et bien, il n'y était pour rien. Et cependant, quelque chose effrayait cet homme. Mais quoi ?

— Merci, dit le détective.

Il tourna les talons et repartit dans le couloir alors que Baird se levait tout juste de sa chaise.

Il passa la journée dans les locaux de l'imprimerie et ne trouva rien pour étayer ses soupçons. Si les livres de comptes avaient été falsifiés, il ne possédait pas les connaissances nécessaires pour en découvrir les preuves. Fatigué, en proie à un violent mal de tête et d'une humeur massacrante, il quitta les lieux à cinq heures et demie et rentra au Grassmarket. Une lettre de Rathbone l'attendait. Elle ne contenait aucune bonne nouvelle. L'avocat se contentait de l'informer de ses progrès, qui étaient piètres.

Ce soir-là, Monk resta trois heures sur Ainslie Place, caché dans l'ombre et mordu par le froid glacial de la nuit, à espérer qu'Eilish sortirait. Il patienta jusqu'à minuit passé, mais ne vit personne quitter le numéro dix-sept.

Il reprit son poste le lendemain soir. Le froid était encore plus vif que la veille. Il fut récompensé de sa patience lorsque, peu après minuit, une silhouette féminine émergea de la maison, traversa le terre-plein central, passa à deux ou trois mètres de lui à peine, puis s'engagea comme l'autre fois dans Glenfinlas Street et Charlotte Square, pour gagner le grand carrefour.

Il la suivit, veillant à conserver une trentaine de yards entre elle et lui, sauf lorsqu'il parvenait aux abords d'un croisement où il risquait de perdre sa trace. Cette fois, il jetait également des coups d'œil réguliers par-dessus son épaule. Il n'avait pas l'intention de se laisser de nouveau attaquer par-derrière et de finir inanimé sur le pavé glacial, tandis qu'Eilish s'évanouissait Dieu savait où...

Il faisait si froid qu'une couche de givre s'était formée sur les pierres du trottoir. L'air lui picotait les lèvres et les poumons en s'engouffrant dans sa poitrine. Monk était à la fois heureux et étonné de voir Eilish marcher si vite et avec une telle aisance. De la part de la jeune femme languissante et paresseuse qu'il connaissait, une telle énergie avait de quoi surprendre.

Comme l'autre soir, elle longea les jardins de Princes Street par Lothian Road et tourna à gauche dans Kings Stables Road. L'austère et puissante silhouette du château ne formait cette nuit-là qu'une masse d'ombre un peu plus dense qui se détachait sur le ciel nuageux privé d'étoiles.

Eilish traversa Spittal Street et poursuivit résolument sa route en direction du Grassmarket. Était-il possible qu'elle allât rejoindre un amant en un tel lieu ? Le quartier abritait surtout des commerçants, des auberges et des voyageurs comme lui-même. Et Baird McIvor ? Se pouvait-il que l'émotion que Monk avait devinée entre ces deux êtres ne fût, en réalité, qu'à sens unique, et qu'Eilish trompât autant le naïf Baird que son époux, plus méfiant et plus perspicace ? Et Oonagh ? Avait-elle idée de ce que faisait sa petite sœur adorée ?

Mary l'avait-elle su ?

Une certaine animation régnait encore aux abords du Grassmarket. Les rares réverbères à gaz dispensaient leurs ronds de lumière jaune sur des individus qui déambulaient ou bavardaient, adossés aux murs des maisons. Parfois, des rires fusaient, qui donnaient une indication sur l'état d'ébriété de ces noctambules. Une femme en habits déchirés passa d'un pas nonchalant et un homme la héla. Elle répondit d'une voix forte, dans un dialecte incompréhensible pour Monk.

Rien ne semblait pouvoir distraire Eilish de son objectif. Visiblement, elle n'éprouvait pas la moindre appréhension en passant près de ces groupes éméchés. Monk, pour sa part, n'oubliait pas de regarder derrière lui. Si quelqu'un le suivait, il le faisait discrètement. Bien sûr, il n'était pas le seul à marcher dans cette direction. Un homme, en particulier, avait attiré son attention : vêtu d'un manteau noir, il avançait à une dizaine de pas derrière lui, mais rien n'indiquait qu'il fût à ses trousses, et il ne varia pas son allure lorsque le détective s'arrêta quelques secondes. Lorsqu'il repartit, l'homme était presque parvenu à son niveau.

Ils approchaient désormais de Candlemaker Row, où Deirdra avait tourné l'autre soir. Ensuite venaient le quartier pouilleux de Cowgate, puis les innombrables escaliers et venelles qui caractérisaient l'espace situé entre Holyrood Road et Canongate. Eilish avait déjà parcouru plus d'un mile et demi sans ralentir et elle ne semblait pas près d'atteindre sa destination. Elle paraissait étrangement familière des lieux : pas une fois elle n'hésita ni ne chercha son chemin.

Elle traversa le pont George IV. Au passage, Monk leva les yeux vers les magnifiques maisons victoriennes, avec leurs façades classiques comme dans la vieille ville d'où ils venaient. Il avait pensé qu'Eilish s'arrêterait peut-être à cet endroit. C'était le genre de lieu où pouvait habiter un amant... mais quel amant exigerait de sa maîtresse qu'elle vînt à lui à pied, seule dans la nuit ?

A l'extrémité du pont, à une centaine de mètres à peine, se trouvaient le Lawnmarket et la maison de l'odieux diacre William Brodie, corpulent dandy condamné au gibet soixante ans plus tôt. Figure de la bonne société d'Édimbourg le jour, il se métamorphosait à la nuit tombée en un cambrioleur d'une extrême violence. A la taverne que fréquentait Monk, près d'Ainslie Place, on estimait que l'infamie de Brodie résidait surtout dans sa duplicité : dire que cet homme inspectait les maisons et conseillait leurs propriétaires sur les mesures de sécurité à prendre, pour revenir ensuite y accomplir ses méfaits ! Dire qu'il jouissait d'une parfaite respectabilité, mais entretenait non pas une, mais deux maîtresses, chacune avec une famille illégitime ! On avait fini par arrêter ses complices, mais lui-même s'était enfui en Hollande. Une cavale de courte durée, certes : peu après, il rentrait à Édimbourg entre deux policiers. C'était avec un sourire moqueur aux lèvres qu'il avait rendu l'âme sur la potence en 1788.

Mais Eilish ne tourna pas à gauche en direction du Lawnmarket ; elle continua tout droit et plongea dans les ténèbres épaisses et puantes de Cowgate.

Monk lui emboîta résolument le pas.

Ici, les becs de gaz étaient plus espacés et le trottoir, par endroits, n'avait guère que quelques centimètres de largeur. Les pavés étaient irréguliers et le détective devait progresser avec prudence pour éviter de se tordre les chevilles. De grands immeubles s'élevaient au-dessus de lui, hauts de trois ou quatre étages. Dans chaque pièce devaient s'entasser dix ou douze personnes privées d'eau et d'hygiène. Monk n'était pas allé vérifier cette hypothèse, mais sa longue familiarité avec Londres en faisait une certitude. L'odeur était la même, tout y était aussi malpropre, vétuste, immonde.

Tout à coup, l'obscurité se fit, totale. Une violente sensation de douleur mit un terme à ces réflexions.

Lorsqu'il reprit connaissance, Monk était engourdi par le froid, au point que ses membres rigides lui obéissaient à peine. Sa tête le faisait tant souffrir qu'il hésita longtemps avant de trouver le courage d'ouvrir les yeux. Un petit chien marron lui léchait le visage avec une curiosité amicale. Il faisait encore nuit, mais Eilish n'était plus là.

Il se redressa avec difficulté, s'excusa auprès du chien de ne rien avoir à lui offrir et retourna sur le Grassmarket.

Monk était plus que jamais résolu à ne pas s'avouer vaincu, surtout face à cette créature fade et dénuée d'intérêt qu'était Eilish Fyffe. Que ces escapades nocturnes eussent ou non un rapport avec la mort de Mary Farraline, il découvrirait de quoi il retournait.

Il la guetta donc de nouveau la nuit suivante, non sur Ainslie Place, mais à l'angle où Kings Stables Road débouchait sur le Grassmarket. Ainsi s'épargnerait-il au moins une partie de la marche. Il avait fait l'acquisition d'une solide canne et d'un chapeau haut-de-forme bien renforcé, qu'il enfonça sur son crâne encore douloureux.

Au cours de la journée, il avait également pris la précaution de reconnaître l'itinéraire sur toute la longueur de Cowgate, afin d'en mémoriser chaque parcelle en prévision de sa filature nocturne. Dans la lumière blafarde de l'automne, la promenade s'était révélée sinistre. Les bâtiments qui bordaient cette artère souffraient de délabrement avancé : beaucoup s'effritaient par endroits, les enseignes cabossées étaient souvent illisibles, les murs sales portaient l'empreinte des bourrasques et de la pluie, les gouttières mal conçues débordaient, encombrées de détritus. Dans les étroites venelles qui montaient vers High Street, une foule nombreuse devait se frayer un chemin entre les charrettes, les baquets des lessiveuses, des piles de légumes et des monceaux d'ordures.

A présent, dissimulé sous le porche d'une quincaillerie pour attendre Eilish, il avait à l'esprit chaque mètre carré de Cowgate et était déterminé à redoubler d'attention.

Il était minuit vingt lorsque la mince silhouette féminine émergea de Kings Stables Road. Elle avançait un peu moins vite cette fois, sans doute parce qu'elle portait un gros paquet qui, à en juger par sa démarche moins élégante, devait être assez lourd.

Lorsqu'elle s'engagea dans le Grassmarket, Monk se faufila à sa poursuite, rasant les murs et agitant négligemment sa canne, qu'il tenait néanmoins d'une main ferme.

Eilish traversa le pont George IV sans regarder ni à gauche ni à droite et entra dans Cowgate. Rien n'indiquait qu'elle eût conscience d'être suivie. Pas une fois elle n'hésita ni ne regarda derrière elle.

Que pouvait-elle bien faire, bon sang ?

Protégé par la brume de Cowgate, il s'autorisa à réduire la distance qui le séparait d'elle. Il ne fallait surtout pas la perdre de vue. A tout instant, la jeune femme pouvait s'arrêter et disparaître dans l'un de ces hauts immeubles, dans une venelle ou un escalier, et il aurait alors les plus grandes peines du monde à la retrouver.

Comment une femme aussi belle, marchant seule à minuit passé dans un tel quartier, pouvait-elle ne pas avoir peur ? La seule réponse concevable à cette question était qu'elle se savait suivie par une sorte d'ange gardien. Baird McIvor ? Cela semblait absurde. Pour quelle raison insensée ces deux amants choisiraient-ils de se retrouver là ? Il existait, dans une ville comme Édimbourg, des centaines de lieux plus simples, plus sûrs et plus romantiques, à proximité d'Ainslie Place.

Ils dépassèrent South Bridge et là, devant Eilish, Monk aperçut une silhouette sombre courbée sous le poids d'un gros sac qui traversait la rue et s'élançait dans une venelle, en direction de l'hôpital. Un frisson involontaire lui parcourut l'échine : cette apparition venait de ramener à sa mémoire les crimes monstrueux de Burke et Hare, comme s'il avait vu un fantôme gagner en toute hâte une salle d'anatomie, chargé d'un cadavre tout frais destiné au géant borgne qu'avait été le Dr Knox, trente ans auparavant.

Il jeta un coup d'œil inquiet en arrière, mais ne vit personne à proximité. Ils étaient parvenus au niveau de Blackfriars' Wynd. La maison du cardinal Beaton se profilait, reconnaissable à son surplomb et à sa façade effritée. Il savait depuis peu que l'édifice avait été construit au xvie siècle par l'archevêque de Glasgow, alors chancelier d'Écosse, durant la régence et le règne du roi Jacques V, avant l'unification de l'Écosse à l'Angleterre.

Plus loin s'élevait l'ancien hôtel des monnaies, un immeuble en ruine dont la porte, condamnée, portait l'inscription AYEZ PITIÉ DE MOI, Ô MON DIEU. De jour, il avait également remarqué l'enseigne du ramoneur Allison, avec une petite illustration représentant deux ramoneurs en train de courir, mais il faisait trop sombre, à présent, pour la distinguer.

Eilish avançait toujours. Monk resserra les doigts sur sa canne. Il n'avait pas emporté celle-ci de gaieté de cœur. Elle éveillait en lui de pénibles souvenirs de violence, de confusion et de peur, ainsi qu'un très fort sentiment de culpabilité. Toutefois, la sensation cuisante dans sa nuque représentait une motivation suffisante pour passer outre. Il se retournait fréquemment, mais ne distinguait, à chaque fois, que des ombres imprécises.

Eilish tourna soudain à gauche dans St. Mary's Wynd. Redoutant de perdre sa trace, Monk se mit à courir et faillit la heurter de plein fouet. La jeune femme s'était arrêtée devant une porte cochère obscure. Elle portait toujours son paquet.

Elle dévisagea Monk, d'abord effrayée. Puis ses yeux durent s'habituer à la pénombre et ils quittèrent aussitôt le détective pour s'agrandir d'effroi.

— Non ! hurla-t-elle.

Monk se retourna juste à temps pour lever sa canne et parer le coup.

— Non ! répéta Eilish d'une voix autoritaire cette fois. Robbie, arrêtez ! C'est inutile...

A contrecœur, l'homme abaissa son gourdin et demeura immobile, prêt à repasser à l'action à la moindre alerte.

— Vous êtes opiniâtre, Mr. Monk, dit alors Eilish d'un ton calme. Vous devriez entrer.

Le détective hésita. Si on l'attaquait ici, dans la rue, il pourrait se défendre. A l'intérieur, il n'avait aucune idée du nombre d'hommes qu'il trouverait. Dans un quartier comme Cowgate, on pouvait se débarrasser d'un corps sans laisser de traces et sans avoir d'explications à fournir. La vision macabre de Burke et Hare lui revint à l'esprit, telle une image de cauchemar.

La voix d'Eilish retentit encore, moqueuse. Dans l'obscurité, il ne distinguait pas son visage.

— Vous n'avez rien à craindre, Mr. Monk. Ce n'est pas un repaire de brigands, mais seulement une école pour nécessiteux. Je suis désolée que l'on vous ait frappé alors que vous me suiviez. Certains de mes élèves prennent ma sécurité très à cœur. Ils ignoraient qui vous étiez. Lorsque vous vous faufilez derrière moi dans le Grassmarket, votre silhouette prend des allures sinistres.

— Une école pour nécessiteux?

Elle prit sa stupéfaction pour de l'ignorance.

— Il y a à Édimbourg beaucoup de gens qui ne savent ni lire ni écrire, Mr. Monk. En réalité, il ne s'agit pas d'une école au sens traditionnel du terme. Nous n'enseignons pas à des enfants. D'autres s'en chargent. Nos élèves sont des adultes. Vous n'avez peut-être pas conscience du handicap que représente pour un homme le fait de ne pas savoir lire sa propre langue! La lecture est la porte d'entrée sur le monde! Savoir lire, c'est avoir accès à la pensée des plus grands esprits de notre temps et des époques précédentes, à travers le monde entier! C'est pouvoir entendre la philosophie de Platon ou partir à l'aventure avec Sir Walter Scott, voir le passé s'ouvrir devant soi, explorer l'Inde ou l'Égypte, pouvoir...

Elle s'arrêta net pour brider son enthousiasme et reprit, un ton plus bas :

— C'est pouvoir lire les journaux et savoir ce que disent les gouvernants, de façon à se forger son propre jugement, judicieux ou non. C'est pouvoir déchiffrer les pancartes dans la rue et dans les vitrines, les étiquettes et les noms sur les médicaments.

— Je comprends tout cela, Mrs. Fyffe, répondit Monk sans élever la voix, mais avec une sincérité qu'il ne lui avait jamais témoignée. Et je sais ce qu'est une école pour nécessiteux. La seule chose, c'est que je n'avais pas songé à cette explication.

Elle se mit à rire.

— J'aime votre franchise! Alors vous pensiez que je me rendais à un rendez-vous galant? A Cowgate? Vraiment, Mr. Monk! Et pour retrouver qui, puis-je vous le

255

demander? A moins que vous ne m'ayez imaginée en chef de bande, venue partager avec mes hommes le butin de mon dernier méfait? Une sorte de William Brodie au féminin?

— Mais non...

Il y avait longtemps qu'il ne s'était pas senti gêné à ce point devant une femme, mais l'honnêteté l'obligeait à reconnaître qu'il l'avait mérité.

— Quoi qu'il en soit, vous devriez entrer, déclara-t-elle en se retournant vers la porte. Sauf si vous n'avez pas envie d'en savoir plus. Mais ne vaut-il pas mieux que vous ayez la preuve que je ne mens pas?

Il y avait de la moquerie dans sa voix, mais, au-delà de la dérision, Monk percevait une bonne dose d'émotion.

Il hocha la tête et la suivit dans l'étroit couloir de l'immeuble. Ils gravirent un premier escalier fort délabré, empruntèrent un autre corridor. L'homme les suivait, son gourdin à la main. Ils reprirent un escalier et parvinrent enfin dans une large pièce qui donnait sur la rue. L'endroit était propre et, depuis son arrivée dans le quartier, Monk s'était habitué à l'odeur. Pour tout mobilier trônait une vieille table de bois sur laquelle s'empilaient des livres et des feuilles de papier, qui voisinaient avec quelques encriers et une douzaine de plumes d'oie, un canif pour en aiguiser les pointes et plusieurs buvards. Treize ou quatorze hommes, de conditions et d'âges divers, se tenaient dans la salle. Tous portaient des vêtements propres, mais souvent usés jusqu'à la trame. Les visages s'éclairèrent lorsqu'ils virent apparaître Eilish, mais se figèrent en découvrant le détective à sa suite.

— Il n'y a pas de problème, les rassura-t-elle. Mr. Monk est un ami. Il est venu m'aider ce soir.

Monk ouvrit la bouche pour protester, mais changea d'avis et hocha la tête.

Dans le plus grand calme, les hommes s'assirent par terre, jambes croisées. Sur le livre qu'ils installèrent sur leurs genoux, chacun posa une feuille de papier puis, lentement, avec peine, ils se mirent à former une à une les lettres de l'alphabet. Fréquemment, ils levaient les yeux pour appeler Eilish à l'aide ou quérir son approbation. Elle répondait avec solennité, apportant une correction ici, un compliment là.

Après deux heures d'écriture, on passa à la lecture, récompense de l'effort fourni. Avec beaucoup d'hésitations, assorties de paroles d'encouragement, ils déchiffrèrent à tour de rôle le premier chapitre d'*Ivanhoé*. La montre de Monk marquait quatre heures moins le quart lorsque la leçon prit fin. La reconnaissance que les élèves manifestèrent alors aux deux enseignants dédommagea grandement le détective de sa fatigue. Les hommes sortirent en file indienne pour rentrer chez eux et Monk se demanda s'ils se recoucheraient : dans à peine plus d'une heure, il leur faudrait repartir travailler.

Lorsqu'ils eurent tous disparu, Eilish se tourna vers lui, silencieuse.

— Les livres ? interrogea-t-il, bien qu'il connût la réponse.

— Oui, bien sûr... Ils viennent de l'imprimerie Farraline, dit-elle en le regardant droit dans les yeux. Baird me les fournit. Mais si vous le répétez à quiconque, soyez sûr que je nierai. Je ne pense pas qu'il y ait de preuves. Toutefois, je sais que vous ne me trahirez pas. Tout cela n'a rien à voir avec le décès de Maman et ne peut ni accabler ni disculper Miss Latterly.

Ainsi, la nervosité de McIvor, dans son bureau, s'expliquait...

— Je ne savais pas que Baird avait accès aux comptes de l'imprimerie.

— Il n'y a pas accès, rétorqua Eilish avec un sourire amusé. Ce sont des livres que je réclame, non de l'argent. Jamais je n'irais voler d'argent, même si j'en avais besoin. Baird imprime quelques livres supplémentaires en catimini, ou alors il déclare qu'il en manque. Il ne se soucie pas de comptabilité.

— Votre oncle Hector affirme que l'on a falsifié les livres de comptes.

— Ah bon? fit-elle, n'affichant qu'une très légère surprise. Eh bien, c'est peut-être vrai. Ce doit être Kenneth, quoique je ne voie pas bien pourquoi il aurait fait ça. Mais vous savez, Oncle Hector boit beaucoup trop et il parle souvent en dépit du bon sens. Il se souvient de choses qui n'ont, je crois, jamais existé, et il mélange les années. A votre place, je n'accorderais pas trop d'importance à ses dires.

Il allait répondre qu'il était de son devoir de ne rien négliger, dans l'intérêt de l'accusation, mais il se sentit soudain las des mensonges. Ceux-ci semblaient inutiles et, d'ailleurs, le moment ne s'y prêtait pas : il venait d'être amené à réviser son jugement sur Eilish. Cette femme n'était ni superficielle, ni paresseuse, et encore moins stupide. Bien sûr qu'elle devait s'accorder des grasses matinées : elle renonçait à de précieuses heures de sommeil nocturne sans obtenir ni lauriers ni argent en retour! Et pourtant, elle semblait plus qu'heureuse! Dans cette pièce à peine éclairée, son visage rayonnait d'une joie profonde. A présent, Monk savait pourquoi elle avait la tête haute et la démarche fière. Il savait d'où lui venait ce sourire et pourquoi ses pensées prenaient le large pendant les conversations familiales d'Ainslie Place!

Et il comprenait également l'amour que Baird McIvor portait à la sœur de sa propre épouse...

L'idée qu'Hester eût aimé et admiré cette femme lui traversa soudain l'esprit.

— Je ne cherche pas à démontrer que Miss Latterly a tué votre mère, déclara-t-il sur une impulsion. En fait, j'essaie au contraire de la disculper.

Elle le dévisagea, pleine de curiosité.

— Pour de l'argent? Non... L'aimez-vous?
— Non!

Il regretta aussitôt son empressement à la démentir et sentit le rouge lui monter aux joues.

— Enfin, se reprit-il, pas dans le sens où vous l'entendez. C'est une grande amie, une amie très chère. Nous avons partagé beaucoup d'expériences, elle et moi. Nous

nous sommes battus ensemble pour rétablir la justice sur d'autres affaires. Elle...

Eilish souriait. La petite lueur railleuse était réapparue dans son regard.

— Il est inutile de vous expliquer, Mr. Monk. A vrai dire, je préférerais que vous ne disiez rien. Je ne vous croirai pas, de toute façon. Je sais ce que c'est que d'aimer contre sa propre volonté.

Sans prévenir, l'ironie déserta son visage, remplacée par une réelle souffrance. Sans doute celle-ci était-elle là, à fleur de peau, depuis le début.

— Cela modifie vos projets et altère tout ce qui vous entoure. Vous jouez tranquillement sur la plage et, l'instant suivant, vous êtes pris par la marée montante et vous avez beau lutter contre le courant, vous n'arrivez pas à regagner la terre ferme.

— Vous parlez là de vos sentiments, Mrs. Fyffe. Je suis pour ma part un ami de Miss Latterly. Je n'éprouve pas ce genre de sensations à son égard.

Malgré sa véhémence, il comprit qu'elle n'en croyait pas un mot. Il en fut fâché, mais sentit que sa voix se voilait. Absurdement, il eut l'impression de se montrer déloyal.

— Il est parfaitement possible, poursuivit-il, d'être ami avec une personne sans ressentir pour elle ce que vous décrivez.

— Bien sûr, acquiesça-t-elle, avant de se diriger vers la porte. Je vais vous raccompagner jusqu'au Grassmarket, afin que vous ne soyez pas importuné.

C'était ridicule : Monk était un homme robuste, armé d'une canne, qui plus est. Eilish, quant à elle, était une femme très frêle, qui avait vingt-cinq centimètres de moins que lui, bâtie comme une fleur. Elle évoquait pour lui un iris gorgé de soleil. Il éclata de rire.

Elle le précéda dans l'escalier, s'adressant à lui par-dessus son épaule.

— Combien de fois avez-vous été attaqué sur cet itinéraire, Mr. Monk ?

— Deux fois, mais...
— Avez-vous eu mal?
— Oui, mais...
— Je préfère vous raccompagner jusque chez vous, Mr. Monk.

Il y avait à peine l'ombre d'un sourire sur les lèvres de la jeune femme. Monk prit une profonde inspiration.
— Merci, Mrs. Fyffe.

Allongée dans l'obscurité, Hester ne cessait désormais d'imaginer la courte marche qui séparerait sa cellule de l'échafaud. A vrai dire, la mort en elle-même ne lui faisait pas peur; mais elle s'était aperçue avec un terrible effroi que les certitudes qu'elle pensait avoir quant à la vie éternelle s'effondraient face à la réalité. Elle en éprouvait une terreur inconnue jusque-là.

Sur le champ de bataille, la mort l'aurait happée par surprise, sans lui laisser le temps de songer à ce qu'il y aurait après. Et puis, elle n'était pas seule à l'époque : d'autres affrontaient l'angoisse à ses côtés et souffraient bien plus qu'elle. Elle ne songeait qu'aux moyens de leur venir en aide, et non à son propre salut. A présent, cernée par les quatre murs de sa cellule, elle comprenait quelle bénédiction cela avait été.

Les geôlières continuaient à la traiter avec froideur et mépris, mais elle s'y était habituée. Désormais, elle se réjouissait presque de leur présence, qui lui fournissait quelque chose à combattre, comme un blessé enfonce les ongles dans ses paumes pour détourner la douleur.

Par une journée particulièrement froide, la porte de la cellule s'ouvrit et Hester vit entrer Imogen, sa belle-sœur. Elle se leva aussitôt, surprise : elle pensait que Charles ne reviendrait pas sur sa décision.

Imogen était vêtue avec recherche, comme pour faire ses visites de l'après-midi dans la bonne société londonienne. Elle n'accorda qu'un rapide regard à la cellule.

— Je suis désolée, commença-t-elle dès que la porte se fut refermée. J'ai été contrainte de dire à Charles que j'allais chez les demoiselles Begbie. Je... je n'avais pas envie de déclencher une dispute... surtout en ce moment. Il...

Elle s'interrompit, gênée. On eût dit qu'elle s'excusait.

— Il t'a interdit de venir ici, acheva Hester à sa place. Ne t'en fais pas, je ne lui dirai rien, évidemment.

Elle voulut remercier Imogen d'être venue malgré tout, mais les mots se refusèrent à franchir ses lèvres. Sans doute étaient-ils trop artificiels, dans un moment où elle ressentait un intense besoin d'authenticité.

Imogen fouilla dans son réticule et en tira un savon et une petite pochette de lavande séchée. Cela sentait si bon et évoquait une telle féminité qu'Hester sentit les larmes lui monter aux yeux.

Imogen leva le regard vers elle et son expression polie céda aussitôt la place à l'émotion. Elle lâcha le savon et la lavande pour se précipiter vers Hester, qu'elle serra dans ses bras avec une force dont sa belle-sœur ne l'eût pas crue capable.

— Nous gagnerons! s'écria-t-elle d'un ton farouche. Tu n'as pas tué cette femme et nous le prouverons. Mr. Monk n'est peut-être pas très aimable, mais son intelligence est immense et il ne s'avoue jamais vaincu. Souviens-toi de l'affaire Grey : alors que personne n'y comprenait rien, il a tenu bon et élucidé le mystère. Et il est à tes côtés, ma chérie! Il ne faut pas perdre espoir.

Devant tous ses autres visiteurs, Hester était parvenue à faire bonne figure. Cela s'était révélé particulièrement difficile avec Callandra, mais elle avait tout de même tenu bon. A présent, ses forces l'abandonnaient : elle ne pouvait plus simuler. Accrochée à Imogen, elle pleura jusqu'à épuisement. Puis, étrangement, une sorte de paix du désespoir envahit son être. Les paroles d'Imogen, qui visaient à la rassurer, avaient ramené à son esprit cette réalité contre laquelle elle se battait sans répit depuis son transfert à Newgate. Tous les efforts de Monk et des autres ne suffiraient peut-être pas. Il arrivait que l'on pendît des innocents. Et même si Monk et Rathbone parvenaient à rétablir la vérité après coup, cela ne lui serait d'aucun réconfort et ne servirait à rien.

Tout à coup, au lieu de se révolter contre la peur et l'injustice, elle ressentait quelque chose qui ressemblait à de l'acceptation. Peut-être s'agissait-il seulement de lassitude, mais cela valait mieux qu'un combat sans espoir. Et puis, cela procurait un intense soulagement.

Elle ne voulait plus entendre de paroles d'encouragement. Elle était passée au-delà. Toutefois, il eût été cruel d'expliquer cela à Imogen, et ce calme nouveau semblait trop fragile encore pour être fiable. Elle n'avait pas envie de le mettre en mots.

Imogen recula et la considéra. Elle avait dû remarquer le changement qui s'était opéré chez Hester, car elle n'aborda plus le sujet. Elle ramassa le savon et le sachet de lavande et les lui tendit.

— Je n'ai pas demandé si j'avais le droit de te les apporter, expliqua-t-elle. Mieux vaut que tu les caches.

Hester sortit un mouchoir de sa poche et se moucha.

Imogen attendait.

— Merci, dit enfin Hester en prenant les cadeaux, qu'elle glissa dans la poche de sa robe.

Imogen alla s'asseoir sur le lit. Ses jupes se répandirent élégamment autour d'elle, exactement comme si elle se trouvait en visite dans l'aristocratie. Depuis la disgrâce de Mr. Latterly senior toutefois, elle n'était plus invitée dans la haute société. Les demoiselles Begbie constituaient désormais le sommet de ses aspirations.

— Vois-tu d'autres personnes dans la journée? interrogea-t-elle. Je veux dire, autres que cette horrible femme qui m'a conduite jusqu'ici. C'est bien une femme, n'est-ce pas?

Hester ne put réprimer un sourire.

— Pour ça, oui ! Si tu voyais la façon dont elle regarde Oliver Rathbone, tu n'en douterais pas.

— Non ! Tu plaisantes?

Malgré le lieu et la situation, le fou rire la gagnait.

— Elle me fait penser à Mrs. MacDuff, la gouvernante

de ma cousine ! poursuivit-elle. Nous ne cessions de la faire marcher et de nous moquer d'elle quand nous étions petites. J'ai honte lorsque je repense à notre cruauté ! Les enfants sont d'une terrible franchise ! Seulement, la vérité n'est pas toujours bonne à dire. Peut-être qu'au fond de soi chacun a conscience de la réalité, mais on se comporte tellement mieux quand les autres ne vous obligent pas à la garder à l'esprit !

Hester eut un sourire amer.

— Je crois que je me trouve exactement dans cette situation, dit-elle. Le problème, c'est que je n'ai pas grand-chose pour détourner mon attention de la réalité.

— As-tu des nouvelles de Mr. Monk ?

— Non.

— Ah...

Imogen semblait surprise. Alors, Hester eut le brusque sentiment que Monk l'avait abandonnée. Pourquoi n'avait-il pas écrit ? Il devait bien se douter de la signification que prendrait pour elle ne fût-ce qu'un mot d'encouragement ? Pourquoi cet individu se souciait-il si peu d'autrui ? La question était stupide : Hester connaissait la réponse. Il y avait peu de tendresse dans la nature de Monk et, lorsqu'il en témoignait, c'était seulement à des femmes comme Imogen, douces, bon enfant, dépendantes, complémentaires, en quelque sorte, de la forte personnalité qu'il possédait lui-même.

Par loyauté, par haine de l'injustice, bien sûr, il rechercherait la vérité, mais Hester ne devait pas attendre de lui le moindre geste de réconfort.

Elle s'aperçut qu'Imogen l'observait. Celle-ci devait lire en elle comme seule une femme pouvait le faire.

— Es-tu amoureuse de lui ?

Hester fronça les sourcils, horrifiée.

— Mais non ! Certainement pas ! Je n'irais pas jusqu'à affirmer qu'il est tout ce que je méprise chez un homme, mais la vérité n'est pas très éloignée de cela. Évidemment, il est intelligent, je ne peux lui nier cette qualité. Mais il sait aussi se montrer arrogant et cruel et je n'attendrais pas de lui la moindre sollicitude. Je suis même persuadée qu'il n'hésiterait pas à tirer avantage des faiblesses d'autrui!

— Mais, ma chérie, je ne t'ai pas demandé si tu lui faisais confiance, si tu l'admirais, ni même si tu l'appréciais. Je t'ai demandé si tu étais amoureuse de lui, ce qui n'a rien à voir.

— Eh bien non, je ne le suis pas. Et je l'apprécie beaucoup... quelquefois. Et puis, ajouta-t-elle en prenant une profonde inspiration, il y a des choses pour lesquelles je lui fais entièrement confiance : les affaires d'honneur, là où la justice est en jeu, ou le courage. Je sais qu'il se battrait envers et contre tout, quel qu'en soit le prix pour lui-même, s'il faut défendre ce qu'il estime être le bien.

Imogen la dévisagea avec un étonnant mélange d'amusement et de peine.

— Je crois, ma chérie, que tu lui prêtes tes propres vertus, mais ce n'est pas bien grave. Nous avons tous tendance à faire cela...

— Mais non, pas moi!

— Si tu le dis... Et Mr. Rathbone? J'avoue qu'il m'est plutôt sympathique. Il a de bonnes manières et, d'après ce que je sais de lui, il est extrêmement intelligent.

— C'est certain.

Hester n'en avait jamais douté et, tout en parlant, le souvenir de moments d'intimité d'une douceur inouïe lui revint. Elle se demanda soudain si elle ne les avait pas inventés. Elle-même ne serait jamais allée embrasser un homme de cette façon sans éprouver à son égard des sentiments véritables. Toutefois, elle ne connaissait pas les hommes sur ce plan-là; peut-être se révélaient-ils très différents d'elle-même? Toutes les observations qu'elle avait pu faire lui soufflaient que c'était le cas. Mieux valait ne pas attacher d'importance à cet élan qu'il avait eu vers elle. Elle s'aperçut avec un violent pincement au cœur qu'elle ne connaissait presque rien dans ce domaine. Elle allait mourir sans avoir aimé, ni été aimée en retour.

— Hester, déclara gravement Imogen, tu es en train de baisser les bras. Cela ne te ressemble pas et, lorsque tout sera terminé, tu vas te détester de ne pas t'être montrée à la hauteur.

— C'est bien joli d'encourager les autres, répliqua Hester avec un pauvre sourire, mais tout devient différent quand on se trouve soi-même confronté à la réalité de la mort. Quand il n'existe aucun « après »...

Imogen était très pâle à présent. La détresse se lisait clairement sur son visage.

— Tu veux dire, fit-elle néanmoins, que ta mort serait différente de celle des autres ? Différente de celle des soldats que tu as soignés, par exemple ?

— Mais non... Non, bien sûr que non. Croire cela serait présomptueux et ridicule de ma part.

Imogen venait de ramener à sa mémoire les visages agonisants et les corps mutilés de Crimée. Sa mort à elle serait rapide, elle ne se retrouverait ni amputée ni ravagée par la fièvre ou la dysenterie. La jeune femme eut soudain honte de sa lâcheté. Beaucoup de ces soldats étaient morts plus jeunes qu'elle ne l'était aujourd'hui, ils avaient goûté moins longtemps aux plaisirs de la vie.

Imogen sourit. Leurs yeux se rencontrèrent et Hester n'eut pas besoin d'exprimer de remerciements. Elle continuait certes d'éprouver une appréhension douloureuse, n'avait pas plus de certitudes quant à ce qui l'attendait lorsque le bourreau se serait acquitté de son œuvre, mais elle se sentait résolue à affronter tout cela avec la même dignité qu'elle avait vue chez d'autres.

Imogen se leva alors et l'étreignit un bref instant, puis elle se retourna dans un élégant mouvement de jupons et gagna la porte pour appeler la geôlière.

Rathbone fut la dernière personne à lui rendre visite à Newgate. Il la trouva bien plus calme que les fois précédentes. Il ne décelait plus chez elle aucune des émotions contenues dont il était devenu coutumier. Loin d'en être réconforté, il en éprouva une vive inquiétude. Dès que la porte se fut refermée, il se précipita vers elle et lui prit les mains.

— Hester ? Que s'est-il passé ? Vous a-t-on dit quelque chose qui vous a découragée ?

— Pourquoi ? Parce que je n'ai plus peur ? rétorqua-t-elle avec un sourire sans joie.

Il fut tenté de lui dire qu'elle semblait avoir renoncé à espérer et que ce n'était pas bien. L'absence d'inquiétude sur ses traits signifiait qu'elle avait cessé de se débattre entre espoir et découragement. Car elle ne pouvait avoir la certitude de se voir disculpée. Rien ne l'autorisait encore à croire cela. Non, elle avait dû accepter l'idée de la défaite. Pas un instant il ne songea qu'elle avait peut-être bel et bien tué Mrs. Farraline, ni intentionnellement ni par accident. Il lui en voulut de ce renoncement.

— J'ai eu tout le temps d'y penser, reprit-elle tranquillement. Toute la peur du monde ne pourra rien changer à ce qui m'attend. Elle ne peut que me dérober le peu qu'il me reste à vivre. Et puis, ajouta-t-elle avec un petit rire nerveux, je suis peut-être trop fatiguée pour l'espoir, qui réclame tant d'énergie !

Toutes sortes de paroles d'encouragement vinrent aux lèvres de l'avocat : qu'il restait encore du temps pour découvrir de quoi faire accuser un membre de la famille Farraline, ou au moins éveiller les soupçons des jurés, que Monk était brillant et acharné et qu'il n'abandonnerait pas la partie, que Callandra avait engagé l'un des meilleurs ténors du barreau d'Édimbourg et que lui-même se tiendrait aux côtés de celui-ci lors du procès, que même les procureurs péchaient souvent par excès de confiance et qu'il arrivait aux témoins de mentir, d'avoir peur, de s'accuser les uns les autres par crainte, rancune ou convoitise, de revenir sur leurs déclarations mensongères lorsqu'ils se trouvaient confrontés à la majesté du tribunal, de se contredire eux-mêmes ou les uns les autres. Toutes ces paroles rassurantes moururent avant qu'il ne les eût prononcées. Entre eux, ces vérités étaient déjà connues et reconnues. Les formuler une fois de plus, maintenant qu'il était trop tard, revenait à s'abaisser dans l'estime d'Hester.

— Nous partons après-demain, déclara-t-il.
— Pour Édimbourg ?
— Oui. Je ne peux pas voyager avec vous, c'est interdit. Mais je serai dans le même train, et avec vous par le cœur.

L'idée que ces propos présentaient un côté sentimental lui traversa l'esprit, mais il n'avait dit que la vérité. Il penserait à elle, à sa honte grandissante, à sa gêne, à l'inconfort physique qu'elle subirait, parce qu'il savait qu'elle voyagerait menottes aux poignets et que sa gardienne ne la quitterait pas un seul instant. Mais bien plus que tout cela, la pensée que ce serait peut-être son dernier voyage restait présente à leur esprit à tous les deux.

— Ils ont dansé toute la nuit à la veille de Waterloo, déclara-t-il soudain sans raison, sinon l'idée que les Britanniques avaient remporté cette mémorable bataille.
— Qui ? interrogea-t-elle, un sourire aux lèvres. Wellington, ou Napoléon ?

Il lui rendit son sourire.

— Wellington, bien entendu. Vous oubliez que vous êtes britannique ?
— La charge de la Brigade légère ?

Il lui tenait toujours les mains et resserra son emprise.

— Non, ma chère. Pas sous mon commandement. Il m'est arrivé de perdre l'espoir, mais jamais la raison. S'il faut trouver un rapprochement avec cette guerre atroce, parlons plutôt de la Ligne rouge.

Il savait qu'ils partageaient la connaissance de ces heures incroyables où l'infanterie avait résisté aux charges successives de la cavalerie russe. Chaque fois que la première ligne tombait, d'autres hommes venaient aussitôt la remplacer. Durant tout cet épisode dramatique, les Britanniques n'avaient pas cédé, si bien qu'en fin de compte c'était l'ennemi qui avait battu en retraite. Hester avait dû soigner des soldats blessés à cette occasion, peut-être même avait-elle suivi la bataille, postée sur les hauteurs.

— Très bien, dit-elle d'une voix voilée. La Brigade lourde. Pour le meilleur ou pour le pire.

CHAPITRE VIII

Rathbone avait indiqué à Monk l'heure de son arrivée à Édimbourg, sans préciser dans sa lettre qu'Hester prendrait le même train. Aussi s'attendait-il à voir le détective lorsqu'il parvint à Waverley Station par une matinée désespérément grise. Il descendit sur le quai, sa valise à la main, et se fraya un chemin vers les grilles, sans prendre garde aux gens qu'il bousculait.

La perspective de rencontrer James Argyll, l'avocat écossais, ne l'enchantait guère. Ce dernier jouissait d'une réputation éblouissante. Même à Londres, on prononçait son nom avec une admiration mêlée de respect. Dieu seul savait combien Callandra avait dû débourser pour s'offrir ses services. A l'évidence, il ne serait pas homme à demander conseil à Rathbone et ce dernier ignorait s'il considérait Hester innocente. N'avait-il accepté sa défense que pour la publicité qui promettait d'entourer le procès ? C'était un natif d'Édimbourg : peut-être connaissait-il les Farraline, au moins de réputation. Mettrait-il tout en œuvre pour gagner ? Pouvait-on compter sur sa loyauté, sur sa détermination ?

— Rathbone ? Rathbone, mais où courez-vous comme ça, bon sang ?

Rathbone fit volte-face et se retrouva devant Monk, impeccable et de mauvaise humeur, comme toujours. Dès qu'il le vit, il sut que le détective n'apportait aucune bonne nouvelle.

— Chez Me James Argyll, répondit-il sèchement. C'est, semble-t-il, notre seul espoir. A moins que vous n'ayez découvert quelque chose dont vous ne m'avez pas encore parlé ?

Il ne pouvait chasser le sarcasme de sa voix. Il éprouvait le désir de blesser son interlocuteur, de le prendre en faute. C'était là l'un des masques que pouvait revêtir l'appréhension. Derrière eux, sur le quai, des hommes et des femmes se pressaient, de plus en plus nombreux, tendant le cou pour voir quelque chose, au loin. L'objet de leur curiosité se trouvait non pas du côté de la gare, mais à l'extrémité du quai.

— Oh, mon Dieu ! s'exclama Rathbone, comprenant tout à coup ce qui se passait.

— Qu'y a-t-il ?

— Hester...

— Quoi ? Où donc ?

— Dans le dernier wagon. Ils l'ont amenée.

Il lui sembla que le détective allait le frapper.

— On procède toujours ainsi, ajouta-t-il entre ses dents. Vous devriez le savoir. Allez, venez. Cela ne sert à rien de rester là, à regarder avec les autres. Nous ne pouvons rien faire pour elle.

Monk parut hésiter. Les huées et les sifflements parvenaient jusqu'à eux.

Rathbone se tourna un instant vers la sortie, puis observa l'extrémité du quai, désormais noire de monde. L'indécision le mettait à l'agonie.

— L'empoisonneuse du train en procès ! lança un petit crieur de journaux en passant près d'eux. Hé, messieurs, je vous en donne un ? Un penny, s'il vous plaît...

Un agent de police venait vers eux, fendant la foule avec difficulté.

— Allons, messieurs dames, allons ! Circulez, il n'y a rien à voir ! C'est juste une pauvre femme qui va passer en jugement. Allons, circulez ! S'il vous plaît, ne restez pas sur le quai...

Prenant soudain sa décision, Rathbone tourna les talons pour gagner le hall de la gare.

— Quand le procès a-t-il lieu ? s'enquit Monk, qui s'efforçait de régler son pas sur celui de l'avocat. Et sur quoi allez-vous fonder la défense ? Venez, c'est par ici.

Monk indiquait l'escalier qui menait à Princes Street.

— Ce n'est pas moi qui décide, rétorqua amèrement Rathbone. C'est Argyll.

— Mais pour l'amour du ciel, Hester n'a-t-elle pas son mot à dire là-dessus ? s'indigna Monk tandis qu'ils débouchaient dans Princes Street et manquaient de heurter de plein fouet une jolie jeune femme qui tirait un bébé installé dans une remorque.

— Je vous prie de m'excuser, lui dit Rathbone sans douceur. Pas vraiment, j'imagine, reprit-il à l'adresse du détective. Je n'ai pas encore rencontré ce monsieur, je n'ai eu avec lui que des échanges épistolaires très formels. Je n'ai aucune idée de ce qu'il pense de l'innocence d'Hester.

— Mais comment pouvez-vous être à ce point incompétent ? explosa Monk, qui s'était immobilisé, hors de lui. Vous voulez dire que vous avez engagé un avocat pour la défendre sans même savoir s'il croit en elle ?

Le visage crispé par la fureur, il avait saisi Rathbone par les revers de son manteau. L'avocat le repoussa avec violence.

— Ce n'est pas moi qui l'ai engagé, figurez-vous, mais Lady Callandra Daviot. Et, de toute façon, il est peut-être très agréable d'avoir un avocat qui croit en l'innocence de son client, mais étant donné la situation hautement périlleuse où nous nous trouvons, c'est un luxe que nous ne pouvons peut-être pas nous offrir !

Monk ouvrit la bouche pour riposter, mais se ravisa. Rathbone tapota les revers de son col.

— Eh bien, ne restons pas là ! déclara Monk. Allons trouver cet Argyll pour savoir s'il pourra nous être d'une quelconque utilité.

— Être un tireur d'élite ne sert à rien si l'on n'a pas de munitions, fit remarquer Rathbone avec amertume.

Il poursuivit son chemin. Il savait que le cabinet

d'Argyll se trouvait sur Princes Street même, à courte distance de la gare.

— Si vous n'avez aucune idée de l'identité de l'assassin de Mary Farraline, enchaîna-t-il, dites-moi au moins qui aurait pu la tuer, et pour quelle raison. Je présume que vous avez du nouveau depuis votre dernière lettre, qui remonte déjà à trois jours.

Pâle et crispé, Monk se remit en marche à ses côtés. Durant quelques instants, ils avancèrent en silence, et lorsqu'il prit enfin la parole, sa voix était rauque.

— J'ai fait une deuxième fois le tour des apothicaires, mais aucun n'a avoué avoir vendu de digitaline, ni à Hester, ni à une personne de l'entourage des Farraline...

— Vous m'avez expliqué cela dans votre dernière lettre.

— Il y a déjà eu un empoisonnement à la digitaline ici, à Édimbourg, il y a quelques mois. L'affaire a fait grand bruit. C'est peut-être elle qui a donné l'idée à notre assassin.

— C'est intéressant. Enfin, pas excessivement, mais vous avez raison : cela a pu susciter l'idée. Quoi d'autre ?

— Notre meilleur atout semble être le comptable de l'imprimerie, Kenneth Farraline. Il a une maîtresse...

— Cela n'a rien d'inhabituel. Et ce n'est pas un crime. Qu'en tirez-vous ?

Au grand étonnement de l'avocat, Monk conservait son calme, mais ce devait être au prix d'un effort surhumain.

— Cette maîtresse a de gros besoins, et c'est lui qui tient la comptabilité de l'imprimerie. Le vieil Hector Farraline affirme que les livres de comptes ont été falsifiés avec...

— Falsifiés ? Mais bon sang, pourquoi ne m'en avez-vous pas parlé plus tôt ?

Rathbone s'était arrêté net.

— Parce que cela remonte déjà à un certain temps et que Mary le savait.

L'avocat poussa un juron.

— Très intéressant ! marmonna Monk d'un ton acerbe.

Rathbone le fusilla du regard.

Monk se remit en marche.

— Je crois que le point faible de l'accusation réside dans l'emploi du temps d'Hester. Elle n'a pas pu acheter la digitaline ici, à Édimbourg. Matériellement, c'est presque impossible. Et elle n'a pas pu voir la broche avant de monter dans le train à destination de Londres. Pour pouvoir empoisonner Mary Farraline, il aurait fallu qu'elle apporte la digitaline de Londres, ce qui est absurde.

— Bien sûr que c'est absurde! fit Rathbone entre ses dents. Mais j'ai vu des gens condamnés à mort sur des bases tout aussi chancelantes... pour la simple raison que le public les avait pris en grippe. Vous ne savez pas cela, Mr. Monk?

Le détective se tourna à demi pour lui faire face.

— Dans ce cas, à vous de gagner la sympathie du public! dit-il. C'est pour cela que l'on vous paie. Faites comprendre aux gens qu'Hester était une héroïne, une femme qui a quitté sa famille et renoncé au bonheur simple pour porter assistance aux blessés et aux malades. Racontez-leur ce qu'elle faisait à Scutari, parlez-leur de ses longues nuits de veille où elle passait d'un malade à l'autre, sa lampe à la main, essuyant la sueur sur les fronts, réconfortant les mourants, priant... Enfin, dites-leur tout ce que vous voudrez. Décrivez-la bravant le tir ennemi pour ramener des blessés, insouciante du danger, puis rentrant au pays pour agir auprès des autorités médicales dans le but d'améliorer les conditions de vie des malades... Dites-leur que son impertinence lui a coûté son poste à l'hôpital et l'a obligée à exercer à son compte, auprès de particuliers qui l'engageaient pour de courtes périodes, dans la plus grande précarité d'emploi...

— Est-ce vraiment ainsi que vous voyez Hester? interrogea Rathbone, médusé.

— Mais non, bien sûr que non! protesta Monk, tandis que le rouge lui montait aux joues. Mais ce que je pense d'elle n'a aucune importance!

Rathbone avait écouté cette dénégation d'une oreille distraite. Il venait de s'apercevoir, avec un frisson de surprise, qu'il eût sans doute dressé le même portrait d'Hester...

— De toute façon, je ne peux pas, déclara-t-il, très sombre. On dirait que vous oubliez que nous sommes en Écosse.

Monk jura, employant des termes que l'avocat n'avait encore jamais entendus.

— Oh, très intéressant ! lança Rathbone sur le ton adopté quelques instants plus tôt par son interlocuteur. Mais je ferai mon possible pour qu'Argyll tire le meilleur parti de tout cela. Pour ma part, j'ai déjà obtenu quelque chose, conclut-il, feignant le détachement.

— Oh, très bien... Expliquez-moi ça, répondit Monk, sarcastique. S'il y a quelque chose, je serais ravi d'être mis au courant.

— Dans ce cas, taisez-vous et laissez-moi parler !

Rathbone réfléchit un instant, hâtant le pas.

— Florence Nightingale a accepté d'être citée comme témoin de moralité. Elle sera là pour le procès.

— Mais c'est magnifique ! s'écria Monk avec un tel enthousiasme que les deux passants qu'ils venaient de croiser se retournèrent en poussant une exclamation outrée. C'est un exploit, c'est... c'est...

— Merci. Par ailleurs, nous avons établi que, matériellement, tous les membres de la maisonnée ont très bien pu tuer Mary Farraline. Restent les mobiles.

A ces mots, l'allégresse déserta le visage de Monk.

— J'ai cru un moment en avoir découvert deux...

— Vous ne m'en avez rien dit.

— Ils n'ont pas résisté à l'examen.

— En êtes-vous sûr ?

— Absolument. D'abord, l'épouse d'Alastair dépense des sommes faramineuses et sort au milieu de la nuit pour aller rejoindre un individu vraiment louche, qui porte des vêtements de travail et possède une montre de gousset.

Rathbone se figea, incrédule.

— Et cela ne lui donne pas un mobile ?

Monk émit un petit rire.

— Elle construit un engin volant.

— Pardon ?

— Elle construit une grosse machine, assez vaste pour accueillir un passager, qu'elle espère pouvoir faire voler un jour, expliqua le détective. Elle la fabrique dans un vieil entrepôt situé au cœur d'un quartier pouilleux d'Édimbourg. Je vous l'accorde, elle est un peu excentrique...

— Un peu excentrique ? C'est ainsi que vous qualifiez ces agissements ? Je dirais pour ma part qu'elle a le cerveau dérangé !

— Les inventeurs ont tous un petit grain de folie.

— Petit ? Un engin volant ? Allons, mon ami, elle n'échappera pas à l'asile d'aliénés si quelqu'un découvre cela !

— C'est sans doute pourquoi elle se rend là-bas en catimini, la nuit, acquiesça Monk en reprenant sa marche. Mais d'après ce que je sais, ce projet était connu de sa belle-mère, qui s'en amusait. En tout cas, Mary Farraline ne lui aurait pas mis de bâtons dans les roues.

Rathbone demeura silencieux.

— Mon autre suspecte était la sœur cadette, Eilish, poursuivit Monk. Elle aussi sort la nuit, dans le plus grand secret, mais toute seule. Je l'ai suivie et j'ai découvert où elle se rendait : à Cowgate, un quartier de taudis.

— Et quel genre d'engin fantastique construit cette femme-ci ?

— Aucun. Elle s'investit dans quelque chose de plus élémentaire. Elle a créé une école pour nécessiteux et elle apprend à lire et à écrire à des adultes.

Étonné, Rathbone fronça les sourcils.

— Mais pourquoi la nuit ? Cette occupation me paraît parfaitement honorable !

— Peut-être parce que la journée ses élèves travaillent ! rétorqua Monk, méprisant. Ajoutez à cela qu'elle oblige son beau-frère, qui l'aime à la folie, à lui fournir des livres de l'imprimerie familiale pour ses élèves.

— Vous voulez dire qu'il les chaparde ? questionna l'avocat, choisissant d'ignorer le sarcasme.
— Si vous voulez. Mais là encore, je suis persuadé que Mary aurait totalement approuvé ce dévouement d'Eilish, si elle avait su. Et elle savait peut-être.
Rathbone haussa les sourcils.
— Vous n'avez pas songé à demander ?
— A qui ? Eilish aurait de toute façon répondu par l'affirmative si cela revêtait une quelconque importance. En dehors d'elle, la seule personne à interroger eût été Mary elle-même.
— Rien d'autre ?
— Rien d'autre. En dehors des livres de comptes.
— Mais là, nous n'avons aucune preuve à produire à l'appui de vos soupçons. Vous m'avez écrit qu'Hector Farraline était imbibé comme une éponge à toute heure du jour et de la nuit, ou presque. Les élucubrations d'un ivrogne, même s'il dit vrai, ne nous permettront pas d'obtenir une vérification officielle. Croyez-vous que nous puissions tout de même le citer comme témoin ?
— Dieu seul le sait.
Ils venaient d'atteindre le bâtiment qui abritait les bureaux de James Argyll. Ils s'arrêtèrent.
— Je viens avec vous, décréta Monk.
— Je ne pense vraiment pas que...
Il n'eut pas le temps d'en dire davantage : Monk s'était déjà engagé dans l'escalier et il n'y avait rien d'autre à faire que le suivre.
Le bureau était assez petit et nettement moins impressionnant que ne l'avait escompté Rathbone. Trois des murs étaient dissimulés par des bibliothèques remplies de livres usés, le quatrième, percé d'une petite cheminée, était couvert de lambris de bois importé d'Afrique.
L'homme ne correspondait pas plus à l'image que Rathbone s'en était faite. De haute taille, il possédait une carrure imposante et un corps athlétique. Toutefois, c'était surtout son visage qui retenait l'attention. Il avait dû être très brun dans sa jeunesse, à la manière de ceux que l'on

nommait les Celtes noirs, avec les yeux en amande et le teint olive. A présent, ce qu'il lui restait de cheveux avait pris une teinte grisonnante et son visage creusé de rides reflétait humour et intelligence. Lorsqu'il souriait, il découvrait une magnifique rangée de dents blanches.

— Vous devez être maître Rathbone, déclara-t-il en regardant derrière Monk.

Il avait une voix grave et un accent plein de charme qui en disait long sur sa fierté d'être écossais. Il tendit la main à l'avocat londonien.

— James Argyll à votre service, maître. Je crois que nous avons du pain sur la planche, vous et moi. J'ai reçu votre lettre expliquant que Miss Nightingale était prête à venir jusqu'à Édimbourg pour témoigner au procès. C'est excellent. Excellent.

Il désigna d'un geste l'un des fauteuils de cuir, mais ce fut Monk qui s'y assit. Rathbone prit place dans le deuxième et Argyll s'installa à son tour derrière son bureau.

— Avez-vous fait bon voyage ? demanda-t-il, s'adressant toujours à Rathbone.

— Nous ne sommes pas ici pour échanger des formules de politesse, intervint Monk. Les seules armes dont nous disposons sont la réputation de Miss Latterly et le témoignage que nous pouvons tirer de Miss Nightingale. J'imagine que vous connaissez le rôle que celle-ci a tenu pendant la guerre et la réputation dont elle jouit aujourd'hui ? Si vous l'ignoriez jusque-là, vous devez en avoir pris connaissance à présent.

— Tout à fait, Mr. Monk, répondit Argyll avec un amusement non dissimulé. Et j'ai également conscience, que, jusqu'à présent, nous n'avons rien d'autre sur quoi appuyer la défense. Je présume que vous n'avez toujours rien découvert d'intéressant chez les Farraline ? Nous pouvons bien sûr envisager la possibilité de recourir aux insinuations, à la suggestion, mais comme vous avez dû vous en rendre compte si vous l'ignoriez jusque-là, la famille est bien considérée à Édimbourg. Mrs. Mary Farraline possédait une remarquable personnalité et Mr Alastair est procurator fiscal, ce qui équivaut, à peu de choses près, à votre procureur de la Couronne.

— Vous êtes en train de nous dire que toute attaque inconsidérée contre la famille se retournerait contre nous, n'est-ce pas ?

— Oui, sans conteste.

— Est-il possible d'obtenir une vérification de la comptabilité de l'imprimerie Farraline ? s'enquit le détective.

— J'en doute, sauf si vous pouvez présenter une preuve à l'appui de vos soupçons et établir que ces malversations ont un rapport avec le meurtre. Est-ce le cas ?

— Non... on peut difficilement se fier aux divagations du vieil Hector.

Argyll parut intéressé.

— Parlez-moi du vieil Hector, Mr. Monk.

Alors, sans omettre un détail, Monk rapporta sa conversation avec l'oncle. Argyll lui prêta une oreille attentive.

— Le ferez-vous comparaître comme témoin ? interrogea Monk en guise de conclusion.

— Eh bien... pourquoi pas ? répondit Argyll, pensif. Si je parviens à le faire témoigner sans avertissement préalable.

— Dans ce cas, il sera sans doute trop ivre pour vous être d'une quelconque utilité, fit remarquer Rathbone en se redressant.

— Mais si je préviens la famille, celle-ci risque précisément de faire en sorte qu'il le soit, objecta Argyll. Non, l'effet de surprise est notre seule arme. Elle n'a rien de radical, je vous l'accorde, mais il faut se contenter de ce que l'on a.

— Que comptez-vous faire ? s'enquit Rathbone. Produire quelque chose qui nécessitera la comparution d'Hector, comme par hasard ?

Argyll sourit.

— Exactement. Et il me semble que vous avez également obtenu le témoignage d'un autre collègue de Crimée en faveur de Miss Latterly ?

— Oui. Un médecin, qui parlera d'elle de façon très élogieuse.

Soudain impatient, Monk se leva, repoussant violemment son fauteuil, et se mit à marcher de long en large.

— C'est bien joli, mais si nous n'avons pas un autre suspect à proposer, cela ne sert à rien. Mary Farraline n'est pas morte par accident, elle ne s'est pas non plus suicidée. Quelqu'un s'est arrangé pour qu'elle ingurgite une dose mortelle de son médicament et ce même quelqu'un a mis la broche dans les bagages d'Hester, de toute évidence pour la faire accuser. Vous n'insufflerez pas le doute quant à la culpabilité de votre cliente si vous ne pouvez pas désigner un autre assassin possible.

— Je sais très bien tout cela, Mr. Monk, déclara Argyll du ton paisible qui le caractérisait. Et c'est précisément là que nous comptons encore sur vous. Je pense que, sans risquer de faire fausse route, vous pouvez partir du principe que le coupable appartient à la famille. Me Rathbone m'a dit que vous aviez écarté toute culpabilité du côté des domestiques.

— Oui. Aucun d'entre eux ne s'est retrouvé seul durant le séjour de Miss Latterly, acquiesça Monk. Mais surtout, pas un seul n'avait la moindre raison d'en vouloir à la maîtresse de maison.

Il s'interrompit, enfonçant les mains dans ses poches en un geste rageur.

— Le coupable est un membre de la famille, poursuivit-il. En dehors de cette conviction, j'en suis à peu près au même point qu'à l'instant où je suis descendu du train. Quoique je ne pense pas qu'Eilish soit coupable. A mon avis, notre meilleur suspect se présente sous les traits de Kenneth. Celui-ci a une maîtresse que sa famille n'approuve pas et il tient les comptes de l'imprimerie. C'est aussi celui qui a la personnalité la plus faible. Si vous connaissez un tant soit peu votre métier, il devrait s'effondrer dans le box des témoins sous le feu de vos questions.

Rathbone sursauta. Monk y allait un peu fort, mais l'avocat ne pouvait toutefois s'empêcher de partager son émotion. Lui-même n'hésiterait pas à laisser Kenneth s'enfoncer dans des sables mouvants s'il avait la possibilité d'agir. Une fois de plus, il pesta contre les différences de législation entre l'Angleterre et l'Écosse. La frustration l'étreignit alors avec une telle violence qu'il eut du mal à conserver son sang-froid.

Argyll s'adossa à son siège et joignit les mains par l'extrémité des doigts. Il considérait Monk sans hostilité apparente.

— Je m'en sortirai mieux, Mr. Monk, si vous pouviez me trouver une raison de faire examiner ces comptes. Je pense que le jeune Mr. Kenneth a fort bien pu détourner de petites sommes par-ci par-là pour entretenir sa maîtresse... Seulement il nous faudra plus qu'une simple suspicion si nous devons argumenter devant la Haute Cour de Justice d'Édimbourg.

— Je trouverai, assura Monk.

Argyll haussa les sourcils.

— Sans vous écarter de la légalité, je vous prie. Vos résultats ne nous seront d'aucun secours autrement.

— Je sais cela, rétorqua le détective entre ses dents. Rassurez-vous, ce jeune homme ne portera pas de marques de violence et il ne pourra déposer de plainte d'aucune sorte. De votre côté, faites ce que vous avez à faire.

Rathbone tressaillit à nouveau. Après un dernier coup d'œil à Argyll, Monk gagna la porte et sortit.

Hester vécut le trajet de Londres à Édimbourg dans un état qui ne ressemblait en rien au sommeil et, pourtant, le voyage eut toutes les qualités d'un rêve. La jeune femme avait perdu toute notion d'orientation : le train eût tout aussi bien pu rouler vers le sud... Et cette fois, il n'y avait pas de chauffe-pieds. Des menottes la liaient à sa gardienne, assise à ses côtés dans une posture rigide, le visage de marbre.

Chaque fois qu'Hester fermait les yeux, elle pensait

voir Mary Farraline en les rouvrant. Il lui semblait alors entendre résonner la voix douce de la vieille dame qui, dans son parler distingué au fort accent écossais, évoquait pour elle des souvenirs lointains et joyeux.

Elle fut la dernière à descendre du train. Lorsque sa gardienne posa le pied sur le quai, tous les autres voyageurs étaient déjà loin.

L'escorte policière était là : quatre agents grands et forts armés de matraques, qui semblaient nerveux et ne cessaient de tourner la tête à droite et à gauche.

— Allez, Latterly! s'exclama la gardienne d'un ton dur en tirant sur les menottes. C'est pas le moment de traînasser!

— Je ne vais pas me sauver, ne craignez rien! rétorqua la jeune femme, méprisante.

L'autre lui jeta un regard menaçant et il fallut plusieurs secondes à Hester pour comprendre. Tandis que les policiers se postaient autour d'elle, des cris furieux retentirent à quelques mètres de là. Une petite foule s'était formée sur le quai. Alors, tout s'éclaira dans son esprit : ces agents n'étaient pas à ses côtés pour l'empêcher de s'évader, mais pour assurer sa protection.

— Assassin! hurla une voix.

— Qu'on la pende! s'écria une autre.

Hester et son escorte se mirent en marche et plongèrent dans la foule compacte. Les policiers devaient parer les coups qui volaient de toutes parts. Comprimée au centre, Hester avançait tant bien que mal. A quelques mètres de là, un crieur de journaux annonçait le procès.

— Brûlez-la! s'exclama une femme toute proche d'une voix vibrante de haine. Brûlez la sorcière! Jetez-la au feu!

Hester sentit son corps se glacer. Il était terrifiant de déchaîner tant de passion. Cela frisait la folie. Il n'y aurait aucun moyen de raisonner ces gens, aucune logique, aucune pitié ne pourrait les atteindre. Et le procès n'avait pas encore eu lieu...

Un projectile lui frôla la joue et alla s'écraser contre la porte d'un wagon. La voix d'un cinquième agent de police retentit, toute proche.

— Allons, allons, circulez, messieurs dames ! Ne restez pas là ! Vous n'avez rien à faire ici. Circulez ou je vous arrête pour trouble de l'ordre public ! Laissez les tribunaux faire leur travail. Il sera toujours temps de pendre la coupable. Circulez, s'il vous plaît...

— Ne les regardez pas comme ça, imbécile !

La gardienne tira de nouveau sur les menottes, meurtrissant le poignet droit d'Hester.

— Allons, Miss, il faut vous dépêcher, renchérit le chef des agents avec plus de bienveillance que la femme. Nous sommes là pour vous protéger.

D'un pas plus rapide, toujours malmené par la foule, le petit groupe se fraya un chemin jusqu'au hall de gare, puis déboucha dans la rue.

Une voiture les conduisit tout droit à la prison, où d'autres gardiennes attendaient Hester. Elles aussi affichaient des expressions dures, voire menaçantes.

La jeune femme ne dit rien, ne posa aucune question. Elle entra dans sa cellule la tête haute, isolée en pensée du reste du monde. Elle demeura seule jusqu'au milieu de l'après-midi, puis on la conduisit dans une petite pièce meublée d'une table et deux chaises.

Un homme s'y trouvait déjà. Il était grand et large d'épaules. A en juger par ses cheveux gris et les rides qui marquaient son visage, il devait friser la soixantaine. Même immobile, tout son personnage dégageait une vitalité intense qui semblait emplir la pièce.

— Bonjour, Miss Latterly, dit-il d'un ton poli, l'ironie du salut se reflétant dans ses yeux sombres. Je suis Me James Argyll. Lady Callandra Daviot m'a chargé d'assurer votre défense, puisque Me Rathbone ne peut le faire devant un tribunal écossais.

— Enchantée.

— Asseyez-vous, je vous en prie, Miss Latterly.

Elle s'exécuta et il l'imita aussitôt, non sans la détailler avec une certaine curiosité mêlée de surprise. La jeune femme se demanda quelle sorte de personnage il s'était attendu à trouver là et elle sentit alors son sang-froid l'abandonner. Elle eut du mal à dominer le désespoir qui l'envahissait soudain. Déjà, les larmes devaient faire briller ses yeux.

— Je me suis entretenu avec Me Rathbone, dit Argyll.

Au prix d'un effort considérable, elle se maîtrisa et soutint son regard.

— Il m'a dit que Miss Nightingale était prête à témoigner en votre faveur.

— Ah bon ?

Le cœur d'Hester venait de faire un bond. Sans prévenir, l'espoir afflua, lui procurant une ridicule douleur. Toutes sortes de choses qui lui étaient chères autrefois redevenaient possibles, des choses auxquelles elle avait déjà renoncé : des êtres, des images et des sons, et même le réflexe de penser au lendemain, de faire des projets d'avenir. Elle frissonna de tout son corps. Ses mains, sur la table, tremblaient et elle dut les croiser, enfonçant les ongles dans sa chair, pour que son interlocuteur ne remarquât rien.

— Ce doit être une bonne chose...

— Oh, c'est excellent, approuva Argyll. Mais présenter les aspects positifs de votre personnalité ne suffira que si nous parvenons à montrer qu'une autre personne a eu la possibilité de tuer, et un mobile pour le faire. J'ai évoqué ce problème avec Mr. Monk et...

En entendant ce nom, Hester sentit son cœur se serrer. Sa respiration se bloqua dans sa poitrine. Elle s'en voulut de cette réaction.

L'avocat poursuivait. Il n'avait rien remarqué.

— ... il semblerait que Mr. Kenneth ait falsifié certains comptes pour subvenir aux besoins d'une maîtresse que la famille désapprouve. Dans quelle mesure et pourquoi cette femme n'est pas la bienvenue chez les Farraline, jusqu'où il s'est engagé avec elle, s'il y a un enfant illégitime dans l'histoire, quelle emprise a cette femme sur lui, nous ne le savons pas encore. J'ai chargé Mr. Monk de découvrir tout cela au plus vite. Si ce détective mérite les louanges dont le couvre Me Rathbone, cela ne devrait guère lui prendre plus de deux jours. Mais j'avoue que je comprends mal pourquoi il ne s'en est pas préoccupé plus tôt.

Hester avait la gorge serrée.

— Parce que si l'on ne parvient pas à prouver qu'il a détourné de l'argent, le fait qu'il ait une maîtresse n'a aucune incidence pour nous, compléta-t-elle gravement. Beaucoup d'hommes entretiennent une maîtresse, en particulier lorsqu'ils sont jeunes, de bonne famille, sans autre attache. A vrai dire, je serais même tentée de croire que c'est la norme.

Les yeux de l'avocat s'élargirent de surprise, puis il esquissa un sourire admiratif.

— Bien sûr, vous avez raison, Miss Latterly. Et c'est précisément mon rôle. Il nous faudra trouver quelque astuce juridique pour obtenir une vérification de la comptabilité Farraline et je suggère d'appeler Mr. Hector Farraline à la barre des témoins pour cela. A présent, si vous le voulez bien, nous allons passer en revue la liste des témoins que fera comparaître Me Gilfeather pour l'accusation, et établir ce que nous pouvons espérer tirer de ces personnes.

— Bien sûr.

Il fronça les sourcils.

— Auriez-vous déjà assisté à un procès, Miss Latterly ? Vous parlez presque comme si vous connaissiez la procédure. Votre sang-froid est admirable, mais je vous en prie, ne cherchez pas à m'induire en erreur, même si c'est au nom de la dignité.

Elle sourit, amusée.

— Oui, maître, j'ai assisté à plusieurs procès dans le cadre de collaborations occasionnelles avec Mr. Monk.

— Des collaborations avec Mr. Monk ? répéta Argyll, visiblement médusé. Y aurait-il des détails importants dont on ne m'aurait pas fait part ?

— Je ne pense pas que ce soit important, répondit Hester avec une petite moue. J'ai du mal à croire que les jurés ou le public trouveraient cette activité respectable ou que celle-ci pourrait faire office de circonstance atténuante.

— Racontez-moi ça, ordonna l'avocat.

— Eh bien, la première fois que j'ai rencontré Mr. Monk, il enquêtait sur le meurtre de Joscelin Grey, un officier revenu de Crimée. Comme ce Mr. Grey avait été en contact avec mon père, qui venait de décéder, j'ai pu lui apporter ma contribution.

Elle s'aperçut que sa voix tremblait. Comme il était étrange de constater qu'avec le recul ces souvenirs lui étaient devenus chers ! Les violentes querelles se muaient en simples anecdotes et devenaient presque amusantes. Et le détective ne lui inspirait plus ni colère ni mépris.

— Continuez, la pressa Argyll. Si j'ai bien compris, votre collaboration ne s'est pas arrêtée là.

— En effet. J'ai ensuite exploité mes compétences pour obtenir une place d'infirmière chez Sir Basil Moidore lorsque Mr. Monk a enquêté sur le décès de la fille de Sir Basil.

Argyll haussa les sourcils.

— Pour assister Mr. Monk ? interrogea-t-il avec une stupéfaction visible. J'ignorais que votre dévotion était si profonde !

Elle sentit le rouge lui monter aux joues.

— Il ne s'agit pas d'une dévotion à Mr. Monk, protesta-t-elle sèchement, mais d'un désir de justice. En revanche, c'est ma dévotion à Lady Callandra qui m'a poussée à accepter un poste au Royal Free Hospital, afin d'en apprendre davantage sur la mort de Miss Barrymore, une infirmière que l'on avait retrouvée étranglée dans cet hôpital. Et aussi le fait que j'avais rencontré la victime en Crimée et que j'avais une grande estime pour elle. Si je me suis ensuite impliquée dans l'enquête sur la mort du général Carlyon, c'est que je connaissais la sœur de ce dernier et qu'elle me l'avait demandé.

Hester fixait son interlocuteur droit dans les yeux et ne cillait pas.

Une touche rosée à peine perceptible colora alors les joues de l'avocat, mais l'amusement continua à briller dans son regard.

— Je vois. Ainsi vous êtes bel et bien familiarisée avec le déroulement d'un procès et la manière dont on doit s'y prendre pour prouver l'innocence un accusé.

— Oui, je... je crois.

— Parfait. Je vous présente mes excuses si j'ai pu vous paraître un peu condescendant, Miss Latterly.

— Je vous en prie, répondit-elle avec un sourire. Continuons.

Monk enquêta toute la journée du lendemain sur Kenneth Farraline, puis rédigea un compte rendu de ses découvertes à l'intention de Me Argyll. C'était certes un passage obligé, mais il ne pouvait s'empêcher de penser que ces recherches et leurs résultats ne serviraient à rien.

Rathbone, pour sa part, passa son temps à se morfondre, cloîtré dans sa chambre. Il ne pouvait rien accomplir de concret et cette inactivité forcée lui pesait. Jamais il n'avait pris une affaire autant à cœur et jamais il ne s'était trouvé à ce point impuissant. Dix fois, il se mit en route pour le cabinet de James Argyll, dix fois, il revint sur ses pas en songeant à l'inutilité d'une telle visite. D'autant qu'il répugnait à se présenter devant son confrère dans cet état de nervosité ; il n'avait pas pour habitude de se dévoiler ainsi.

Le procès débutait le lendemain et Rathbone savait que Callandra Daviot y assisterait. Celle-ci était-elle déjà à Édimbourg ou avait-elle préféré venir au dernier moment, par le prochain train de nuit ?

Il marchait de long en large dans son petit salon, comme il n'avait pratiquement pas cessé de le faire depuis le début de l'après-midi, lorsque deux petits coups retentirent à la porte. Il fit volte-face.

— Entrez ! cria-t-il plus fort qu'il n'était nécessaire

Callandra apparut sur le seuil, flanquée d'Henry Rathbone. Dès le départ, bien sûr, Rathbone avait parlé de l'affaire à son père, qui connaissait bien Hester et lui vouait une immense affection. A la vue de cette haute silhouette un peu voûtée, de ce visage ascétique à l'expression bienveillante, l'avocat sentit un étrange réconfort l'envahir. L'impression de dépendance, de besoin de protection qui en découlait lui déplut aussitôt.

— Je vous prie de m'excuser, Oliver, déclara Callandra avec sa vivacité coutumière. Je sais qu'il est tard et que je vous dérange probablement, mais je n'ai pas pu attendre demain pour vous voir.

— Entrez, répéta Rathbone.

Il s'effaça, souriant malgré lui. Derrière elle, Henry dévisageait son fils avec attention. Rathbone referma la porte dès que les visiteurs eurent passé le seuil. Il allait préciser qu'en réalité ils ne le dérangeaient pas du tout, bien au contraire, mais son amour-propre le retint.

— Père ! s'exclama-t-il. Je ne vous attendais pas ici. C'est gentil à vous d'avoir fait le déplacement.

— Ne sois pas ridicule ! rétorqua Henry en secouant la tête. Bien sûr que j'ai fait le déplacement. Comment va-t-elle ?

— Je ne l'ai pas vue depuis la veille de son départ pour Édimbourg. Je ne suis pas son avocat pour le procès. Seul Argyll a le droit de lui parler désormais.

— Alors, que faites-vous ? interrogea Callandra, trop agitée pour prendre place dans l'un des confortables fauteuils que lui désignait son hôte.

— J'attends, répondit Rathbone, amer. Et je me fais du souci. Et je me creuse la cervelle pour trouver quelque chose qui n'aurait pas encore été tenté, un détail auquel nous n'aurions pas pris garde.

Il crut qu'elle allait répondre, mais elle demeura silencieuse. Posément, Henry s'assit et croisa les jambes.

— Eh bien, tourner en rond ne nous avancera guère. Nous ferions bien d'essayer de raisonner en toute logique. Je présume qu'il n'existe aucune possibilité que le poison ait été administré par accident, ou que Mrs. Farraline l'ait pris elle-même intentionnellement. Très bien... Ce n'est pas la peine de te mettre en colère, Oliver ! Il est nécessaire de bien définir les faits dont nous disposons.

Rathbone détourna le regard et s'efforça de réfréner son

impatience. Callandra, enfin décidée à s'asseoir, prit place sur l'autre siège, tout en observant l'avocat d'un œil interrogateur.

— Et les domestiques ? poursuivit Henry.

— Disqualifiés par Monk, répondit Rathbone. C'est un membre de la famille.

— Rappelle-moi de nouveau à qui nous avons affaire, ordonna Henry.

— Alastair, le fils aîné, est procurator fiscal. Il est marié à Deirdra, qui construit un engin volant...

Henry haussa les sourcils, quêtant une explication.

— Une excentrique, dit Rathbone. Mais Monk affirme qu'en dehors de ce petit grain de folie elle est inoffensive.

Henry fit la grimace.

— Ensuite, il y a la fille aînée, Oonagh McIvor, et son époux Baird. Celui-ci est apparemment épris de sa belle-sœur, Eilish, et subtilise des livres à l'imprimerie pour elle. Eilish s'en sert dans son école pour nécessiteux, qu'elle a créée et où elle donne des cours au milieu de la nuit. L'époux d'Eilish s'appelle Quinlan Fyffe. Il a épousé l'entreprise en même temps que la famille. Intelligent et sans charme, mais Monk ne voit aucune raison qui aurait pu le pousser à tuer sa belle-mère. Enfin, il y a le benjamin, Kenneth Farraline, qui, pour l'heure, apparaît comme notre meilleur espoir.

— Et la fille qui vit à Londres ? s'enquit Henry.

— Elle ne peut pas être suspectée, expliqua Rathbone, qui avait les plus grandes peines à contenir son agacement. Elle se trouvait à Londres, loin de Mary et des médicaments. Nous pouvons également disqualifier son époux.

— Pourquoi Mary allait-elle lui rendre visite ?

— Je ne sais pas. Quelque chose en rapport avec son état de santé. La jeune femme attendait son premier enfant et elle nourrissait de vives inquiétudes. Il était naturel qu'elle ait envie d'avoir sa mère à ses côtés.

— On n'en sait pas plus ?

— Croyez-vous que cela puisse avoir de l'importance ? intervint Callandra.

— Non, bien sûr que non...

Rathbone avait rejeté l'hypothèse d'un geste excédé. Appuyé sur la table, il demeura immobile.

Henry revint à la charge, ignorant son attitude déplaisante.

— As-tu songé à te demander pourquoi Mrs. Farraline avait été assassinée à ce moment-là, et pas à un autre ?

— L'occasion s'est présentée, tout simplement, repartit l'avocat. Avec la possibilité très pratique de faire porter la faute à une tierce personne. C'est l'évidence même, non ?

— Peut-être, fit Henry, dubitatif, joignant les mains par l'extrémité des doigts. Mais il me semble tout à fait possible que quelque chose ait provoqué le crime à ce moment bien précis. On ne tue pas quelqu'un sous prétexte que l'occasion se présente !

Rathbone se redressa enfin. Son instinct venait le titiller.

— Avez-vous une idée en tête ?

— Je pense que cela vaudrait la peine de se pencher sur ce qui s'est passé au cours des jours qui ont précédé le voyage. Le meurtrier a certes pu profiter d'une opportunité qui s'offrait enfin après des années d'attente, mais il a également pu être motivé par un événement survenu peu avant.

— Tout à fait, répondit Rathbone, pensif, en s'éloignant de la table. Merci, père. Vous nous donnez là une nouvelle piste à explorer. Du moins si Mr. Monk ne l'a pas déjà suivie sans résultat. En tout état de cause, il ne m'en a rien dit s'il l'a fait.

— Êtes-vous sûr que vous ne pouvez pas parler à Hester ? intervint Callandra.

— Oui, certain. Mais je serai au procès, et j'obtiendrai peut-être la permission de la voir quelques instants en privé avant ou après l'audience.

— Je vous en prie...

Callandra était très pâle. Soudain, toute l'émotion qu'ils

avaient cherché à étouffer sous l'action, les raisonnements et la maîtrise de soi emplit le silence de cette pièce inconnue au mobilier anonyme et à l'odeur de cire.

Le regard de l'avocat passa de Callandra à Henry. Tous trois se comprenaient totalement : les craintes, l'affection qu'ils éprouvaient pour Hester et le sentiment d'une perte imminente, l'impuissance aussi, tout cela les réunissait sans besoin de mots.

— Bien sûr que je lui dirai, assura Rathbone à mi-voix. Mais elle le sait déjà.

— Merci, répondit Callandra.

Henry hocha la tête.

La journée du lendemain prit naissance dans la grisaille. Sous un ciel menaçant, Oliver Rathbone s'éloigna d'un pas vif de son logement, situé à proximité de Princes Street, s'engagea dans l'escalier qui montait vers le château, puis suivit Bank Street, avant de tourner à gauche pour déboucher sur High Street. Presque aussitôt, l'imposante cathédrale St. Giles lui apparut, dissimulant à demi Parliament Square. A l'extrémité de la place se trouvaient le Parlement, désaffecté depuis l'unification, et la Haute Cour de Justice.

Il traversa la place. Ici, personne ne le connaissait. Il passa près de plusieurs crieurs de journaux qui, non contents d'annoncer les nouvelles du jour, promettaient toutes sortes de scandales et de rebondissements pour le procès, que la prochaine édition relaterait en détail.

Rathbone hâta le pas, furieux. Il avait déjà vécu ce type d'expérience, mais n'en avait jamais souffert comme ce jour-là. Lorsqu'ils parlaient de ses clients ordinaires, ces journaux à sensation lui apparaissaient comme d'inévitables désagréments qu'il balayait d'un revers de main fataliste. Maintenant qu'il s'agissait d'Hester, ces lignes fielleuses le blessaient douloureusement.

Il gravit l'escalier. Même là, dans cet univers de toges noires, il demeurait étranger et, singulièrement, cet anonymat le désorientait. Il s'était habitué à être reconnu, à se voir témoigner un respect considérable par les jeunes avocats qui, admiratifs, avaient coutume de s'effacer pour le laisser passer.

Ici, il n'était qu'un spectateur parmi d'autres, à la différence qu'on lui permettait de s'asseoir au premier rang et de communiquer avec l'avocat de la défense.

Il avait déjà effectué les démarches en vue d'obtenir l'autorisation de parler à Hester. On lui avait fixé une heure précise, quelques instants avant le début du procès, et il se présenta avec deux minutes d'avance.

— Bonjour, maître Rathbone, lui dit le greffier d'un ton guindé. Si vous voulez bien me suivre, je vais voir si vous pouvez vous entretenir quelques instants avec l'accusée.

Il n'attendit pas la réponse et s'engagea dans un étroit escalier qui descendait à pic vers des cellules.

Hester attendait là, debout, très pâle. Son habituelle tenue d'infirmière gris-bleu lui donnait une allure sévère. L'épreuve qu'elle endurait avait eu des répercussions sur son état de santé. Certes, la jeune femme n'avait jamais été ronde, mais, à présent, elle était considérablement amaigrie. Rathbone remarqua avec étonnement que ses épaules pointaient sous le tissu de la robe. La jeune femme avait les joues creusées et de profonds cernes autour des yeux. Il songea qu'elle devait avoir la même allure quelques années plus tôt, aux jours les plus sombres de la guerre, quand à la faim, au froid et à l'épuisement venaient s'ajouter la peur et la commisération.

L'espace d'une seconde, moins peut-être, une lueur d'espoir brilla dans le regard d'Hester, puis s'éteignit.

— B... bonjour, Oliver.

Combien de fois encore pourrait-il lui parler seul à seule ? Bientôt peut-être, il leur faudrait se séparer pour toujours. Il eut envie de lui dire toutes sortes de choses, d'évoquer son émotion, l'affection qu'il lui portait, ce manque intolérable que laisserait sa disparition. Il n'était pas certain de savoir de quoi il s'agissait au juste, ni s'il fallait qualifier cela de sentiment amoureux, mais il avait la certitude que le mot « amitié » n'était pas trop fort, loin de là.

— Bonjour, Hester, répondit-il. J'ai rencontré Me Argyll et il m'a fait très bonne impression. Je pense qu'il mérite largement sa réputation d'excellence. Nous pouvons avoir toute confiance en lui.

Comme ce discours était loin de tout ce qu'il avait à l'esprit au moment où il le prononçait!

— Vous croyez? interrogea Hester en scrutant son visage.

— J'en suis sûr. J'imagine qu'il vous a donné tous les conseils appropriés sur le comportement à adopter au procès, sur les réponses à fournir, tant à Me Gilfeather qu'à lui-même?

Peut-être valait-il mieux parler de choses pratiques, après tout. Hester ne saurait que faire d'un fardeau d'émotion au cours des heures pénibles qui allaient suivre.

Elle fit un visible effort pour sourire.

— Oui. Mais je savais déjà tout cela grâce à vous. Je ne parlerai que si l'on m'interroge, je m'exprimerai distinctement et d'un ton respectueux, je ne fixerai personne dans les yeux...

— Il vous a dit tout cela?

— Non... Mais vous, vous me l'auriez dit, non?

Il eut un sourire hésitant, douloureux.

— A vous, oui. Les hommes n'aiment pas les femmes trop sûres d'elles.

— Je sais.

— Oui... Bien sûr...

— Ne vous inquiétez pas. Je me comporterai avec humilité.

C'était elle qui le rassurait à présent. Rathbone réprima un sourire amer.

— Et Me Argyll m'a également expliqué ce que les autres témoins diront probablement, poursuivait-elle. Il m'a prévenue que le public serait hostile...

Elle poussa un soupir tremblant.

— Je devais m'y attendre, mais j'avoue que j'ai du mal à accepter l'idée que les gens m'ont déjà jugée coupable.

— Nous les ferons changer d'avis, assura Rathbone d'un ton ferme. Ils n'ont pas encore entendu notre défense. Pour le moment, ils ne connaissent que le point de vue de l'accusation.
— Je...
Elle ne put aller plus loin. Un coup bref venait de retentir et la porte s'ouvrit à la volée pour laisser passer un agent en uniforme.
— Désolé, maître, mais il va falloir partir. Je dois emmener la prisonnière là-haut.
Il était trop tard pour ajouter quoi que ce fût. Rathbone jeta un coup d'œil à Hester, grimaça un sourire, puis obéit et quitta la cellule.

La Haute Cour de Justice d'Édimbourg ne ressemblait en rien à l'Old Bailey et sa spécificité rappela à Monk qu'il se trouvait en territoire étranger. Bien qu'unie à l'Angleterre par de nombreux liens, bien que gouvernée par la même reine et le même parlement, l'Écosse possédait des lois différentes, une histoire et un héritage distincts. Jusqu'à un passé récent, elle avait été bien plus souvent ennemie qu'amie de l'Angleterre. Le sang de soldats tombés de part et d'autre avait servi à tracer ses frontières et la Vieille Alliance n'avait pas été signée avec sa voisine, mais avec la France, ennemie de toujours de l'Angleterre.

Ici, les magistrats portaient des titres différents, des costumes différents. Le jury comptait non pas douze, mais quinze membres. Seule la majesté implacable du tribunal restait la même. Déjà, on avait procédé à la sélection des jurés et à la lecture du chef d'accusation.

Le procureur était une sorte de géant à l'allure débraillée qui parlait d'une voix douce. Une chevelure grisonnante et rebelle entourait un rond de crâne chauve qui brillait sous les lumières. Il avait un visage affable, mais Monk ne s'y trompait pas : il fallait se méfier de cet air bonhomme, de cette apparente désorganisation. Derrière le sourire du magistrat, se cachait un cerveau aiguisé.

De l'autre côté, tout aussi courtois, mais très différent

dans son attitude, se tenait James Argyll. L'avocat affichait une expression contrariée qui lui donnait des allures inquiétantes de vieil ours. Ses yeux noirs et ses épais sourcils accentuaient l'impression que cet homme ne se laisserait pas dévier de son objectif et ne craindrait rien ni personne.

Le procès qui s'ouvrait ne serait-il pas un combat personnel, dont la vie d'Hester serait l'enjeu accessoire ? Ces deux hommes avaient dû s'affronter plus d'une fois dans ce lieu. Sans doute se connaissaient-ils comme on connaît un adversaire éprouvé et maintes fois poussé dans ses retranchements.

Monk observa Hester. Assise sur le banc des accusés, elle était blanche comme un linge. Son regard fixait un point vague, loin devant elle, comme si elle n'avait pas conscience de ce qui se passait autour d'elle. Mais peut-être était-ce vraiment le cas...

Le juge trônait au-dessus de l'assistance. C'était un homme déjà âgé. Avec son visage étroit et intelligent, son nez aquilin et ses cheveux épais, il avait dû être beau autrefois. A présent, ses traits reflétaient sa personnalité de façon trop manifeste : un coup d'œil suffisait pour comprendre qu'il était — au bas mot — prompt à l'emportement.

Le premier témoin de l'accusation était Alastair Farraline. Un silence respectueux accueillit son arrivée à la barre. A l'évidence, personne dans l'assistance n'ignorait son statut de procurator fiscal. Dans la galerie, une femme poussa un petit cri signe d'une émotion mal contenue, et le juge lui lança un regard noir.

— Maîtrisez-vous, madame, ou je serai contraint de vous faire sortir ! déclara-t-il d'un ton sec.

Affolée, la femme porta les deux mains à sa bouche.

— Allez-y, ordonna alors le juge à l'adresse du procureur.

Gilfeather le remercia et fit face à Alastair avec un sourire.

— Tout d'abord, Mr. Farraline, permettez-moi de vous

adresser les condoléances de la cour pour la perte de votre mère. C'était une femme que nous tenions tous en très haute estime.

Pâle, très droit dans le box des témoins, Alastair esquissa un sourire à peine perceptible en retour.

— Merci, dit-il simplement.

Monk jeta un coup d'œil à Hester qui, immobile, fixait Alastair, puis à Oliver Rathbone, assis juste derrière Argyll, qui semblait changé en statue.

— Mr. Farraline, poursuivit Gilfeather, lorsque votre mère a décidé de se rendre en Angleterre, avez-vous tout de suite eu l'idée de la faire accompagner d'une personne chargée de veiller sur elle?

— Oui.

— Pourquoi donc, monsieur? Et pourquoi ne pas avoir choisi l'un de vos domestiques? Votre personnel doit être assez nombreux pour cela, j'imagine?

— Bien sûr, fit Alastair, qui semblait à la fois perplexe et malheureux. Toutefois, la femme de chambre de Mère n'avait encore jamais pris le train et cette perspective l'inquiétait beaucoup. Nous avons craint que son appréhension n'en fasse pas une compagne de voyage idéale; nous pensions en outre qu'elle ne serait pas efficace, surtout si des difficultés ou des désagréments survenaient.

— Naturellement, acquiesça solennellement Gilfeather. Vous souhaitiez une personne compétente pour prendre soin de votre mère quoi qu'il puisse arriver, et il vous fallait donc une femme qui ait déjà voyagé.

— Et qui soit infirmière, précisa Alastair. Pour le cas où...

Il baissa la tête. Il semblait à l'agonie.

— ... pour le cas où la tension du voyage déclencherait un malaise, acheva-t-il.

Les lèvres du juge se crispèrent. Un bruissement parcourut le public.

Rathbone avait tressailli. Argyll, quant à lui, ne laissait rien paraître de ses pensées.

— Vous avez donc mis une annonce dans le journal pour trouver la personne adéquate, reprit Gilfeather.

— Oui. Nous avons reçu deux ou trois réponses, mais c'est Miss Latterly qui nous a paru la plus qualifiée pour remplir ce rôle.

— Elle vous a fourni des références, bien sûr ?

— Bien sûr. D'excellentes références.

— Avez-vous eu, à un moment ou à un autre, des raisons de douter de la sagesse de votre choix avant de la voir monter dans le train avec votre mère, à la gare d'Édimbourg ?

— Non. Elle paraissait être quelqu'un de parfaitement convenable.

Pas une fois Alastair n'avait regardé Hester. Il semblait au contraire prendre bien soin de l'éviter.

Gilfeather lui posa encore quelques questions assez prévisibles et Monk relâcha son attention. Il chercha des yeux la blondeur d'Oonagh, mais sans succès. Eilish, pour sa part, était facilement repérable, tout comme Deirdra. Avec surprise, il s'aperçut que cette dernière lui rendait son regard avec, dans les yeux, une lueur de pitié et quelque chose qui ressemblait à une sorte de complicité coupable.

Mais peut-être était-ce juste l'effet d'un reflet...

Gilfeather était retourné s'asseoir, tandis que, dans la galerie, le public manifestait son excitation. James Argyll se leva.

— Mr. Farraline...

Alastair le fixait avec une expression polie, mais glaciale. Argyll ne souriait pas.

— Mr. Farraline, pourquoi avez-vous choisi une personne originaire de Londres plutôt que d'Édimbourg ? N'avons-nous pas d'infirmières acceptables en Écosse ?

Le visage d'Alastair se crispa.

— Il faut croire que non, maître. Aucune n'a répondu à l'annonce. Nous voulions la meilleure personne possible. Il nous a semblé qu'une femme ayant travaillé aux côtés de Florence Nightingale serait parfaite.

Un murmure parcourut la foule, fait d'émotions diverses : approbation patriote de Florence Nightingale et de ce qu'elle représentait, colère de voir sa réputation souillée, même indirectement, mais aussi surprise, doute, et appréhension.

— Vous avez réellement considéré qu'une telle qualification s'imposait pour accomplir une tâche aussi simple qu'administrer un remède déjà prêt à une femme intelligente et parfaitement apte à se prendre en charge ? interrogea Argyll d'un ton surpris. Les membres du jury se demanderont peut-être pourquoi une Écossaise jouissant d'une bonne réputation n'aurait pas pu s'en acquitter au moins aussi bien, et à moindres frais, qu'une personne à qui il a fallu payer le trajet aller-retour de Londres !

Cette fois, le public manifesta son approbation.

Monk remua impatiemment sur son siège. C'était là un détail trop minime, trop subtil pour le jury. Celui-ci en saisirait mal la signification et ne s'en souviendrait plus le moment venu.

— Nous voulions une personne qui ait l'habitude des voyages, répéta Alastair.

Il avait rougi, mais il était impossible de deviner quelle émotion provoquait cette réaction. Il pouvait ne s'agir que de chagrin, ou bien d'embarras de se trouver dans une telle situation, face à un public venu se délecter du spectacle. C'était un homme habitué aux honneurs, au respect et à la considération d'autrui. A présent, ses affaires privées, sa famille et ses émotions se trouvaient étalées aux yeux de tous et il ne pouvait rien faire pour l'éviter.

— Merci, dit Argyll d'un ton poli. Miss Latterly vous a-t-elle paru satisfaisante en tout point lorsqu'elle se trouvait chez vous ?

Même si Alastair avait prévu de répondre par la négative, ce n'était plus possible à présent.

— Oui, bien entendu, dit-il sèchement. Je n'aurais jamais laissé partir ma mère si j'avais eu le moindre soupçon.

Argyll hocha la tête, souriant.

— Serait-il faux de dire que votre mère a même bien sympathisé avec Miss Latterly ?

Les traits d'Alastair se durcirent.

— Non, en effet... J'ai eu l'impression qu'elle était heureuse de notre choix. C'était remarquablement...

Il s'interrompit. Argyll attendit. Le juge posait sur Alastair un regard interrogateur. Les jurés ne bougeaient pas.

Alastair se mordit la lèvre. Apparemment, il s'était ravisé et n'entendait pas terminer sa phrase.

Un murmure compatissant parcourut l'auditoire. Le témoin se crispa : la pitié du public semblait lui inspirer une répugnance viscérale.

— Merci, monsieur, finit par dire Argyll. Je n'ai pas d'autres questions.

Gilfeather esquissa un petit signe de tête et le juge autorisa Alastair à se retirer, non sans lui avoir adressé ses condoléances et témoigné son respect, qu'Alastair agréa sans desserrer les lèvres.

L'entrée d'Oonagh McIvor fit encore plus sensation que celle de son frère. La jeune femme n'avait ni titre, ni prestige, mais même si le public avait ignoré son identité, son maintien très digne eût commandé à la fois le respect et l'attention. Malgré ses vêtements noirs, elle était tout sauf terne. Son teint clair conférait à son visage une douceur assortie de délicatesse et son chapeau ne dissimulait qu'en partie sa remarquable chevelure.

Elle gravit les marches d'un pas décidé, prêta serment d'une voix qui ne tremblait pas, puis attendit, tournée vers Gilfeather. Aucun des quinze jurés ne semblait pouvoir en détacher le regard.

Le procureur parut hésiter. Peut-être se demandait-il s'il fallait jouer la carte de la compassion. A l'évidence, ce n'était pas nécessaire : les jurés étaient acquis à sa cause.

— Mrs. McIvor, étiez-vous d'accord avec votre frère pour engager une infirmière de Londres qui accompagnerait votre mère ?

— Oui. J'avoue que j'ai trouvé l'idée excellente, répondit-elle d'un ton calme. Je pensais qu'outre ses compétences professionnelles et son expérience des voyages, elle ferait une compagne de voyage idéale pour ma mère.

Elle semblait s'excuser.

— Mère a beaucoup voyagé pendant sa jeunesse, poursuivit-elle, et je crois que, par moments, cela lui manquait. J'ai pensé qu'une femme comme celle-ci pourrait lui parler de contrées lointaines et d'expériences susceptibles de l'intéresser.

— C'est tout à fait compréhensible, acquiesça Gilfeather. A votre place, j'aurais moi-même tenu le même raisonnement. D'ailleurs, il semble que cette partie de vos prévisions se soit réalisée.

Oonagh eut un faible sourire, mais ne dit rien.

— Étiez-vous présente lorsque Miss Latterly est arrivée, Mrs. McIvor?

Monk avait prévu toutes ces questions. Gilfeather les posait, Oonagh répondait et l'assistance écoutait, tout ouïe. Le détective relâcha son attention et observa les visages. Le procureur avait un air satisfait, voire suffisant. A le voir, les jurés ne pouvaient douter de sa maîtrise parfaite de la situation et de sa confiance absolue quant au dénouement du procès.

Cette confiance affichée déplaisait fortement à Monk, qui n'en éprouvait pas moins une vive admiration pour le professionnalisme de Gilfeather. Le détective n'avait gardé aucun souvenir du procès de son mentor, bien des années auparavant. Il ne savait même pas dans quel tribunal il s'était déroulé, mais l'impuissance qu'il éprouvait à présent faisait remonter en lui des bouffées d'émotion et des chagrins enfouis. A l'époque, il connaissait la vérité et n'avait pu qu'assister, désarmé, à la condamnation d'un homme qu'il aimait et admirait, pour un crime qu'il n'avait pas commis. Il était jeune alors et il avait regardé cette injustice avec incrédulité, se refusant à croire à sa réalité jusqu'au tout dernier instant. Ensuite, il était resté longtemps hébété, sous le choc.

Aussi les sentiments qu'il éprouvait cette fois, à Édimbourg, lui étaient-ils familiers : une vieille blessure dont les tissus, cicatrisés en surface, venaient de se déchirer pour découvrir une plaie profonde, aussi sanglante qu'au premier jour.

A la table de la défense, James Argyll fronçait les sourcils. Cette attitude de réflexion intense donnait un air dangereux à son visage plein de force et d'intelligence, mais c'était un homme sans armes. Monk n'avait pas réussi à le seconder comme il l'eût fallu. Il n'avait pas été à la hauteur. En son for intérieur, le détective ne cessait de répéter ces mots : pas à la hauteur. Quelqu'un avait tué Mary Farraline et il n'avait pas découvert le moindre indice propre à le mettre sur la voie, le moindre début d'explication. Il avait disposé de plusieurs semaines et tout ce que son enquête avait indiqué, c'était que Kenneth avait une jolie maîtresse aux longs cheveux jaune paille et au teint blanc, une maîtresse déterminée à ne plus jamais souffrir du froid ni de la faim, à ne plus passer d'un lit à l'autre pour pouvoir dormir au chaud.

En réalité, Monk éprouvait plus de sympathie envers cette femme qu'envers Kenneth, contraint de se montrer plus généreux qu'il ne le souhaitait pour conserver les faveurs de sa belle.

Toutefois, si l'on ne parvenait pas à éveiller de sérieux doutes quant à la bonne tenue des comptes de l'imprimerie et à justifier une vérification qui prouverait le bien-fondé de ces soupçons, cette liaison apparaîtrait certes comme scandaleuse, mais ne représenterait en rien un motif d'assassinat.

En regardant Rathbone, Monk ressentit malgré lui un élan de sympathie. Pour quelqu'un qui ne l'eût pas connu, l'avocat semblait seulement attentif aux débats. Il penchait un peu la tête de côté, son long visage était pensif, ses yeux noirs à demi dissimulés derrière ses paupières lourdes, comme si la concentration l'absorbait tout entier. Mais Monk le connaissait depuis longtemps et l'avait vu plus d'une fois soumis à la pression. Il remarquait l'angle crispé de ses épaules sous l'étoffe raffinée de sa veste, la raideur de son cou et la façon dont il serrait lentement les poings par moments. Alors il percevait toute la frustration qui habitait l'avocat. Ce dernier, quoi qu'il pût penser ou éprouver, se savait impuissant. S'il avait imaginé s'y prendre autrement, adopter une tactique — ou simplement une intonation de voix ou une expression du visage — différente, il était condamné à rester immobile et silencieux et à regarder.

— Et qui a préparé les bagages de votre mère? interrogeait Gilfeather.

— Sa femme de chambre.

— Sur quelles instructions?

— Les miennes.

Oonagh hésita une fraction de seconde. Elle avait la tête haute, le visage blême. Dans la salle du tribunal, personne ne bougeait.

— J'avais préparé une liste, afin que Maman dispose de tout le nécessaire... qu'elle n'ait pas trop de robes du soir et qu'elle ne manque pas de robes plus simples pour la journée, ou de jupes... C'est que... il ne s'agissait pas d'une visite mondaine... enfin, pas tout à fait.

Un murmure de sympathie traversa la salle comme une brise légère. Ces détails intimes donnaient soudain à l'affaire un sens concret.

Gilfeather patienta une ou deux secondes pour profiter du petit effet produit, puis reprit:

— Je vois. Et naturellement, vous avez inclus à cette liste les bijoux appropriés?

— Oui, bien sûr.

— Et vous avez joint la liste aux bagages?

— Oui, répondit-elle avec l'ombre d'un sourire. Afin que la bonne de Londres qui les referait au moment du départ sache ce qui devait s'y trouver et n'oublie rien. Certaines omissions se révèlent très contrariantes...

Il était inutile d'aller plus loin. A nouveau, la présence de la disparue venait emplir la salle. Dans la galerie, quelqu'un pleurait.

— Ce qui nous amène à un autre point, Mrs. McIvor, enchaîna Gilfeather après quelques instants. Pourriez-vous nous expliquer précisément pourquoi votre mère entreprenait ce long voyage jusqu'à Londres? N'aurait-il pas été plus logique que votre sœur vienne à Édimbourg et rende ainsi visite à toute la famille?

— En temps normal, si, acquiesça Oonagh en retrouvant une parfaite maîtrise d'elle-même. Toutefois, ma sœur s'est mariée récemment et elle attend son premier enfant. Elle ne pouvait donc pas voyager, et elle voulait absolument voir Maman.

— Vraiment ? Et savez-vous pourquoi ?

Un silence complet planait sur le tribunal. Une femme eut une petite toux discrète qui retentit comme un coup de feu.

— Oui... répondit Oonagh. Elle était inquiète... elle craignait d'accoucher d'un enfant anormal, affecté d'une maladie héréditaire...

Ses mots tombaient goutte à goutte, prononcés avec soin, sur le public en haleine. On entendait parfois de sourdes exclamations, mais les jurés ne bougeaient pas.

Le juge ne quittait pas le témoin des yeux. Rathbone releva la tête, plus attentif que jamais. Argyll, de son côté, scrutait le visage d'Oonagh.

— Bien sûr, dit doucement Gilfeather. Et qu'entendait faire votre mère pour apaiser cette appréhension, Mrs. McIvor ?

Oonagh pâlit légèrement et releva le menton.

— Elle allait lui expliquer que la maladie dont notre père était décédé avait été contractée longtemps après la naissance des enfants et n'était en aucun cas héréditaire.

Elle parlait à présent d'une voix paisible et claire.

— Il s'agissait d'une fièvre qu'il avait attrapée à l'étranger, alors qu'il servait dans l'armée. Cette fièvre s'est attaquée aux organes internes et l'a tué à petit feu. Griselda était trop jeune pour s'en souvenir précisément et j'imagine que personne n'a jugé utile de lui fournir des explications au moment du décès de Père. Personne n'a imaginé que cela pourrait avoir de l'importance pour elle.

Elle hésita un instant.

— Je suis désolée d'avoir à dire cela, mais Griselda se soucie de sa santé d'une façon qui n'est ni raisonnable ni naturelle.

— Vous voulez dire que son anxiété était injustifiée ?

— Oui. Totalement. Seulement, ma sœur n'est pas facile à convaincre et c'est pourquoi Maman a résolu d'aller la voir en personne pour l'en persuader.

— Je vois. Cela se conçoit parfaitement. Je suis sûr que toute autre mère en aurait fait autant.

Oonagh hocha la tête, mais n'ajouta rien. Dans la salle, le public semblait vaguement déçu. L'attention se relâcha.

Oonagh s'éclaircit la gorge.

— Oui ? l'encouragea aussitôt Gilfeather.

— Il ne manquait pas seulement la broche de perles grises dans les bagages de Maman, déclara-t-elle alors d'un ton prudent. Cette broche, nous l'avons récupérée, bien sûr...

A ces mots, tous les visages avaient à nouveau convergé vers elle, dans l'expectative.

— Vraiment ? fit Gilfeather.

— Il y avait également une broche de diamants d'une valeur encore plus grande, poursuivit Oonagh avec gravité. Elle avait été commandée à notre bijoutier de famille, mais nous ne l'avons pas retrouvée parmi les effets de Maman.

Dans le box des accusés, Hester s'était redressée. La stupéfaction marquait ses traits.

— Je vois, répondit Gilfeather. Et à quelle valeur estimez-vous ces deux bijoux, Mrs. McIvor ?

— Oh, à cent livres environ pour les perles, et un peu plus pour les diamants.

Cette fois, le public manifesta clairement son saisissement. Le juge fronça les sourcils et se pencha en avant.

— Voilà une somme tout à fait considérable ! s'exclama Gilfeather. Suffisante, en tout cas, pour s'offrir toutes sortes de fantaisies quand on mène une existence précaire et que l'on ne cesse de passer d'un employeur à l'autre.

Rathbone tressaillit, mais si légèrement que Monk fut sans doute le seul à s'en apercevoir.

— Et cette broche de diamants figurait-elle sur la liste du contenu des bagages ?

— Non. Si Maman l'a prise, c'était sur une décision de dernière minute, et elle n'en a parlé à personne.

— Je vois. Mais vous ne l'avez pas retrouvée dans ses effets?

— Non.

— Je vous remercie, Mrs. McIvor.

Gilfeather s'effaça, indiquant d'un geste gracieux qu'Argyll pouvait passer à l'action.

L'avocat le remercia et se leva.

— Ce deuxième bijou, Mrs. McIvor, vous ne l'avez jamais mentionné auparavant. En fait, c'est la première fois que nous en entendons parler. Pourquoi?

— Parce que nous ne nous étions pas encore aperçus de sa disparition.

— C'est étrange, non? Un bijou de cette valeur devait être conservé en lieu sûr, dans un coffre fermé à clé.

— J'imagine, oui.

— Vous n'en êtes pas sûre?

— Non, répondit-elle, un peu hésitante. Il appartenait à ma mère, pas à moi.

— Combien de fois avez-vous vu votre mère le porter?

— Je...

Elle le dévisageait soigneusement, de ce beau regard direct que Monk connaissait bien.

— Je ne me souviens pas de l'avoir vue le porter.

— Comment savez-vous qu'elle possédait ce bijou?

— Parce qu'il avait été commandé à notre bijoutier, payé et emporté.

— Par qui?

— Je vois où vous voulez en venir, maître, assurat-elle. Mais cette broche n'appartient ni à moi, ni à ma sœur, ni à ma belle-sœur. Elle était donc nécessairement à Maman. J'imagine qu'elle a dû la porter à une soirée à laquelle je n'ai pas assisté et c'est pourquoi je ne l'ai jamais remarquée.

— N'est-il pas possible, Mrs. McIvor, qu'il s'agisse d'un cadeau offert à une tierce personne, que cette broche n'ait pas été destinée à un membre de la famille? suggéra

Argyll. Cela expliquerait pourquoi vous ne l'avez jamais vue et pourquoi elle n'est plus là aujourd'hui.

— Si c'était la vérité, certes, répondit la jeune femme. Mais il s'agit d'un objet trop onéreux pour être offert à une personne extérieure à la famille. Nous sommes généreux, j'espère, mais pas dépensiers à ce point.

Plusieurs personnes hochèrent la tête. Une femme étouffa un petit rire et l'homme assis près d'elle lui décocha un regard noir.

— Ainsi, Mrs. McIvor, vous dites que cette broche a été commandée et que, pourtant, personne ne l'a vue, bien qu'elle ait été réglée. C'est bien cela? Vous n'affirmez pas détenir des preuves laissant supposer que Miss Latterly l'a — ou l'a eue — en sa possession?

— Elle avait la broche de perles, souligna Oonagh. Elle n'a pas cherché à le nier.

— Non, bien sûr. Elle a même tout fait pour la restituer dès qu'elle l'a découverte. Mais pas plus que vous elle n'a vu la broche de diamants.

Oonagh rougit, ouvrit la bouche, puis changea d'avis et garda le silence.

Argyll sourit.

— Merci, Mrs. McIvor. Je n'ai plus de questions à vous poser.

C'était une avancée minuscule et la satisfaction passagère qu'elle procurait s'évanouit aussi vite qu'elle était apparue. Gilfeather semblait amusé. Il pouvait se le permettre.

Il fit ensuite venir à la barre le contrôleur du wagon dans lequel avaient voyagé Mary Farraline et Hester. Ce témoin n'apprit rien à Monk. Il affirma qu'à sa connaissance personne n'était entré dans le compartiment, que les deux femmes étaient restées seules durant tout le voyage. Oui, Mrs. Farraline avait quitté le train au moins une fois, pour satisfaire des besoins naturels. Oui, Miss Latterly avait couru le chercher, dans un état d'agitation intense, pour lui annoncer la mort de la vieille dame. Il était allé voir et c'était vrai, même s'il regrettait de devoir le dire : elle était bel et bien morte. Il avait ensuite fait son devoir dès l'entrée du train en gare. Toute cette histoire était bien triste.

Lorsque vint son tour d'interroger le témoin, Argyll se contenta d'un signe de tête négatif : à quoi bon importuner ce petit homme ordinaire venu rapporter des faits authentifiés ? L'avocat risquait seulement de s'aliéner le jury.

Le chef de gare fit son entrée peu après. D'un ton mélodramatique, il décrivit à son tour le rôle qu'il avait joué.

De nouveau, Monk détacha son attention des débats pour observer les visages qui l'entouraient. Ainsi put-il s'attarder un long moment sur Hester, qui ne quittait pas des yeux le box des témoins. Il la considéra avec curiosité. La jeune femme n'était pas jolie, mais la tension et l'angoisse qui l'habitaient en cet instant lui conféraient une sorte de délicatesse qui n'était guère éloignée de la vraie beauté. Ainsi possédait-elle une noblesse dénuée d'artifice et de faux-semblant, privée du masque habituel des bonnes manières, une honnêteté totale qui forçait l'émotion. Surpris, Monk s'aperçut qu'il connaissait cette femme bien mieux qu'il ne le croyait ; chaque particularité de son être, chaque expression qui marquait ses traits lui semblaient familières. Alors, il songea qu'il comprenait exactement ce qu'elle ressentait, mais ne pouvait rien lui offrir pour l'apaiser.

Cette sensation d'impuissance l'envahit avec tant de force qu'il en éprouva une véritable douleur à la poitrine. Il pensa que même si on l'avait autorisé à parler à Hester, il n'eût rien pu lui dire qu'elle ne sût déjà. Peut-être eût-il fallu mentir pour l'aider. Cela, il ne le saurait jamais, car le mensonge n'entrait pas dans ses compétences. Il s'y prendrait mal et cela ne ferait qu'ériger entre elle et lui une barrière qui aggraverait encore les choses.

Oonagh était restée dans la salle d'audience. Sur son front, quelques mèches blondes dépassaient du chapeau noir. Elle paraissait digne et courageuse, comme si elle avait passé des heures à travailler le contrôle de soi avant de quitter Ainslie Place et qu'à présent plus rien ne pouvait briser cette maîtrise parfaite.

Savait-elle qui avait tué sa mère ? L'avait-elle deviné, elle qui connaissait la personnalité de chaque membre de la famille ? Il scruta le visage de la jeune femme, son front lisse, ses yeux clairs, son nez droit un peu long, ses lèvres charnues au dessin presque parfait. Chacun de ses traits était beau, mais, bizarrement, l'ensemble dégageait trop de force pour constituer une beauté classique. Avait-elle endossé la responsabilité du foyer Farraline depuis la mort de Mary ? Protégeait-elle l'honneur familial, ou les faiblesses d'un de ses proches ?

Même s'il parvenait un jour à découvrir l'identité de l'assassin, sans doute Monk continuerait-il d'ignorer la réponse à cette question...

Même si... ?

Il sentit le froid l'envelopper soudain. Sans le vouloir, il venait de formuler une crainte qu'il avait pris grand soin de chasser depuis son arrivée à Édimbourg. Il la rejeta violemment.

Le coupable appartenait à la famille. Il le fallait.

Son regard quitta Oonagh. Assis aux côtés de sa sœur, Alastair fixait intensément le chef de gare qui témoignait. Il paraissait un peu hagard : visiblement, le traumatisme de ce procès public, ajouté à la tragédie familiale, était plus qu'il n'en pouvait supporter. Comme l'avait remarqué Monk à une ou deux reprises, il semblait chercher le réconfort chez sa sœur plutôt qu'auprès de son épouse. Deirdra était là, bien sûr, installée à sa droite, mais il inclinait le corps vers la gauche et son épaule droite était à demi tournée, excluant Deirdra.

Cette dernière regardait droit devant elle. Non qu'elle ignorât ostensiblement Alastair, mais elle semblait très intéressée par le déroulement du procès. Son visage ne trahissait ni inquiétude ni anxiété. Si la jeune femme redoutait une catastrophe imminente, elle faisait une comédienne remarquable.

Kenneth ne se trouvait pas dans la salle et Monk n'en fut pas surpris. Le jeune homme serait appelé à la barre et il ne devait donc pas entendre les témoignages précédents, qui risquaient de l'influencer. C'était la règle. Eilish, en revanche, était présente, telle une flamme silencieuse. Installé à la gauche d'Oonagh, Baird était plongé dans ses réflexions. Il ne regardait pas Eilish, mais même de l'autre extrémité de la salle, Monk percevait l'attirance que la jeune femme exerçait sur son beau-frère et la discipline de fer que ce dernier devait s'imposer pour y résister.

Quinlan Fyffe n'était pas là ; sans doute serait-il lui aussi appelé à témoigner.

Le chef de gare avait terminé sa déposition et Argyll le laissa partir sans l'interroger. Il fut remplacé par le médecin venu constater le décès de Mary Farraline à l'arrivée à Londres. Très prévenant, Gilfeather évita de le mettre dans l'embarras en rappelant qu'il avait diagnostiqué une crise cardiaque ordinaire sans chercher plus loin. Malgré tout, le pauvre homme était dans ses petits souliers et répondait par monosyllabes.

Argyll se leva et lui sourit, puis se rassit sans rien dire.

L'après-midi était déjà bien avancé. La séance fut ajournée.

Monk sortit sans attendre, pressé de rejoindre Rathbone pour connaître son avis sur cette première journée. Il le repéra sur les marches et se hâta, mais parvint à sa hauteur juste au moment où l'avocat montait dans un cab, accompagné de son confrère James Argyll. La voiture démarra aussitôt.

Monk pesta, puis demeura quelques secondes sur le trottoir, trop contrarié pour réfléchir à ce qu'il allait faire.

— Était-ce après Oliver ou pour le cab que vous couriez ainsi, Mr. Monk ? fit une voix derrière lui.

Il se retourna. Henry Rathbone se tenait à quelques pas, souriant. Il y avait, dans l'expression douce de cet homme imposant, une certaine vulnérabilité qui effaça la fureur du détective pour ne laisser que l'appréhension, et le besoin de parler à quelqu'un.

— Rathbone, répondit-il avec un soupir. Bien que je ne pense pas qu'il aurait pu m'en apprendre davantage que ce que j'ai pu constater moi-même. Étiez-vous au procès ? Je ne vous ai pas vu.

— Je me trouvais derrière vous, répondit Rathbone avec un léger sourire. J'étais debout. Je suis arrivé trop tard pour trouver une place assise.

Il se mit en marche et Monk l'imita.

— Je n'imaginais pas que ce procès susciterait tant d'intérêt. Cela nous dévoile l'aspect le moins reluisant de l'être humain, je crois. Je préfère les gens pris individuellement : dans une foule, je trouve qu'ils calquent leur attitude sur les qualités les moins glorieuses de leur voisin. L'instinct grégaire, j'imagine... L'odeur de la peur, du sang...

Il s'interrompit brusquement.

— Je suis désolé, conclut-il.

— Vous avez raison, fit sombrement Monk. Et Gilfeather ne manque pas d'habileté.

Il n'ajouta rien. C'était inutile.

Plusieurs secondes durant, ils progressèrent côte à côte dans un silence agréable. Monk s'apercevait avec surprise que l'homme qui l'accompagnait avait beau être le père de Rathbone, il ne pouvait s'empêcher de l'apprécier, comme s'ils se connaissaient depuis des années et que leur relation avait toujours été bienfaisante. Il n'en voulait pas non plus à son compagnon pour l'amitié que lui portait Hester, au contraire. Dans le visage d'Henry Rathbone, dans sa démarche un peu malaisée, quelque chose lui rappelait des souvenirs lointains et flous, des réminiscences de l'époque où, jeune homme, il vouait à son mentor une admiration sans bornes et inconditionnelle. Il était naïf en ce temps-là. En considérant avec un regard extérieur cette incroyable innocence, Monk se demandait si c'était vraiment de lui-même qu'il s'agissait. Toutefois, l'émotion d'alors demeurait, étrangement vive, et elle prouvait que ce jeune homme n'était pas un parfait étranger.

Sur le trottoir, un unijambiste était assis, ancien combattant d'une guerre déjà oubliée. Le soldat vendait de petits bouquets de bruyère blanche porte-bonheur.

Henry Rathbone s'arrêta à sa vue et ses yeux s'embuèrent. Sans un mot, il sourit à l'invalide et lui acheta deux bouquets, puis se remit en marche. Au bout de quelques instants, il en tendit un à Monk.

— Ne perdez pas espoir, dit-il avec une certaine brusquerie. Argyll est intelligent, lui aussi. Une personne de cette famille est responsable, c'est certain. Songez un peu à ce qu'elle doit ressentir. La culpabilité la taraude, quelle que soit la nature de la passion qui l'a poussée, cupidité ou peur, ou encore haine provoquée par une chose réelle ou imaginaire. Cette personne a commis un acte irréparable et elle le sait. La terreur l'accompagne à chaque instant.

Monk demeura silencieux. Sans s'en apercevoir, il avait réglé son pas sur celui de son compagnon. Les pensées se bousculaient dans son esprit. Henry Rathbone avait raison : en ce moment, quelqu'un était en train de se débattre contre la peur et la culpabilité.

— Et peut-être cette personne est-elle également remplie d'allégresse, poursuivit Henry. Jusqu'à présent, tout porte à croire que le coupable sortira vainqueur, qu'il est sur le point de l'emporter.

— De quelle sorte de victoire parle-t-on ? grommela Monk. Est-il heureux de ce qu'il a accompli, ou bien d'avoir échappé à un danger ? S'agit-il d'allégresse ou de soulagement ?

Henry secoua la tête, visiblement troublé.

— Il est sous pression, affirma-t-il. La justice risque de l'atteindre à tout instant. S'il avait la charge de la défense, Oliver irait dans ce sens : questionner, mettre à l'épreuve, jouer sur les doutes que ces gens nourrissent les uns sur les autres. J'espère qu'Argyll fera cela aussi.

Ni l'un ni l'autre ne prononça le nom d'Hester, mais Monk savait qu'Henry Rathbone songeait également à elle. Évoquer l'issue du procès eût été tout aussi inutile, et douloureux, et, de toute façon, la question affleurait dans chacune de leurs paroles.

Ils parcoururent le reste du chemin en silence et se séparèrent sur le Lawnmarket.

CHAPITRE IX

Debout dans la cage, au centre de sa cellule du sous-sol, Hester attendait d'être remontée dans la salle de tribunal par cet extraordinaire système de treuil qui évitait aux accusés d'avoir à traverser la foule hostile. Elle se sentait plus exclue que jamais. La matinée était glaciale et la cave ne bénéficiait d'aucun chauffage. Incapable de se contrôler, la jeune femme grelottait, tout en s'efforçant de se convaincre que la peur n'y était pour rien.

Lorsque arriva le moment où elle se sentit lentement hissée jusqu'à la salle d'audience bondée, la chaleur des deux magnifiques feux de cheminée ne suffit cependant pas à faire cesser le tremblement, ni à détendre ses muscles crispés à l'extrême.

Elle ne s'intéressa pas au public, ne chercha pas à repérer des visages familiers. Apercevoir Monk, Callandra ou Henry Rathbone eût été trop douloureux. Elle ne voulait pas songer à ceux qu'elle aimait parce qu'il lui faudrait bientôt les quitter. Avec chaque témoin, la certitude de sa fin prochaine se précisait. Les minuscules victoires d'Argyll ne lui avaient certes pas échappé, mais elle ne s'y trompait pas : il fallait être fou pour reprendre espoir sur la base d'avancées aussi infimes. Ces points marqués permettaient de ne pas s'avouer vaincu tout de suite, mais non de croire en la victoire.

Le premier témoin de la journée fut Connal Murdoch. Elle ne l'avait pas revu depuis la gare de Londres. Ce jour-là, il était effondré par la nouvelle, désorienté et inquiet pour son épouse. Il apparaissait fort différent à présent, sans cet air échevelé qui le caractérisait à la gare. Il portait un costume noir bien coupé, mais désespérément classique, qui devait coûter très cher sans parvenir à le rendre élégant, sans doute parce que l'homme lui-même n'avait aucune notion de grâce.

Toutefois, Hester ne pouvait nier l'intelligence qui marquait ses traits et que l'on devinait derrière ses paupières tombantes, sa bouche nerveuse et son front dégarni.

— Mr. Murdoch, commença aimablement Gilfeather, permettez-moi de vous faire revivre les événements de cette tragique journée tels que vous les avez perçus. Votre épouse et vous-même, vous vous attendiez à rencontrer Mrs. Farraline à la gare, à l'arrivée du train de nuit en provenance d'Édimbourg ?

Très sombre, Murdoch répondit d'un léger hochement de tête.

— Était-ce Mrs. Farraline elle-même qui vous avait écrit pour vous annoncer sa visite ?

— Oui.

Murdoch paraissait surpris. Pourtant, Gilfeather avait déjà dû lui soumettre ces questions avant le procès.

— Y avait-il dans ses lettres une quelconque indication pouvant suggérer qu'elle était anxieuse ou inquiète pour sa santé ?

— Bien sûr que non.

— Aucune mention d'un problème familial, d'une quelconque querelle, d'une éventuelle faiblesse physique ?

— Pas du tout !

Murdoch s'énervait. Les insinuations du procureur semblaient lui déplaire au plus haut point.

— Ainsi, quand vous vous êtes rendu à la gare pour l'accueillir, vous n'aviez aucun mauvais pressentiment, vous n'imaginiez pas que les choses aient pu mal se passer.

— Non, maître, je vous l'ai dit.

— Quand avez-vous commencé à comprendre que quelque chose n'allait pas ?

Il y eut un mouvement dans la salle. L'intérêt venait d'être éveillé.

Malgré elle, Hester tourna la tête vers Oonagh et observa sa physionomie pâle et son admirable chevelure. Elle était assise près d'Alastair et leurs épaules se touchaient presque. Hester se sentit peinée pour elle. Absurdement, elle se souvint du moment où elle avait ouvert la lettre de Charles annonçant le décès de sa propre mère. C'était un matin, elle se trouvait sur le quai de Scutari et le soleil dardait ses rayons brûlants. Le navire postal était arrivé alors qu'elle disposait de quelques heures de liberté et, avec une autre infirmière, elle avait longé le rivage dans sa direction. A cette époque déjà, beaucoup de soldats embarquaient pour rejoindre leur patrie. La guerre touchait à sa fin. Les combats se raréfiaient et l'on commençait à évaluer le coût des opérations, à compter les morts et les blessés, à s'apercevoir que la victoire n'était pas si nette et que toute cette expédition se résumait à un fiasco inutile. Un jour, plus tard, on se souviendrait de l'héroïsme des soldats, mais, pour le moment, on ne voyait que la souffrance engendrée.

L'Angleterre d'alors était un rêve composé de valeurs qui formaient un insolite mélange : elle avait la quiétude d'une vieille nation, d'un pays en paix où l'on faisait de sereines promenades, où l'on trouvait de riches vergers dont les arbres tendaient leurs branches, où les gens se rendaient paisiblement à leur travail... Et pendant ce temps, des édifices anciens à la grâce ineffable abritaient des hommes dont la stupidité envoyait à la mort de jeunes hommes naïfs, avec une intime satisfaction encore dénuée de la moindre culpabilité.

Impatiente, Hester avait déchiré l'enveloppe, puis les lettres noires s'étaient mises à danser devant ses yeux sans qu'elle pût cesser de les lire et de les relire, avec à chaque fois l'espoir que le sens en serait différent. Sans s'en apercevoir, elle avait eu froid, soudain.

Oonagh avait-elle ressenti la même chose en lisant la missive qui lui annonçait le décès de Mary ?

Il était impossible de le savoir. Pour le moment, tous ses efforts semblaient tendre à soutenir Alastair, qui était livide. C'étaient les deux aînés. Avaient-ils été plus proches de Mary que leurs cadets ? Hester se souvint de la vieille dame lui racontant la manière dont, enfants, le frère et la sœur se réconfortaient mutuellement.

A la barre des témoins, Connal Murdoch expliquait comment lui et son épouse avaient appris la nouvelle. Il faisait un excellent témoin, empli de dignité placide et d'émotion sous-jacente. Sa voix ne tremblait que de temps à autre, et personne n'eût été capable de dire si c'était sous l'effet du chagrin, de la colère ou d'une autre émotion violente.

Hester chercha Kenneth Farraline du regard, mais en vain. Avait-il bel et bien faussé les comptes ? Et assassiné sa mère parce que celle-ci l'avait découvert ? Il arrivait que certains hommes agissent ainsi, parce qu'ils étaient faibles, surtout lorsque l'amour leur faisait perdre la raison. Ensuite, effrayés par leur acte, ils cédaient à la panique et accomplissaient un geste plus fou encore pour tenter de dissimuler le méfait.

Oonagh se chargeait-elle de dissimuler le méfait de son frère ?

Une fois de plus, Hester contempla l'étrange visage d'Oonagh, mais elle ne put deviner la réponse.

A présent, Connal Murdoch décrivait sa rencontre avec Hester dans le bureau du chef de gare. C'était incroyable d'être là, à écouter le récit d'une expérience que l'on avait vécue fait par un autre, sans pouvoir intervenir pour dénoncer les mensonges ou rectifier les erreurs.

— Oh, oui, disait-il. Elle m'a paru très pâle, mais très maîtresse d'elle-même. Bien entendu, nous ne nous sommes pas doutés un instant qu'elle était responsable de la mort de ma belle-mère.

Argyll se leva aussitôt.

— Oui, oui, maître Argyll, intervint le juge avec impatience, avant de s'adresser au témoin. Mr. Murdoch, quelles que soient vos convictions, la cour part du principe qu'une personne reste innocente tant que le jury n'a pas prononcé un verdict de culpabilité. Je vous prierai de vous en souvenir lorsque vous formulez vos réponses.

Murdoch demeura interdit.

Hester considéra un instant l'avocat, puis son regard passa à Rathbone, rigide sur son siège, avant de revenir aux Farraline. L'un d'entre eux avait tué Mary. Il paraissait absurde de devoir rester là, à lutter pour sauver sa propre vie tout en observant tranquillement leurs visages sans savoir lequel était le coupable...

Savaient-ils tous qui avait tué, ou l'assassin était-il seul à connaître la vérité ?

Le vieil Hector n'était pas là. Cela signifiait-il qu'il était ivre comme toujours, ou bien qu'Argyll comptait le faire comparaître ? L'avocat ne lui en avait rien dit.

Par moments, Hester trouvait réconfortant de voir une tierce personne se charger d'établir une stratégie et de conduire la défense. D'autres fois, elle se sentait désespérément impuissante et eût tout donné pour pouvoir se lever et parler, questionner les témoins, leur faire avouer la vérité. Cependant, au moment même où cette pensée lui traversait l'esprit, elle s'apercevait qu'une telle conduite se révélerait parfaitement vaine.

Gilfeather venait de se rasseoir avec un sourire. Il semblait à l'aise, fort satisfait de ce qu'il avait accompli jusque-là. Et il pouvait l'être. Dans un silence solennel et désapprobateur, les jurés gardaient le visage fermé. A l'évidence, chacun d'eux avait déjà arrêté son verdict. Ils ne regardaient pas Hester.

Argyll se leva, mais il y avait bien peu de choses à ajouter et rien à contester.

Derrière lui, Oliver Rathbone fulminait. Plus ces dépositions traînaient en longueur, plus les jurés, convaincus de la culpabilité d'Hester, camperaient sur leurs positions. Gilfeather savait cela aussi bien que lui. Un fin matois, ce procureur...

Même le juge affichait une dureté alarmante. Certes, ses interventions restaient empreintes d'une indécision judiciairement correcte, mais il était clair qu'il s'était déjà fait son opinion.

Argyll se rassit immédiatement et Rathbone poussa un soupir de soulagement.

Griselda Murdoch, le témoin suivant, avait à l'évidence été convoquée pour accomplir à son insu un numéro de manipulation psychologique. Mère depuis peu, elle semblait épuisée et tout, dans son attitude, indiquait qu'elle avait pris sur elle pour effectuer un déplacement dicté par des événements tragiques. La compassion de la foule était palpable et l'intensité de la haine portée à Hester monta d'un cran.

Rathbone se demanda soudain s'il n'était pas en train de vivre un cauchemar. Qu'eût-il fait à la place d'Argyll ? Cette question le taraudait et il se réjouissait de ne pas avoir à en décider. Pourtant, demeurer là sans pouvoir intervenir le mettait au supplice. Il jeta un coup d'œil à son confrère, mais ne put déchiffrer ses pensées. Les sourcils froncés, l'avocat écossais fixait Griselda Murdoch : peut-être était-il simplement concentré, mais peut-être aussi élaborait-il une stratégie pour piéger la jeune femme, la discréditer, la mettre en défaut, contester la véracité de ses dires ou attaquer un aspect quelconque de l'effet qu'elle produisait sur le jury.

— Mrs. Murdoch, déclarait doucement Gilfeather, comme s'il s'adressait à un invalide ou à un enfant. Nous savons qu'il vous a fallu beaucoup de courage pour venir jusqu'ici témoigner sur cette tragique affaire et nous avons conscience que, dans votre état, ce voyage a dû vous coûter.

Un murmure compatissant parcourut l'assemblée et quelqu'un marqua son approbation à voix haute.

Le juge n'y prit pas garde.

— Je ne vous ferai pas revivre les émotions que vous avez éprouvées à la gare de Londres, Mrs. Murdoch, poursuivit le procureur. Cela vous bouleverserait sans rien nous apporter de plus et c'est bien là la dernière de mes intentions. En revanche, auriez-vous l'amabilité de nous expliquer ce qui s'est produit après votre retour chez vous, avec votre époux, alors que vous saviez votre mère décédée ? Prenez tout votre temps, nous vous écoutons.

— Merci, vous êtes très gentil, répondit Griselda d'une voix chevrotante.

En l'observant, Monk songea qu'elle était très différente de ses deux sœurs. Elle ne possédait ni leur courage ni leur personnalité. Elle devait être bien plus facile à vivre pour un homme, moins exigeante, moins éprouvante, mais aussi infiniment moins intéressante. Hésitante, timorée, elle avait une tendance à s'apitoyer sur son sort qu'Oonagh devait exécrer.

Mais peut-être ne s'agissait-il là que d'une mascarade, d'un artifice pour tromper la cour ? Griselda savait-elle qui avait tué sa mère ? N'était-il pas concevable que, dans un élan de folie collective, toute la jeune génération Farraline ait formé une conspiration et assassiné Mary ?

Non, c'était absurde. Il déraisonnait.

Griselda expliquait désormais à Gilfeather comment elle avait déballé les affaires de sa mère, découvert les vêtements et la liste qui les accompagnait, et comment, en dressant l'inventaire, elle s'était aperçue qu'il manquait la broche de perles grises.

— Je vois, acquiesça gravement Gilfeather. Et vous pensiez la trouver ?

— Évidemment. Elle figurait sur la liste.

— Qu'avez-vous fait alors, Mrs. Murdoch ?

— J'en ai parlé à mon époux. Je lui ai dit qu'il manquait une broche et je lui ai demandé conseil.

— Et quel conseil vous a-t-il donné ?

— Eh bien, d'abord, évidemment, nous avons cherché de nouveau avec soin. Mais la broche n'y était vraiment pas.

— Bien entendu. Nous savons à présent que Miss Latterly l'avait avec elle. Ce fait n'est pas contesté. Et ensuite ?

— Eh bien... Connal... Je veux dire Mr. Murdoch a pensé qu'elle avait sans doute été volée et il...

Elle eut une sorte de haut-le-corps et il lui fallut quelques secondes pour retrouver son sang-froid. L'assistance patientait dans un silence respectueux.

Derrière Argyll, Rathbone jura en lui-même.

— Oui? fit Gilfeather d'un ton encourageant.

— Il a dit qu'il serait sage d'appeler notre propre médecin afin qu'il nous donne un deuxième avis sur les causes du décès de Maman.

— Je vois. Et vous l'avez donc écouté?

— Oui.

— Qui avez-vous appelé, Mrs. Murdoch?

— Le Dr Ormorod, de Slingsby Street.

— Je vois. Je vous remercie.

Avec un sourire désarmant, il se tourna alors vers Argyll.

— Le témoin est à vous, maître.

— Merci, répondit Argyll. Merci infiniment.

L'avocat déplia son long corps et se leva.

— Mrs. Murdoch...

Griselda le considéra d'un œil inquiet, visiblement convaincue d'avoir affaire à un ennemi.

— Oui, maître?

— Ces vêtements et effets de votre mère que vous avez déballés... si j'ai bien compris, vous vous en êtes chargée vous-même plutôt que d'en laisser le soin à un domestique? J'imagine que vous avez une femme de chambre, non?

— Bien sûr que j'ai une femme de chambre!

— Mais en cette occasion, peut-être en raison des circonstances tragiques, vous avez décidé de défaire vous-même les bagages?

— Oui.

— Pourquoi?

Il y eut un bruissement désapprobateur dans l'assistance. L'un des jurés toussa. Le juge fronça les sourcils et parut sur le point de parler, mais se ravisa.

— Pour... pourquoi? répéta Griselda, déroutée. Je ne comprends pas.

— Oui, Mrs. Murdoch, expliqua l'avocat, affichant une expression sévère face à tous les regards qui convergeaient vers lui. Pourquoi avez-vous sorti des malles les affaires appartenant à votre mère ?

— Je... je ne voulais pas laisser ma bonne le faire, répondit la jeune femme d'une voix étranglée. Elle... elle était...

Elle s'arrêta là, sûre que, dans sa bienveillance, le public saurait terminer la phrase à sa place.

— Non, madame, vous ne m'avez pas bien compris, insista Argyll avec prudence. Je ne vous demande pas pourquoi vous ne souhaitiez pas que ce soit votre bonne qui déballe les affaires. La réponse à cette question, j'en suis sûr, nous la connaissons tous, et chacun d'entre nous, ici, aurait ressenti la même chose dans votre situation. Ce que je voudrais savoir, c'est pourquoi vous avez ouvert les malles. Pourquoi ne pas avoir laissé les bagages fermés dans une pièce de la maison, en vue de les renvoyer à Édimbourg ? Il était malheureusement évident qu'elle n'en aurait plus besoin à Londres.

— Ah...

Griselda prit son inspiration et la relâcha dans un soupir. Elle était très pâle, avec deux taches rouges brûlantes sur les joues.

— On peut se demander pourquoi avoir mis un tel zèle à déballer toutes ces affaires, alors que cela n'avait aucune utilité. A votre place, je ne l'aurais certainement pas fait. J'aurais laissé les malles intactes et renvoyé le tout à Édimbourg.

La voix d'Argyll s'éteignit, puis reprit, détachant bien les syllabes pour permettre à chacun de percevoir les sous-entendus ignobles du discours :

— A moins, bien sûr, que vous n'ayez cherché quelque chose vous-même ?

Griselda ne dit rien, mais son malaise n'était que trop apparent. Argyll parut se détendre soudain. Il se pencha en avant.

— La broche de diamants figurait-elle sur la liste des objets, Mrs. Murdoch ?

— Une broche de diamants ? Non. Non, il n'y avait pas de broche de diamants.

— En êtes-vous certaine ?

— Oui, bien... bien sûr. Sur la liste, il n'y avait que la broche de perles grises, la topaze et le collier d'améthyste. Et seule la broche de perles grises manquait.

— Avez-vous conservé cette liste, Mrs. Murdoch ?

— Non... non. Non, je ne l'ai plus. Je... je ne sais pas ce que j'en ai fait... Mais quelle importance, puisque l'on sait que c'est Miss Latterly qui avait la broche ? La police l'a retrouvée dans ses affaires.

— Non, Mrs. Murdoch, rectifia Argyll. Ce n'est pas vrai. La police l'a retrouvée au domicile de Lady Callandra Daviot, où Miss Latterly l'avait découverte et apportée à son hôtesse, afin qu'elle fût renvoyée à Édimbourg. Miss Latterly avait signalé l'incident à son avocat, chez qui elle s'était aussitôt rendue pour demander conseil.

— Je... j'ignorais tout cela, murmura Griselda, totalement désemparée. Tout ce que je savais, c'est qu'il manquait la broche dans les effets de ma mère et que Miss Latterly l'avait. Je ne vois pas ce que vous cherchez à me faire dire de plus.

— Je ne cherche pas à vous faire dire quoi que ce soit, madame. Vous avez répondu à mes questions de façon admirable, et avec une grande franchise.

Sa voix ne véhiculait qu'un très léger sarcasme, mais le doute avait été éveillé. Cela suffisait. A présent, chacun se demandait pourquoi, en fait, Griselda Murdoch avait inspecté les affaires de sa mère, et beaucoup pensaient connaître la réponse. Celle-ci n'était guère flatteuse. La première fissure venait d'apparaître dans cette belle solidarité familiale, suggérant que cupidité et défiance pouvaient aussi exister chez les Farraline.

Argyll regagna sa place, visiblement satisfait.

Derrière lui, Rathbone avait le sentiment que la défense venait enfin de tirer une première salve. Celle-ci avait touché la cible, mais la blessure n'était que bénigne et Gilfeather le savait aussi bien que les deux avocats. Cependant, la foule avait vu la couleur du sang, l'atmosphère s'était soudain emplie de l'odeur de poudre.

Le dernier témoin de la journée fut la femme de chambre de Mary Farraline. Cette petite servante triste et réservée était tout de noir vêtue, dénuée du moindre bijou de deuil.

Gilfeather lui témoigna la plus grande courtoisie.

— Miss McDermot, est-ce bien vous qui avez préparé les bagages de votre défunte maîtresse en vue de son voyage à Londres ?

— Oui, maître, c'est moi.

— Disposiez-vous d'une liste récapitulant tout ce que vous deviez y mettre et destinée à la femme de chambre de Mrs. Murdoch, qui déballerait les affaires à l'arrivée ?

— Oui, maître. Mrs. McIvor me l'a écrite pour me faciliter le travail.

— Oui, je comprends. Cette liste comprenait-elle une broche de diamants ?

— Non, maître, pas du tout.

— Vous en êtes sûre ?

— Certaine. Je peux le jurer.

— Très bien. Mais il y avait bien une broche de perles grises au motif un peu particulier ?

— Oui, maître, ça, ça y était.

Gilfeather hésita et Rathbone se raidit aussitôt. Le procureur demanderait-il si le contenu des malles était au complet lorsque les bagages étaient revenus de Londres ? Une réponse positive réduirait à néant l'effet produit quelques minutes plus tôt avec Griselda.

Lorsque le procureur baissa un instant la tête, Rathbone comprit qu'il avait préféré renoncer. Alors il s'adossa à sa chaise et, pour la première fois depuis le début du procès, il sourit. Gilfeather venait enfin de commettre une erreur. Il n'était pas si invulnérable que cela, après tout.

— Miss McDermot, reprit-il. Avez-vous rencontré Miss Latterly le jour où elle est venue à la maison d'Ainslie Place en vue d'accompagner Mrs. Farraline à Londres ?

— Bien entendu, maître. Je lui ai montré la trousse à

médicaments de Mrs. Farraline, pour qu'elle sache ce qu'il y avait à faire.

— Vous lui avez montré la trousse à médicaments, Miss McDermot ?

— Pour sûr ! Je ne pouvais pas savoir qu'elle allait empoisonner ma pauvre maîtresse !

Sa voix était pleine d'angoisse et elle semblait au bord des larmes.

— Mais bien sûr, Miss McDermot, répondit Gilfeather, apaisant. Personne ne vous reproche quoi que ce soit. Il était de votre devoir de lui montrer cette trousse. Vous avez pensé qu'il s'agissait d'une bonne infirmière qui avait évidemment besoin de connaître les médicaments à administrer à sa patiente et la façon dont il fallait s'y prendre. Toutefois, la cour doit comprendre avec exactitude comment les choses se sont déroulées. Vous lui avez montré la trousse à médicaments, et les flacons qui s'y trouvaient, et vous lui avez dit ce que ces flacons contenaient, et comment et quand administrer chaque dose ?

— Oui, c'est ça.

— Merci. Ce sera tout, Miss McDermot.

Elle fit mine de tourner les talons, mais Argyll se leva aussitôt.

— Non... Miss McDermot, fit-il, souriant. Auriez-vous la gentillesse de m'accorder quelques minutes de votre temps ?

La servante vira au cramoisi. Elle fit face à l'avocat, le menton levé, roulant des yeux terrifiés.

Il accentua son sourire, aggravant encore la détresse de la pauvre femme. Celle-ci semblait tout près de défaillir.

— Miss McDermot, commença-t-il doucement, d'une voix qui évoquait le grognement d'un ours endormi. Avez-vous montré à Miss Latterly les bijoux de votre maîtresse ?

— Bien sûr que non ! Je ne suis pas...

Elle s'interrompit net et le considéra d'un regard affolé.

— ... une imbécile, acheva-t-il à sa place. Non, je n'ai pas pensé un seul instant que vous puissiez l'être. J'imagine bien qu'il ne vous viendrait jamais à l'idée de montrer les bijoux de votre maîtresse à une étrangère, ni même à quiconque, d'ailleurs. Au contraire, vous auriez plutôt tendance à rester très discrète sur ces objets de valeur, n'est-ce pas?

Gilfeather se leva à demi.

— Monsieur le...

— Oui, maître, répondit impatiemment le juge. Je sais ce que vous allez dire. Maître Argyll, vous suggérez les réponses au témoin. Posez des questions, je vous prie, et laissez le témoin répondre comme il l'entend.

— Je vous présente mes excuses, monsieur le juge, affirma Argyll avec une humilité affichée. Bien, Miss McDermot, pourriez-vous renseigner la cour sur les devoirs d'une bonne femme de chambre? Qu'aurait dit votre maîtresse si vous aviez montré ses bijoux ou tout autre objet de valeur lui appartenant à une personne étrangère à la famille? Vous avait-elle donné des instructions à ce sujet?

— Non, maître. Ça n'était pas la peine. On ne fait pas une chose pareille quand on est femme de chambre et qu'on veut garder sa place.

— Vous êtes donc certaine de ne pas avoir montré la broche de perles, ni aucun autre bijou, à Miss Latterly?

— Dame oui! Il n'y a pas de doute à avoir là-dessus! Ma maîtresse rangeait ses bijoux dans un coffret, et ce coffret était dans sa chambre, pas dans le dressing-room. Et puis, de toute façon, je n'avais pas la clé.

— Bien sûr. Merci, je n'en ai jamais douté, Miss McDermot. J'imagine que les Farraline ont les moyens de s'offrir les meilleurs domestiques d'Édimbourg et qu'ils ne garderaient pas longtemps une servante qui négligerait une règle de conduite aussi fondamentale.

— Merci, maître.

— A présent, parlons de cette trousse à médicaments. Je vous en prie, réfléchissez bien avant de répondre, Miss McDermot. Combien de flacons contient cette trousse?

— Douze, maître, répondit la femme en le couvrant d'un regard méfiant.
— Et chacun de ces flacons représente une dose individuelle et complète ?
— Oui, maître, c'est ça.
— Comment ces flacons sont-ils disposés, Miss McDermot ?
— Sur deux rangées de six.
— Côte à côte, l'un au-dessus de l'autre, en deux compartiments ? S'il vous plaît, décrivez-nous cela.
— L'un au-dessus de l'autre, dans chacun des compartiments. Comme... comme les deux moitiés d'un livre, expliqua-t-elle, tandis que son anxiété s'estompait peu à peu.
— Je vois. Voilà une description très précise. Receviez-vous de nouveaux flacons chaque fois que le remède était prescrit ?
— Dame non ! Ç'aurait été du gâchis ! Ce sont des flacons en verre, avec un bouchon. C'est tout à fait étanche.
— Je vous félicite pour votre bon sens. Ainsi, l'apothicaire remplissait avec la préparation prescrite les flacons qui vous lui apportiez ?
— Oui, maître.
— En particulier quand votre maîtresse partait en voyage ?
— Oui.
— Et comment cela se passait-il quand Mrs. Farraline restait à la maison ?
— Le remède venait toujours de chez l'apothicaire sous la même présentation, maître. Il faut que les doses soient très précises, sinon... sinon, ça peut être fatal, maître. Mais c'est quand même à nous d'ajouter le liquide, pour rendre le goût acceptable... au moins...
— Oui, je vois, c'est très clair. Et vous veniez de recevoir un réapprovisionnement, douze flacons prévus pour le voyage de Mrs. Farraline ?
— Oui, maître. Et si elle avait décidé de rester plus de six jours absente, elle aurait très bien pu aller chez un apothicaire à Londres pour en racheter.

— Tout cela était très bien organisé. Elle avait donc emporté l'ordonnance avec elle, je suppose ?
— Oui, maître.
— Afin de ne pas avoir à s'inquiéter si elle se trouvait à court...
— Oui...

Impatient, Gilfeather se dandinait sur son siège. S'il avait moins bien connu son adversaire, sans doute eût-il fait objection et protesté contre cette perte de temps inutile. Le juge, néanmoins, intervint à sa place.

— Maître Argyll, lança-t-il, irrité, avez-vous un objectif en tête ? Si oui, il est grand temps d'y arriver !
— J'y viens, monsieur le juge, répondit Argyll avec amabilité, avant de s'adresser de nouveau au témoin. Miss McDermot, poursuivit-il, cela aurait-il été grave si, étant un peu bousculée par tous ces préparatifs pour le voyage, vous aviez utilisé l'un des flacons de la trousse pour le lui donner le matin, au lieu de prendre le temps d'en préparer une dose vous-même ? Votre maîtresse aurait-elle couru un risque si vous l'aviez envoyée à Londres avec une trousse à médicaments à laquelle il manquait un flacon ? Je vous demande seulement si cela aurait été grave, et non si c'est ce que vous avez fait.

Elle le regarda fixement comme si un serpent venimeux venait de surgir devant elle.
— Miss McDermot ?
— Vous devez répondre, ordonna le juge.
— N... non, maître. Cela n'aurait pas été très grave.
— Cela ne lui aurait pas fait courir de danger vital ?
— Non, maître. Pas du tout.
— D'accord.

Il lui sourit, comme si la réponse le satisfaisait tout à fait.
— Merci, Miss McDermot. Ce sera tout.

Gilfeather se leva avec une précipitation qui fit naître une certaine excitation dans l'assistance. On eût dit une risée dans un champ de blé. Gilfeather ouvrit la bouche pour parler.

Miss McDermot le regardait fixement.

Le procureur jeta un coup d'œil à Argyll, qui souriait toujours.

Immobile, Rathbone serrait les poings avec une telle force que les ongles s'enfonçaient dans ses paumes. Gilfeather oserait-il demander à la femme de chambre si, oui ou non, elle avait employé le premier flacon? Une réponse positive aurait un effet dévastateur sur l'argumentation de l'accusation. Rathbone retint son souffle.

Gilfeather n'osa pas. La femme de chambre pouvait très bien avoir choisi la solution de facilité et utilisé la fiole déjà prête le matin du départ. Dans ce cas, elle ne s'aviserait pas de le nier sous serment. Le procureur se rassit.

Rathbone eut l'impression de percevoir le soupir de déception poussé comme un seul homme par l'ensemble du public.

Miss McDermot, pour sa part, était dans tous ses états. Elle dut se faire assister pour descendre les marches. A la table de la défense, Argyll continuait d'afficher un sourire éclatant. En son for intérieur, Rathbone lui exprima toute sa gratitude.

Le médecin appelé par Connal Murdoch le matin du meurtre s'installa bientôt à la barre des témoins. C'était un homme tout en rondeurs, pourvu d'épais cheveux noirs et d'une fine moustache.

— Docteur Ormerod, commença Gilfeather dès que le nouveau venu eut prêté serment. Vous avez été appelé par Mr. Connal Murdoch au chevet de la défunte Mrs. Mary Farraline, c'est bien cela?

— Oui, maître, tout à fait. A dix heures et demie le matin du 7 octobre de cette année de grâce, répondit le témoin.

— Êtes-vous arrivé immédiatement?

— Non, maître. J'étais en train de soigner un enfant qui souffrait d'une grave toux coquelucheuse. On m'avait signalé que Mrs. Farraline était décédée. Je n'ai vu aucune urgence.

Un petit rire nerveux retentit dans la galerie. L'un des jurés, gros homme à la crinière blanche, s'indigna contre son auteur.

— Vous a-t-on expliqué pourquoi on avait besoin de vous, docteur Ormorod ? interrogea le procureur. Il s'agissait d'une requête étonnante, non ?

— Pas réellement, maître. J'ai pensé que mon rôle consisterait surtout à soutenir Mrs. Murdoch. Le choc du deuil peut déclencher des troubles de santé.

— Oui... Je vois. Et qu'avez-vous découvert en parvenant à la résidence de Mrs. Murdoch ?

— J'ai trouvé cette pauvre Mrs. Murdoch dans un état de considérable détresse, ce qui n'avait absolument rien d'étonnant. Toutefois, la cause de cet état ne correspondait pas tout à fait à celle que je m'étais imaginée au départ.

Le médecin semblait de plus en plus sensible à l'impact de ses paroles sur l'auditoire. Il se redressa légèrement, releva le menton. Lorsqu'il reprit, on eût dit un acteur dramatique déclamant un long monologue.

— Elle était, bien sûr, profondément peinée par la disparition de sa mère, mais elle m'a paru en outre très troublée par les circonstances possibles du décès. Elle craignait, maître, qu'étant donné la disparition des bijoux, la mort ne soit pas survenue de façon tout à fait naturelle.

— Est-ce ce qu'elle vous a dit ?

— Oui, maître. C'est ce qu'elle m'a dit.

— Qu'avez-vous fait alors, docteur Ormorod ?

— Eh bien, au début, je le confesse, je ne l'ai pas crue.

Il s'interrompit et parcourut l'auditoire du regard.

— Mais qu'avez-vous fait, monsieur ? insista Gilfeather.

— J'ai procédé à un examen extrêmement minutieux, maître, répondit le témoin en se tournant de nouveau vers lui.

De nouveau, il attendit, préparant son petit effet.

Gilfeather ne perdit pas patience.

Rathbone jura dans sa barbe.

Argyll poussa un discret soupir. Son expression était facilement déchiffrable.

— Cet examen a exigé beaucoup de temps, reprit

Ormorod, le visage crispé. J'ai été contraint de procéder à une autopsie, et en particulier d'analyser le contenu de l'estomac de la défunte. Mais je suis finalement parvenu à la conclusion qu'il n'y avait aucun doute possible : Mrs. Farraline était décédée à la suite d'une ingestion massive de son remède habituel, qui était une distillation de digitaline.

— Quelle quantité en a-t-elle absorbée, docteur? Pouvez-vous nous le dire?

— Au moins le double de ce qu'un médecin prescrirait dans son cas.

— Vous n'avez aucun doute là-dessus? insista le procureur.

— Aucun. Mais vous n'êtes pas obligé de vous fier à mon seul avis, maître. Le médecin légiste vous dira la même chose.

— Oui, docteur. Nous avons le résultat de son autopsie, qui sera ajouté au dossier comme pièce à conviction, assura Gilfeather. Et qui confirme absolument ce que vous nous avez dit.

Ormorod hocha la tête, souriant.

— Avez-vous une idée de la façon dont cette double dose a été administrée, docteur? enchaîna le procureur.

— Par voie orale, maître.

— A-t-on eu recours à la force?

— Rien ne le laissait supposer, maître. Pour moi, le produit a été ingéré de façon tout à fait volontaire. J'imagine que la dame n'a pas pensé une seconde que ce remède pouvait lui être fatal.

— Mais vous ne doutez pas un instant que c'est bel et bien la cause du décès.

— Pas un instant, maître.

— Merci, docteur Ormorod. Je n'ai plus de questions à vous soumettre.

Argyll remercia Gilfeather et alla se poster devant le témoin.

— Docteur, votre déposition a été d'une clarté et d'une précision admirables. Je n'ai qu'une seule question à vous poser. La voici : j'imagine que vous avez examiné la trousse à médicaments dans laquelle se trouvaient les flacons qui ont causé le décès ? Oui, naturellement. Combien de flacons contenait cette trousse, docteur ?... De flacons vides ou pleins.

Le médecin réfléchit un moment, les sourcils froncés.

— Il y avait dix flacons pleins, maître, et deux vides.

— En êtes-vous sûr ?

— Oui... Oui, je suis formel.

— Pourriez-vous nous décrire leur apparence, docteur ?

— Leur apparence ?

— Oui, docteur. A quoi ressemblaient ces flacons ?

Ormorod leva la main et écarta légèrement le pouce et l'index.

— Environ deux pouces et demi de longueur, et trois quarts de pouce de diamètre. Des flacons tout à fait banals, très classiques.

— En verre ?

— Je l'ai déjà dit.

— En verre de couleur claire ?

— Non, maître. En verre bleu foncé, comme cela est de rigueur lorsqu'il s'agit d'une substance dangereuse.

— Est-il facile de savoir si un flacon est plein ou vide ?

A ces mots, Ormorod parut comprendre le sens des questions de l'avocat.

— Non, maître. Lorsqu'un flacon n'est qu'à demi rempli, peut-être. Mais qu'il soit totalement plein ou totalement vide, l'aspect est strictement le même.

— Merci, docteur. Nous pouvons présumer que l'un de ces flacons a été utilisé par Miss Latterly la veille au soir. Quant au deuxième, nous ne le saurons peut-être jamais... à moins que Miss McDermot ne décide de nous le dire.

— Maître Argyll ! s'exclama le juge, indigné. Vous pouvez présumer ce que vous voulez, mais vous ne le ferez pas à haute voix devant la cour que je préside. Ici, nous nous en tenons aux faits. Et Miss McDermot ne s'est pas exprimée sur ce sujet.

— Oui, monsieur le juge, répondit Argyll.

Il ne semblait pas éprouver le moindre remords. Le mal était fait et ils le savaient tous.

Ormorod ne dit rien.

Argyll le remercia et le congédia. Le médecin se retira à contrecœur. Il avait adoré ce moment passé sous les feux de la rampe.

Le troisième jour du procès, Gilfeather convoqua le médecin personnel de Mary Farraline à la barre. Celui-ci décrivit le mal dont souffrait sa patiente, la nature des symptômes et leur durée. Il jura que rien ne s'opposait à ce que cette pauvre femme vécût heureuse de longues années encore. Les murmures de compassion attendus se firent entendre. Le médecin indiqua ensuite quel remède il avait prescrit, en précisant son dosage.

Argyll ne dit rien.

L'apothicaire qui avait réalisé la préparation le suivit. Sur la demande du procureur, il décrivit en détail la façon très professionnelle dont il avait procédé.

Là encore, Argyll n'intervint pas, sinon pour faire préciser au témoin qu'il était tout à fait possible de distiller le remède en vue d'en renforcer la concentration et de le rendre ainsi deux fois plus puissant pour le même volume de liquide. Cette petite manipulation, qui n'avait rien de compliqué, ne requérait pas les compétences d'une infirmière.

Assise sur le banc des accusés, Hester regardait et écoutait. Par moments, elle eût aimé que tout fût terminé. Cette succession d'interrogatoires ressemblait à une sorte de danse rituelle dans laquelle chacun remplissait un rôle soigneusement répété. L'ensemble avait toutes les caractéristiques d'un cauchemar dans la mesure où Hester ne pouvait qu'observer, alors que c'était sa propre vie qui se jouait. Et elle songeait avec un serrement au cœur que, de toutes les personnes présentes, elle serait la seule à ne pas rentrer chez elle à l'issue de la séance.

Il fallait que le suspense s'arrêtât, que le jugement fût rendu.

Cependant, lorsque tout serait fini, sans doute n'aurait-elle plus d'avenir devant elle. Elle serait condamnée, privée d'espoir. Elle se demanda si elle s'était réellement résignée au prévisible verdict de culpabilité. Quand viendrait l'instant où ce verdict ne serait plus seulement un fruit de son imagination, où le juge, sa toque noire sur la tête, prononcerait la sentence de mort, parviendrait-elle à rester debout, à se tenir droite ? Ses genoux la soutiendraient-ils encore ?

Le témoin suivant était Lady Callandra. On avait dû se passer le mot dans l'assistance, car personne ne semblait ignorer qu'il s'agissait d'une amie de l'accusée et l'atmosphère s'était chargée d'hostilité. Certains se levèrent pour mieux suivre la fière silhouette qui traversait la salle d'audience et gravissait les quelques marches montant au box des témoins.

A la voir ainsi, Monk éprouva une sensation presque douloureuse de familiarité. Soudain, cette femme n'était plus seulement une personne rencontrée un an et demi plus tôt et qui l'avait aidé financièrement, une personne dont le courage et l'intelligence forçaient l'admiration ; elle faisait pleinement partie de sa vie. Elle n'était pas belle : même du temps de sa jeunesse, elle avait dû, au mieux, passer tout juste pour charmante. Elle avait le nez trop long, une bouche étrange, les cheveux frisés presque crépus. Apparemment, on n'avait pas encore inventé les épingles propres à agrémenter une telle chevelure. Callandra avait en outre les hanches larges et les épaules un peu trop carrées.

Et pourtant, il émanait de sa silhouette une dignité et une spontanéité qui faisaient de cette personnalité dénuée d'artifices une vraie femme du monde. Tandis que de tout son être il aspirait à venir en aide à cette amie très chère, Monk se sentit soudain écœuré par cette sentimentalité déplacée qui montait en lui par bouffées.

Très rigide sur son siège, les muscles crispés, il tenta de se convaincre qu'il n'était qu'un imbécile, qu'en réalité il se souciait peu de ce procès, que sa vie à lui continuerait comme avant. Il ne parvint pas pour autant à estomper son malaise.

— Lady Callandra...

Gilfeather se montrait courtois, mais froid. Bien entendu, il n'était pas naïf au point d'espérer conquérir ce témoin par le charme.

— ... depuis combien de temps connaissez-vous Miss Hester Latterly ?

— Depuis l'été 1856, répondit Callandra.

— Et vos relations ont toujours été amicales, voire chaleureuses ?

— Oui.

— Saviez-vous qu'elle avait accepté ce travail au service de la famille Farraline ?

— Oui.

— Elle vous en avait informée ?

— Oui.

— Que vous a-t-elle dit à ce sujet ? Soyez précise, je vous prie, Lady Callandra. Je suis sûr que vous n'oubliez pas que vous êtes sous serment.

— Bien sûr que je ne l'oublie pas, répliqua-t-elle sèchement. En outre, je ne vois pas la nécessité de mentir et je n'en ai aucune intention.

Gilfeather hocha la tête, mais ne dit rien.

— Répondez, ordonna le juge.

— Elle m'a dit qu'elle était ravie d'effectuer ce voyage, qu'elle ne connaissait pas encore l'Écosse et que ce serait un plaisir pour elle de découvrir cette région.

— Connaissez-vous l'état des finances de Miss Latterly ?

— Pas le moins du monde.

— En êtes-vous certaine ? s'étonna le procureur. En tant qu'amie, et sachant que vous jouissez vous-même d'une fortune assez considérable, vous devez bien pouvoir nous dire s'il lui arrivait d'avoir besoin de votre aide ou non ?

— Non.

Callandra le fixa durement, le mettant au défi de ne pas la croire.

— C'est une personne qui possède beaucoup d'amour-propre et une étonnante capacité à gagner sa vie quoi qu'il arrive. Certes, je suis sûre que si elle s'était trouvée dans le besoin, elle n'eût pas hésité à me demander de l'argent. De toute façon, je m'en serais aperçue. Toutefois, la situation ne s'est jamais présentée. Ce n'est pas une personne qui attache beaucoup d'importance aux choses matérielles, du moment qu'elle subvient à ses besoins. Et voyez-vous, elle n'est pas seule au monde : elle a une famille qui se ferait un plaisir de lui offrir un asile permanent si elle en exprimait le souhait. Si vous cherchez à la dépeindre comme une désespérée qui a du mal à joindre les deux bouts, je pense que vous vous trompez lourdement.

— Ce n'était aucunement dans mes intentions, assura Gilfeather. Je songeais à quelque chose de bien moins pitoyable. Et de moins compréhensible, Lady Callandra. Je songeais à l'envie, tout simplement : une femme qui ne peut s'offrir de jolies choses aperçoit tout à coup un bijou qui lui plaît. Dans un moment de faiblesse, elle s'en empare, puis se trouve contrainte de dissimuler son méfait sous un crime infiniment pire !

— Balivernes ! s'exclama Callandra, furieuse. Toute cette histoire est une ânerie monumentale ! Vous avez une bien piètre connaissance de la nature humaine, maître, si vous jugez Miss Latterly ainsi et si vous ne vous êtes jamais aperçu que les meurtres sont commis soit par des malfaiteurs patentés, soit par des parents des victimes. Celui-ci, j'en ai peur, entre dans la seconde catégorie. J'ai bien conscience que votre rôle ici se limite à obtenir une condamnation et non à rechercher la vérité, et je trouve cela fort dommage, mais...

— Madame !

Le coup de marteau du juge résonna comme un coup de feu dans la salle.

— La cour n'est pas disposée à subir vos points de vue sur le système judiciaire écossais et sur les défauts que vous lui trouvez. Répondez aux questions de l'avocat général de façon simple, sans ajouter votre grain de sel.

Maître Gilfeather, je vous conjure de tout mettre en œuvre pour garder votre témoin sous contrôle, aussi hostile soit-il !

— Oui, monsieur le juge, acquiesça Gilfeather sans mauvaise humeur apparente. A présent, madame, si nous parlions de l'affaire qui nous intéresse ? Auriez-vous la bonté d'expliquer à la cour ce qui s'est passé exactement lorsque Miss Latterly s'est présentée à votre domicile à son retour d'Édimbourg, après le décès de Mrs. Farraline ? Commencez votre récit au moment de son arrivée chez vous, je vous prie.

— Elle était extrêmement bouleversée, répondit Callandra. Il devait être onze heures moins le quart, il me semble.

— Mais le train est arrivé à Londres bien plus tôt, je crois ? intervint Gilfeather.

— Bien plus tôt, en effet. Mais elle avait été retenue par le décès de Mrs. Farraline. Elle avait dû expliquer ce qui s'était passé au chef de train, au chef de gare, puis à Mr. et Mrs. Murdoch. Elle est venue directement chez moi ensuite. Elle était épuisée et profondément peinée. Le peu de temps qu'elle avait passé en compagnie de Mrs. Farraline lui avait suffi pour se prendre d'affection pour cette dame. Elle me l'a décrite comme une femme charmante, pleine d'humour, de sensibilité et d'intelligence.

— Tout à fait, c'est bien mon avis, rétorqua sèchement Gilfeather en jetant un coup d'œil au jury. On la regrette déjà beaucoup. Que vous a raconté Miss Latterly sur ce qui s'était passé ?

Callandra s'efforça de retracer, avec le plus de précision possible, le compte rendu que lui avait fait Hester. Le public l'écouta dans un silence religieux. Puis, sur une question du procureur, elle expliqua qu'Hester était montée se rafraîchir dans une chambre d'amis, à l'étage, et en était redescendue avec la broche de perles grises. Elle raconta alors la suite des événements. Soucieux d'écourter ses réponses, Gilfeather l'interrompait souvent et formulait les questions de façon à appeler une simple confirmation ou une négation, mais il était difficile de brider Callandra.

Rathbone ne perdait pas un mot du dialogue, mais son regard dérivait souvent du côté des jurés. Il était clair que Callandra leur inspirait le plus grand respect et ils semblaient l'apprécier, tout en sachant son témoignage biaisé par l'amitié qui la liait à l'accusée.

Rathbone observait également les Farraline. Impassible et hautaine, Oonagh considérait Callandra avec un intérêt non dénué de respect. Près d'elle, Alastair semblait malheureux et cela n'avait rien de surprenant. Que savait-il sur les livres de comptes de l'imprimerie ? Avait-il entrepris des recherches depuis la disparition de sa mère ? Soupçonnait-il son jeune frère ?

Quelles querelles éclataient au sein de la cellule familiale, derrière les portes closes ?

Aucun membre de la famille ne regardait Hester, et cela non plus n'avait rien de surprenant. Savaient-ils — ou tout au moins croyaient-ils — qu'elle était innocente ?

Rathbone se pencha en avant et tapota l'épaule de son confrère.

Très lentement, Argyll s'adossa à son siège de façon à pouvoir l'entendre.

— Allez-vous jouer sur la culpabilité de la famille ? s'enquit Rathbone dans un souffle. Il est fort probable que l'un d'eux au moins sait quelque chose.

— Lequel ? murmura Argyll.

— Alastair, à mon avis. C'est le chef de famille et il n'a pas l'air dans son assiette.

— Il ne faut pas espérer une défaillance de sa part tant que sa sœur sera là pour l'épauler, répondit l'avocat d'une voix si faible que Rathbone dut se concentrer à l'extrême pour l'entendre. Si je pouvais trouver un moyen de séparer ces deux-là, je n'hésiterais pas, mais je ne vois pas encore. Et si je tente quelque chose et que j'échoue, cela ne fera que les renforcer. Je n'aurai pas plus d'une chance. Cette Oonagh McIvor est redoutable.

— Protège-t-elle son époux ?

— C'est possible, mais pourquoi ? Pourquoi Baird McIvor aurait-il assassiné sa belle-mère ?

— Je ne sais pas.

Le juge s'était mis à les fixer d'un œil dur et les deux hommes durent garder le silence. Puis Callandra attira de nouveau son attention sur elle et ils purent reprendre.

— La peur ? chuchota Rathbone à l'oreille de son confrère.

— De qui ?

— Jouez sur la peur. Choisissez le plus faible et mettez-le sur la sellette. Il faut s'arranger pour que les autres aient peur qu'il ne les dénonce, soit sous l'effet de la panique ou par maladresse, soit pour tirer son épingle du jeu.

Argyll demeura longtemps silencieux. Pensant qu'il n'avait pas entendu, Rathbone se pencha pour répéter, mais ce fut Argyll qui parla.

— Quel est ce maillon faible ? interrogea-t-il. L'une des femmes ? Eilish, avec son école pour nécessiteux ? Ou Deirdra et son engin volant ?

— Non, non, pas une femme, affirma Rathbone avec une certitude qui le surprit lui-même.

— Parfait, acquiesça sèchement Argyll. Parce que je ne l'aurais pas fait.

— Quelle galanterie ! chuchota l'avocat, sarcastique.

— Ce n'est pas de la galanterie, mais du sens pratique. Le jury ne peut qu'adorer Eilish : elle est belle et bonne. Que demander de mieux ? Quant à Deirdra, elle a beau cacher des choses à son époux, elle reste plutôt sympathique. Elle est petite, jolie et courageuse ; qu'elle soit folle ne change rien à l'affaire.

— Prenez Kenneth. C'est le plus faible... et peut-être l'assassin. Monk a réuni des informations sur sa maîtresse. Faites venir aussi Hector, s'il est assez sobre, et cela devrait suffire à soulever le problème des livres de comptes.

— Merci, Mr. Rathbone, souffla Argyll. J'y avais pensé.

— Oui, bien sûr. Je vous présente mes excuses.

— Je les accepte. Parce que je connais votre attachement personnel à l'accusée.

Rathbone sentit le rouge lui monter aux joues. Il n'avait jamais envisagé ses relations avec Hester en termes d'« attachement personnel ».

— Le témoin est à vous, maître Argyll, intervint le juge au même moment. Du moins si vous avez l'obligeance de nous accorder un peu de votre attention !

Argyll se leva. La colère se lisait sur son visage. Il ne répondit pas au juge.

— Lady Callandra, commença-t-il d'un ton courtois. Je voudrais m'assurer que l'on vous a bien comprise : Miss Latterly vous a apporté la broche alors que vous vous trouviez en bas, n'est-ce pas ? Ce n'est pas vous qui avez découvert le bijou dans ses bagages, ni l'un de vos domestiques ?

— Non. Elle l'a trouvée lorsqu'elle est montée faire sa toilette avant de passer à table. Aucun de mes domestiques n'a eu l'occasion de fouiller ses bagages. Elle-même n'aurait pas regardé non plus si elle n'avait décidé de rester déjeuner à la maison.

— C'est cela. Et sa première réaction a été de vous apporter le bijou.

— Oui. Comme il ne lui appartenait pas, elle a compris qu'il se tramait quelque chose de grave.

— Ce en quoi, tragiquement, elle avait raison. Et vous lui avez recommandé de demander conseil à un avocat, afin que le bijou soit restitué à la famille de Mrs. Farraline ?

— Oui. Elle est allée tout de suite chez Mᵉ Oliver Rathbone.

— Avec ou sans la broche, Lady Callandra ?

— Sans la broche. Elle l'a laissée chez moi. Avec le recul, j'aurais préféré qu'elle l'emportât chez cet avocat.

— Je doute que cela eût changé grand-chose à cette déplorable situation, madame. Le piège avait été tendu avec soin. Elle a fait ce que toute personne sensée eût fait à sa place, mais cela n'a pas eu le moindre effet.

— Maître Argyll! s'exclama le juge. C'est la dernière fois que je vous mets en garde!

Argyll inclina gracieusement la tête.

— Je vous remercie, Lady Callandra. Je n'ai plus de questions.

Le dernier témoin de l'accusation fut le sergent Daly, qui expliqua comment il avait été appelé par le Dr Ormorod et raconta tout ce qu'il avait accompli entre ce moment et l'arrestation d'Hester et, pour finir, son inculpation pour meurtre. Il parlait sans hésitation, mais en termes choisis, et sa voix était empreinte d'une grande tristesse. De temps à autre, il secouait la tête et tendait son visage doux et intelligent vers la salle, à laquelle il manifestait un intérêt bienveillant.

Gilfeather le remercia.

Argyll ne l'interrogea pas. Il n'y avait rien à dire et rien à contester.

Gilfeather sourit. L'accusation avait été rondement menée.

Les jurés échangèrent quelques hochements de tête entendus. A l'évidence, ils étaient d'accord sur le verdict.

CHAPITRE X

La défense passa à l'action le lendemain matin. La foule qui se pressait dans la galerie était d'une humeur étonnante, mélange insolite d'apathie et d'intérêt subit. Pour certains, tout était terminé; la défense n'était là que par nécessité légale, afin d'éviter la survenue d'un non-lieu. D'autres, au contraire, espéraient que l'avocat ne s'avouerait pas vaincu tout de suite, qu'il se battrait bec et ongles avant de déposer les armes. Les premiers étaient des admirateurs de Gilfeather, les seconds des inconditionnels de James Argyll. Chaque spectateur, en tout cas, appartenait à l'un ou l'autre clan. Ceux qui ne s'intéressaient à aucun des deux, déjà sûrs de l'issue du procès, avaient déserté l'auditoire.

Rathbone était si tendu qu'il n'avait cessé de se racler la gorge, au point qu'à présent celle-ci le faisait souffrir. Il n'avait dormi que quelques heures, les cauchemars s'étaient succédé et le réveil avait été pénible. La veille, après le dîner, il était tout d'abord sorti dans la perspective de passer la soirée avec son père, puis s'était aperçu que son humeur était trop exécrable pour l'imposer à qui que ce fût, et en particulier à Henry. Il avait donc rebroussé chemin et résolu de rester seul. Entre huit heures et demie et minuit, il avait cent fois récapitulé les faits point par point, énumérant les preuves les plus infimes dont ils disposaient. Puis, devant l'inutilité du processus, il s'était remémoré chacun des témoins de Gilfeather et le contenu de leurs dépositions.

Tout cela ne prouvait rien. Bien sûr, puisque Hester n'était pas coupable! Seulement, elle avait *pu* tuer Mrs. Farraline et, en l'absence d'indices suggérant qu'une tierce personne s'en était chargée, le suggérant fortement et de façon concrète, aucun jury ne l'acquitterait.

Argyll pouvait bien être l'avocat le plus talentueux d'Écosse, il faudrait plus que de l'habileté à présent, et, tandis qu'immobile sur son siège il attendait l'entrée du juge, il n'osait pas lever les yeux vers Hester. Elle risquait de lire le désespoir sur son visage et il voulait au moins lui épargner cette épreuve.

Il ne chercha pas non plus à apercevoir Monk ou Henry dans la galerie du public, non par lâcheté émotionnelle (ou, plus élégamment, par instinct de conservation), mais par sens tactique. Au point où on en était, les sentiments n'avaient plus leur place : il fallait garder l'esprit clair, affûté et logique.

Le juge entra, froid et suffisant comme à son habitude. Il semblait blasé, comme si pour lui l'affaire manquait de complexité. Condamner une femme à la pendaison ne devait certes pas lui plaire, mais il l'avait déjà fait et n'hésiterait pas à recommencer. Ensuite, il rentrerait chez lui et retrouverait sa famille autour d'un bon repas. Le lendemain, un autre procès s'ouvrirait.

Et le public applaudirait. L'émotion agitait toute la ville. Il existait, dans la société, certaines catégories de personnes qui jouissaient de l'estime de tous. On leur conférait un statut spécial, on les honorait et on leur attribuait des sentiments nobles. Les corps religieux et médical étaient de celles-là. La population leur vouait une grande admiration, mais exigeait beaucoup en retour. Lorsqu'un membre de l'une ou l'autre catégorie tombait, il tombait plus bas qu'autrui. Sa condamnation s'accompagnait de désillusions et d'amertume, de colère et de douleur, parce qu'il avait porté atteinte à quelque chose de précieux. En trouvant la mort, Mrs. Farraline n'avait pas été la seule victime : si l'on ne pouvait plus se fier à une infirmière, c'était tout un monde de certitudes qui basculait, la sécurité de chacun qui se trouvait menacée. Et ce crime-là exigeait une punition exemplaire.

Rathbone lisait tout cela sur le visage des jurés. Présente en filigrane, la peur les accompagnait à chaque minute du procès. Et rares étaient les hommes qui, sans broncher, acceptaient d'avoir peur.

Le silence s'était installé dans la salle. James Argyll se leva.

— Monsieur le juge, messieurs les jurés, commença-t-il. Jusqu'à présent, vous avez entendu des faits bruts. Les témoins ont évoqué devant vous la façon dont Mrs. Farraline a trouvé la mort et les circonstances de son décès. Vous avez compris quelle personne était la victime. La défense est la dernière à souhaiter ergoter sur ce qui a été dit à son sujet. Au contraire, nous serions même tenté de renchérir : Mrs Farraline était une femme charmante, intelligente, courtoise, digne. Elle possédait ces qualités rares que sont la générosité et la chaleur humaine. Nous ne prétendons certes pas qu'elle était parfaite — lequel d'entre nous, mortels que nous sommes, pourrait s'en targuer ? — mais nous n'avons connaissance d'aucun mauvais penchant chez elle et nous ne pouvons formuler que des louanges à son sujet. Ses proches ne sont pas les seuls à la regretter.

Le juge poussa un soupir audible, mais aucun spectateur ne détacha les yeux d'Argyll. Un ou deux jurés fronçaient les sourcils. Argyll s'adressa à eux avec le plus grand sérieux.

— En revanche, nous n'avons que très peu parlé de l'accusée, Miss Hester Latterly. D'après les témoignages, nous savons qu'elle répondait aux critères de la famille Farraline pour la brève tâche qu'elle avait à accomplir, mais rien de plus. Pour la famille, il s'agissait d'une simple employée et la journée qu'elle a passée en compagnie de l'accusée ne lui a pas permis de s'en faire une idée juste.

Le juge se pencha en avant, comme pour intervenir, puis changea d'avis. Il se tourna vers Gilfeather, qui semblait serein, ses cheveux flottant autour de son crâne en une auréole désordonnée, un sourire aimable aux lèvres, apparemment insouciant.

— Je propose de solliciter deux témoins pour remédier à cela, poursuivit Argyll. Deux, car un témoignage unique pourrait vous paraître partial. Pour commencer, j'appellerai donc à la barre le Dr Alan Moncrieff.

L'avocat semblait avoir éveillé un début d'intérêt dans l'assistance, qui répercutait dans un souffle le nom du témoin. Les têtes se tournèrent vers la porte, où venait d'apparaître un homme mince et de haute taille, doté d'un visage aquilin étonnamment beau. Celui-ci se dirigea vers le box et gravit les quelques marches. Lorsqu'il eut prêté serment, il se tourna vers Argyll, dans l'expectative.

— Docteur Moncrieff, connaissez-vous l'accusée, Miss Hester Latterly ?

— Oui, maître. Je la connais très bien.

Malgré la connotation écossaise de son nom, il parlait d'une voix chaude à l'accent très anglais.

Rathbone jura dans sa barbe. Argyll n'eût-il pas pu trouver un véritable Écossais ? Moncrieff était peut-être né à Édimbourg, peut-être aussi y avait-il grandi, mais son élocution n'en avait conservé aucune trace. Rathbone regretta de ne pas avoir vérifié lui-même ce détail. A présent, il était trop tard.

— Pourriez-vous expliquer à la cour dans quelles circonstances vous l'avez rencontrée ?

— J'étais en service dans le corps médical de l'armée pendant la guerre de Crimée.

— Dans quel régiment, docteur ? interrogea innocemment Argyll.

— Les Scots Greys, maître.

En prononçant ce nom, le médecin s'était imperceptiblement redressé. Le silence plana une seconde, suivi de quelques exclamations poussées par des personnes qui connaissaient l'histoire de ce régiment. Les Scots Greys, les Inniskilling Dragoons et les Dragoon Guards, huit cents hommes en tout, s'étaient distingués lors de la désastreuse bataille de Balaklava, en résistant à la charge de la cavalerie russe, forte de trois mille hommes. Huit minutes sanglantes leur avaient suffi pour mettre l'ennemi en déroute.

L'un des jurés se moucha bruyamment. Un autre s'essuya les yeux, visiblement sans honte.

Les mots « *God save the Queen!* » retentirent alors dans la galerie du public, puis le silence se fit.

Argyll conserva la plus parfaite gravité. On eût dit qu'il n'avait rien remarqué de l'agitation provoquée.

— Un choix étrange pour un Anglais, non ? lança-t-il.

Gilfeather ne bougeait pas.

— Je suis sûr que vous n'entendez pas me blesser, maître, répondit Moncrieff avec calme. Mais je suis né à Stirling et j'ai étudié la médecine à Aberdeen et à Édimbourg. J'ai vécu quelques années en Angleterre, ainsi qu'à l'étranger. Pour ce qui est de mon accent, c'est à ma mère qu'il faut vous en prendre, conclut-il avec un sourire.

— Je vous demande pardon, docteur, dit Argyll. Il s'agissait d'une conclusion hâtive, fondée sur les apparences... ou plutôt, sur l'écoute.

Il n'ajouta rien sur la bêtise des idées préconçues. Cela eût été inutile. Les jurés, à n'en pas douter, avaient bien reçu le message.

Un murmure approbateur parcourut la galerie.

Le juge se renfrogna.

Rathbone sourit malgré lui.

— Maître Argyll, poursuivez, je vous prie! lança le juge d'un ton excédé. Le fait que notre bon docteur soit né ici ou là n'a guère d'importance pour nous, il me semble. Je suppose que vous n'allez pas nous dire qu'il a rencontré Miss Latterly en Écosse ? Non, c'est bien ce qui me semblait. Alors continuez!

Argyll ne se départit pas de son assurance. Bien au contraire, il sourit au juge et se retourna vers Moncrieff.

— Et vous avez donc rencontré Miss Latterly en Crimée, docteur ?

— Oui, maître. Je l'ai côtoyée en de multiples occasions.
— Dans l'exercice de votre profession ?
A ces mots, le juge se pencha en avant. Une ride profonde s'était creusée entre ses deux sourcils et son visage, qui s'en trouvait allongé, semblait plus étroit encore.
— Maître, cette cour exige de vous un minimum de précision. Vous êtes en train de tromper le jury. Le Dr Moncrieff et Miss Latterly n'exercent pas la même profession et vous le savez bien. Dans le cas contraire, laissez-moi vous expliquer : le Dr Moncrieff est médecin, il pratique l'art de la médecine, tandis que Miss Latterly, pour sa part, n'est qu'infirmière, c'est-à-dire qu'elle exerce en quelque sorte la fonction de servante auprès des médecins qui soignent les malades. Son rôle consiste à préparer les bandages, faire les lits, apporter ou ranger ce qu'on lui demande. Une infirmière ne pose pas de diagnostic, ne fait pas de prescription, ne pratique pas d'opérations. Elle fait ce qu'on lui ordonne de faire, rien de plus. Me suis-je bien fait comprendre ?
Il se tourna vers le jury.
— Messieurs ? interrogea-t-il.
Une demi-douzaine de jurés hochèrent la tête.
— Docteur ? fit doucement Argyll à l'intention du médecin. Je ne vous demanderai pas de vous mêler de jurisprudence. Je vous en prie, limitez-vous à la médecine, qui est votre domaine, et à Miss Latterly, que vous avez côtoyée.
Il y eut quelques gloussements dans l'assistance, aussitôt réprimés. Dans la galerie, un homme partit d'un gros rire, un autre poussa un cri effrayé.
Le juge vira à l'écarlate, mais ne dit rien.
— Bien sûr, maître, répondit hâtivement Moncrieff. Je ne connais rien à la jurisprudence, sinon ce que sait le commun des mortels.
— Avez-vous travaillé avec Miss Latterly, docteur ?
— Souvent, oui.
— Que pensez-vous de ses compétences professionnelles ?

Gilfeather se leva d'un bond.

— Nous ne doutons pas un instant des compétences professionnelles de l'accusée, monsieur le juge ! s'écria-t-il. Nous ne lui reprochons pas d'avoir commis une erreur de jugement. Nous sommes au contraire convaincu qu'elle a agi exactement comme elle l'entendait, et en parfaite connaissance de cause... du moins médicalement parlant.

— Venez-en au fait, maître Argyll, ordonna le juge. La cour voudrait entendre le témoignage du Dr Moncrieff concernant la personnalité de l'accusée.

— Monsieur le juge, je crois que le fait d'exercer correctement son métier, de faire passer l'assistance aux malades avant sa sécurité personnelle alors que l'on court un grand danger, en dit long sur la personnalité d'un individu, objecta Argyll avec un sourire.

Un silence tendu suivit ces paroles. Dans la galerie, nul ne bougeait.

Le regard de Rathbone fut attiré malgré lui vers Hester. Celle-ci fixait Argyll avec intensité. Elle était pâle et l'on eût dit qu'elle luttait pour s'obliger à garder espoir. Rathbone en eut le cœur serré au point que, l'espace d'un instant, le souffle lui manqua.

Il songea qu'après tout il valait mieux que la défense fût assurée par Argyll. Lui-même se sentait trop impliqué pour empêcher ses émotions de prendre le dessus.

Les jurés attendaient, leurs quinze visages tournés vers le juge. Cette fois, ils se trouvaient clairement du côté d'Argyll.

Visiblement fou de rage, le magistrat serrait les lèvres. Il se trouvait dans une impasse : il était là pour faire appliquer la loi et il le savait.

— Allez-y, fit-il sèchement.

— Merci, monsieur le juge, fit Argyll en inclinant la tête. Docteur Moncrieff, je vous demande de nouveau votre opinion sur les compétences professionnelles de Miss Latterly, opinion que vous avez pu vous forger dans toutes les circonstances où vous l'avez côtoyée.

— Mon opinion est excellente, maître, répondit Moncrieff sans hésitation. Miss Latterly a fait preuve d'un courage remarquable sur les champs de bataille, alors que les accrochages avec l'ennemi se poursuivaient. Elle venait au secours des blessés au péril de sa vie. Elle travaillait de très longues heures, souvent tout le jour et la moitié de la nuit, sans se soucier de la fatigue, de la faim et du froid qui sévissaient.

Une ombre d'amusement traversa le beau visage du médecin.

— Et il lui arrivait aussi de prendre des initiatives exceptionnelles. J'ai souvent trouvé regrettable que les femmes n'aient pas le droit d'exercer la médecine. J'ai connu plus d'une infirmière qui a pratiqué avec succès des opérations en urgence alors qu'aucun médecin ne se trouvait là pour le faire : elles retiraient des balles de mousquet ou des éclats d'obus, et certaines ont même réalisé des amputations sur des soldats dont l'état imposait une intervention immédiate. Miss Latterly était de celles-là.

Dans la galerie, la surprise était manifeste. Le visage d'Argyll s'en fit le reflet.

— Vous voulez dire, docteur, qu'elle a été chirurgien... en Crimée ?

— Dans des cas d'urgence, oui, maître. La chirurgie requiert une main qui ne tremble pas, de bons yeux, une connaissance de l'anatomie et des nerfs solides. Autant qu'un homme, une femme peut fort bien réunir toutes ces qualités.

— Voilà une opinion peu commune, docteur, souligna Argyll en détachant bien ses mots.

— La guerre est une activité peu commune, maître, Dieu merci, répliqua Moncrieff. Si elle était plus banale, la race humaine, je le crains, disparaîtrait rapidement du globe. Mais aussi terrifiant que cela puisse paraître, il arrive qu'elle révèle en nous des qualités que nous n'aurions jamais soupçonnées sans elle. Hommes et femmes atteignent des sommets de bravoure ou de talents que le calme et l'ordre dont nous jouissons en temps de paix ne leur inspireraient jamais.

« Vous m'avez convoqué ici pour dire ce que je sais de Miss Latterly et de sa personnalité. En toute franchise, je qualifierais cette femme de courageuse, sincère, dévouée à son métier et prompte à la compassion, mais dénuée de sentimentalisme. Mais comme je ne veux pas me voir reprocher un manque d'objectivité, j'évoquerai également ses défauts : je dirai qu'elle est un peu trop sûre d'elle, assez prompte à juger les autres et à les trouver incompétents...

Il esquissa un sourire chagrin.

— Malheureusement, je dois reconnaître qu'elle avait souvent de bonnes raisons pour cela. J'ajouterai que l'humour n'est pas son point fort, loin de là. Elle pouvait se montrer autoritaire, arbitraire et même colérique quand elle était fatiguée. Toutefois, je n'ai jamais entendu personne lui reprocher d'être envieuse ou vindicative, dans quelques circonstances que ce soit. Ce n'était pas non plus une femme futile. Que diable, messieurs, mais regardez-la !

Il tendit la main vers le box des accusés. Tous les visages se tournèrent vers Hester.

— A-t-elle l'air d'une femme qui commettrait un meurtre pour s'approprier un objet de pure coquetterie ?

Même Rathbone s'était tourné. Il observa un instant son amie, émaciée, livide, les cheveux tirés en arrière en une coiffure sévère, vêtue d'une robe bleu-gris informe.

Argyll sourit.

— Non, docteur, pas du tout. Je l'avoue, il semble que vous ayez raison : une touche de féminité serait la bienvenue.

L'auditoire s'agita à ces mots. Dans la galerie, une femme posa la main sur le bras de son époux. Henry Rathbone eut un sourire triste. Monk pesta en lui-même.

— Merci, docteur Moncrieff, dit Argyll. C'est tout ce que je voulais savoir.

Gilfeather se leva lentement, presque pesamment.

Moncrieff le regardait, se préparant à un interrogatoire qui ne serait pas de tout repos. Il avait conscience, sans doute, qu'il venait d'altérer sinon la tendance générale de la bataille, du moins sa tonalité et les émotions des spectateurs.

— Docteur Moncrieff, commença le procureur d'une voix douce. Je pense que peu d'entre nous sont à même de se représenter les horreurs et les privations que vous et d'autres professionnels de la santé avez subi pendant cette guerre. Vous avez dû vivre des expériences terribles. Vous parliez tout à l'heure de la faim, du froid, de la fatigue et de la peur. Tout cela est-il bien réel, n'en avez-vous pas rajouté pour assombrir le tableau ?

— Pas du tout, rétorqua Moncrieff, sur ses gardes. Vous avez raison, maître, c'est une expérience qui dépasse l'imagination.

— Une expérience qui soumet ceux qui la vivent à une pression extraordinaire ?

— Oui, maître.

— Je veux bien croire que vous ne puissiez pas la partager avec moi, par exemple, sinon pour me faire part de ses aspects les plus superficiels, d'une façon qui ne serait guère satisfaisante pour vous.

— Est-ce une question, maître ?

— Non, sauf si vous n'êtes pas d'accord avec moi.

— Je suis tout à fait d'accord. On ne peut communiquer que les expériences pour lesquelles il existe une compréhension ou un langage communs. On ne peut décrire un coucher de soleil à un aveugle.

— Précisément. Cela doit vous exposer à une certaine solitude, docteur Moncrieff.

Le médecin ne dit rien.

— Et cela doit vous rapprocher de ceux qui ont partagé avec vous ces moments intenses et dramatiques.

Moncrieff ne pouvait le nier, bien qu'à en juger par son expression il commençât à comprendre sur quelle voie voulait l'entraîner Gilfeather.

Les jurés écoutaient, concentrés.

— Bien sûr, concéda Moncrieff.

— Et, naturellement, vous deviez ressentir de l'impatience face à l'incompréhension et à l'indifférence, voire à l'inutilité de certaines femmes, qui ne songent même pas qu'il puisse exister des choses plus dangereuses ou plus accaparantes que la tenue d'une maison ?

— C'est vous qui dites cela, maître, pas moi.

— Mais est-ce faux ? Allons, vous êtes sous serment ! Ne vous arrive-t-il pas de souhaiter partager ce passé, dont vous nous parlez aujourd'hui avec tant de passion ?

Moncrieff demeura de marbre.

— Je n'en ressens pas le besoin, maître. C'est pour moi quelque chose qui ne se partage pas, sinon à l'aide de discours prononcés par des gens méprisables et écoutés par des ignorants.

Ses mains agrippèrent la barre.

— Mais je ne me permettrais pas non plus d'insulter ces femmes qui sont restées chez elles, à tenir leur foyer et à s'occuper des enfants. Chacun de nous a ses problèmes et ses vertus. La comparaison est trop facile et je pense qu'elle n'avance à rien. Tout comme les femmes qui se chargent de s'occuper de leur ménage ne peuvent comprendre celles qui sont parties en Crimée, ces dernières ne savent pas, et ne se targuent pas de comprendre, les difficultés qu'ont connues celles qui sont restées.

— Très bien, docteur. Cette courtoisie vous honore, dit le procureur entre ses dents, tandis que son sourire s'estompait. Malgré tout, je suis persuadé qu'une complicité existe, que vous ressentez du soulagement à pouvoir partager des choses qui continuent sans doute à susciter chez vous de vives émotions.

— Bien sûr.

— Dites-moi, docteur, Miss Latterly a-t-elle toujours cet air peu aguichant qui la caractérise aujourd'hui ? Elle est jeune encore, sa morphologie et ses traits ne comportent rien de déplaisant. Ce qu'elle a vécu ces dernières semaines a dû terriblement l'éprouver : elle a d'abord été incarcérée à Newgate, la prison de Londres, puis transférée ici, à Édimbourg. Elle assiste à un procès où sa vie se joue. Nous ne pouvons guère juger de ses charmes d'après ce que nous voyons d'elle en ce moment.

— C'est exact, acquiesça prudemment Moncrieff.
— N'aviez-vous pas des atomes crochus avec elle, docteur ?
— Nous n'avions guère le loisir de nous lier d'amitié avec qui que ce fût, maître Gilfeather. Votre question illustre admirablement les remarques que vous faisiez tout à l'heure, quand vous disiez que ceux qui n'étaient pas présents ne peuvent pas imaginer la vie quotidienne en Crimée. J'admirais Miss Latterly, je la considérais comme une excellente infirmière avec qui j'aimais bien travailler, comme je l'ai déjà dit.
— Allons, docteur ! s'exclama Gilfeather avec une certaine impatience dans la voix. Soyez franc avec moi ! Pensez-vous vraiment pouvoir nous faire croire que, pendant deux ans, vous étiez si dévoué à votre travail que l'homme de chair et de sang n'a jamais émergé en vous ?

Il tendit les mains en avant, souriant.

— Pas une fois, au cours des accalmies, lorsque vous aviez du temps pour aller pique-niquer... Eh oui, nous ne sommes tout de même pas totalement ignorants de ce qui s'est passé là-bas ! Il y avait des correspondants de guerre, vous savez ! Et même des photographes ! Pensez-vous réussir à nous faire croire, docteur, que pendant tout ce temps, vous n'avez jamais regardé Miss Latterly comme une jeune femme non dénuée de charme ?

Moncrieff sourit.

— Non, maître, je ne vous demande pas de le croire. Je n'avais jamais réfléchi à la question, mais puisque vous l'évoquez, il est vrai que Miss Latterly ressemble quelque peu à mon épouse, qui possède certaines de ses qualités, comme le courage et l'honnêteté.

— Mais qui n'était pas infirmière en Crimée et n'a donc pas pu partager vos émotions, docteur !

Moncrieff sourit.

— Vous vous trompez, maître. Mon épouse se trouvait en Crimée et, plus que toute autre personne, elle est à même de comprendre ce que je ressens.

Cette fois, Gilfeather était vaincu.

— Merci, docteur. Ce sera tout. Vous pouvez vous retirer... sauf si mon confrère a quelque chose à ajouter ?

— Non, merci, répondit Argyll. Je vous remercie, docteur Moncrieff.

La séance fut levée bien avant l'heure du déjeuner. Les correspondants des quotidiens se précipitèrent vers les portes, bousculant tout le monde pour sortir les premiers. Le juge, pour sa part, était d'une humeur exécrable lorsqu'il se retira.

Rathbone partit déjeuner avec Argyll. Il pensait avoir mille choses à lui dire, mais toutes semblaient trop évidentes et inutiles. Parler n'eût fait que trahir son angoisse et il préféra se taire.

Il n'avait pas faim, mais mangea sans s'en rendre compte dans l'auberge où l'avait entraîné son confrère. Lorsqu'il baissa les yeux, il s'aperçut qu'il avait terminé son assiette.

Alors, il ne put se contenir davantage.

— Miss Nightingale cet après-midi... commença-t-il.

Argyll releva la tête, sa fourchette à la main.

— Oui, acquiesça-t-il. Une femme redoutable, si j'en crois le peu que j'ai vu d'elle ce matin. Nous n'avons eu qu'un bref échange et j'avoue que je me demande s'il convient de la diriger, ou s'il ne vaut pas mieux lui montrer simplement la voie et la laisser anéantir seule Gilfeather. Mais pour cela, il faut que celui-ci ait l'audace de l'affronter.

— Vous devrez lui faire dire quelque chose qui oblige Gilfeather à contre-attaquer, déclara Rathbone en reposant bruyamment ses couverts. Il est trop fin pour intervenir s'il n'y est pas contraint. Il ne la laissera pas à la barre une seconde de plus que le strict nécessaire, sauf si elle avance quelque chose qu'il ne pourra pas tolérer.

— Oui... fit Argyll, songeur, en renonçant à terminer son plat. Vous avez raison. Mais que pourrait dire Miss Nightingale ? Elle ne peut témoigner de ce qui s'est passé ici, à Édimbourg. Elle n'a sans doute jamais entendu parler des Farraline, ne sait rien de l'affaire. Tout ce qu'elle va affirmer, c'est qu'Hester Latterly faisait bien son métier et la seule valeur de son témoignage tient à sa réputation. A l'estime que le public lui porte. Gilfeather ne s'attaquera certainement pas à cela.

Rathbone se plongea dans la réflexion. Il ne fallait pas espérer manipuler Florence Nightingale, que l'on s'appelât Argyll ou Gilfeather. Pouvait-on lui faire dire une chose en rapport avec le procès, et que Gilfeather fût obligé de contester ? Déjà, personne ne doutait plus du courage d'Hester, ni de ses compétences comme infirmière.

Alors, un début d'idée germa dans son esprit. Ce fut tout d'abord une esquisse dont la forme se précisa peu à peu, à mesure qu'il l'exposait devant Argyll. Lorsqu'il vit briller le regard de ce dernier, il sut qu'il était sur la bonne voie et reprit confiance.

La cour fit son entrée dans la salle en tout début d'après-midi. Installé comme à son habitude derrière son confrère, dans la même position que le matin, Rathbone était en proie à une excitation nouvelle qui pouvait passer pour un regain d'espoir. Cependant, son regard ne s'attarda pas sur le public et ne s'attacha qu'un bref instant à Hester.

— Faites entrer Florence Nightingale ! lança l'huissier.

A ces mots, l'auditoire parut retenir son souffle. Une femme poussa un cri, qu'elle étouffa aussitôt en posant une main sur sa bouche, honteuse.

Le juge abattit son marteau.

— J'exige que l'ordre règne dans ce tribunal ! annonça-t-il d'un ton courroucé. A la prochaine manifestation de ce genre, je fais évacuer la salle ! C'est bien compris ? Nous sommes dans une cour de justice, non dans une salle de spectacle. Maître Argyll, j'espère que ce témoignage sera pertinent et ne se résumera pas à un numéro destiné à vous attirer la sympathie du public. Si c'est le cas, je puis vous garantir que votre stratagème est voué à l'échec. C'est Miss Latterly qui passe en jugement, et la réputation de Miss Nightingale n'entre absolument pas en ligne de compte !

Argyll hocha gravement la tête.

Tous les yeux s'étaient tournés vers la porte et beaucoup de spectateurs tendaient le cou pour bien distinguer la silhouette mince et digne de la célèbre infirmière. Celle-ci traversa la salle sans regarder ni à droite ni à gauche, puis monta dans le box des témoins.

Son apparence n'impressionnait guère. De taille moyenne, elle avait des cheveux bruns rassemblés en un chignon sévère, des traits réguliers, et une attitude trop déterminée pour paraître jolie. Sans doute lui manquait-il cette lumière intérieure, cette sérénité qui faisait ressortir la beauté d'un être. Son visage possédait quelque chose d'insolite, voire d'un peu effrayant.

Elle déclina son identité et son lieu de résidence d'une voix ferme et claire, puis attendit qu'Argyll prît la parole.

— Je vous remercie d'avoir parcouru ce long trajet et délaissé votre important travail pour venir témoigner, Miss Nightingale, commença-t-il.

— La justice me paraît tout aussi importante, maître, répliqua-t-elle en le fixant dans les yeux. Et dans ce procès, il est question de vie... et de mort.

— Tout à fait, acquiesça Argyll.

Rathbone l'avait instamment mis en garde contre le danger qu'il y avait à traiter cette femme de tête avec condescendance, ou encore à exprimer des évidences.

Pourvu qu'il n'oublie pas! songea-t-il, sur des charbons ardents.

— Nous sommes tous conscients que vous ne savez rien des faits reprochés à l'accusée, madame, poursuivit Argyll. Toutefois, Miss Hester Latterly n'est pas une étrangère pour vous. Vous l'avez bien connue. Vous sentez-vous apte à parler de sa personnalité?

— J'ai connu Hester Latterly au cours de l'été 1854, répondit Florence. Et je suis tout à fait disposée à répondre à toutes les questions qui concernent sa personnalité.

— Merci.

Argyll adopta une posture dégagée, tête légèrement inclinée.

— Miss Nightingale, certains se sont posé des questions sur les motifs susceptibles de pousser une jeune femme bien née et bien éduquée vers le métier d'infirmière qui, jusque récemment, était surtout exercé par des femmes de basse condition et, pour parler franc, très frustes.

Rathbone était assis au bord de sa chaise, si tendu que son corps le faisait souffrir. Dans la salle du tribunal, on entendait les mouches voler. Tous les jurés observaient Florence comme si elle avait été la seule personne vivante de la pièce.

— A vrai dire, avant que vous n'accomplissiez votre noble mission de pionnière dans ce domaine, reprit Argyll, ce métier était pratiqué par des femmes qui n'avaient pas pu trouver de place de servante respectable chez des particuliers. Dans ces conditions, je vous demanderai, madame, ce qui vous a incitée à entreprendre une tâche aussi ardue et dangereuse. Votre famille a-t-elle accepté de bon cœur la voie que vous vous êtes choisie ?

— Maître Argyll ! tonna le juge.

— Non, maître, pas du tout, répondit Florence sans se soucier de l'intervention. Ma famille a tout fait pour m'en dissuader, elle m'a opposé toutes sortes d'arguments. Il m'a fallu des années pour la faire céder. Quant aux raisons qui m'ont poussée à persévérer contre sa volonté, je dirais qu'il existe pour moi un devoir qui passe avant toute autre chose, et même avant la famille, une vocation à laquelle je devais obédience.

Son visage brillait d'une conviction simple, mais aveuglante. Le juge avait renoncé à protester. Tous les spectateurs, hommes et femmes, public et jury, buvaient les paroles de Florence. Si le magistrat était intervenu, sans doute eût-il été ignoré.

— Je crois, maître, que c'est Dieu qui m'a demandé de le faire, enchaîna-t-elle. Et je me dévouerai à cette mission jusqu'à la fin de mes jours. Non, ajouta-t-elle avec un petit geste d'impatience, ce n'est pas tout à fait la vérité je me laisse intimider : en fait, je *sais* qu'Il m'a appelée.

Et je pense que d'autres que moi ont ce désir de venir en aide à leur prochain et sont convaincues que soigner les malades représente la plus belle façon pour elles de le faire. Il ne peut y avoir de vocation plus noble, plus nécessaire que le soulagement des souffrances et, quand cela est possible, la préservation de la vie et le rétablissement d'hommes qui se sont battus pour leur patrie. Pouvez-vous douter de cela, maître ?

— Non, madame, je ne le puis. Et je n'en doute pas, d'ailleurs, répondit Argyll avec spontanéité.

Gilfeather remua sur son siège.

Au prix d'un suprême effort sur lui-même, Rathbone parvint à rester immobile.

— Et Hester Latterly a elle aussi travaillé à l'hôpital de Scutari ? s'enquit Argyll.

Son visage n'exprimait rien d'autre que de l'intérêt. Quels que fussent les sentiments de triomphe ou d'espoir qui le faisaient bouillir intérieurement, rien, sur ses traits, ne le trahissait.

— Oui, elle comptait parmi nos meilleures infirmières.
— Sur quel plan, madame ?
— Le dévouement... et la compétence. Nous manquions de chirurgiens.

Elle parlait d'une voix calme et maîtrisée, dans laquelle perçaient néanmoins une intensité et une passion qui commandaient l'attention.

— Là-bas, les infirmières se trouvaient souvent dans des situations où elles étaient contraintes de se demander ce qu'eût fait un chirurgien à leur place, et d'agir sur-le-champ pour éviter que ne meure un homme qui aurait pu être sauvé.

Ces paroles suscitèrent quelques remous parmi le public. Le juge dut s'en rendre compte, mais ne dit rien. Florence poursuivit comme si de rien n'était.

— Hester possédait à la fois le courage et les connaissances nécessaires pour cela, enchaîna-t-elle. Il y a aujourd'hui en Angleterre beaucoup d'hommes qui seraient enterrés en Crimée si elle n'avait pas été une femme de cette envergure.

Argyll patienta quelques secondes, laissant cette dernière remarque produire son effet sur le jury.

— Merci, dit-il enfin. Et estimez-vous par ailleurs que l'accusée était une femme honnête sur le plan personnel, à la fois digne de confiance et respectueuse des droits et des possessions d'autrui ?

— Absolument, et sans conteste.

Argyll hésita.

La tension devenait insoutenable. Rathbone retenait son souffle. La décision que s'apprêtait à prendre Argyll pourrait bien faire la différence entre la victoire et l'échec, entre la vie et la corde du bourreau. Les deux avocats étaient seuls à connaître l'importance du moment. Si Gilfeather se décidait à passer à l'attaque, Florence le contrerait avec une passion et une force psychologique qui balaieraient tous les arguments possibles et imaginables. Si, en revanche, le procureur avait la sagesse de battre tout de suite en retraite et la renvoyait sans l'interroger, ce témoignage ne pèserait pas dans la défense d'Hester.

Était-ce suffisant ? Argyll avait-il assez aiguillonné son adversaire ? Gilfeather mordrait-il à l'hameçon ?

Très lentement, l'avocat sourit à Florence Nightingale. Il la remercia d'être venue et regagna son siège.

Rathbone sentait les violents battements de son cœur dans sa poitrine. Il lui semblait voir la salle osciller autour de lui. Les secondes s'étiraient en une éternité.

Les pieds du siège de Gilfeather grincèrent sur le sol. Le procureur s'était levé.

— Vous êtes l'une des femmes les plus aimées et les plus respectées de la nation, madame, et je ne voudrais pas paraître m'attaquer à votre réputation de quelque manière que ce soit, commença-t-il prudemment. Toutefois, la cause de la justice passe avant toute considération individuelle et il y a des questions que je me dois de vous poser.

— Bien sûr, acquiesça-t-elle en lui faisant face.

— Miss Nightingale, vous nous avez dit que Miss Latterly était une excellente infirmière... et de fait, elle a manifesté des compétences qui la mettent à égalité avec de nombreux chirurgiens ayant exercé sur les champs de bataille.

— C'est exact.

— Vous nous avez dit aussi qu'elle était efficace, honnête et courageuse.

— En effet.

Il sourit.

— Dans ce cas, madame, comment se fait-il qu'une telle femme se trouve obligée de gagner sa vie, non en occupant dans un hôpital un poste élevé qui lui permettrait d'exploiter ses admirables qualités, mais en voyageant dans un train de nuit entre Édimbourg et Londres afin d'administrer une simple dose de médicament à une vieille dame dont la santé n'est pas plus fragile que celle de la majorité des personnes de son âge? Il ne fait aucun doute qu'une telle tâche aurait pu être accomplie de façon satisfaisante par n'importe quelle femme de chambre.

Il avait dans la voix un mélange de défi et de triomphe, qui transparaissait même dans sa posture.

Rathbone serra les poings, en proie à une insupportable agitation. Florence allait-elle réagir comme il l'espérait, répondre à son attente?

Devant lui, Argyll se tenait très droit, rigide, immobile. Seul un petit muscle battait à sa tempe.

Le visage de Florence se durcit. Elle considérait Gilfeather avec une aversion manifeste.

Allez... Allez... pria intérieurement Rathbone.

— Parce que c'est une femme qui a le courage de ses opinions et qui fait passer la sincérité avant le tact, Dieu merci, rétorqua Florence. Le fonctionnement de l'hôpital ne lui plaît pas, elle répugne à devoir obéir à des personnes souvent moins bien informées qu'elle, mais qui sont trop arrogantes pour écouter une femme qu'ils estiment inférieure. Peut-être s'agit-il d'un défaut, mais c'est un noble défaut.

Les jurés sourirent.

Parmi le public, un homme commença à applaudir, mais s'arrêta net.

— Disons alors que c'est une jeune femme impétueuse, compléta Gilfeather en avançant d'un pas. Et, peut-être, un peu trop sûre d'elle. N'est-ce pas votre avis, Miss Nightingale ?

— Pas du tout.

— C'est le mien. Trop sûre d'elle à certains moments, et arrogante en permanence. C'est là une faiblesse, une faute chez une femme qui s'estime supérieure aux autres, qui pense que son opinion vaut plus que celle d'hommes qualifiés et expérimentés dans leur profession. Une profession à laquelle elle aspire sans doute, mais pour laquelle elle ne possède pour toute formation que la pratique, dans des circonstances extraordinaires...

— Maître Gilfeather ! coupa Florence, impérieuse. Soit vous cherchez à me mettre en colère, soit vous êtes plus naïf qu'il est permis de l'être lorsqu'on occupe une position comme la vôtre ! Avez-vous la moindre idée de ce que peuvent être ces « circonstances extraordinaires » que vous évoquez de façon si désinvolte ? Vous êtes bien vêtu, maître, vous avez l'air en parfaite santé. Combien de fois sortez-vous le ventre vide ? Savez-vous même ce que signifie avoir faim au point que l'on serait heureux de pouvoir faire bouillir quelques os de rat ?

Plusieurs exclamations fusèrent à travers la salle. Le juge grimaça, crispé.

— Madame... protesta Gilfeather.

Florence ne parut pas l'entendre.

— Vous avez vos yeux, maître, et vos membres, poursuivit-elle. Avez-vous déjà vu un homme dont les jambes viennent d'être déchiquetées ? Savez-vous avec quelle rapidité il faut réagir pour stopper l'hémorragie et éviter ainsi la mort ? Sauriez-vous trouver les artères au milieu de tout ce sang, et sauver ce blessé ? Vos nerfs résisteraient-ils ? Ou seriez-vous pris de nausée ?

— Madame... tenta de nouveau le procureur.

— Je suis sûre que vous êtes un as dans votre profession, enchaîna Florence, qui ne se penchait pas sur la barre comme d'autres l'eussent fait, mais se tenait très droite et tête haute. Mais combien de fois vous arrive-t-il de travailler vingt-quatre heures sur vingt-quatre plusieurs jours d'affilée ? Et quand vous rentrez chez vous, n'est-ce pas pour retrouver un bon lit douillet, un lit où vous avez bien chaud et dans lequel vous pouvez vous reposer en toute quiétude jusqu'au lendemain ? Vous est-il déjà arrivé de vous allonger sur un morceau de toile posé à même le sol, mordu par le froid qui vous empêche de trouver le sommeil, au milieu de gémissements d'agonisants, avec le fracas des combats qui retentit encore à vos oreilles, et en sachant que demain, et après-demain, et le jour suivant, il y aura d'autres blessés, et encore d'autres, et que vous aurez beau faire, vous ne parviendrez à réduire qu'un petit peu les souffrances, un tout petit peu ?

Pas un son ne montait du public.

Le juge adressa un signe de main à Gilfeather, qui lui répondit d'un haussement d'épaules impuissant.

— Et quand vous êtes malade, maître, que vous vomissez et que votre corps se vide de manière incontrôlable, n'y a-t-il pas quelqu'un pour vous tenir une bassine, pour vous laver, pour vous apporter de l'eau fraîche et changer vos draps ? J'espère que vous témoignez à cette personne la reconnaissance qu'elle mérite, maître... parce que, Dieu du ciel, il y a tant de gens qui n'ont personne à leurs côtés, pour la bonne raison que nous sommes trop peu à vouloir accomplir ces tâches, à avoir le cran et les tripes pour le faire ! Oui, Miss Latterly est une femme extraordinaire, façonnée par des expériences que la majorité des gens ne peuvent même pas se représenter. Oui, c'est une forte tête, oui, il lui arrive d'être arrogante, capable de prendre des décisions qui feraient hésiter plus d'un cœur moins brave que le sien, moins passionné, moins sensible à la souffrance d'autrui. Et avant que vous me posiez la question, ajouta-t-elle sans paraître reprendre son souffle, je puis vous dire qu'à mon sens cette femme-là pourrait tuer pour sauver sa vie, ou celle d'un patient qu'elle aurait à sa charge. Je préfère ne pas croire qu'elle tuerait aussi pour se venger, mais de cela, je ne jurerais pas.

Elle s'interrompit un instant et se pencha enfin en avant sur la barre, couvrant le procureur d'un regard qui lançait des éclairs.

— En revanche, maître, je pourrais jurer devant Dieu que jamais cette femme n'aurait empoisonné une patiente pour s'approprier un objet dérisoire, qu'elle a d'ailleurs rendu sans que personne ne lui ait rien demandé. Si vous croyez cela, maître, vous êtes un bien piètre juge de la nature humaine et vous n'avez pas le droit d'occuper la fonction ni de remplir la mission que l'on vous a confiées.

Gilfeather ouvrit la bouche, puis la referma. Il avait déjà un genou à terre, il était vaincu et il le savait. Il avait provoqué une force de la nature et la tempête s'était déchaînée sur lui.

— Je n'ai plus de questions, dit-il enfin. Merci, Miss Nightingale.

Rathbone n'avait pas quitté le témoin des yeux.

— Allez l'aider, souffla-t-il à Argyll.

— Quoi ?

— Aidez-la ! lui ordonna Rathbone. Mais regardez-la, bon sang !

— Mais elle est très...

— Solide ? Non, elle n'est pas solide ! Hâtez-vous d'y aller !

Le ton impérieux de son confrère décida l'avocat à se lever et à se précipiter vers Florence. Il parvint près d'elle juste au moment où celle-ci atteignait le bas des marches et manquait de s'effondrer.

Dans les rangs du public, les gens se penchèrent, à la fois inquiets et soucieux de ne rien perdre des événements. Un homme se leva, comme pour quitter son siège.

— Permettez-moi, madame, dit Argyll en prenant Florence par le bras pour la soutenir. J'ai l'impression que vous vous êtes épuisée pour plaider notre cause.

— Ce n'est rien, affirma-t-elle tout en l'agrippant et s'appuyant sur lui. Je suis juste un peu essoufflée. Je dois être moins bien portante que je ne me le figurais.

Très lentement, l'avocat la raccompagna jusqu'à la sortie sans se soucier de quérir la permission de la cour. Le public haletant suivit leur progression sans broncher. Puis, après un signe de tête respectueux à Florence, Argyll retourna à sa place.

— Merci, monsieur le juge, dit-il, déférent. La défense appelle maintenant l'accusée, Miss Hester Latterly.

— Il se fait tard, rétorqua le juge d'un ton bourru. La séance est ajournée. Votre témoin comparaîtra demain matin, maître.

Il fit claquer son marteau avec une violence qui ne s'imposait pas.

Hester gravit les marches du box des témoins et se retourna vers la cour. Elle avait peu dormi et ses rares phases de sommeil avaient été peuplées de cauchemars. A présent, l'heure était venue et tout lui semblait irréel. Sous ses doigts, le bois de la rampe, usé par les mains successives qui l'avaient serrée, était doux au toucher. Le juge, en revanche, semblait appartenir à un nouveau cauchemar, avec son visage étroit et ses yeux enfoncés. Et Hester croyait percevoir une sorte de bourdonnement, une rumeur incompréhensible. Était-ce les spectateurs qui murmuraient entre eux, ou seulement le sang qui bouillonnait dans ses veines et l'empêchait de voir et d'entendre comme les autres ?

En dépit des promesses qu'elle s'était faites, elle chercha des yeux le visage dur de Monk dans la foule du public, mais son regard tomba sur Henry Rathbone. Il l'observait et, malgré la distance, elle eut l'impression que le bleu ciel de ses yeux n'avait jamais été aussi pur. Alors, la bonté et la douleur qui se lisaient sur le visage du vieil homme la frappèrent de plein fouet. Submergée par l'émotion, elle songea qu'en réalité elle le connaissait très peu. Elle n'avait passé que quelques heures en sa compagnie, le jour où Oliver l'avait invitée à dîner chez son père, à Primrose Hill. C'était une belle soirée d'été et ils étaient restés dans le jardin. Elle se souvenait du ciel étoilé, au-dessus des pommiers, de l'odeur du chèvrefeuille sur la pelouse. Tout cela était si familier, si doux, qu'elle en éprouva une douleur presque intolérable. Elle regretta d'avoir aperçu Henry, mais ne put se résoudre à en détacher les yeux.

— Miss Latterly...

La voix d'Argyll la ramena à la réalité et à l'interrogatoire qui, enfin, commençait.

— Oui... maître ?

Elle allait avoir l'occasion de parler. Ce serait sa seule chance de plaider pour elle-même avant le verdict. Elle ne devait pas se tromper. Elle ne pouvait se permettre aucune erreur, aucune parole, aucun regard, aucun geste qui pût être interprété négativement. Sa vie ou sa condamnation tenaient à d'infimes détails.

— Miss Latterly, pourquoi avez-vous répondu à l'annonce de Mrs. McIvor, qui cherchait une personne pour accompagner sa mère sur l'aller-retour Édimbourg-Londres ? Il s'agissait d'un emploi de courte durée, et pour lequel vous étiez surqualifiée. Le salaire proposé était-il extraordinairement élevé ? Ou aviez-vous besoin d'argent au point d'être disposée à accepter n'importe quel travail ?

— Non, maître, j'ai accepté parce que j'ai pensé que ce serait intéressant et agréable. Je n'étais jamais allée en Écosse et je n'en avais entendu que des louanges.

Pensive, elle s'efforça d'esquisser un sourire.

— En Crimée, j'avais soigné beaucoup de soldats appartenant à des régiments écossais et ils m'inspiraient le plus grand respect.

Elle sentit une onde d'émotion traverser l'auditoire, mais se demanda si elle en avait bien perçu le sens.

— Je vois, dit Argyll avec douceur. Et la rémunération était-elle satisfaisante ?

— Elle était généreuse, étant donné la simplicité de la tâche, répondit-elle. Mais cette générosité était contrebalancée par le fait que, pour accepter, il fallait renoncer à d'autres engagements, peut-être plus longs. La rémunération n'était donc pas excessive.

— C'est vrai. Mais vous ne vous trouviez pas dans le besoin, si?

— Non. Je venais de quitter un patient dont l'état de santé s'était nettement amélioré et qui n'avait plus besoin de mes soins, et un autre poste m'attendait un peu plus tard. Cet emploi-là m'a semblé idéal pour profiter du temps dont je disposais entre les deux.

— Nous n'avons que votre parole pour cela, Miss Latterly.

— Il serait assez facile de vérifier, maître. Mon patient...

L'avocat l'interrompit d'un geste.

— Je l'ai fait, déclara-t-il en se tournant vers le juge. Nous avons une déposition du dernier patient de Miss Latterly, monsieur le juge, et une autre de la dame qui l'attendait et qui, bien sûr, a dû employer une autre infirmière entre-temps. Je suggère d'intégrer ces documents au dossier.

— Oui, oui, bien sûr, concéda le juge. Poursuivez, je vous prie.

— Aviez-vous déjà entendu parler de la famille Farraline avant de lire l'annonce?

— Non, maître.

— Cette famille vous a-t-elle reçue avec courtoisie?

— Oui, maître.

Progressivement, avec force précisions, il l'amena à raconter la journée passée chez les Farraline, n'évoquant les membres de la famille que s'ils avaient affecté les déplacements de la jeune femme. Il la questionna sur le dressing-room où la femme de chambre avait fait les bagages, lui fit décrire tout ce dont elle se souvenait, y compris la trousse à médicaments, les flacons et les instructions exactes qui lui avaient été données. Les efforts qu'elle devait faire pour se rappeler accaparaient son esprit et mettaient un obstacle à sa peur.

Puis on en vint au voyage en train. Hésitante, remplie de tristesse, elle garda le regard fixé sur l'avocat, préférant ignorer le reste de l'assistance. Elle expliqua que Mary et elle avaient bavardé un très long moment, que Mary avait évoqué les voyages de sa jeunesse, les gens qu'elle avait rencontrés. Elle lui avait raconté les rires, les anecdotes, les choses qu'elle avait aimées. Hester expliqua qu'elle avait dû mettre fin à la conversation à contrecœur, parce que Oonagh lui avait recommandé d'empêcher sa mère de veiller au-delà de onze heures. D'une voix fluette, au bord des larmes, Hester expliqua comment elle avait ouvert la trousse, découvert que le premier flacon était vide et donné le deuxième à Mrs. Farraline, avant de refermer la trousse et d'aider sa patiente à se mettre à l'aise pour dormir, puis de se coucher elle-même.

Alors, d'une voix tremblante, elle raconta qu'elle s'était éveillée le matin pour découvrir que Mary était décédée.

Là, il l'arrêta.

— Êtes-vous absolument sûre que vous n'avez pas commis d'erreur en administrant son remède à Mrs. Farraline ?

— J'en suis certaine. Je lui ai donné le contenu d'un flacon. C'était une femme très intelligente, maître, et elle n'était ni myope ni distraite. Si je m'étais trompée, elle l'aurait remarqué et aurait refusé d'avaler une seconde dose.

— Le verre que vous avez utilisé, Miss Latterly, vous avait-il été fourni ?

— Oui, maître. Il se trouvait dans la trousse à médicaments, avec les fioles.

— Je vois. Était-il destiné à recevoir le contenu d'une fiole, ou pouvait-on le remplir davantage ?

— Il avait les dimensions exactes pour recevoir le contenu d'une fiole. Il était conçu pour cela.

— Très bien. Pour en administrer plus, vous auriez donc été contrainte de le remplir deux fois ?

— Oui, maître.

Il était inutile de rajouter quoi que ce fût. On voyait, à l'expression des jurés, qu'ils avaient compris.

— Parlons de la broche de perles grises, reprit l'avocat. L'avez-vous vue, à un moment ou à un autre, avant de la découvrir dans votre sac de voyage, une fois chez Lady Callandra Daviot?

— Non, maître.

Elle fut tentée d'ajouter que Mary l'avait mentionnée au cours de la conversation, mais se ravisa juste à temps. A l'idée qu'elle avait été tout près de commettre une erreur, elle se sentit rougir violemment et songea avec horreur qu'elle devait avoir l'air de mentir.

— Non, maître, reprit-elle. Les malles de Mrs. Farraline se trouvaient dans le wagon à bagages. Je n'ai pas eu l'occasion de les voir après avoir quitté le dressing-room d'Ainslie Place. Et même là, je n'ai pu apercevoir que les robes posées sur le dessus.

— Merci, Miss Latterly. S'il vous plaît, restez où vous êtes. Mon confrère souhaite sans doute vous interroger à son tour.

— Bien entendu, fit Gilfeather en se levant avec empressement.

Toutefois, le juge ne lui laissa pas le temps de commencer : il ajourna la séance. Chacun se retira pour aller déjeuner et le procureur dut patienter jusqu'à l'après-midi pour lancer son assaut. Car il s'agissait bel et bien d'un assaut. Il s'avança vers le box des témoins, cheveux au vent. Grand et fort, il avait une démarche particulière qui évoquait celle d'un ours mal réveillé, mais ses yeux brillaient d'une lueur agressive.

Hester attendit, immobile. Son cœur battait si violemment que tout son corps en tremblait. Il lui semblait que sa respiration s'était bloquée dans son gosier, au point qu'elle craignit de s'étrangler au moment où il lui faudrait parler.

— Miss Latterly, commença Gilfeather sans brusquerie, la défense a peint de vous le tableau d'une femme vertueuse, héroïque et prête à se sacrifier pour son prochain. Étant donné les circonstances qui vous amènent ici, vous devez comprendre que je doute quelque peu de l'exactitude de ce portrait. Des individus de cette trempe, ajouta-t-il en esquissant une petite grimace, ne s'abaisseraient pas soudain à commettre un meurtre, et certainement pas à assassiner une vieille dame qui leur fait confiance pour récolter quelques perles disposées sur une broche. Vous êtes d'accord?

Il enchaîna sans attendre de réponse. Il semblait concentré au plus haut point.

— A vrai dire, je présume que l'argumentation de mon confrère repose sur le fait qu'il est inconcevable qu'une personne puisse changer à ce point de nature et que, par conséquent, vous ne pouvez être coupable. Est-ce bien cela?

— Ce n'est pas moi qui ai préparé la défense, maître, et je ne peux pas parler au nom de Me Argyll, répondit-elle avec assurance. Mais j'imagine que vous avez raison.

— Mais êtes-vous d'accord avec mon hypothèse, Miss Latterly?

— Oui, maître, tout à fait, quoique parfois il nous arrive de mal juger les gens ou de ne pas parvenir à lire en eux. Si ce n'était pas le cas, nous ne nous laisserions jamais surprendre.

Le public exprima un certain amusement. Quelques hommes hochèrent la tête.

Rathbone retint son souffle, plein d'appréhension.

— Voilà un argument extrêmement subtil, Miss Latterly, fit remarquer Gilfeather.

Un coup d'œil à Rathbone avait suffi à Hester pour lui faire comprendre qu'elle devait s'amender sans délai.

— Non, maître, déclara-t-elle humblement. C'est du simple bon sens. Je pense que n'importe quelle femme vous aurait dit la même chose.

— Peut-être, concéda le procureur. Toutefois, vous comprendrez pourquoi je suis contraint de réfuter la haute opinion que tous ces gens ont de vous.

Elle attendit en silence qu'il mît sa menace à exécution

Il hocha la tête, puis esquissa une grimace.

— Pourquoi êtes-vous partie en Crimée, Miss Latterly? Est-ce pour les mêmes motifs que Miss Nightingale, en réponse à un appel divin?

Il avait chassé le sarcasme et la condescendance de sa voix. Le ton et l'expression du visage traduisaient la plus parfaite innocence.

— Non, maître, répondit Hester en s'efforçant de maîtriser sa colère. Je voulais venir en aide aux soldats de ma patrie d'une façon qui me permît d'exploiter les compétences que je possédais et j'ai estimé que cette façon-là serait noble et courageuse. On n'a qu'une vie, et je préférais faire quelque chose de la mienne, plutôt que de me retourner un jour sur mon passé pour regretter de ne pas avoir saisi les occasions de faire œuvre utile.

— Vous êtes donc une femme qui ne recule pas devant le risque? fit Gilfeather avec un sourire que, cette fois, il ne put dissimuler.

— Si vous parlez de risque physique, oui, maître. Mais je pense que rester à la maison, désœuvrée et à l'abri du danger, eût représenté un risque moral que je n'étais pas prête à courir.

— Je vois que vous ne concédez rien, madame! Vous vous battez pied à pied!

— Je me bats pour défendre ma vie, maître. N'importe qui d'autre en ferait autant, vous ne croyez pas?

— Si, certainement. Puisque vous me demandez mon avis, sachez que je suis convaincu que vous allez déployer tout votre art de l'argumentation, toute votre force de persuasion, recourir à toutes les subtilités que pourra concevoir votre esprit et faire naître votre désespoir.

Remplie de haine, Hester le dévisagea un instant sans répondre. Les traditionnelles mises en garde de Rathbone résonnaient dans sa tête, mais l'émotion l'emportait. De toute façon, il faudrait tôt ou tard s'avouer vaincue et elle n'entendait pas se laisser malmener sans lutter avec toute la spontanéité et la dignité dont elle était capable.

— A vous écouter, maître, on croirait que nous sommes deux animaux en train de lutter pour la domination, et non des êtres humains rationnels qui cherchent la vérité et veulent sauvegarder la haute image qu'ils ont de la justice. Désirez-vous savoir qui a tué Mrs. Farraline, maître Gilfeather, ou trouver quelqu'un à pendre, auquel cas il est vrai que je ferai fort bien l'affaire ?

L'espace d'un instant, Gilfeather parut décontenancé. L'assistance retenait son souffle, interdite. Un journaliste cassa son crayon. L un des jurés tremblait.

Mon Dieu ! s'exclama Rathbone en lui-même.

Sans quitter les protagonistes des yeux, le juge tâtonna à la recherche de son marteau, mais dut mal estimer la distance, car sa main se referma sur le vide.

Dans la galerie, Monk souriait, l'estomac noué.

— Seul le véritable coupable fera l'affaire, Miss Latterly, rétorqua enfin le procureur d'un ton dur. Mais toutes les preuves dont nous disposons vous désignent comme tel. Si vous ne l'êtes pas, dites-moi, je vous prie, qui l'est.

— Je l'ignore, maître. Sinon, croyez bien que je ne l'aurais pas gardé pour moi.

Argyll choisit cet instant pour intervenir.

— Monsieur le juge, déclara-t-il en se levant, si mon confrère a des questions à poser à Miss Latterly, qu'il le fasse. Dans le cas contraire, et même si elle semble tout à fait apte à se défendre, les tourments auxquels il la soumet me paraissent inconvenants et n'entrent certainement pas dans le cadre normal de ce procès !

Le juge posa sur lui un regard mauvais, puis se tourna vers Gilfeather.

— Maître Gilfeather, venez-en au fait, je vous prie. Quelle est votre question ?

Le regard du procureur passa d'Argyll au juge, puis revint sur Hester.

— Miss Nightingale vous a dépeinte comme un ange de bonté venant en aide aux malades sans se soucier de ses propres souffrances.

Cette fois, le sarcasme perçait dans sa voix.

— Elle nous a donné de vous l'image d'une créature bienveillante évoluant entre les lits d'hôpital, essuyant un front fiévreux, pansant une plaie. Ou encore, bravant le champ de bataille pour tenter seule une opération à la lueur vacillante d'une torche.

Sa voix s'intensifia soudain.

— Mais dans la réalité, madame, cette existence-là n'était-elle pas brutale ? Il faut savoir que vous viviez jour et nuit entourée de soldats, parmi cette troupe hétéroclite qui suivait le camp et qui comptait des femmes de très bas niveau, à la moralité plus que médiocre !

A ces mots, des souvenirs affluèrent à la mémoire d'Hester.

— Parmi ces gens qui accompagnaient les soldats, il y avait de nombreuses épouses, maître, dont le niveau social était le même que celui de leurs maris, rétorqua-t-elle, glaciale. Ces femmes se dévouaient pour eux, faisaient leur lessive, s'occupaient d'eux lorsqu'ils tombaient malades. Il faut bien que quelqu'un assume ces tâches. Et si ces hommes sont assez bons pour mourir pour nous dans nos sanglantes batailles, ils méritent largement le soutien de ceux qui sont restés ici, à l'abri dans leurs foyers. A présent, si vous suggérez que Miss Nightingale et l'ensemble des infirmières étaient des catins de régiment, alors...

Elle s'arrêta. La colère agitait les rangs du public. Un homme s'était levé et menaçait Gilfeather de son poing tendu.

Le juge fit claquer son marteau, mais personne n'y prit garde.

Rathbone se prit la tête entre les mains et s'affaissa sur sa chaise.

Argyll se retourna pour lui glisser quelques mots à l'oreille. Son expression était à la fois incrédule et accusatrice.

Fermant les yeux, Henry Rathbone lança une prière silencieuse.

Gilfeather abandonna cet angle d'attaque.

— Combien d'hommes avez-vous vus mourir, Miss Latterly ? interrogea-t-il d'une voix forte pour couvrir le brouhaha.

— Silence ! s'exclama le juge avec humeur. J'exige de la discipline dans cette cour ! Silence ou je fais évacuer la salle !

Le bruit cessa en un instant. Personne n'avait envie de sortir.

— Combien d'hommes, Miss Latterly? insista Gilfeather.

— Vous devez répondre, ordonna le juge avant qu'Hester ait eu le temps de parler.

— Je ne sais pas. Il ne m'est jamais venu à l'idée de compter. Chacun était pour moi une personne, non un numéro.

— Mais vous en avez vu mourir beaucoup? persista Gilfeather.

— Oui, malheureusement.

— Ainsi, la mort vous est familière. Elle ne vous effraie pas, ne vous épouvante pas, comme c'est le cas pour beaucoup de personnes?

— Tous ceux qui s'occupent de malades s'habituent à la mort, maître. Mais ils ne cessent pas pour autant d'éprouver de la peine.

— Vous ergotez, madame! Décidément, vous n'avez pas ces manières douces, cette délicatesse et cette humilité qui constituent l'apanage de votre sexe!

— C'est possible! Mais vous cherchez à insinuer que, pour moi, la vie humaine n'a pas de valeur et que je me suis en quelque sorte endurcie devant la mort, et cela est faux! Je n'ai pas tué Mrs. Farraline, ni personne d'autre d'ailleurs. Et son décès m'affecte bien plus que vous!

— Je ne vous crois pas, madame! Vous avez montré à la cour toute votre fougue. Vous ne connaissez pas la peur, n'avez aucune notion de bienséance, aucune humilité. Il suffit de vous regarder et de vous écouter pour déceler en vous une femme qui n'hésite pas à ôter la vie comme bon lui semble, tout en défiant quiconque de l'en empêcher. Cette pauvre Mary Farraline n'avait pas la moindre chance d'en réchapper une fois que vous aviez votre idée en tête!

Hester le dévisagea sans rien répondre.

— Ce sera tout, ajouta Gilfeather en agitant la main comme pour chasser la jeune femme. Cela n'avancera guère le jury que je continue à vous poser question après question et que vous restiez ici à contester tout ce que je dis! L'affaire est close. Souhaitez-vous interroger de nouveau votre témoin, maître Argyll?

L'avocat remercia son confrère d'un ton plus que sarcastique, puis se tourna vers Hester.

— Mrs. Farraline était-elle une petite vieille pathétique, timorée et impressionnable?

— Pas le moins du monde, répondit Hester avec soulagement. Elle était tout le contraire : intelligente, sachant s'exprimer et très sûre d'elle. Elle avait eu une vie intéressante, elle avait fait des voyages passionnants et rencontré des gens remarquables.

Elle esquissa l'ombre d'un sourire.

— Elle m'a parlé du grand bal organisé à la veille de la bataille de Waterloo, auquel elle avait assisté. Je l'ai trouvée courageuse, et sage, et drôle... et... et je l'ai admirée.

— Merci, Miss Latterly. Oui, c'est l'opinion que j'avais d'elle moi aussi. J'imagine qu'elle devait vous trouver tout aussi digne de son admiration. C'est tout ce que j'avais à vous demander. Vous pouvez retourner à votre place.

Le juge ajourna la séance. Alors, les correspondants des quotidiens se pressèrent de gagner la sortie et le public laissa libre cours à son agitation. De part et d'autre d'Hester, deux gardiennes s'étaient précipitées pour l'encadrer. Elles l'escortèrent jusqu'à la cage, la poussèrent à l'intérieur et actionnèrent le mécanisme. Hester descendit dans les entrailles du palais de justice, se voyant ainsi préservée de la foule surexcitée.

Monk partit se promener le long des rues. Rathbone et Argyll restèrent ensemble jusque tard dans la nuit. Callandra demeura pour sa part en compagnie d'Henry Rathbone et ils abordèrent ensemble tous les sujets possibles et imaginables. Mais malgré leurs efforts, leurs pensées revenaient sans cesse à Hester et ils se demandaient avec angoisse ce que leur réserverait le lendemain.

Argyll se leva.

— J'appelle Hector Farraline à la barre des témoins.

La stupéfaction gagna le public. Alastair se leva pour protester, mais une main vigoureuse le ramena sur son siège. S'indigner ne servait à rien ; Oonagh, au moins, s'en rendait compte.

Hector fit son apparition et marcha d'un pas chancelant vers les marches. Son regard allait de droite à gauche, incapable de se fixer.

— Avez-vous besoin d'aide, Mr. Farraline ? s'enquit le juge.

— De l'aide ? dit Hector avec un froncement de sourcils. Pour quoi faire ?

— Pour monter les marches, monsieur. Vous sentez-vous bien ?

— Très bien, monsieur. Et vous ?

— Dans ce cas, prenez votre place, je vous prie. Vous allez prêter serment.

Le juge posa sur Argyll un regard hautement désapprobateur.

— Je présume que cela est nécessaire, maître ?

— Oui, assura Argyll.

— Bon. Dans ce cas, ne perdez pas de temps.

Hector gravit les marches, prêta serment, puis attendit la première question de l'avocat.

— Major Farraline, commença celui-ci d'un ton courtois. Étiez-vous dans la maison le matin où Miss Latterly est arrivée ?

— Comment ? Ah... oui, oui, bien sûr. Je vis là.

— L'avez-vous vue arriver ?

Gilfeather se leva.

— Monsieur le juge, l'arrivée de Miss Latterly n'est pas contestée. J'estime que ces détails n'ont aucun intérêt et ne peuvent que faire perdre son temps à la cour.

Le juge se tourna vers Argyll ; il ne dit rien, mais haussa les sourcils.

— J'en arrive au fait, monsieur le juge, déclara l'avocat. Du moins, si mon confrère me le permet.

— Dans ce cas, soyez rapide, s'il vous plaît.

— Oui, monsieur le juge. Major Farraline, avez-vous vu Miss Latterly se déplacer dans la maison ce jour-là?

Hector parut ébranlé.

— Se déplacer? Comment ça? Monter et descendre l'escalier, ce genre de chose?

Gilfeather se leva de nouveau.

— Monsieur le juge, ce témoin n'est manifestement pas... pas dans son assiette! Il n'est pas apte à nous donner des indications d'une quelconque utilité. Nous imaginons bien que Miss Latterly s'est déplacée dans la maison. Elle n'est pas restée enfermée toute la journée! Mon confrère perd son temps.

— C'est vous qui nous faites perdre notre temps! riposta Argyll. Je pourrais en venir au fait bien plus vite si je n'étais pas interrompu sans arrêt!

— Venez-y tout de suite, commanda le juge, ou je vais perdre patience. Je serais tenté de me ranger à l'avis de Me Gilfeather pour estimer que le major Farraline n'est pas en mesure de nous renseigner.

Penché en avant, Rathbone serrait les poings.

— Major Farraline, reprit l'avocat en s'efforçant de garder son calme. Avez-vous croisé Miss Latterly ce jour-là, dans l'escalier, et avez-vous eu une conversation avec elle au sujet de l'entreprise Farraline et de sa prospérité?

— Comment?

— Oh, vraiment! explosa Gilfeather.

— Ah oui, dit Hector dans un instant de lucidité soudaine. Oui, sur les marches, je me rappelle... Je lui ai parlé un peu. Gentille fille. Elle m'a plu. Dommage!

— Lui avez-vous dit que les livres de comptes de l'entreprise avaient été falsifiés?

Hector le regarda fixement, comme s'il venait d'être mordu.

— Non, bien sûr que non.

Alors, ses yeux quittèrent Argyll et scrutèrent le public. Lorsqu'il aperçut enfin Oonagh, il lui lança un regard implorant. La jeune femme était pâle.

— Major Farraline! insista fermement Argyll.

— Monsieur le président, c'est inexcusable! s'écria Gilfeather.

Argyll poursuivit sans prendre garde à l'intervention de son adversaire.

— Major Farraline, vous êtes officier de l'un des régiments les plus prestigieux de Sa Majesté la reine. Ne l'oubliez pas! Vous êtes sous serment! N'avez-vous pas dit à Miss Latterly que quelqu'un avait falsifié les comptes de l'imprimerie Farraline?

— Tout ceci est monstrueux! tonna le procureur en agitant furieusement les bras. Et totalement hors de propos! Miss Latterly est jugée ici pour le meurtre de Mary Farraline. Les questions de M⁰ Argyll n'ont manifestement aucun rapport avec ce procès!

Visiblement dévasté par l'angoisse, Alastair parut sur le point de se relever, mais il y renonça, de lui-même cette fois.

— Non, je n'en ai pas parlé à cette femme, reprit Hector contre toute attente. Je m'en souviens à présent. C'est à Mr. Monk que je l'ai dit. Il est allé trouver McIvor à ce sujet, mais il n'en a rien tiré. Le pauvre! J'aurais dû le prévenir. On a déjà étouffé tout ça, maintenant!

Un silence complet plana quelques instants dans la salle.

Rathbone baissa la tête pour pousser le soupir de soulagement qu'il ne pouvait réprimer.

Le visage sombre d'Argyll se fendit d'un sourire.

Le juge semblait hors de lui.

Monk se mit à marteler sa paume gauche de son poing droit.

— Merci, major Farraline, dit Argyll avec calme. Je suis sûr que vous avez raison. Ce devait être à Mr. Monk, et non à Miss Latterly, que vous en avez parlé. J'ai fait erreur et je m'en excuse.

— C'est tout? interrogea Hector, déconcerté.

— Oui, je vous remercie.

Gilfeather se leva et opéra un cercle complet sur lui-même pour observer le public, les jurés, puis Hector.

Ce dernier eut un hoquet discret.

— Major Farraline, combien de verres de whisky avez-vous bus ce matin ? demanda le procureur.

— Je n'en ai aucune idée, répondit poliment Hector. Le problème, c'est que je n'utilise pas de verre. J'ai une de ces flasques... vous savez ? Pourquoi ?

— Aucune importance, monsieur. Ce sera tout, merci.

Hector se retourna précipitamment pour quitter le box.

— Oh... ajouta Gilfeather.

Le vieil homme s'arrêta à trois marches du sol et agrippa la rampe.

— Est-ce vous qui tenez la comptabilité de l'imprimerie, major Farraline ?

— Moi ? Non, bien sûr que non. C'est le petit Kenneth.

— Avez-vous eu récemment cette comptabilité sous les yeux, major ? Disons... au cours de ces deux dernières semaines ?

— Non. Je ne crois pas.

— Êtes-vous capable de lire des comptes de société, monsieur ?

— Je n'ai jamais essayé. Cela ne m'intéresse pas.

— Parfait. Avez-vous besoin d'aide pour redescendre, monsieur ?

— Non, non, ça va. Je me débrouille.

Sur ces mots, Hector fit un faux pas et dévala les trois dernières marches sur le postérieur. Puis il se releva sans trop de peine et marcha d'un pas assuré jusqu'aux rangs du public, où un siège lui était réservé.

— Monsieur le juge, déclara alors Argyll. Sur la base du témoignage du major Farraline, j'aimerais appeler Kenneth Farraline à la barre.

Déjà, Gilfeather s'était dressé. Il hésita cependant, une protestation au bord des lèvres.

Le juge poussa un soupir.

— Avez-vous une objection, maître Gilfeather ? s'enquit-il. Il semble que l'on s'apprête à soulever un problème de malversations financières au sein de l'entreprise familiale. A tort ou à raison, d'ailleurs.

— Non, aucune objection, répondit Gilfeather. Mieux vaut dissiper de tels doutes.

Il décocha un sourire crispé à son adversaire.

Celui-ci inclina la tête en témoignage de reconnaissance.

Kenneth Farraline avait l'air profondément malheureux lorsqu'il arriva à la barre. Argyll avança vers lui, tel un ours fondant sur un ennemi pour le mettre en pièces.

— Mr. Farraline, votre oncle, le major Hector Farraline, nous a dit que vous teniez la comptabilité de l'imprimerie familiale. Est-ce exact ?

— C'est hors de propos, monsieur le juge ! intervint Gilfeather.

Le juge parut hésiter.

— Monsieur le juge, s'il y a eu des malversations dans l'entreprise d'une famille dont la mère a été assassinée, on peut difficilement les considérer comme hors de propos ! fit remarquer l'avocat. Elles peuvent fournir un excellent mobile de meurtre, un mobile qui n'aurait aucun lien avec Miss Latterly.

Le juge concéda ce point avec un déplaisir évident.

— Vous n'avez encore rien prouvé, maître, objecta-t-il. Pour le moment, vos soupçons reposent sur une suggestion, issue de l'esprit d'un homme dévasté par la boisson. Si vous ne pouvez nous apporter quelque chose de plus substantiel, je vous arrêterai à la prochaine objection de Me Gilfeather.

— Merci, monsieur le juge, fit Argyll avant de s'adresser à son témoin. Mr. Farraline, votre mère avait-elle connaissance des soupçons du major Farraline concernant les livres de comptes ?

— Je... je...

Kenneth semblait perdu. Il considérait l'avocat sans paraître le voir, comme s'il ne parvenait pas à fixer son attention.

— Monsieur ? insista Argyll.

— Je n'en ai aucune idée, dit très vite Kenneth. C'est... c'est absurde ! C'est complètement faux ! Il ne manque d'argent nulle part ! conclut-il avec un air de défi.

— Sachant que vous êtes le comptable de l'entreprise, vous l'auriez remarqué ?

— Précisément.

— Mais vous seriez également dans la meilleure des positions pour dissimuler un détournement, le cas échéant ?

— C'est... c'est de la diffamation, monsieur. Cela est totalement injustifié !

Argyll affecta la plus parfaite innocence.

— Vous ne seriez pas dans la meilleure position ?

— Si... si, bien sûr. Mais il ne manque rien. Rien du tout.

— Et votre mère était parfaitement satisfaite de la tenue de la comptabilité ?

— Je l'ai déjà dit !

Une rumeur incrédule traversa la salle.

Gilfeather se leva et Argyll sourit. Kenneth faisait un bien piètre témoin. Il paraissait mentir même lorsqu'il disait la vérité.

— Très bien, dit l'avocat, passons à un autre sujet. Êtes-vous marié, Mr. Farraline ?

— Hors de propos, monsieur le juge ! s'écria Gilfeather.

— Maître Argyll, dit le juge d'un ton las. Je ne tolérerai plus aucune de ces digressions. Je vous ai accordé beaucoup de latitude et vous en avez abusé.

— Cette question n'est pas hors de propos, monsieur le juge, je puis vous l'assurer.

— J'ai du mal à le croire.

— Êtes-vous marié, Mr. Farraline ? répéta l'avocat.

— Non.

— Courtisez-vous quelqu'un ?

Kenneth hésita. Il avait le visage rosé et une fine pellicule de sueur au-dessus de la lèvre supérieure. Il fouilla des yeux les rangs du public et finit par repérer Oonagh. Alors, il se retourna vers Argyll.

— Non... Non...

— Dans ce cas, avez-vous une maîtresse ? Une maîtresse que votre famille désapprouverait ?

Le jeune homme tressaillit. Il semblait que la salle entière retenait son souffle.

— Non, répondit Kenneth.

— Si j'appelais Miss Adeline Barker à cette barre, pensez-vous qu'elle abonderait dans votre sens, Mr. Farraline ?

Le visage de Kenneth vira à l'écarlate.

— Oui... je veux dire, non. Je... Mais bon sang, cela ne vous regarde pas ! Je n'ai pas tué ma mère ! Elle...

Il s'interrompit tout aussi soudainement qu'il avait explosé.

— Oui ? Elle le savait ? insista Argyll. Elle ne le savait pas ?

— Je n'ai rien d'autre à vous dire. Je n'ai pas tué ma mère et le reste ne vous concerne en rien.

— C'est une dame qui a des goûts de luxe, poursuivit l'avocat. Et il n'est pas facile de la contenter jour après jour... ni de faire en sorte qu'elle demeure attentionnée et fidèle... quand on perçoit un simple salaire de comptable, même si on travaille pour l'imprimerie Farraline.

— Il ne manque pas d'argent dans la caisse, répéta Kenneth, buté. Vous n'avez qu'à compter vous-même.

— Je veux bien croire qu'il ne manque plus rien aujourd'hui, mais cela a-t-il toujours été le cas ?

— Oui. Je vous l'ai dit, je n'ai rien volé et je ne suis pour rien dans le décès de ma mère. D'après ce que j'ai compris, c'est cette Miss Latterly qui l'a tuée, pour cette fichue broche de perles.

— C'est vous qui le dites, monsieur, c'est vous qui le dites, conclut Argyll avec un sourire poli. Merci, Mr. Farraline, je n'ai rien d'autre à vous demander.

Gilfeather haussa les épaules.

— Je n'ai pas de questions pour ce témoin, monsieur le juge. Je ne vois absolument pas ce qu'il est venu faire à cette barre.

Rathbone se pencha vers Argyll et lui agrippa l'épaule.

— Appelez Quinlan Fyffe, ordonna-t-il à voix basse.

Argyll ne se retourna pas.

— Pour lui demander quoi ? souffla-t-il. Cela ne fera que m'affaiblir en donnant l'impression que je ne sais plus quoi faire.

— Cherchez quelque chose, insista Rathbone. Faites-le venir à...

— Cela ne sert à rien ! coupa l'avocat. Même s'il sait qui a tué, il ne le dira pas. C'est un homme intelligent et maître de lui. Il ne va pas s'effondrer. Ce n'est pas Kenneth. De toute façon, je n'ai rien pour l'atteindre.

— Si ! fit Rathbone en se penchant davantage encore, conscient du regard du juge qui pesait sur lui et du jury qui attendait. Exploitez ses sentiments. C'est quelqu'un de fier et de vaniteux. Il a une épouse ravissante dont son beau-frère est amoureux. Il déteste McIvor. Utilisez cette jalousie.

— Avec quoi ?

Le cerveau de Rathbone fonctionnait à toute allure.

— Les livres de comptes. Eilish a systématiquement subtilisé des livres pour son école, avec la complicité de McIvor. Je mettrais ma main à couper que Fyffe l'ignore. Pour l'amour du ciel, mon vieux, vous êtes le meilleur avocat d'Écosse, oui ou non ? Faites-le parler ! Exploitez ses émotions contre lui !

— Si je trahis Eilish, Monk sera furieux.

— Au diable Eilish ! rétorqua Rathbone. Et au diable Monk par la même occasion ! C'est de la vie d'Hester qu'il s'agit !

— Maître Argyll, intervint le juge. En avez-vous terminé avec la défense, oui ou non ?

— Non, monsieur le juge. La défense appelle Mr. Quinlan Fyffe, si la cour le permet.

Le juge fronça les sourcils.

— Dans quel dessein, maître ? Maître Gilfeather, avez-vous eu vent de ceci ?

Gilfeather haussa très légèrement les épaules. Il semblait surpris, mais intéressé.

— Non, monsieur le juge, mais si la cour consent à attendre que l'on fasse quérir Mr. Fyffe, je n'ai aucune objection. Je pense seulement que ce témoin se révélera aussi inutile pour la défense que Mr. Farraline.

— Qu'on appelle Mr. Quinlan Fyffe ! lança l'huissier.

L'ordre fut répercuté par le portier et un messager fut dépêché.

En attendant l'arrivée du témoin, le juge suspendit la séance pour le déjeuner.

Une heure plus tard, Quinlan montait dans le box des témoins et prêtait serment. Puis il tourna vers l'avocat un visage poli, mais d'une froideur qui frisait l'insolence.

— Mr. Fyffe, commença prudemment Argyll, vous travaillez à l'imprimerie Farraline et vous êtes l'un de ses dirigeants, n'est-ce pas ?

— Oui, maître.

— Quelle fonction occupez-vous ?

Gilfeather parut sur le point de se lever, mais dut changer d'avis.

— Est-ce vraiment pertinent, maître Argyll ? interrogea le juge avec un soupir. Si vous entendez reparler des comptes de l'entreprise familiale, je dois vous prévenir que, sans preuves concrètes de ces prétendues malversations financières, je ne pourrai vous autoriser à poursuivre.

Argyll hésita.

— Les livres d'Eilish ! souffla furieusement Rathbone derrière lui.

— Non, monsieur le juge, répondit l'avocat, courtois, avec un sourire innocent à l'adresse du magistrat. Ce n'est pas ce domaine que j'ai l'intention d'explorer pour le moment.

Le juge soupira de nouveau.

— Dans ce cas, je ne comprends pas. Je pensais que vous aviez appelé ce témoin dans ce but.

— Certes, monsieur le juge. Mais j'aimerais au préalable effectuer un petit travail préparatoire.

— Bon, allez-y, maître, allez-y, fit le juge avec irritation.

— Je vous remercie, monsieur le juge.

L'avocat se tourna vers son témoin.

— Mr. Fyffe, reprit-il, quelle est votre fonction dans l'entreprise Farraline?

— Je supervise l'ensemble de la partie impression, répondit Quinlan. C'est moi qui prends toutes les décisions concernant ce secteur.

— Je vois. Saviez-vous, monsieur, que plusieurs de vos livres ont été volés au cours de l'année écoulée, voire depuis plus longtemps?

Il y eut un brusque regain d'intérêt dans la salle. Quinlan haussa les sourcils, incrédule.

— Non, maître, je l'ignorais. Et à dire vrai, je suis peu enclin à vous croire. Le moindre vol aurait été remarqué.

— Par qui, monsieur? interrogea Argyll. Par vous?

— Non, pas par moi, mais certainement...

Il s'arrêta, soudain pensif. Son regard se mit à briller.

— Par Baird McIvor. C'est lui qui gère le stock.

— Tout à fait, acquiesça Argyll. Et il ne vous a pas fait part de ces disparitions?

— Non, maître, pas le moins du monde!

De nouveau, Gilfeather fit mine de quitter son siège, mais le juge l'en dissuada d'un geste.

— Seriez-vous intéressé d'apprendre, dit prudemment l'avocat, que c'était votre épouse qui prenait ces livres, monsieur, avec l'aide de Mr. McIvor?

Plusieurs exclamations étouffées retentirent. Quelques jurés se tournèrent vers Eilish et vers Baird.

Quinlan ne bougeait pas. Le sang avait afflué à son visage, qui conserva un instant une couleur rouge vermillon, puis le témoin blêmit. Il voulut parler, mais aucun son ne franchit ses lèvres.

— Vous ne le saviez pas, conclut Argyll sans réelle nécessité. Il est vrai qu'à première vue de tels vols paraissent dénués de sens. Cependant, votre épouse avait d'excellentes raisons...

L'assemblée parut reprendre son souffle, puis le silence plana.

Quinlan ne quittait pas l'avocat du regard. Argyll sourit.

— Elle enseigne la lecture, expliqua-t-il distinctement. A des adultes défavorisés qui travaillent le jour et bénéficient de son enseignement la nuit. Elle leur apprend à lire et à écrire leur nom, à déchiffrer les panneaux dans les rues, les proclamations, les instructions, et qui sait ? peut-être, à terme, la littérature et la Sainte Bible.

Le public se mit à bourdonner. Figée sur son siège, Eilish était livide.

Le juge se pencha en avant, les sourcils froncés.

— J'imagine que vous avez des preuves à l'appui de cette extraordinaire allégation, maître ?

— Je réfute l'emploi du terme *allégation*, monsieur le juge, rétorqua Argyll. Pour moi, il ne s'agit en rien d'une accusation. Je trouve au contraire ce dévouement très louable !

Quinlan avait agrippé la rampe.

— Sans doute, s'il n'y avait que cela ! lança-t-il avec violence. Mais McIvor est inexcusable ! J'ai toujours su qu'il convoitait mon épouse. Il cherchait à la séduire sans se soucier de moralité ni d'honneur. Le fait qu'il se serve de ce petit détournement pour parvenir à ses fins — et entraîne Eilish dans la malhonnêteté par la même occasion — représente pour moi un crime qui ne saurait être pardonné.

On chuchotait sans vergogne dans les rangs du public. Le juge fit claquer son marteau.

Argyll ne lui laissa pas le temps d'intervenir.

— N'allez-vous pas un peu vite en besogne, Mr. Fyffe ? interrogea-t-il avec une surprise feinte. J'ai simplement dit que Mr. McIvor procurait les livres à votre épouse.

Quinlan demeurait blême. Il plissa les yeux et son expression se fit méprisante.

— Je le sais bien, rétorqua-t-il. Me prenez-vous pour un imbécile, maître ? Je l'ai regardé faire des années durant. Je l'ai vu l'observer, trouver des prétextes pour rester près d'elle, je les ai entendus chuchoter, rire ensemble, puis retomber dans le silence. J'ai remarqué ses colères et ses découragements lorsqu'elle l'ignorait, ses enthousiasmes soudains dans le cas contraire. Je sais, poursuivit-il, un ton plus haut, quand un homme est amoureux et que son désir le consume au-delà de tout contrôle. Et voilà que j'apprends qu'il a enfin trouvé un moyen de gagner sa sa confiance... et Dieu sait quoi d'autre !

— Mr. Fyffe... hasarda Argyll, mais sans réelle volonté de l'interrompre.

— J'avoue que j'aurais dû deviner tout cela depuis longtemps, poursuivit Quinlan, le regard rivé sur l'avocat comme s'ils étaient seuls dans la salle. Il est stupéfiant de constater à quel point on peut être aveugle tant que l'on ne vous a pas contraint à regarder en face ce qui fait souffrir.

Gilfeather se décida enfin à intervenir.

— Monsieur le juge, tout ceci est fort regrettable et je suis persuadé que la cour compatit au choc et au désarroi de Mr. Fyffe, mais cette histoire n'a absolument aucun lien avec le meurtre de Mary Farraline. Mon confrère est en train de nous faire perdre notre temps, il cherche à détourner l'attention du jury.

— Je crois que vous avez raison.

Le juge s'interrompit. Ses lèvres formaient une ligne fine et sévère. Il n'eut toutefois pas le loisir de tirer les conséquences de cette affirmation. Quinlan s'était tourné vers lui ; la haine marquait son visage.

— Non, monsieur le juge, déclara-t-il. Il y a un lien. En fait, la conduite de Baird McIvor a beaucoup à voir avec toute cette affaire.

Gilfeather parut sur le point de protester une fois encore.

Argyll esquissa un geste vague, d'une inutilité délibérée.

Les poings serrés, le corps douloureusement tendu, Rathbone récita une prière muette. Il n'osait regarder Hester. Il avait totalement oublié l'existence de Monk.

Dans le box des témoins, Quinlan se tenait très droit. Deux sillons profonds s'étaient creusés entre ses sourcils.

— L'avoué de la famille m'a demandé d'examiner certains documents relatifs aux propriétés foncières de Mrs. Farraline...

— Oui? fit le juge.

— Il m'arrivait souvent de m'occuper des affaires de ma belle-mère, poursuivit Quinlan. Alastair, mon beau-frère, est trop accaparé par ses fonctions pour s'en charger.

— Je vois. Continuez.

— J'ai découvert quelque chose qui m'a étonné et inquiété. Et qui m'a également éclairé sur certains faits qui me paraissaient obscurs jusque-là.

Il s'interrompit. Sans doute avait-il conscience que l'assistance buvait ses paroles.

Même Gilfeather l'écoutait, attentif, sourcils froncés, sans chercher à l'interrompre.

— Et quelle était cette découverte, Mr. Fyffe? interrogea Argyll.

— Ma belle-mère possédait, dans l'extrême nord du pays, une propriété héritée de sa famille. Il s'agit d'une petite exploitation agricole située dans le comté de Ross. Sa valeur n'est pas très élevée, il n'y a qu'une dizaine d'hectares de terrain et un bâtiment de ferme, mais elle suffirait à faire vivre une ou deux personnes de façon très satisfaisante.

— Je ne vois là rien d'étonnant ni d'inquiétant, Mr. Fyffe, fit remarquer le juge d'un ton critique. Je vous en prie, expliquez-vous.

Quinlan lui lança un bref coup d'œil.

— La propriété est louée depuis au moins six ans par l'intermédiaire de Baird McIvor, reprit-il, mais pas un penny de cette location n'a jamais été versé sur le compte de Mrs. Farraline.

A ces mots, le public se mit à bourdonner. Un spectateur poussa une exclamation de surprise. L'un des jurés se pencha brutalement en avant, un autre chercha Baird McIvor des yeux, un troisième se mordit la lèvre et leva la tête vers Hester.

— Êtes-vous certain de ce que vous avancez,

Mr. Fyffe ? interrogea Argyll tout en luttant pour bannir l'excitation de sa voix. J'imagine que vous détenez des preuves concrètes, sans quoi vous ne vous permettriez pas de lancer une telle accusation ?

— Bien entendu. Je tiens tous les documents à votre disposition. Baird était chargé de gérer cette location au nom de Mary Farraline et il ne le niera pas. Ce qu'il est advenu de l'argent reste un mystère. Cette propriété devrait bien rapporter plusieurs livres par an. Mrs. Farraline n'en a jamais vu la couleur. Pour elle, c'était comme si cette propriété n'existait pas.

— En avez-vous parlé à votre beau-frère, Mr. Fyffe ?

— Évidemment ! Il m'a répondu qu'il s'était entendu avec Belle-maman, qu'ils avaient passé un accord et que cela ne me concernait pas.

— Et cette explication ne vous a pas satisfait ?

Quinlan lui décocha un regard incrédule.

— Vous en seriez-vous contenté, maître ?

— Non, reconnut Argyll. Bien sûr. Cela ne paraît pas très orthodoxe, en effet.

Le témoin esquissa une grimace.

— Et quels sont ces faits que vous disiez ne pas comprendre auparavant et que cette découverte a éclairés ?

— Ils concernent les relations qu'entretenait mon beau-frère avec Mrs. Farraline, répondit Quinlan, le regard dur. Peu avant de se voir confier la gestion de la propriété, Baird semblait très abattu. Il passait de la morosité à des accès de colère violente, restait des heures tout seul... En bref, il était dans un état proche du désespoir.

L'auditoire semblait retenir son souffle.

— Et puis, tout à coup, son humeur a changé. Après bon nombre d'entretiens en tête à tête avec Mrs. Farraline, il a repris du poil de la bête. Il me semble clair à présent qu'il l'a persuadée de le laisser gérer cette propriété, qu'il a utilisée ensuite pour se tirer d'un mauvais pas.

Le juge adressa un hochement de tête à Gilfeather, qui s'était levé, puis se tourna vers Quinlan.

— Mr. Fyffe, c'est là une conclusion dont la véracité

reste douteuse. Or, vous ne devez présenter au jury que des faits certifiés par des preuves tangibles.

— J'ai les documents, monsieur le juge, protesta le témoin. L'acte de propriété de la ferme, l'autorisation écrite de Mrs. Farraline accordant à Mr. McIvor le droit de percevoir les loyers, et la preuve qu'il ne lui a jamais rien versé, pour cette raison ou pour une autre. Toutes ces pièces à conviction ne suffisent-elles pas ?

— Elles pourraient suffire à beaucoup de monde. Toutefois, ce n'est pas à moi, mais au jury, d'en tirer le parti qu'il voudra.

— Ce n'est pas tout, reprit Quinlan avec la physionomie d'un homme qui aurait contemplé la mort. Au début, je croyais, comme tout le monde ici, que l'infirmière était coupable. Je pensais qu'elle avait assassiné Belle-maman pour dissimuler le vol de la broche de perles grises. Mais à présent, j'en suis nettement moins convaincu. L'accusée me paraît être une femme remarquablement courageuse et vertueuse, ce que, bien sûr, j'ignorais jusque-là.

Il prit une profonde inspiration.

— Et puis, un détail m'est revenu. Un détail auquel je n'avais pas prêté attention sur le moment : un jour où la femme de chambre était en congé, j'ai aperçu mon beau-frère, Baird McIvor, dans la buanderie. Il était en train de manipuler des bouteilles et des flacons, et de transvaser du liquide d'un récipient à l'autre.

Une violente agitation s'empara de l'auditoire. Baird se leva d'un bond, mais son épouse le retint par le bras. Alastair poussa un cri de stupéfaction.

Eilish, pour sa part, semblait statufiée.

— A ce moment-là, je n'avais pas la moindre idée de ce qu'il pouvait faire et je n'y ai pas prêté attention, poursuivit Quinlan de sa voix ferme et claire. A présent, je me demande si je n'ai pas été témoin d'un acte terrible, et si mon incapacité à interpréter ce geste n'a pas coûté à Miss Latterly la plus terrible des expériences imaginables : être accusée de meurtre et risquer le gibet.

— Je vois, fit Argyll, qui cachait de plus en plus mal sa

stupéfaction. Je vous remercie, Mr. Fyffe. De telles révélations ont dû vous coûter d'autant plus qu'elles portent préjudice à votre famille. Croyez bien que la cour apprécie votre franchise.

S'il y avait du sarcasme dans son esprit, rien ne le laissait supposer dans ses paroles.

Quinlan demeura silencieux.

Gilfeather se leva immédiatement pour procéder au contre-interrogatoire. Il s'en prit à Quinlan, à la précision de ses accusations, à ses motivations, à son honnêteté, mais sans succès. Calme, sûr de lui, inébranlable, le témoin ne se démontait pas, et paraissait même, au contraire, prendre de l'assurance. Gilfeather s'aperçut vite qu'il ne faisait qu'affaiblir la position de l'accusation en prolongeant l'interrogatoire ; alors, avec un air mécontent, il regagna sa table.

Rathbone ne parvenait à se contenir qu'au prix d'efforts surhumains. Il avait envie de souffler à Argyll mille et un conseils pour la plaidoirie. C'était simple, il suffisait de jouer sur l'émotion, sur l'admiration qu'inspiraient la bravoure et l'honneur, ne pas trop s'appesantir sur Miss Nightingale. Toutefois, il lui était impossible de communiquer avec l'avocat et, réflexion faite, c'était peut-être mieux ainsi. Argyll savait déjà tout cela.

L'avocat se révéla magistral : toute l'émotion se retrouva dans ses paroles, mais en demi-teinte. Lorsqu'il se rassit, aucun bruit ne troubla le silence, sinon le grincement de la chaise du juge, qui se pencha en avant pour ordonner au jury de se retirer pour délibérer.

Alors débuta ce qui fut à la fois la plus longue et la plus brève attente concevable, celle qui séparait le moment où l'on jetait les dés de celui où ils s'immobilisaient. Une heure entière s'écoula, intolérable et désespérée.

Les jurés revinrent enfin et regagnèrent leurs sièges, pâles et tête baissée. Ils n'eurent pas un regard pour Argyll ou Gilfeather, ni — et ce fut ce qui fit battre douloureusement le cœur de Rathbone — pour Hester.

— Êtes-vous parvenus à un verdict, messieurs ? demanda le juge au président du jury.

— Oui, monsieur le juge.
— Ce verdict fait-il l'unanimité du jury?
— Oui, monsieur le juge.
— Estimez-vous l'accusée coupable ou non coupable?
— Monsieur le juge, devant l'insuffisance de preuves, nous avons opté pour un verdict de culpabilité non avérée.

Un terrible silence accueillit ces paroles, un vide qui semblait résonner aux oreilles.

— Un verdict de culpabilité non avérée? répéta le juge d'un ton incrédule.
— Oui, monsieur le juge, de culpabilité non avérée.

Lentement, le magistrat se tourna vers Hester. Son visage exprimait une profonde amertume.

— Miss Latterly, vous avez entendu le verdict. Vous n'êtes pas disculpée, mais vous êtes libre.

CHAPITRE XI

— Qu'est-ce que cela signifie exactement ? demanda Hester à Rathbone.

Ils se trouvaient dans la suite louée par Callandra pour la durée du procès. Il avait été convenu qu'Hester y passerait la nuit. Rathbone s'était assis sur une chaise de bois, trop tendu encore pour pouvoir jouir du confort d'un moelleux fauteuil. Monk, pour sa part, préférait la station debout. Appuyé contre le manteau de la cheminée, il réfléchissait, comme isolé du monde. Callandra semblait plus à l'aise. Elle s'était installée sur le sofa, aux côtés d'Henry Rathbone.

— Cela veut dire que vous n'êtes ni innocente ni coupable, répondit Rathbone avec une grimace. C'est un verdict que nous n'avons pas en Angleterre. Argyll me l'a expliqué.

— Ils me croient coupable, mais n'en sont pas assez convaincus pour me pendre, résuma Hester d'une voix mal assurée. Pourra-t-on me juger une deuxième fois ?

— Ils vous croient coupable, mais ils n'ont pas l'ombre d'un début de preuve ! tonna Monk. Peuvent-ils la juger de nouveau ? ajouta-t-il à l'intention de l'avocat.

— Non. Sous cet aspect, cela équivaut à un verdict de non-culpabilité.

— Mais les gens se poseront toujours la question, conclut sombrement Hester.

Elle savait ce que cela signifiait. Elle se rappelait

l'expression des spectateurs dans la galerie. Même ceux qui semblaient croire en son innocence durant le procès en étaient ressortis sceptiques. Qui engagerait une infirmière qui avait peut-être tué ? L'idée qu'elle pouvait tout aussi bien être innocente ne changerait rien à l'affaire.

Elle regarda Monk, non pour chercher un réconfort, mais au contraire parce qu'elle savait que cet homme-là ne trichait pas. Il lui renverrait ce qu'elle craignait de pire : la vérité brute.

Il soutint son regard avec tant de colère qu'elle en fut un instant effrayée. Même lors du procès de Percival, au cours de l'affaire Moidore, elle ne lui avait pas vu cette rage démesurée.

— J'aimerais pouvoir vous affirmer le contraire, répondit enfin Rathbone d'une voix douce. Mais j'avoue que c'est un dénouement très peu satisfaisant.

Monk prit la parole en même temps que Callandra, dont il couvrit les propos de sa voix dure et impérieuse. Personne n'entendit ce que disait son amie.

— Mais ce n'est pas un dénouement, sacrebleu ! s'exclama-t-il. Pour l'amour du ciel, qu'est-ce qui vous prend ? Nous ne savons toujours pas qui a tué Mary Farraline ! Nous ne pouvons pas en rester là, tout de même !

— Monk... commença Rathbone.

— C'est un membre de la famille, poursuivit le détective.

— Baird McIvor ? hasarda Callandra.

— J'en doute, intervint Henry Rathbone. Cela me paraît...

— Très peu satisfaisant ? ironisa Monk. Ça l'est très peu, en effet. A n'en pas douter, ce monsieur verra sa culpabilité non avérée, lui aussi, si jamais il passe en jugement. Du moins, je l'espère. Pour ma part, j'inclinerais plutôt pour ce petit pleurnichard de Kenneth. Il se sera servi dans les caisses de l'imprimerie et sa mère l'aura surpris la main dans le sac !

— S'il a effacé toute trace de son méfait, objecta Rathbone, et à son assurance, on peut penser qu'il l'a fait, nous ne prouverons jamais rien.

— Si vous repartez à Londres en laissant la justice s'en prendre à McIvor... et l'exécuter peut-être, il est certain que vous ne prouverez rien ! s'indigna Monk. C'est ce que vous comptez faire ?

L'avocat parut déconcerté. Il considéra Monk avec une répugnance non dissimulée.

— Faut-il conclure de votre remarque que vous avez l'intention de rester, Mr. Monk ? interrogea-t-il. Peut-être parce que vous pensez pouvoir accomplir une chose que vous n'avez pas encore tentée jusqu'à présent ?

— Nous avons plus de pistes à suivre qu'il y a vingt-quatre heures, affirma Monk, maîtrisant sa colère. Je ne partirai pas d'ici avant d'avoir compris ce qui s'est passé.

Il se tourna alors vers Hester, qu'il couvrit d'un regard indéchiffrable.

— Il est inutile d'avoir peur, ajouta-t-il. Qu'ils aient des preuves ou non, ils trouveront bien quelqu'un à incriminer.

Bien que son visage se fût radouci, il subsistait dans sa voix une colère sourde.

Contre toute raison, cette colère fit mal à Hester. Elle était injuste. Monk semblait reprocher à la jeune femme l'absence de dénouement satisfaisant. Elle eut peur soudain et dut se contenir pour ne pas éclater en sanglots. Maintenant que le pire était derrière elle, elle en ressentait le contrecoup. Ce mélange de soulagement, de confusion et d'angoisse persistante constituait un fardeau trop lourd à porter. Elle eut envie de se retrouver seule, de cesser de donner le change et de se laisser aller sans se préoccuper des autres. Toutefois, elle éprouvait simultanément un intense besoin de compagnie ; elle eût aimé que quelqu'un la prît dans ses bras et la serrât fort, très fort. Elle voulait sentir la chaleur d'un corps, entendre les battements d'un cœur, se voir témoigner de la tendresse... et certainement pas se quereller, surtout avec Monk.

Et pourtant, peut-être à cause de cette vulnérabilité dont elle avait conscience, Monk lui inspira soudain une violente colère. Et la seule défense possible était l'attaque.

— Je ne sais pas ce qui vous met dans un état pareil ! lança-t-elle d'un ton sec. On ne vous a accusé de rien, vous, si ce n'est peut-être d'incompétence. Mais on ne pend pas les gens pour incompétence !

Elle se tourna vers Callandra.

— Je vais rester à Édimbourg moi aussi, poursuivit-elle. Je veux découvrir qui a tué Mary Farraline. J'ai vraiment...

— Ne soyez pas ridicule ! s'écria Monk. Vous ne pouvez rien faire ici. Vous risquez au contraire de gêner.

— De gêner qui ? Vous ?

La colère était un sentiment tellement plus confortable que la peur ou ce besoin de tendresse qu'elle ressentait au fond d'elle-même !

— Je croyais au contraire, étant donné vos performances jusqu'à présent, que vous seriez reconnaissant à toute personne qui vous proposerait de l'aide. Vous ignorez si le coupable est Kenneth ou Baird McIvor, vous l'avez dit vous-même. Moi, au moins, j'ai connu Mary. Pas vous !

Monk haussa les sourcils.

— Quel intérêt ? Si elle vous a confié quelque chose d'important, ne me dites pas que vous avez attendu jusqu'à maintenant pour m'en faire part !

— Cette conversation ne nous mène à rien, intervint Henry Rathbone avec autorité. Pardonnez-moi si je vous parais un peu brutal, mais je pense qu'il est temps de faire taire l'émotion et de recourir à la logique. Il est normal qu'après l'expérience éprouvante que nous venons de traverser, nous soyons tentés de nous laisser un peu aller, mais si nous tenons réellement à démasquer l'assassin, ce relâchement ne nous rendra pas service. Nous ferions mieux d'aller nous coucher et de reprendre cette conversation demain matin. N'est-ce pas votre avis ?

— C'est une excellente idée, répondit Callandra en se levant. Nous sommes tous trop fatigués pour réfléchir efficacement.

— Il n'y a pas à réfléchir, protesta Monk. Je vais retourner chez les Farraline et poursuivre mon enquête.

— Et que leur direz-vous ? s'enquit Rathbone entre ses dents. Invoquer la curiosité personnelle ne suffira peut-être pas à les convaincre de vous accepter parmi eux.

— Ils sont extrêmement vulnérables en ce moment, rétorqua Monk. Chacun a compris qu'il y a un assassin dans la famille et ils seront certainement tentés de se désigner les uns les autres. Convaincre au moins l'un d'entre eux qu'il a besoin de mes services me semble dans mes cordes.

— Au moins un ? répéta Rathbone, médusé. Parce que vous comptez en approcher plusieurs ? Cela risque de donner lieu à une situation intéressante, c'est le moins que l'on puisse dire !

— Bon... disons un, concéda Monk. Je suis certain qu'Eilish est innocente et qu'elle voudra prouver que Baird l'est aussi. A mon avis, il n'est pas impossible qu'elle préfère celui-ci à son frère, s'il lui faut choisir.

— Tout comme vous, non ?

— Votre perspicacité me subjugue !

— Je lis en vous à livre ouvert...

Monk ouvrit la bouche pour répondre, mais Callandra ne lui en laissa pas le loisir.

— William ! s'exclama-t-elle d'un ton impérieux. Je vous serais obligée de bien vouloir vous retirer à présent. Que vous retourniez à votre chambre du Grassmarket ou non, c'est à vous de décider, mais il me semble clair que vous avez besoin d'une bonne nuit de sommeil ! Je suis sûre, ajouta-t-elle avec un regard affectueux en direction d'Henry, que vous brûlez d'envie d'aller dormir, tout comme moi. Bonne nuit, Mr. Rathbone. Vous m'avez été d'un grand secours dans cette pénible épreuve et ma gratitude envers vous est immense. J'espère que nous resterons amis une fois rentrés à Londres.

— Je demeurerai toujours à votre service, madame, répondit-il avec un sourire chaleureux. Bonne nuit. Viens, Oliver. Nous avons déjà abusé de l'hospitalité qui nous est offerte.

— Bonne nuit, Lady Callandra, salua Rathbone d'un

ton courtois, avant de se tourner vers Hester, ignorant Monk. Bonne nuit, ma chère. Ce soir, vous êtes libre, et nous finirons bien par trouver la solution. Vous êtes hors de danger désormais.

— Merci, souffla la jeune femme, qui sentait l'émotion l'étreindre de nouveau. Je sais combien vous avez déjà fait pour moi et je vous en suis immensément reconnaissante. Rien de ce que je pourrai dire ne...

— Alors ne dites rien, l'interrompit-il. Passez une bonne nuit. Demain, il sera toujours temps de songer à l'avenir.

Elle chercha sa respiration, puis inspira profondément.

— Bonne nuit, dit-elle.

Il gagna la porte, escorté de son père, qui sourit lui aussi à Hester, sans un mot.

Monk hésita, les sourcils froncés, puis sembla renoncer à ce qu'il allait dire.

— Bonne nuit, Hester, Lady Callandra, dit-il seulement.

Il avait déjà refermé la porte derrière lui lorsque la jeune femme s'aperçut qu'il venait de l'appeler par son prénom pour la première fois. Cela faisait une impression étrange et Hester se sentit déchirée entre le soulagement que lui procurait le départ du détective et le désir de le voir rester. Elle se trouva ridicule : la fatigue lui jouait des tours.

— Je crois que je vais aller me coucher, si cela ne vous ennuie pas, dit-elle à Callandra. Je suis vraiment...

— Exténuée, compléta doucement son amie. Bien sûr, ma chérie. Je vais demander à l'aubergiste de nous monter deux verres de lait et un peu d'eau-de-vie. J'en ai au moins autant besoin que vous. Je peux vous l'avouer à présent, j'ai été terrifiée à l'idée de perdre l'une de mes amies les plus chères. Le soulagement que j'éprouve me paraît à peine supportable. Il ne faut pas que je tarde à me coucher.

Elle lui tendit la main. Sans une hésitation, Hester s'en saisit et vint se blottir dans les bras de Callandra. Elle resta là, immobile, presque paisible, jusqu'au moment où elles entendirent l'aubergiste frapper à la porte.

Lorsque le petit groupe se reforma, tôt le lendemain matin, personne n'avait oublié l'émotion qui régnait la veille. On n'y fit cependant aucune allusion. Henry Rathbone prit congé assez vite, non sans s'être entretenu un moment avec Hester. Callandra repartit avec lui, visiblement satisfaite à l'idée que rien ne la retenait plus à Édimbourg.

Oliver Rathbone expliqua qu'il avait rendez-vous chez Argyll. Il tenait à avoir un dernier échange avec l'avocat écossais avant de gagner la gare. De nombreux dossiers l'attendaient à Londres et il ne pouvait se permettre de prolonger son séjour. Il adressa à Monk quelques propos anodins, puis s'entretint un court instant avec Hester, qui le remercia encore pour son aide puis, voyant que cette gratitude le gênait, le laissa s'en aller.

A neuf heures, Henry, Callandra et Oliver montaient dans le train du matin pour Londres, et Hester se retrouvait seule avec Monk. Malgré le vent qui soufflait, la journée n'était pas désagréable : quelques rayons de soleil donnaient par intermittence une luminosité qui ne reflétait guère l'état d'esprit du couple. Côte à côte, ils contemplaient Princes Street, qui montait vers la nouvelle ville et Ainslie Place.

— Je ne vois vraiment pas où vous vous figurez pouvoir loger, déclara Monk avec un froncement de sourcils. Le Grassmarket est un lieu très peu recommandable et vous n'avez pas les moyens de vous offrir l'auberge où est descendue Callandra.

— Quel est le problème du Grassmarket ?

— C'est un endroit dangereux pour une femme seule, répondit le détective, irrité. Pour l'amour du ciel, je pensais que vous possédiez assez de bon sens pour vous en apercevoir ! C'est un quartier mal famé, dont les maisons, à de rares exceptions près, sont plus sales les unes que les autres !

Elle lui jeta un regard méprisant.

— Plus sales que Newgate ? interrogea-t-elle.

— Vous y avez pris goût ou quoi ? rétorqua-t-il, les dents serrées.

— Ne vous préoccupez pas de mon hébergement, dit-elle, je me débrouillerai. Pour le moment, nous allons à Ainslie Place.

— Comment cela, « nous allons » ? Je ne vous prends pas avec moi !

— Je n'ai pas besoin que vous me « preniez », je suis parfaitement capable de m'y rendre sans aide. Je crois que je vais y aller à pied. Il fait assez beau et l'exercice me fera le plus grand bien. J'ai été un peu sédentaire ces derniers temps.

Monk haussa les épaules et se mit à marcher d'un pas vif, si vif que la jeune femme dut presque courir pour se maintenir à sa hauteur. Le souffle lui manqua alors pour poursuivre la conversation.

Il était dix heures lorsqu'ils atteignirent la maison des Farraline. La porte leur fut ouverte par McTeer, dont la morne figure s'assombrit à la vue de Monk et s'allongea plus encore lorsqu'il découvrit Hester derrière le détective.

— Et qui donc vouliez-vous voir ? s'enquit-il d'une voix lente. Vous venez pour emmener Mr. McIvor ?

— Bien sûr que non ! rétorqua Monk. Nous n'avons aucune autorité pour emmener qui que ce soit !

McTeer émit un grognement.

— Je pensais que vous étiez peut-être de la police...

Cette remarque agaça Monk. Depuis qu'il avait donné sa démission, il avait perdu tout pouvoir. Certes, son nouveau statut lui conférait une liberté dont il ne jouissait pas autrefois, mais il lui ôtait du même coup la possibilité de bien exploiter cette latitude.

— Alors c'est Mrs. McIvor que vous venez voir, pour sûr, reprit McTeer comme pour lui-même. Mr. Alastair n'est pas là à cette heure-ci.

— Je le sais bien ! s'énerva Monk. En fait, je serais

heureux de rencontrer toute personne disposée à me recevoir.

— Oui, oui, j'imagine... Bon, eh bien, entrez.

A contrecœur, McTeer ouvrit toute grande la porte et introduisit les visiteurs dans le vaste hall dominé par l'immense portrait d'Hamish Farraline. Lorsqu'il se retira, Hester contempla le tableau avec curiosité. Monk, de son côté, fit les cent pas, impatient.

— Qu'allez-vous dire ? s'enquit Hester.

— Je n'en sais rien, répondit-il, tendu, en s'immobilisant près d'elle. Ce n'est pas le genre de chose que l'on peut prescrire et respecter aveuglément, comme la posologie d'un médicament...

— Les posologies ne sont pas prescrites et respectées aveuglément, protesta Hester. Il convient d'observer l'évolution du patient et de modifier le traitement en conséquence, au fur et à mesure.

— Ne soyez pas pédante.

— Si vous ne savez pas encore ce que vous allez dire, vous feriez bien d'y réfléchir assez vite, répliqua-t-elle. Oonagh sera là d'un instant à l'autre, à moins, bien sûr, qu'elle ne nous fasse dire qu'elle ne tient pas à nous recevoir.

Il lui tourna le dos, mais demeura près d'elle. Il savait qu'elle avait raison et cela l'irritait au-delà de toute sagesse. Trop d'émotions s'étaient accumulées ces dernières semaines et il en avait été fort affecté. La violence des sentiments, qui jouait sur sa maîtrise de lui-même, l'horripilait. La colère faisait alors remonter à la surface des peurs enfouies, des souvenirs récents de confusion et d'angoisse. En outre, l'idée d'un échec possible appelait elle aussi des sentiments cuisants. Lorsqu'il avait compris qu'Hester pouvait mourir, il s'était trouvé en proie à un bouleversement intense que, de tout son être, il avait cherché à étouffer. Et il avait songé que si l'incertitude se prolongeait, il risquait bien de voir resurgir la totalité de son passé oublié et d'être alors happé par des souvenirs infiniment douloureux.

Hester ne chercha pas à l'extraire de ses pensées. Ce fut

McTeer qui s'en chargea, lorsqu'il revint les informer qu'ils seraient reçus dans la bibliothèque. Il ne précisa pas qui les y attendait.

Lorsque le majordome ouvrit la porte et les annonça, les trois femmes de la maison étaient présentes : Eilish, pâle comme un linge, les yeux assombris par l'appréhension, Deirdra, tendue et malheureuse, et Oonagh, grave, mais maîtresse d'elle-même, qui semblait s'excuser. Ce fut elle qui vint à leur rencontre et salua d'abord Hester. Comme toujours, les mots lui venaient aisément.

— Miss Latterly, aucun discours ne serait assez fort pour exprimer notre regret pour tout ce que vous avez enduré, mais je vous en prie, croyez bien que nous sommes profondément désolés et que, pour autant que nous y ayons joué un rôle, nous vous présentons toutes nos excuses.

— Vous n'avez aucune raison de vous excuser, Mrs. McIvor, répondit Hester. Vous veniez de subir une perte douloureuse dans des circonstances dramatiques. J'estime que vous vous êtes comportée avec dignité et retenue. J'aimerais penser que j'en aurais fait autant moi-même.

Un léger sourire effleura les lèvres d'Oonagh.

— Vous êtes très généreuse, Miss Latterly, bien plus que je ne le serais moi-même, je pense, si nous devions échanger nos rôles, conclut-elle en accentuant son sourire.

A ces mots, Eilish poussa une exclamation étouffée.

Deirdra se tourna vers elle. Déjà, Oonagh saluait le détective.

— Bonjour, Mr. Monk. McTeer ne m'a rien dit des raisons de votre venue. Accompagnez-vous simplement Miss Latterly afin de nous entendre lui présenter nos excuses ?

— Je ne suis pas venue ici pour obtenir des excuses, protesta Hester, indignée. Je suis venue pour vous dire l'estime que je portais à votre mère. En dépit de tout ce qui s'est produit depuis notre dernière rencontre, je considère sa perte comme le drame le plus déchirant.

— C'est très charitable de votre part, acquiesça

Oonagh. Oui, ma mère était une femme remarquable. Elle va beaucoup nous manquer, au sein de la famille aussi bien qu'à l'extérieur.

Monk rongeait son frein. Étant donné la tournure que prenaient les événements, ils seraient bientôt mis à la porte, et il n'avait encore rien réclamé.

— Pour ma part, je vous ai déjà exprimé mes condoléances, il y a assez longtemps, déclara-t-il avec une légère brusquerie. Si je suis venu ce matin, c'est pour vous demander si vous souhaitez mon aide. Cette affaire n'est toujours pas résolue, loin de là, et la police n'en restera certainement pas là. Elle est obligée de chercher plus loin.

— A quel titre nous aideriez-vous ? s'enquit Oonagh, à la fois étonnée et moqueuse. Et dans quel but ? Pour obtenir un nouveau verdict de culpabilité non avérée ?

— Croyez-vous Mr. McIvor coupable ?

La question, brutale, fut suivie d'un silence choqué. Hester elle-même tressaillit et se mordit la lèvre. Une bûche s'affaissa dans la cheminée. Au-dehors, un chien aboyait.

— Non ! s'exclama enfin Eilish comme dans un sanglot. Non, bien sûr que non !

— Dans ce cas, il vous faudra prouver qu'un autre a tué. Sinon, Mr. McIvor prendra la place de Miss Latterly au bout de la corde.

— Monk ! explosa Hester. Pour l'amour du ciel !

— Et c'est vous qui trouvez cette vérité désagréable ? riposta-t-il. J'aurais cru que, plus que tout autre, vous sauriez regarder les choses en face !

Elle ne répondit pas. Il avait conscience de lui inspirer la plus profonde répugnance, mais cela ne le troublait pas le moins du monde.

A cet instant, un pâle rayon de soleil perça les nuages et vint illuminer quelques rayons de la bibliothèque.

— Je crains que vous n'ayez raison, Mr. Monk, intervint Oonagh, visiblement à contrecœur, même si vous n'y mettez guère les formes. Les autorités ne pourront se permettre de laisser les choses en l'état. La police ne s'est pas encore présentée ici, mais il est évident qu'elle viendra tôt ou tard, aujourd'hui ou demain. Je ne connais pas d'autre personne qui pourrait nous assister dans la recherche de la vérité. Bien entendu, si cela se révèle nécessaire, nous avons des avocats. Que proposez-vous de faire ?

Elle n'évoqua pas la question du paiement. C'était un sujet prosaïque et, quelles que fussent les prétentions du détective, elle était en mesure de les satisfaire.

Monk se demanda comment répondre à la question. A vrai dire, la vérité ne l'intéressait que dans la mesure où elle permettrait d'innocenter Hester. Et le seul autre suspect possible devait être un membre de la famille Farraline. En observant Oonagh, il remarqua la profondeur de son regard, l'ironie sombre qui y brillait. Alors, il sut que son interlocutrice comprenait tout cela aussi bien que lui-même.

Eilish passait d'un pied sur l'autre, visiblement mal à l'aise.

— De découvrir lequel d'entre vous est responsable, Mrs. McIvor, répondit enfin le détective sans se démonter. Que l'on pende au moins le — ou la — vrai coupable. A moins que vous ne préfériez que l'on s'en prenne au plus commode ?

Hester ne put réprimer une exclamation étouffée. Oonagh ne cilla pas.

— Personne ne vous accusera de mâcher vos mots, Mr. Monk. Mais vous avez raison. Je préférerais que l'on condamne le vrai coupable, que ce soit mon époux ou l'un de mes frères. Comment suggérez-vous de procéder ? Vous en savez déjà long, mais n'êtes pas parvenu pour autant à une conclusion. Dans le cas contraire, vous l'auriez dit, dans l'intérêt de Miss Latterly.

Monk tressaillit, comme sous l'effet d'un soufflet. Le respect que lui inspirait Oonagh monta encore d'un cran. Celle-ci ne ressemblait à aucune des femmes qu'il avait connues, et rares étaient les hommes — à supposer qu'il y en eût — qui possédaient son courage et son impressionnant sang-froid.

399

— J'en sais bien plus long qu'avant le procès, Mrs. McIvor, répliqua-t-il sèchement. Comme nous tous, je crois.

— Et vous avez cru tout ce que vous avez entendu ? intervint Eilish, incapable de se maîtriser plus longtemps. Vous avez cru ce qu'a dit Quinlan, simplement parce que...

— Eilish ! coupa la voix ferme d'Oonagh.

Réduite à un silence éprouvant, la jeune sœur continua de dévisager Monk de son regard brûlant.

— Je présume, reprit Oonagh à l'intention du détective, que si vous avez pris la peine de venir nous voir, c'est que vous n'avez pas encore trouvé de réponse. J'imagine qu'en dépit des discours auxquels vous contraignent la stratégie ou la courtoisie il s'agit en réalité pour vous d'innocenter Miss Latterly. Non, ajouta-t-elle en levant la main, je ne vous demande pas de répondre à cela. Ne protestez pas, je vous prie, vous nous feriez offense.

— Je n'avais aucune intention de protester, assura-t-il d'un ton sec. Et de mon point de vue, les éléments dont nous disposons nous donnent au moins deux pistes à explorer.

— La propriété de ma mère dans le comté de Ross, dit Oonagh. Quoi d'autre ?

— La broche de diamant que vous n'avez apparemment retrouvée nulle part.

Elle parut surprise.

— Vous pensez que cela a de l'importance ?

— Je n'en ai aucune idée, mais je le découvrirai. Qui est votre joaillier ?

— Arnott et Dunbar, sur Frederick Street.

— Merci.

Il n'hésita qu'un court instant.

— Serait-il possible, ajouta-t-il, d'en savoir davantage sur cette propriété dans le...

— Comté de Ross, compléta Oonagh. Si vous le souhaitez, oui. Quinlan a bien sûr transmis les documents à la police, hier soir. Mais les faits sont irréfutables. Ma mère a hérité d'une petite exploitation agricole dans l'Easter Ross. Elle en a confié la gestion à Baird et il semble qu'il n'existe aucun reçu des sommes...

— Il y a nécessairement une explication ! l'interrompit Eilish, au bord du désespoir. Baird n'aurait jamais volé cet argent !

— Il y en a certainement une, en effet, mais je doute qu'elle soit simple, rétorqua sèchement Oonagh. Bien sûr, ma chérie, nous avons tous envie de penser que les choses ne sont pas ce qu'elles semblent, moi la première !

Eilish rougit violemment, puis la couleur déserta son visage.

— Où se situe l'Easter Ross ? s'enquit Monk.

— Oh, c'est au-delà d'Inverness, je crois, répondit Oonagh d'un air absent. C'est vraiment très au nord. Saint Colmac, Port of Saint Colmac, ou quelque chose comme cela. En fait, toute cette histoire est un peu absurde. Le montant de ce loyer ne doit pas excéder quelques livres par an. Cela ne vaut pas une vie humaine !

— On a vu des gens tuer pour une partie de cartes, affirma Monk d'un ton amer.

Hester lui jeta un coup d'œil surpris et il se demanda soudain d'où il tirait cette certitude. Il n'avait pas conscience de le savoir et, cependant, il avait asséné la réplique sans douter de sa véracité. C'était l'une de ces bribes de souvenirs qui surgissaient de temps à autre, par à-coups, au détour d'une conversation.

— Sans doute, fit Oonagh dans un souffle en se tournant vers la fenêtre. Je vous trouverai l'adresse précise, si vous le souhaitez. Peut-être pourriez-vous venir dîner avec nous ce soir ? Je vous la donnerai à ce moment-là.

— Merci, répondit Monk.

Il doutait qu'Hester fût incluse dans l'invitation.

— Merci, dit aussitôt celle-ci. C'est très généreux de votre part, étant donné les circonstances.

Oonagh prit une inspiration pour parler, puis se ravisa et se contenta d'un sourire.

C'était une façon de les congédier. Peu après, Monk et Hester se retrouvaient dans le hall d'entrée, attendant le sinistre McTeer qui devait les raccompagner à la porte, lorsque Eilish les rejoignit. Elle agrippa le bras de Monk, sans se préoccuper de sa compagne.

— Mr. Monk, Baird n'est pas coupable ! Jamais il n'aurait fait de mal à Maman, quoi qu'en pensent les autres. De plus, l'argent n'a jamais représenté pour lui une préoccupation ! Il doit y avoir une autre explication à tout cela !

Monk compatit à son tourment. Il connaissait trop bien l'amertume des désillusions, ce moment où l'on s'aperçoit que l'être que l'on a aimé de toute son âme possède ses imperfections, des défauts qui font de lui une personne vile, laide et différente. Non qu'il ait fauté et réclame le pardon : en fait, il n'a jamais été celui que l'on imaginait. Toute la relation n'a été qu'un mirage, un mensonge, involontaire peut-être, mais bel et bien un mensonge.

— Le lui avez-vous demandé ? interrogea le détective avec douceur.

Elle blêmit.

— Oui. Il m'a simplement dit qu'il n'avait rien volé, mais qu'il s'agissait d'un sujet dont il ne pouvait parler. Je... je l'ai cru, bien sûr, mais je ne sais pas ce que je dois en faire. Pourquoi ne peut-il pas répondre quand Quinlan formule des accusations aussi odieuses ? Pourquoi s'entêter dans ces dissimulations, alors que sa... sa vie est peut-être en jeu ?

La seule réponse qui vint à l'esprit de Monk fut que l'explication était plus honteuse encore que l'accusation, ou qu'elle corroborait celle-ci. Il n'en dit rien à la jeune femme.

— Je ne sais pas, répondit-il, mais j'ai promis de tout mettre en œuvre pour le découvrir. Et si Baird est innocent, je le prouverai.

— Alors, Kenneth ? fit Eilish dans un souffle. Je suis tout aussi incapable de le croire...

Hester ne disait rien. Pourtant, Monk ne doutait pas

qu'elle brûlât d'intervenir dans la conversation. Peut-être, pour une fois, ne trouvait-elle pas de paroles qui ne fussent pas susceptibles d'ajouter encore au désarroi de la jeune femme.

McTeer fit son apparition et, aussitôt, Eilish battit en retraite, prenant congé de ses hôtes en une formule très courtoise.

Monk y répondit de façon appropriée, puis gagna la sortie. Une fois à la porte, il se retourna et vit Hester en grande conversation avec Eilish. Les deux femmes ne se préoccupaient pas du majordome. Monk était déjà trop loin pour distinguer leurs paroles, mais il surprit le regard plein de gratitude qu'Eilish adressait à son interlocutrice. Quelques instants plus tard, le couple se retrouvait dans la rue.

— Que lui avez-vous dit ? interrogea Monk. Cela n'avance à rien de lui donner de l'espoir. L'assassin peut très bien être McIvor.

— Pourquoi ? fit Hester en relevant le menton. Pourquoi diable aurait-il fait une chose pareille ? Il aimait beaucoup Mary et on n'assassine pas quelqu'un pour un montant aussi insignifiant que le loyer de cette petite ferme.

Exaspéré, le détective ne répondit pas et se dirigea à grands pas vers Princes Street. Hester était trop naïve pour comprendre, et trop têtue pour se laisser détromper. Pour l'heure, il allait rendre visite au joaillier des Farraline.

Le soir venu, Monk se présenta au 7, Ainslie Place, tiré à quatre épingles comme à son habitude, aux côtés d'une Hester qui, à son avis, avait l'air d'un épouvantail dans son unique robe gris-bleu, la même qu'elle portait au procès. Ils étaient armés d'une information qui éclairait l'affaire d'un jour nouveau. Le joaillier leur avait expliqué que c'était Kenneth, et non Mary, qui avait commandé le bijou de diamant, mais que le montant de celui-ci avait tout de même été porté sur le compte de la vieille dame. A l'époque, le commerçant s'était imaginé que Mrs. Farraline avait envoyé son fils pour éviter de se déplacer elle-même et il n'avait posé aucune question. Il l'avait amèrement regretté par la suite, en apprenant de la bouche de Mary qu'elle n'avait pas commandé un tel bijou et ne l'avait d'ailleurs jamais eu entre les mains. Bien sûr, en ce qui le concernait, l'affaire était réglée à présent. Il ignorait en revanche ce qui s'était passé entre Kenneth Farraline et sa mère.

Comme toujours, McTeer ouvrit la porte et conduisit les nouveaux venus au petit salon, où était rassemblée la famille au grand complet. On eût dit qu'ils se doutaient qu'ils auraient droit à une révélation.

Oonagh vint la première à leur rencontre comme à son habitude, mais Alastair, pâle et décomposé, la suivait de près.

— Bonsoir, Miss Latterly, salua-t-il avec une courtoisie étudiée. C'est très charitable de votre part de venir ici et de nous témoigner tant de générosité. D'autres, à votre place, eussent été plus rancuniers.

Monk songea qu'il s'agissait peut-être autant d'une question que d'une affirmation. Une lueur hagarde brillait au fond des yeux d'Alastair, dérouté sans doute à l'idée que soit son frère, soit l'époux de sa sœur la plus proche fussent coupables d'un meurtre dont la victime, qui plus est, était sa propre mère. Monk ne l'enviait guère. Dans ce joli petit salon aux hautes fenêtres et aux magnifiques tapis, devant ce feu de bois qui crépitait, ces bibelots et ces tapisseries qui avaient vu défiler plusieurs générations, il ressentait même la plus vive pitié pour cet homme. Qu'adviendrait-il si c'était Baird le coupable? Alastair et Oonagh avaient grandi ensemble, partagé leurs rêves et leurs angoisses d'une façon qui les isolait un peu de leurs autres frères et sœurs. Si l'époux d'Oonagh avait tué, Alastair en éprouverait presque autant de peine que sa sœur. Et il n'y aurait qu'avec lui, sans doute, qu'elle s'autoriserait à manifester son chagrin, ses désillusions, son intolérable honte. Il n'était pas étonnant qu'il se tînt si près d'elle en cet instant, prêt à tendre la main pour la toucher.

Hester avait déjà répondu à Alastair en quelques paroles habilement tournées, présentant les choses comme un simple échange de bons procédés. On les invita à se mettre à l'aise et on leur servit du vin. Eilish avait capté le regard de Monk. Elle semblait au comble de l'embarras, consciente, peut-être, que certains l'associaient aux accusations de son époux. Et aussi irritant que cela parût, c'était à ce dernier qu'Hester devait sans doute sa liberté.

Quinlan se tenait au fond de la pièce, plongé dans la réflexion. Lorsqu'il observait Hester, l'amusement brillait dans ses yeux. Peut-être se demandait-il comment elle s'adresserait à lui, ce qu'elle trouverait à lui dire. Monk ressentit une soudaine et profonde aversion pour cet homme.

Baird se tenait le plus loin possible de son beau-frère, près de la cheminée. Très pâle, il semblait n'avoir ni mangé ni dormi depuis longtemps. A son expression, on eût dit qu'il s'apprêtait à entrer dans une bataille avec la certitude qu'il n'avait aucune chance d'emporter la victoire.

Assis sur l'accoudoir d'un petit fauteuil, Kenneth considérait Hester avec une curiosité non dissimulée.

La conversation roulait sur des thèmes anodins, mais l'atmosphère était oppressée sous une chape de non-dits. Chacun se demandait qui aurait le courage d'aborder le seul sujet important. Ce fut Alastair qui, n'y tenant plus, ouvrit les hostilités.

— Oonagh m'a dit que vous comptiez enquêter sur cette autre broche que personne n'a jamais vue, commença-t-il avec un curieux mélange de doute, d'incrédulité et d'espoir. Je ne comprends pas bien pourquoi. Vous ne pensez tout de même pas qu'un domestique l'ait volée... si? Ne croyez-vous pas qu'elle ait pu être simplement égarée? Il est vrai que Mère se montrait parfois négligente avec ses affaires...

Il laissa la remarque en suspens. On n'avait encore trouvé aucune explication pour la broche de perles grises et, d'une certaine façon, en parler maintenant, en présence d'Hester, pouvait paraître indélicat.

— Non, je ne le crois pas, répondit Monk. Je suis navré, Mr. Farraline, mais l'explication est toute simple. En réalité, votre mère n'a jamais eu ce bijou entre les mains. Il avait été commandé par votre frère Kenneth, en vue, j'imagine, de l'offrir à cette dame qui tient tant à ne plus jamais connaître les affres de la pauvreté. Une résolution fort compréhensible, peut-être pas pour vous, mais certainement pour tout individu qui a passé des nuits entières recroquevillé dans un lit, tenaillé par le froid ou la faim qui empêchent de trouver le sommeil.

Alastair se tourna vers Kenneth avec une grimace de dégoût. Ce dernier avait rougi, mais son expression était pleine de morgue.

Monk jeta un coup d'œil à Eilish. La jeune femme affichait un douloureux mélange d'anxiété et d'espoir : elle ne s'attendait pas à souffrir de la culpabilité de son jeune frère et celle-ci la prenait de court. Elle se tourna vers Baird qui, plongé dans de sombres pensées, ne la regardait pas.

Silencieuse, Oonagh posait sur son jeune frère un regard interrogateur.

— Eh bien? demanda Alastair. Inutile de nous lancer ce regard noir, Kenneth. Tout ceci exige de solides explications! Reconnais-tu avoir acheté ce bijou et porté son montant sur le compte de Mère? De toute façon, rien ne sert de le nier : la preuve est là.

— Je le reconnais, répondit le jeune homme d'une voix étranglée, non par la honte, mais par la colère. Si tu nous versais des salaires décents, je n'aurais pas besoin de...

— Je te verse le salaire que tu mérites! trancha Alastair, rouge d'indignation. Mais quand bien même tu recevrais tout juste de quoi manger, ce ne serait pas une excuse pour couvrir ta maîtresse de cadeaux aux frais de Mère! Bon Dieu, et qu'as-tu fait d'autre? Oncle Hector a-t-il dit vrai? As-tu aussi falsifié les comptes de l'imprimerie?

Cette fois, la couleur déserta les joues de Kenneth qui, tout en conservant une attitude de défi, parut gagné par la crainte. On ne décelait cependant aucune trace de remords dans son regard brillant.

Singulièrement, ce fut Quinlan qui s'avança pour répondre.

— Oui, dit-il. Il y a plusieurs mois de cela, un an même. Belle-maman s'en était rendu compte à l'époque. Elle a tout remboursé.

— Oh, franchement, Quin! explosa Alastair. Tu penses réellement que je vais croire cela? Je connais tes sentiments vis-à-vis de Baird, mais ce que tu dis là est absurde. Pourquoi Mère aurait-elle couvert les malversations de Kenneth? Pourquoi aurait-elle tout remboursé? Je présume qu'il ne s'agit pas de quelques pennies! Il en faut beaucoup plus pour financer le train de vie qu'il affectionne et fournir à sa pauvre maîtresse ces diamants qu'elle semble tant aimer!

— Évidemment, répondit Quinlan sans se départir de son calme. Mais si tu jettes un coup d'œil au testament, tu t'apercevras que Belle-maman n'a rien légué à Kenneth. C'est sa part d'héritage qu'elle avait utilisée pour régler la dette : rembourser ce qu'il avait puisé dans la caisse, ainsi que le montant de la broche, je suppose. Elle savait cela aussi.

Il n'avait cessé de fixer son interlocuteur dans les yeux en parlant, avec une telle assurance que Monk se demanda s'il ne mentait pas.

Alastair ne répondit rien.

— Allons, Alastair, reprit Quinlan, souriant. Cette réaction-là, c'était tout à fait le style de Belle-maman et tu le sais très bien. Jamais elle n'aurait fait éclater un scandale, ni traîné son propre fils en justice! Surtout quand il existait une parade aussi simple. Je suis sûr qu'elle l'a puni aussi, ajouta-t-il avec un léger haussement d'épaules. Et s'il avait recommencé, elle l'aurait obligé à travailler jour et nuit pour rembourser, jusqu'à ce qu'il ait regagné toute la somme. Et puis, je pense qu'elle aussi, en son temps, avait dû recevoir un ou deux cadeaux de prix...

— Comment oses-tu?... coupa furieusement Alastair.

— J'imagine que le notaire est au courant ? coupa Oonagh.

— Bien sûr, acquiesça Quinlan. Le testament ne donne aucune explication, mais il stipule que Kenneth comprendra et ne se plaindra pas.

— Comment savez-vous cela, alors que le reste de la famille l'ignore ? s'étonna Monk.

Quinlan haussa les sourcils.

— Moi ? Mais parce que, comme je l'ai déjà dit, je m'occupais beaucoup de ses finances. Je suis extrêmement doué en affaires, notamment dans le domaine des investissements, et Belle-maman le savait très bien. Et puis, Alastair travaillait trop, Baird est ignare en la matière et, bien évidemment, il eût été insensé de sa part de faire confiance à Kenneth.

— Si tu es si bien renseigné sur les affaires de Maman, intervint alors Eilish d'une voix tremblante, comment se fait-il que tu n'aies rien su de ces terres d'Easter Ross et du fait qu'elle n'en ait pas perçu un seul loyer ?

Soudain, Kenneth parut oublié. Tous les regards s'étaient tournés vers la jeune femme et Baird. Personne ne prenait garde à Monk ni à Hester.

Visiblement malheureux, Baird releva les yeux.

— Mary était au courant de tout ce que je faisais, affirma-t-il. J'ai agi avec sa permission. Je ne vous dirai rien de plus.

— Eh bien, cela ne suffit pas ! s'exclama Alastair. Bon Dieu, Baird ! Mère est morte, empoisonnée par quelqu'un ! La police ne se contentera jamais d'une réponse comme celle-là. Si Miss Latterly n'est pas coupable, l'un d'entre nous l'est nécessairement !

— Ce n'est pas moi, assura Baird dans un murmure tout juste perceptible. J'aimais Mary plus que toute autre personne... mis à part...

Il s'interrompit. C'était le prénom d'Eilish, et non celui d'Oonagh, qu'il s'apprêtait à prononcer. Dans la pièce, personne ne pouvait en douter.

Pâle comme un linge, Oonagh demeura de marbre.

Quels que fussent ses sentiments, elle les dissimulait à la perfection.

— Bien entendu, répondit amèrement Alastair. Je ne vois pas bien ce que tu pourrais dire d'autre. Mais les paroles n'ont guère de valeur à l'heure qu'il est. Ce sont les faits qui importent.

— Les faits, nul ne les connaît, souligna Quinlan. Tout ce que nous savons, c'est ce que révèlent les documents de Mary, ce qu'affirment les banquiers et ce que dit Baird pour s'excuser. Je ne vois pas bien quels autres faits vous pensez pouvoir découvrir.

— Je pense que la police pourra peut-être s'en contenter, intervint Monk. Du moins pour le procès. Ce qu'elle découvrira ou réclamera d'autre est son affaire.

— Est-ce donc là tout ce que vous allez faire ? implora Eilish. Formuler des accusations et laisser la police s'en débrouiller ? Baird appartient à notre famille ! Nous vivons avec lui dans cette maison, nous le côtoyons jour après jour depuis des années, nous avons partagé rêves et espoirs avec lui. Vous ne pouvez pas... vous ne pouvez pas affirmer simplement qu'il est coupable... et l'abandonner à son sort !

Son regard passa d'un visage à l'autre, évitant Quinlan, pour s'arrêter enfin sur Oonagh, vers laquelle, sans doute, elle s'était toujours tournée dans les moments de détresse.

— Nous ne l'abandonnons pas, ma chérie, répondit doucement celle-ci. Seulement, nous n'avons pas le choix, il faut regarder la vérité en face, même si elle paraît terrible. L'un d'entre nous a tué Maman.

Malgré elle, Eilish se tourna vers Hester et rougit violemment.

— Cela ne fonctionnera pas, ma douce, intervint Quinlan avec aigreur. Bien sûr, tout reste possible. Le verdict de culpabilité non avérée est pervers, mais on ne peut plus juger Miss Latterly, quoi que l'on en pense. Et puis, regardons les choses en face : ses mobiles paraissent nettement moins vraisemblables que ceux de Baird. Il a très bien pu glisser la broche dans son sac... elle n'a pas pu détourner les loyers de Belle-maman.

— Nom d'un chien, Baird, pourquoi ne dis-tu rien? explosa Deirdra, sortant enfin de son silence et prenant Eilish par l'épaule. Ne vois-tu pas dans quel état nous sommes à cause de cette histoire?

— Deirdra, je t'en prie, contrôle ton langage! la réprimanda Alastair.

Monk réprima un sourire amusé. Si Alastair avait la moindre idée de ce que tramait son épouse à la faveur de la nuit et des fréquentations qu'elle avait, il s'estimerait heureux de l'entendre parler sur ce ton somme toute assez modéré. La jeune femme devait connaître — le détective en eût mis sa main à couper — un langage bien plus fleuri.

— En fait, il n'y a qu'un seul moyen.

Pour la première fois depuis l'accusation formulée contre Baird, Hester avait pris la parole. Tous les visages se tournèrent vers elle.

— Je ne vois pas bien lequel, déclara Alastair d'un ton hautement désapprobateur. Sauriez-vous quelque chose de plus que nous?

— Ne sois pas ridicule, ricana Quinlan. Belle-maman ne serait pas allée confier des secrets à Miss Latterly, alors qu'elle la connaissait à peine.

— Miss Latterly? interrogea Alastair, invitant l'infirmière à s'expliquer.

— Il faut se rendre à la propriété, dans le comté de Ross, et découvrir ce qui est arrivé aux loyers, répondit-elle. Je n'ai aucune idée de la distance à parcourir, mais cela n'a aucune importance. Il faut y aller.

— Et auquel d'entre nous feriez-vous confiance pour cela? s'enquit sèchement Deirdra.

— A Mr. Monk, bien entendu. Il n'a pas d'intérêts personnels en jeu.

— Tant que vous n'êtes pas l'assassin, compléta Quinlan. Je pense que son intérêt dans cette affaire est désormais clair pour tout le monde : il s'est présenté à nous au départ avec un discours, pour dire les choses gentiment, assez éloigné de la vérité, ou encore, plus brutalement, en nous faisant gober un mensonge éhonté.

— L'auriez-vous aidé autrement ? riposta Hester.
Quinlan sourit.
— Non, bien sûr. Je ne lui reproche rien, je souligne simplement que Mr. Monk n'est pas le parangon de franchise que vous croyez voir en lui.
— Je n'ai jamais cru cela. J'ai simplement dit qu'il n'avait aucune raison de dissimuler la vérité, quels que soient celui d'entre vous qui ment et le sort qui a été fait aux loyers.
— Quelle charmante façon vous avez de présenter les choses !
Hester rougit violemment.
— Je vous en prie, intervint Deirdra en se tournant vers Monk. Tout cela n'a plus aucune importance aujourd'hui. Mr. Monk, pouvez-vous demander à Quinlan tous les détails pour trouver la ferme et partir dès que possible à Easter Ross, afin de rencontrer le locataire de la propriété et de lui demander des explications ? J'imagine qu'il faudra emporter avec vous un certain nombre de documents prouvant que vous agissez en notre nom. Sans doute une déclaration sur l'honneur...
— En effet, dit Alastair. Je présume qu'il y aura là-bas des hommes de loi, des notaires ou des juges de paix, même si l'endroit est très isolé.
— Sûrement, répondit Monk.
Il était irrité de n'avoir pas eu avant Hester l'idée d'aller se renseigner sur place. Puis, soudain, il oublia ce détail pour se demander comment il s'acquitterait du montant du voyage. Il vivait sur la corde raide depuis quelques jours. Callandra, qui subvenait à ses besoins au départ, quand les clients se présentaient au compte-gouttes, était repartie à Londres et il ne pouvait lui demander de le financer une fois de plus. Elle l'avait déjà rémunéré pour son rôle dans la défense d'Hester, lui fournissant en outre de quoi payer ses deux loyers, à Édimbourg et à Londres. Elle ne pouvait se douter qu'un nouveau déplacement se révélerait nécessaire.
— Est-ce très loin ? interrogea-t-il.

— Je n'en sais rien, répondit Alastair. Deux cents miles ? Trois cents ?

— Non, pas autant, assura Deirdra. Deux cents au grand maximum. Mais nous paierons votre billet de train, Mr. Monk. Après tout, c'est pour nous que vous allez là-bas.

Elle ne prit pas garde au froncement de sourcils de son époux, ni au regard surpris d'Oonagh. Elle venait de comprendre que si Monk acceptait de partir ainsi vers l'extrême nord du pays, ce n'était pas pour rendre service à Baird McIvor ni à un quelconque membre de la famille Farraline, mais pour laver Hester de tout soupçon.

— Je pense qu'il y a un train jusqu'à Inverness, poursuivit-elle. Ensuite, il faudra sans doute continuer à cheval, je ne sais pas.

— Dans ce cas, dès que j'aurai plus de précisions sur le trajet et un mandat signé par vous, je me mettrai en route, déclara Monk, s'adressant pour la première fois à Quinlan.

— Irez-vous avec lui ? demanda Eilish à Hester.

— Non.

Le détective n'avait pas laissé Hester ouvrir la bouche. Cette dernière lui jeta un coup d'œil, puis répondit à son tour :

— Je vais rester à Édimbourg.

Ils furent invités pour le dîner : un excellent repas, servi dans les règles de l'art. Toutefois, une ombre planait sur la maisonnée, dont le deuil récent n'était pas la seule cause : une peur nouvelle avait vu le jour. La conversation fut empruntée et vide de sens. Hester et Monk prirent congé dès la fin du repas et personne ne les retint.

Le voyage en train vers le nord fut ennuyeux et éprouvant pour Monk. A Édimbourg, personne n'avait su lui expliquer comment gagner l'Easter Ross une fois parvenu à Inverness. A en croire l'employé de chemin de fer, au guichet de la gare, il s'agissait d'une contrée inconnue, glaciale, dangereuse, barbare... Il fallait être fou pour s'y risquer.

Le trajet dura tout le jour. Morose, Monk ressassait dans son esprit tout ce qu'il savait du meurtre de Mary Farraline et des passions et des personnalités de la famille. Il ne parvint néanmoins à aucune conclusion, sinon que l'une de ces personnes avait tué et que, selon toute probabilité, c'était Baird McIvor, puisqu'il avait détourné les loyers de la ferme. Seulement, ce motif était bien léger pour un homme qui semblait mû par des émotions puissantes. Et s'il aimait vraiment Eilish, comme tout portait à le croire, comment avait-il pu tuer la mère de celle-ci ?

Lorsque Monk descendit du train à Inverness, le soleil se couchait et il était trop tard pour songer à poursuivre la route. A contrecœur, il se mit en quête d'une chambre pour la nuit et demanda aussitôt au propriétaire comment se rendre à Port of Saint Colmac.

— Oh là ! fit ce dernier, avant de se plonger dans une réflexion intense. Enfin, c'est Portmahomack que vous voulez dire, non ? Y va falloir prendre une barque pour traverser !

— Une barque ?

— Oui, ce qu'y va falloir faire, c'est aller à l'île Noire, et puis traverser l'estuaire de Cromarty entre Alness et Tain. C'est pas tout près, je vous préviens ! Z'êtes sûr que vous pouvez pas régler vos affaires à Dingwall, par hasard ?

— Non, répondit Monk, agacé.

Il ne se souvenait même pas s'il savait monter à cheval et cette expérience allait le lui faire découvrir, à un prix qui serait peut-être élevé. Son imagination le punissait déjà...

— Bah, quand y faut, y faut, affirma l'autre avec un sourire. Là où vous allez, c'est sur le chemin du Tarbat Ness. Y a un phare pas vilain du tout là-bas. On le voit à des miles à la ronde quand y fait nuit noire. Vous pourrez pas le rater.

— Peut-on faire monter un cheval dans la barque ?

A l'instant où il la posait, il comprit que sa question était idiote.

— A moins que je puisse en louer un de l'autre côté ? ajouta-t-il aussitôt.

— Oui, pour sûr. Et d'ici à l'embarcadère pour l'île Noire, vous pouvez y aller à pied. Suffit de suivre la côte. Vous êtes du sud, vous, pas vrai ?

— Oui.

Monk préféra ne pas entrer dans les détails. Son instinct lui soufflait qu'un natif du Northumberland, région frontalière dont l'armée avait combattu les Écossais près de mille ans durant, serait peut-être vu d'un mauvais œil, même dans une contrée aussi septentrionale que celle-ci.

— Vous devez avoir faim, reprit son interlocuteur d'un ton solennel. Y paraît que c'est fatigant, comme voyage, quand on vient d'Édimbourg.

Il esquissa une grimace. C'était d'un pays lointain et inconnu qu'il parlait et, visiblement, il n'avait aucune envie d'en apprendre davantage.

— Oui, merci.

L'homme lui servit des beignets de harengs frais enrobés de flocons d'avoine, avec du pain encore chaud, du beurre et un fromage recouvert lui aussi de flocons d'avoine, qu'il appelait *caboc*. L'ensemble se révéla délicieux. L'estomac apaisé, Monk alla se coucher et sombra dans un sommeil profond.

Il soufflait un vent froid le lendemain matin, mais le ciel était d'un bleu éclatant. Monk se leva sans attendre et, au lieu de prendre son petit déjeuner sur place, emporta du pain et du fromage et partit rejoindre la barque pour l'île Noire qui, lui avait-on expliqué, n'était pas une île, mais un grand isthme.

Le passage n'était pas très large, au point qu'à certains endroits il eût été possible de construire des ponts d'une rive à l'autre, mais un fort courant agitait l'eau entre l'estuaire de Moray et celui, plus paisible, de Beauly. A gauche, la vaste baie s'étendait à perte de vue.

Lorsque Monk expliqua qu'il souhaitait gagner l'île Noire, le passeur le dévisagea d'un regard suspicieux.

— Y a du vent aujourd'hui, fit-il.

— Je vous aiderai, proposa aussitôt Monk, avant de se demander s'il n'allait pas regretter cette offre.

— Ah oui ? Bon, ben, c'est pas d'refus, acquiesça l'homme, sans bouger pour autant.

Monk ne pouvait se permettre d'indisposer le passeur. Il devait franchir le chenal sans délai : faire le tour à cheval, en longeant la côte par Beauly, Muir-of-Ord, Conon Bridge et Dingwall, rallongerait le périple d'au moins une journée.

— Eh bien, si on y allait ? fit le détective. Je dois être au Tarbat Ness ce soir.

— Ça va vous faire une trotte...

Le passeur secoua la tête, puis scruta le ciel.

— Mais vous pouvez y arriver, conclut-il. Il a pas l'air de faire trop mauvais aujourd'hui, mis à part le vent. Et y va p'têt' tomber, avec la marée montante. Ça arrive.

Monk prit ces paroles pour un accord et esquissa un pas vers la barque.

— Mais vous voulez pas voir si y aurait pas quelqu'un d'autre, par hasard ? Ça vous fera moitié prix, si vous êtes prêt à mettre la main à la pâte.

S'il n'avait pas été si loin de chez lui, le détective eût sans doute protesté : qu'il y eût ou non un autre passager, le prix devait être réduit de toute façon s'il ramait ! Cependant, mieux valait filer doux.

Déjà, le marin tendait la main pour l'aider à embarquer.

— Bon, ben... Venez, alors ! De toute façon, vaut mieux pas trop tarder. Et puis, sur l'île Noire, j'trouverai p'têt' quelqu'un qui voudra rentrer à Inverness.

Monk lui saisit la main et sauta dans la petite embarcation. A peine son pied eut-il touché les planches qu'il se sentit happé par les souvenirs. C'était un phénomène si violent qu'il faillit renoncer à rester à bord, en équilibre chancelant entre la barque et le quai. Ce n'étaient pas des images qui venaient de surgir, mais une peur intense, assortie d'un sentiment d'impuissance et de gêne.

— Qu'est-ce qu'y a ? lança le passeur, soudain réticent. Z'avez pas le mal de mer, au moins ? Je vous signale qu'on est même pas encore partis !

— Non, non, répondit vivement le détective.

— Ouais... En tout cas, si ça vous prend, je vous demanderai de vomir par-dessus bord.

— Je ne serai pas malade, assura Monk, tout en espérant qu'il disait vrai.

Sur ces mots, il alla s'installer à la poupe, sur le banc de bois dur.

— Bon, mais si vous avez l'intention de participer, c'est pas là qu'y faut vous mettre, déclara l'homme, désapprobateur. C'est la première fois que vous montez dans un bateau ou quoi ?

— C'est le souvenir de ma dernière traversée qui me faisait réfléchir. Je pensais aux gens avec qui j'étais... expliqua Monk, soucieux de dissiper les craintes de son interlocuteur.

— Ah ouais ?

Le passeur se décala sur son banc et lui fit signe de venir s'installer près de lui. Monk s'exécuta et saisit la deuxième rame.

— Maintenant, mon petit monsieur, plus un mot ! Allez, on se penche en avant et on y va.

Monk obéit, avant tout parce qu'il avait besoin de toute son attention pour calquer son rythme sur celui du passeur. Il s'était déjà suffisamment ridiculisé comme cela : il fallait se montrer à la hauteur.

Dix minutes durant, il rama avec régularité. La barque avait pris une bonne allure et Monk commençait à éprouver une certaine satisfaction, mêlée de plaisir. Il était agréable de faire travailler son corps après ces semaines de tension nerveuse et ces longues heures de station assise, pendant le procès. Finalement, ramer n'avait rien de difficile. C'était une belle journée, le soleil faisait étinceler la surface de l'eau et celle-ci rejoignait le ciel en une unité bleutée qui, curieusement, avait quelque chose de libérateur. On eût dit que cette absence de démarcation apportait un véritable réconfort. Le vent qui fouettait le visage était froid, mais l'air vif et léger véhiculait une odeur de sel qui était loin de déplaire à Monk.

Tout à coup, le détective sentit qu'ils venaient de quitter la protection que procurait le promontoire : la barque se trouvait en proie au courant violent qui passait de l'estuaire de Moray à celui de Beauly. Monk manqua de lâcher la rame. Malgré lui, il jeta un coup d'œil à son compagnon et lut la moquerie sur son visage.

Il grommela un juron indistinct, serra davantage les mains sur le manche et redoubla d'efforts.

Tandis que travaillaient ainsi tous les muscles de son corps, il tenta de mettre de l'ordre dans ses pensées et se demanda ce qu'il trouverait à la ferme de Mrs. Farraline. Les possibilités se comptaient sur les doigts de la main. Soit il n'y avait aucun locataire, ce qui expliquait l'absence de loyers et faisait de Baird un paresseux ou un incompétent, soit la maison était bel et bien habitée, mais Baird n'avait jamais perçu d'argent de ses occupants ou, pour une raison ou pour une autre, ne l'avait pas reversé à Mary.

Selon toute probabilité, il l'avait gardé pour lui et s'en était servi pour payer une dette honteuse, qu'il ne pouvait acquitter avec ses revenus officiels de crainte d'être démasqué. Sans doute y avait-il une femme derrière ce mystère, c'était la réponse qui sautait à l'esprit. Mais Baird pouvait-il en aimer une autre qu'Eilish ? Ou était-ce pour dissimuler une indiscrétion passée, un secret qu'il devait taire à Oonagh et à Eilish, qu'il payait régulièrement ? Au fond de lui, Monk préférait que ce ne fût pas là l'explication et, pourtant, quelqu'un avait tué Mary : en prouvant que l'assassin était Baird McIvor, il innocenterait Hester une bonne fois pour toutes.

Ils avaient déjà parcouru une bonne moitié de la traversée et se trouvaient au plus fort du courant. Le détective sollicitait toutes les forces de son corps, lançait son poids vers l'avant à chaque fois qu'il sortait la rame de l'eau, puis poussait sur ses pieds, crispés au fond de la barque, en reculant le buste. Le passeur, de son côté, semblait ramer avec autant de facilité qu'au début, en un rythme lent et régulier, le plus naturellement du monde, alors que les épaules de Monk le faisaient déjà cruellement souffrir.

Il avait toujours son petit sourire moqueur aux lèvres. Leurs yeux se croisèrent l'espace d'un instant, et Monk se détourna aussitôt.

Il commençait cependant à adopter une bonne cadence, à bloquer la douleur qui irradiait dans son dos à chaque coup de rame. S'il souffrait tant, c'était sans doute que son corps s'affaiblissait. Était-il différent avant l'accident ? Pratiquait-il l'équitation, l'aviron sur la Tamise ou un autre sport ? Rien de ce qu'il avait retrouvé dans son logement ne le laissait supposer. Et pourtant, il était mince et musclé. Il manquait simplement d'exercice physique.

Soudain, une giclée d'eau glacée lui aspergea le visage.

— On s'est pris un crabe ! commenta le passeur, amusé. On commence à fatiguer ?

— Non, répliqua Monk.

Il était au bord de l'épuisement. Il avait mal au dos et aux épaules et ses mains étaient couvertes d'ampoules.

— Ah bon... fit l'autre, dubitatif.

A cet instant, Monk manqua de nouveau son mouvement : au lieu de bien enfoncer la rame dans l'eau, il ne fit qu'effleurer la surface et prit un autre « crabe », envoyant sur leurs deux visages une eau froide et salée qui lui piqua les lèvres et les yeux.

Alors, un souvenir aveuglant lui revint en mémoire, vision fulgurante d'une mer démontée, grise et scintillante, qui disparut aussitôt. Seules demeurèrent la sensation de froid et l'impression qu'il planait un danger imminent et qu'il fallait agir très vite. Une terreur familière l'étreignit soudain. Il s'aperçut qu'il avait déjà ressenti cette douleur dans les épaules, seulement il était plus jeune, bien plus jeune, enfant peut-être. Il se trouvait sur un bateau malmené par des vagues gigantesques aux crêtes blanchies par l'écume. Que faisait-il en pleine mer par une telle tempête ? Et pourquoi avait-il si peur ? Il savait que la violence des vagues n'était pas seule en cause. Il y avait autre chose.

Déjà, le souvenir lui échappait. Il n'en restait que le froid et la violence des flots, ainsi qu'un terrible sentiment d'urgence.

L'embarcation fut tout à coup projetée vers l'avant. Ils avaient pénétré dans une zone protégée par un bras de terre de l'île Noire et les eaux redevenaient paisibles. Le passeur souriait.

— Z'êtes un gars têtu, vous! s'exclama-t-il tandis que la barque s'échouait en douceur sur le sable. Mais vous recommencerez pas ça demain, je vous le garantis! Demain, vous pourrez plus bouger un petit doigt, j'peux vous l'dire...

— Peut-être, concéda Monk. Mais peut-être aussi que la marée aura changé et que nous n'aurons plus le vent contre nous.

— On peut toujours espérer. En tout cas, le train pour le sud, lui, y vous attendra pas.

Le passeur tendit la main et Monk y déposa le prix de la traversée. Puis il remercia et partit en quête d'un cheval pour gravir les hautes collines qui le séparaient de l'estuaire de Cromarty, au nord, où il traverserait de nouveau en barque.

Il loua une monture et se mit en route. Monter à cheval ne lui posa aucune difficulté. Les sensations lui paraissaient familières et il guidait l'animal avec un minimum d'efforts. Il se sentait bien en selle, tout en se demandant depuis combien de temps il n'avait pas pratiqué l'équitation.

Le paysage était magnifique. Une multitude de collines aux pentes douces se succédaient vers le nord, couvertes d'arbres à feuilles caduques, de forêts de sapins, ou de vertes prairies où paissaient des moutons et quelques vaches.

La première montée se révéla plus pénible qu'il ne l'escomptait et il eut envie de mettre pied à terre. La traversée de l'estuaire l'avait épuisé, mais il ne doutait pas qu'un peu de marche lui ferait du bien. Il descendit de cheval, offrant un répit à l'animal, et ils gravirent la pente côte à côte. Parvenu au sommet, Monk aperçut devant lui l'imposante masse du Ben Wyvis, dont les premières neiges couronnaient le large sommet. Avec le soleil qui l'illuminait, on eût dit que son faîte flottait en suspension dans les airs. Monk poursuivit sa marche, entouré de cette multitude de sommets qui constituaient le cœur même de l'Écosse. Bleues, violettes ou blanches, les collines se détachaient sur un ciel couleur cobalt. Monk s'arrêta pour reprendre son souffle. Le paysage s'étendait à perte de vue, sans limites. Au loin, l'estuaire de Cromarty brillait comme du métal poli. A l'est, c'était la mer, à l'ouest, les chaînes de montagnes, qui se succédaient à l'infini. Le soleil régnait en maître absolu et le vent seul venait troubler le silence.

Monk se réjouissait de sa solitude. Toute parole eût représenté une sorte de blasphème en ce lieu.

Pourtant, il songea soudain qu'il eût aimé pouvoir partager son émotion, savoir qu'un autre que lui percevait toute cette perfection et la garderait en mémoire pour les moments difficiles. Hester comprendrait. Elle saurait se contenter de regarder, de ressentir sans rien dire. Car ce qu'il voyait là n'était pas communicable, mais ne demandait qu'à être partagé par un regard, un contact, une compréhension commune.

Le cheval s'ébroua et ramena Monk à la réalité. Le temps passait et il restait un long chemin à parcourir. La bête s'était reposée : il fallait à présent redescendre vers l'estuaire.

Il chemina tout le jour, s'arrêtant pour demander sa route dès qu'il rencontrait quelqu'un. Lorsqu'il atteignit Portmahomack — c'était bien ainsi que l'on appelait désormais Saint Colmac — le soleil s'était couché depuis longtemps. Le maréchal-ferrant de Castle Street accepta de garder le cheval et suggéra à Monk de passer la nuit à l'auberge la plus proche, au bas de la colline, en bordure de mer.

Le lendemain matin, Monk parcourut à pied le mile et demi qui le séparait encore de la propriété de Mary Farraline, occupée, lui avait-on dit, par un certain Mr. Arkwright. Cet homme était connu au village, mais à la façon dont on l'évoquait, on ne l'appréciait guère, sans doute parce qu'il n'était pas originaire des Highlands. D'ailleurs, d'après les sonorités de son patronyme, il n'était même pas écossais.

Le soleil brillait autant que la veille et la promenade le long de la plage, puis à flanc de colline, se révéla agréable. Au sommet, la route était bordée de sycomores et de frênes. A sa gauche, Monk découvrit une vaste grange de pierre, tandis qu'à droite s'élevait une maison plus petite qui devait être la ferme qu'il cherchait. Par-delà le toit, il apercevait les cheminées d'un bâtiment plus important, une sorte de gentilhommière qui ne pouvait, en revanche, appartenir à Mary Farraline.

Il s'arrêta sous un arbre pour réfléchir et, se retournant distraitement, eut le souffle coupé : la mer s'étendait au-dessous de lui, tel un immense drap de satin bleu-gris. En arrière-plan s'élevaient les montagnes du Sutherland, dont les sommets les plus lointains étaient couronnés de neige. A l'ouest, le ruban pâle d'une rivière s'enfonçait dans les terres, vers les hauteurs bleutées qui apparaissaient à l'horizon, distantes de cent miles au moins. Il n'y avait pas un nuage dans le ciel. Un lent vol d'oies sauvages, en partance pour le sud, sillonnait l'azur.

Monk le suivit des yeux, avec l'impression qu'il vivait une sorte de miracle. Lorsque les oiseaux eurent quitté son champ de vision, il se tourna de nouveau vers la mer, argentée sous le soleil du matin, et discerna au loin la silhouette sombre et solitaire d'un château.

Il se détourna à regret et reprit sa marche pour couvrir la courte distance qui le séparait de la chaumière. Il frappa à la porte.

— Oui ?

Celui qui se tenait dans l'embrasure, petit et râblé, ne faisait rien pour masquer son mécontentement.

— Mr. Arkwright ?

— Lui-même. Et vous, vous êtes qui ? Qu'est-ce que vous venez faire ici ?

A l'évidence, l'homme était anglais. Il fallut cependant un certain temps à Monk pour identifier son accent.

Celui-ci était mélangé, adouci par les intonations typiques des Highlands.

— Je viens d'Édimbourg...

— C'est pas vrai, vous êtes pas écossais, coupa l'autre en reculant d'un pas.

— Vous non plus, contra Monk. J'ai dit que je venais d'Édimbourg, pas que j'y étais né.

— Et alors ? Qu'est-ce que vous voulez que ça me fasse ?

Le Yorkshire ! La cadence des syllabes et la façon de prononcer les voyelles ne laissaient aucun doute. Or, Baird McIvor venait lui aussi de cette région d'Angleterre ! S'agissait-il d'une coïncidence ?

Le mensonge franchit tout naturellement les lèvres de Monk.

— Je suis l'avoué de Mrs. Mary Farraline. Je suis là parce que je m'occupe de ses affaires. Je ne sais pas si vous avez été informé de son récent décès ?

— Jamais entendu ce nom-là... déclara Arkwright, tandis qu'une ombre traversait son regard.

Il mentait lui aussi, c'était clair.

— Ce qui est fort étrange, affirma Monk avec un sourire. Car vous vivez dans sa maison.

Arkwright pâlit. Ses traits s'étaient durcis. Il semblait débattre intérieurement. Monk songea que cet homme saurait se défendre et n'hésiterait pas à le faire. Il y avait chez lui quelque chose de dangereux. Que faisait cet étranger dans ce lieu sauvage, immense et beau ?

— Je sais pas quel nom il y a sur les contrats, mais moi, je loue la maison à un gars qui s'appelle McIvor. Et, de toute façon, ce ne sont pas vos oignons.

Monk esquissa une mimique sceptique.

— Vous versez un loyer à Mr. McIvor ?

— Oui. C'est ça.

Une lueur belliqueuse brillait dans le regard d'Arkwright, assortie d'une légère incertitude.

— Sous quelle forme ? insista Monk.

— Quoi, sous quelle forme ? De l'argent, évidemment. Qu'est-ce que vous croyez, que je lui envoie des patates ?

— Comment faites-vous? Vous allez jusqu'à Inverness et vous faites acheminer une petite bourse à Édimbourg par le train de nuit? Tous les mois? Toutes les semaines? L'aller-retour doit vous prendre deux ou trois jours.

L'espace d'une seconde, le détective crut que son interlocuteur allait le frapper.

— J'vois pas pourquoi vous venez fourrer vot'nez dans mes affaires, grommela-t-il. C'est à Mr. McIvor que je rends des comptes, pas à vous. Et puis de toute façon, je sais pas qui vous êtes. Qu'est-ce qui me prouve que cette Mary je ne sais quoi est morte? Vous pouvez être n'importe qui, conclut-il avec une lueur de triomphe dans les yeux.

— C'est vrai, acquiesça Monk. Je pourrais aussi être de la police.

L'autre pâlit.

— Un roussin? Mais pourquoi? J'exploite une ferme, y a rien d'illégal à ça. Z'êtes pas un roussin, z'êtes rien qu'un petit fouinard qui ferait mieux d'aller voir ailleurs si j'y suis!

— Seriez-vous intéressé, ou surpris, de savoir que McIvor n'a jamais transmis ces sommes que vous lui envoyez par le train? interrogea Monk, sarcastique.

Arkwright esquissa une sorte de sourire grimaçant, mais c'était surtout l'inquiétude qui perçait dans son expression.

— Et alors, c'est son problème, non?

A ces mots, Monk comprit que Baird McIvor ne pouvait pas trahir Arkwright, et que ce dernier en avait la parfaite certitude. Toutefois, si Baird perdait la mainmise sur la ferme, Arkwright ne pourrait continuer à occuper celle-ci. Un chantage. C'était la seule explication plausible. Pourquoi? Quels en étaient les termes? Comment cet homme avait-il pu faire la connaissance d'un gentleman tel que Baird McIvor? Arkwright avait l'allure d'un malfaiteur de piètre envergure, mais peut-être était-il plus dangereux qu'il n'y paraissait.

Monk haussa les épaules avec une désinvolture feinte et fit mine de rebrousser chemin.

— McIvor m'a tout raconté, affirma-t-il d'un ton négligent. Il va vous donner...

— Ça m'étonnerait! rétorqua l'autre avec une assurance victorieuse. Si y m'donne, y tombe avec moi.

— Vous êtes sûr? Qui croira votre parole contre la sienne? Il va vous donner. Il a besoin d'expliquer où est passé l'argent.

— Tous ceux qui savent lire me croiront, ricana Arkwright. Tout est écrit noir sur blanc. Et lui, il a encore la marque du hanneton dans le dos...

La prison. C'était cela, l'explication. Baird McIvor avait fait de la prison quelque part et Arkwright le savait, pour la bonne raison, sans doute, qu'il y était au même moment. Peut-être avaient-ils marché côte à côte sur le « hanneton », ce fameux manège de discipline tant redouté. On y enfermait les hommes par tranches d'un quart d'heure et ils devaient cheminer sur une roue dotée de vingt-quatre marches et reliée à un grand axe. Un ingénieux mécanisme de girouettes faisait tourner la roue à vitesse constante, provoquant l'essoufflement, la suffocation et l'épuisement des suppliciés. Le nom de cet instrument de torture venait du harnais de cuir fixé au dos des prisonniers et dont le frottement permanent creusait une plaie profonde dans la chair tendre.

Se pouvait-il que Mary Farraline eût découvert cet inavouable épisode de la vie de son gendre? Baird l'avait-il tuée pour s'assurer de son silence, tout comme il achetait celui d'Arkwright en concédant à ce dernier l'exploitation gratuite de la ferme? Cela paraissait évident.

Monk se demanda pourquoi cette découverte le contrariait. Sans doute eût-il préféré voir le coupable sous les traits de Kenneth, et non de Baird. C'était absurde.

Et pourtant, d'une certaine façon, il lui sembla que la baie scintillait moins que tout à l'heure tandis qu'il redescendait la colline pour gagner l'écurie du maréchal-ferrant, où l'attendait le cheval. Le retour fut long et pénible. Après avoir traversé Cromarty et l'île Noire, il se retrouva dans la barque du passeur, dans l'estuaire de Beauly. Malgré la douleur qui lui vrillait le dos et les épaules, malgré le sourire moqueur de son compagnon qui s'était dit prêt à se passer de son aide, il tirait furieusement sur la rame, déterminé à évacuer la colère d'une manière ou d'une autre.

Alors, tout à coup, l'épisode de son enfance qui l'avait happé à l'aller lui revint. L'autre émotion qui l'étreignait à l'époque, c'était la culpabilité. En sécurité sur le canot qui venait de le sauver du naufrage, il se sentait coupable d'avoir eu peur. Le gouffre béant d'eau noire l'avait terrorisé, l'empêchant d'attraper la corde qu'on lui lançait alors qu'il se trouvait encore à bord du navire qui sombrait. Il avait vu la corde glisser le long du pont et plonger dans l'eau noire. On la lui avait relancée, bien sûr, mais sa maladresse avait fait perdre quelques précieuses secondes qui avaient failli coûter la vie à un autre.

A présent, la sueur lui courait le long du dos, tandis qu'il se penchait en avant et tirait furieusement sur la rame enfoncée dans l'eau claire de l'estuaire, et il lui semblait qu'elle était due non à l'effort, mais à la honte, comme si le naufrage venait tout juste d'avoir lieu. Il sentit des larmes d'humiliation lui piquer les yeux.

Pourquoi était-ce cet épisode qui lui était revenu? Il avait dû vivre des dizaines de moments heureux, de joie partagée avec sa famille. Il avait dû remporter des succès, connaître des réussites. Pourquoi fallait-il que ce fût un souvenir de cette nature qui remontât à la surface? Y en avait-il d'autres, plus terribles encore, qui l'attendaient?

Ou était-ce son amour-propre démesuré qui l'empêchait d'accepter l'échec, quel qu'il fût, et le ramenait toujours aux anciennes blessures, lui faisant ressentir la déception présente avec moins d'acuité?

— Z'êtes pas causant, aujourd'hui, fit remarquer le passeur. Z'avez pas trouvé ce que vous vouliez là-haut?

— Si, si, j'ai trouvé... C'était exactement ce que je pensais.

— J'ai l'impression que vous auriez préféré autre chose...

— Oui... Oui, en effet...

L'homme hocha la tête et redevint silencieux.

Quelques minutes plus tard, ils atteignaient l'autre rive. Avec raideur, Monk quitta l'embarcation, paya et s'en alla. Son corps tout entier le faisait abominablement souffrir. Il regretta de ne pas avoir laissé le passeur ramer tout seul.

Il arriva à Édimbourg épuisé. Malgré le vent froid qui soufflait, il résolut de marcher. Quelques minutes plus tard, il se retrouvait au Grassmarket, à la porte du logement qu'occupait Hester. Il était venu là presque automatiquement. Peut-être, d'une certaine façon, avait-il estimé que la jeune femme méritait d'apprendre la vérité avant les Farraline, ou d'être présente lorsqu'il leur parlerait. Il n'avait pas songé à la cruauté de sa démarche : Hester aimait bien Baird. C'était, du moins, ce qu'il avait déduit.

Il s'apprêtait à frapper lorsqu'il prit conscience qu'en réalité c'était avec cette femme, et nul autre, qu'il avait envie de partager sa déception. Il suspendit son geste.

Cependant, Hester avait entendu le bruit de ses pas. Elle ouvrit la porte, le visage plein d'appréhension. Elle dut lire la désillusion dans les yeux de Monk avant même qu'il ne prît la parole.

— C'est Baird...

C'était presque une question, mais pas tout à fait. Elle s'effaça pour laisser entrer son visiteur.

Monk accepta son hospitalité. L'inconvenance d'un tête-à-tête au domicile d'une dame ne l'effleura pas un instant.

— Oui, répondit-il. Il a fait de la prison. Arkwright, l'homme qui occupe la ferme, le sait. J'imagine qu'ils y étaient ensemble.

Il s'assit sur le lit, laissant l'unique chaise à Hester.

— Je suppose que McIvor l'autorise à utiliser la ferme gratuitement pour s'assurer son silence. Quand Mary l'a découvert, il a été obligé de la tuer pour qu'elle ne dise rien elle non plus. Il ne pouvait dévoiler aux Farraline, et du même coup à tout Édimbourg, cet épisode peu héroïque de sa vie !

Plusieurs secondes durant, elle le considéra gravement, avec une expression qui ne trahissait rien. Il eût préféré la voir réagir, manifester son chagrin. Il voulut parler, mais ne trouva rien à dire. Pour une fois, il n'avait pas envie de se quereller avec cette femme. Il aspirait à une sorte d'intimité, se sentait las des surprises désagréables.

— Pauvre Baird, murmura Hester avec un léger frisson.

Il trouva cette remarque ridicule et fut tenté de le lui dire, mais se ravisa à temps : Hester ne venait-elle pas de faire l'amère expérience de la prison ? La réplique mourut sur ses lèvres.

— Eilish va être anéantie, ajouta la jeune femme dans un souffle.

— Oui, acquiesça-t-il avec véhémence. Certainement.

Hester fronça les sourcils.

— Mais êtes-vous vraiment sûr que Baird soit coupable ? Ce n'est pas parce qu'il a connu la prison qu'il a nécessairement tué Mary. Ne serait-il pas possible, à votre avis, que cet Arkwright ait exercé sur lui un chantage, que Baird en ait parlé à Mary et que celle-ci ait résolu de l'aider en le laissant disposer de la ferme de cette façon ?

— Voyons, Hester ! Vous vous raccrochez à des brindilles ! Pourquoi Mary aurait-elle fait cela ? Il les avait trompés, leur avait menti sur son passé. Pourquoi aurait-elle accepté de faire pour lui ce qui revenait à céder au chantage ? Je veux bien croire que c'était une femme au grand cœur, mais une sainte, non !

— Vous vous trompez ! protesta Hester. Moi, j'ai connu Mary. Pas vous.

— Mais vous ne l'avez vue que quelques heures à peine, dans un train !

— Je la connaissais, vous dis-je ! Elle aimait beaucoup Baird. Elle me l'a dit elle-même.

— Elle ne savait pas que c'était un ancien malfaiteur.

— D'abord, nous ignorons ce qu'il a fait en réalité.

Elle se pencha en avant, sollicitant toute l'attention du détective.

— Peut-être lui en avait-il parlé ? Nous savons qu'à une certaine période il a été très secoué et qu'il s'absentait de longs moments. Peut-être était-ce l'époque où Arkwright est venu le tourmenter. Baird a alors fini par expliquer à Mary ce qui se passait et elle lui est venue en aide. Ensuite, tout est rentré dans l'ordre. C'est parfaitement plausible.

— Dans ce cas, qui a tué Mary ?

Le visage d'Hester se ferma de nouveau.

— Je ne sais pas. Kenneth ?

— Et cette histoire de Baird manipulant les potions ? ajouta-t-il.

A ces mots, l'expression d'Hester afficha le plus profond mépris.

— Ne me dites pas que vous êtes naïf à ce point ! Aucun autre que Quinlan ne l'a vu et cet homme est malade de jalousie. Il est tout à fait capable de mentir.

— Et d'envoyer Baird au gibet pour un crime qu'il n'a pas commis ?

— Bien sûr. Pourquoi pas ?

Elle semblait très sûre de son fait et il se demanda s'il lui arrivait de douter, comme il doutait lui-même. Toutefois, cette femme connaissait son passé, elle savait non seulement ce qu'elle ressentait et pensait à présent, mais aussi ce qu'elle avait ressenti et pensé à chaque instant de son existence. Il n'y avait aucune zone d'ombre chez elle, aucune porte verrouillée dans sa mémoire.

— C'est monstrueux, déclara-t-il à mi-voix.

Elle scruta son visage.

— Pour vous et moi, oui, répondit-elle avec douceur. Mais peut-être pas pour Quinlan. Baird lui a dérobé ce qui devrait lui appartenir. Non pas son épouse elle-même, mais l'amour, le respect, l'admiration que celle-ci devrait lui porter à lui. Il ne peut pas en accuser son beau-frère ni le punir pour cela. Mais peut-être estime-t-il qu'il s'agit d'un méfait tout aussi monstrueux.

— C'est...

Il n'alla pas plus loin. Hester souriait, non par moquerie, mais parce qu'elle le comprenait.

— Nous ferions bien d'aller leur annoncer ce que vous avez découvert.

A contrecœur, il se leva. Il n'avait pas le choix.

Ils étaient assemblés dans le petit salon d'Ainslie Place. Personne ne manquait à l'appel. Même Alastair s'était libéré. Quant à l'imprimerie, elle devait tourner seule, privée pour un jour de ses dirigeants.

— Nous avons pensé que vous seriez de retour aujourd'hui, expliqua Oonagh en dévisageant Monk avec soin.

Elle semblait fatiguée mais, comme toujours, ne laissait rien filtrer de ses sentiments.

Le regard d'Alastair passait de sa sœur au détective. Eilish, pour sa part, était tendue : l'incertitude la mettait visiblement à l'agonie. Debout près de son époux, elle ne bougeait pas. A l'autre extrémité de la pièce, Baird, livide, gardait les yeux baissés.

Kenneth était adossé au manteau de la cheminée, un sourire narquois aux lèvres, mais peut-être ne manifestait-il là qu'un immense soulagement. Lorsqu'il adressa un clin d'œil complice à Quinlan, Eilish lui décocha un regard chargé de tant de haine qu'il se détourna en rougissant.

Assise dans un fauteuil, Deirdra semblait malheureuse. Hector Farraline s'était installé près d'elle et ruminait lui aussi de sombres pensées. Pour une fois, il avait l'air sobre.

Alastair s'éclaircit la voix.

— Je pense que vous feriez bien de nous révéler ce que vous avez découvert, Mr. Monk. Il est inutile de rester là, à mariner dans le doute et l'appréhension en pensant du mal des autres. Avez-vous trouvé l'exploitation de Mère ? Je vous avoue que j'en ignorais l'existence.

— Je ne vois pas pourquoi elle t'en aurait parlé, rétorqua sombrement Hector.

Alastair fronça les sourcils, mais renonça à polémiquer.

Tous les visages étaient à présent tournés vers Monk. Les yeux noirs de Baird reflétaient une immense douleur et le détective ne douta pas un instant que cet homme savait ce qu'avait dit Arkwright. Il répugnait à tout dévoiler ainsi, mais ce n'était pas la première fois qu'il se prenait d'amitié pour un individu qui, en fin de compte, se révélait un criminel.

— J'ai rencontré l'homme qui vit sur la ferme, déclara-t-il sans fixer personne en particulier.

Hester se tenait à ses côtés, silencieuse. Il était heureux de la sentir près de lui.

— Il a affirmé qu'il envoyait de l'argent à Mr. McIvor.

A ces mots, Quinlan poussa un petit grognement de satisfaction. Eilish tressaillit et parut sur le point de parler, mais demeura silencieuse. On eût dit qu'elle venait de recevoir un coup.

— Seulement, je ne l'ai pas cru, poursuivit le détective.

— Pourquoi ? fit Alastair, surpris.

Oonagh lui toucha le bras et il se tut aussitôt.

Monk répondit malgré tout à sa question.

— Parce qu'il n'a pas pu m'expliquer comment il s'y prenait pour expédier les paiements. Je lui ai demandé s'il se rendait à cheval jusqu'à Inverness, ce qui représente une journée de voyage, plus deux traversées en bateau, afin de déposer une bourse dans le train à destination d'Édimbourg...

— C'est absurde ! s'exclama Deirdra, méprisante.

— Évidemment, acquiesça le détective.

— Alors où voulez-vous en venir, Mr. Monk ? interrogea Oonagh sans se départir de son calme. S'il ne payait pas Baird, comment se fait-il qu'il occupe encore la ferme ? Pourquoi n'a-t-il pas été expulsé ?

Monk prit une profonde inspiration.

— Parce que c'est un maître chanteur. Il détient un secret concernant Mr. McIvor et exploite gratuitement la ferme en échange de son silence.

— Quel secret ? s'enquit Quinlan. Belle-maman aurait-elle découvert le pot aux roses? Est-ce pour cela que Baird l'a tuée?

— Tais-toi! s'écria Deirdra.

Elle se rapprocha d'Eilish et lança un coup d'œil implorant à Baird, comme pour l'exhorter à se défendre. Toutefois, il suffisait de regarder celui-ci un seul instant pour comprendre qu'il n'en ferait rien.

— Quel est ce secret, Mr. Monk? reprit Deirdra. Je présume que vous n'avancez pas cela sans preuves!

— Ne sois pas stupide, Deirdra, dit amèrement Oonagh. La preuve est là, sur son visage! De quoi parle Mr. Monk, Baird? Je pense que tu ferais mieux de tout nous expliquer, au lieu de laisser un étranger le faire à ta place.

Baird releva la tête et son regard croisa celui du détective durant un long instant. Puis il hocha la tête. Il n'avait pas le choix.

— J'ai tué un homme quand j'avais vingt-deux ans, commença-t-il d'une voix très basse et très rauque. Il malmenait un vieil ami que je respectais. Il se moquait de lui, l'humiliait en public. Nous nous sommes battus. Je n'avais pas l'intention de le tuer, je n'ai même pas pensé que la bagarre pourrait se terminer ainsi, mais... mais sa tête a heurté le bord du trottoir et il est mort. Cela m'a valu trois ans de prison. C'est là que j'ai rencontré Arkwright. Une fois libéré, j'ai quitté le Yorkshire et je suis venu m'installer en Écosse. J'ai refait ma vie, j'ai laissé le passé derrière moi. J'avais presque oublié cet épisode lorsqu'un jour Arkwright est apparu et il m'a menacé de tout révéler si je ne lui donnais pas d'argent. Seulement, je n'en avais pas... je gagnais tout juste de quoi vivre moi-même et j'aurais été contraint d'en parler à Oonagh...

A la façon dont il avait prononcé ces derniers mots, on eût dit qu'il évoquait une étrangère, une sorte de représentante de l'autorité.

— C'était impossible, bien sûr. J'ai réfléchi durant des jours et des jours. J'étais désespéré.

— Je m'en souviens... souffla Eilish en le fixant avec angoisse.

Quinlan émit un claquement de langue impatient et se détourna.

— Mary a compris, poursuivit Baird de sa voix râpeuse. Elle a compris que quelque chose me bouleversait au-delà de toute raison et j'ai fini par tout lui avouer...

Il ne vit pas Eilish se raidir, ni la surprise et la douleur marquer ses traits. Il ne semblait pas comprendre que, cette fois, ce n'était plus pour lui que souffrait la jeune femme, mais pour elle-même.

Quinlan souriait.

— Tu lui as dit que tu avais fait de la prison ? fit-il avec une incrédulité manifeste.

— Oui.

— Et tu veux nous faire croire cela ? renchérit Alastair, très sombre. Franchement, Baird, tu nous en demandes beaucoup. As-tu des preuves ?

— Non... sinon qu'elle m'a autorisé à prêter l'exploitation à Arkwright, en échange de son silence.

Baird releva les yeux et croisa pour la première fois le regard d'Alastair. Quinlan éclata d'un rire bref.

Cette version des faits était absurde. Pourquoi une femme telle que Mary Farraline eût-elle accepté, et aidé, un homme porteur d'un tel passé ? Et malgré tout, Monk était tenté de croire Baird.

— Allons, Baird, ce n'est même pas intelligent, comme histoire ! lança Kenneth avec un petit sourire tout en allant s'asseoir sur la chaise la plus proche. Moi, à ta place, j'aurais trouvé une meilleure excuse.

— Ça, je n'en doute pas, rétorqua Oonagh d'un ton dur. Tu n'en es pas à ton coup d'essai.

C'était la première fois que Monk surprenait une telle agressivité dans l'expression de cette femme et il en fut surpris. La belle mécanique de contrôle de soi venait enfin de s'enrayer. Il considéra la moue critique, l'anxiété, décelable à la ride profonde qui se creusait entre les deux sourcils. Pourtant, il lui était impossible de deviner quelles émotions étreignaient Oonagh. Celle-ci avait-elle toujours connu, ou suspecté, le passé de son époux ?

Ou était-ce précisément à cela qu'elle travaillait depuis toujours ? Était-ce cette vérité, d'une évidence aveuglante, qu'il n'avait pas réussi à découvrir jusque-là ? Malgré l'amour fou qu'il portait à Eilish, Oonagh aimait son époux et elle cherchait à le préserver de son passé, et du présent qui le torturait !

Soudain, il vit cette femme sous un jour différent et l'admiration qu'elle lui inspirait se mua en un sentiment plus fort encore : le courage et la maîtrise de soi qu'elle manifestait en permanence lui donnaient à présent des allures d'héroïne de tragédie grecque. Oonagh souffrait en silence et témoignait à ses proches une générosité sans bornes.

Instinctivement, il se tourna vers Eilish pour voir si celle-ci avait la moindre idée des souffrances qu'elle avait provoquées, certes malgré elle. Il ne lut cependant sur le ravissant visage que la désillusion et la douleur brûlante d'avoir été rejetée. Au plus profond de son désespoir, ce n'était pas vers Eilish que s'était tourné Baird, mais vers sa mère. La jeune femme avait été exclue. Il ne lui avait pas fait confiance, même après coup. C'était en public, et de la bouche d'un étranger, qu'elle apprenait son secret.

En cet instant, le détective la comprenait tout à fait. Il connaissait la solitude, la confusion, le sentiment d'inutilité qu'elle ressentait. Elle avait envie de riposter et de faire souffrir à son tour. Il le savait parce que, désormais, il se souvenait de ce qui s'était passé sur le canot de sauvetage, bien des années auparavant : il avait voulu se comporter en héros, mais un autre l'avait fait à sa place. Un autre avait réparé sa propre faute en allant sauver l'homme qui risquait de sombrer avec le navire. Il revoyait le garçon en question, plus âgé que lui d'un ou deux ans à peine, qui, en équilibre chancelant sur le pont glissant, trempé jusqu'aux os, lançait avec violence la corde au risque de se trouver lui-même propulsé par-dessus bord, puis la fixait fermement pour soulever ensuite l'homme inconscient et le sauver de cet horrible gouffre qui avait manqué de l'aspirer.

Personne n'avait rien dit à l'enfant qu'était Monk, on ne lui avait adressé aucun reproche, mais ses oreilles avaient longtemps bourdonné des louanges adressées à l'autre garçon. C'était cela qui faisait mal : cette vivacité d'esprit, cette abnégation et ce courage représentaient autant de qualités que Monk eût voulu posséder plus que tout au monde.

Eilish vivait à présent le même cauchemar. Plus que tout au monde, elle eût voulu inspirer amour et confiance.

Il s'aperçut que les regards étaient braqués sur lui. Il fallait prendre une décision. Quinlan fut cependant plus prompt. Pour lui, les dés en étaient jetés. Son opinion, de toute façon, était faite depuis le départ.

— Il faut être le dernier des imbéciles pour croire ces sornettes ! s'exclama-t-il avec humeur. Nous ferions mieux d'appeler la police avant que Monk ne s'en charge ! A moins que vous n'ayez l'intention de le payer lui aussi pour qu'il se taise ? Il est clair que nous n'éviterons plus le scandale, non ? L'un de nous est coupable, c'est une vérité à laquelle nous n'échapperons pas !

— Le scandale... répéta pensivement Deirdra. N'est-il pas possible que Baird nous ait dit la vérité, et que Bellemaman ait payé cet Arkwright précisément pour éviter le scandale ?

Un long silence suivit ces paroles. Enfin, Oonagh se tourna vers son époux.

— Pourquoi ne nous as-tu pas dit cela, Baird ? questionna-t-elle.

— Parce que je ne pense pas que ce soit vrai, répondit-il en la fixant droit dans les yeux. Ce n'était pas le style de Mary.

— Mais si ! Bien sûr que si ! protesta Alastair.

Puis, soudain honteux, il lança à sa sœur un regard confus, comme pour s'excuser de sa réaction.

— Je pense qu'il vaut mieux en rester là pour le moment, déclara Oonagh d'un ton ferme. Nous ne connaissons pas la vérité...

Hester, qui n'avait pas encore pris la parole, choisit ce moment pour intervenir.

— Mrs. Farraline m'a parlé de Mr. McIvor à plusieurs reprises dans le train, dit-elle. A chaque fois, j'ai senti beaucoup d'affection dans son discours. J'ai peine à concevoir qu'elle ait versé de l'argent à un maître chanteur dans le seul but de préserver sa famille du scandale. Si c'était le cas, elle aurait haï son gendre, lui aurait sans doute demandé de quitter la maison...

— Je vous remercie pour vos commentaires, Miss Latterly, coupa sèchement Alastair, mais je ne pense vraiment pas que vous soyez suffisamment informée pour...

— Si, au contraire ! protesta Deirdra.

Son époux lui ordonna aussitôt le silence et elle ne put en dire davantage. Alastair se tourna vers le détective.

— Je vous remercie pour votre aide, Mr. Monk. Avez-vous rapporté des preuves matérielles à l'appui de vos révélations ?

— Non.

— Dans ce cas, je compte sur votre discrétion tant que nous n'aurons pas pris de décision. C'est demain dimanche. Venez déjeuner ici après la messe et nous rediscuterons de la conduite à tenir. Au revoir, Mr. Monk. Au revoir, Miss Latterly.

Ainsi congédiés, Hester et Monk durent se retirer. Ils saluèrent leurs hôtes, traversèrent le grand hall sous le regard bleu ciel de Hamish et sortirent sous une pluie obstinée.

CHAPITRE XII

D'un commun accord, Monk et Hester se rendirent à l'église le lendemain matin. Monk n'avait pas l'intention de prier, bien sûr : depuis son accident, il n'avait jamais songé à le faire. Il entendait simplement exploiter cette nouvelle opportunité d'observer les Farraline. Il ne demanda pas à Hester quelles raisons la motivaient, mais supposa que celles-ci étaient similaires aux siennes.

Une petite foule se pressait devant l'église et ils durent attendre leur tour pour entrer. Devant eux, une grosse dame s'accrochait au bras de son époux, un individu peu jovial qui tenait son chapeau à la main. Le couple semblait connaître la plupart des autres fidèles et les saluait d'un signe de tête. L'atmosphère était empreinte de gravité.

Hester regarda autour d'elle. Il était difficile de reconnaître les femmes de la famille Farraline qui, bien sûr, portaient des chapeaux. Venir à l'église sans couvre-chef ni gants fût revenu à y aller dénudée. Elle repéra aisément les hommes, en revanche, reconnaissables à leurs chevelures claires et à leur prestance. Le premier qu'elle aperçut fut Alastair.

Celui-ci dut sentir le regard de la jeune femme peser sur lui, car il tourna à demi la tête vers elle. Toutefois, ce ne fut pas à Hester qu'il adressa un salut, mais au couple placé juste devant. Elle se demanda s'il l'avait remarquée.

— Bonjour, monsieur le Fiscal, lança gravement la grosse dame. Belle journée, n'est-ce pas ?

Il s'agissait à l'évidence d'une formule de politesse : une pluie fine s'était mise à tomber et un froid mordant régnait depuis l'aube.

— En effet, Mrs. Bain, répondit Alastair. Très agréable. Bonjour, Mr. Bain.

— Bonjour, monsieur le Fiscal.

L'homme inclina respectueusement la tête, puis avança vers l'entrée de l'église.

— Pauvre homme, déclara la dame dès qu'elle fut certaine qu'Alastair ne l'entendait plus. Quelle triste histoire !

— Ne commence pas, Martha ! rétorqua son époux. Je ne tolérerai pas que tu te mettes à déblatérer ici, dans un lieu saint. Et le jour du Seigneur qui plus est ! Dans une église, on se tait !

La femme rougit, mécontente, mais ne protesta pas.

Hester se mordit la lèvre, frustrée.

Monk lui saisit le bras et la guida à grand-peine dans l'église. Ils trouvèrent une place deux rangs derrière les Farraline. Hester baissa la tête comme pour commencer à prier et son compagnon imita son exemple.

Les fidèles continuaient d'affluer, de plus en plus nombreux. Certains jetaient au couple des coups d'œil étonnés ou irrités. Il leur fallut un certain temps à tous deux pour comprendre qu'ils occupaient sans doute des sièges réservés d'ordinaire, selon une règle tacite, à d'autres personnes. Ils ne bougèrent pas pour autant.

Monk observa les allées et venues, remarquant le nombre impressionnant de saluts déférents adressés à Alastair. Certains venaient lui parler, conversant avec lui à mi-voix, l'appelant par son titre plutôt que par son nom.

— Ça, c'est un homme intelligent, chuchota une dame, juste devant Monk, à l'intention de sa voisine. Je suis bien contente qu'il n'ait pas inculpé Mr. Galbraith. J'ai toujours pensé que ce monsieur était innocent. Je ne peux pas imaginer qu'un vrai gentleman puisse mal se comporter.

— Même chose pour le fils de Mrs. Forbes, renchérit l'autre. Je suis convaincue qu'il s'agissait plus d'une tragédie que d'un crime.

— Tout à fait. La fille l'avait bien cherché, si vous voulez mon avis. Je connais le genre...

— Tout à fait d'accord, ma chérie ! Moi, j'ai eu une servante comme ça il y a quelques mois. Je peux te dire que je m'en suis débarrassée vite fait !

— Son père aussi était un homme bien, reprit la première, observant de nouveau Alastair. Quel drame !

Les premières notes de l'orgue retentirent dans l'église. Non loin de Monk, quelqu'un laissa tomber son livre qui rendit un claquement sec. Personne ne se retourna.

— Je ne savais pas que tu les connaissais, poursuivit, pleine de curiosité, la femme placée devant Hester.

— Oh si, bien sûr...

Elle hocha la tête et les plumes de son chapeau ondulèrent.

— Si tu savais comme il était beau ! reprit-elle. Rien à voir avec son horrible frère, qui boit comme un trou, paraît-il. D'ailleurs, celui-là n'a jamais eu son talent. Il faut dire que le colonel était un artiste !

Un vieux monsieur, installé non loin de là, gratifia les deux commères d'un regard noir, qu'elles ignorèrent superbement.

— Un artiste ? Mais je ne savais pas ! Je croyais qu'il dirigeait une imprimerie.

— Oh, bien sûr ! Mais cela ne l'empêchait pas d'être un artiste ! Il avait un très bon coup de crayon, faisait des dessins superbes. Des caricatures, surtout. Le major n'est qu'un pauvre type à côté. Il ne possède aucun talent, sinon celui de vivre aux crochets de la famille depuis la mort de son frère.

Hester se pencha en avant et tapota l'épaule de celle qui venait de parler. La femme se retourna, surprise, s'attendant sans doute à être de nouveau réduite au silence.

— Vous voulez une pierre ? demanda Hester.

— Je vous demande pardon ?

— Vous voulez une pierre ? répéta Hester.

— Une pierre ? Pour quoi faire ?

— Pour la lancer, répondit la jeune femme. A Hector

Farraline, ajouta-t-elle au cas où son interlocutrice n'aurait pas saisi.

Le visage de la dame vira au cramoisi.

— Oh! Vraiment s'indigna-t-elle à mi-voix.

Monk se pencha vers Hester, hors de lui.

— Vous êtes folle ou quoi? chuchota-t-il. Pour l'amour du ciel, vous tenez à ce que l'on vous reconnaisse?

Visiblement perplexe, la jeune femme ne répondit pas.

— Culpabilité non avérée! assena-t-il d'une voix tout juste audible. Mais non démentie!

Hester rougit violemment et se détourna.

La messe commença à cet instant, grave et solennelle, suivie d'un long sermon sur les méfaits de la superficialité et l'intérêt de la réflexion.

Le déjeuner dominical à Ainslie Place n'avait pas le faste qu'il eût présenté dans une famille londonienne du même milieu social. Les domestiques avaient assisté à la messe et le repas, certes copieux, était froid. Personne n'émit de commentaire : on était dimanche, cela représentait une explication suffisante. En tant que chef de famille, Alastair récita une brève bénédiction avant de commencer, puis les légumes furent servis en accompagnement des viandes froides. Pendant un moment, les convives évitèrent ces sujets délicats que constituaient la propriété de Mary, les loyers, Arkwright et la probable culpabilité de McIvor.

Baird lui-même semblait avoir cessé de se tourmenter : on eût dit qu'il attendait désormais la mort avec placidité.

Eilish, pour sa part, était au désespoir, mais cela n'ôtait rien à sa beauté. Aucune souffrance, apparemment, ne pouvait ternir celle-ci. Toutefois, la flamme qui animait son visage jusque-là avait cessé de briller.

Des cernes sombres s'étaient en revanche creusés sous les yeux de Deirdra, qui observait les convives l'un après l'autre comme si elle cherchait en vain un moyen d'apaiser leurs tourments.

Oonagh était blême. Son frère Alastair, quant à lui, affichait un air profondément malheureux. Hector se servait du vin avec sa régularité habituelle, mais semblait rester obstinément sobre. Seul Quinlan manifestait une certaine satisfaction.

— Nous ne pouvons pas remettre indéfiniment le débat, déclara-t-il. Il faut prendre une décision. J'imagine que vous allez rentrer à Londres, Mr. Monk. Sinon demain, du moins dans les prochains jours. Vous n'avez pas l'intention de rester à Édimbourg, n'est-ce pas ? Je vous préviens, nous n'avons plus de fermes à vous proposer pour payer votre silence.

— Quinlan ! s'exclama Alastair en frappant du poing sur la table. Pour l'amour du ciel, mon vieux, garde un minimum de décence !

L'intéressé haussa les sourcils.

— Parce que tu trouves cette affaire « décente », toi ? Dans ce cas, nous n'avons pas les mêmes valeurs, monsieur le Fiscal ! Pour ma part, j'estime que toute cette histoire est foncièrement indécente. Alors que proposes-tu ? Que nous conspirions ensemble pour ne pas ébruiter le scandale et que nous laissions l'ombre de la culpabilité planer sur Miss Latterly ? Le permettriez-vous, Miss Latterly ? ajouta-t-il en se tournant vers elle. Cela risque de vous compliquer la vie, non ? Trouver une autre place d'infirmière va vous poser des problèmes. A moins, bien entendu, que vous ne tombiez sur une famille qui souhaite se débarrasser du malade en question !

— Je voudrais bien évidemment voir cette affaire résolue ! répondit Hester, tandis que les convives se regardaient dans un silence consterné. Mais pas en envoyant n'importe qui me remplacer sur le banc des accusés ! Certains soupçons pèsent sur Mr. McIvor, certes, mais ce ne sont encore que des soupçons qui, à mon avis, ne sont pas concluants. Sont-ils concluants, monsieur le procurator fiscal ? demanda-t-elle à Alastair. Organiseriez-vous le procès sur la base des preuves dont nous disposons ?

Alastair rougit, pâlit, puis déglutit avec difficulté.

— Personne n'exigerait de moi que je tranche dans cette affaire, Miss Latterly, répondit-il enfin. Je suis trop directement concerné.

— Ce n'est pas ce qu'elle t'a demandé, intervint Quinlan, méprisant. Mais il faut savoir qu'Alastair est réputé pour ses scrupules à engager des poursuites. N'est-ce pas, monsieur le Fiscal ?

Alastair ne releva pas. Il se tourna vers son autre beau-frère.

— Je présume que tu iras travailler comme d'habitude demain matin, Baird ?

— Les ateliers sont fermés demain, répondit Baird, clignant un peu des yeux comme s'il avait mal compris la question.

— Pourquoi ? fit Hector. Qu'est-ce qui se passe ? C'est lundi, demain, non ? On ne travaille plus le lundi maintenant ?

Il tendit la main vers la carafe de vin et émit un discret hoquet.

— Des ouvriers procèdent à des réparations sur la façade. Ils doivent couper le gaz pour leurs travaux. Nous ne pouvons pas travailler dans le noir.

— Il fallait prévoir plus de fenêtres ! répliqua Hector avec irritation. Ça, c'est à cause de ce satané cabinet secret d'Hamish. J'ai toujours dit que c'était une idée stupide !

Deirdra fronça les sourcils.

— De quoi parlez-vous, Oncle Hector ? On ne peut faire de fenêtres que sur la façade ! A l'arrière, il y a les portes qui donnent sur la cour et, de chaque côté, il y a d'autres entrepôts...

— Je n'ai toujours pas compris pourquoi il tenait tant à ce cabinet secret, poursuivit Hector sans se soucier de répondre. Cela ne servait à rien. Je l'ai dit à Mary.

— Un cabinet secret ? répéta Deirdra avec un sourire sceptique.

Oonagh tendit la carafe à Hector puis, s'apercevant que celui-ci était incapable de se servir seul, versa elle-même le vin dans le verre du vieil homme.

441

— Il n'y a pas de cabinet secret à l'atelier, Oncle Hector, affirma-t-elle. Vous confondez sans doute avec la maison que vous habitiez quand vous étiez enfants, avec Père.

— Mais pas... commença-t-il, courroucé, avant de s'interrompre brutalement.

Il venait de croiser le regard calme de sa nièce, un regard aussi bleu et clair qu'avait dû être le sien au temps de sa jeunesse. Les mots moururent sur ses lèvres.

Oonagh lui sourit, puis s'adressa à Monk.

— Je suis navrée, Mr. Monk. Nous vous avons placé dans une position fort déplaisante, sans doute, avec nos querelles familiales. Bien entendu, nous ne pouvons vous demander de garder le silence sur vos découvertes concernant ce déplorable individu qu'est Mr. Arkwright et les raisons de son inadmissible occupation de la propriété de Maman. Il dit verser un loyer, mon époux soutient le contraire, mais affirme que ma mère autorisait cet homme à exploiter gratuitement la ferme en échange de son silence. Ce petit arrangement était-il toléré par ma mère en toute connaissance de cause ? Nous ne le saurons jamais. Quinlan, pour des raisons qui lui sont propres, est convaincu du contraire. Pour ma part, je choisis de croire mon époux. C'est à vous, désormais, d'agir en votre âme et conscience.

Elle se tourna alors vers Hester.

— Et à vous aussi, Miss Latterly, assura-t-elle. Je ne peux que vous présenter mes excuses de vous avoir mêlée ainsi à notre tragédie familiale. J'espère que toute cette affaire n'a pas eu à Londres le même retentissement qu'ici et qu'elle n'affectera pas votre existence et votre gagne-pain, comme le suppose Quinlan. Si j'avais le pouvoir de réparer le tort qui vous a été fait, croyez bien que je n'hésiterais pas, mais cela m'est impossible. Je suis désolée.

— Nous le regrettons tous, répondit Hester avec le plus grand calme. Vous n'avez pas à vous excuser, mais je vous remercie pour la bienveillance que vous me témoignez. Je n'ai connu Mrs. Farraline que très peu de temps, mais d'après la conversation que nous avons eue dans le train, je me range de votre côté, sans la moindre hésitation.

Oonagh sourit, mais il n'y avait aucune certitude dans son regard, aucun soulagement.

Dès la fin du repas, Monk se hâta de prendre congé.

— Je préfère vous laisser le soin de décider vous-même, dit-il à Alastair. Vous avez tous les éléments en main, à vous de communiquer à la police ceux que vous jugerez appropriés. En tant que procurator fiscal, vous êtes mieux placé que moi pour déterminer ce qui peut servir de pièces à conviction et ce qui n'en est pas.

— Je vous remercie, répondit gravement Alastair, sans paraître pour autant plus soulagé que sa sœur. Au revoir, Mr. Monk, au revoir, Miss Latterly. J'espère que votre voyage de retour sera agréable.

En retrouvant l'air froid du dehors, Monk remonta son col. Hester serra les pans de son manteau bleu pour se protéger du vent. Le détective attendit d'avoir franchi la grille pour prendre la parole.

— N'allez pas croire que j'en aie terminé avec cette histoire ! explosa-t-il alors. Il y a un assassin parmi eux, et si ce n'est pas McIvor, c'est l'un des autres !

— J'aimerais vraiment que ce soit Quinlan ! affirma Hester avec passion, tandis qu'ils parvenaient sur le terre-plein d'Ainslie Place. Quel homme odieux ! J'ai beau me creuser la cervelle, je n'arrive pas à comprendre comment Eilish a pu l'épouser ! Il est clair qu'elle le déteste, désormais... Ce qui n'a rien d'étonnant, d'ailleurs. Pensez-vous qu'Hector était ivre ?

— Évidemment ! Il l'est en permanence, le pauvre bougre !

— Je me demande pourquoi, fit-elle, pensive, tout en accélérant l'allure pour rester à la hauteur de Monk. Qu'est-ce qui a bien pu lui arriver ? D'après Mary, il avait autant de panache que son frère, jadis, et il était meilleur soldat.

— L'envie, j'imagine... répondit-il sans réel intérêt pour la question. C'était le plus jeune, le moins gradé, Hamish avait hérité de l'argent et aussi, à ce qu'il semble, de l'intelligence et du talent...

Ils venaient d'atteindre l'extrémité de la place et ils s'engagèrent dans Glenfinlas Street.

— Ce que je voulais savoir, c'est si vous pensez qu'il était ivre au point de raconter n'importe quoi, reprit Hester.

— A quel propos ?

— Au sujet du cabinet secret, évidemment ! répondit-elle avec impatience. Pourquoi Hamish aurait-il construit un cabinet secret dans des ateliers d'imprimerie ?

— Je n'en sais rien. Pour cacher des livres illégaux ?

— Quel genre de livres pourraient être illégaux ? Des livres volés ? Mais cela n'a pas de sens...

— Non, pas des livres volés. De ouvrages séditieux... blasphématoires... pornographiques, selon toute probabilité.

— Ah... Je vois.

— Vous ne voyez rien du tout. Mais vous comprenez sans doute.

Elle ne chercha pas à ergoter.

— Cela justifie-t-il qu'on aille jusqu'au meurtre ?

— Si le graphisme est de bonne qualité et abondant, un tel commerce peut rapporter beaucoup d'argent...

Deux messieurs traversèrent la rue devant eux. Le plus petit balançait énergiquement sa canne.

— Vous voulez dire que de tels ouvrages se vendraient cher ? Cela me paraît douteux.

Il esquissa une grimace désapprobatrice.

— Je ne me doutais pas que vous seriez si bien renseignée sur la question.

— Vous oubliez que j'ai été infirmière dans l'armée.

— C'est vrai...

Monk se sentait troublé. Il eût préféré qu'Hester ne sût rien de ces vulgarités, que son regard ne se fût jamais posé sur de tels ouvrages. Les femmes convenables ne devaient pas connaître l'obscénité, reflet des abominations dont est capable l'imagination humaine. Sans s'en rendre compte, il hâta encore le pas et manqua de percuter un couple qui arrivait en sens inverse. L'homme le dévisagea, stupéfait, et marmonna des propos inintelligibles.

Hester, quant à elle, devait presque courir pour se maintenir à sa hauteur.

— Allons-nous essayer de le découvrir ? interrogea-t-elle, haletante. Je vous en prie, ralentissez un peu. Je ne peux ni parler ni écouter ce que vous me dites à cette allure.

Il lui obéit aussitôt. Entraînée sur sa lancée, la jeune femme se retrouva à quelques pas devant lui.

— Je vais y aller, moi, répondit-il. Vous, non.

— Ah si ! Je viendrai avec vous.

— Il n'en est pas question. Cela peut être dangereux...

— Pourquoi donc ? Ils ont dit qu'il n'y aurait personne aux ateliers demain, et il y en aura encore moins aujourd'hui. Ils ne vont pas profaner le jour du Seigneur.

— J'irai ce soir, à la nuit tombée.

— Naturellement ! Nous n'allons pas nous y rendre en plein jour !

— Je vous ai déjà dit que vous ne viendrez pas !

Ils s'étaient arrêtés au milieu du trottoir, obstruant le passage.

— Et moi, je vous ai dit que si, je viendrai ! Vous pourrez avoir besoin d'aide. Si c'est vraiment un cabinet secret, il ne doit pas être aisé à localiser. Il nous faudra sonder les murs pour déceler les endroits creux, déplacer...

— D'accord ! coupa-t-il. Mais vous ferez ce que je vous dirai.

— Naturellement.

Il jura, puis repartit, allongeant de nouveau le pas.

Il était près de onze heures et il faisait nuit noire quand ils pénétrèrent enfin dans l'immense bâtiment qui abritait les ateliers et commencèrent leurs recherches, à la lueur d'une lanterne que tenait Hester. Pour éviter de se faire remarquer, ils avaient dû crocheter la serrure en douceur. Cette première étape avait nécessité un certain temps, mais Monk possédait dans ce domaine des compétences qu'Hester ne soupçonnait pas. Sans doute ignorait-il lui-même d'où il les tenait, car il ne fournit pas un mot d'explication à la jeune femme.

Pendant plus d'une heure, ils explorèrent les parois avec lenteur et méthode, mais la construction se révélait robuste et sans surprise. C'était une structure simple, une sorte de hangar similaire aux entrepôts qui s'élevaient de part et d'autre, dénué de fioritures, d'alcôves, de chambranles ou de rayonnages qui eussent pu masquer une ouverture.

— Il était soûl, marmonna Monk, écœuré. Il porte une telle haine à son frère qu'il cherche seulement à semer la zizanie. Il a dit n'importe quoi...

— Cela ne fait pas très longtemps que nous sommes là, objecta Hester.

Il lui lança un regard méprisant que la lumière jaune de la lanterne et l'obscurité alentour rendirent plus terrible encore.

— Bon, avez-vous une meilleure idée? s'enquit la jeune femme. Vous voulez rentrer à Londres et continuer à ignorer qui a tué Mary?

Il ne répondit pas, mais se détourna et reprit l'exploration du mur.

— L'autre entrepôt se trouve juste derrière cette paroi, déclara-t-il une demi-heure plus tard. Il est matériellement impossible qu'il y ait le moindre compartiment secret, et encore moins une pièce entière.

— Et si cette pièce se trouvait dans le toit? suggéra Hester, qui commençait à perdre espoir elle aussi. Ou au sous-sol?

— Il y aurait un escalier quelque part. Or, il n'y en a pas.

— Dans ce cas, elle doit être là. Nous ne l'avons pas encore trouvée, c'est tout.

— Votre logique est remarquable! Nous ne l'avons pas trouvée, donc, elle doit être là!

— Ce n'est pas ce que j'ai dit.

Elle saisit la lanterne et le laissa dans l'obscurité. Il n'y avait rien à perdre à chercher encore un peu. C'était leur dernière chance. Demain, ils repartiraient et Baird McIvor serait jugé. Peut-être serait-il pendu, peut-être vivrait-il avec un verdict de « culpabilité non avérée » au-dessus de sa tête pour le restant de ses jours, et elle ne saurait jamais qui était l'assassin de Mary. Or, Hester avait besoin de savoir, non seulement par intérêt personnel, mais parce que le visage intelligent et plein d'humour de Mary demeurait très net dans sa mémoire, comme cette fameuse nuit où, dans le train qui les menait à Londres, elle s'était endormie en songeant qu'elle venait de se faire une nouvelle amie.

Elle ne découvrit pas l'entrée par hasard, mais au terme d'une exploration effrénée et méthodique, tambourinant de son poing fermé sur chaque parcelle du mur. La paroi céda soudain et glissa, découvrant une porte étroite. C'était sans doute dans l'entrepôt voisin, et non dans le bâtiment de l'imprimerie, que la pièce avait été ménagée. Son existence était donc insoupçonnable : un plan des lieux ne pouvait l'indiquer. Pour la découvrir, il eût fallu mettre côte à côte les plans des deux bâtiments et établir des comparaisons.

— Je l'ai ! s'écria-t-elle, triomphante.

— Ne hurlez pas comme cela ! chuchota Monk juste derrière elle, la faisant sursauter au point qu'elle manqua de lâcher la lanterne.

— Ne refaites plus jamais ça ! protesta-t-elle, avant de se faufiler la première par la petite porte.

Elle tenait la lampe haut devant elle, de façon à éclairer la pièce entière. Très basse de plafond, celle-ci devait mesurer douze pieds sur dix. Elle ne possédait aucune fenêtre, bien sûr ; seul un petit orifice, au fond à droite, assurait une aération minimale. Une bonne moitié de la superficie était occupée par des presses, des bouteilles d'encre, des réserves de papier et des couperets de guillotine. Au centre trônait une table semblable à un chevalet, munie d'un casier contenant des outils de gravure à l'eau-forte et de l'acide. Au-dessus était fixée une gigantesque lampe à gaz. Une fois allumée, celle-ci devait diffuser un éclairage intense.

— Qu'est-ce que c'est? fit Hester, stupéfaite. Il n'y a pas de livres ici!

— Je pense que nous venons de découvrir la source de la fortune des Farraline, répondit Monk dans un souffle.

— Mais il n'y a aucun livre... A moins qu'ils les aient déjà tous expédiés?

— Il ne s'agit pas de livres, ma chère... mais d'argent! C'est de l'argent qu'on imprime dans cette pièce!

Hester fut parcourue d'un frisson qui n'était pas seulement dû au sens de ces paroles, mais aussi à la façon dont Monk l'avait appelée.

— Vous voulez dire... de la fausse monnaie? balbutia-t-elle.

— Eh oui... De très belles imitations... Il faut maîtriser diablement l'art de la contrefaçon pour avoir tenu si longtemps sans être démasqué...

Il s'avança vers les presses pour les examiner de plus près, non sans avoir pris la lanterne des mains de sa compagne.

— Et ils ne travaillent pas à petite échelle! Il y a toutes sortes de billets différents : cinq livres, dix livres, vingt. Regardez, toutes les banques d'Écosse... La Royale, la Clydesdale, la Linen Bank! Et aussi la Banque d'Angleterre. Et là! On dirait des billets allemands! Et en voilà des français! Des goûts fort éclectiques, mais, ma foi, ces gens-là sont de vrais artistes!

Hester se pencha au-dessus de l'épaule du détective pour examiner les plaques de métal.

— Comment savez-vous qu'ils se livrent à cette activité depuis longtemps? Peut-être viennent-ils à peine de commencer?

— La fortune familiale remonte à un bon moment, répondit Monk. Depuis Hamish... Je suis prêt à parier que celui-ci fut le premier graveur. Vous souvenez-vous de ce que disait cette femme, ce matin à l'église ? Et Deirdra a également évoqué les talents de copiste de son beau-père...

Il saisit un billet et l'observa attentivement.

— Celui-ci est encore en circulation. Regardez la signature.

— Mais s'ils fabriquent aussi des billets récents, qui est leur artiste désormais ? Ce n'est pas le genre de personne que l'on recrute sur petite annonce.

— Bien entendu. Je vous parie tout ce que vous voulez que Quinlan a pris le relais. Ce qui expliquerait son arrogance. Il sait qu'ils ne peuvent rien faire sans lui. Il les tient à sa merci. Pauvre petite Eilish : je suppose qu'elle fut le prix de sa collaboration...

— Mais c'est affreux ! s'exclama Hester, outrée. On ne peut tout de même pas...

Elle s'arrêta. Ce qu'elle allait dire était absurde et elle s'en rendait compte. Depuis des temps immémoriaux, des jeunes filles étaient ainsi offertes en mariage pour permettre aux familles de réaliser leurs ambitions, pour des raisons souvent pires encore que celle-ci. Eilish, au moins, avait eu la chance de rester avec les siens et de profiter de la prospérité familiale. Et puis, Quinlan avait à peu près son âge, il n'était pas trop laid, ne buvait pas, n'était pas malade. Peut-être même l'avait-il aimée au départ, avant qu'elle ne le trahisse en tombant amoureuse de Baird. Ou peut-être était-ce pour se protéger de sa trop ravissante petite sœur qu'Oonagh avait marié celle-ci à un homme qui la posséderait et ne souffrirait aucune infidélité.

Pauvre Oonagh ! Elle avait échoué. Si les actes pouvaient rester irréprochables, les rêves, pour leur part, ne se laissaient pas gouverner...

Monk reposa les billets à l'endroit exact où il les avait pris.

— Croyez-vous que Mary était au courant ? interrogea Hester dans un murmure. Je... j'espère que non. Cela me fait mal de penser qu'elle ait pu y prendre part. Je sais que ce n'est pas aussi grave que de porter atteinte aux gens... Après tout, il ne s'agit que de cupidité, mais...

449

Elle poussa un soupir et il la considéra, glacial, les joues creusées par la lumière jaune de la lampe, le nez exagérément long.

— Il s'agit d'un crime abject, affirma-t-il entre ses dents. A vous entendre, on croirait qu'il n'y a aucune victime. Vous n'avez pas réfléchi. Comment réagiriez-vous si la moitié de l'argent que vous possédez était fausse, sans que vous sachiez quelle moitié ? Comment vous débrouilleriez-vous pour vivre ? A qui pourriez-vous faire confiance ?

— Mais...

— Tout le monde aurait peur de vendre, poursuivit-il avec fougue. Faire du commerce, oui, mais avec qui ? Qui voudrait de ce que vous avez à offrir, qui pourrait vous fournir ce dont vous avez besoin ? Depuis que l'homme paie pour acquérir marchandises et loisirs, depuis qu'il a affûté ses compétences et appris à coopérer avec ses pairs pour le bénéfice de tous, il utilise un outil d'échange commun : l'argent. A vrai dire, depuis que nous avons créé ce que l'on qualifie de civilisation et depuis que nous avons compris que le monde était composé d'individus indépendants, depuis que nous avons élaboré le concept de communauté, l'argent est un pivot fondamental. Le profaner, c'est saboter les racines mêmes de toute société.

Elle l'observait, comprenant peu à peu l'importance du délit, les ravages qu'il engendrait.

— Et les mots ? enchaîna-t-il, entraîné par sa fougue. Les mots constituent notre mode de communication, ils nous élèvent au-dessus des bêtes. Nous pouvons penser, nous disposons de concepts, l'écriture nous permet de transmettre nos croyances d'un pays à l'autre, d'une génération à l'autre. Que l'on pollue ces relations humaines avec la flatterie et la manipulation, le langage avec les mensonges, la perversion des mots et de leur sens, et nous ne pouvons plus nous atteindre les uns les autres. Nous nous retrouvons isolés. Plus rien n'a de réalité. Nous sombrons dans le marécage de l'imposture, dans l'expédient. Tromperie, corruption et traîtrise... ce sont les péchés de la louve.

Il s'arrêta net et regarda Hester comme s'il découvrait soudain sa présence.

— La louve ? le pressa-t-elle. Que voulez-vous dire ? Quelle louve ?

— L'ultime cercle de l'Enfer, expliqua-t-il avec lenteur, détachant chaque syllabe. La toute dernière fosse. Dante. Les neuf cercles de l'enfer. Et ses trois gardiens : la panthère, le lion et la louve...

— Vous souvenez-vous où vous avez lu cela, qui vous l'a enseigné ? interrogea Hester dans un souffle.

Il resta si longtemps sans répondre qu'elle se demanda s'il avait entendu sa question. Puis il tressaillit.

— Non, murmura-t-il. Pas du tout. J'ai beau essayer... je n'y arrive pas. Je ne savais même pas que je connaissais tout cela avant de commencer à parler de la contrefaçon. Je...

Avec un léger haussement d'épaules, il se détourna.

— Bon, nous avons trouvé ce que nous cherchions ici. L'existence de ce matériel peut très bien expliquer le meurtre de Mary. Si elle a découvert, d'une manière ou d'une autre, que certains membres de la famille étaient des faux-monnayeurs, il a fallu la réduire au silence.

— Mais quels membres de la famille ? Qui est coupable ?

— Dieu seul le sait. Quinlan, sans aucun doute. Mais en fait, Mary était peut-être au courant depuis longtemps, après tout ! Ce sera à la police de le déterminer. Venez. Nous n'apprendrons rien de plus en restant ici.

Il ramassa la lanterne et se dirigea vers la sortie. Il lui fallut un moment pour trouver la petite porte, qui s'était refermée.

— Bon sang ! s'exclama-t-il, agacé. J'étais pourtant sûr de l'avoir laissée ouverte.

— Vous l'avez laissée ouverte, assura Hester, juste derrière lui. Elle s'est refermée toute seule. Elle doit être lestée. Ce qui signifie qu'il est possible de l'ouvrir de l'intérieur.

— Bien sûr qu'il est possible de l'ouvrir de l'intérieur ! fulmina-t-il. Mais comment ? Tenez la lanterne en hauteur.

Il lui passa la lampe et palpa la paroi avec dextérité, déplaçant lentement les mains pour en examiner le moindre pouce. Il lui fallut moins de trois minutes pour trouver le loquet. Celui-ci n'était pas dissimulé, mais décentré.

— Ah! murmura-t-il, satisfait, en tirant énergiquement.

Rien ne bougea. Il tira de nouveau.

— C'est coincé? interrogea Hester avec un froncement de sourcils.

Il réessaya trois fois avant de se rendre à l'évidence.

— Non, répondit-il enfin. Je pense que c'est verrouillé.

— Mais c'est impossible! Si le mécanisme se verrouille par simple claquement, comment faisait Quinlan pour sortir? Il ne travaillait tout de même pas ici sans pouvoir quitter la pièce quand il en avait envie!

Le détective se tourna lentement pour lui faire face. Sur son visage, elle découvrit cette sincérité qui caractérisait les moments forts de leur collaboration.

— Je ne pense pas que cette porte ait claqué toute seule. A mon avis, on nous a enfermés délibérément. Après ce qu'a dit Hector à table, quelqu'un a compris que nous l'avions pris au mot. Cette personne a attendu ici notre venue. C'est un secret trop important pour courir le moindre risque de le voir ébruité.

— Mais les ouvriers ne reviennent pas avant mardi! Quinlan a dit que les ateliers seraient fermés demain à cause de la coupure de gaz!

Elle comprenait les implications de ses propres paroles à mesure qu'elle les prononçait. La pièce était petite, privée de fenêtres, hermétique, hormis la minuscule aération du fond. Il faudrait patienter trente heures au moins avant la venue du premier ouvrier, mardi. La jeune femme se dirigea vers l'aération et tendit la main vers elle. Pas un souffle d'air ne lui parvint : elle avait été bouchée... naturellement. Il était inutile d'en dire davantage.

— Je sais, murmura Monk. Il semble qu'en fin de compte les Farraline gagnent la partie. Je suis désolé.

Elle regarda autour d'elle, prise d'une fureur soudaine.

— Eh bien, ne pouvons-nous pas au moins détruire cette machine ? Écraser ces plaques ?

Il sourit, puis se mit à rire, gagné par une franche hilarité.

— Bravo ! s'exclama-t-il. Oui, vous avez raison, démolissons tout cela ! Nous aurons au moins accompli quelque chose !

— Cela va les mettre très en colère, objecta toutefois Hester. Ils risquent de nous tuer sous le coup de la rage.

— Ma chère petite fille, si nous ne sommes pas morts par asphyxie d'ici là, ils nous tueront de toute façon. Nous en savons assez pour les faire condamner à mort... La seule chose que nous ignorons encore, c'est lesquels d'entre eux ont leur part dans ce trafic.

Elle prit une profonde inspiration pour apaiser les battements de son cœur. Même si elle y avait déjà songé, entendre ces choses-là formulées faisait un drôle d'effet.

— Oui... naturellement. Bon. Eh bien, détruisons au moins les plaques.

Sans attendre le feu vert de son compagnon, elle se dirigea vers la table, saisit l'une d'entre elles, mais se figea aussitôt.

— Qu'y a-t-il ? fit Monk.

— Et si nous ne les détruisions pas ? suggéra-t-elle avec un petit frisson de plaisir intense. Si nous les modifiions plutôt, si peu qu'ils ne s'en rendront pas compte. Une fois les billets imprimés, ils les diffuseront sans se méfier et la première personne qui se penchera dessus avec un peu d'attention s'apercevra sans peine qu'ils sont faux. C'est encore mieux, non ? C'est une plus belle revanche...

— Excellente idée ! Trouvons les instruments et l'acide. Surtout, protégez votre peau. Et vos vêtements aussi, d'ailleurs. Une tache d'acide pourrait nous trahir lorsqu'ils nous retrouveront...

Ils se mirent au travail avec détermination, côte à côte, gommant un trait par-ci, ajoutant une petite marque par-là, discrètement. A deux heures du matin, ils avaient altéré l'ensemble des plaques et la lumière de la lampe commençait à décliner.

Ils n'avaient plus rien à faire à présent. Peu à peu, ils prirent conscience du froid qui régnait. Ils s'assirent alors tout près l'un de l'autre, sur un carton de papier, recroquevillés au-dessous de la petite aération qui n'assurait plus sa fonction. Il n'y avait aucun doute : le cabinet était hermétiquement fermé. Maintenant qu'ils avaient cessé de se concentrer sur leur tâche, ils s'apercevaient de la raréfaction de l'air.

— Je ne peux me résoudre à croire que Mary savait ce qui se tramait ici, répéta Hester. Elle n'aurait pas profité sciemment de ce trafic durant toutes ces années.

— Peut-être voyait-elle les choses comme vous tout à l'heure, suggéra Monk, les yeux rivés au halo de lumière que jetait la lanterne. Un crime sans victimes, de la simple cupidité...

Elle demeura plusieurs minutes sans parler. Il n'avait pas connu Mary et elle ne parvenait pas à lui communiquer l'impression de totale honnêteté que lui avait inspirée cette femme.

— Croyez-vous que toute la famille soit coupable ? interrogea-t-elle enfin.

— Non, répondit-il aussitôt, avant de comprendre les implications de sa réponse. Bon, ajouta-t-il, d'accord ! Il est possible que Mary n'ait rien su. En revanche, si elle était au courant, tout ceci (d'un mouvement de tête, il désigna la table et les presses) n'explique en rien son meurtre. Dans le cas contraire, qu'est-ce qui lui a mis la puce à l'oreille, d'après vous ? Elle n'est certainement pas venue explorer les ateliers comme nous, à la recherche du cabinet secret. Et puis, si elle a compris de quoi il retournait, pourquoi n'a-t-elle pas prévenu la police tout de suite ? Pourquoi partir à Londres ? Même s'il était urgent, ce voyage pouvait tout de même attendre quelques jours ! Mary aurait dû prendre le temps de régler cette affaire avant son départ.

Il s'interrompit, pensif, puis secoua la tête.

— Mais à vrai dire, Mary aurait-elle exposé toute sa famille au scandale, à la ruine et à l'emprisonnement? Ne se serait-elle pas contentée d'exiger des coupables l'arrêt de la fabrication? Et c'est cette exigence qui les aurait poussés à l'assassiner!

— Si j'étais l'un de ces faux-monnayeurs, repartit Hester, j'aurais simplement dit « Oui, Mère » et j'aurais transféré les machines en un autre lieu. Cela aurait été infiniment moins risqué que de l'assassiner.

Il ne répondit pas et s'absorba dans la réflexion.

Il faisait de plus en plus froid et ils se serrèrent davantage, rassurés par la chaleur et la respiration régulière de l'autre, qui constituaient une sorte de sécurité face à l'obscurité et à la conscience que le temps leur était compté.

— Que disait-elle... dans le train? interrogea Monk.

— Elle parlait surtout du passé. Elle voyageait beaucoup autrefois. Elle a dansé au bal de Bruxelles, la veille de la bataille de Waterloo, vous savez?

Elle fixait l'obscurité, parlant d'une voix basse qui s'accordait à l'atmosphère du lieu et lui permettait de ménager ses forces. Ils étaient si près l'un de l'autre qu'il leur suffisait de chuchoter pour se faire entendre.

— Elle m'a décrit la fête, les couleurs et la musique, les uniformes des soldats, le rouge, le bleu, le doré, les hommes de la cavalerie, les artilleurs, les hussards et les dragons, et aussi les Scots Greys.

Elle sourit au souvenir du visage de Mary et de l'étincelle qui y brillait.

— Elle m'a parlé d'Hamish, de son élégance, de sa prestance, du succès qu'il remportait auprès des femmes.

— Hector buvait-il déjà à cette époque?

— Oh non! Elle m'a parlé de lui aussi. Hector a toujours été plus calme, plus tendre... ce n'est pas le terme qu'elle a employé, mais cela revenait au même. D'après elle, c'était un bien meilleur soldat. Elle m'a décrit l'orchestre et la gaieté qui régnait, reprit-elle, souriant toujours, des rires qui fusaient à la moindre plaisanterie, des danses endiablées, des gens qui virevoltaient, des lumières et des couleurs, des bijoux qui étincelaient...

Elle s'interrompit pour prendre une profonde inspiration.

— Chacun savait que le lendemain, à la même heure, un homme sur dix peut-être serait mort, deux ou trois seraient blessés, éclopés à vie, aveugles... Si tout le monde y pensait sans doute, personne n'en parlait et les musiciens ne manquaient pas une seule note. Wellington en personne était présent. C'était un moment fort de l'histoire. Toute l'Europe attendait.

Elle déglutit et s'efforça de maîtriser le tremblement de sa voix. Elle devait avoir le même courage que Mary. Elle avait déjà côtoyé la mort, et quelle mort! La sienne serait douce, avec Monk à ses côtés. Malgré l'hostilité mutuelle qu'ils s'étaient toujours témoignée, malgré leurs querelles, leurs colères et le mépris qu'ils se portaient l'un à l'autre, c'était lui, et lui seul, qu'elle voulait près d'elle en un tel instant.

— Elle m'a dit qu'elle avait très peur pour Hector, mais qu'elle ne voulait pas qu'il le sache, conclut-elle.

— Vous voulez dire pour Hamish, rectifia-t-il.

— Ah bon? Ah oui, bien sûr. Il n'y a plus beaucoup d'air, n'est-ce pas?

— Non.

— Elle m'a aussi parlé de ses enfants, surtout d'Oonagh et d'Alastair, qui étaient très proches quand ils étaient petits.

Elle raconta le soir d'orage, les deux enfants serrés l'un contre l'autre dans le lit d'Oonagh pour se rassurer mutuellement.

— Oonagh est une femme remarquable, affirma Monk. C'est un peu effrayant d'ailleurs. Une telle force de caractère...

— Alastair aussi doit avoir du caractère. Il ne serait pas procurator fiscal autrement. Il lui a fallu du courage, sans doute, pour renoncer à incriminer Galbraith. Apparemment, c'était une affaire importante, très politique, et tout le monde pensait qu'il serait jugé et condamné. Même Mary, je crois.

— D'après ce que disait cette femme à l'église, Alastair a débouté plusieurs affaires comme cela. Vous avez froid ?

— Oui. Mais ce n'est pas grave.

— Voulez-vous mon manteau ?

— Non. Sinon, c'est vous qui aurez froid.

Il ôta son pardessus et entreprit de lui en couvrir les épaules.

— Ne protestez pas, ordonna-t-il.

— Mettez-le sur nous deux.

Elle s'approcha encore de lui pour rendre l'idée réalisable.

— Il n'est pas assez large.

— Ça ira.

— Mary pensait que Galbraith serait jugé ? reprit Monk. Comment savez-vous cela ?

— Elle m'a parlé d'un certain Archie Frazer qu'elle aurait aperçu dans la maison d'Ainslie Place, un soir, alors qu'il était déjà tard. L'homme avait des manières furtives. Je crois qu'elle s'est fait du souci à ce sujet.

— Pourquoi ? Qui était-ce ?

— Un témoin dans l'affaire Galbraith.

Monk se raidit.

— Un témoin ? Mais que faisait un témoin chez Alastair en pleine nuit ? Et cela préoccupait Mary ?

— Oui. Je crois que cette affaire l'a beaucoup contrariée.

— Parce qu'elle savait pertinemment que cet homme n'avait rien à faire chez elle. Alastair n'est pas censé recevoir les témoins en privé. Et ensuite, l'affaire a été déboutée ? Elle n'est pas passée en jugement ?

Elle le dévisagea. Même à la très faible lueur de la lampe, elle voyait dans ses yeux qu'il pensait à la même chose qu'elle-même.

— Corruption ? souffla-t-elle. Le Fiscal a accepté de l'argent, ou autre chose, pour ne pas poursuivre Mr. Galbraith... et c'était ce que craignait Mary !

— L'a-t-il fait une seule fois ? interrogea Monk,

comme pour lui-même. Ou régulièrement ? La femme, à l'église, disait qu'il y a eu plusieurs affaires déboutées contre toute attente. Notre Fiscal est-il un homme intègre, assez courageux pour défier les prévisions du public et rejeter un dossier qu'il juge insuffisant, ou un corrompu, prêt à se laisser acheter par des coupables qui ont les moyens ou la volonté de payer le prix qu'il réclame ?

— Et même si nous trouvons la réponse, une autre question se pose alors : Mary le savait-elle ou s'en doutait-elle ? Et lui, avait-il conscience d'avoir éveillé les soupçons de sa mère ?

Monk demeura quelques longues minutes silencieux. Il avait le corps à demi tourné, les jambes allongées devant lui et recouvertes par les jupes d'Hester qui leur tenaient chaud à tous deux. La flamme de la lanterne s'éteindrait bientôt, les angles de la pièce baignaient déjà dans une obscurité totale. La respiration se faisait plus difficile.

— Kenneth et Baird ne savaient sans doute rien, chuchota enfin la jeune femme. Quinlan non plus, peut-être. Et je préfère penser que Mary l'ignorait aussi.

— Bon sang ! fit Monk entre ses dents serrées. Ce satané Alastair Farraline !

La colère et la frustration habitaient tout autant Hester, mais le désir de partager ces sentiments était cependant plus intense encore.

Alors, Monk lui prit la main. La jeune femme ne bougea pas tout d'abord. Puis, sans réfléchir, elle se pencha un peu vers lui, posa le front sur sa joue, et laissa glisser la tête jusqu'à venir la nicher au creux du cou de son compagnon, le visage à demi tourné vers son épaule. Étrangement, ce mouvement lui paraissait familier et approprié. Une sensation de paix l'avait envahie et la colère s'en était allée. Plus rien n'avait d'importance.

Il n'y avait pratiquement plus d'air dans la pièce. Quelle heure pouvait-il être ? Il était impossible de savoir si le jour s'était levé.

Alors, avec une grande douceur, Monk repoussa légèrement la jeune femme. Celle-ci le considéra dans ce qui restait de lumière, reconnut les traits marqués de son visage, le bleu-gris de ses grands yeux. En cet instant, il n'y avait aucune place pour la dissimulation, pour la réserve, aucune volonté de fuir ou de refuser l'évidence. Tout serait bientôt fini.

Très lentement, il se pencha et déposa sur ses lèvres un baiser d'une infinie tendresse. C'était presque un hommage qu'il lui rendait, comme si ce geste, esquissé avec les ultimes forces dont il disposait encore, renfermait une part de sacré, la capitulation du dernier bastion.

Pas une seconde elle ne songea à laisser cet élan sans réponse, à ne pas se donner de tout son être, avec autant de générosité que lui, dans un baiser qu'elle attendait depuis longtemps. Ce fut à travers la tendresse passionnée de ses lèvres et de ses bras qu'elle lui avoua ce désir.

La lampe s'était éteinte depuis peu et leurs deux corps reposaient côte à côte, froids et presque insensibles dans le peu d'air qu'il restait encore, quand un bruit soudain se fit entendre. Un rai de lumière jaune traversa alors la pièce et une extraordinaire odeur de papier, propre et sucrée, emplit l'atmosphère.

— Vous êtes là ? Mr. Monk ?

La voix était hésitante, un peu troublée, et portait l'accent chantant du Nord.

Le détective se redressa péniblement. Il avait mal à la tête, ne parvenait pas à fixer son regard. Près de lui, inanimée, Hester respirait à peine.

— Mr. Monk ? reprit la voix.

— Hector ! fit Monk avec difficulté. Hector... C'est... êtes-vous...

Il ne put poursuivre. Une quinte de toux le secouait.

Hester se releva à son tour, maladroitement, s'appuyant sur lui.

— Major Farraline ? murmura-t-elle.

Trébuchant sur une rame de papier, se cognant à l'angle de la presse avec une exclamation de douleur, Hector avança jusqu'à eux et posa sa lampe sur le sol. La lumière jaune lui donnait une mine épouvantable. Ses cheveux rares semblaient dressés sur sa tête, ses yeux étaient injectés de sang et cernés de noir. Il s'absorbait dans un état de concentration intense qui exigeait de lui de visibles efforts, mais le soulagement qu'on lisait sur son visage le transfigurait.

— Mr. Monk ! Est-ce que ça va ?

Il aperçut soudain Hester.

— Dieu du ciel ! Miss Latterly ! Je... Je suis désolé. Je n'ai pas imaginé une seconde vous trouver ici, Miss !

Il tendit le bras pour l'aider à se redresser.

— Vous pouvez vous lever, Miss ? Voulez-vous que... je veux dire...

Il hésitait, se demandant sans doute s'il serait assez vigoureux pour la soulever, ou si Monk, dans l'état où il se trouvait, en aurait la force.

— Oui. Je suis sûre que ça va, merci.

Elle tenta de sourire.

— Enfin, ça ira quand j'aurai respiré un peu...

— Bien sûr, bien sûr.

Il se redressa, puis s'aperçut qu'il ne lui avait été d'aucun secours. Déjà, Monk s'était mis debout, péniblement, et il se penchait pour aider sa compagne à en faire autant.

— Dépêchez-vous, je vous en prie, les pressa le vieil homme en saisissant la lampe. Je ne sais pas qui vous a enfermés ici, mais il n'est pas inconcevable que cette personne s'aperçoive de ma disparition et revienne aux ateliers. Je crois réellement qu'il vaudrait beaucoup mieux qu'on ne nous trouve pas ici.

Monk émit un petit rire qui ressemblait à un aboiement, puis, sans autre commentaire, ils quittèrent le cabinet secret, refermant la porte derrière eux. Ils suivirent Hector à travers les ateliers, que la lumière du jour naissant éclairait faiblement.

— Comment avez-vous eu l'idée de venir nous chercher ? interrogea Hester quand ils furent dehors, alors que les forces commençaient à lui revenir avec l'air frais qu'elle respirait.

— Je... je crois que j'étais un peu éméché hier midi, répondit-il, visiblement embarrassé. Je ne me rappelle pas grand-chose de ce qui s'est passé à table, mais j'aurais dû m'arrêter au moins trois verres plus tôt. Dans la nuit, je me suis réveillé, je ne sais pas à quelle heure. J'avais la tête comme une citrouille, mais je savais que quelque chose n'allait pas. Je me souvenais de ça : quelque chose n'allait pas.

Il cligna des yeux comme pour s'excuser. A l'évidence, il avait honte.

— Seulement, je ne savais pas du tout de quoi il s'agissait... conclut-il.

— Ce n'est pas grave, fit Monk, grand seigneur. Vous êtes arrivé à temps. Il s'en est fallu de peu, remarquez! ajouta-t-il avec une petite grimace.

Il saisit le vieil homme par le bras et tous trois se mirent en marche sur la chaussée aux pavés irréguliers.

— Mais cela n'explique pas pourquoi vous êtes venu! insista Hester.

— Oh... Eh bien, quand je me suis réveillé, de bonne heure ce matin, je me suis souvenu : j'avais dit quelque chose à propos du cabinet secret...

— Vous avez affirmé connaître son existence, confirma Monk. Vous saviez qu'il se trouvait aux ateliers. Mais vous n'en paraissiez pas vraiment certain. J'ai pensé que vous aviez deviné son existence par déduction plutôt que par observation... du moins pour ce qui concerne ce qu'il y avait à l'intérieur.

— Par déduction? répéta Hector, apparemment sans comprendre. Je ne sais pas. Qu'y a-t-il à l'intérieur?

— Eh bien... Pourquoi êtes-vous venu? interrogea Monk, répétant la question d'Hester. Qu'est-ce qui vous a fait penser que nous y serions, ou que quelqu'un risquait de nous y enfermer?

Le visage d'Hector s'éclaira.

— Oh... C'était évident! Vous vous êtes accroché à cette idée, cela s'est vu à votre expression, comme le nez au milieu de la figure! J'ai su tout de suite que vous iriez le chercher. Après tout, vous ne pouviez pas laisser Miss Latterly passer le reste de sa vie avec cette ombre au-dessus d'elle !

Il secoua la tête et se tourna vers Hester.

— Quoiqu'il ne me soit pas venu à l'idée que vous pourriez être là aussi, Miss !

Il fronça les sourcils et dévia un peu du chemin, si bien que Monk dut le retenir pour l'obliger à marcher droit.

— Vous êtes une jeune femme très originale, ajouta-t-il, tandis qu'un voile de tristesse altérait ses traits. Je comprends pourquoi Mary s'est prise d'amitié pour vous. Elle aimait les gens qui avaient le courage d'être eux-mêmes, de boire la vie jusqu'à la lie et de vider la coupe sans peur. C'étaient ses mots.

Il chercha le regard d'Hester et, de nouveau, Monk le rattrapa pour l'empêcher de tomber dans le caniveau, malgré le pas relativement lent qu'ils avaient adopté.

— J'ai donc compris tout de suite que vous iriez chercher cette pièce, reprit le vieil homme à l'adresse de Monk. Et je savais bien sûr que si quelqu'un y menait des activités inavouables, il viendrait aussi et vous y enfermerait sans doute... Pour vous dire la vérité, j'avais très peur qu'on vous ait déjà tué. Je suis heureux que vous soyez encore en vie !

— Nous vous en sommes reconnaissants, répondit Monk avec sincérité.

— Très reconnaissants, ajouta Hester en resserrant un peu son étreinte sur le bras d'Hector.

— Il n'y a pas de quoi, ma chère. Mais au fait, qu'y a-t-il dans ce cabinet secret ? reprit-il en fronçant les sourcils.

— Vous ne le savez pas ? s'enquit Monk d'un ton qu'il voulait badin.

— Non, pas du tout. Quelque chose appartenant à Hamish ?

— Je pense, oui. A Hamish autrefois, et à Quinlan à présent.

— C'est bizarre. Hamish n'a guère connu Quinlan. Il

était malade à l'époque où Eilish l'a rencontré. En fait, il était en train de devenir aveugle et il avait des périodes de confusion mentale et une paralysie des membres. Pourquoi aurait-il légué quoi que ce soit à Quinlan, plutôt qu'à Alastair, ou même à Kenneth ?

— Parce que Quinlan est un artiste, expliqua Monk.

— Ah bon ? Je l'ignorais. Je n'ai jamais vu ses œuvres. Je savais que Hamish l'était, bien sûr. Je n'aimais pas trop son style, je trouvais qu'il mettait trop d'application et pas assez d'imagination. Enfin, c'est une question de goût, je suppose !

— Il ne faut aucune imagination pour fabriquer des billets de banque, fit remarquer le détective d'un ton sec.

— Des billets de banque ?

Hector s'était immobilisé.

— De la fausse monnaie, expliqua Monk. C'est ça qu'il y avait dans le cabinet. Tout un matériel de fabrication de faux billets.

Hector poussa un long soupir, comme s'il avait en lui, depuis des années, cette intuition, ou cette appréhension.

— Vraiment ? murmura-t-il simplement.

— Mary le savait-elle ? interrogea Hester en scrutant son visage.

Il la regarda un long moment, les sourcils froncés. Le soleil du matin faisait ressortir les taches de rousseur qui parsemaient ses joues.

— Mary ? répéta-t-il enfin. Bien sûr que non ! Elle ne l'aurait jamais toléré. Mary était une femme de valeur. Elle avait ses... ses...

Il s'interrompit, rougit et détourna les yeux, mais poursuivit.

— Elle avait ses petites faiblesses. Elle mentait, elle était obligée...

L'espace d'un instant, il parut éprouver de la colère, ainsi qu'une volonté farouche de défendre cette femme dont il parlait avec affection. Puis tout s'effaça aussi vite que c'était venu.

— Mais elle n'était pas malhonnête. Pas de cette

façon-là. Elle n'aurait jamais toléré une chose pareille ! C'est... Ce n'est pas voler une seule personne, c'est voler tout le monde ! C'est... de la corruption.

— J'en étais sûre ! s'exclama Hester avec une vive satisfaction, malgré les interrogations qu'avaient suscitées en elle les paroles du vieil homme. Mais où allons-nous ? ajouta-t-elle à l'intention de Monk. Si nous cherchons une voiture, nous venons de dépasser la grand-route.

— C'est aux bureaux que vous allez, n'est-ce pas ? questionna Hector avec assurance. Vous voulez les mettre au pied du mur. Mais êtes-vous sûrs que...

Il fronça encore les sourcils et son regard, dubitatif, passa d'Hester à Monk.

— Tous les trois, reprit-il, nous ne sommes pas les meilleurs soldats qui soient... Vous avez été enfermé toute une nuit sans air ou presque, moi, je suis un vieil homme trop ravagé par l'alcool et le chagrin pour tenir sur mes jambes, et Miss Latterly, je vous demande pardon, Miss, mais vous n'êtes qu'une femme...

— Avec l'air frais, j'ai repris du poil de la bête, rétorqua Monk, glacial. Quant à vous, monsieur, vous êtes un soldat et vous ne faiblirez pas le moment venu. Et Miss Latterly, pour sa part, n'est pas une femme ordinaire. Nous devrions pouvoir nous en sortir.

Ils continuèrent en silence, plongés dans leurs pensées respectives. Les bureaux de l'imprimerie n'étaient pas très loin des ateliers, bien sûr. Hester eut soudain envie de demander à Hector comment il avait appris l'existence du cabinet secret et quels événements, du vivant de son frère, lui avaient permis de la découvrir. Elle n'en eut pas le temps : ils venaient de s'arrêter devant les bureaux. Après un court instant d'hésitation, Monk frappa énergiquement à la porte, puis bouscula l'employé venu leur ouvrir pour s'engouffrer sans un mot dans le bâtiment, suivi par ses deux acolytes.

Stupéfait, l'employé leur emboîta le pas en bredouillant des protestations, mais ils ne lui prêtèrent aucune attention. Monk gagna directement l'escalier métallique qui menait aux bureaux de Baird et d'Alastair. Comme l'autre fois, le vaste magasin du rez-de-chaussée était encombré de presses, de rames de papier, de rouleaux de toile et de ficelle. Sur toute sa longueur s'entassaient des centaines de cartons de livres en attente d'expédition. On ne voyait cependant pas âme qui vive. Même l'employé qui leur avait ouvert s'était évanoui. S'il y avait des ouvriers, sans doute se trouvaient-ils à l'autre extrémité du bâtiment, en train de préparer ou de charger des colis.

Hector semblait osciller entre déception et soulagement. Certes, il brûlait de mener cette ultime bataille, mais peut-être se sentait-il trop harassé pour y prendre plaisir, et trop peu sûr de lui pour croire en la victoire.

Monk n'éprouvait aucune de ces appréhensions. Son visage s'était figé en un masque de fer; seuls ses yeux brillaient d'une lumière dure tandis qu'il gravissait les marches.

— Venez! ordonna-t-il.

Il ne vérifia pas s'il était obéi. Parvenu en haut de l'escalier, il parcourut en trois enjambées l'espace qui le séparait du bureau de Baird et ouvrit la porte à la volée.

Trois personnes étaient présentes : Alastair, Oonagh et Quinlan Fyffe. Sur le visage du premier se lisait une stupéfaction mêlée de colère. Quinlan, pour sa part, avait simplement tressailli. Quant à Oonagh, son flegme habituel semblait à son paroxysme. Figée dans une attitude glacée, elle dévisageait Monk. A l'évidence, elle n'avait remarqué ni Hester, qui se tenait derrière lui, ni Hector, demeuré sur la passerelle.

— Pour l'amour du ciel, que voulez-vous encore? s'exclama Alastair.

Visiblement fourbu et malheureux, il n'affichait cependant ni inquiétude ni culpabilité à la vue de Monk vivant.

Le détective jeta un coup d'œil à Quinlan. Celui-ci baissait la tête, un sourire sarcastique aux lèvres. Près de lui, Oonagh restait aussi indéchiffrable que d'ordinaire.

— Je viens vous faire mon dernier rapport, répondit Monk.

— Vous nous l'avez déjà fait, Mr. Monk, rétorqua Oonagh avec froideur. Et nous vous avons remerciés pour vos efforts. Nous dirons à la police ce que nous avons décidé au sujet de la ferme de ma mère. Cela ne vous concerne plus. Mais si cette affaire trouble votre conscience, à vous d'agir comme bon vous semble. Nous ne pourrons rien faire pour vous en empêcher.

— Même pas m'enfermer dans le cabinet secret de vos ateliers et me laisser mourir asphyxié ? fit-il, les sourcils levés.

Il vit la couleur déserter les joues de Quinlan, qui jeta aussitôt un coup d'œil à sa belle-sœur.

Ainsi, Oonagh savait !

— Je ne vois pas de quoi vous parlez, Mr. Monk, répliqua la jeune femme, imperturbable. Toutefois, si vous vous êtes retrouvé enfermé dans nos ateliers, vous ne devez vous en prendre qu'à vous-même. Il s'agit d'une propriété privée et je ne peux concevoir aucun motif honnête qui ait pu vous inciter à vous y introduire par effraction en pleine nuit, un dimanche de surcroît ! Quoi qu'il en soit, vous êtes visiblement parvenu à vous tirer de ce mauvais pas et vous ne semblez guère avoir pâti de l'expérience.

— Je n'y suis pas parvenu tout seul, répliqua Monk. J'ai été libéré par le major Farraline.

— Nom de Dieu, Hector ! fit Quinlan entre ses dents. J'étais sûr que ce vieux poivrot viendrait mettre son grain de sel !

— Surveille ton langage ! ordonna Oonagh sans même le regarder. Que faisiez-vous donc dans nos ateliers, Mr. Monk ? J'exige des explications.

— Je suis allé chercher le cabinet secret qu'avait mentionné le major Farraline au cours du déjeuner, répondit-il en observant son interlocutrice avec la même attention qu'elle lui témoignait elle-même. Et je l'ai trouvé.

Elle haussa les sourcils.

— Vraiment ? J'ignorais qu'il existait une telle pièce.

Elle mentait. Monk le devinait à l'expression de Quinlan.

— Ce cabinet secret renferme du matériel de fabrication de fausse monnaie, déclara-t-il. Il permet d'imprimer toutes sortes de billets, issus de plusieurs banques différentes.

Rien, dans son visage, ne pouvait la trahir.

— Fichtre ! Vous en êtes sûr ?

— Certain.

— Je me demande depuis quand ce matériel est là. Cela doit remonter à l'époque de mon père, j'imagine, puisque d'après oncle Hector c'était son cabinet secret.

Alastair modifia sa position avec un bruit quasi imperceptible. Monk lui lança un très bref coup d'œil, puis reporta toute son attention sur Oonagh.

— Je le pense aussi, acquiesça-t-il. Mais il est encore exploité aujourd'hui. Certaines plaques ne datent que de l'an dernier.

— Comment le savez-vous ? s'enquit Oonagh avec un demi-sourire amusé. L'encre est encore humide ?

— Les billets changent, Mrs. McIvor. De nouveaux dessins sont introduits.

— Je vois. Vous soutenez donc qu'une personne utilise encore cette pièce pour fabriquer de faux billets ?

— Oui. Cela devrait vous remplir d'aise, ajouta-t-il avec une noire ironie. Cette nouvelle donne allège les soupçons qui pèsent sur votre époux. Elle fournit un autre excellent mobile au meurtre.

— Vous croyez ? Je ne vous suis pas bien.

— Si votre mère avait découvert cette...

Cette fois, ce fut à Oonagh de se moquer. Elle émit un petit rire.

— Ne soyez pas ridicule, Mr. Monk ! Comment pouvez-vous croire que ma mère ne savait rien ?

Hector eut une exclamation étranglée, mais il ne bougea pas.

— Vous-même avez affecté l'ignorance, fit remarquer Monk.

— Bien sûr. Mais c'était avant de m'apercevoir que vous aviez compris que les installations servaient encore.

467

Son visage avait pris une expression glaciale, implacable. Oonagh ne cherchait plus à masquer son inimitié.

Alastair semblait paralysé d'effroi. Monk vit la main de Quinlan se refermer sur un coupe-papier d'argent posé sur le bureau.

— Mais, bien entendu, je ne prétends pas que ce trafic représente le seul mobile du meurtre, poursuivit le détective d'une voix lourde de colère et de mépris. Il y a également l'affaire Galbraith, et Dieu sait combien d'autres...

— L'affaire Galbraith? intervint Quinlan. Mais nom d'un chien, de quoi parlez-vous?

Le détective ne lui répondit pas. Il s'était tourné vers Alastair. S'il conservait encore la moindre incertitude quant à l'accusation qu'il avançait, le doute n'était plus possible à présent : blême, bouche bée, Alastair le contemplait, le regard fou. Puis, mû par l'instinct, il se tourna vers sa sœur.

— Elle savait, affirma Monk avec une émotion d'une intensité qui le surprit lui-même. Votre mère savait, et vous l'avez assassinée pour la faire taire. Vos pairs vous faisaient confiance, vous aviez droit aux honneurs, à la considération, et vous avez vendu la justice. Votre mère ne pouvait vous pardonner cela, c'est pourquoi vous l'avez tuée et avez tenté de faire pendre son infirmière à votre place.

— Non !

Ce n'était pas Alastair qui avait protesté, il était incapable de proférer le moindre son. La voix provenait de derrière Monk. Celui-ci se retourna à demi pour voir Hector se frayer un passage jusqu'au bureau et venir se planter devant Oonagh.

— Non, répéta-t-il. Ce n'est pas Alastair qui a établi l'inventaire des bagages de Mary pour Griselda. C'est toi ! C'est toi qui as mis cette broche dans le sac de Miss Latterly. Alastair n'aurait même pas su où la trouver. Alastair, que Dieu l'aide, l'a tuée, mais c'est toi qui as imaginé de faire condamner cette pauvre infirmière à sa place.

— Mensonges ! rétorqua Oonagh. Taisez-vous donc, vieux fou !

Hector frémit et ses traits affichèrent une douleur disproportionnée par rapport à l'insulte, qu'il avait dû entendre des centaines de fois au cours de son existence, sinon nettement formulée, du moins sous-jacente.

La voix d'Hester s'éleva, contre toute attente, juste derrière Monk.

— Cela ne peut pas être Alastair qui a placé cette broche dans mon sac, déclara-t-elle, pour la bonne raison que Mary ne portait ce bijou qu'avec une seule robe. Or, Alastair savait que cette robe ne se trouvait pas dans les bagages. C'est lui qui avait fait la tache, et le vêtement a dû partir au nettoyage au dernier moment.

— Ne pouvait-on pas nettoyer la robe avant le départ de Mary ? s'étonna Monk.

— Mais non, voyons ! Il faut plusieurs jours pour défaire les coutures et séparer les épaisseurs de tissu, nettoyer la soie, puis réassembler le tout.

Comme un seul homme, tous se tournèrent vers Oonagh. Celle-ci baissa les yeux.

— J'ignorais que cette robe était tachée, déclara-t-elle doucement. Je voulais le protéger.

Alastair la considéra avec un sourire désespéré.

— Mais votre mère n'avait aucune certitude, reprit Monk, d'une voix très basse, à l'adresse d'Alastair.

Il laissa un instant ces mots résonner dans le silence, puis poursuivit :

— Elle a eu peur parce qu'elle a aperçu Archie Frazer chez vous. Seulement, vous auriez pu trouver une explication à cela. Vous l'avez tuée pour rien.

Avec une lenteur extrême digne d'un cauchemar, Alastair se tourna vers Oonagh. Il paraissait soudain très vieux, presque mort, mais il y avait dans son expression une impuissance tout enfantine.

— Tu disais qu'elle savait. Tu m'as dit qu'elle savait ! Je n'étais pas obligé de la tuer ! Oonagh ! Qu'as-tu fait de moi ?

— Rien, Alastair, rien ! répondit aussitôt la jeune femme en saisissant son frère par les bras. Elle aurait gâché notre vie, tu peux me croire !

Elle était proche du désespoir, anxieuse de lui faire comprendre.

— Je le reconnais..., enchaîna-t-elle, en proie à une agitation extrême. Je le reconnais, elle ne le savait pas. Elle ne savait rien non plus pour la fausse monnaie.

Toute douceur l'avait désertée et ses traits, déformés par la rage, devenaient hideux.

— Mais elle savait pour Oncle Hector et Père, et elle s'apprêtait à tout révéler à Griselda. C'était pour cela qu'elle allait à Londres. A cause de Griselda et de sa stupide obsession de sa santé et de celle de son enfant ! Griselda est incapable de tenir sa langue : elle l'aurait dit à Connal et, ensuite, tout le monde l'aurait su !

— Mais enfin, de quoi parles-tu ? Qu'allait-elle dire à Griselda ?

Alastair était désorienté. Sans doute avait-il oublié la présence des autres dans la pièce : à ses yeux, seule Oonagh comptait.

— Père est mort depuis huit ans ! poursuivit-il. Qu'est-ce que cela avait à voir avec le bébé ? Ce que tu racontes n'a aucun sens...

Oonagh était aussi blême que lui, mais c'était la fureur et le mépris qui l'animaient. Il n'y avait en elle ni peur ni faiblesse.

— Père est mort de la syphilis, pauvre imbécile ! Il était ravagé par la syphilis ! Pourquoi crois-tu qu'il soit devenu aveugle ? Et paralysé ? C'est pour cela que nous le gardions confiné à la maison, en prétendant qu'il avait eu une attaque d'apoplexie... Que pouvions-nous faire d'autre ?

— Mais... La syphilis met des années à...

Alastair s'interrompit. Un son étrange montait de sa gorge, comme s'il cherchait sa respiration. L'horreur le clouait sur place, seules ses lèvres asséchées pouvaient encore remuer. Si sa sœur ne l'avait pas tenu, sans doute se serait-il effondré.

— Mais alors... mais alors, nous sommes tous... Griselda... son enfant, tous nos enfants... Oh, doux Jésus !

— Pas du tout, le détrompa aussitôt Oonagh entre ses mâchoires serrées. Maman l'a su dès le départ. C'est cela qu'elle s'apprêtait à dire à Griselda, comme elle me l'avait expliqué à moi-même... En fait, Hamish n'était pas notre père... Aucun d'entre nous n'est de lui.

Alastair la dévisageait comme si elle parlait une langue inconnue.

Elle déglutit avec peine. Chaque mot semblait lui coûter. Son visage blafard trahissait une immense douleur.

— Hector est notre père... à nous tous... à toi jusqu'à Griselda. Tu es un bâtard, Alastair. Nous sommes tous des bâtards... Notre mère est une femme adultère et cet ivrogne est notre père! Voulais-tu que le monde entier apprenne cela? Aurais-tu pu continuer à vivre... monsieur le procurator fiscal?

Alastair avait perdu l'usage de la parole. La révélation l'avait foudroyé. Dans la pièce retentit alors le rire aigu, sauvage, hystérique de Quinlan.

— Je l'aimais, intervint soudain Hector d'une voix dure, fixant Oonagh droit dans les yeux. Je l'ai aimée toute ma vie. Elle, elle est d'abord tombée amoureuse d'Hamish, mais dès l'instant où nous nous sommes rencontrés, ce fut moi... Cela a toujours été moi. Elle savait ce qu'était Hamish... et elle ne l'a jamais laissé la toucher.

Oonagh soutenait son regard, en proie à une répugnance extrême, absolue.

Les larmes s'étaient mises à couler sur le visage ridé d'Hector.

— Je l'ai aimée toute ma vie, ajouta-t-il encore. Et toi, tu l'as tuée, plus sûrement que si tu l'avais fait de tes mains. Et puis, ajouta-t-il d'une voix qui gagnait en fermeté, tu as vendu ma jolie petite Eilish à ce monstre... pour t'assurer sa participation à la fabrication des faux billets. Tu l'as vendue comme on vend un chien ou un cheval. Tu as employé la flatterie et la ruse avec chacun d'entre nous... exploité nos faiblesses contre nous-mêmes... Moi, je voulais rester avec vous, faire un peu partie de votre cercle. Je n'ai pas d'autre famille que vous, et tu le savais, et je t'ai laissée en profiter. Mais Dieu du ciel, ajouta-t-il d'une voix étranglée, ce que tu as fait à Alastair...

Ce fut Quinlan qui réagit alors. Tenant toujours le lourd coupe-papier dans sa main serrée, il se précipita pour frapper non pas Hector, mais Monk.

Celui-ci para le coup de justesse. La lame lui frôla le bras et il fit un bond en arrière, déséquilibrant Hester au passage pour aller s'écraser contre la rampe de la passerelle. Un instant plus tard, il se retrouvait affalé aux pieds de l'infirmière.

Alastair n'avait pas bougé.

Oonagh hésita un court instant, puis, comprenant que son frère ne ferait rien, elle leva les yeux vers Hector et le fixa un bref instant avant de s'élancer vers lui, penchée en avant, dans le but évident de le frapper au plexus solaire. Le vieil homme voulut l'éviter, mais manqua de vivacité. Oonagh l'atteignit au côté droit et il heurta Hester, qui fut elle-même projetée vers la gauche. En tombant, elle intercepta la course de Quinlan, qui se précipitait vers Monk pour le frapper encore. L'agresseur heurta de plein fouet la rambarde, sur laquelle son grand corps se retrouva plié en deux. Déséquilibré, il battit des bras, pris de panique, mais son poids l'entraînait déjà par-dessus la balustrade. Il bascula, happé par le vide, pour aller s'écraser vingt pieds plus bas, avec un terrible son flasque.

La chute fut suivie d'un silence qui eût été complet sans les sanglots d'Alastair.

Hester jeta un coup d'œil en bas. Quinlan gisait sur le sol, ses cheveux blonds formant un halo argenté autour de sa tête. Il n'y avait pas trace de sang, mais son bras droit, qui tenait le coupe-papier tout à l'heure, était replié sous lui. Il était clair que cet homme ne bougerait plus jamais.

Alastair choisit cet instant pour reprendre un semblant de contrôle sur lui-même. Il regarda autour de lui, sans doute en quête d'une arme quelconque, les yeux brillant d'une haine doublée de démence.

Il n'y avait plus aucune place pour des paroles ou des excuses. Oonagh dut le comprendre, car elle se précipita hors de la pièce, se frayant un passage entre un Hector encore tremblant et Monk, toujours étendu en travers de la passerelle. Sans un regard pour Hester, elle gagna l'escalier en colimaçon et l'on entendit le claquement rapide de ses talons sur les marches de métal. Hester la suivit des yeux tandis qu'elle atteignait l'arrière du vaste entrepôt et disparaissait entre les rames de papier.

Alastair n'hésita qu'une fraction de seconde, puis s'élança à la poursuite de sa sœur.

A grand-peine, Monk se rétablit sur ses pieds, puis se pencha vers Hector.

— Tout va bien? s'enquit-il. Elle ne vous a pas blessé?
— Non...

Le vieil homme toussa, puis chercha sa respiration avec difficulté. Ses yeux étaient agrandis par l'horreur.

— Quels monstres ai-je donc engendrés? murmura-t-il. Et Mary... Mary était...

Toutefois, le détective ne pouvait rester à l'écouter. Il s'assura d'un coup d'œil qu'Hester allait bien, puis courut vers l'escalier dans l'espoir de rattraper les fuyards.

Hester le suivit sans attendre, ramassant ses jupes d'une manière dénuée de dignité, mais avec une remarquable efficacité, et Hector s'élança sur ses talons à une vitesse dont la jeune femme ne l'eût pas cru capable.

Lorsqu'ils atteignirent la rue, Oonagh et Alastair se trouvaient à une cinquantaine de yards. Monk les talonnait.

Hester et Hector rejoignirent la grand-route au moment où Alastair, hurlant et gesticulant, se mettait en travers de la trajectoire d'un attelage qui arrivait au galop. Les chevaux firent une embardée et le cocher, qui s'était inconsidérément levé en croyant à une agression, perdit l'équilibre et alla s'écraser sur les pavés. Alastair saisit les rênes et bondit pour remplacer l'homme sur le siège. Puis il se retourna et saisit Oonagh, qu'il hissa près de lui. Alors, il lança un ordre sauvage aux chevaux, qui reprirent très vite le galop.

Monk jura violemment et s'immobilisa au bord du carrefour, cherchant des yeux une autre voiture à arrêter.

Déjà, Hester et Hector parvenaient à sa hauteur.

— Que le diable les emporte! s'exclama-t-il, rageur. Elle surtout!

— Où peuvent-ils aller? interrogea Hector en luttant pour reprendre son souffle. La police va les rattraper...

— Il faut aller chercher la police, déclara Monk d'une voix plus aiguë que de coutume. Mais le temps de leur expliquer la mort de Quinlan et de les convaincre que nous n'y sommes pour rien... Et il nous faudra aussi leur montrer le cabinet secret et le matériel. D'ici là, Oonagh et Alastair auront gagné le port et se seront embarqués pour la Hollande.

— Ne pourrons-nous pas les faire arrêter là-bas? s'enquit Hester.

A peine eut-elle posé la question qu'elle comprit que les chances de retrouver les fuyards à l'étranger étaient ténues. Ils avaient toute l'Europe pour se cacher, et sans doute des amis pour les y aider. Ils s'évanouiraient dans la nature.

— La brasserie! s'écria soudain Hector en désignant une fabrique de bière sur l'autre trottoir.

Monk le foudroya du regard.

— Il nous faut des chevaux! précisa Hector en commençant à s'éloigner en clopinant.

— Mais on ne peut pas poursuivre cet attelage avec un haquet! beugla Monk en lui emboîtant le pas malgré tout.

Quelques secondes plus tard, Hector ressortait de la brasserie, non dans un haquet de brasseur, mais aux commandes d'un magnifique cabriolet tiré par un unique cheval. Il ne s'arrêta qu'un instant, le temps pour Monk d'aider Hester à se hisser à bord, puis de monter à son tour en un mouvement maladroit qui le fit atterrir sur les genoux de la jeune femme.

— Qu'est-ce que c'est que ce cabriolet? hurla-t-il en se redressant tant bien que mal.

— Il doit appartenir au patron de la brasserie, j'imagine, répondit Hector sur le même ton.

Puis il s'efforça de maîtriser le cheval effarouché et le lança au galop. L'autre voiture avait presque disparu au loin.

Monk se ramassa sur lui-même et s'agrippa à la portière du cabriolet. Il était blême. Hester tenta pour sa part de se caler le mieux possible sur son siège, entre deux embardées, tandis que la voiture fonçait droit devant à une folle allure. Pour Hector, semblait-il, rien ne comptait plus que son fils et sa fille qu'il entendait rattraper.

Hester comprenait la pâleur de Monk. Elle imaginait sans peine le chaos des souvenirs qui devaient lui nouer l'estomac et faisaient perler la sueur à son front, même si son cerveau, lui, n'avait conservé de l'accident que quelques sensations floues, la vision un peu vague de cet autre attelage lancé à grande vitesse dans la nuit, et qui avait terminé sa course transformé en un tas de bois brisé et de roues tordues. Le cocher avait trouvé la mort dans la chute et Monk, pour sa part, était resté longtemps sans connaissance. Il s'était réveillé à l'hôpital, meurtri et privé de souvenirs. Le choc avait gommé de sa mémoire tout ce qui avait précédé ; l'homme qu'était Monk autrefois s'était éteint à jamais.

Hester ne pouvait cependant rien faire pour lui en cet instant, occupée qu'elle était à se cramponner pour éviter d'être éjectée. Il lui était impossible de signifier à son compagnon qu'elle n'ignorait rien de ses tourments.

Un carrefour apparut au loin. L'attelage des Farraline avait disparu. Dans quelle direction était-il allé ? Tout droit, sans doute ?

Le cheval était lancé au grand galop. Hector tira soudain sur les rênes, manquant d'expédier à terre l'animal, qu'il contraignit à tourner à droite. Le cabriolet opéra un virage sur une roue et Hester fut propulsée contre Monk. Si elle n'avait pas agrippé celui-ci, sans doute eût-elle été précipitée par-dessus bord.

Le détective proféra un effroyable juron, tandis que la voiture se rétablissait en s'engouffrant dans Great Junction Street, puis, presque aussitôt, prenait un nouveau virage en direction de la mer, envoyant les passagers au sol de l'autre côté, pêle-mêle.

— Mais qu'est-ce que vous faites, bon sang ?

Monk esquissa un brusque mouvement pour tenter d'empoigner Hector, mais n'y parvint pas.

Le vieil homme ne se souciait absolument pas de lui. Devant eux, au loin, l'attelage était réapparu. On voyait la chevelure claire d'Alastair malmenée par le vent et Oonagh, serrée contre son frère, si proche de lui qu'il l'enlaçait sans doute de son bras libre.

La route tourna encore et ils se mirent à longer le fleuve étroit et profond qui menait à la mer. De nombreuses barges étaient amarrées au bord, ainsi que quelques bateaux de pêche. Un homme fit un bond de côté pour éviter l'attelage, poussant un cri indigné. Non loin, un enfant se mit à courir, hurlant et pleurant.

Une femme de pêcheur proféra un chapelet de malédictions et projeta son panier vide contre l'attelage d'Alastair. Effrayé, l'un des chevaux se cabra et, en perte d'équilibre, bascula contre l'autre bête. Alors, en un mouvement qui avait la lenteur d'un rêve, les deux animaux modifièrent leur trajectoire et lancèrent la voiture contre le muret, au-delà duquel s'étendait le port. L'attelage versa alors et l'on entendit craquer les brancards, puis il demeura une fraction de seconde en suspension sur le muret, avant de basculer dans les eaux du fleuve, emportant Oonagh et Alastair dans sa chute. Tremblants, roulant des yeux effarés, les chevaux restèrent sur la rive, immobilisés par un enchevêtrement de chaînes et de harnais.

Le cabriolet arriva à cet instant. Hector tira sur les rênes, projetant tout son poids en arrière et rabattant violemment le frein de sa main libre.

Déjà, Monk avait sauté à terre et se précipitait vers le fleuve.

Tant bien que mal, Hester descendit elle aussi, déchirant au passage sa jupe qui s'était accrochée. En courant sur les pavés irréguliers, elle manqua de se fouler la cheville.

L'attelage s'enfonçait dans l'eau avec une lenteur exquise, aspiré, enserré par la vase qu'avait engendrée, siècle après siècle, le mouvement puissant des marées. Oonagh et Alastair étaient parvenus à s'en extraire et ils luttaient désespérément pour se maintenir à la surface.

Les événements qui suivirent devaient rester gravés à jamais dans le cœur d'Hester.

La tête hors de l'eau, Alastair prit une profonde inspiration puis, en une ou deux brasses vigoureuses, s'approcha d'Oonagh. L'espace d'un instant, ils se contemplèrent par-dessus la surface grise, puis, lentement et avec mille précautions, Alastair empoigna l'épaisse chevelure de sa sœur et lui plongea la tête sous l'eau. Il maintint sa pression quelques interminables secondes, tandis qu'Oonagh se débattait et fouettait l'air de ses bras. La marée montait, mais il ne semblait pas s'en soucier, préférant sans doute se laisser submerger plutôt que de relâcher sa terrible pression.

Monk ne le quittait pas des yeux, paralysé par l'horreur.

Hester poussa un hurlement. C'était la première fois de sa vie qu'elle criait ainsi.

— Que Dieu vous aide, murmura Hector d'une voix rauque.

L'agitation avait cessé. Les cheveux d'Oonagh flottaient, pâles sur la surface de l'eau, et ses jupons gonflés ondulaient tout autour. Elle ne bougeait plus.

— Sainte Marie, mère de Dieu ! s'écria, sans cesser de se signer frénétiquement, la femme de pêcheur, parvenue à la hauteur de Monk.

Alastair avait relevé la tête. Son visage était maculé de vase et ses cheveux lui retombaient en désordre sur les yeux. Il semblait à bout de forces. La marée ne tarderait pas à le submerger.

Comme s'il s'éveillait soudain d'un rêve, Monk se tourna vers la femme.

— Avez-vous une corde ? lui demanda-t-il d'un ton impérieux.

— Sainte Mère ! s'exclama l'autre, horrifiée. Vous voulez le pendre ?

— Bien sûr que non, voyons ! Je veux le sortir de là !

Elle courut à son bateau et en rapporta une longue corde, qu'il fixa aussitôt à une bitte d'amarrage. Puis il s'enroula l'autre extrémité autour de la taille avant d'entrer dans l'eau. Aussitôt, le courant l'entraîna au large, vers la partie encore visible de l'attelage.

Une petite foule s'était assemblée sur le quai. Un marin chaussé de bottes se dirigea vers la bitte d'amarrage et surveilla la corde, bientôt rejoint par un autre.

Dix minutes plus tard, Monk était halé sur le bord par les deux hommes. Ceux-ci hissèrent l'un après l'autre les corps inanimés qu'il rapportait, puis ils l'aidèrent à grimper sur le quai. Tremblant, dégoulinant d'eau et de vase, il détacha la corde qui le ceinturait. Il lui semblait que ses vêtements alourdis le rivaient au sol.

Autour de lui, les curieux ne perdaient rien de la scène. Certains étaient pâles, immobiles, d'autres en proie à une vive agitation. Quelques-uns aidèrent à allonger Oonagh sur les pavés. Le visage de la jeune femme avait pris une teinte gris marbre et elle avait les yeux grands ouverts. A ses côtés, Alastair paraissait figé dans une attitude calme, enfin affranchi de l'emprise de sa sœur.

Un long moment, Monk observa la morte. Puis, instinctivement comme toujours, il leva les yeux vers Hester et prit soudain conscience de l'énormité de ce qu'ils venaient de vivre et qui, sans doute, formait désormais entre eux un lien indissoluble. Même s'il pensait avoir des chances d'y parvenir, il ne chercherait jamais à faire sortir de son esprit la nuit passée dans le cabinet secret et, si c'était à refaire, il reproduirait les mêmes gestes. Cependant, ces péripéties avaient donné naissance à des émotions nouvelles dont il n'avait que faire. Elles révélaient en lui une profonde vulnérabilité, l'exposaient à des blessures qu'il ne savait comment panser.

Il vit à son regard qu'Hester le comprenait, qu'elle non plus n'avait aucune certitude et qu'elle se sentait aussi effrayée que lui. En revanche, elle avait pour sa part acquis une inébranlable conviction : il existait désormais entre eux une confiance absolue et plus forte que tout, quelque chose qui n'était pas de l'amour, mais qui pouvait bien englober ce sentiment, comme elle englobait la colère, et aussi leurs différences : la véritable amitié.

Monk se demanda soudain si la jeune femme n'avait pas déjà deviné, à ses yeux, que cette amitié représentait pour lui le plus précieux des trésors ; effrayé, il se détourna aussitôt. Son regard tomba sur le visage figé d'Oonagh. Il se baissa alors et ferma les yeux de la défunte, mû non par la pitié, mais par un besoin de pudeur.

— La louve est rentrée au bercail, dit-il doucement. Accompagnée de ses péchés : la tromperie, la corruption et, dernier de tous, la traîtrise.

Cet ouvrage a été réalisé par

FIRMIN DIDOT
GROUPE CPI

Mesnil-sur-l'Estrée

*pour le compte des Éditions 10/18
en avril 2001*

Imprimé en France
Dépôt légal : septembre 2000
N° d'édition : 3169 – N° d'impression : 55115
Nouvelle édition : mai 2001